EINSAM IM HERZEN

Sechs Romane in einem Band

G. S. Friebel

Impressum

Texte:	© Copyright by G. S. Friebel/ Der Roman-Kiosk. Mit freundlicher Genehmigung der Edition Bärenklau.
Lektorat:	Kerstin Peschel.
Umschlag:	© Copyright by Christian Dörge/123rf.
Verlag:	Der Romankiosk Winthirstraße 11 80639 München www.der-romankiosk.de webmaster@der-romankiosk.de
Druck:	epubli, ein Service der neopubli GmbH, Berlin

Printed in Germany

Inhaltsverzeichnis

Das Buch

Veronika lebt mit ihren Eltern einsam in den Bergen. Von den Dorfleuten wird sie gemieden und so wächst sie ohne Freunde auf. Dem Förster Carl hängt eine alte Geschichte an, sodass ihm ein schlechter Ruf vorrauseilt und man ihm ebenfalls aus dem Wege geht. Eigentlich wären Carl und Veronika das perfekte Paar, aber durch unvorhergesehene Umstände finden sie nicht so recht zueinander. Eines Tages schmeichelt sich ein Wilderer bei Veronika ein und bringt sie mit seiner Rücksichtlosigkeit in eine missliche, gar lebensbedrohliche Lage...

Dieser Band enthält die folgenden Heimat-Romane von G. S. Friebel: *Veronikas Herz ging einen falschen Weg*, *Der Erbe des Hofes*, *Mit verordneter Zärtlichkeit*, *Rückkehr ins Hochtal*, *Die verbotene Liebe des Caspar Patscheider* und *Die Versteigerung*.

1. Veronikas Herz ging einen falschen Weg

1. Kapitel

In den österreichischen Bergen der Nachkriegszeit.

Seinerzeit hatte man die Sennhütte in eine Mulde gebaut. So war sie sicher vor den Winterstürmen. Sollte mal eine Lawine von den nahen Bergen hinuntersausen, so würde sie gewiss das Haus verschonen und sich einen anderen Weg suchen. Die Erbauer hatten damals richtig gelegen. Bis jetzt war die Hütte nie verschüttet worden. Zwar war sie im Winter oft von der Ortschaft abgeschlossen, aber das war man ja alleweil in den Bergen gewöhnt. Danach richtete man sich schon seit Urzeiten. Und so würde es wohl auch immer bleiben. Der Fortschritt in der Welt, er mochte mit Riesenschritten davoneilen, hier in den Bergen änderte sich nicht sehr viel. Eine Neuerung hatte man jedoch geschaffen, und diese sollte für die Bewohner der Hütte auch von großem Vorteil sein.

Jetzt war es schon an die zehn Jahre her, da man den Lastenlift zur Drachenlochalm gebaut hatte. Direkt am Drachenloch lag es nämlich, das Häuschen mit dem tiefgezogenen Dach. Damit die Schindeln auch im Winter drauf blieben, hatte man es mit dicken Steinen beschwert. Es zog sich so tief nach unten, dass man, wenn es viel Schnee gab, doch noch immer um das Haus gehen konnte, um Holz für den Ofen zu holen.

Früher, als man den Lastenlift noch nicht hatte, da hatte man immer zu Fuß ins Dorf gehen müssen. Das war sehr beschwerlich. Denn an die zwei Stunden brauchte man hinunter. Und die großen Käselaibe waren recht schwer. Wenn man dann wieder aufsteigen musste, war der Rucksack voll mit all den Dingen, die man nun mal brauchte, um leben zu können.

Mit dem Lastenlift hatte man dann auch den Strom bekommen. Nun brauchte man nicht mehr die Kerze oder die Petroleumlampe. Jetzt hatte man elektrisches Licht, aber zu mehr reichte es leider nie. Die Leute, die die Sennhütte bewirtschafteten, waren nie reich gewesen und würden es auch nie werden. Sie hatten immer im Dienst des Großbauern Lorenz gestanden. Dieser hatte in Mixnitz einen großen Hof. Er war der Einzige, der es sich leisten konnte, die Alm das ganze Jahr zu bewirtschaften. Obwohl sehr hoch und am Fuß des Hochlantsch mit seinen 1722 Metern und dem Speikkogel mit seinen 1989 Metern sowie dem Räthelstein mit seinen nur 1234 Metern, so lag die Alm günstig auf einer weiten Ebene.

Hier oben wuchs das beste Gras für die Kühe. Im Sommer weideten sie draußen und fanden selbst, was sie zum Leben brauchten, aber nebenbei musste der Senn auch für den Winter sorgen und das Heu einfahren. Denn die Kühe, bis auf die tragenden, blieben auch im Winter hier oben. Weil der Stall und das Haus in einer tiefen Mulde lagen, so hatten sie es auch recht warm, denn der Erbauer hatte an alles gedacht.

Ja, er hatte sogar einen tiefen Keller graben lassen. Dort drinnen blieb im Sommer die Milch recht lange kühl, und auch der Käse, den man gleich hier oben machte, wurde wundervoll.

Früher kamen sie noch jede Woche einmal herauf und holten ihn ins Tal. Aber nun hatte man ja den Lastenlift, dort hinein wurde alles gebracht und man legte gleich einen Zettel dabei, was man auf der Alm benötigte. Unten wurde er dann entladen und man besorgte die Dinge, tat sie hinein und somit ging alles ganz einfach. Jetzt kam man vielleicht nur einmal im Monat ins Tal.

So blieb es nicht aus, dass die Bewohner ein wenig menschenscheu geworden waren. Sie hielten sich fern, sprachen nicht viel und hatten auch keine rechten Freunde im Dorf.

Sie waren schon recht eigenartig. Aber dem Großbauern sollte es recht sein, er war froh, dass er die Abschlags hatte, denn wer suchte noch die Einsamkeit, wer tat heutzutage noch den Dienst so hoch oben in den Bergen, am Drachenloch? Niemand mehr!

Vor Jahren waren sie ins Dorf gekommen, der Hubert und seine Frau Therese. Sie hatten nur ein kleines Bündel bei sich gehabt. Der Krieg hatte sie hierhin verschlagen. Und nun suchten sie Arbeit. Man hatte sie gleich zum Lorenz geschickt. Damals war gerade der alte Senn gestorben, und so hatte er ihnen die Stelle angeboten. Sie hatten dankend angenommen und waren so auf die Alm gekommen. Fünf Jahre später war dann die kleine Veronika auf die Welt gekommen. Die Eltern hatten schon gar nicht mehr mit dem Kindersegen gerechnet. Und nun lag das kleine Mädchen in der Holzkiste, mit großen blauen Augen und blonden Haaren. Ein echtes Kind der Berge.

Veronika verbrachte also die ersten Lebensjahre oben auf der Alm. Sie kannte nur Erwachsene und wusste gar nicht, dass es auch noch andere Kinder gab. Erst als sie in die Schule musste, da wurde sie mit ins Dorf genommen. Dort stand sie nun mit großen scheuen Augen und sah die vielen Häuser, die so hübsch und bunt waren, und Blumenkästen hatten sie vor den Fenstern und Gardinen. Das alles kannte sie von daheim gar nicht. Und wie hübsch die Kinder alle gekleidet waren. Sie hatte aus dem alten Rock der Mutter ein Kleid bekommen.

Die Dorfkinder machten es ihr wahrlich nicht leicht, und weil sie niemanden kannte, keine Freundin hatte, so war die erste Zeit recht schwer für das Mädchen. Hinzu kam noch, dass sie auch den weitesten Schulweg hatte und sofort nach der Schule heimgehen musste. Die kleinen Füßchen brauchten an die drei Stunden, um wieder heimzukommen. Ins Dorf ging es ja schneller, besonders im Winter, da rutschte man auf dem Schlitten, aber hinauf, und wenn es dann schon dunkel wurde, das war nicht so einfach.

Veronika war für ihr Alter sehr verständig und außerdem auch sehr klug. Der Lehrer hatte seine Freude an dem gewissenhaften Mädchen. Manchmal aber seufzte er leise auf und dachte:

Es hat ja doch keinen Zweck, dass ich ihr so viel beibringe. Sie wird es nie und nimmer brauchen. Die Eltern sind arm, und außerdem brauchen sie das Kind für die Arbeit.

Ja, so war es in der Tat, wenn man sehr viel zu tun hatte, wurde sie nicht in die Schule geschickt. Veronika muckte nie auf, schweigend tat sie, was man ihr auftrug. Nie hatte sie richtig spielen gelernt.

Sie war ein herbes, stolzes Geschöpf. Längst ließ sie sich nicht mehr von den Kindern hänseln. Sie zeigte ihnen einfach die kalte Schulter. Man hielt sie für kalt und bald hieß es, sie sei komisch. Wenn sie nicht so klug gewesen wäre, hätte man sie bestimmt für einen Dorftrottel gehalten.

Veronika war nicht kalt, sie hatte kein Herz aus Stein, wie die Dörfler sagten, nein, es blutete, aber sie konnte einfach nicht hingehen und sagen: *So lasst mich doch bei euch sein. Ich bin ja so einsam. Warum mögt ihr mich denn nicht? Was habe ich euch denn getan? Bitte, seid doch ein wenig nett zu mir!* Sie konnte es nicht, wie wohl keiner das sagen kann. Und so schwieg sie, stand am Zaun mit brennenden Augen und blutendem Herzen.

Der Lehrer nahm sie unter seine Obhut, bei ihm durfte sie auch zu Mittag essen, als er einmal gesehen hatte, wie mager ihre Brote waren. Das Mädchen tat ihm leid. Da hatte er sie kurzerhand hereingerufen und ihr gesagt: »Kinder, die einen so weiten Schulweg haben wie du, werden stets im Lehrerhaus verköstigt. Die andern können ja in der Zwischenzeit heimgehen, oder sie haben Verwandte im Dorf, bei denen sie zu Mittag essen. Also, du kommst jetzt jeden Tag zu uns, ja?«

Sie hatte ihn mit ihren großen Augen stumm angesehen, und ihr Herz hatte gezittert. Danach nickte sie schwach und war wieder gegangen.

Leider hatte der Lehrer keine Kinder, sonst hätte er ihnen befohlen, sich ein wenig um das einsame Mädchen zu kümmern. Er allein war es, der die ungeweinten Tränen sah, er spürte auch die innere Not. Aber er konnte nicht sehr viel tun. Wusste er doch aus Erfahrung, wenn er über Veronika mit den andern

Kindern sprach, dann würden diese sie noch mehr quälen und hänseln.

Für die reichen Bauernkinder kam es sowieso nicht infrage, mit ihr zu spielen. Man hatte einen ausgeprägten Standesdünkel.

So vergingen die Schuljahre für Veronika, wie gesagt in großer Pein. Nie hatte sie eine Freundin gefunden. Als dann endlich der Tag kam, sie war gerade vierzehn Jahre, als sie entlassen wurde, da fühlte sie sich irgendwie erleichtert. Froh war sie!

Zu Hause legte sie die Bücher in die Schrankecke und nahm die grobe Schürze vom Haken.

»Hast du es jetzt überstanden?«, fragte Therese.

»Ja, Mutter«, sagte sie ruhig und nahm den Kübel, um ihn an der Quelle zu scheuern.

»Dann ist es ja gut, jetzt kannst du uns mehr helfen, ich schaff es allein auch nicht mehr so gut.«

Veronika blickte ihre Mutter an. Da stand sie am Trog und knetete den schweren Brotteig. Hier oben machte man noch alles selbst, weil man kein Geld hatte, um es zu kaufen.

Veronika sah das müde Gesicht der Mutter. Sie war erst fünfundvierzig Jahre und sah schon wie sechzig aus. Die Arbeit hier oben war zu hart für eine zarte Frau. Und sie hatte sich nie geschont. Urlaub kannte man nicht, immer an der Luft bei gutem und bei schlechtem Wetter hatte die zarte Haut gebräunt, und die tiefen Falten waren wie mit einem Meißel eingegraben.

Veronika dachte an die Frauen im Tal und schluckte. Und sie dachte auch daran, als sie den Kübel in den kalten Quellbach tauchte und ihre Hände gleich hochrot wurden, trotz des heißen Sonnenwetters.

Ist das mein Leben? Soll ich immer hier oben bleiben? So wie die Mutter ihr Lebtag hier oben gewesen ist? Nie und nimmer die kleinste Freude haben? Zu Kirchweih vielleicht mal ins Dorf, unter fremden Menschen sein? Soll das alles sein?

Sie blickte zum blauen Himmel hinauf und sah einen Adler seine Bahn ziehen. Hier oben gab es noch ein paar und auch Habichte. Sie kannte sie alle, so wie sie auch alle Bergblumen hier oben kannte und jeden Zipfel der Berge. Hier war es schön, und so still und wundervoll. Veronika liebte ihre Bergwelt. Eigentlich konnte sie sich nichts anderes vorstellen. Und doch, da war so ein seltsames Ziehen in der Brust. Sie fühlte das Blut! Sie war doch noch so jung und sehnte sich fort, und zugleich wollte sie auch bleiben. Dies alles verwirrte sie so sehr!

Vielleicht wäre sie auch in Stellung gegangen, um nur mal etwas anderes zu sehen und um auch ein paar Groschen zu verdienen, um sich ein Dirndl kaufen zu können oder Schuhe und einen neuen Umhang mit Fransen. Ach, sie hatte auch Wünsche, nur sagte sie nie etwas davon, denn sie wusste ja, die Eltern konnten ihr diese Wünsche nicht erfüllen. Nicht, weil sie vielleicht hartherzig waren, nein, weil eben kein Geld dafür da war.

Hubert und Therese liebten ihr einziges Kind sehr. Oft lagen sie abends noch lange in der niedrigen Kammer wach und grübelten darüber nach, was einmal werden sollte, wenn sie nicht mehr waren.

Bedrückt sagte dann die Mutter: »Wir haben keine Verwandten, zu denen wir sie schicken könnten. Sie ist dann ganz auf sich allein angewiesen. Und sie ist doch noch so jung, Mann! Was soll nur geschehen?«

»Noch sind wir da, Frau, noch haben wir unser Auskommen, sie hat hier ein Dach über dem Kopf, ein Bett und auch Essen. Jetzt wird sie uns helfen, denn sie ist ein gutes Mädchen. Mach dir doch keine Sorgen, Frau.«

Aber Therese hörte nicht auf, und natürlich auch Hubert dachte voller Schrecken daran, was mal sein würde, wenn ihnen etwas zustoßen sollte. Hier oben in der Einsamkeit und allein, konnte sie unmöglich die Sennwirtschaft weiterführen. Das ging einfach nicht!

Veronika wusste von diesen Gedanken nichts. Sie schrubbte im Augenblick den Kübel, und dabei dachte sie: *Vielleicht sollte ich zum Lehrer gehen und ihn fragen. Vielleicht gibt es in Bruck Arbeit für mich, jetzt, wo die vielen Urlauber kommen, um sich unsere Berge anzuse-*

hen. Ich möchte so gern einmal fort, und wenn es nur für ein Jahr ist, dann komm ich ja wieder heim.

Ihr junges Herz sehnte sich fort, sie wollte unter ihresgleichen sein, zwar nicht in Mixnitz, denn dort wollte man sie nicht, dort war sie ja nichts wert. Sie hatten ja keinen eigenen Hof. Aber in der Fremde würde man nicht wissen, woher sie kam. Und arbeiten, ja, das konnte sie. Hatte sie doch immer arbeiten müssen.

Veronika erhob sich, nahm ihren Holzkübel und ging den schmalen Weg zum Haus zurück. Da lag es in der Sonne. Die Berge im Hintergrund, darüber der azurblaue Himmel. Aber er vermochte auch nicht die Schäbigkeit zu verdecken. Längst hätte es mal wieder der Farbe bedurft. Und dann der Zaun, wie schief und morsch er doch schon war. Und der kleine Küchengarten war verwildert. Die Mutter schaffte es nicht mehr. Schon die fünfzig Kühe zu melken, zweimal am Tag, das machte so viel Arbeit und dann das Scheuern und den Käse bereiten, das Kochen und Waschen. Alles musste mit der Hand getan werden. Es war eine furchtbar schwere Arbeit. Da achtete man dann nicht mehr darauf, wie man aussah, man war froh, wenn man das Tagwerk einigermaßen über die Runden bekam. Und man hatte auch keinen Blick mehr für die Berge und das Alpenglühen und wenn ein Adler reglos in der Luft stand oder die Gämsen in den Felsen herumsprangen. Man hörte auch nicht mehr den Bergbach. Man war nur noch müde und nochmals müde und so froh, dass jetzt die Tochter da war. Wenn auch noch jung an Jahren, erst vierzehn, aber sie schaffte wie eine junge Magd. Da konnte man dann schon mal hin und wieder für einen Augenblick die Hände in den Schoß legen. Aber nicht für lange, denn der Mann rief, und man musste ihm helfen.

Heute sah Veronika mit ganz anderen Augen ihre Umgebung, auch als sie in die niedrige verräucherte Küche kam, sie war sozusagen der Hauptraum. Hier spielte sich alles ab. Dann gab es da noch zwei Kammern, eine für die Eltern und die ihrige. Sie waren aus dem gleichen rußgeschwärzten Holz, und die Betten und der Schrank waren alt. Die Bilder an der Wand waren vergilbt. Da gab es keine Gardinen vor den Fenstern. Alles sah so trist und ärmlich aus.

Veronika hatte aber einen ausgesprochenen Schönheitssinn, und sie dachte: *Bevor ich fort geh, räum ich auf, da mach ich das Haus hell und freundlich, und den Garten rieht ich auch wieder her. Und vielleicht zimmert der Vater mir ein paar Blumenkästen für die Fenster. Und den Zaun richte ich auch wieder, sonst laufen mir die Kühe im Garten herum.*

Ach ja, sie hatte im Augenblick so erhabene Gedanken und wollte so vieles.

2. Kapitel

Veronika stieß den kleinen Fensterladen auf. Ihr Blick ging genau auf den Röthelstein. Noch nie war sie oben auf seiner Spitze gewesen, obwohl es von der Sennhütte gar nicht mehr so weit war. Ganz zu schweigen vom Hochlantsch, der ja 500 Meter höher war. Sie dachte, während sie sich die blonden Haare bürstete: *Nächsten Sonntag steig ich hinauf, ganz allein. Ich möcht mir auch mal von oben die Welt ansehen. Will doch wissen, was die Urlauber so schön daran finden.*

Ja, jetzt kam es immer öfter vor, dass Urlauber an der Sennerei vorbeikamen. Sie alle wollten das Drachenloch sehen, mit seinen nackten roten Felsen. Dort gab es herrliche Felsabstürze, und Wasserkaskaden rauschten die Wand herunter. Das war schon ein schönes Schauspiel. Aber auch schon der Aufstieg dorthin, das hieß vom Dorf an ihrer Alm vorbei. Da musste man erst durch den Hochwald, und dann kam die Klamm mit ihren überhängenden Steinzungen. Es war dort so kalt wie in einem Grab, und danach die Schluchten mit den kleinen Brücken. Veronika kannte das alles genau, wie oft war sie hier schon entlanggeschritten. Sie kannte auch keine Furcht. Nur manchmal, wenn der Nebel gar nicht aufsteigen wollte, und wenn sie dann über das Brückchen schritt und es zu ihren Füßen gurgelte, da konnte man schon an Trolle und Geister denken, und man fühlte, wie es einem ganz kalt den Rücken herunterlief.

Jedes Jahr nach der Frühjahrsschwemme kamen die Männer aus dem Tal und sahen die Brücke nach und auch die anderen Wege ins Tal. Denn sie waren gefährlich, wenn der Regen gar zu schwer nieder kam und alles fortschwemmte. Und man wollte ja die Urlauber heranlocken, da musste man aufpassen, dass alles in Ordnung war.

Veronika war mit der Morgenwäsche fertig und ging in die Küche, steckte das Holz in den Herd und setzte den Kessel auf. Bald roch man den Duft von Kaffee, und sie holte das Brot aus dem Schrank und den Käse und deckte den Tisch. Jetzt kam auch die Mutter aus der Kammer. Der Vater war schon lange auf. Er hatte die Kühe gemolken und sie anschließend herausgelassen. Jetzt kam er herein und lächelte.

»Ja, hab ich einen Hunger. Wonach riecht es denn hier so gut?«

»Ich hab die Kartoffeln von gestern noch mal in die Pfanne getan mit ein wenig Speck. Magst du, Vater?«

»Aber gern, ei, da macht das Schmausen Spaß!«

»Ja«, sagte die Mutter. »Vielleicht wird jetzt alles gut, jetzt, wo wir eine frische Kraft im Haus haben.«

Veronika goss den Kaffee ein.

»Ich hab mir vorgenommen, das ganze Anwesen umzukrempeln, ihr erlaubt es mir doch?«

»Mutter, ein neuer Besen ist da, nun werden die Fetzen fliegen«, schmunzelte der Vater.

Therese verstand, was die Tochter wollte. Als sie noch jung gewesen war, damals, als sie kurz verheiratet waren, da hatte sie auch gedacht, sie könne noch alles ändern, dem Leben trotzen. Aber mit der Zeit und wegen der vielen Arbeit war doch alles so geblieben wie vorher.

»Natürlich darfst du«, sagte sie ruhig, »wenn es dir Spaß macht. Aber darüber darfst du deine tägliche Arbeit nicht vergessen.«

»Nein, ich werd das schon alles schaffen.«

Sie fing auch gleich mit der Küche an, aber sie sollte nicht weit kommen, denn draußen ertönte plötzlich ein lauter Schrei. Sie stürzte hinaus, und der Vater kam auch sofort aus dem Stall. Verkrümmt lag die Mutter auf der Almwiese. Sie hatte die Wäsche aufhängen wollen, alles sollte schnell gehen. Vom letzten Regen war ein ziemlicher Brocken den Berg heruntergekommen, und sie hatte ihn nicht sofort beachtet und war rücklings darüber gestürzt, und zwar so unglücklich, dass sie jetzt allein nicht mehr aufstehen konnte.

»Mutter, hast du Schmerzen?«

Therese verzog das Gesicht und stöhnte leise vor sich hin. »Helft mir doch, es tut so weh, der Rücken.«

»Ja, ja, so wart doch, ich heb dich gleich auf und trag dich in die Kammer.« Doch als Hubert sie dann berühren wollte, schrie sie auf und wurde ohnmächtig.

»So geht es nicht, du meine Güte, hoffentlich ist es nicht etwas Ernstes«, sagte er leise.

Veronika schluchzte auf. »Aber wir können sie doch nit hier liegenlassen, wir müssen es schaffen, Vater.«

Hilfe war weit und breit nicht zu beschaffen. Auf so einer Alm war man auf sich allein angewiesen.

»Wart«, sagte er hastig, »ich häng rasch die Stubentür aus, dort drauf legen wir sie und tragen sie dann hinein. Du schaffst es doch? Du bist ein kräftiges Mädchen!«

»Ja, Vater«, antwortete das Mädchen.

In diesem Augenblick hätte sie alles getan, nur um der Mutter zu helfen. Kurze Zeit später lag die Tür im Gras, und man zog die Mutter vorsichtig darauf. Anschließend trug man sie in das Haus, und hier rollte man sie sacht ins Bett zurück. Man zog sie aus und deckte sie zu. Da kam die Mutter wieder zu sich.

Ihr Gesicht war grau.

»Der Rücken«, murmelte sie leise, »ich glaub, ihr müsst den Doktor holen, es wird nicht so einfach sein.«

Hubert zog Veronika in die Küche.

»Nimm dein Tuch und lauf runter ins Tal und hol den Doktor. Mach rasch, Veronika, sag ihm, die Mutter habe große Schmerzen.«

Veronika nickte. Wenig später sah er sie schon über die weite Almwiese davonlaufen. Aber er dachte: *Es wird sehr lange dauern, bis der Doktor da ist, er ist nicht so rasch im Steigen. Und wenn er jetzt nicht daheim ist? Wovon sollen wir ihn nur bezahlen? Wir haben doch kein Geld. Da muss ich den Lorenz bitten, dass er die Rechnung bezahlt, jetzt wo die Veronika hier ist, muss er ihr doch auch wohl etwas für ihre Arbeit geben.*

Veronika war noch nie so schnell den Berg nach Mixnitz hinuntergelaufen wie heute. Das Herz tat ihr schon weh, und sie hätte anhalten müssen, um sich ein wenig auszuruhen, aber die Mutter wartete doch auf den Doktor.

Taumelnd erreichte sie nach einer guten Stunde den Ort und lief weiter zum Doktorhaus. Dieser war auch zum Glück da. Er hörte sich kurz an, was sie erzählte. Dann sagte er: »Ruh dich kurz aus, meine Frau wird sich um dich kümmern. Ich hab noch einen Patienten aus der Sägerei zu versorgen. Sobald der fort ist, komm ich mit dir. Können wir nicht ein Stück mit dem Auto fahren?«

»Bis zur Schlucht schon, dort ist der Weg breit und fest, und der Regen hat auch nix fortgerissen. Aber über die Schlucht müssen wir dann zu Fuß weiter.«

»Von dort aus ist es doch nicht mehr weit?«

»Nein, ein Viertelstündchen wird es wohl dann noch dauern«, sagte Veronika.

»Gut, dann werden wir auf alle Fälle keine zwei Stunden brauchen. Und nun geh in die Küche, ich rufe dich gleich.«

Die Doktorsfrau stellte ihr einen heißen Kaffee vor und etwas zu essen. Dankend nahm sie an, und sie merkte auch bald, dass sie sich wohler fühlte. Jetzt würde sie den Rückweg wieder schaffen.

Die Frau des Doktors fragte sie: »Willst du jetzt auch dort oben bleiben?«

Veronika antwortete: »Jetzt ist ja die Mutter krank, aber wenn sie wieder gesund ist, dann möcht ich schon mal für kurze Zeit fort.«

»So ist es recht, Veronika, wenn man so jung ist, dann gehört man ins Tal, zu den Burschen und Mädchen und muss sich vergnügen und nicht immer so ernst sein. Da wollen wir hoffen, dass es der Therese recht bald wieder bessergeht. Der Lorenz sollte sich auch langsam darum kümmern, jemand andern nach oben zu schicken und euch auf den Hof holen.«

Erschrocken blickte Veronika die Frau an. »Das wird der Vater nicht wollen. Er will frei bleiben, sein eigener Herr sein. Und Sie müssen wissen, dort oben ist es wunderschön. So einsam ist es auch nicht, denn jetzt kommen immer mehr Urlauber hinauf, und sie sitzen dann vor unserem Haus und erzählen uns etwas. Sie alle finden die Berge so schön. Nein, ich glaub nicht, dass der Vater je woanders hin will.«

»Aber wenn er die Arbeit dort oben nicht mehr schafft, Veronika, er wird doch auch älter!«

Darauf konnte sie aber schon keine Antwort mehr geben. In diesem Augenblick kam der Doktor und sagte: »So, ich hab alles Nötige eingepackt, wir können jetzt fahren.«

Zum ersten Mal in ihrem Leben durfte Veronika in einem Auto mitfahren. Das war schon ein komisches Gefühl. Sie sah die Bäume und Berge vorbeiflitzen und die kleinen Schluchten, alles ging so schnell. Sonst musste sie immer keuchend den Heimweg antreten. Jetzt saß sie ganz bequem da und sah zu, wie der Doktor den Berg hinauffuhr. Bis zur Schlucht brauchten sie nur eine gute Viertelstunde. Danach sahen sie schon das Holzbrückchen und hörten auch den tosenden Bach.

Der Doktor stieg aus und blieb für einen Augenblick stehen.

»So kommt man auch mal dazu, die Schönheiten der Heimat zu bewundern. Als ich jung war, bin ich oft in die Berge gekraxelt, aber jetzt bin ich froh, wenn ich mich nach der vielen Arbeit ausruhen kann.«

»Ich möcht auch mal in die Berge steigen«, sagte sie andächtig.

»Ei, da würd ich dir aber raten, tu es nicht allein, das ist gefährlich, Veronika. Schon mancher hat für seinen Leichtsinn bitter büßen müssen, sie sehen so harmlos aus, aber sie haben es in sich.«

So schritten sie weiter und plauderten miteinander. Der Doktor war erstaunt, dass sie so ein kluges und nettes Mädchen war und dachte bei sich: *Da muss sie nun hier oben wie eine Gämse zwischen den steilen Hängen leben und hat nix vom Leben und könnte doch so vieles lernen. Wenn ich da an die Dummköpfe im Tal denk, die aber den Kopf recht hochhalten, bloß weil der Vater einen schönen Hof hat. Im Leben ist immer alles verkehrt.*

Das Dach der Almhütte kam in Sicht. Jetzt lief Veronika, was sie konnte. Sie rief schon von Weitem: »Wir sind wieder da, Vater, Mutter, wir sind bis zur Schlucht mit dem Auto gefahren, wir kommen.«

»Gott sei Dank«, murmelte Hubert. »Jetzt wirst bald keine Schmerzen mehr haben, Frau!«

Therese lag mit geschlossenen Augen da und wagte kaum zu atmen. Endlich öffnete sich die niedrige Stubentür, und der Doktor trat ein. Mit einem Blick sah er die ganze Ärmlichkeit und schluckte. So also konnte man auch leben, und sofort dachte er: *Ob sie wohl immer genug zu essen haben und das Holz im Winter wohl immer reicht?*

Der Mann und das Kind mussten jetzt erst einmal die Schlafkammer verlassen. Und dann untersuchte er vorsichtig die Frau. Schmerzen hatte sie schon, aber wie er es sich schon unterwegs gedacht hatte, es war der Rücken. Sie hatte sich die Wirbelsäule angebrochen und würde für den Rest ihres Lebens gelähmt im Bett liegen bleiben müssen. Gewiss, er konnte jetzt zusehen, dass sie in ein Spital kam, aber dort würde man sie auch nicht mehr gesund machen können. Der Weg dorthin würde für die Frau eine rechte Strapaze sein, und später würde man sie wieder zurückschaffen müssen und wofür? Nur um es dann von anderen

Ärzten bestätigt zu bekommen? Er strich sich müde über das Haar.

»Ich geb dir jetzt ein Mittel, Therese, danach wirst bald gut schlafen, ich lass dir auch was da. Die erste Zeit wirst es wohl gebrauchen. Ich leg es dir hierhin. Veronika wird dir dann ein Glas Milch bringen, damit wirst es dann einnehmen.«

»Danke, Doktor, jetzt mach ich dir auch noch so viele Mühe, musst meinetwegen den Berg raufsteigen.«

»Das hab ich doch gern getan. Da komm ich mal raus aus dem Dorf, und es hat mir ehrlich Spaß gemacht, du hast da eine nette Person als Tochter, Therese.«

»Wirklich?« Ihr graues Gesicht hellte sich ein wenig auf. »Ja, sie ist unser Sonnenschein, und schon so flink und hurtig bei der Arbeit. Nie denkt sie an sich.«

Er erhob sich von der harten Bettkante.

»So, jetzt nimm auch gleich das Mittel. Ich werd jetzt wohl öfters nach dir sehen.«

Sie umklammerte seine Hand.

»Sag mir, ist es etwas Ernstes, bitte, sag es mir, ich kann die Wahrheit vertragen.«

Er schloss für ein paar Sekunden die Augen, aber dann sagte er sich: *Zuerst muss sie die großen Schmerzen hinter sich bringen, sonst wäre es ja reiner Mord, ihr jetzt schon die Wahrheit zu gestehen.*

»Ich komm übermorgen wieder, im Augenblick müssen wir erst einmal abwarten, Therese. Schlaf jetzt.«

Ihr Kopf fiel auf das dünne Kissen zurück. Ihre Hände gingen wie suchend über das Deckbett.

»Ja«, sagte sie leise und demütig.

In der Küche saßen der Mann und die Tochter. Ängstlich blickten sie den Doktor an. Veronika sprang jetzt auf und lief zum Ofen.

»Ich habe Kaffee gekocht«, sagte sie leise.

»Danke, den kann ich jetzt gut vertragen, mein Kind.«

»Was ist, Herr Doktor, was ist mit meiner Frau? Wird sie lange liegen müssen?«

Schwer ließ er sich auf einen Holzstuhl fallen.

»Ja«, sagte er müde. »Euch muss ich wohl schon die Wahrheit sagen. Der Therese konnte ich noch nichts erklären, sie muss erst mal von den Schmerzen frei werden.«

»So sprecht doch endlich!«

»Sie wird wohl ab jetzt das Bett hüten müssen. Das Rückgrat ist beim Sturz verletzt worden. Sie ist gelähmt. Ich hab es mir gleich gedacht, als Veronika zu mir herunter kam und davon berichtete. Ich kann nicht mehr sehr viel tun. Werde aber immer mal wieder vorbeikommen und ihr Schmerzmittel bringen. Die erste Zeit wird sie diese brauchen.«

»O mein Gott«, stammelte der Mann. »So wird sie nie mehr laufen können? Und wenn wir sie jetzt in ein Spital bringen? Wenn man sie dort operiert?«

Der Doktor schüttelte den Kopf.

»Natürlich kannst du es tun, aber man wird ihr auch dort nicht helfen können.«

Lange war es sehr still in der Stube. Dann schluchzte Veronika laut auf. »Die arme Mutter, oh du mein Gott!«

»Ich komm wieder vorbei und schau herein. Jetzt wird sie schlafen und das ist gut. Lange können wir es ihr nicht verheimlichen.«

Der Doktor ging und ließ zwei verzweifelte Menschen zurück. Er stand vor der Hüttentür und blickte auf die Berge und dachte: *Da kommen die Urlauber, zahlen viel Geld, um diesen Anblick zu genießen, und diese Menschen hier oben, sie sehen ihn alle Tage und sind jetzt recht unglücklich. So ist nun mal das Leben.*

Das war ein schrecklicher Schlag. Wohin sollte man mit einer gelähmten Frau?

Das junge Mädchen saß lange still am Fenster und starrte auf die Bergspitzen. Sie wusste, sie war jetzt hier gefesselt. Solange die Mutter lebte, konnte sie nicht fort. Denn wer sollte sie pflegen, den Haushalt machen und für den Vater sorgen?

Heiße Tränen rannen über das zarte Gesicht, und sie bedauerte die Mutter.

Eine Woche lang hatte man sie hinhalten können, aber da fühlte Therese schon selbst, dass etwas nicht mit ihr stimmte. Sie sah die verweinten Augen der Tochter, der Mann war so bedrückt. Und als dann wieder der Doktor kam, da hatte sie seine Hand gehalten: »Und nun sag mir die Wahrheit!«

Er hatte geschluckt, in die klaren hellen Augen geblickt und ihr dann die Wahrheit eröffnet. Therese hatte seine Hand losgelassen, der Blick war zur Decke gegangen. Ganz still hatte sie dagelegen, und schneeweiß war ihr Gesicht geworden. Nach einer Weile hatte er gehört, wie sie geseufzt hatte: »Oh du gerechter Gott!« Therese haderte nicht, sie lehnte sich auch nicht gegen das Schicksal auf, denn sie wusste, es war ja so sinnlos. Daran würde sich doch nichts mehr ändern. Sie hatte Veronika an ihr Bett gerufen, sie lange stumm angesehen und dann leise gesagt: »Nun liegt alle Last auf deinen Schultern.«

»Mutter«, hatte sie leise erwidert, »du brauchst dich um nichts zu sorgen. Ich werd es schon schaffen, und wenn nicht, dann bist du ja da, und ich kann dich immer fragen.«

»Ich werde euch eine schreckliche Last sein, Kind!«

»Bitte, Mutter, so darfst du nicht reden. Wir sind ja so froh, dass du am Leben bleibst. Wir brauchen dich doch, Mutter. Es wird schon gehen.«

»Du bist ein gutes Kind!«

Was sie damals nicht wussten, war, dass der Doktor zum Lorenz gegangen war und ihm von dem schrecklichen Schicksalsschlag der Familie Abschlag berichtete.

Dieser hatte ihn angeblickt und war im ersten Augenblick geschockt gewesen. Da hatte er endlich eine gute Familie auf der Alm droben, und jetzt sollte sie vielleicht dort nicht mehr schaffen können?

»Das Beste wird sein, du gehst hinauf und sprichst mit dem Hubert, Bauer. Ich weiß nicht, ob die zwei das schaffen, aber zugleich frag ich mich auch, wo sie sonst hin sollen, denn Geld besitzen sie ja nicht.«

So war denn am Sonntag der Großbauer zur Alm gegangen. Er hatte mit dem Hubert ein langes Gespräch gehabt, auch mit der Tochter hatte er gesprochen. Nein, wenn es irgend ging, dann wollten sie von der Alm nicht fort. Hier war ihre Heimat. Im Ort mussten sie ja dann auch Miete zahlen und überhaupt, wenn es irgend ging, dann wollten sie weitermachen, Vater und Tochter.

Als der Großbauer das hörte, war er froh. Der Hubert war ja erst fünfundvierzig Jahre und würde noch an die zwanzig Jahre rüstig bleiben.

»Tja, ich will euch jetzt auch einen Lastenlift bauen, und dann kommt auch Strom auf die Alm. So braucht man nicht mehr den Käse auf dem Buckel runterschleppen. Die Kannen stellt ihr hinein, und ich besorg dann immer, was ihr mir auf den Zettel schreibt, der im Kasten liegt. Und eine elektrische Melkanlage werd ich dann auch einrichten.«

So war dann der Strom ins Haus gekommen. Man hatte jetzt immer Licht und einen Ofen, den man nicht erst umständlich mit Holz anzünden musste, sondern brauchte nur den Knopf herumdrehen. Und jetzt bekam man immer frische Ware aus dem Ort, wenn man wollte, jeden Tag.

Es war zwar sehr beschwerlich, den Lastenlift über die Schlucht zu bauen. Erst sah es auch so aus, als sei das unmöglich, aber dann schafften sie es doch. Und wie glücklich war man, als er endlich in Betrieb genommen wurde. Nun brauchten Veronika oder Hubert nicht mehr jede Woche den beschwerlichen Weg ins Dorf zurückzulegen, um einzukaufen.

Und mit der elektrischen Melkanlage ging es auch viel schneller. Gewiss, nun hatten sie dafür auch an die sechzig Stück Vieh hier oben, denn Lorenz tat nichts aus Barmherzigkeit. Und im Sommer waren noch die Kälber hier oben und die tragenden Kühe. Da hatte man schon alle Hände voll zu tun. Aber der Lohn stieg auch mit der Zeit. Nebenbei besaß man jetzt auch zwei eigene Kühe. Die Milch und den Käse, den man davon machte, verkaufte man an die Urlauber.

Wie froh waren sie nach dem beschwerlichen Aufstieg, wenn man hier oben in der Sennhütte frische kühle Milch bekam und herrlich duftenden Käse sowie Butter. Ja, das schmeckte alles noch nach Natur.

Veronika war flink und schaffte alles. Sie versorgte nebenbei auch noch die Mutter wie eine gelernte Krankenschwester.

Als dann die Schmerzen nachließen, zimmerte Hubert ihr einen Liegestuhl mit Rädern. Im Sommer trug er sie nach draußen auf die Almwiese, so brauchte sie nicht immer in der dunklen Stube zu bleiben. Dort lag sie und sah die Berge und konnte noch Kartoffeln schälen und auch stopfen und stricken. Mit der Zeit waren ihre Hände zart und durchsichtig wie bei einer Städterin geworden.

Nie zeigten die zwei, dass ihnen alles zu viel wurde, im Gegenteil, sie fanden immer mal wieder einen Augenblick, wo sie sich einen Stuhl holten und sich zur Mutter setzten und mit ihr plauderten.

Die Urlauber unterhielten sich auch gern mit der gelähmten Frau. Sie waren sehr freundlich zu ihr. So mancher brachte ihr auch etwas aus dem Dorf mit. Es gab Leute, die kamen regelmäßig jeden Sommer nach Mixnitz. Sie kannten schon die Abschlags. Das war dann ein Begrüßen und Fragen, und Therese hatte ganz glückliche und frohe Augen.

Ja, sie konnte dem Schicksal noch dankbar sein, dann sie hatte eine gute Tochter und einen Mann, der ihr auch jetzt noch treu blieb. Und was Veronika damals als junges Mädchen versprochen hatte, das hielt sie auch. Das Haus sah immer sauber und nett aus, und überall blühten Blumen vor dem Fenster. Und der kleine Garten gedieh prachtvoll. Von früh bis spät war sie auf den Beinen und arbeitete fleißig neben dem Vater und gönnte sich kaum eine Pause.

3. Kapitel

Veronika Abschlag war ein stolzes schönes Geschöpf, aber sehr herbe und schweigsam. Ihre großen klaren Augen konnten bis auf den Grund der Seele blicken. Sie war hart im Zupacken und schreckte vor nichts zurück.

Die Dörfler nannten sie ein wenig verschroben. Nie hatte man sie lachen gehört. Immer ging sie schweigend durch das Dorf. Zu einem Klatsch ließ sich das Mädchen nie verleiten.

»Ja, ja, die hat Haare auf den Zähnen«, wisperten die Klatschweiber. »Kein Wunder, dass da kein Bursch anbeißt. Sie wird mit der Zeit wohl noch schrulliger, komisches Mädchen. Und der Herr Pfarrer und der Herr Lehrer halten so große Stücke auf die Veronika. Also wirklich, die ist schon narrisch.«

Veronika wusste sehr wohl, was man sich im Dorf über sie erzählte, und sie lächelte dann bitter. Sollte sie sich verteidigen? Sie war nun mal so. Wenn man das ganze Jahr über hoch in den Bergen zwischen Himmel und Erde lebt, von dem wirklichen Leben abgeschieden, da wird man so. Da nimmt man alles sehr ernst und kann sich nicht lustig geben. Das Leben, die Berge formen den Menschen, prägen ihnen ihren Stempel auf. Und sie hatte doch einst fortgewollt, hinaus in die Welt. Sie hatte etwas anderes lernen wollen, aber dann war ja alles ganz anders gekommen.

Seit zehn Jahren war nun die Mutter gelähmt. Der Vater war jetzt fünfundfünfzig und sie selbst fünfundzwanzig Jahre.

Was wussten denn schon die Dörfler von ihrer großen Sehnsucht. Sie hatte doch auch ein Herz und sehnte sich nach Liebe, nach einem Menschen, dem sie gut sein konnte. Sie wollte auch Kinder haben. Aber da war niemand, der die Sehnsucht in den großen Augen von Veronika bemerkte.

Zwar sagte der Vater immer: »Du musst nicht auf uns Rücksicht nehmen, Kind. Du musst auch mal an dich denken. Wenn wir alt sind, dann wird der Lorenz für uns wohl ein Plätzchen finden, und dann kann ich ja auch von meiner Rente leben, und die Mutter wird man schon versorgen. Du aber bist jung, du musst jetzt auch an dich denken. Geh doch mal ins Dorf und misch dich unter die Jugend. Heuer, wenn wieder Kirchweih ist, dann gehst du, und dann tanzt du und bist lustig und vergisst uns einmal.«

Veronika stand am Zuber und knetete den Brotteig. Ihre Augen flimmerten in der Sonne. *Kirchweih*, dachte sie, und die Brust wurde ihr sehr eng. *Aber was soll ich denn dort? Ich kenne doch niemanden, und niemand spricht mit mir. Sie alle blicken mich von der Seite her an. Und ja, wenn ich wirklich gehen will, dann muss ich tagelang vorarbeiten und alles in der Hütte richten und das Essen vorkochen. Ja, und dann endlich kann ich mich um mich selbst kümmern und mir mein Sonntagsdirndl richten, und dann geh ich los. Über zwei Stunden muss ich dann in der prallen Sonne laufen. Wenn ich endlich unten ankomme, ist mein Dirndl zerknittert, und ich bin müde und erschöpft, und die Füße tun mir weh, und ich möcht mich ausruhen. Dann seh ich mir den Festzug an, später strömen sie alle zum Zelt und vergnügen sich. Aber wie kann ich mich vergnügen, wenn ich schon wieder an den Heimweg denken muss, der drei Stunden dauern wird? Ich hab doch niemanden, bei dem ich im Ort nächtigen könnte.*

Die Dörfler nennen mich auch gottlos, weil ich am Sonntag nicht mehr in die Kirche geh, früher hab ich es ja noch gemacht. Aber der Herrgott hilft mir auch nicht, ich muss sehen, wie ich mir allein helfe. Fünf Stunden für eine kurze Stunde in der Kirche, und dann an einem Tag, wo ich ein wenig mehr Zeit für die Mutter hätte. Nein, ich bleib lieber hier oben und schau ins Gebetsbuch und singe ein wenig mit der Mutter.

»Hörst du, Veronika?«

Nun war sie doch in Gedanken gewesen und hatte gar nicht mehr gehört, was der Vater sagte.

»Ich werd es mir überlegen, Vater.«

Hubert hatte einen krummen Rücken und müde Augen. Sein Herz war auch schwer, denn er wusste nicht, was einmal werden sollte, wenn er nicht mehr war. Was würde sein, wenn er vor der Frau sterben würde? Dann würde die ganze Last auf den Schultern der Tochter liegen. Sie hatten eine gute Tochter, ja, aber sie sollte doch selbst leben. Und manchmal sah er sie am Rand der Schlucht stehen, die Augen bedeckt, und sie starrte ins Dorf. Er fühlte ihre Sehnsucht. Sie wollte fort, und doch blieb sie.

Wieder seufzte er schwer auf.

Was nützt mir die Kirchweih, dachte sie müde. *Ich werde mir einen schönen Tag machen. Dann kommen bestimmt keine Urlauber herauf.*

4. Kapitel

Carl Pfeifer, der Förster, und Veronika kannten sich jetzt schon bald ein ganzes Jahr. Der Glaube an die Frau war ihm in der Stadt genommen worden. Er hatte eine Frau wirklich geliebt, alles hätte er für sie getan, aber sie hatte nur mit ihm gespielt, ihn mit dem besten Freund betrogen. Und bald wäre es ihretwegen sogar zu einem Mord gekommen. Damals als das Blut hochschlug und heiß war, da hatte er nur rot gesehen und um sich geschlagen, nicht mehr sehend, was er tat. Sein Herz war tödlich verletzt. Wäre der Freund nicht auch groß und stark gewesen, so hätte er ihn gewiss totgeschlagen. So kam es zu einer mörderischen Schlägerei, und er verlor dabei ein Auge. Fast verblutet wäre er, wenn man ihn nicht rechtzeitig gefunden hätte.

Der Freund war damals mit dem Mädchen auf und davon und hatte ihn einfach im Blut liegen lassen. Auch später, als die Polizei wissen wollte, wieso es zu dieser schrecklichen Schlägerei gekommen sei, da war er nicht gekommen. Carl hatte verbissen geschwiegen und sich gewünscht, er möge sterben, denn dann würde sein Herz endlich Ruhe geben.

Aber er blieb am Leben, und man machte ihm das Leben auch noch schwer. Jetzt hieß es, er sei ein jähzorniger Mensch, der einfach wehrlose Menschen anfalle und sie zusammenschlagen würde. Den besten Freund habe er so zugerichtet. Er hatte alles still geduldet. Dann hatte man ihn zum Amt befohlen, und dort hatte man ihm gesagt: »Also, das geht nimmer, hier herrscht Ordnung, und darum sind Sie strafversetzt. In Bruck können wir solche Leute wie Sie nicht brauchen. Nächsten Monat siedeln Sie über nach Mixnitz, dort werden Sie dann Ihren Dienst tun.«

So war er also vor einem Jahr in das Dorf gekommen. Natürlich war ihm sein Ruf vorausgeeilt So mancher besaß Verwandte in Bruck, und denen erzählte man, man bekäme einen neuen Förster. Als man den Namen nannte, wussten dann die Verwandten nichts anderes zu tun, als ihnen zu erzählen, welch böser Mensch der Pfeifer sei.

»Nehmt euch vor dem bloß in Acht. Also, macht keinen Zank, oder er schlägt euch tot.«

Da hatten sie sich aufgelehnt und waren zum Amt gegangen und hatten Beschwerde eingelegt, bevor er überhaupt sein Amt antreten konnte. Aber beschlossen war nun mal beschlossen. Mit zusammengepressten Lippen sah man dann zu, wie der neue Förster ankam. Er bezog das Forsthaus unten in der Schlucht. Mehr recht und schlecht versorgte er sich selbst. Er war zu jung und bekam noch zu wenig Geld, als dass er sich eine Haushälterin hätte leisten können. Bestimmt wäre auch keine zu ihm gezogen.

Carl Pfeifer bemerkte sehr wohl, woher der Wind kam, und sein Herz versteinerte sich. Nie ging er in den Krug. Nur kurz kam er ins Dorf, um seine Einkäufe zu tätigen. Dann aber verschwand er wieder in seine Berge.

Wenn er nicht ein so guter Förster gewesen wäre, dann hätte man vielleicht noch eine Eingabe gemacht, sich bitter beklagt, aber alles, was recht war, er sorgte für Ordnung und Ruhe im Revier, und der Wald kam wieder in Ordnung, und die Holzfäller mochten ihn ganz gerne.

»Er ist ein netter Mensch, er spricht kaum und trinken tut er auch nicht, aber sonst ist er ein feiner Kerl.«

Pfeifer litt noch sehr lange unter dem, was man ihm angetan hatte. Sein Herz fand auch hier nicht sofort die Linderung, die es so dringend brauchte, um zu gesunden. Und dann wurde er menschenscheu, hasste sie alle abgrundtief, besonders die jungen Mädchen. Alle waren sie falsch und gemein, nein, man konnte ihnen einfach nicht trauen. Und die alten Weiber waren ihm auch verhasst, sie klatschten den ganzen Tag und machten dem Mann das Leben schwer. Pfeifer ging ihnen allen aus dem Weg. Wenn er einer begegnete im Wald, dann wurden seine Augen so böse und zornig, dass sie gleich machten, dass sie ins Dorf zurückkamen. Nein, da wagte sich keine an das Forsthaus, obwohl es früher immer eine Ehre für eine Dirn war, wenn sie den Förster ehelichte. Bekam er doch einmal eine Staatspension, wär er für das Dorf doch auch so etwas wie eine Respektsperson und lebte man doch auch in dem schönen Forsthaus. Alles wunderbare Vorzüge, sonst konnte man doch nur einen Bauernbursch bekommen oder einen Holzfäller. Handwerker gab es so gut wie gar keine.

Aber der Carl Pfeifer, nein, lieber ließ man sich mit dem Teufel höchst persönlich ein als mit diesem Menschen. Nein, da bekam man ja das Fürchten, wenn man ihn sah, und dann seine Augen: Die waren so dunkel und so kalt und seine grollende Stimme. Recht hatte man getan, als man ihm das Auge ausschlug.

Dafür trug er jetzt ein Glasauge, und es war gut gemacht, sodass man nicht mal genau wusste, welches denn jetzt nun bei ihm fehlte.

Als sich der Förster mit seinem Revier vertraut gemacht hatte, kam er auch eines Tages auf die Alm beim Drachenloch. Anfangs hatte er immer einen großen Bogen darum gemacht. Hinter der Alm ging der Wald weiter bis zum Loch und dann steil hinauf. Aber nicht nur im Wald musste er für Ordnung sorgen, sondern überhaupt, und besonders die Gämsen musste er schützen, kam es doch immer wieder vor, dass sich einer herauswagte, um sie zu schießen. Das Gehörn war bei den Urlaubern sehr beliebt, und die Decke konnte man auch gut verkaufen. Ganz früher wurde ja noch viel mehr gewildert, in den großen Kriegen und kurz danach, als das große Hungern war. Doch jetzt war es ruhig im Revier. Das heißt, der Förster hatte das Gefühl, es würden bei den Gämsen welche fehlen. Aber ganz sicher war er sich da noch nicht. Doch er würde auf der Hut bleiben und aufpassen. Irgendwann würde er eine Spur finden.

Ja, wie gesagt, er hatte zuerst immer einen Bogen um das Anwesen gemacht. Man sah ihn immer in der Ferne Vorbeigehen. Veronika hatte die Augen zugekniffen und ihm nachgeblickt. Hubert hatte im Dorfkrug gehört, welch schlechter Ruf ihm anhing.

»Lass ihn nur, wenn er nicht will. Er sieht doch, dass unsere Tür immer offensteht.«

Veronika war schweigend ihrer Arbeit nachgegangen und hatte sich um die Mutter gekümmert.

Eines Tages hatte Carl dann durch sein Glas die gelähmte Frau im Liegestuhl bemerkt und sich gewundert. So wenig wusste er von den Abschlags da drüben. Und da saß er nun auf einem Felsvorsprung und grübelte nach. *Dann sagte er sich: Vielleicht sollte ich wirklich hinübergehen. Vielleicht kennen sie noch nicht meinen schlechten Ruf, und ich kann mich ein wenig mit ihnen unterhalten.*

Carl litt sehr darunter, dass man ihn im Dorf mied. Er war auch ein Mensch und suchte die Gesellschaft. Oft kam es vor, dass er tagelang kein Wort sprach. Er hatte schon Angst, er würde das Sprechen noch mal ganz verlernen. So hatte er sich denn einen Ruck gegeben und war eines Tages über die weite blumenbestreute Wiese geschritten, und dann hatte er an der Liege gestanden und sich freundlich mit Therese unterhalten. Veronika hatte es gar nicht bemerkt und war ganz arglos um die Hausecke gekommen. Da war es aber dann zu spät gewesen, und sie hatte nicht mehr zurückgehen können.

»Grüß Gott, Herr Förster«, hatte sie kurz gesagt.

Carl hatte aufgeblickt und sie erstaunt angesehen, aber dann war sein Blick schnell zur Seite gegangen, und er hatte sich wieder mit der Mutter beschäftigt. Sein Blut regte sich aber, und das Herz bäumte sich auf.

Sicher hat sie auch einen Liebsten und mit dem ist sie auch nicht immer so lieb, wie sie sich gibt, dachte er. *Diese Mädchen, oh, ich kenne sie. Sie locken mit den Augen, mit dem Mund und sind doch so schlecht.*

Die Vergangenheit stand wie eine Wand zwischen ihnen, und er brachte kaum ein Wort über die Lippen. Veronika merkte wohl, dass er sehr seltsam war, aber zugleich bemerkte sie auch, wie nett er mit der Mutter sein konnte, und da sagte sie sich: *So schlecht kann er gar nicht sein.*

Das erste Mal blieb der Förster nur sehr kurz. Aber merkwürdigerweise konnte er jetzt nicht mehr um den Hof herumgehen. Immer, wenn er jetzt in ihrer Nähe war, machte er einen kurzen Abstecher in die Almhütte.

Er lernte auch den Vater kennen, und immer war die Tochter dabei. Mit Veronika hatte er noch kein Wort gesprochen. Sie flößte ihm noch immer Angst ein und verwirrte ihn auch zugleich.

Veronika ließ ihn gewähren, aber wenn er die Stube verließ, dann blickte sie ihm lange nach. Carl ging in den Wald zurück und zergrübelte sich den Kopf über sie. Zu gern hätte er alles über sie gewusst. Aber lieber hätte er sich selbst die Zunge herausgerissen, als ins Dorf zu gehen, um zu erfragen, was mit ihr sei. Aber das brauchte er auch gar nicht, schon bald hörte er selbst, dass man an der Veronika kein gutes Haar ließ. So erfuhr er auch, dass sie ihr ganzes Leben oben auf der Alm zugebracht hatte. Einen Freund besaß sie auch nicht. Das wunderte ihn sehr, denn sie war doch eine Persönlichkeit, ja eine Schönheit, und schaffen konnte sie doch auch. Merkwürdig, warum man das nicht bemerkte! Bis ihm aufging, dass man sie mied, und sehr bald wusste er auch den Grund, und er hätte für einen kurzen Augenblick am liebsten all diese harten Bauernschädel genommen und entzweigeschlagen. So hart und gemein konnte man also sein. Da war nun ein junges Mädchen, das sich opferte, und zum Dank dafür lachte man noch hinter ihrem Rücken her.

Es trug sich zu, dass Veronika eines Tages im Dorf war, als auch er bei der Krämerin eingekauft hatte. Manchmal musste man eben selbst mal einkaufen und konnte nicht alles in den Lastenlift legen.

Veronikas Wangen waren leicht gerötet, und sie hörte sehr wohl die beiden Frauen hinter ihrem Rücken reden. Da war dann der Förster hervorgetreten, hatte sich an ihre Stelle gesteht und laut gefragt:

»Wenn du fertig bist, dann will ich dir gern tragen helfen, Veronika.«

Zum ersten Mal war da ein Mensch, der sie in Schutz nahm. Veronika hatte für einen Augenblick Tränen in den Augen.

»Danke«, sagte sie leise, »aber ich schaff das wohl.« Sie nahm den Rucksack und schnallte ihn auf den Rücken. Die eine Tasche hielt sie in der Hand. Als sie sich aber nach der zweiten bücken wollte, nahm sie der Carl und hob sie hoch. Sie war sehr schwer.

»Dann komm, machen wir uns auf den Weg, Veronika!«

Da hatten die Frauen gestanden und ihnen offenen Mundes nachgeblickt.

Zuerst waren sie ziemlich lange stumm nebeneinander geschritten, aber dann waren sie doch ins Gespräch gekommen. Jeder merkte recht bald, dass der andere heimlich kluge Gedanken hatte und man sich prachtvoll mit ihm unterhalten konnte. Und worüber man sich nicht alles unterhielt. Noch nie war Veronika der Weg so kurz vorgekommen. Ehe sie sich versah, stand sie schon in der Schlucht, und da war der Weg, der zum Forsthaus abzweigte.

»Jetzt kann ich die Tasche gut selbst tragen«, sagte sie und blickte ihn einmal kurz an.

»Warte, wenn du mit ins Haus kommen willst, so bring ich meine Sachen fort, und dann gehe ich mit. Aber bei mir ist es nicht so blitzsauber wie in der Almhütte.«

Veronika staunte nicht schlecht, als sie die Stuben sah.

»Morgen will ich putzen«, sagte der Förster hastig.

Zum ersten Mal nach langer Zeit lachte sie kurz auf. »Du meine Güte, da brauchst halt jeden Tag sehr viel Zeit, um alles zu finden?«

Carl besaß auch Humor, nur war er ganz verschüttet.

»Komm, jetzt tragen wir die Sachen hinauf, und ich bin da ganz eigennützig, denn ich hoff, dass ich dann ein Stück von dem selbstgemachten Brot erhalte.«

»Ach, so ist das also«, sagte sie und lächelte. »Man arbeitet also nur für reellen Lohn und nicht für ein *Vergelt's Gott!*«

»Davon wird der Magen nicht voll«, sagte der Förster und lachte ebenfalls zum ersten Mal nach langer Zeit. Er war selbst ganz erstaunt darüber und legte erschrocken die Hand über den Mund.

Wenig später sah man dann die beiden, Seite an Seite den Rest des Weges zurücklegen. Der Vater stand oben vor der Haustür und sah sie ankommen. Sein erster Gedanke war: *Vielleicht wird doch noch alles gut. Wenn jetzt der Förster Gefallen an unserer Veronika fände, dann bliebe sie hier in den Bergen und würde doch glücklich. Alles würde sich dann endlich zum Guten wenden und die vielen Sorgen hätten endlich ein Ende. So ein Förster sucht nicht nach einer großen Mitgift, der hat ja selbst keinen Hof.*

Beide ahnten sie nichts von den Gedanken des Vaters. Veronika selbst ging gleich in die Küche, brühte einen Kaffee auf und ging dann zum Fenster, wo die Mutter im Sessel lag und schüttelte ihr die Kissen auf.

»Ich hab dir auch wieder ein Buch mitgebracht, Mutter. Jetzt kannst du wieder lesen.«

»Ach, Veronika, du sollst doch das Geld für dich ausgeben, hörst du!«

»Aber du liest doch so gern, und ich tu es auch und der Vater. Wir haben doch dann alle unsere Freude daran.«

Carl Pfeifer saß am Tisch und hörte erst stumm zu. Er wurde mit hineingerissen, ob er wollte oder nicht, und seine Bewunderung für das Mädchen kannte bald keine Grenzen mehr. Langsam ebbte der alte Schmerz ab. Nur hin und wieder, besonders des Nachts, da fühlte er noch die nackte Angst in sich hochkriechen. Dann stand alles wieder so klar und deutlich vor seinen Augen, als sei es erst gestern geschehen. War es doch sein allerbester Freund gewesen. Er hatte ihm voll und ganz vertraut.

»Ich hab daheim noch eine Kiste Bücher stehen, von der Stadt her, ich bring sie gern, wenn ihr so gern lest, Abschlagin.«

»Wirklich?«, lächelte die Kranke gütig. »Wissen Sie, Förster, da liegt man nun schon an die zehn Jahre und muss sich noch bedienen lassen und kann so wenig tun, und dann verursacht man auch noch Kosten. Warum sterbe ich denn nicht endlich? Ich bin doch so nutzlos.«

»Mutter, red doch nicht so, das bist du wirklich nicht. Wir sind so froh, dass wir dich noch haben, nimm den Kaffee! Ich hab dir hier auch ein Brot gestrichen. Komm, ich richt' dich ein wenig auf.«

Carl sprang auf und half dem Mädchen, denn es war eine schwere Arbeit für sie allein. Der Vater war noch im Stall. Wieder einmal hatte er ganz dunkle Augen und versuchte zu ergründen, was hier vorging. *Gab es denn wirklich so verschiedene Menschen? Oder waren die Berge daran schuld? Blieb man hier oben rein und gut? Wurde man in der Stadt vielleicht böse und hart?*

Manchmal spürte der junge Förster sehr wohl, dass auch Veronika unter Fernweh litt, oder zumindest sehnte sie sich nach einem anderen Leben. Ganz besonders, wenn an einem Tage besonders viel Urlauber oben gewesen waren. Sicher, sie verdienten dann immer dabei, und so konnte man sich hin und wieder etwas mehr leisten. Aber wenn sie dann fortgingen, den Berg hinunter, diese jungen Frauen mit ihren Männern, dann fühlte sie wohl, wie ihr Herz sich aufbäumte. Sie war doch nicht blind und sah, wie nett sie miteinander waren und wie viel Spaß sie hatten.

Ihr ganzes bisheriges Leben hatte sie bis jetzt nur Arbeit und Verachtung kennengelernt.

5. Kapitel

Hin und wieder blieb Veronika stehen und blickte auf die Bergspitzen.

»Es ist schon so lange her, da bin ich auch mal droben gewesen.«

»Wenn es dir so viel Spaß macht, warum gehst dann nicht wieder hinauf?«

Sie zuckte die Schultern.

»Ich möcht auch schon mal zum Gipfelkreuz. Wie ist es, Veronika, würdest du mich führen?«

»Freilich«, sagte sie leise. »Das wäre wirklich nicht so dumm!«

»Also abgemacht, sobald ich Zeit hab, melde ich mich und dann steigen wir in die Wand.«

Veronika ging voraus, er sollte nicht sehen, wie ein Rot über ihre Wangen zog. Schon seit einiger Zeit freute sie sich sehr, wenn sie den Förster in der Ferne sah, aber lieber biss sie sich die Zunge ab, als dass sie je ein Wort darüber verlieren würde.

Er ist doch Beamter, dachte sie bei sich, und wird sich hüten, *so ein armes Mädchen wie mich anzublicken. Gewiss hat er schon eine andere im Sinn!* Zu ihr war das ganze böse Geschwätz noch nicht direkt gedrungen. Sie wusste wohl, da gab es ein Geheimnis um ihn, aber fragen tat sie nun doch nicht.

Sie war ja dem Schicksal schon dankbar, dass es ihr so eine Art Freund geschickt hatte.

So stand sie also als Erste unter der Drachenwand, und sie blickte hinauf und sah das Abendrot sich in der Wand brechen. Ach, sie hatte schon gar nicht mehr gewusst, wie schön es hier oben war. Aber dann ging ihr Blick weiter, und sie sah plötzlich etwas in Gebüsch liegen. Sie lief sofort hin und kniete sich nieder.

»Oh«, sagte sie erschrocken.

Carl kam ihr nach, und dann sah er auch die tote Gämse. Er fluchte nicht schlecht.

»So ist also doch wieder ein Wilderer im Revier, man sollte ihnen die Hälse durchschneiden. Schau mal, wie man es zuschanden gejagt hat, und dann ist es die Wand hinuntergestürzt. Erst als es mit gebrochenen Knochen hier unten lag, da hat man ihm den Gnadenschuss verpasst. Und das Gehörn ist natürlich schon fort. Die Decke taugte wohl nichts mehr!«

Veronika war ganz erschrocken.

»Aber«, stammelte sie leise, »in all den Jahren, wo wir hier oben leben, hat es nie einen Wilderer gegeben. Ich kann es mir einfach nicht vorstellen.«

»Sieh doch hin, so musst du es glauben. Ein Jäger tut so etwas nicht, seine Beute liegen lassen. Und überhaupt, Gämsen stehen unter Naturschutz und dürfen gar nicht geschossen werden. Hier schon gar nicht, denn wir haben so wenig an der Zahl. Das muss ich unbedingt melden.«

Er war wirklich sehr zornig.

Carl Pfeifer war Förster aus Leidenschaft, und er liebte das Wild und dies hier, das war wirklich arg.

»Jetzt werd ich nicht rasten noch ruhen bis ich den erwisch, der mir das angetan hat, und dann gnade ihm Gott, mit dem werd ich hart ins Gericht gehen. Anzeigen werde ich ihn auf der Stelle. Da kenne ich keine Gnade mehr!«

Veronika sah die zornigen schwarzen Augen auf sich gerichtet und zuckte unwillkürlich zusammen. Jetzt hatte sie richtig ein wenig Angst vor ihm.

Carl bemerkte es gar nicht, er sah noch immer die tote Gämse an und war wütend.

»Es kann sich nur um einen Einheimischen handeln, denn nur die wissen ganz genau, wo sie sich aufhalten. Und nur sie können hier oben so hinschleichen, dass sie weder von mir noch von euch gesehen werden. Du hast doch nix gesehen, oder?«

»Nein«, sagte sie hastig. »Nein, hier war außer dem Lorenz schon lange keiner mehr oben. Bis auf die Urlauber, aber die haben alle kein Gewehr bei sich, nur den Feldstecher. Seit wir den Lift haben, kommen sie auch nicht mehr, um den Käse zu holen. Früher musste man ja noch raufkommen, und wir mussten ins Tal.«

Der Förster stand an die Wand gelehnt und wischte sich über die Stirn, dabei ließ er alle Dörfler vor seinen Augen vorbeiziehen, aber soweit er das beurteilen konnte, war keiner darunter, dem man so eine Gemeinheit Zutrauen konnte. Und wenn es doch ein schwarzes Schaf gab, und das tat es ja, dann war es seine Pflicht, es zu entlarven, damit würde er sich aber nur noch verhasster machen.

Hart traten die Backenknochen hervor. Er würde wirklich keine Gnade kennen, und er pfiff darauf, wie man hinter seinem Rücken redete. Dieser Mensch, der ihm das angetan hatte, dem würde er schon heimleuchten.

»Komm«, sagte er rau, »mir ist jetzt die Lust vergangen, ich will heim.«

Alles war wie weggeweht. Vorhin hatte man noch so lustig geplaudert, sich hin und wieder auch ein wenig geneckt, aber jetzt schritt er an ihrer Seite zurück, und Veronika hatte das Gefühl, als merke er gar nicht, dass sie bei ihm war.

Kurz vor der Sennhütte besann er sich wieder auf das Mädchen. Er reichte ihr die Hand und sagte: »Da werd ich mich jetzt wohl des Nachts herum treiben müssen und am Tag schlafen. Vorläufig kann ich nicht mehr kommen. Grüß mir die Mutter. Ich werd die Bücher vor die Tür legen, denn wenn ich hier vorbeikomme, schlaft ihr gewiss noch.«

Sie hätte so gern gesagt: *Ich will gern aufstehen und Kaffee kochen und ein Brot schmieren. Nach so einer langen Nacht muss der Hunger doch groß sein.* Aber sie brachte es nicht über ihre Lippen.

Pfeifer ging davon, über die Almwiese und bog in den Tannenwald ein.

6. Kapitel

Als Veronika die Küche betrat, erzählte sie den Eltern, was sich ereignet hatte. Der Vater meinte: »Das kann ich mir kaum denken. Früher haben sie es alle getan, da war der Hunger auch groß. Aber da hat man auch keine Gämsen geschossen, die waren sowieso so hoch und zeigten sich kaum.« Das war alles, was die Abschlags darüber redeten.

Die Arbeit ging weiter, und man dachte nicht mehr daran. Wie versprochen, lagen aber eines Morgens ein paar Bücher auf der Schwelle. Und wieder ein paar Tage später noch ein paar. Er hatte sie also doch nicht ganz vergessen, und ihr Herz schlug ein wenig höher. Doch dann sagte sich das Mädchen: *Er bringt die Bücher doch nur für die Mutter. Er hatte Erbarmen mit ihr, er meint mich ja gar nicht.* Traurig brachte sie die Bücher in die Schlafkammer der Mutter.

Es war Herbst, und da konnte sie nicht mehr draußen sein, das war nicht gut für ihre Knochen. Alle paar Monate kam der Doktor vorbei und sah sich die Kranke an. Aber das machte er nur, um mal an die Luft zu kommen, wie er sagte.

Draußen regnete es jetzt sehr viel und es kam wieder die Zeit, da die Einsamkeit sehr groß wurde. Im Sommer hielt man sich die meiste Zeit draußen auf. Alles war dann licht und hell, und man freute sich, und die Urlauber brachten Abwechslung. Aber sobald die ersten Herbststürme einsetzten, war es dann ganz aus. Da lebten sie wie in einem Iglu. Nur wenn sie zum Lift mussten, kamen sie noch aus dem Haus. Das Vieh war höchstens zwei Stunden draußen, denn hier oben war ja alles anders, da wurde es schneller dunkel und auch kühler, und der Winter kam auch früher. Oft hatten sie schon im Oktober eine dicke Schneedecke auf der Wiese liegen. Im Augenblick war es aber noch nicht so.

Es würde der erste Winter sein, da in der Schlucht der Förster wohnte. Aber wenn der Schnee erst mal hoch lag, dann würde er auch wohl nicht mehr kommen. Jetzt waren schon über vierzehn Tage vergangen, und sie hatte ihn nicht mehr gesehen.

Veronika versuchte ihn zu vergessen.

Aber dann sollte etwas passieren, das ihr ganzes Leben verändern sollte. Am Tag war alles so wie sonst gewesen, nur die Mutter hatte stärkere Schmerzen, und auch der Vater klagte jetzt mehr über Rheuma. Sie machte sich an die Wäsche, buk das Brot und war am Abend rechtschaffen müde, als sie in ihre Kammer ging. Sie hatte das Licht noch nicht gelöscht und las noch ein wenig in ihrem Buch. Dann mussten ihr doch wohl die Augen zugefallen sein. Plötzlich hörte sie so etwas wie einen Schuss!

Erschrocken richtete sie sich in ihren Küssen auf, dann sprang sie aus dem Bett und ging in die Küche, aber die Eltern hatten nichts bemerkt. Danach war auch alles sehr still. Aber soweit sie sich erinnern konnte, war der Schuss aus der Richtung des Drachenlochs gekommen. Sie versuchte, durch das Dunkel der Nacht zu blicken, aber diese stand wie eine pechschwarze Wand vor dem kleinen Fenster.

Schon wollte sie wieder in die Kammer zurückgehen, als die Stalltür zuschlug. Hier oben schloss man nie die Türen ab. Wer sollte denn auch schon kommen?

Veronika blieb starr und steif stehen, sie fühlte ganz deutlich, es war jetzt jemand im Stall. Sofort dachte sie an den Förster. Vielleicht suchte er wegen des Unwetters Unterschlupf, wollte sie aber nicht wecken und war einfach in den Stall gegangen.

Aber ich bin doch auf, dachte sie, *und da kann er doch auch in die Stube kommen.* Sofort rannte sie in die Kammer und kleidete sich an. Danach nahm sie die Lampe und ging in den Stall. Sie wollte nicht das große Licht anknipsen, dann würden die Kühe nur unruhig. Zuerst sah sie nichts. Der lange Gang lag unheimlich vor ihr. An der rechten Seite befand sich die Melkanlage, und an der linken lag noch Heu vom Abend zuvor. Darüber war die Bodenluke, aus der sie es geworfen hatten. Veronika war so erstaunt, dass sie den Förster nicht vorfand, dass sie schon glaubte, sie habe sich geirrt. Aber da vernahm sie ein leises Stöhnen. Es kam aus der Hausecke.

»Wo sind Sie denn?«, wisperte sie. »Warum kommen Sie denn nicht näher? Kommen Sie doch!«

Die Kühe wandten träge ihre Köpfe herum und blinzelten sie an. Hier war es immer warm. Veronika lief hastig den Gang entlang. Bang sagte sie sich, vielleicht ist er verletzt. *Ich hab doch ganz deutlich einen Schuss gehört.* Dann bog sie um die Ecke und sah richtig einen Mann im Heu liegen. Sie war so erstaunt, dass sie im ersten Augenblick kein Wort über die Lippen brachte.

Es war nicht der Förster Carl Pfeifer, sondern ein junger Bursch. Das Haar hing ihm nass im Gesicht, und seine Kleidung war arg zugerichtet, zudem hielt er sich die ganze Zeit den linken Arm. Und jetzt sah sie auch zwischen den Fingern Blut hervorquellen.

»O du mein Gott«, stammelte das Mädchen erschrocken, stellte die Lampe nieder und beugte sich über den Mann.

Dieser wischte sich jetzt mit der gesunden Hand über das Haar und hob den Kopf. Im Schein der Lampe erkannte sie ihn sofort.

Es war Loni Schnepper, der Sohn vom Bürgermeister.

»Du meine Güte, bist du verletzt?«, fragte sie hastig.

»Ja«, stöhnte er. »Ein Streifschuss, nicht schlimm, aber es tut verdammt weh.« Wieder stöhnte er vor sich hin und drückte sich noch mehr in das Heu hinein.

»Lass mich mal sehen, ich versteh ein wenig von Verletzungen. Hier oben muss man das ja können, da kann man nicht um jeden Kratzer zum Arzt laufen.«

Vorsichtig streckte er ihr seinen Arm hin. Sie schob mit einem Ruck den Ärmel hoch. Er hatte recht, es war wirklich nicht sehr schlimm, aber die Wunde musste gesäubert werden, sonst konnte es wirklich noch eine Blutvergiftung geben.

Sie starrte ihn an.

»Wie kommst du zu der Wunde? Und was tust du hier oben, in der Nacht? Bist denn total narrisch geworden? Ein Fehltritt, und du landest in einem der vielen Grate und Schluchten.«

Der junge Mann, er war grad an die Zwanzig, fühlte sich hundeelend. Jetzt kam der ganze Jammer über ihn, und er begann zu zittern und klammerte sich an das Mädchen.

»Ich fleh dich an, verrat mich nicht, oh Veronika, bei allen guten Geistern, ich schwör dir alles, aber verrat mich nicht. Bitte!«

»An wen soll ich dich denn verraten, Loni?«

Er wischte sich den Angstschweiß von der Stirn und stöhnte wieder.

»Der Pfeifer ist doch hinter mir her. Er hat mir auch eins auf den Buckel gebrannt. Aber zum Glück hab ich ihn noch rechtzeitig gesehen und konnte so verhindern, dass er mich totschießt. Du meine Güte, ich hab noch nie so viel Angst ausgestanden wie in dem Augenblick.«

»Der Pfeifer wollte dich totschießen?«, keuchte das Mädchen. »Das glaub ich dir niemals, das ist Verleumdung, wenn du das sagst.«

»Und doch ist es so, er ist doch im Drachenloch. Da hält er sich versteckt, und ich komm ganz ahnungslos heran, und da schießt er gleich.«

Hastig erhob sich das Mädchen, ihre Lippen zitterten. Nun war ihr plötzlich alles ganz klar.

»Du hast also wieder eine Gämse geschossen«, sagte sie böse. »Du bist also der Wilderer, du bist der gemeine Mörder und Dieb, der sich an unseren Gämsen vergreift. Wo sie dazu noch unter Naturschutz stehen. Du hast doch so viel Geld daheim. Oh du mein Gott, recht hat der Förster getan, ja, nicht grad totschießen, aber du wirst deine gerechte Strafe bekommen, oh ja, das hat er mir gesagt.«

»Nein«, stammelte Loni erschrocken und riss seine dunklen Augen weit auf. »Nein, ich fleh dich an, wenn du mich verrätst, dann schlägt mich der Vater tot. Ich bitt dich, hilf mir doch. Ich flehe dich an.«

Er lag vor ihren Füßen und weinte. Veronika blickte auf die Lampe und sah im Geist den alten Schnepper vor sich. Der Loni hatte insofern recht, er war wirklich ein jähzorniger Mensch, und die Frau litt auch unter seinem Wesen. Alles wollte er besser haben, keiner durfte ihm gegen den Strich kommen. Sogar hier oben wusste man um das Wesen dieses Mannes.

Veronikas Lippen zuckten kurz auf.

»Wirst mir versprechen, nie mehr auf Gämsen zu schießen, überhaupt nicht mehr zu wildern?«

»Ja, ja, ich versprech dir bei der Heiligen Jungfrau, ich werd es nie und nimmer mehr tun. Bei meiner Ehr, ich halt mein Wort.«

»Gut«, sagte sie leise, »wenn das so ist, dann will ich mal überlegen.«

»Oh, ich danke dir, ich danke dir von ganzem Herzen, Veronika. Das werd ich dir nie und nimmer vergessen.«

»Warte hier, ich hole jetzt rasch heißes Wasser, die Salbe und Verbandzeug. Ich werde dich erst verarzten, und danach wirst du mir alles erzählen.«

Sie rannte in die Küche zurück. Ihr Herz war in Aufruhr. Wenig später war sie wieder im Stall und behandelte Loni. Tapfer war er kein bisschen, und wenn sie ihn nicht ermahnt hätte, so hätte er mit seinem Geschrei noch die Eltern geweckt. Dabei stellte sie sich schon so hurtig und flink an und tat ihr Möglichstes.

»So, das ist jetzt geschafft, jetzt kannst du aufatmen und dich zurücklehnen.«

Die dunklen Augen blickten sie dankbar an, um seine Lippen schwebte ein kleines Lächeln.

»Ich danke dir, Veronika, du bist ein wundervolles Mädchen, ich hab gar nicht gewusst, wie hübsch du bist, in der Tat, da lebst du hier oben und wir im Ort wissen es nicht einmal, oder kommen die Burschen zu dir herauf?«

Sie schien ihm wirklich zu gefallen. Veronika kannte das gar nicht, das Aufblitzen in den Augen eines jungen Mannes, das unwillkürliche Werben. Sie errötete heftig und strich sich den Rock glatt.

»Jetzt wirst mir erst sagen, warum du es überhaupt getan hast, Loni. Das will ich wissen, das ist mein Recht!«

»Ich brauchte doch Geld«, sagte er leise. »Der Vater hält mich arg knapp, immer wenn ich mal mehr haben will, dann sagt er nur, wart bis ich tot bin, dann gehört dir alles, also wart noch. Aber er kann mit seinem Herzen hundert Jahre alt werden, und ich bin jung. Ich bin doch kein Schulbub mehr. Ich bekomm so wenig, dass ich mir sonntags kaum ein Bier leisten kann. Ja, und dann haben wir mal eine Autotour gemacht, der Ferdinand Schranz und ich. Er hat doch ein Auto, und da wollte ich auch mal fahren, ich fahr doch daheim auch immer den Trecker. Er hat mich gelassen, aber da war die verdammte Kurve, und just in dem Augenblick kam jemand von oben, und da hab ich den Wagen vom Ferdinand geschrammt. Er war ganz schön sauer, und ich musste die Reparatur bezahlen. Wenn ich das dem Vater gebeichtet hätte, du meine Güte, der hätte mir doch auf der Stelle den Kopf abgerissen. Ich war so verzweifelt. Der Ferdinand pochte auf sein Geld. Da ist mir halt die Idee mit den Gämsen gekommen. Die Fremden sind doch ganz wild auf das Gehörn und die Decken. Und ich wollt ja auch nur zwei bis drei schießen, mehr nicht. Die erste Gämse hab ich neulich geschossen, das ging ganz leicht. Ich hab das Gehörn abgetrennt und wollt mir am nächsten Tag die Decke holen. Die muss man am hellen Tag abziehen, sonst wird sie nicht gut, aber da war die Gämse schon nicht mehr da.«

»Der Förster und ich haben sie gefunden«, sagte sie ruhig.

Der Bursche stöhnte auf.

»Und ich hab gedacht, ein paar Urlauber, die kreuchen doch überall herum.«

»Doch nicht mehr um diese Zeit«, sagte Veronika. »Wir stehen doch kurz vor dem ersten Schneefall. Vielleicht um Weihnachten, da könnt es noch mal angehen, aber ein gutes Skigelände haben wir hier oben ja nicht.«

»Verflucht, hätte ich doch bloß an den verdammten Förster gedacht, dann wäre ich nicht hinaufgestiegen.«

Veronika sagte: »Du hast mir also versprochen, es nie mehr zu tun.«

»Ich werde mich hüten, ich will mich doch nicht über den Haufen schießen lassen.«

Veronika dachte gründlich nach. Der Carl wollte ihn, wenn er ihn fing, sofort der Polizei übergeben. Das würde einen Skandal, im Dorf geben, alle würden sie auf dem Loni herumhacken, und sein Vater würde ihm nachher das Leben zur Hölle machen. Womöglich wurde er dann erst richtig böse und gemein. Sie kannte seinen Vater. Wenn er erfuhr, was sein Sohn getan hatte, nein, das konnte nicht sein, so weit durfte man nicht gehen.

Es reute ihn ja, und er hatte ihr fest versprochen, nie mehr auf Gämsen zu schießen. Das war es doch, was auch der Carl erreichen wollte. Jetzt würden sie wieder geschont bleiben. Gewiss, er hätte eigentlich eine Strafe verdient, der Loni. Aber war er nicht unschuldig, wenn der Vater ihn wirklich so kurzhielt? Da musste ja ein junger Mann auf dumme Gedanken kommen.

Der Loni tat ihr leid und sie wollte ihm helfen, wollte nicht, dass er unglücklich wurde.

Sie wollte es ihm gerade sagen, als laut an der Haustür ein Pochen ertönte.

Loni stöhnte auf und vergrub sein Gesicht im Heu.

»Das wird der Förster sein, oh du mein Gott, der bringt mich noch um, ich lauf fort.«

Veronika sprang auf.

»Warte hier, ich mach das schon. Verhalt dich ganz still. Oder noch besser, kriech nach oben und versteck dich im Heu, ich schick ihn wieder fort.«

Hastig versteckte sie die Schüssel und das Handtuch, dann nahm sie ihre Lampe und ging in die Küche.

»Aufmachen, sofort aufmachen«, hörte Veronika den Förster rufen.

Mit einem Ruck zog sie die Tür auf und sagte halblaut: »Aber sie ist doch gar nicht verschlossen, und bitte nicht so laut, die Mutter und der Vater schlafen.«

Der Förster stolperte in die Küche. Er war völlig durchnässt und verdreckt.

»Wo ist der Lump?”, fragte er Veronika.

Diese nahm sich sehr zusammen und tat ganz harmlos.

»Was ist denn los, Carl, bist ja so aufgeregt, weißt eigentlich, wie spät es ist? Also, für einen Besuch bestimmt nicht die richtige Zeit.«

»Ich hab ihn ganz deutlich gesehen, er muss auch verletzt sein, er lief vor mir her, und ich weiß, dass er diese Richtung eingeschlagen hat. Er muss sich hier versteckt halten.«

»Wer denn?«

»Der Wilderer, der Lump und gnade ihm Gott, jetzt sitzt er in der Falle. Nun kenn ich keine Gnade mehr. Da wollt er sich doch schon wieder eine holen. Er wollte sich anschleichen, und wenn am frühen Morgen die Gämsen hervorkommen, dann wollt er wieder auf sie schießen. Aber das hab ich ihm verleidet. Wo ist er also?«

»Ich bin nur hier und die Eltern«, sagte Veronika ruhig, obwohl sie ganz weiche Knie hatte, denn sie log zum ersten Mal in ihrem Leben. Und es tat ihr eigentlich ein wenig leid, ausgerechnet den Förster anzulügen. War er nicht so etwas wie ein Freund?

Carl Pfeifer starrte das Mädchen an.

»Das glaub ich nicht«, sagte er, »er ist in diese Richtung gelaufen, er kann nicht weit gekommen sein. Er muss hier sein. Veronika, du hast hier einen Verbrecher im Haus, und ich werd ihn jetzt suchen, diesen Lumpen. Er kann sich vor mir nicht verstecken.«

»Wie oft soll ich dir noch sagen, dass hier niemand ist, Carl.«

Er kniff die Augen zusammen. Sie kam ihm sehr merkwürdig vor.

»Wieso regst du dich so auf?«

»Ich will nicht, dass du so viel Lärm machst, und außerdem, das hier ist nicht dein Haus, und du kannst nicht einfach darüber verfügen. Wenn ich dir sage, dass hier niemand ist, dann musst du mir das schon glauben.«

Jetzt erst fiel ihm auf, dass das Mädchen vollständig angekleidet war.

»Und woher weißt du das so genau? Er kann sich ja im Stall versteckt haben. Und wieso bist du noch um diese Zeit auf? Veronika, weißt du etwas? Verschweigst du mir etwas? Steckst du vielleicht mit dem Wilderer unter einer Decke? Soll er dir vielleicht das Fleisch bringen?«

Sie wurde totenblass.

»Das hättest du nicht sagen dürfen«, stammelte sie. »Wie gemein du doch bist, du kennst mich also so wenig. Oh, und ich hab gedacht, wir wären Freunde, aber jetzt weiß ich, ich war nur Mittel zum Zweck, mehr nicht. Ja, jetzt glaub ich auch, dass du böse und gemein bist, dass du kein Herz hast. Dir ist alles egal, Hauptsache, du bist auf dem Amt gut angeschrieben. Darum willst du doch auch den Wilderer, um zu zeigen: So ein toller Kerl bin ich, das schaff ich alles.« Sie geriet in Erregung und merkte schon gar nicht mehr, was sie alles sagte. Es hatte sie halt hart getroffen, dass er von ihr glaubte, sie könne wirklich zulassen, dass man die Tiere abschoss.

Carl Pfeifer fühlte sich auch sehr getroffen. So also dachte sie von ihm. Sie hatte sich also von dem Geschwätz aus dem Dorf anstecken lassen.

Das tat sehr weh! Und dabei war er so schnell gekommen, um ihr zu helfen, sie zu schützen, denn Wilderer waren mitunter recht gefährliche Menschen. Und er hatte ihn doch nicht erkannt. Fühlte er sich in die Enge getrieben, konnte er einfach losschießen. Wer so gemein Wild abknallte, dem kam es mitunter auch nicht auf einen Mord an.

Beide Menschen standen nun in der niedrigen Stube und blickten sich an, jeder totenblass und mit wundem Herzen. Carl fühlte wieder die Vergangenheit in sich hochsteigen. Er hatte es ja gewusst, Frauen waren nicht so selbstlos, sie spielten den Männern immer etwas vor. Und er wäre bald ein zweites Mal darauf hereingefallen.

Es zuckte in seinem Gesicht, aber der Bart verdeckte es. Kalt verbeugte er sich vor dem Mädchen.

»Es tut mir leid, dass ich dich gestört habe. Ich gehe jetzt wieder.«

Veronika fühlte sich elend. Wenn er jetzt einfach ging, dann würde er nie mehr wiederkommen, das fühlte sie ganz genau. Aber da war auch Loni, dem sie versprochen hatte zu helfen. Und wenn sie einmal etwas versprach, dann hielt sie das auch.

»Carl«, sagte sie leise.

Er war schon an der Tür und drehte sich jetzt langsam herum. Geisterblass wirkten die Augen in ihrem schmalen Gesicht.

»Ich hab es nicht so gemeint, Carl, bitte verzeih mir.«

»Schon gut«, sagte er kalt. »Ich hab es gehört.«

»Bleib doch noch, ruh dich aus, deine Kleidung ist doch durchnässt, ich mach rasch ein Feuer, und dann braue ich uns einen Grog, den kannst jetzt gut gebrauchen, sonst erkältest dich noch.«

Er sah nicht, dass sie dadurch um Verzeihung bitten wollte, er glaubte, sie wollte ihn damit bestechen, sodass er in Zukunft die Augen zuhielt, wenn er hier oben vielleicht etwas sah, was er nicht sehen durfte. Durch ihr Wesen, das sie jetzt an den Tag legte, war er fest davon überzeugt, dass sie mit dem Wilderer unter einer Decke stecke. Wie anders konnte es denn auch sein? Sie kannte sich hier oben aus, jeden Stein, jede Schlucht. Vielleicht war sie es auch, die ihn hinführte!

»Nein, danke, ich danke auch schön für das Anerbieten, aber ich hab selbst ein Heim und kann mich gut selbst verpflegen.« Damit hatte er die Tür aufgerissen und war gegangen. Sofort hatte ihn die Dunkelheit geschluckt.

Veronika stand lange Zeit wie gelähmt da. Dann sagte sie sich aber: *Ich hab recht, er hat kein Herz im Leib, er ist ein Hagestolz und ein Hochmut, es ist mir nicht schad darum, dass er jetzt nicht mehr kommen wird. Nur wegen der Mutter tut es mir leid, denn die hat sich recht gern mit ihm unterhalten. Und dann seine Bücher. Jetzt muss ich womöglich noch zu ihm gehen und sie ihm zurückbringen.*

Sie biss die Zähne zusammen.

Dies war wirklich eine wilde Nacht! Aber sie fühlte sich nicht als Helfershelferin, sie hatte nur Barmherzigkeit gezeigt, als sie den Loni schützte.

Sie nahm die Lampe und ging in den Stall zurück.

7. Kapitel

Veronika musste die kleine Leiter hinaufsteigen. Erst auf ihr leises Rufen hin kroch er aus dem Heu. Er blickte sie etwas unsicher an.

»Ist der Lump fort?«

»Ich hab den Förster fortgeschickt, dazu musste ich ihn sogar anlügen.«

»Deswegen brauchst dir doch keine grauen Haare wachsen zu lassen, Veronika, wirklich, das ist doch ein blöder Hund.«

Sie schluckte ein paar Mal.

Loni sah sie im Schein der Lampe an und meinte: »Ja, was machen wir denn jetzt?«

»Draußen ist noch immer ein Unwetter, ganz nass wirst sein, wenn du unten im Dorf ankommst.«

Er blickte sie düster an. »Wie ich den Förster kenne, wird er bestimmt noch irgendwo auf der Lauer liegen. Ich muss doch durch die Schlucht.«

»Freilich musst du das und es könnt auch sein, dass das kleine Brückchen wieder einmal fortgeschwemmt ist. Wirklich, in der stockdunklen Nacht kannst nicht gehen.«

»So bleib ich halt hier. Es ist trocken und warm, und du verrätst mich ja nicht. Die Eltern glauben sowieso, ich sei bei meinem Freund in Frohnleiten und wolle dort auch ein paar Tage bleiben. Jetzt ist in der Landwirtschaft ja nicht viel los. Man wird mich also nicht so schnell vermissen. Und was der Ferdinand ist, der wird seinen Mund schon halten.«

Veronika war ein echtes Kind der Berge, und die Gesetze waren hier anders, hier musste man sich gegenseitig helfen, oder man war verlassen, besonders wenn die nächste Behausung ein paar Stunden weiter weg lag.

»Gut«, sagte sie, »und bleib ja hier oben, dann findet dich auch der Vater nicht. Ich werd dir in der Frühe etwas zu essen bringen. Du musst dich aber still verhalten. Ich weiß sonst nicht, was der Vater tun wird.«

»Ich bin dir sehr dankbar, Veronika, dafür hättest eigentlich einen Schmatz verdient, ehrlich.«

Als sie rot wurde, da lachte er leise auf. Ja, so war der Loni halt. Er hatte ein sonniges Gemüt und nahm nicht alles auf die schwere Schulter. Er musste schon so handeln, sonst wäre er ein Duckmäuser neben dem strengen Vater geworden. Loni machte sich auch nicht viele Gedanken, er ließ alles einfach laufen, ging den Weg des geringsten Widerstandes. Jetzt erst einmal war er hier oben, und er lachte sich eins ins Fäustchen, wenn er daran dachte, dass vielleicht in diesem Augenblick der Förster draußen im Wald auf der Lauer lag und ordentlich nass wurde.

Dem war zwar nicht so. Zuerst hatte Carl wohl daran gedacht, aber gewusst, er würde sich dabei den Tod holen. Und dann dachte er auch: *Der Bursch ist bestimmt schon längst über alle Berge. Dem hab ich eins aufgebrannt. Morgen gehe ich ins Dorf und frag den Doktor. Vielleicht kann er mir einen Hinweis geben.*

So ging der Carl zu Bett, seltsamerweise war er noch immer verärgert, und sein Herz tat ihm mal wieder weh, diesmal wegen der Veronika. Und ihr hatte er geglaubt, sie heimlich angebetet. Und jetzt dies! Seltsam, er konnte sie nicht so schnell vergessen, und dann taten ihm auch wieder seine Worte sehr leid, aber sie hatte sich auch zu seltsam verhalten, wo sie vorher doch so gut miteinander waren. Sogar zur Kirchweih hatte er sie einladen wollen. Und das sollte doch schon was heißen. Wenn man mit einem Mädchen auf ein Fest ging, dann wusste man sofort Bescheid, dann war es etwas Ernstes. Und er hatte gehofft, Veronika würde ihm dann irgendwie zu verstehen geben, ob sie ihn auch mochte.

In dieser Nacht waren seine Träume recht wirr.

Auch Veronika konnte nicht gut schlafen, sie musste immer an Loni denken und an seine Worte, und dabei wurde es ihr ganz heiß. So seltsam hatte er sie angeblickt und dazu noch gelacht.

Mein Gott, sie war ja auch nur ein Mensch, und sie sehnte sich so sehr nach Liebe, dass es schon fast krankhaft war. Nur ihr Stolz hielt sie davor zurück. Und jetzt, wo sie auch nicht mehr mit dem Carl reden konnte! Tief wühlte sie ihren Kopf in die Kissen und stöhnte auf.

Am nächsten Morgen war sie noch ganz übernächtigt. Therese blickte ihre Tochter an.

»Du kommst mir so seltsam vor, was ist denn nur los? Siehst so müde aus!«

»Hab wohl zu viel gelesen gestern Abend, das Buch war so spannend.«

Hubert kam in die Küche und meinte: »Mir war gestern, als hätte ich Stimmen in der Küche vernommen.«

Veronika bekam einen tiefen Schreck, aber dann sagte sie sich, sie müsse den Eltern erzählen, dass der Förster dagewesen sei, sonst würde sich dieser wundern, falls er mal den Vater traf.

»Du hast recht vernommen, Vater, der Carl war hier.«

»Was, mitten in der Nacht?« Die Eltern blickten sich groß an. Also, das hätten sie von ihm wirklich nicht gedacht. Wenn es so war, dann konnte er doch offen am Tage kommen, und sie brauchten keine Heimlichkeiten zu haben.

»Ja«, sagte sie mit möglichst fester Stimme, »er hat einen Wilderer angeschossen und der ist dann fort, und er hat doch tatsächlich angenommen, wir würden ihn aufnehmen, würden sozusagen mit ihm eine Sache machen.«

»Das hat er wirklich gesagt?«, fragte Therese leise.

»Ja, Mutter, und ich war sehr empört und hab ihm meine Meinung gesagt.«

Der Vater setzte hinzu: »Er soll nicht denken, bloß weil wir arm sind, könnte er sich alles erlauben.«

Veronika fühlte sich ganz elend. Ihr tat der Carl schon wieder leid, und sie hatte ihn doch auch gern gehabt.

»Lassen wir ihn doch, er war müde und ganz nass und zornig, da er fort war. Da sagt man schon mal ein Wort, weißt, und wo er doch die ganzen Nächte auf der Lauer gelegen hat.«

»Nimmst ihn also noch in Schutz?«

Veronika erwiderte nichts. Sie stand auf und räumte den Tisch ab. Dabei versteckte sie aber ein paar Scheiben und auch einen Krug mit Kaffee.

Da die Mutter wieder ein wenig schlafen wollte, schloss sie die Kammertür. Der Vater wollte draußen nach den Zäunen sehen. Und so war sie allein im Haus. In der Frühe, als man die Kühe gemolken hatte, da hatte er nichts bemerkt. Jetzt nahm sie die Esssachen und schlich sich damit auf den Speicher. Der Loni war schon ganz ausgehungert. Gierig warf er sich auf die Esssachen, dabei schäkerte er mit Veronika und sagte ihr allerhand Nettes. Er hielt sie auch einmal fest, so, als wolle er sie küssen.

»Ich muss mich doch dankbar erweisen«, erklärte er lachend.

Wieder war sie recht verwirrt. Doch den Tag über, immer wenn es keiner merkte, schlich sie sich zu ihm, und sie musste bald über seine Späße lachen.

»Ich bleib noch ein paar Tage, du bist so lieb zu mir, in der Tat, da mag ich gar nicht fort, Veronika. Oder hast du schon einen Schatz? Nicht, dass er mir nachher auflauert und eins über den Schädel gibt.«

»Nein, nein, ich habe keinen Schatz.«

»Umso besser, und heute Abend, wenn die Alten schlafen, dann kommst du zu mir, und dann plaudern wir zwei zusammen: Sonst ist mir das viel zu langweilig. Denn ich hab beschlossen, so lang die Wunde nicht verheilt ist, geh ich nicht heim, sonst findet der Förster mich doch noch. Das ist nämlich ein ganz schlauer Kopf, weißt.«

Veronika war so arglos, und überhaupt, was war denn schon dabei? Sie steckte ja nicht mit ihm unter einer Decke, sie hatte im Gegenteil dafür gesorgt, dass die Gämsen jetzt wieder in Frieden dort leben konnten. Und was sie jetzt tat, das war doch reine Christenpflicht.

Abends, als der Vater sich in seine Kammer zurückgezogen hatte, da ging sie zu ihm, und sie fand es sehr lustig. Er hatte so viel zu erzählen, und dazwischen machte er ihr immer Komplimente. O ja, der Loni, der wusste wohl, was Mädchen gerne hören.

Hinzu kam noch, dass Veronika dachte: *Er ist mir dankbar, dass ich ihn nicht verraten hab, und jetzt mag er mich vielleicht wirklich.* Ihr Herz klopfte recht stürmisch. Zwar war sie um gute vier Jahre älter als er, aber das war nicht so schlimm, und wenn sie auch nicht reich war, so war sie doch stattlich und konnte jede Arbeit auf einem Hof. Ja, weil er ihr schöne Augen machte und wirklich nichts unversucht ließ, um sich bei ihr einzuschmeicheln, so glaubte sie in der Tat, der Loni habe sie lieb gewonnen. Liebe auf den ersten Blick. So etwas sollte es ja geben. Sie mochte ihn auch recht gern, er war so lustig und nicht so schwerblütig wie sie.

So blieb es denn nicht aus, was kommen musste. In der zweiten Nacht war sie so berauscht und glaubte so fest an seine Schwüre, dass sie sich ihm hingab. Weil sie sich so sehr nach Liebe sehnte und ihr Blut brannte, dachte sie: *Wir haben uns doch lieb, warum soll es da nicht jetzt schon passieren.* Veronika hatte einfach den Kopf verloren, und die Welt um sie herum versank in ein Meer von Liebe. Es war so schön, so wundervoll. Sie lag träumend im Heu und konnte es gar nicht glauben, wie verwandelt alles war. Selbst der düstere Boden war jetzt wie ein lichter Palast, und sie hörte die Glocken läuten.

Loni war zwar im ersten Augenblick ein wenig erschrocken, als er fühlte, dass er der erste Mann war und wie rein sie doch eigentlich war. Aber nicht lange machte er sich Gewissensbisse, dazu war er eben zu jung und ein Luftikus. Er nahm, was ihm geboten wurde. Und beim Teufel, da sollte man wirklich verrückt sein, wenn man das nicht tat.

Veronika war wirklich ein tolles Geschöpf und vollkommen und sehr schön. Seine Liebe, die aber nur ein Strohfeuer war, entflammte sich in seiner Brust und hätte Häuser anzünden können. Jetzt, wo ihm die Langeweile genommen war, wo sie sich alle Augenblicke heiß liebten, da hatte er es gar nicht mehr so eilig, nach Hause zu kommen. Aber er wusste auch, man durfte nichts übertreiben. Der Vater konnte sonst womöglich Verdacht schöpfen und beim Freund nachfragen. Dieser wusste ja von nichts.

»Weißt, ich glaub, in der nächsten Nacht muss ich heim. Da ist ja dann auch Vollmond, Veronika. Sonst krieg ich noch Ärger mit meinem Alten, und das möcht ich wirklich nicht. Die Wunde ist verheilt, also, mir kann man nichts nachweisen.«

»Ja«, seufzte sie, »du musst wohl gehen. Aber du wirst doch wiederkommen?«

»Freilich«, versprach er großartig. »Aber sag im Augenblick noch nichts! Ich muss das erst mit dem Auto erledigt haben.«

Veronika machte sich zurecht und sagte: »Ich werd dann vorgehen und sehen, ob du auch wirklich gehen kannst.«

»Das ist lieb von dir, ich möcht dem Förster wirklich nicht in die Arme laufen.«

Am nächsten Abend, als der Mond hoch am Himmel stand, schlichen sie sich aus dem Haus. Veronika ging zuerst neben ihm über die weite Wiese. Sie sah die vielen Sterne über sich und fühlte sich glücklich. Und sie dachte: *Jetzt war ich wohl die längste Zeit allein. Nun wird alles gut, und eines Tages werde ich dann nicht mehr hier oben leben, sondern unten im Dorf, und man wird mich nicht mehr verachten und mit mir reden. Wir werden eine glückliche Ehe führen und Kinder haben. Ach, dass es so gekommen ist, wer hatte das gedacht!*

Nun hatten sie den Hochwald erreicht. Veronika kannte sich hier genau aus, und sie war es, die vorging und ihm sagte, wo er hintreten musste. Schließlich hatten sie die Schlucht erreicht. Brausend stürzte das Wasser in die Tiefe. Sie hörten es schon von weitem. Hier war es immer kalt und feucht, und im Sommer schien die Sonne nie in diesen Spalt. Am Tag hatte sie sich vergewissert, ob auch die Brücke wirklich noch ganz war. Nicht weit davon entfernt stand das Forsthaus.

»Du musst jetzt gehen, Loni. Niemand ist zu sehen.«

Noch einmal umschlang er sie und küsste sie heftig. »Du bist wirklich wunderbar.«

Veronika lächelte und strich ihm über das Haar.

»Geh jetzt!«

»Ja.«

Dann lief er los. Er drehte sich auch nicht mehr um. Veronika stand noch eine Weile ganz reglos unter den Bäumen und blickte zum Forsthaus hinüber. In der Stube brannte noch Licht. Er hatte keine Gardinen vor dem Fenster. Und sie musste auf einmal daran denken, wie sie mit ihm nach dem Aufstieg aus dem Dorf ins Forsthaus gegangen war. Ihr war, als sei eine Ewigkeit darüber vergangen. Ihr Herz zog sich zusammen. Seltsam war es schon. Obwohl sie doch jetzt einen Liebsten hatte, so konnte sie es doch nicht gutheißen, dass der Förster sich nicht mehr bei ihr sehen ließ. Irgendwie fühlte sie sich sehr traurig, und sie wusste auch, dass man sich mit ihm viel besser unterhalten konnte als mit Loni. Aber jeder Mensch war nun mal anders. Und sie wollte auch jetzt keine Vergleiche ziehen.

Später würde sie ihm vielleicht mal die Wahrheit sagen, aber jetzt konnte sie das noch nicht. Auch den Eltern hatte sie noch nichts von Loni erzählt.

Langsam ging sie nach Hause zurück, ging in ihre Kammer und träumte von einer seligen Zukunft zu zweit. Sie sah sich auch schon im Kreise von vielen Kindern auf dem Hof der Schneppers.

8. Kapitel

Ein paar Mal kam Loni, und Veronika ging ihm auch ein Stück entgegen. Niemand hatte etwas bemerkt, keiner fragte ihn, wo er denn so lange gewesen sei. Aber dann fiel ganz plötzlich der erste Schnee, und überhaupt, dem Loni war das schon alles zu langweilig. Und dann erst immer drei Stunden hinaufsteigen, um sich mit der Liebsten zu vergnügen, wo man es doch im Tal viel bequemer haben konnte.

Zuerst war er ja noch voller Dankbarkeit gewesen. Nicht auszudenken, was der Vater mit ihm gemacht hätte. Ein paar Mal traf er den Förster mitten im Ort, und dann wurde ihm immer ganz mulmig. Carl hatte ihn nicht finden können, da auch der Doktor nichts sagen konnte.

Ja, und wie gesagt, dann kam der Schnee, und da ging es nicht mehr an, dass man zur Alm stieg. *Zum Teufel,* dachte der junge Bursche, *ich habe meine Pflicht und Schuldigkeit getan. Die Veronika wird das wohl verstehen. Alles was recht ist, sie ist wirklich ein fesches Mädchen. Aber der Vater wird mir den Kopf abreißen, wenn ich ihm sage, ich wollt die Veronika heiraten.* Ja, wollte er das überhaupt? Zumal er noch jung war und noch gar nicht daran dachte, sich eine Ehefrau zuzulegen.

Bei Veronika war das natürlich alles ganz anders. Sie hatte ihn wirklich lieb, sonst hätte sie sich doch nicht mit ihm eingelassen. Als er dann nicht zum Treffen kam, schob sie es auf den Schnee und hatte sorgenvolle Augen. Im Winter kam es oft vor, dass sie viele Tage von der Außenwelt abgeschnitten waren. Was sollte sie dann nur machen? So lange ohne den Loni? Sie dachte: *Er wird wohl bald kommen und mir sagen, was sein wird.*

Der Dezember kam herauf, und in diesem Monat kam dann auch Carl wieder zur Alm hinauf. Er hatte lange geglaubt, Veronika würde kommen und sich entschuldigen. Oft sah er sie an seinem Haus ins Tal vorbeigehen. Aber sie ging immer hastig weiter und blickte nicht mal in seine Richtung.

Als Vorwand gab er an, der Mutter wieder ein paar Bücher zu bringen. Diese freute sich sehr und meinte: »Hast dich lange nicht mehr sehen lassen. Jetzt, wo es doch Winter ist, da musst öfter kommen.«

Veronika stand am Tisch und buk Plätzchen, dabei fühlte sie sich gar nicht wohl. Überhaupt, immer wenn sie nur ans Essen dachte, dann kam es ihr schon hoch. Schon am Morgen fühlte sie sich oft ganz zerschlagen. Und dabei brauchte sie jetzt noch nicht mal so viel zu arbeiten wie im Sommer. Alles war viel leichter. Die tragenden Kühe, in diesem Jahr waren es besonders viel, hatte man zum Herbst hinuntergebracht. So hatte man im Augenblick nur an die dreißig hier oben und nicht fünfzig, wie es üblich war. Also ging alles viel schneller, und doch hatte sie jetzt oft das Gefühl, als habe sie dicke Gewichte an ihren Beinen.

Carl blickte sie von der Seite an.

»Ja, ich will sehen, was sich einrichten lässt. Jetzt wo der Schnee so hoch liegt, da beginnt ja wieder die Wildfütterung.«

Im Sommer hatte Veronika ihm mal gesagt, dass sie das besonders gern sähe. Er erinnerte sich daran und wollte jetzt alles, was zwischen ihnen stand, einfach vergessen.

»Möchtest du vielleicht mitkommen?«, fragte er freundlich.

Veronika fühlte sich hundeelend und zugleich todunglücklich. Seit vier Wochen hatte sich Loni nicht mehr blicken lassen, und dazwischen waren so schöne Tage gewesen, da hätte er gut kommen können.

»Vielleicht«, sagte sie leise.

Der Förster blickte sie von der Seite an. Später, als er fortging und neben ihr in der Tür stand, fragte er ein wenig traurig: »So bist du mir also noch immer böse? Wegen damals?«

»Nein, ich war dir nie so recht böse, nur ...« Aber dann schluckte sie und sagte nichts mehr.

Die Zeit verstrich, und Loni ließ sich nicht mehr blicken. Eines Tages musste sie ins Dorf und auch die Medizin für die Mutter holen. Es war eine schöne Wanderung. Der Schnee lag jetzt fest auf den Wegen, und in der Schlucht war der Wasserfall zu Eiskristallen gefroren. Die Sonne warf ihre Strahlen darauf, und es sah wunderschön aus. Veronika hatte sich warm angezogen und fuhr auf Skiern hinunter. Da ging es sehr schnell. Bald war sie unten im Dorf.

Weil sie sich noch immer so erbärmlich fühlte, ging sie zum Doktor.

»Hast du das schon eine ganze Weile?«, fragte er forschend.

»Nein, seit ein paar Wochen. Zuerst habe ich gedacht, es würde wohl wieder vergehen, und dann bin ich auch immer so zerschlagen.«

»Du hast dich vielleicht überarbeitet, oder es ist Blutarmut. Aber ich will dich mal gründlich untersuchen, dann wissen wir gleich mehr. Wie geht es der Mutter?«

»Soweit ganz gut, aber jetzt im Winter plagen sie die Schmerzen wieder.«

»Achtest du auch darauf, dass sie sich nicht durchliegt?«

»Freilich, ich tu alles, was Ihr mir sagt.«

Während er sich also mit ihr unterhielt, untersuchte er sie. Und da er von einer gründlichen Untersuchung sprach und auch so seine Befürchtungen hatte, so nahm er ihr die Scheu und Angst. Kurze Zeit später sagte er dann: »Du kannst dich wieder anziehen, Veronika.«

Sie wunderte sich ein wenig und fragte sich: *Ich hab doch was mit dem Magen. Wieso er mich da überall untersucht und so komische Fragen stellt. Aber der Doktor wird es wohl wissen.*

Wenig später saß sie wieder vor seinem Schreibtisch und blickte ihn ein wenig ängstlich an. Er machte ein so ernstes Gesicht.

»Was ist es denn?«, fragte sie leise. »Doch nichts Schlimmes, Herr Doktor?«

Dieser nahm die Brille ab und putzte sie gründlich. Er kannte Veronika schon, seit sie auf der Welt war. Da hatte man sie auf gewisse Weise gern, freute sich an dem stolzen Mädchen, und jetzt dies.

»In gewisser Weise ja, aber das kann ich nicht beurteilen, Veronika.«

»O Gott, was ist es denn? So sprecht doch endlich, ich muss doch gesund sein, wegen der Mutter. Der Vater allein schafft es doch nicht.«

»Veronika, kannst du es dir denn nicht denken?«

»Nein«, sagte sie sprachlos.

»Du bist schwanger!«

»Was?« Dann wurde sie leichenblass und fing zu zittern an. Aber im gleichen Augenblick fiel ihr Loni ein, und die Tränen stürzten ihr aus den Augen. Oh du mein Gott, wie hatte sie nur so naiv sein können.

»O nein«, stammelte sie leise.

»Du bist im zweiten Monat schwanger, und ich würd dir raten, es dem Bursch gleich zu sagen. Du kennst doch die Dörfler. Sie sollen nicht über dich reden. Wenn du sofort heiratest, dann kann man es noch als Frühgeburt hinstellen und niemand wird etwas merken.«

Sie taumelte, das ganze Zimmer schien sich vor ihren Augen zu drehen. Mit letzter Kraft erhob sie sich. Das Herz lag wie ein Stein in ihrer Brust.

»Ja«, sagte sie leise, »ich bedank mich auch schön.«

Der Doktor brachte sie zur Tür.

»Also, ich bin immer für dich da, Veronika, das weißt du doch?«

Sie rückte unter Tränen, dann schleppte sie sich fort. *Loni,* dachte sie mit wundem Herzen, *jetzt musst du mich ehrbar machen. Jetzt musst du es tun, du bist doch der Vater meines Kindes.*

Sie ging ins Dorf. Aber bald sollte sie erfahren, dass Loni schon vor einer Weile von seinem Vater fortgeschickt worden war. Damit er etwas Rechtes wurde und mehr konnte, hatte er ihn auf der Landwirtschaftsschule in Bruck angemeldet, und dort war er jetzt. Und das war schon vor gut zwei Wochen.

Veronika stand wie erschlagen unter der Dorflinde. Nun begriff sie alles. Er hatte sie nie wirklich geliebt, hatte es als kleines

Abenteuer angesehen und war jetzt wohl recht froh, dass der Vater auf diese Idee gekommen war. So ging er ihr elegant aus dem Weg, ohne sich rechtfertigen zu müssen. Sie war also ein sitzengebliebenes Mädchen.

Und sie hatte sich mit einer Leidenschaft an ihn geklammert, sie hatte geglaubt, durch ihn würde sich jetzt endlich ihr Leben ändern. Sie wurde ja geliebt, und jetzt wusste sie, dass seine Worte nur Lug und Trug waren. Er hatte all das nur zu ihr gesagt, um sie herumzukriegen. Damals oben auf dem Speicher hatte er aus Langeweile eine Liebschaft mit ihr angefangen. Und sie hatte es nicht gewusst. Jedes seiner Worte hatte sie für echt gehalten. Und sie hatte es auch noch hingenommen, als er nicht mehr so oft zu ihr auf die Alm kam. Sie hatte es auf die Witterung geschoben. Aber jetzt kannte sie die ganze Wahrheit!

Er war fort, und sie konnte ihm noch nicht mal sagen, dass sie ein Kind, sein Kind, unter dem Herzen trug. Sollte sie vielleicht zu seinen Eltern gehen und diesen davon Mitteilung machen? Würde man sie nicht auslachen? Jetzt wusste sie auch, warum Loni nicht wollte, dass sie etwas erzählte. Er hatte sie wohl von Anfang an nicht heiraten wollen.

Veronika stand da, und der Boden schien zu zittern, alles schien sich um sie zu drehen, und sie hielt sich mit letzter Kraft fest.

Sie war so tief gefallen, so tief! Nicht nur, dass sie keinen Mann hatte, keinen Liebsten mehr, nein, jetzt trug sie auch noch ein Sündenkind unter dem Herzen.

»Oh du mein Gott«, stammelte sie vor sich hin. Sie fror, und sie wusste, sie musste gehen, sonst würde man noch auf sie aufmerksam.

So besorgte sie alles und schleppte sich anschließend den Weg in die Berge zurück. Niemand traf sie hier. Sie ging allein durch die Ebene, und dann stieg sie immer höher und höher. Ihr Herz war tot und leer, und das Blut pochte in ihren Schläfen.

Was soll ich tun, was soll ich tun? Bei jedem Schritt dachte sie dasselbe. Zum ersten Mal kam ihr der Weg so kurz vor. Sie wollte noch nicht nach Hause, vielleicht würden die Eltern die Veränderung an ihr bemerken. Sie war in der Schlucht, stand auf der kleinen Brücke. Ein Eishauch kam aus der Tiefe, sie schauderte zusammen. Sie umklammerte das Geländer und starrte nach unten. *Ich brauche nur darüber zu springen, dann stürze ich in die Tiefe. Ich werde sofort tot sein. Man wird im Dorf an ein Unglück denken und nie erfahren, warum ich es getan habe. Der Doktor wird schweigen. Er muss ja schweigen.*

Wenn ich tot bin, dann hat alles ein Ende, dann brauche ich nicht mehr zu leiden. Bleibe ich am Leben, dann wird man bald mit Fingern auf mich zeigen, hinter meinem Rücken zu tuscheln anfangen. Alles wird noch viel schrecklicher sein.

Und meine Eltern? Tragen sie nicht schon genug an ihrer eigenen Bürde? Sie waren so stolz auf mich, und jetzt dies! Ich bringe ihnen ein Sündenkind heim. Und das muss dann auch noch von dem wenigen Lohn ernährt und versorgt werden. Soll ich denn mein ganzes Leben hier oben allein verbringen?

Ich kann doch nicht mehr!

Sie legte die heiße Stirn auf das eiskalte Geländer und fing an zu weinen. Sie war so verlassen, so trostbedürftig, so sehr am Ende. Veronika konnte nicht mehr! Die starke Veronika war innerlich einfach zerbrochen.

»Veronika!«

Wie aus weiter Ferne hörte sie ihren Namen rufen. Aber vielleicht bildete sie sich das auch nur ein.

Sie weinte weiter.

»Veronika, was machst du denn da? Um Gottes willen, lehn dich doch nicht so weit hinüber, du weißt doch, wie morsch es mitunter ist! Veronika!«

Jetzt war der Mann bei ihr und riss sie zurück.

»Du hast mir aber Angst eingejagt, Veronika!«

Sie starrte in das Gesicht des Försters. Er hielt sie an den Schultern umklammert. Erst jetzt bemerkte er, dass ihr die Tränen aus den Augen stürzten.

»Lass mich doch«, lehnte sie sich gegen ihn auf.

Er starrte sie an. Noch nie hatte er sie so außer Fassung gesehen. Richtig unheimlich war ihm in diesem Augenblick. Carl war bei der Wildfütterung gewesen, heuer würde es ein besonders strenger Winter werden, und da musste man rechtzeitig damit beginnen. Als er durch den Hochwald geschritten war, hatte er unten in der Schlucht jemanden gesehen. Zuerst hatte er nicht wirklich ausmachen können, wer das war. Und dann hatte er gedacht, vielleicht will da jemand zu mir. Je näher er aber dann gekommen war, umso deutlicher erkannte er Veronika.

9. Kapitel

Sein Herz hatte heftig zu schlagen angefangen. War sie nun doch wieder wie früher? So hatte sie ihm verziehen, seinen heftigen Ausbruch in der Nacht. Wie bitter hatte er das schon bereut.

Und dann hatte er sie in der merkwürdigen Haltung gesehen, und die Angst hatte ihn gepackt. Jetzt stand er vor ihr und hielt sie fest, und ihre Augen wirkten wie tot.

»Lass mich doch«, sagte sie noch einmal mit müder Stimme.

»Ich soll dich lassen? Ja, willst du vielleicht in die Schlucht?«

Sie starrte an ihm vorbei.

»Und wenn?«, sagte sie ganz leise.

»Du musst verrückt sein, die Kälte muss dir was angetan haben, Veronika. Komm, jetzt kommst du erst mal mit und wärmst dich bei mir auf.«

Sie merkte gar nicht, wie er sie an der Hand nahm und wie ein Kind fortführte. In ihrem Herzen war alles tot – und leer.

Erst als sie in der warmen Stube stand, das prasselnde Feuer im Kamin sah, und als sie spürte, wie er ihr den schweren Umhang abnahm, da erwachte sie wieder zum Leben.

»Setz dich, ich bin gleich wieder da!«

Apathisch ließ sie sich in den Sessel fallen, unwillkürlich streckte sie die Beine der Wärme entgegen. Das tat gut, sie waren schon zu Eis gefroren.

Wärme, Geborgenheit, all das sehnte sie herbei, all das wollte sie auch haben und jetzt war es noch viel weiter in die Ferne gerückt.

Carl Pfeifer kam zurück.

»Hier, trink erst mal den heißen Grog, der wird dir guttun.«

Sie nahm ihn und legte ihre Hände um den heißen Becher. Dann nippte sie kurz daran. Sofort spürte sie die innere Wärme in sich aufsteigen. Irgendwie fühlte sie sich in diesem Augenblick nicht mehr so allein und verlassen. Und die Tränen hörten auch auf zu fließen.

Carl saß ihr gegenüber und trank ebenfalls. Zwei einsame Menschen, hoch oben im Gebirge.

Der Förster zergrübelte sich den Kopf, was ihr wohl zugestoßen sein mochte, dass sie so außer Fassung war. Vielleicht hatte sie schlechte Nachrichten wegen der Mutter erhalten? Aber eigentlich musste man ja immer damit rechnen. Über zehn Jahre war sie nun schon gelähmt und ihre Kräfte aufgebraucht. Sehr lange würde sie nicht mehr machen.

»Veronika?«

Sie hob den Kopf, ihre Lippen zitterten leicht.

»Ich dank dir auch für den Grog.«

»Aber das ist doch nicht der Rede wert, Veronika. Ich möchte dir helfen, hörst du, wirklich helfen.«

Ihre blauen Augen wurden ganz dunkel vor Trauer.

»Mir kann man jetzt nicht mehr helfen«, sagte sie spröde. »Niemand kann mir helfen.«

Er schwieg eine Weile. Dann sagte er: »Aber du wirst es nicht tun?«

»Was?«

»In die Schlucht springen!«

Veronika schloss die Augen und lehnte sich zurück. Carl war wirklich ein Freund, jetzt spürte sie es ganz genau. Und damals hatte sie ihn verraten, hatte sich auf die andere Seite gestellt. Aber doch nur, weil sie barmherzig war, weil sie nicht wollte, dass Loni so streng bestraft wurde. Sie hatte ihm nicht die

Wahrheit gesagt, sie hatte den einzigen Freund belogen. Damals hatte alles angefangen, so zart und fein. Ach, es war ihr, als wären inzwischen tausend Jahre vergangen.

Bitter war die Erkenntnis, sehr bitter sogar. Sie wusste, er hatte Hochachtung vor ihr, so oft hatte sie es in seinen Augen lesen können. Aber wenn er erst einmal erfuhr, was mit ihr war, dann würde er sich auch von ihr abwenden. Alle würden das tun, vielleicht auch die Eltern!

Sie würde bitter, hart und kalt werden. Nie mehr würde sie lachen können.

Armes Kind, dachte sie müde, *armes liebes Kind!* Sie fühlte etwas in sich, sie wusste noch nicht was, aber da war etwas, und auf einmal wusste sie, vielleicht würde dieses Kind ihr die Liebe bringen. Sie würde ein Kind haben! Wie sehr hatte sie sich schon immer danach gesehnt. Jetzt würde sie ein Kind haben, aber keinen Mann! Sie straffte auf einmal wieder die Schulter. Sie würde es mit ihnen allen aufnehmen! Ja, dieses Kind, sie würde es lieben, herzen, küssen. Dieses Kind würde ihr die Einsamkeit nehmen, und sie würde dafür kämpfen, und wenn sie fortgehen musste, weit fort, aber jetzt fühlte sie eine tiefe Ruhe in sich aufsteigen. Ihr Kind! Bald würde sie es im Arm halten! Ihr Kind!

Sie öffnete wieder die Augen. Carl merkte zu seinem Erstaunen, dass eine große Verwandlung mit ihr vorgegangen war. So plötzlich, dass man es kaum glauben wollte, wenn man es nicht selbst erlebt hatte.

»Nein, ich werde nicht in die Schlucht springen«, sagte sie laut. »Und ich dank dir dafür, dass du mich vor einer Dummheit bewahrt hast.«

Woher nahm sie die Kraft? Was war geschehen, dass sie so plötzlich wieder die alte Veronika war?

Sie erhob sich.

»Ich möchte jetzt heimgehen, die Eltern werden schon auf mich warten. Ich hab doch die Medizin für die Mutter geholt.«

Carl brachte sie zur Tür.

Draußen kamen schon die ersten Sterne hervor. Die Berge hatten sich eine dicke Mütze aus Schnee über die Ohren gezogen. Im nahen Wald knisterte und knackte der Schnee auf den Tannen. Sonst war es ganz still.

Veronika tat ein paar Schritte, der Schnee knirschte und sang sein eigenes Lied.

»Darf ich euch morgen besuchen kommen?«

Veronika wandte sich um, sie sah den Förster in der Tür stehen, groß und hager, mit dem dunklen Bart. Fast spürte sie so etwas wie Zärtlichkeit für ihn. Ja, vielleicht liebte sie ihn wirklich. Vielleicht hatte sie es schon die ganze Zeit getan. Veronika lächelte, er würde vielleicht nie Kinder haben, würde einsam sterben, nicht wissen wie es war, wenn sich zwei weiche Arme um den Hals legten. *Vielleicht*, dachte sie weiter, *hat er Charakter genug und wird auch zu uns kommen, wenn mein Kind da ist, es würde dann nicht so allein aufwachsen. Der Förster würde ihm Geschichten erzählen von der großen weiten Welt.*

Sie kam sich auf einmal so groß vor.

»Ja, gern«, sagte sie freundlich. »Morgen back ich einen Kuchen, du bist herzlichst eingeladen.«

»Danke«, sagte Carl und lächelte.

Das Band war wieder geknüpft. Sie war ihm wieder gutgesinnt. Ihre Augen hatten ihn angestrahlt. Wie hatte er nur so von ihr denken können! Veronika war das wundervollste Mädchen, das er kannte. Vielleicht wurde doch noch alles gut! Sie hatten den langen Winter vor sich. Von seiner Behausung bis zur Almhütte war es nur eine halbe Stunde, und auch im Winter konnte man den Weg gut durch den Hochwald gehen. Unter den Bäumen lag nicht so viel Schnee.

Sie würden sich wieder näherkommen, und dann würden sie sich lieben. Er würde sie bitten, seine Frau zu werden und man würde ins Forsthaus ziehen und glücklich sein. Veronika würde ihm eine wundervolle Frau sein.

»Ja, ich werde kommen«, rief er ihr nach. Aber sie war schon so weit fort, sie hörte, ihn gar nicht mehr.

Ruhig schritt sie das letzte Stück Weg hinauf, und dabei nahm sie sich vor: »Wenn ich die Mutter zur Ruhe gebettet hab, dann werd ich es ihr sagen. Sie kann es dann dem Vater berichten.

Veronika blieb noch einen Augenblick vor der niedrigen Tür stehen und blickte zum Sternenhimmel auf. Hier war es so still, so hoch, fast fühlte man sich schon im Himmel, so wie in diesem Augenblick.

Ich werde ein Kind haben!

10. Kapitel

Therese Abschlag blickte ihre Tochter fassungslos an. Sie wollte und konnte einfach nicht glauben, was diese ihr da eben gesagt hatte.

»Kind«, flehte die Kranke, »sag doch so etwas nicht, damit scherzt man nicht.«

»Ich scherze nicht, Mutter, ich war beim Doktor, und er hat es mir gesagt.«

»Du bist schwanger, oh Gott, Veronika, wer ist denn um Gottes willen der Vater des Kindes?«

Veronika blickte hastig zur Seite.

»Bitte, Mutter, ich fleh dich an, frag mich nie nach ihm. Ich werd es nie sagen.«

»Willst du mir vielleicht damit andeuten, dass du es nicht weißt?", keuchte die Kranke.

»Doch, ich weiß es, Mutter, aber es ist mein Kind, er hat mich verlassen, und ich werd allein für dieses Kind sorgen. Niemand kann es mir streitig machen. Ich bin stark und kann arbeiten, es wird ihm an nichts fehlen.«

»Oh mein Gott«, stammelte die alte Frau immer wieder. »Warum hast du uns das angetan? Ist denn so nicht schon alles schwer genug im Leben, Veronika? Wie stellst du dir das vor? Und die Dörfler, sie werden über dich herfallen und dich schmähen, sie werden kein gutes Wort mehr über dich reden.

Und dann, die Arbeit, ich bin krank, kann nicht laufen und wenn dann noch ein kleines Kind zu versorgen ist, oh, ich kann das nicht verstehen. Warum hast du das getan?«

Veronikas Lippen zuckten.

»Ich habe an alles gedacht, und ich fürchte mich nicht. Ich werde mein Kind lieben, trotz allem, ja, es wird ein Sündenkind sein, es wird keinen Vater haben, aber ich werde ihm alles sein. Und wenn du glaubst, du kannst mich jetzt nicht mehr ertragen, so muss ich dich verlassen, Mutter.«

»Kind, Kind, ich denk doch nur an dich. Du kennst die Menschen noch nicht.«

»Oh doch«, sagte sie mit blutendem Herzen, »oh ja, ich kenne die Menschen sehr wohl.« Damit ging sie aus der Kammer. Wenig später ging der Vater zur Mutter, weil diese ihn gerufen hatte. Ihm erzählte sie nun alles.

Veronika stand in der Küche und spülte das Geschirr. Sie dachte: *Die erste Hürde habe ich überstanden. Ich werde es schaffen, ich werde die Zähne zusammenbeißen und kämpfen, du, mein Kind, wirst nicht leiden müssen.*

Die Eltern saßen gebrochen in der Kammer. Aber tun konnten sie auch nichts. Und der Vater hatte auch keine Ahnung. Verzweifelt blickten sie sich an.

»Was soll nur werden?«

Therese flüsterte: »Glaubst du, dass es der Förster war?«

»Ich weiß es nicht«, sagte der Mann. »Ich weiß es wirklich nicht. Wenn er jetzt nicht mehr kommt, dann kennen wir den Vater.«

»Du musst dann zu ihm gehen und ihn zur Rede stellen. Er kann unsere Tochter nicht einfach in Schande allein lassen. Sie ist doch ein so gutes Mädchen.«

Hubert nickte schwer.

»Ja, das muss ich wohl tun, aber zuerst müssen wir mal abwarten.

Veronika ging in ihre Kammer und lag noch lange wach. Sie sah schon das Kind vor sich. Ab jetzt würde sie jede freie Minute dazu verwenden, um all die kleinen Dinge zu schaffen, die so ein Menschlein nun mal braucht, wenn es auf die Welt kommt. Jetzt würde sie noch mehr jeden Groschen umdrehen, bevor sie ihn ausgab. Ja, und dann musste sie auch später die alte Wiege vom Speicher holen und sie frisch anstreichen. Als sie an den Speicher dachte, erinnerte sie sich wieder an die Stunden mit Loni und die Tränen kamen heiß und sie zerwühlte ihr Kissen.

Nein, der Förster war es nicht. Da waren sich die Eltern jetzt einig. Er kam am Sonntag frohgemut und hatte ein Lächeln in den Mundwinkeln. Als er Veronika ansah, war es ein richtig verliebter Blick. *Ach Gott*, seufzte der Vater in der Herdecke, *warum hat sie das getan, jetzt, wo er sie mag, man fühlte es doch ganz deutlich, da ist sie in Schande.*

Veronika war genauso wie früher, nur stiller und in sich gekehrter. Carl beobachtete sie sehr scharf und dachte immer: *Was sie wohl hatte, als sie auf der kleinen Brücke stand?*

Doch er fragte sie nie danach.

Das Weihnachtsfest kam herauf, und sie feierten es still wie immer. Er brachte ihnen Bücher mit und war jetzt so etwas wie ein viertes Mitglied des Hauses. Veronika war nett und freundlich zu ihm. Aber zwischen ihnen stand eine gläserne Wand.

»Willst nicht mit mir eine Skiwanderung machen? Ich hab frei, und der Schnee ist wirklich prächtig!«

Sie blickte ihm tief in die Augen. Dann seufzte sie leise und sagte: »Ja, das letzte Mal.«

»Wieso?«, fragte der Mann erstaunt.

»Ach, gehen wir.«

Er ging hinter ihr her, und der Vater blickte aus dem Fenster und grübelte. Warum können sie nicht zusammenkommen?

Veronika genoss diesen Ausflug wie noch nie. Und ganz besonders schön war es, dass sie allein waren. Sehr hoch stiegen die zwei. Es war ein ganz klarer Tag. Sehr weit konnte man sehen.

Carl stand neben ihr und fühlte jetzt den Augenblick gekommen, um über sich zu reden.

»Veronika«, sagte er leise.

Sie wandte sich ihm zu. Still und groß waren ihre Augen. Sie sah schöner denn je aus.

»Nein«, sagte sie leise, »sag es nicht, lass uns diesen Augenblick genießen. Er wird nie mehr wiederkommen. Und darum möchte ich jede Sekunde genießen.«

»Ich verstehe dich nicht, wir können so oft hier heraufkommen. Veronika, du weißt ja gar nicht, was ich sagen will!«

»Doch«, sagte sie leise und blickte zu Boden. Aber dann hob sie entschlossen den Kopf und blickte ihn durchdringend an: »Lass uns Freunde sein, immer! Ich wünsche mir so sehr, dass du mein Freund bleibst!«

Erregt nahm er ihre Hände und sagte mit sehr leiser Stimme: »Veronika, ich möchte aber mehr sein, viel mehr.«

»Es kann nicht sein«, antwortete sie genauso leise.

»Aber warum denn nicht?«, flehte er. »Ich hab dich lieb, von Herzen lieb. Jetzt weiß ich es genau. In der Stadt hat man mir mal sehr wehgetan, und ich hatte den Glauben an die Frauen verloren. Ja, ich hab sie lange gehasst. Aber du hast mich gelehrt, dass es auch andere gibt. Ich bin jetzt wieder frei, ich habe alles überstanden, und darum möchte ich dich fragen, Veronika!«

»Und ich müsste dir mit einem *Nein* antworten«, erwiderte sie.

Er blickte sie schmerzlich an.

»Veronika, gibt es da einen anderen?«

»Nein, nicht mehr!«

»Aber dann bist du doch frei.«

Sie sah zu den Gleinalpen, die höchste Erhöhung war der Speikkogel.

»Oder hast du mich nicht lieb, Veronika? Bitte, sag es mir doch. Ich fleh dich an, ich muss es wissen.«

»Ich habe dich sogar sehr lieb, Carl. Ich glaub, ich hab dich schon recht lange lieb. Warum hast du mir nicht viel früher davon etwas gesagt? Damals vor der Nacht, als wir die Gämse fanden, hab ich dich schon lieb gehabt, aber du hast mir nichts gesagt, du warst so kalt, so abweisend, und das hat sehr wehgetan, ja und dann in der Nacht!«

»Diese verfluchte Nacht«, stöhnte er. »So steht sie noch immer zwischen uns? Und ich dachte, du hättest mir schon längst verziehen.«

»Ach, was du damals gesagt hast, das hab ich schon ganz vergessen, nein, das ist es nicht. Aber mit dieser Nacht, da fing alles an, und weil es diese Nacht gegeben hat, darum kann ich dir jetzt auch nicht mit *Ja* antworten, Carl. Bitte, du musst mich verstehen.«

»Du bist frei, du hast mich lieb, und doch willst du nicht meine Frau werden, wie soll ich das verstehen, wie klug daraus werden.«

»Es wird nicht mehr lange dauern, dann wirst du mich verstehen, Carl. Weil ich das weiß und es dann vielleicht sein wird, dass du mich hasst, darum möcht ich dich jetzt schon um Verzeihung bitten und dir sagen, dass es mir so leidtut, so schrecklich leid, dass ich dir wehtun muss, denn ich weiß ja selbst, wie bitter weh es tut, wenn die Liebe, die man jemandem schenken will, verschmäht wird. Aber ich verschmähe sie ja nicht, ich kann sie nur nicht annehmen!«

Carl Pfeifer war tief verletzt. Er verstand Veronika nicht und glaubte nun, sie spiele mit ihm. Damit hatte er nicht gerechnet. Wenn sie ihm gesagt hätte; *ich liebe dich nicht, ich kann dich nicht heiraten*; das hätte nicht so wehgetan wie jetzt.

An ihrem Gesicht sah er, dass sie auch nicht mehr erklären würde. Und weil er verbittert war, so sah er auch nicht ihren gequälten Ausdruck und wie weh ihr selbst ums Herz war.

So blieb man nicht lange, sondern kehrte zurück. Er brachte sie zur Hütte. Veronika lud ihn ein, doch noch zu bleiben, doch er wollte nicht. In sausender Fahrt fuhr er zum Forsthaus. In seinem Herzen schrie es: *Du bist allein, allein, allein!*

Veronika blickte ihm lange nach. Sie hatte Tränen in den Augen. Ob er sie je verstehen und ihr damit auch verzeihen konnte?

Stumm machte sie ihre Arbeit weiter. Der Mutter ging es nicht gut, und sie hatte auch unter der Schwangerschaft zu leiden. Die Mutter sagte ihr: »Das ist normal, viele Frauen leiden darunter. Das musst du hinnehmen.« Und nach einer langen Pause sagte sie: »Hast du es dem Förster erzählt?«

»Nein«, erwiderte sie spröde.

»Warum nicht?«

»O Mutter, ich kann es nicht.«

»So schämst du dich also doch um das Kind, das du unter dem Herzen trägst.«

Sie wurde brennend rot. Zum ersten Mal verstand sie die Mutter nicht.

»Schämen«, sagte sie, »warum soll ich das tun?«

»Es ist nicht recht, es ist gegen das Gesetz, du kannst dich nicht auflehnen, Veronika, warum bist du störrisch, warum bist du nicht wie andere Mädchen?«

»Was soll ich denn tun?«, rief sie gequält.

»Der Förster mag dich, ich weiß es.«

»Ja«, sagte sie leise, »ja, er hat mir alles erklärt.«

»Und?«, rief die Mutter erregt. »Merkst du denn nicht, dass das die Wende ist? Dann wird für dich alles gut. Du wirst die Frau eines Beamten und bist versorgt. Vater und ich können in Ruhe sterben.«

»Ich habe ihm gesagt, dass ich ihn nicht heiraten kann, unmöglich, Mutter.«

»Oh Kind, du hast dir dein Leben selbst zerstört. Das Schicksal hat dir diesen Mann gebracht, und du nimmst ihn nicht, hast alles selbst kaputt gemacht.«

Veronika hielt es nicht mehr aus, sie sprang auf und rannte in die eigene Kammer. Dort warf sie sich auf das Bett und weinte bitterlich. Sie dachte an Loni und dass sie ihn vor dem strengen Vater hatte retten wollen. Sie hatte ihn wirklich geliebt, hatte seinen Treueschwüren geglaubt, war so glücklich gewesen. Und jetzt musste sie dafür bezahlen, alles sollte sie allein tragen.

Musste man da nicht langsam bitter und hart werden? Wie konnte man da noch lachen, und wenn man wusste, wie die Eltern darüber dachten. Sie sähen es lieber, wenn das Kind nicht da sei. Sie verstanden es nicht, dass sie das ungeborene Kind wirklich liebte. Dass sie es weder aussetzen noch sonst irgendetwas damit tun wollte. Es war ihr Kind und niemand konnte es ihr fortnehmen. Niemand!

Veronika brauchte recht lange, bis sie sich wieder gefasst hatte. Draußen türmte sich der Schnee, und sie konnte jetzt auch nicht mehr hinaus, einfach wandern, um so Linderung für ihr gequältes Herz zu finden.

11. Kapitel

Carl Pfeifer war gekommen. Veronika war mit dem Vater noch im Stall und molk die Kühe. Therese hörte ihn und rief ihn zu sich. Er kam in die kleine Kammer.

»Ich hab wieder ein paar Bücher mitgebracht.«

»Hast dich schon lange nicht mehr blicken lassen, Förster«, sagte Therese leise.

»Nein!«

»Hast viel im Revier zu tun?«

»Es geht!«

Therese schloss für ein paar Augenblicke die Augen. »Oder ist es wegen Veronika?«

Der Förster wurde rot.

»Sie will ja nicht«, stieß er hervor. »Abschlagerin, wirst es schon bemerkt haben, dass ich die Veronika lieb hab. Ich hab sie gefragt, neulich, ob sie mich heiraten will, aber sie war so komisch. Kannst du es mir nicht erklären? Weißt du, warum sie nicht will, obwohl sie mich lieb hat, das hat sie jedenfalls zugegeben, lieb hätte sie mich, und da wär auch kein anderer, aber trotzdem will sie mich nicht.«

»Du hast sie also recht lieb?«

»Ja!«

»Ich weiß den Grund«, sagte die Mutter leise. »Ja, ich weiß ihn.«

»So nenn ihn mir!«

Therese wollte der Tochter nur helfen, sie glaubte, bei dem Mann Verständnis zu finden.

»Ich hab ihr gesagt, sie soll es dir selbst erzählen, aber sie tut es nicht. Veronika ist schwanger!«

Carl Pfeifer sprang auf.

»Was?« Völlig entgeistert starrte er die Gelähmte an. »Das ist nicht wahr«, keuchte er, »das lügt Ihr!«

Die Mutter lächelte müde. »Warum sollte ich denn lügen, ich sag es dir, weil ich hoff, dass du sie verstehst, dass du sie trotzdem nimmst. Veronika ist nicht schlecht, sie ist ein gutes Mädchen, tapfer und gut.«

»Nein«, würgte er wieder hervor. »Nein, nein, nicht Veronika, sie doch nicht, sie ist rein und edel, Veronika ...«

Aber als er die Augen der Mutter sah, da wusste er, dass dies ihr Geheimnis war.

»Wer?« stammelte er.

»Das wissen wir auch nicht, sie sagt es uns nicht.«

»Oh mein Gott!«

Er fiel auf den Stuhl zurück und bedeckte die Augen mit der Hand. Ein Bild stand vor ihm auf, wie sie da auf der kleinen Brücke in der Schlucht stand. Damals vor Weihnachten und wie sie ausgesehen hatte, als wolle sie sich runterstürzen. Damals musste sie es wohl erfahren haben!

Veronika war schwanger! Seine Veronika, die er liebte, die er begehrte, die er für rein hielt. So hatte sie also auch nur mit ihm gespielt, alles war also Lüge. Sie war nicht anders als die Frauen in der Stadt. Sie hatte ihn belogen und betrogen! Und er wollte ihr sein Herz schenken, er betete sie an.

Das ging über seine Kraft! Er stürzte aus der Stube und rannte davon. Veronika sah ihn durch die Stalltür. Wenig später kam sie in die Kammer.

»Ich habe es ihm erzählt«, sagte Therese.

Veronika hatte blutleere Lippen. Sie sagte nichts.

Die Zeit verging, und der Förster ließ sich nicht mehr sehen. Sie hatte es ja gewusst, nun würde er auch nichts mehr von ihr wissen wollen. Auch das schluckte sie tapfer hinunter. Die ganze Zeit, auch als die ersten drei Monate vorbei waren, fühlte sie sich nicht sehr gut. Sie schleppte, sich herum und konnte nur schwer ihre Arbeit tun. Der Vater tat alles und er war es auch, der jetzt ins Dorf ging, wenn es mal nötig war. Sie war froh darüber, denn so konnte sie nicht zufällig Loni in die Arme laufen. Nein, dieses Kapitel war für alle Zeiten abgeschlossen.

Sie saß in der Stube, nähte und strickte für das Kleine. Der Vater hatte ihr versprochen, dass er die Wiege richten würde. Aber dazu war ja noch Zeit genug. Im Sommer sollte das Kind geboren werden.

Der Februar kam herauf, mit viel Schnee, klirrender Kälte und Stürmen. Diesmal war es wirklich ein harter und sehr kalter Winter. Oft waren sie tagelang von der Außenwelt abgeschnitten. Aber sie hatten ja den Lift, und so wurden sie mit Lebensmitteln versorgt.

Carl Pfeifer ließ sich nicht mehr sehen!

12. Kapitel

Veronika war im fünften Monat schwanger. Das Kind spürte sie jetzt schon ganz deutlich, und ihr war dann immer ganz eigenartig zumute, wenn sie die kleinen Stöße spürte. Sie fühlte eine warme Glückswelle in sich hochsteigen. Dieses Kind würde sie für alles entschädigen. Sie beide würden glücklich sein. Veronika verstand gar nicht, wie eine Mutter ein ungewolltes Kind einfach aussetzen oder fortgeben konnte. Sie liebte es wirklich. Darin lag ja auch die ganze Tragik. Wie gesagt, sie hatte schon immer Schwierigkeiten gehabt. Aber eines Nachts wurde es dann ganz schlimm. Sie wurde wach und krümmte sich vor Schmerzen. Als sie das Licht anmachte, sah sie das Bett voller Blut. Wieder kam eine Schmerzwelle, und sie hielt den Atem an, sonst hätte sie laut aufgeschrien.

Als es vorüber war, schleppte sie sich in die Kammer der Eltern. Die Mutter hatte einen leichten Schlaf.

»Mutter, Mutter, was soll ich nur tun?«, stammelte sie unter Tränen.

»Oh mein Gott«, rief Therese, »da lieg ich hier wie ein Stück Holz und kann nicht helfen. Veronika, du musst zum Arzt, du musst sofort einen Arzt haben, sonst geht es nimmer gut.«

Auch der Vater war jetzt wach und sprang aus dem Bett.

»Ich werd ins Dorf laufen und den Doktor holen«, sagte er und zog sich schon die Hose an.

»Das dauert viel zu lang«, stöhnte Therese. »Wenn ich doch nur helfen könnt, bis er hier oben ist, er kann doch jetzt bei dem Wetter nicht mit dem Wagen fahren, er würde in die nächste Schlucht stürzen.«

Veronika umkrampfte den Bettpfosten.

»Ich muss gehen«, keuchte sie, »ich muss selbst hinunter, so bekomm ich eher Hilfe.«

»Wirst das denn schaffen?«, fragte der Vater entgeistert.

Die Schmerzen hatten nachgelassen.

»Es muss«, stöhnte sie, »ich muss es einfach können.«

»Wenn wir nur bis zum Forsthaus kommen, der Förster hat doch einen großen Schlitten ...«, sagte der Vater.

»Nein«, würgte sie hervor. »Nein, ich geh allein. Ich zieh mich rasch an, und dann gehen wir.«

Die Mutter jammerte und betete zugleich. Bei diesem Wetter, und es war so dunkel, würden sie sich da nicht den Tod holen, und Veronika! Oh mein Gott!

»Vielleicht ist das die Strafe«, murmelte sie leise vor sich hin. »Lieber Gott, Lass mir meine Tochter. Sie ist doch ein gutes Mädchen, ich fleh dich an, hilf ihr doch.«

Veronika hatte sich angezogen. Schon das war sehr anstrengend gewesen.

»Komm, Vater, jetzt können wir gehen.«

Als sie vor die Almhütte traten, war es bitter kalt, und der Frost klirrte unter ihren Füßen. Sie hielt den Atem an und dachte schaudernd an den langen Weg ins Dorf hinunter. Sie hatte Schmerzen und konnte nicht so schnell gehen wie sonst, über zwei Stunden würde es schon dauern...

Oh mein Gott, sie war noch nicht einmal ein paar Schritte vom Haus entfernt, als sie schon wieder einen Krampf im Unterleib bekam.

Veronika stöhnte und ächzte und umklammerte den Arm des Vaters.

»Hör nicht drauf, geh weiter, schlepp mich mit, ich muss es schaffen, das Kind, ich muss alles tun, hörst du, ich muss ins Dorf.«

Sie hatten den ersten Buckel hinter sich gebracht, vor ihnen lag die weite Almwiese, und am Rand stand das Holzgerüst mit dem Gestell des Schleppliftes. Als sie daran vorbeigingen, hielt Veronika ruckartig an.

»Ich fahr hinunter«, sagte sie kurz. »Zu Fuß schaff ich es nicht, ich fahr mit dem Lift.«

Erschrocken starrte der Vater sie an.

»Bist narrisch, weißt doch, dass kein Mensch damit fahren darf. Und dann bei diesem Wetter, die Seile sind dann oft vereist, und die Rolle könnte rausspringen. Veronika, das kannst nicht tun.«

»Ich muss, um des Kindes willen, Vater, ich darf jetzt nicht daran denken. Hilf mir lieber. Mit dem Lift bin ich in einer Viertelstunde unten und dann ist es nicht mehr weit bis zum Doktor. Aber zu Fuß komm ich nimmer heil unten an. Der Lift ist meine Rettung.«

Hubert spürte selbst, dass die Tochter es nicht schaffen würde.

»Lass mich gehen, ich lauf so schnell, wie ich kann und hol den Doktor. Geh zur Hütte zurück, Veronika!«

Sie kletterte schon in den Kasten.

»Stell den Lift an, Vater, stell ihn an, ich hab keine Angst. Stell ihn doch endlich an!«

»Veronika, und wenn du in die Schlucht stürzen tust, wenn das Seil reßt, wenn die Rolle das Eis nicht aushält, Veronika, tu es nicht, ich fleh dich an.«

»Bitte, Vater!«

Der eisige Wind pfiff ihnen um die Ohren. Veronika würde womöglich auch sterben, wenn sie jetzt nicht bald zum Arzt kam, er wusste das, Frauen konnten verbluten. So oder so schwebte sie in großer Gefahr, er musste es tun.

Der Vater setzte den Lastenlift in Bewegung. Veronika schwebte davon, war gleich über den nächsten Buckel verschwunden und schwebte dem grausigen Abhang und der Schlucht entgegen. Dort war es immer nass. Das Seil war dort schon vor Jahren gerissen. Und wenn sich oberhalb eine kleine Lawine löste und das Seil mit sich riss! Wie viel konnte es überhaupt tragen?

Hubert bekreuzigte sich. Dann rannte er los, er wollte mit ihr unten sein, vielleicht, wenn sie hängen blieb, dass er ihr dann zu Hilfe kommen konnte.

Er näherte sich der Schlucht und sah das Forsthaus, dunkel, nirgends brannte ein Licht. Warum war sie nicht mit ihm gekommen, zum Förster! Carl musste helfen, er musste ihnen jetzt beistehen, er musste ihm sagen, was sie getan hatten.

Seine Fäuste trommelten gegen die Tür.

»Aufmachen, aufmachen, Carl, ich bin es, Hubert Abschlag, so mach doch endlich auf!«

Die Hunde des Försters schlugen an, davon wurde er wach. Noch nie hatte man ihn in der Nacht geweckt. Sollte das vielleicht ein dummer Scherz sein?

»Was gibt es?«, rief er unwirsch von oben herunter.

»Ich bin es. Der Hubert! Du musst mir helfen, ich fleh dich an, bei Gott hilf mir!«

»Was ist passiert?«

»Veronika ist mit dem Lift hinunter ins Dorf!«

»Was?« Carl wollte mit der Familie nichts mehr zu tun haben. Gar nichts! »Bist du wahnsinnig?«

»Ich musste es tun, sonst verblutet sie uns, sie muss zum Arzt.«

»Warum seid ihr nicht zu mir gekommen? Ich hab doch den Schlitten!«

»Sie wollte nicht«, schrie Hubert hinauf.

Carl schrie: »Ich komm sofort, warte!«

Er hatte sich noch nie so schnell angezogen wie in dieser Nacht. Dann stand er unten und ließ sich von dem Vater alles erzählen. Er hatte sie gehasst, zumindest hatte er die ganze Zeit versucht, sie zu hassen und war ihr aus dem Weg gegangen. Ihr Stolz hatte es nicht zugelassen, dass er helfen sollte.

»Sie wird in die Schlucht stürzen, du hättest es nicht zulassen sollen!«

»Was sollte ich denn tun? Es ist wirklich ernst, Carl!«

»Komm, wir gehen den Jägerpfad und sind in der Nähe, er kommt ja nur langsam voran. Vielleicht können wir ihr helfen, aber in der Todesschlucht gibt es kein Zurück mehr.«

Die beiden Männer machten sich auf den Weg.

13. Kapitel

In dem Augenblick, als sie in den eisverkrusteten Kasten gekrochen war, wusste Veronika, sie legte ihr Leben in Gottes Hand. Als sich dann das Seil straffte und sie davonschwebte, fühlte sie, wie ihr für Augenblicke das Blut in den Adern Stillstand.

Zuerst ging es ganz sacht und leicht, und sie fühlte eine große Erleichterung. Und sie sagte sich: *Jetzt brauch ich nicht mehr zu laufen, da wird das Blut nicht mehr kommen. Ich hab es noch einmal geschafft.*

Aber dann, nach kurzer Zeit, stellten sich wieder die Schmerzen ein, das junge Mädchen ahnte nicht einmal, dass es schon die Wehen waren. Sie waren so schrecklich und grausam, dass sie sich krümmte und stöhnte. Der Kasten kam ins Schwanken, und sie schwebte der Schlucht mit dem Wasserfall entgegen. Starr vor Angst saß sie reglos da. Wenn sie sich jetzt viel bewegte, dann konnte wirklich die Rolle vom Seil springen.

Der Mond kam hinter den Wolken hervor. In seinem fahlen Licht sah sie den eingefrorenen Wasserfall. Sonst war hier immer ein schreckliches Getöse, aber jetzt war es totenstill. Verzweifelt starrte sie immer wieder nach oben.

Das Mondlicht lag gleißend auf dem vereisten Drahtseil. Sie betete zu Gott, er möge sie hier sicher über die Schlucht tragen. Dann bäumte sich ihr Körper wieder auf, die Schmerzwelle brachte sie bald um den Verstand. Sie krallte ihre Hände in das Holz. Die Kiste, in der sie hockte, schaukelte, und das Seil bog sich unter der Last, das Eis knirschte.

»Oh mein Gott!« Mehr brachte sie nicht über die Lippen. Und das war auch schon viel. Dann war da ein Getöse in der Wand, sie schrie auf. Sie fühlte fast die Lawine, obwohl sie diese nicht sehen konnte. Aber sie lebte schon zu lange in den Bergen, um das Geräusch nicht zu kennen.

»Nein!« Ihr Schrei hallte von der Wand wider. Die beiden Männer befanden sich noch im Hochwald. Sie hörten den Schrei und es lief ihnen kalt den Rücken herunter. Aber auch das, was sie taten, war nicht ungefährlich. Dieser schmale Trampelpfad, den nur der Förster im Sommer nahm, er ging so nah an der Schlucht entlang, ein Fehltritt, und man sauste in die Tiefe. Aber schaffte man diesen Weg, dann war man um vieles früher als sonst unten auf der Landstraße, die zum Dorf führte.

»Schneller«, keuchte Carl.

Der Vater sah nichts mehr, blind stolperte er hinter dem Jungen her und hielt sich an diesem fest. Carl kannte diesen Steg, er konnte ihn auch mit geschlossenen Augen gehen, aber manchmal glitt auch er ab, musste sich in letzter Minute an einem Baum festkrallen.

Veronika öffnete wieder die Augen. Donnernd toste die kleine Lawine in die Schlucht, um Haaresbreite hatte sie die Gondel verfehlt. Ihre Lippen waren blutig gebissen. Sie war am Ende, sie wusste, sie würde es nicht mehr lange durchstehen. Es ging mit ihren Kräften zu Ende. Wäre sie doch oben geblieben, der Mutter in Reichweite. Sie hätte ihr vielleicht mit Ratschlägen helfen können. Jetzt befand sie sich in dieser grausigen Natur, und niemand war da, der ihr helfen konnte.

Dann, als sie schon glaubte, die Fahrt würde nie ein Ende nehmen, sah sie die Landstraße vor sich liegen. Mit einem Ruck blieb er stehen.

Veronika rappelte sich hoch. Füße und Hände waren nur noch ein paar Eisklumpen. Das Blut floss schwer in den Adern. Sie taumelte auf die Landstraße. Die Blutungen hatten wieder eingesetzt, sie spürte es nicht mal mehr. Sie war am Ende, sie fühlte wohl die Kälte in sich hochkriechen, aber sie war zu schwach, um sich dagegen zu wehren. Nur noch ein paar hundert Meter, dann war sie im Dorf. Aber die Häuser lagen noch zu weit weg, als dass man ihre Schreie würde hören können. So lag sie auf der Landstraße, dem Tod preisgegeben, bewusstlos.

Der Förster war als Erster bei ihr.

»Hier liegt sie!«

»O mein Gott«, stammelte der Vater.

»Sie lebt, sie ist nur ohnmächtig.«

Dann sahen sie die große Blutlache.

»Wir müssen sie sofort zum Arzt bringen, komm...«

Selbst am Rand der Erschöpfung, hoben sie das Mädchen hoch und schleppten sie mit sich fort. Sie sprachen kein Wort, jeder sparte mit seinen Kräften. Veronika kam nicht wieder zu sich, und das war vielleicht auch gut so, denn sonst wäre sie schon vor Schmerzen gestorben.

Sie dachten schon selbst nicht mehr daran, dass sie diesen grausigen Wettlauf gewinnen würden. Da sahen sie die Häuser, und das zweite Haus war gleich das vom Doktor. Er war daheim. Weil er oft des Nachts herausgeholt wurde, so hatte er nur einen leichten Schlaf. Er wurde sofort wach, als die Glocke anschlug.

»Ich gehe schon«, sagte er zu seiner Frau. »Bleib du nur liegen. Es ist bestimmt die alte Matten, mit der geht es dem Ende zu.«

Er öffnete die Tür und sah die beiden eisverkrusteten Gesichter, dazwischen die ohnmächtige Veronika. Ohne viel zu fragen, führte er sie sofort ins Sprechzimmer. Behutsam legte man sie auf die Liege...

»Sie verblutet, Doktor«, sagte Carl.

Der Arzt wusste, was los war.

»Um Gottes willen, ist sie den ganzen Weg gelaufen? In diesem Zustand?«

»Sie ist mit dem Lift runter«, stammelte Hubert.

Der Arzt starrte ihn an.

»Das hätte ihr Tod sein können!«

»Aber anders, es ging doch nicht, wenn ich Sie geholt hätte, ich meine...«

Er ging in die Schlafstube und weckte seine Frau. Sie war ausgebildete Krankenschwester.

»Komm, du musst mir helfen, schnell, es geht jetzt nur noch um Minuten.«

Auch sie fragte nicht viel, war sofort auf dem Posten.

Der Doktor fragte die beiden Männer nach ihren Blutgruppen. Carl hatte die gleiche wie Veronika. »Wollen Sie spenden? Sie hat viel Blut verloren, sonst stirbt sie mir unter den Händen fort. Bis ich in Bruck die Stelle hab, ist es zu spät.

»Natürlich werde ich das«, sagte Carl.

Frau Plattner hatte Veronika entkleidet, jetzt kam sie wieder zu sich, sie fühlte die Wärme und öffnete die Augen.

»Ruhig, ganz ruhig, Veronika, jetzt wird alles gut. Mein Mann wird sich um dich kümmern, ganz ruhig liegenbleiben.«

Aber da kam wieder eine Wehe und riss ihr den Schrei von den Lippen. Das Mädchen bäumte sich auf. Carl stand leichenblass an der Tür.

»Das Kind kommt, rasch, Elenora, mach den Förster bereit, sobald ich sag, muss alles fix und fertig sein.«

Er lag wenig später auf der zweiten Liege, und die Kopfhaut zog sich ihm zusammen. Mit eigenen Augen und Ohren musste er sehen, wie grausam sich Veronika abplagen musste. Es war einfach schrecklich.

Und dann, als er glaubte, er hielte es nicht mehr aus, nach einem fürchterlichen Schrei, da war es dann ganz still. Sie lag wie tot da! Er starrte entgeistert in das maskenhafte Gesicht. Er spürte noch nicht mal den Einstich in seinem Arm, er fühlte auch nicht, wie sein Blut durch den Schlauch rann und so Veronika neues Leben gab. Er konnte nur in dieses stille Gesicht sehen, und seine Lungenflügel wurden ihm plötzlich zu eng. Er hatte ein so eigenartiges Gefühl in der Magengrube.

»Was ist?« flüsterte er gebrochen.

»Beten wir, dass sie es übersteht, sie ist ein starkes Mädchen, bestimmt wird sie es schaffen.«

Carl fühlte, wie ihm die Tränen in die Augen traten. *Arme Veronika*, dachte er.

Elenora Plattner legte ein Laken um ein Bündel und trug es hastig aus dem Zimmer.

»Was?«

Der Doktor folgte seinem Blick.

»Veronikas Kind, es ist tot! Es war ein kleiner Junge!«

Carl bedeckte mit einer Hand seine Augen, der Doktor sollte nicht sehen, dass er weinte.

Irgendwann, es ging schon auf den Morgen zu, da zog er die Nadel heraus.

»Kommen Sie, jetzt wird sie schlafen, gehen wir, ich glaube, wir haben alle ein Frühstück verdient, und starken Kaffee, Sie besonders!«

Taumelnd erhob sich Pfeifer. Er war ein wenig wackelig auf den Beinen. Wenig später saßen sie in der gemütlichen Wohnstube. Das Mädchen hatte man geweckt. Knuspriger Speck lag auf dem Teller, Spiegeleier, und starker Kaffee. Sie langten tüchtig zu.

Hubert saß tief gebeugt am Tisch und seufzte nur immer wieder.

14. Kapitel

Plattner erklärte: »Das Dorf weiß noch nichts von der Schwangerschaft, ich werde nichts sagen. An mir soll es nicht liegen, Hubert.«

Dieser blickte ihn dankbar an. Das hieß mit anderen Worten, keiner würde mit bösen Worten über sein Mädchen herfallen. Man würde von einem Unfall reden, mehr nicht. Nie würde je die Wahrheit ans Licht kommen. Sie war in den Augen der Dörfler dann noch rein.

»Ich werd mit dem Pfarrer reden, er wird es auf den Gottesacker tragen.«

»Danke«, sagte der Vater.

Pfeifer dachte: *Das Schicksal hat es noch einmal gut mit Veronika gemeint. Sie kann sich noch freuen, dass es so gekommen ist, so ist sie von dieser Schmach befreit, sie kann ihr früheres Leben wieder aufnehmen. Sie kann also wieder ganz von vorn anfangen.* Und er dachte an seine Liebe! Vielleicht würde sie ihm jetzt alles sagen, und es konnte zwischen ihnen beiden noch gut werden. Sie konnten sich endlich finden.

Jetzt stand das Kind nicht mehr zwischen ihnen.

Veronika muss wirklich dem Schicksal noch einmal froh und dankbar sein, und für das Kind ist es auch das Beste, dass es so gekommen ist. Niemand hätte es lieb gehabt, immer wäre es herumgestoßen worden.

Aber dann sollte er noch etwas erleben, was er zuerst nicht begreifen konnte! Was einfach über seinen Verstand ging.

Hubert Abschlag machte sich gleich nach dem Frühstück wieder auf den Weg.

»Die Frau kann sich doch nicht allein versorgen. Und die Kühe, du meine Güte, ich muss mich ja jetzt um alles allein kümmern.«

»Ich komm mit dir«, sagte Carl. »Ich helf dir.«

»Wie lang wird sie brauchen, die Veronika, Doktor?«

»Fünf bis sechs Tage muss sie wohl bei uns bleiben, bis ich ganz sicher bin, dass auch nichts Neues hinzukommt. Eher darf sie nicht gehen, sie braucht diese Ruhe und meine Beobachtung.«

»Ja, ich werd dafür sorgen, dass sie sich dann auch noch weiter schont.«

Bevor sie Schließlich fortgehen wollten, mussten sie Veronika noch sehen. Sie war inzwischen erwacht. Die Frau Doktor war bei ihr. Gerade als Carl die Tür aufmachte, hörte er sie fragen: »Was ist denn los? Ich kann mich an nichts erinnern. Wieso bin ich hier?«

»Veronika, du hast eine Frühgeburt gehabt. Es ist alles überstanden. Ein paar Tage wirst du noch bei mir bleiben, bis du dich völlig erholt hast.«

»Tot?«, stammelte sie und richtete sich auf. Ihre Augen waren weit aufgerissen. »Du sagst, mein Kind ist tot?«

»Ja, Veronika, es war doch eine Frühgeburt. Im fünften Monat, da bleiben auch die Kinder in der Klinik nicht am Leben. Bedenke doch, es war das Beste für dich und das Kind. Niemand im Dorf wird etwas erfahren.«

»Tot, tot, tot, nein, nein!« Sie schrie die Frau des Doktors an. »Sag, dass es nicht wahr ist, sag, dass es lebt, es darf nicht tot sein. Das darf es nicht, oh nein.« Und dann brach sie in ein Weinen aus, das so heftig war, dass die Frau erschrak.

»Veronika«, sagte sie erschrocken, »ich verstehe dich nun wirklich nicht.«

»Du verstehst mich nicht«, stammelte sie unter Tränen. »Du verstehst mich wirklich nicht? Aber du bist doch auch eine Mutter! Ich habe das Kind geliebt, über alles geliebt, ich habe mich so sehr darauf gefreut, und jetzt soll ich mich freuen, dass es tot ist? Ich werde vor Kummer sterben. Alles nimmt man mir, nie darf ich eine auch noch so kleine Freude behalten.«

Fassungslos blickte man die Jammernde an. Auch Doktor Plattner war am Ende seines Lateins. Damit hatte man nun nicht gerechnet. Sie hatte sich auf dieses Sündenkind gefreut! Obwohl sie doch wissen musste, was damit alles auf sie zukam. Hier im Gebirge, da blieb die Zeit stehen, draußen in der Stadt, da dachte man jetzt schon ganz anders, und doch, immer hatten die jungen Mütter auch dort zu leiden und ebenso die Kinder.

»Veronika, ich hab es nicht gewusst, es tut mir wirklich leid, ich dachte, im Gegenteil«, sagte Elenora Plattner leise. »Ich dachte, für dich würde das eine große Erleichterung sein. Wenn du das Kind geliebt hast, dann kann ich dich sehr gut verstehen.«

»Bitte geht, Lasst mich allein, ich kann nicht mehr. Bitte lasst mich jetzt allein.«

Veronika hatte noch nicht mal bemerkt, dass Carl und ihr Vater die ganze Zeit im Zimmer gestanden hatten. Beide waren sie fassungslos. Carl noch viel mehr, denn er legte es jetzt ganz falsch aus.

Er sagte sich: *Wenn sie so verzweifelt an dem Kind gehangen hat, es schon so sehr geliebt hat, wie sehr muss sie dann erst den Vater des Kindes geliebt haben. Darum also kann sie mich nicht wirklich lieben, sie denkt noch immer an den Vater des Kindes. Und jetzt, wo es tot ist, da hat sie wohl auch keine Hoffnung mehr, dass er je zu ihr zurückkommt. Vielleicht hat sie die ganze Zeit angenommen, er wird sie ehrbar machen, das Kind sollte die Brücke sein.*

Carl konnte sie nicht begreifen, nicht verstehen. Er wusste ja nicht, wie einsam sie all die Jahre gewesen war, wie sehr man auf ihrem Herzen herumgetrampelt hatte. Wie sehr sie unter der Verlassenheit litt. Wie konnte er es ahnen, wenn sie ihm nichts sagte?

Schweigend verließen sie das Zimmer.

»Ich werd mich um sie kümmern und sie trösten«, sagte Elenora zum Vater. »Bei uns ist sie in guten Händen.«

»Aber das kann ich doch nicht zulassen, ich meine...«

»Doch, doch, für solche Fälle haben wir die zwei Gästezimmer. Da lohnt es sich nicht, sie ins Krankenhaus zu schaffen, aber heim kann sie auch nicht. Andere Kranke in der Umgebung kann ich mit dem Wagen besuchen. Wer aber weiter weg in den Bergen wohnt, der bleibt dann ein paar Tage bei mir, so ist es. Wir haben uns schon lange darauf eingerichtet.«

Hubert ging fort, er musste sich jetzt beeilen. Zwar war der Tag noch nicht ganz angebrochen. Aber es war schon so hell, dass sie gut vorwärts kamen. An seiner Seite ging der Förster stumm einher. Jetzt konnte er auch nicht mehr so schnell laufen. Er hatte ja Blut gespendet und das machte sich jetzt doch ein wenig bemerkbar.

Sein Herz war zerrissen. Warum musste er ausgerechnet Veronika lieben?

Weil sie anders war? So stark, so gut? Oder weil sie stark in der Liebe war? Nie würden sie zueinander finden. Nie, und vor ein paar Stunden war alles noch so greifbar gewesen. Und jetzt?

Hubert brauchte seine ganze Kraft, um bergan zu steigen, und oft rutschten sie wieder zurück.

»Man muss hier bald eine Straße bauen, bei den vielen Urlaubern«, sagte einmal der Förster. »Bei der nächsten Gemeindesitzung werd ich das mal anregen. Bewohnen wir doch einen sehr schönen Flecken Erde, und zu uns kommen sie doch in der Hauptsache, ich mein wegen des Drachenlochs, und alles bleibt so beschwerlich.«

Der Vater fühlte sehr wohl, er wollte ihn ablenken und sprach deswegen von anderen Dingen.

»Ja«, sagte er nur einsilbig.

»Ich komm mit, wie versprochen und helf mit.«

»Das ist nicht nötig, hast schon genug für uns getan, Carl. Wir stehen tief in deiner Schuld.«

»Ich kann euch auch mal brauchen, und da wird es mir dann leicht fallen, euch zu bitten. Es ist das Gesetz der Berge, zu helfen. Und ich versäum ja nix. Daheim ist es kalt und einsam.«

»Musst heiraten, Carl. Willst immer wie ein einsamer Kauz in dem schönen Forsthaus leben?«

»Ich war mal nah daran, Hubert, du weißt es.«

»Meine Veronika?«

»Ja!«

»Wir sähen nichts lieber, Carl. Du bist ein guter Kerl. Im Dorf mögen sie sich die Zunge über dich zerreißen, ich hab dich kennengelernt. Du bist der Beste von allen, auf dich kann man sich verlassen.«

»Ich hätte bald mal einen totgeschlagen«, sagte er leise. Bis jetzt hatte er noch nie über seine Vergangenheit gesprochen.

Abschlag sagte: »Dann wirst wohl einen Grund gehabt haben. Hinterhältig hast es bestimmt nicht versucht.«

»Nein, es war mein bester Freund, er hatte mir meine Braut gestohlen. Als ich das erfuhr, frech sagte er es mir ins Gesicht, da hab ich einfach rot gesehen. Es war die schwärzeste Stunde in meinem Leben.«

»Und da hast dein Auge verloren?«

»Ja, und den Glauben an die Frauen. Aber dann hab ich deine Veronika kennengelernt. Und damals, alles war so schön, so gut!«

Der Vater sagte: »Im Sommer haben die Therese und ich gedacht, nun werdet ihr euch finden.«

»Ja«, stöhnte Carl. »Ja, so hat es ganz ausgesehen, der Wilderer hat alles kaputt gemacht, Alles!«

»Der Wilderer?«

Abschlag blieb kurz stehen, um mal wieder zu verschnaufen. »Ja, in der Nacht, als ich ihn angeschossen hab, da war ich hinter ihm her, und ich war mir so sicher, dass er bei euch im Stall verschwunden war. Ich bin deswegen so schnell gelaufen, weil ich Angst um euch hatte. Er war doch bewaffnet. Aber Veronika wurde ziemlich böse, und da sind auf beiden Seiten Worte gefallen, die man nicht hätte sagen sollen. Aber ich war im Dienst, völlig durchnässt, müde und wollte doch nur helfen. Die Worte haben alles zerstört was gerade angefangen hatte.«

Erregt hielt Hubert seinen Arm fest.

»Du meinst, Veronika habe mit ihm unter einer Decke gesteckt? Mit dem Wilderer? Niemals, das glaub ich nicht, nie und nimmer.«

Carl kniff die Augen zusammen. Plötzlich wurde sein Gesicht kantig.

»Doch«, stöhnte er leise auf. »Bis jetzt hab ich noch nie darüber nachgedacht. Es hat mir so leidgetan, und ich hab gedacht, es könnte noch einmal werden. Aber Hubert, nun rechne doch mal nach, das, Kind! Es passt alles zusammen, so genau passt es zusammen. Veronika hat es gewusst, sie kennt den Wilderer. Er ist ihr Liebster, Hubert.«

»Nein, das ist doch nicht möglich. Sie macht sich doch strafbar. Das gibt es doch nicht!«

»Es ist aber so, jetzt weiß ich es ganz genau, es waren nicht die Worte allein, nein, Veronika war so erregt, als ich in die Küche kam, da war er im Stall, und sie hatte Angst, ich würde nachschauen. Darum fielen die harten Worte, ich war wie vor den Kopf geschlagen und bin fort, ohne im Stall nachzusehen. Sie hat den Wilderer vor mir versteckt.«

Sie hatten die letzte Kuppe genommen. Nun lag die verschneite Almwiese vor ihnen. Tief unter den Schneemassen vergraben lag die Almhütte. Während sie fort gewesen waren, hatte es hier oben wieder geschneit. Das kam sehr oft vor. In den Bergen schneite es viel mehr als in den Tälern.

Stumm schritten sie eine Weile nebeneinander her. Dann gingen sie in den Stall, was ihnen viel Mühe machte. Sie holten sich die Schaufeln und machten erst den Weg zur Tür frei. Das Vieh muhte, es wollte gemolken und gefüttert werden. Verbissen kämpften sie sich durch die weißen Massen. Endlich standen sie in der Küche. Der Ofen war ausgegangen. Kalt war es und traurig sah es hier aus. Nichts war mehr gemütlich und anheimelnd. Veronika fehlte mit ihrer sorgenden Hand.

Therese lag in der Kammer, allein und verzweifelt, weil sie so hilflos war.

Der Mann ging zu ihr.

»Es ist alles in Ordnung, Frau, wir haben es noch geschafft, rechtzeitig kam sie zum Doktor. Der Carl hat mir geholfen.«

»Sie ist das ganze Stück gelaufen?«

»Nein, mit dem Lift.«

»Jesus, Maria«, schrie die Mutter auf, »und das hast du zugelassen.«

»Es ist alles gut gegangen, sie wäre mir sonst verblutet, Therese.«

»Und das Kind?«

»Es ist tot. Man wird nichts erzählen, niemand im Dorf wird es erfahren.«

Die arme Gelähmte faltete die Hände und betete.

Hubert sagte: »Veronika ist unglücklich, dass sie das Kind verloren hat.« Dann hatte er keine Zeit mehr, er musste in den Stall. Dort war schon Carl damit beschäftigt, den Kühen das Heu in die Krippen zu werfen. Mit der Melkmaschine war er nicht vertraut. Stumm und schnell arbeiteten die beiden Männer. Nach gut einer Stunde hatten sie es geschafft. Nun hatten sie bis zum Abend wieder frei. Sie gingen in die Küche, machten den Ofen an, kochten sich Kaffee, und dann konnten sie sich heute zum zweiten Male stärken. Der Aufstieg und die harte Arbeit hatten sie wieder hungrig gemacht.

Erst als sie sich ihre Pfeifen in Brand steckten, nahm Hubert das Wort wieder auf.

»Von Rechts wegen könntest du sie jetzt anzeigen, Carl.«

Er nickte zögernd.

»Ich versteh sie nicht«, sagte der Vater gequält. »Ein Wilderer ist doch das Gemeinste, was es gibt. Und wer es einmal getan hat, der tut es immer wieder. Dazu leb ich schon zu lange hier droben, um das nicht zu wissen. Es liegt ihm im Blut, er kann es nicht lassen. Darum ist es ja auch so sinnlos, ihn zu decken, er muss seine Strafe haben.«

Carl erwiderte nichts.

»Was wirst du jetzt tun?«

»Ich weiß es nicht!«

Wieder langes Schweigen.

Der Vater sagte schließlich: »Ich kann es immer noch nicht glauben, ich kann es einfach nicht. Ich hab auch nie jemand den hier in der Nähe gesehen. Nie, keinen Bursch aus dem Dorf, oder sollte er vielleicht über die Berge gekommen sein? Aber das wär doch Mord, auf der anderen Seite, da sind doch auch Gämsen! Und hat er nur immer Gämsen geschossen, nicht auch Damwild? Hirsche? Weißt du das so genau?«

»Bis jetzt hab ich noch keine andere Spur gefunden. Und seit damals ist auch nichts mehr gewesen.«

»Kein Wunder, es war ja Spätherbst, und du hast ihm doch eins aufgebrannt. Aber im Frühjahr, wenn die Bäche wieder sprudeln, dann ist es möglich, dass er wiederkommt. Er wildert ja nicht nur, er hat ja noch etwas, was ihn anzieht!«

Carl ballte die Hände. Wenn er nur daran dachte, dass jemand anderer und Veronika! Aber sie war ja nicht sein Schatz, er hatte ja gar keine Rechte! Wenn er wollte, konnte er sich jetzt rächen, sie anzeigen, dann musste sie vor Gericht aussagen, wer ihr Schatz war, er konnte ihn dann stellen, ach was stellen, Gefängnis würde er bekommen, und danach würde er bestimmt nie mehr die Alm besuchen. Aber würde Veronika ihm das je verzeihen? Würde sie dann je zu ihm finden?

»Soll ich mit ihr darüber reden, Carl? Ich als Vater, ich könnte, ja ich muss es doch tun!«

»Nein«, sagte dieser schnell. »Ich möcht das nicht, tun wir so, als wüssten wir von nichts. Ich werd die Augen aufhalten, und ein zweites Mal vergreift er sich nicht an meinem Bestand. Dafür werd ich schon Sorge tragen. Und sollt ich einen mit einem Gewehr hier antreffen, dann weiß ich, was ich zu tun habe.«

»Arme Veronika«, sagte der Vater leise. »Ich möcht bloß mal wissen, was es war, das sie so in die Irre getrieben hat! Sonst ist sie doch ein so gutes gottesfürchtiges Mädchen.«

Bitter auflachend meinte Carl: »Ich weiß sehr wohl, was es war?«

»Ja?«

»Liebe!«

Hubert schüttelte immer wieder den Kopf. »Ich kann es einfach nicht glauben, nein, vielleicht weiß sie gar nicht, dass er der Täter ist!«

»Oh doch, und sie wird ihn immer decken. Frauen decken ihre Liebsten immer.«

Der Vater stöhnte.

»Vielleicht sollten wir fortziehen, weit weg. Ich bin alt, sehr lange schaff ich es hier doch nicht mehr. Und Veronika allein, nein, das geht nimmer. Ich glaub, ich muss mal mit dem Lorenz reden. Die Rente, sie wird doch wohl bald ausbezahlt werden, dann können wir uns irgendwo zwei Stuben nehmen. Therese und ich werden damit auskommen, und Veronika kann dann in Stellung gehen.«

Dem Carl wurde es in der Brust ganz kalt. Wenn sie fortzogen, dann würde er sie nie mehr wiedersehen. Und dann würde es hier droben einsam sein. Er konnte sich noch nicht mal versetzen lassen, war er doch strafversetzt, ja, er konnte ja noch froh sein, dass sie ihn damals nicht ganz aus Amt und Würden verjagt hatten.

»Vielleicht wird doch noch alles gut«, meinte er leise.

Hubert sah ihn aufmerksam an.

»Du hast die Veronika noch immer lieb?«

»Ja.«

Ein Hoffnungsschimmer glomm in der Brust des Vaters auf. Es plagte ihn, dass seine Tochter noch immer nicht versorgt war. Jetzt ging sie schon auf die Sechsundzwanzig zu. Wer um diese Zeit nicht verheiratet war, der bekam in der Regel keinen Ehemann mehr mit, der blieb einspännig, und für ein Mädchen war das bitter.

15. Kapitel

Veronika litt sehr unter dem Tod ihres Kindes. Sie konnte es lange Zeit nicht fassen und erregte sich so sehr, dass das Fieber anstieg. Es dauerte dann auch nicht nur fünf, sondern fast vierzehn Tage, bis sie endlich wieder so weit hergestellt war, dass sie heimgehen konnte.

Manchmal sah es noch nicht mal sehr gut aus. Elenora gab sich alle Mühe und opferte sich auf. Veronika war einfach innerlich zerbrochen. Sie hatte auch keinen Lebenswillen mehr. Alles, was sie tat und anpackte, war doch verkehrt. Sie empfand den Tod als Barmherzigkeit. Nur weil Elenora sie immer wieder an die Mutter erinnerte, nur deshalb versuchte sie es noch einmal mit dem Leben.

Von der Kirche wollte sie nichts mehr wissen.

»Gott ist grausam«, sagte sie immer wieder. Oder: »Ich glaube, es gibt gar keinen Gott. Wenn es einen Gott gibt, dann müsste er doch gerecht sein, das verlangt man ja auch von uns. Aber was hab ich denn getan? Was denn?«

Was sollte man ihr darauf antworten? Das war so schwer. Veronika war verbittert und kalt geworden. Sie konnte nicht mehr lachen. Apathisch und gleichgültig, ja so war sie jetzt. Ihr war alles egal.

Im Dorf munkelte man vieles, aber keiner wusste etwas Genaues. Man versuchte den Förster auszufragen, aber der schwieg wie ein Grab. Den Doktor und den Pfarrer wagte man nicht so direkt anzusprechen. Vor Veronika hatte man Angst bekommen. Sie hatte jetzt immer so unheimliche Augen.

Bevor sie auf die Alm zurückging, machte sie ein paar Spaziergänge, dabei war sie immer allein. Sie mied die Menschen. Man hatte das Gefühl, als hasse sie diese.

Und als der Doktor ihr erzählte, dass Carl ihr buchstäblich das Leben gerettet habe, da lehnte sie sich noch einmal auf.

»Warum habt ihr mich nicht sterben lassen? Dann wäre jetzt alles vorbei.«

»Aber du bist doch noch jung, das ganze Leben liegt doch noch vor dir, Veronika. Eines Tages wirst du alles vergessen haben und froh sein, dass es so gekommen ist.«

»Ich bin sechsundzwanzig Jahre und stehe mit leeren Händen da. Ich erwarte nichts mehr vom Leben«, sagte sie mit müder Stimme. »Und es wäre besser gewesen, ihr hättet es nicht getan.«

»Er tat es aus Christenpflicht.«

Veronika war zum ersten Mal in ihrem Leben wütend.

»Jetzt muss ich ihm wohl mein ganzes Leben lang dankbar sein, ja?«

Der Doktor blickte sie traurig an.

»Warum bist du so kalt, Veronika?«

Da schmolz für einen Augenblick die Kruste um ihr Herz, und sie weinte sich noch einmal aus.

»Es ist alles so schlimm, ich hab alles falsch gemacht, und jetzt muss ich dafür leiden.«

»Und der Vater deines Kindes, weiß er davon?«

Sofort verdunkelten sich wieder die Augen. Sie erhob sich und verabschiedete sich.

»Der Vater steht draußen, ich will ihn nicht länger warten lassen.«

»Geh und wenn du mich brauchst, du weißt, wo du mich finden wirst.«

»Ich bedank mich auch schön«, sagte sie leise.

»Ich wünsche dir Glück, Veronika.«

An der Seite des Vaters schritt sie wieder heim. Sie fühlte sich noch sehr schwach, und sie mussten viele Pausen machen. Und so dauerte es an die vier Stunden, bis sie endlich an der Schlucht waren. Das Tauwetter hatte eingesetzt, und der Wasserfall war wieder frei.

Sie blieb auf der kleinen Brücke stehen und starrte in die Tiefe, wie immer stand ein kleiner Regenbogen vor der Wand. An den Rändern war noch Eis, aber es bröckelte immer mehr. So schnell war heuer der Frühling gekommen.

»Wollen wir nicht den Förster besuchen?«

»Vater«, sagte sie leise, und Tränen liefen ihr über das Gesicht, »ich fühle mich so einsam, so verzweifelt, ich glaub, ich werd nie mehr lachen können.«

»Er ist dein Freund, Veronika, das hat er mir gesagt. Er ist ein wirklicher Freund.«

»Vielleicht, Vater, ich weiß es nicht. Ich kann nicht mehr glauben. Weißt, einmal, da hat mir der Carl erzählt, er habe den Glauben an die Frauen verloren gehabt, lange Zeit. Jetzt ist mir so zumute, ich kann einfach nicht anders. Mir ist alles verhasst, ich bin so traurig, aber ich kann nicht anders. So bin ich nun mal.«

Hubert hatte sich vorgenommen, mit ihr über den Wilderer zu sprechen, er wollte die Wahrheit wissen, aber als er sie so verzweifelt sah, da brachte er es einfach nicht über sich. War sie nicht schon genug bestraft worden? Die Mutter freute sich, als sie ihre Tochter wieder bei sich hatte. Das Leben nahm somit wieder seinen alten Gang auf.

16. Kapitel

Da lebte Veronika nun wieder auf einem der schönsten Flecken der Erde und konnte sich doch nicht freuen. Spröde wirkte ihre Stimme, abweisend ihr Gesicht. Stumm und klaglos tat sie all die Arbeit, die sie auch früher getan hatte. Und sie dachte bei sich, so wird es in alle Ewigkeit sein. Nie werde ich von hier fortkommen. Wenn die Eltern mal nicht mehr leben, vielleicht kommt dann jemand herauf, der mir hilft, und wenn nicht, dann geh ich fort in die Fremde. Aber auch dort werde ich nicht mehr glücklich werden.

Carl hatte zum Verwaltungsamt nach Bruck gemusst. So war er die erste Woche, als sie wieder auf der Alm war, nicht da. Aber jetzt war er da, und sie hörte ihn. Aber sie wich ihm aus, sie hatte noch nicht die Kraft, ihm ins Gesicht zu sehen. Seit damals hatten sie sich nicht wiedergesehen. Sie hatte Angst, einfach Angst.

Oft saß sie allein in der Kammer, und dann sah sie ihn in der Ferne über die Wiese zum Hochwald oder zum Drachenloch gehen, und ihr Herz zog sich zusammen. Sie hatte dem Vater gesagt, sie hasse die Männer. Aber sie fühlte jetzt ganz deutlich, sie liebte ihn, sie liebte ihn wirklich, aber sie konnte nicht zu ihm gehen. Sie war ihrer Meinung nach nicht mehr rein, sie war nicht mehr fleckenlos.

Heiße Tränen weinte sie in der Kammer und fühlte jetzt so etwas wie Scham in sich aufsteigen. Damals, als sie das Kind getragen hatte, da war sie glücklich gewesen. Da hatte sie sich nicht geschämt. Aber jetzt, und drum wich sie ihm aus.

Sie war jetzt schon wieder vier Wochen daheim, sie stand in der Küche und knetete den Brotteig, von dem Fenster aus konnte sie die ganze Almwiese überblicken. Im Hintergrund sah sie den Röthelstein und den Hochlantsch. Auf ihren Kuppen lag noch Schnee. Mitte Mai würde er wohl verschwunden sein.

Plötzlich sah sie unten am Rand der Wiese einen Mann stehen. Unwillkürlich hielt sie inne und starrte durch das kleine Fenster. Zuerst konnte sie ihn nicht deutlich sehen. Er benahm sich recht eigenartig und ging nur zögernd weiter. Dann sah sie ihn aber ganz deutlich, und das Herz wollte ihr stehenbleiben.

Da hinten stand Loni Schnepper. Sie erkannte ihn ganz deutlich, er trug einen Rucksack. Sie wurde sofort aschfahl. Wollte er vielleicht zu ihr? Hatte er im Dorf etwas vernommen und dachte sich jetzt seinen Teil? Aber sie hatte doch schon lange mit ihm abgeschlossen. Sie wollte mit ihm nichts mehr zu tun haben. Damals hatte er sie schmählich im Stich gelassen. Er sollte gehen. Schon wollte sie die Tür aufreißen und ihm zurufen, dass sie ihn nicht mehr sehen wolle. Aber der Vater war im Stall und würde sie hören. Jetzt kam er sogar um die Hausecke, er sah den Loni nicht, weil er gar nicht in die Richtung blickte. Aber Loni sah ihn und ging sofort zurück in die Mulde. Dann musste er sich in der Senke befinden, denn sie konnte ihn nicht mehr sehen. Sicher hatte er auch den Vater bemerkt, er wollte also immer noch nicht erkannt werden. Hätte er seine Schuld bekennen wollen, so hätte er durch die Tür schreiten können, aber auch jetzt zog er es vor, sich nicht zu zeigen. Bitternis stieg in ihr hoch. Und sie hatte ihn einmal wirklich geliebt, ihm geglaubt, jetzt fühlte sie ganz deutlich, dass sie einen Unwürdigen geliebt hatte.

Wartete er vielleicht da unten, dass sie zu ihm kam? Sie kniff die Lippen zusammen. Nie und nimmer würde sie das tun! Glaubte er vielleicht, sie würde das alte Spiel wieder aufnehmen? Seine Geliebte werden? Schon allein der Gedanke machte sie fast verrückt.

Sie machte weiter beim Brotbacken und blickte nicht mehr aus dem Fenster. Wie lange Zeit verstrichen war, das wusste sie nicht mehr. Vielleicht eine halbe Stunde, vielleicht auch mehr! Sie wusste es nicht!

Plötzlich ertönte ein Schuss! Sie hätte fast das Brot fallen lassen. Der Schuss kam wie damals aus dem Drachenloch, und die Wand gab das Echo tausendfach zurück. Atemlos stand sie in der Küche und rührte sich nicht. Und dann fiel noch ein Schuss. Im gleichen Augenblick stürzte der Vater in die Küche.

»Hast du das gehört?«, keuchte er.

»Es kam vom Drachenloch«, sagte Veronika leise.

»Ja, und der Carl ist dort. Ich hab ihn in der Frühe dort gesehen, ich mein, wie er sich auf den Weg machte, und seither ist er nicht mehr zurück.«

»Was sagst du da?«

»Ihm muss etwas passiert sein, Veronika, komm, wir müssen nachsehen.«

Sie wurde schneeweiß und musste sich für einen Augenblick die Hand auf das Herz pressen. Carl in Not? Carl vielleicht tot?

»Ja, Vater, ich komm sofort mit.« Sie riss sich die Arbeitsschürze herunter, und schon rannten die beiden über die weite Wiese. Irgendwo im Wald hörten sie Äste brechen, konnten aber nichts ausmachen. Vielleicht war es ein Reh, das dort flüchtete. Sie hatten jetzt auch keine Zeit, sich darum zu kümmern.

Sie mussten an die zehn Minuten laufen, dann waren sie im Drachenloch. Der Vater rief immer wieder den Namen des Försters. Aber sie erhielten keine Antwort. Veronika fühlte, wie ihr das Blut zu Kopf stieg. Vielleicht hatte sich der Vater auch nur getäuscht, vielleicht war er gestern hierhin gegangen. Ja, aber wer hatte dann hier geschossen? Und um diese Zeit?

Plötzlich stolperte sie und wäre gefallen, wenn sie sich in letzter Sekunde nicht gefangen hätte.

»Vater, hier liegt ein Gewehr!«

Hubert bückte sich. »Das ist dem Carl seine Waffe, ich erkenne sie genau.«

»Warum?« stammelte sie. »Ich verstehe das nicht, Vater.«

»Jemand hat sich an den Gämsen zu schaffen gemacht, und der Carl wollte endlich erfahren, wer es ist.« Hubert blickte seine Tochter scharf an. Er wusste es vom Förster, aber weil sie beide den Verdacht hatten, hatte man Veronika nichts davon erzählt. Jetzt sah er, wie sie schneeweiß wurde und zu schwanken begann.

»Nein«, stammelte sie verwirrt. »Nein, das ist doch nicht wahr?«

Sie brauchten nicht mal weit zu gehen, da sahen sie eine tote Gämse. Veronika fühlte ein Würgen in der Kehle. Wie damals! Ihr schwamm alles vor den Augen, der Film schien zurückzulaufen. Wie damals!

Hubert suchte schon weiter, und jetzt rief er sie. Sie rannte um den Felsspalt, und dann sah sie den Förster. Er lag bewusstlos am Boden und rührte sich nicht. Aus der linken Schulter tropfte Blut.

»Oh mein Gott«, stammelte Veronika und ließ sich neben dem Schwerverletzten auf die Erde fallen.

»Dieser Lump«, knirschte Abschlag, »er hat ihn töten wollen. Er hat ihn wirklich töten wollen, ein wenig weiter, und er hätte das Herz getroffen.«

»Vater, so hilf mir doch, ich muss ihm die Jacke ausziehen und einen Notverband anlegen, sonst verblutet er uns. Oh Gott, Vater!« Die Tränen liefen ihr über das Gesicht.

Zu zweit schafften sie es, und sie waren froh, dass er ohnmächtig war, denn sonst hätte er schreckliche Schmerzen aushalten müssen.

Veronika zerriss sein Hemd in Streifen und machte einen Notverband. Sofort hörte die Blutung auf.

»Bleib du hier«, sagte der Vater. »Ich lauf ins Tal und werd dem Doktor Bescheid geben, man wird wohl einen Hubschrauber schicken müssen. Er muss sofort nach Bruck.«

»Ja, Vater«, sagte das Mädchen leise.

Hubert rannte davon.

Veronika blieb bei ihm. Sie wischte ihm mit ihrem Taschentuch, das sie an der Quelle im Drachenloch nässte, immer wieder über die Stirn. Überall war Blut. Weil es noch so kalt war, nahm sie ihr Schultertuch ab und deckte ihn damit zu. Jetzt war ihr sehr kalt, aber das bekümmerte sie im Augenblick nicht. Sie fühlte sich einer Ohnmacht nahe, als sie sein stilles Gesicht sah. Unter dem Bart war die Haut schneeweiß, und seine Augen waren tief eingefallen. Er sah müde und abgespannt aus. So hatte er also wieder viele Nächte hier gesessen. Als der Wilderer dann endlich gekommen war, hatte dieser den Förster einfach abgeknallt. Ganz kalt und grausam.

Welcher Mensch war nur dazu fähig?

Veronika wusste nicht, wie lange sie neben ihm gesessen hatte, als er die Augen aufschlug. Zuerst wusste er von nichts mehr, aber als er sie erblickte, staunte er, und dann sah er den Himmel über sich und meinte leise: »So hat es mich also getroffen?«

»Der Vater holt schon Hilfe, du musst ganz ruhig liegenbleiben, Carl. Ich hab dich notdürftig verbunden, aber mehr kann ich nicht tun. Der Doktor wird wohl bald da sein.«

Carl Pfeifer versuchte trotz der Schmerzen ein Lächeln. »So retten wir uns also gegenseitig das Leben, Veronika?«

»Bitte, sprich doch nicht.«

»Aber ich hab jetzt keine Schmerzen, im Augenblick nicht.«

Sie blickten sich scheu an. So lange waren sie sich aus dem Weg gegangen, und jetzt waren sie sich so nahe, sie fühlten, wie der eine um den anderen litt, und das machte sie irgendwie froh.

»Carl«, fragte sie leise, »hast du gesehen, wer auf dich geschossen hat?«

Er schloss für Sekunden die Augen. Dann sagte er: »Nein, es ging alles so schnell, und er hat mich von hinten angeschossen. Er muss mich gehört haben, ein Stein hatte sich gelöst, ich konnte nur noch sehen, wie er fortlief. Ich weiß seine Größe, seine Kleidung, mehr nicht. Sein Gesicht hab ich nicht gesehen.«

»Wie sah er aus? Vielleicht kenne ich ihn?«

Er blickte sie starr an. Liebte sie ihn so sehr, dass sie jetzt hingehen wollte, um ihn zu warnen?

»Warum willst du das wissen?«

»Weil ich dir helfen möchte!«

»Wirklich?«

»Du glaubst mir nicht?«

»Ich hab dich schon mal gefragt«, sagte er leise, »vor einiger Zeit, damals im Herbst.«

Sie wurde weiß, dann hatte sie auf einmal ganz starre Augen. Loni! Sie hatte ihn in der Mulde gesehen, Loni war hier oben gewesen. Sie hatte gedacht, er wolle zu ihr, sich mit ihr aussprechen, aber jetzt wusste sie ganz plötzlich, dass er nur deswegen so seltsam war, weil er sich an der Alm vorbeischleichen wollte. Er hatte nie vorgehabt, zu ihr zu kommen. Er hatte wieder zu den Gämsen gewollt. Alles, was er ihr versprochen hatte, war Lüge, alles! Nicht nur die Liebesschwüre, auch das andere! Er wollte wieder Geld haben, er war ein Luftikus und dachte nicht lang. Weil er Angst hatte, erkannt zu werden, hatte er einfach geschossen, um so wieder fliehen zu können.

Veronika bemerkte gar nicht, dass Carl sie die ganze Zeit scharf beobachtet hatte. Starr blickte sie auf die Wand! Aber noch wollte ihr Herz es nicht glauben, konnte es einfach nicht.

»Wie hat er ausgesehen?« Ihre Stimme war erregt.

Carl schloss für Sekunden die Augen. Konnte er ihr vertrauen? So viel hing jetzt davon ab! Alles!

Langsam begann er, den Mann zu beschreiben. Er hatte kaum angefangen, da wusste Veronika sofort, es war Loni! Kein anderer als Loni!

»Oh mein Gott«, sagte sie betroffen.

»Veronika, du kennst ihn?«

Sie nickte, und die Tränen liefen ihr über das Gesicht.

Carl schluckte. Er musste jetzt alles wissen, die Wahrheit, er musste es, denn auch sein Leben stand in Zukunft auf dem Spiel. Wenn man den Wilderer jetzt nicht fasste, würde er wiederkommen, immer wieder.

»Nicht wahr, er war damals im Stall?«

Sie nickte unter Tränen.

»Warum hast du ihn beschützt, Veronika?«

Und dann brach es aus dem Mädchen heraus. So lange schon hatte es auf ihrer Seele gedrückt, dass sie ihn damals belogen hatte.

»Ich hatte Mitleid mit ihm, er versprach mir, nie mehr eine Gämse zu schießen. Er hatte solche Angst vor seinem Vater. Ich kenne ihn, und weil ich wusste, dass du ihn anzeigen würdest, darum hatte ich Mitleid. Ich glaubte, wenn ich ihm jetzt helfe, dann täte ich das auch für die Gämsen, er würde aus Dankbarkeit schon nicht noch einmal versuchen, sie zu töten.«

Sie schwiegen lange. Was sollte er auch sagen? Was denn nur? Er wusste doch, dass sie ihn immer noch liebte. Er wollte noch etwas sagen, für ihre Hilfe danken, aber da sah er den Hubschrauber am Himmel. Wenig später musste er wohl auf der Almwiese vor der Hütte gelandet sein. Dann hörten sie die Männer kommen. Bei ihnen war auch Doktor Plattner.

»Also, wenn das so weitergeht, dann werd ich hier oben meine Praxis eröffnen«, scherzte er, während er den Förster untersuchte. »Veronika, das hast du gut gemacht. Bis in die Klinik kann man das so lassen. Also, hast noch mal Glück gehabt, Carl. Alles Gute, man wird dich jetzt in die Klinik nach Bruck fliegen.

Dort wartet man schon auf dich. Wie ich glaub, steckt nämlich die Kugel noch im Schultergelenk. Sie muss herausoperiert werden.«

Die Männer von der Bergwacht kamen und verschnürten ihn auf die Trage. Das tat höllisch weh, aber er biss die Zähne zusammen.

Bevor sie ihn wegtrugen, wollte er Veronika noch etwas sagen, aber er hatte einen Kloß in der Kehle, und dann waren die Schmerzen so stark.

Als er fort war, sagte sie zum Arzt: »Er wird doch am Leben bleiben?«

»Also hast ihn gern?«

Sie nickte.

Der Arzt schnürte die Tasche wieder zu. »Also, ihr seid mir wirklich ein komisches Liebespaar, das ist mir schon lang nicht mehr untergekommen. Wann endlich seid ihr so vernünftig und gesteht euch eure Liebe?«

»Aber das Kind«, sagte sie leise, »er wird es nicht vergessen können. Er sagt ja nix, ich hab ihn ja schon so lange lieb, aber ich kann es ihm nicht verdenken, ich meine, ach, es ist alles so schwierig...

Der Doktor wusste aus Erfahrung, dass man da nix machen konnte. Die hatten ihre Dickköpfe hier, und so dachte er sich nur sein Teil. Er mochte sie beide gern, die Veronika und auch den Carl, obwohl dieser nicht von hier kam. Aber er stand seinen Mann. Veronika war ein tapferes Mädchen, und er konnte sich einfach nicht denken, dass Carl noch immer an das unglückliche Wurm dachte, oder glaubte er vielleicht noch immer, sie würde den andern lieben? Vielleicht sollte er ihm doch mal bei Gelegenheit zustecken, was Veronika ihm gestanden hatte?

Als sie bei der Alm waren, sagte Veronika: »Wenn Sie einen Augenblick warten möchten, so komm ich mit ins Dorf. Ich muss noch etwas erledigen.«

Man hatte ihn mit dem Hubschrauber von daheim geholt, doch der Kranke ging vor, und so musste er jetzt zu Fuß ins

Dorf zurück. Hinunter ging es ja schneller, und die Leute im Wartezimmer hatten allemal Verständnis, kam es doch immer wieder vor, dass ihr Doktor mitten aus der Sprechstunde herausgerufen wurde, weil irgendwo ein Unglück passiert war.

»Da werden wir ja den Hubert unterwegs wohl treffen. Nun, ihr seid ja jetzt recht wanderfreudig, mich soll es freuen, zu zweit macht das Absteigen viel mehr Spaß.«

Veronika lief in die Stube und sagte der Mutter Bescheid. Danach zog sie sich hastig ihr Sonntagsdirndl an und schlüpfte in die Wanderschuhe. Wenig später ging sie neben dem Doktor dem Dorf zu.

Dort trafen sie den Vater auf halbem Weg.

»Wo willst du denn hin, Veronika?«

»Ich muss auf die Gendarmerie, Vater.«

Dieser blickte sie erstaunt an. Auch der Doktor war ganz verwundert. »Ja mei, hast den lumpigen Menschen denn gesehen, weißt du denn, wer diese Tat vollbracht hat?«

»Ja«, sagte sie ruhig. »Ja, ich weiß, wer es getan hat, und ich werde jetzt eine Aussage machen.«

»Kind«, sagte der Vater leise. »Gott mit dir!«

»Da komm ich mit«, meinte der Doktor. »Ich muss ja auch einiges zu Protokoll geben, die Wunde und dergleichen, da erspar ich mir den Papierkram.«

»Und die Kranken?«, wollte Veronika wissen.

»Weißt«, zwinkerte er ihr mit einem Auge zu. »Was meine Elenora ist, die ist schon ein halber Doktor. Die sortiert sie schon aus. Und wer nur ein Zwickerlein hat, dem wird es zu langweilig und wird sich trollen, so hab ich weniger Arbeit, und die andern sind in Elenoras Hand gut aufgehoben, und ich bin ja bald unten.«

So schritten sie denn ziemlich stramm aus, und bald sahen sie auch schon die Kirchturmspitze und die Häuser. Sie gingen geradewegs auf die Wache zu. Natürlich lugten aus allen Häusern die Menschen hervor. Es kam nicht alle Tage vor, dass auf dem Gemeindeanger ein Hubschrauber hielt und man den Doktor holen musste. Der Abschlag hatte es jedem erzählt, dass man den Förster von hinten angeschossen habe. Obwohl sie ihn eigentlich nie gemocht hatten und er ihnen recht unheimlich vorkam, aber bei Gott, das hatten sie nun doch nicht gewollt. Und wenn ein Mensch mit einem Gewehr durch die Wälder lief, ja mei, wenn das erst mal die Urlauber hörten, würden sie bestimmt nicht mehr kommen.

Jetzt sahen sie Veronika mit dem Doktor zum Gendarmen laufen. Einige Leute mussten die Lippen fest zu machen, sonst hätten sie noch neugierig gefragt. Doch aus Erfahrung wussten sie, dass die zwei schweigen konnten.

Der Polizeimeister wartete schon auf den Bericht des Doktors, umso erstaunter war er jetzt, als er Veronika Abschlag sah.

»Ja«, sagte Doktor Plattner, »sie hat eine wichtige Aussage zu machen. Sie weiß, wer diese Schandtat begangen hat.«

Veronika holte tief Luft. Sie wusste, dass sie jetzt alles sagen musste.

»Ja«, erklärte sie leise, »ich weiß es. Es war der Loni Schnepper, ich hab ihn gesehen, wie er sich an das Drachenloch geschlichen hat. Und ich weiß auch, dass er letzten Herbst eine Gämse geschossen hat, und beim zweiten Male wurde er vom Förster erwischt...« Anschließend erzählte sie mit leiser Stimme die ganze Geschichte. Nun wusste auch Doktor Plattner, warum der Mann nie in seine Praxis gekommen war.

Seine Augen wurden immer größer. So einer war er also gewesen, hatte Veronika mit in sein böses Spiel gezogen. Sie hatte seinen Worten geglaubt, gewiss, sie konnten sehr einschmeichelnd sein, das wussten sie alle, aber im Dorf wusste man auch, dass Loni ein rechter Lump war und der Vater gut daran tat, dass er ihn so kurz hielt. Er hatte seine Sorge mit dem Buben, und er konnte tun und lassen, was er wollte, vieles hatte er bis jetzt vertuscht, aber dies war wohl das gemeinste. Doktor Plattner wusste also jetzt auch, wer der Vater des Kindes war. Veronika hatte erst Mitleid mit dem Buben gehabt, und dann hatte er sie schamlos ausgenutzt. Jetzt konnten er und der Polizeimeister sich recht gut vorstellen, wie sich alles zugetragen hatte.

Veronika saß mit niedergeschlagenen Augen da. Sie wagte nicht, die beiden Männer anzublicken. »Ich hab es doch nur gut mit ihm gemeint, hab gedacht, er wird dann wieder ehrlich, er nimmt sich das zu Herzen.«

»Dich trifft keine Schuld, Veronika, du konntest es nicht wissen, welch ein Schlawiner er ist. Aber warum bist du nicht schon früher zu mir gekommen?«

Sie blickte zur Seite. »Das hab ich schon alles vergessen, was er mir angetan hat, aber dass er den Carl von hinten angeschossen hat, das ist bös, das ist gemein, und jetzt konnte ich einfach nicht schweigen. Jetzt doch nicht mehr...«

Der Polizeimeister schickte seine Leute zum Schnepperhof, und wenig später kamen sie mit Loni zurück. Der hatte in der Küche bei der Mutter gesessen und so getan, als sei überhaupt nichts geschehen. Er schrie Zeter und Mordio, als man ihn fortführte, doch als er auf der Wache die Veronika sah, da sackte er in sich zusammen. Damit hatte er nicht gerechnet, dass sie ihn verpfeifen würde.

»Du gemeines Luder«, zischte er ihr zu, »bloß, weil ich nicht mehr gekommen bin, hast mich jetzt wegen damals verraten, das ist doch schon eine alte Geschichte.«

Veronika wurde brennend rot. Aber dann richtete sie sich zu ihrer vollen Größe auf. Er konnte ihr nicht mehr wehtun, jetzt nicht mehr. Die Zeiten waren vorbei.

»Nein«, sagte sie laut, »wegen damals klagen sie dich nicht an, aber wegen heute, du hast den Carl ermorden wollen, deswegen haben sie dich geholt.«

Er wurde weiß.

»Nein«, kreischte er, »sie lügt, sie lügt, sie kann mich ja gar nicht gesehen haben, ich war ja in der Mulde...« Damit hatte er sich also selbst verraten. Man führte ihn ab.

»Wir danken dir, Veronika.«

Zum ersten Mal nach langer Zeit lächelte sie wieder. Danach verließ sie mit dem Doktor die Wache.

»Komm, trink bei uns eine Tasse Kaffee, bevor du wieder aufsteigst. Meine Elenora hat auch einen Kuchen gebacken.«

»Da sag ich nicht nein«, erklärte sie lächelnd.

Als sie wenig später von den Doktorsleuten fortging, sagte dieser an der Pforte: »Also, nun gehst du morgen nach Bruck und besuchst den Carl! Und dem erzählst dann alles!«

»Aber...«

»Nichts aber, ich glaub, ich muss jetzt doch wohl mal eingreifen, du berichtest ihm, wie das mit dem Vater des Kindes war. Am besten, du erzählst ihm die ganze Geseichte, und dann wirst du schon sehen, was daraus wird.«

»Du meinst?«, fragte sie leise.

»Und ob ich das meine«, sagte er lachend. »Ich war schon lange auf keiner Hochzeit mehr, das wird jetzt wirklich Zeit.«

Plötzlich lachte sie befreit auf.

17. Kapitel

Man hatte Carl die Kugel herausoperiert und ihm noch einmal versichert, wie groß sein Glück gewesen sei. Es war jetzt nur noch eine Fleischwunde, und auch der Knochen war nicht getroffen worden. Er würde also keinen steifen Arm behalten, konnte also auch in Zukunft seinen Dienst weiter ausüben.

Gleich nach der Operation war man vom Landratsamt gekommen. Man war jetzt nicht mehr so böse auf ihn zu sprechen. »Also, Carl Pfeifer, da gibt es eine schöne Försterstelle, hier in der Nähe von Bruck, da lebst dann nicht so einsam. Hast sie dir redlich verdient.«

Leise sagte er: »Vielleicht komm ich noch mal darauf zurück.«

Danach lag er im Bett und grübelte darüber nach. Vielleicht sollte er doch fortgehen, er würde sie dann schneller vergessen können.

In diesem Augenblick ging die Tür auf. Zu seiner allergrößten Überraschung stand Veronika auf der Türschwelle.

»Darf man eintreten?«, fragte sie leise.

»Veronika«, sagte er fassungslos. »Bist du es wirklich, du kommst mich besuchen? Das war doch wirklich eine Belastung.«

»Der Doktor hat mir geraten, ich solle dich besuchen und dir einiges erklären, aber ich wäre auch so gekommen, Carl«, sagte sie lächelnd.

Sie war so ganz anders, gar nicht mehr bedrückt und verhärmt. So hatte sie damals ausgesehen, im Herbst, der Mann konnte nur noch staunen. Sie war zu ihm gekommen.

»Du sollst mir etwas erklären? Ja, aber was denn?«

»Man hat den Täter festgenommen, Carl.«

»Der mir eins aufgebrannt hat? Aber wie denn?«

»Ich hab es gesagt«, sagte sie leise.

»Du?«

»Ja!«

Er atmete schwer. »Hast du ihn denn nicht mehr lieb, Veronika?«

»Schon lange nicht mehr. Das ist schon lange her.« Und dann erzählte sie auch ihm endlich die ganze Geschichte. Carl konnte es zuerst nicht fassen, dass es Loni war. Ausgerechnet dieser Schlawiner hatte Veronika auf dem Gewissen. Seinetwegen hatte sie so viel leiden müssen, seinetwegen waren sie beide die ganze Zeit unglücklich gewesen.

Danach war es für eine ganze Weile still im Zimmer. Carl Pfeifer musste das erst einmal verkraften. Schließlich meinte er mit leiser Stimme: »Und ich hab geglaubt, du hättest ihn noch immer lieb, darum hab ich nie ein Wort gesagt.«

»Und ich hab gedacht, es sei wegen des Kindes«, erwiderte nun Veronika. »Gestern hat mir der Doktor gesagt, ich müsse dir alles erklären.«

Carl streckte seine Hand aus und ergriff die von Veronika. »Recht hat er«, rief er strahlend. »Da hätten wir uns womöglich noch länger das Leben schwer gemacht. Jetzt kann also endlich alles gut werden, Veronika.«

Sie lächelte leicht.

»Kann es das wirklich?«

Er zog sie mit der gesunden Hand zu sich herunter. »Hast du mich denn lieb?«

Sie nickte. »Das hab ich schon so lange, damals, ich glaub, das war nur, weil ich so einsam, so verzweifelt war. Vielleicht hab ich ihn nie wirklich geliebt, den Loni. Er hat mich ja bitter für meine Tat bereuen lassen. Kannst du mir das je verzeihen, dass ich dich angelogen habe?«

Er küsste sie zärtlich.

»Das hast du doch alles nur getan, weil du ein so gutes Herz hast, Veronika. Du wolltest ihm nicht wehtun, ihm helfen, so bist du nun einmal, so wird es immer sein. Ach, ich bin ja so glücklich, dass du mir alles gesagt hast, Veronika!«

Da strahlten ihre Augen auf.

»Jetzt werden wir nie mehr einsam sein, Carl?«

»Nein, nie mehr und ich brauch auch nicht fort. Stell dir vor, man hat mir vergeben, ich kann jetzt sogar eine Stelle hier bei Bruck bekommen.«

»Wirst du sie annehmen?«

»Aber nein, dort in den Bergen gefällt es mir am besten, und du wirst schon sehen, jetzt werden wir das Forsthaus erst einmal herrichten. Jetzt macht das Leben ja wieder Spaß. Ach Veronika, ich kann es noch immer nicht glauben.«

Sie blieb eine Weile, aber dann musste sie wieder fort, denn sie musste mit dem Bus heim nach Mixnitz und von dort heimgehen.

Als sie am Nachmittag aus dem Landbus stieg, traf sie mit dem Doktor zusammen.

»Da schau her, hast also meinen Rat angenommen?«

»Ja!«

»Und? So lass dir doch nit die Würmer aus der Nase ziehen. Was hat er gesagt, der Carl?«

Sie holte tief Luft, dann lächelte sie ihn an.

»Weißt, kannst schon mal deinen guten Anzug rauslegen, ich glaub, du wirst bald auf einer Hochzeit tanzen!«

»Ja mei«, lachte der Doktor. »Das ist ja eine ganz große Neuigkeit. Ich wünsch dir auch viel Glück. Ihr habt es verdient.«

Wenige Augenblicke später wusste es das ganze Dorf. Sonst war der Doktor ja kein Tratscher, aber diese Neuigkeit sollten sie alle wissen, damit sie endlich aufhörten, hinter der Veronika her zu reden. Ja, da war so manch eine, die ihr den Bräutigam nicht gönnte, man hätte ja selbst so gern den Förster geehelicht.

Veronikas Eltern waren von Herzen froh, als sie ihnen mitteilte, sie würde jetzt doch den Carl heiraten. So hatte die Sorge um das Kind endlich ein Ende gefunden.

Carl musste an die vier Wochen in der Klinik bleiben, dann war er wieder gesund und konnte heimgehen. Jetzt wurde nicht mehr lange gewartet. Gleich ging man zum Pfarrer und bestellte das Aufgebot.

Hubert hatte dem Lorenz schon mitgeteilt, dass er nicht mehr auf der Alm bleiben würde. Jetzt würden sie zum Schwiegersohn ziehen. Er würde dort den Garten richten und sich schon zu beschäftigen wissen.

Für Veronika war jetzt alles viel leichter. Erst einmal war das Forsthaus viel komfortabler eingerichtet, mit Heizung und Bad, und dann lag es auch nicht mehr so weit vom Dorf ab. Carl versprach ihr, gleich nach der Hochzeit einen Wagen zu kaufen. So würden sie immer schnell dort unten sein, die Straße wurde jetzt im Frühling auch endlich gerichtet.

Die Alm wurde jetzt nur noch im Sommer bewirtschaftet, wegen der Urlauber. Für den Winter konnte Lorenz keinen mehr finden, der es sich gefallen ließ, so lange von der Dorfgemeinschaft abgeschlossen zu leben.

Therese durfte noch ihr erstes Enkelkind im Arm halten, den kleinen Peter, dann starb sie friedlich. Veronika und Carl bekamen noch zwei Mädchen und waren sehr glücklich darüber.

ENDE

2. Der Erbe des Hofes

1. Kapitel

Die kleine Katrin blickte mit großen Augen zum Himmel hinauf und beobachtete die Vögel. *Fliegen müsste man können*, dachte sie sehnsüchtig. Fliegen, *weit fort, über die Berge und immer weiter. Bis zum Königssee und noch weiter.* Und wenn sie müde wurde, würde sie sich auf den höchsten Bergspitzen ausruhen. Das wäre schön, wunderschön.

Onkel Tobias hatte ihr einmal gesagt, von der Spitze eines Berges sähe alles ganz winzig aus. Und man habe das Gefühl, in den Himmel sehen zu können. Wunderschön musste das sein.

Sie seufzte leise.

Katrin schloss ein wenig die Augen. Aber noch immer sah sie die Berge.

Sie wohnte am Fuße des Watzmann. Dahinter lag der viel besungene Königssee, und dann kamen wieder Berge. Man nannte sie Steinernes Meer. Katrin wusste das alles von Onkel Tobias. Er konnte wunderbar erzählen. Viele Fremde kamen jedes Jahr, um ihre Heimat zu bewundern. Sie stiegen auf die Berge und konnten sich die Welt von oben betrachten.

Das Kind legte die Hände in den Schoß und seufzte. Einsamkeit und Verlassenheit, das war ihr Los; und so würde es auch immer bleiben.

Sie wusste es. So klein sie auch noch war, hatte sie sich damit abgefunden. Aber manchmal konnte sie es nicht mehr ertragen. Das Weh riss in ihrem Herzen. Aber sie konnte nur hier in ihrem Rollstuhl sitzen und mit tränenblinden Augen in den weitläufigen Park starren. Sie würde nie wie andere Kinder herumtollen können.

Katrin war erst sieben Jahre alt, von Geburt an gelähmt. Sie war von Reichtum umgeben. Aber was nützte es ihr?

In diesem Augenblick befand sie sich auf der Terrasse. Sie war dem Haus vorgelagert. Der Jasmin duftete betörend. Langsam ging die Sonne hinter den Bergen unter. Die Spitzen waren blutrot. Katrin dachte dann an ihr Lieblingsbuch »Heidi«. Ach, da hatte es auch ein gelähmtes Mädchen gegeben. Die Berge hatten es gesund gemacht.

Warum wurde sie nicht gesund?

Onkel Tobias wusste um ihren Lieblingsplatz und hatte sie hierher gefahren, war aber dann wieder gegangen. Er war Maler und konnte sich nicht immer um ein kleines Mädchen kümmern. Und Katrin war still und bescheiden, niemals beklagte sie sich. Nur ihre Augen sprachen von einem unendlichen Leid, von Weh und Sehnsucht.

Sie senkte den blonden Kopf. Eine Träne fiel auf ihre Finger. Plötzlich hörte sie Schritte, sie wandte den Kopf zur Seite und wischte hastig die Tränen fort.

»Onkel Tobias!« Sie liebte den alten Mann. Er hatte gute Augen und immer ein Lächeln für sie. »Du kommst zurück? Hast du denn dein Bild fertig?«

Der Mann stopfte sich eine Pfeife und blies das Streichholz aus. »Nein«, sagte er. »Aber jetzt habe ich wieder Zeit. Was soll ich dir bringen, mein Herzblatt? Ein Bilderbuch, deine Puppe? Du sitzt so still hier. Warum spielst du nicht?«

»Ach nein«, erwiderte sie zaghaft. »Was soll ich damit? Ich schaue mir lieber die Berge an. Sag, Onkel Tobias, können Berge kleine Mädchen gesund machen?«

Er wusste, was sie damit meinte. Musste er ihr doch immer wieder dasselbe Buch vorlesen. Sollte er sie enttäuschen? Aber durfte man Hoffnung machen, wo keine war?

Er legte den Arm um die zerbrechlichen Schultern. Katrin hatte auch so verstanden.

»Kannst du mich nicht ein wenig in den Park fahren, Onkel Tobias?«

Das Gesicht des alten Mannes verzog sich schmerzhaft. Er wich dem bittenden Blick der tiefblauen Augen aus. Behutsam legte er seine Hand auf Katrins blonden Scheitel.

»Ich würde es ja gern tun, mein Kind, aber du weißt doch – heute gibt deine Mutter wieder ein Fest, und gleich werden die Gäste erscheinen. Ich kann dich jetzt nicht spazieren fahren.«

Wusste Katrin, dass die Mutter nicht wollte, dass man ihr krankes Kind bemerkte?

Ein Schatten legte sich auf das Gesicht des Kindes. Es nickte traurig, ja, es hatte verstanden. Den Wünschen der Mutter durfte man sich nicht widersetzen, das war nicht gut, und dennoch tat es weh, wieder einmal verzichten zu müssen.

In diesem Augenblick erschien Johannes Weitgasser, Katrins Vater. Er war ein großer, schlanker Mann mit müden Augen und gebeugten Schultern. Erst achtunddreißig Jahre war er alt und Herr dieses herrlichen Bauerngutes. Es war seit Jahrhunderten im Besitz der Weitgassers. Früher sollte es mal einem echten Baron gehört haben, aber der war ohne Erben geblieben, und so hatte eine Seitenlinie das Gut geerbt. Der Name war geblieben, nur Baron waren sie nicht mehr.

»Noch nicht müde, mein Herz?«, fragte er, als er auf seine kleine Tochter zuging.

»Nein, Vater!« Ihre Augen leuchteten auf. Sie liebte ihn über alles. Johannes strich ihr sanft über die blassen Wangen:

Jetzt, wo der Vater neben seiner kleinen Tochter stand, sah man die große Ähnlichkeit. Beide hatten blonde Haare, tiefblaue Augen und edle Züge. Die des Kindes waren zart, leidvoll, die des Mannes herb. Aber es war ein hübscher Mann, der Ruhe und Sicherheit ausstrahlte. Beide hatten einen edlen Charakter und liebten alles Schöne und Gute.

Bei Katrin erinnerte nichts an die Mutter. Vater und Tochter waren ernst und verschlossen. Kummer, Demütigungen und Resignation hatten sie vorsichtig gemacht. Vater wie Tochter waren äußerst menschenscheu geworden. Sie ließen keinen Fremden an sich heran.

Johannes Weitgasser strich sich müde über das Haar, das an den Schläfen schon grau wurde. Ja, die Jahre flogen so schnell dahin. Im Nu war man alt und verbraucht, und was zurückblieb, war nur diese kleine Tochter. Immer wenn er sie sah, krampfte sich sein Herz zusammen. Er bemerkte sehr wohl die stumme Qual in ihren Augen. Nie lachte sie. Viel zu ernst war das kleine Mädchen.

»Bist du nicht müde?«, fragte er sie noch einmal, da sie so einen abgespannten Eindruck machte.

Katrin schob ihre Hand in die seine, und so blieben sie für eine Weile. Tobias sah es und lächelte. Er war ein Bruder von Johannes' Vater. Da er nie geheiratet hatte und als Maler oft in der Welt herumreiste, hatte ihm der Neffe ein Wohnrecht auf dem Gut gewährt.

»Ich bin nicht müde, Vater, nur einsam, sehr einsam. Niemand ist da, mit dem ich spielen könnte. Keiner möchte mit mir zusammen sein. Warum sehen mich die Kinder aus dem Dorf so komisch an, Vater?«

»Ja«, sagte der Vater leise. Sein Herz schmerzte, als er nun auf seine kleine Tochter niederschaute. Die großen, traurigen Augen, das blasse Gesicht, die zerbrechliche Gestalt in dem hellblauen Kleid. Da hatten die Bauernkinder wohl Angst, sie würden sie zerbrechen. Sie kraxelten und stiegen in die Berge. Stillsitzen, nein, das kannten sie nicht. Katrin war ein Mensch mit einem empfindsamen Herzen. Niemand nahm sich Zeit für sie, auch er nicht, weil er sich mit seinem Kummer vergrub und um sich herum alles vergaß. Wie sehr musste das Kind leiden, und er konnte ihr nicht helfen.

»Armes Hascherl!«, sagte er zärtlich. »Weißt du, im Winter habe ich wieder mehr Zeit, und dann werden wir spielen, du und ich. Möchtest du das?«

»O ja, wirst du dann auf dem Klavier spielen, mir vorlesen und mir alle die hübschen Sachen in deinem Zimmer zeigen?

»Gewiss, wenn du das wünschst.«

Sie nickte strahlend.

Er wollte ihr noch etwas Tröstendes sagen, aber er kam nicht mehr dazu. In diesem Augenblick erscholl eine Stimme aus dem Hintergrund, hart und metallisch. Alle drei, Vater, Tochter und Onkel, zuckten zusammen und starrten sich an, als hätte man sie bei einer verbotenen Tat ertappt.

»Johannes, Johannes! Ich habe dir doch gesagt, dass heute das Rosenfest ist und du dich beeilen sollst. Nun stehst du noch immer hier herum, und du hast dich noch nicht einmal umgezogen.«

Viola Weitgasser kam näher, ihre Nasenflügel bebten vor Zorn. Johannes sah kurz auf, aus seinem Gesicht war alle Fröhlichkeit wie weggeweht.

Viola machte eine herrische Bewegung. Tobias drehte sich brüsk um und ging davon.

»Jetzt bist du nicht fertig, und ich kann die Gäste allein begrüßen. Was bildest du dir eigentlich ein? Glaubst du, man ist erfreut darüber? Denkst du, du kannst dir das leisten? Ach«, sie lachte grell auf. »Nur weil du ein Weitgasser bist und dir das Herrengut gehört? Was bist du denn schon?«

Ihre Augen waren dunkel vor Zorn, und sie sah ihn hochmütig an.

»Bitte«, sagte Johannes, »doch nicht vor dem Kind, Viola, ich bitte dich!«

Sie sah für einen Augenblick ihr Kind an, hob den Kopf und lachte.

»Du und das Kind, ihr seid beide gleich, beide unnütz und zu nichts zu gebrauchen. Du bist gar nichts, Johannes, weder im Leben noch in der Liebe. Ein Bauerntölpel, mehr nicht. Einen Sohn hast du haben wollen, nicht mal das hast du geschafft. Sieh dir dein Werk an – ein Mädchen – und noch dazu ein Krüppel! Aber Klavier spielen, ja, das kann der feine Herr. Weißt du auch, dass du dich damit zum Gespött der Dörfler machst? Dass es unmännlich ist?«

Sie lachte erneut und weidete sich an der Verlegenheit ihres Mannes. Sie fühlte sich ihm überlegen. Sie, Viola, konnte alles, war schön, klug, begehrenswert. Und sie betrog ihren Mann, ohne dass er davon etwas ahnte.

Tobias stand in der weitläufigen Halle. Sein Herz blutete für das Kind. Konnte eine Mutter wirklich so grausam sein? Er wagte nicht, sich einzumischen. So wie er sie kannte, wurde dann alles noch viel schlimmer.

Und Katrin? Obwohl sie erst sieben Jahre alt war, wusste sie doch sehr gut, dass sie der Mutter eine Last war. Die Mutter hatte keine Kinder gewollt, aber der Vater; und dann war sie, Katrin, gekommen.

Und nun hasst Viola das Kind, dachte Johannes. Er sah seine Frau an. Wunderschön war sie, eine begehrenswerte Frau, groß und schlank. Keine Frau im Dorf war so schön wie Viola mit dem kupferroten Haar und den meergrünen Augen.

Im Augenblick trug sie ein Goldbrokatkleid, sehr tief ausgeschnitten. Für eine Bäuerin ungeheuerlich, denn das war sie doch? Wie eine Schlange wirkte sie darin, geschmeidig und gefährlich, und das war sie auch. Sie liebte nur das Leben und kümmerte sich nicht um Haus und Hof. Das Geld gab sie mit vollen Händen aus.

Johannes sah sie stumm an. Diese Frau hatte er einmal geliebt, so unendlich geliebt, sich selbst dabei vergessen. Sein Herz, seine Seele hatte er ihr geschenkt und geglaubt, mit ihr den Himmel auf Erden zu haben. Seine Mutter hatte ihn gewarnt und ihm gesagt, das ginge nie gut. Er solle an das Gut denken und sich eine Frau aus dem Dorf suchen. Eine gute Bäuerin, die es verstand, die Wirtschaft zu führen.

Viola war einst ein armes Mädchen. Er hatte sie in der Stadt kennengelernt. Dort neidete man ihm die schöne Frau und bewunderte ihn, weil er, der stille Mann aus den Bergen, diesen schillernden Schmetterling hatte einfangen können.

In Schönau hatte man sie angestarrt und den Kopf geschüttelt. Das sollte eine Bergbäuerin werden? Niemals, eher würde der Königssee austrocknen. Wenn es auch der reichste und schönste Hof war, ein Herrengut, so war es doch nicht gut, so eine Stadtfrau heimzuführen.

Die Dörfler sahen das Unheil kommen, sie glaubten Johannes bald verschuldet. Aber es kam alles ganz anders.

Johannes stöhnte auf. So viele Jahre waren sie nun schon verheiratet, aber es hatte nur Wochen gedauert, bis er entdeckte, dass er eine Frau ohne Herz geheiratet hatte. Sie demütigte ihn, machte ihn lächerlich, setzte ihn herab und quälte ihn. Seine Liebe trat sie mit Füßen, amüsierte sich über seinen Schmerz, lachte und feierte alle Augenblicke irgendwelche Feste. Dazu lud sie alte Freunde aus der Stadt ein.

Enttäuscht hatte er sich zurückgezogen, für alle Zeiten, mit einem wunden Herzen. Resigniert und demütig lebte er an ihrer Seite. Qualvoll war dieses Leben. Aber wer wusste schon darum? Vor den Leuten spielte Viola die strahlende, glückliche Frau.

Dann wurde die Tochter geboren, und alles war noch schrecklicher geworden. Schon vor Jahren hatte er Viola die Scheidung angeboten. Etwas Ungeheuerliches für einen Bergbauern. Er wollte sie großzügig abfinden, wenn sie nur ginge. Aber sie hatte ihn ausgelacht und erwidert: »So, fortschicken willst du mich. O nein, mein Lieber, so haben wir nicht gewettet, so nicht. Ich bin deine Frau, ich bin die Mutter deines Kindes, und ich führe hier das Gut. Deshalb werde ich so lange bleiben, wie es mir passt. Oder willst du etwa einen Skandal und dich vor den Dörflern lächerlich machen? Willst du sagen, ich wäre davongelaufen, weil du mich misshandelt hättest?«

»Aber Viola, das ist doch nicht wahr! So etwas kannst du nicht behaupten«, hatte er geantwortet.

»Nein? Ich kann vieles, merk dir das, lass mich in Ruhe! Du ekelst mich an. Geh und spiel Klavier, amüsier' dich mit deinen Büchern! So etwas will ein Mannsbild sein! Ein Nichts bist du! Du kannst nichts! Dass du von der Liebe nichts verstehst, habe ich vorher nicht gewusst! Kann ich etwas dafür?«

So war sie dann geblieben – all die Jahre, acht Jahre schon.

Heute sollte wieder eines ihrer Feste stattfinden, und er musste dabei sein. O ja, sie wickelte alle um den Finger.

»Geh und zieh dich um«, herrschte sie ihn an. Sie drehte sich um, ohne auf eine Antwort zu warten, und ging in die große Stube. Es war ein wundervoller Raum, Wände und Decke waren mit Holz getäfelt. Uralter Bauernrat stand auf Regalen und Schränken. Das Haus war groß und weitläufig. Einst hatte ein Baron darin gelebt, Viola war stolz darauf.

Katrin zitterte und hielt die Lider gesenkt. Johannes beugte sich nieder und schloss sie in seine Arme.

»Mein Kleines, wein doch nicht. Bitte, weine nicht mehr!«

Sie schluchzte, und ihre Stimme bebte, als sie flüsterte: »Oh, Vater, warum ist Mama so? Wir haben ihr doch nichts getan! Oh, Vater!«

Es klang wie ein Aufschrei. Auch der Mann hätte vor Schmerz aufschreien mögen. Katrins Weh brachte ihn fast um den Verstand. Sie war doch wehrlos und noch so klein.

Seine Wangenmuskeln spielten. Jäh wandte er sich um und stürzte davon.

»Komm«, sagte Tobias rau. Er schob den Stuhl auf die Terrassentür zu. »Ich rufe Elisabeth, sie wird sich um dich kümmern.«

Das kleine gelähmte Mädchen schluckte noch ein paar Mal.

»Ja, ist recht«, sagte es dann ergeben.

2. Kapitel

Cordula Buxner saß auf den Treppenstufen, den Kopf in die Hand gestützt, und dachte nach. Ihre Stirn war gefurcht. Das war nämlich nicht so einfach. Mit bald sechs Jahren gab es so viel, über das man nachdenken wollte, und dann musste man sich gehörig anstrengen, und auf einmal purzelten die Gedanken alle durcheinander.

Peterle, ihr kleiner Kater, hatte bis jetzt in der Sonne gelegen. Nun erhob er sich, gähnte, streckte sich und drehte einmal den Kopf nach rechts, und dann nach links. Ein Blatt flog auf, und er sprang täppisch danach. Dann ließ er es wieder sein, schielte hinüber zu Cordula und kam ganz gemächlich angetrottet. Das Dirndl breitete die Arme aus, und mit einem Sprung war er auf ihrem kleinen Schoß. So waren sie wieder vereint.

Cordula Buxner war ein Waisenkind. Bei einem Zugunglück kamen ihre Eltern ums Leben. Das war sehr traurig, und eigentlich hätte sie auch traurig sein müssen, doch als das damals geschah, war sie so klein, wie Elke immer sagte. Ja, und wenn sie Elke nicht gehabt hätte, wäre es bestimmt traurig gewesen.

Elke Steiger war die Schwester ihrer verstorbenen Mutter. Cordula wusste das genau, schließlich war sie bald sechs Jahre alt, und da konnte man wohl etwas behalten. Auch wenn sie ins Dorf zum Bäcker geschickt wurde, vergaß sie nichts. Und das wollte etwas heißen, den ganzen langen Weg hinunter, alles zu behalten. Sie war Elke eine große Hilfe.

Sie beide also, und natürlich der Kater Peterle, lebten im Jägerhäuschen. So wurde ihr Haus genannt. Es war ganz aus Holz und sehr klein. Da gab es eine kleine Küche, eine winzige Badestube, eine große Wohnstube und ein kleines Schlafzimmer für sie beide. Und darum hatten sie auch Etagenbetten aufgestellt. Elke schlief unten und sie oben. Aber manchmal kroch sie zu Elke ins Bett. Dann lagen sie eng zusammen und flüsterten sich Geschichten zu, oder lauschten nur einfach dem Wind, der an ihrem kleinen Häuschen rüttelte.

Es war jedenfalls sehr gemütlich in dem Jägerhäuschen, das zum Gut gehörte. Oben auf dem Hügel stand es, nahe dem Hochwald. Das letzte Stück musste man ordentlich steigen. Früher, als es noch große Jagden gab, da hatten die Jäger hier gewohnt und waren bei Nacht zur Jagd aufgebrochen.

Hinter dem Häuschen hatten Elke und Cordula ein winziges Gärtchen angelegt. Aber viel lieber spielte Cordula im Wald oder rutschte ein wenig den Hang hinunter, kroch unter den Zaun und spazierte in dem schönen Rosengarten herum. Aber das tat sie nicht oft, denn sie hatte Angst vor der Bäuerin, sie hatte so böse stechende Augen. Johannes Weitgasser war nicht böse, aber immer sehr traurig, und er sprach mit leiser Stimme, was so wehmütig klang. Man konnte dann gar nicht mehr lachen.

Sie hatten nicht immer in dem Jägerhäuschen gelebt, vielmehr Elke nicht. Ihr Vater war früher als Arzt im Dorf tätig gewesen. Sie war oft mit ihm über Land gefahren zu den Patienten und hatte dann mit den Kindern gespielt und sich amüsiert. Eine sehr glückliche Jugend hatte sie mit ihrer Schwester genossen. Oft waren sie auch zum Gut gefahren. Ihr Vater war mit Johannes' Vater befreundet gewesen. Elke erinnerte sich gern an jene Zeit. Damals war Johannes auch ganz anders, lustiger und zu allen Streichen aufgelegt. Er war ja nur acht Jahre älter als sie.

Seltsam, wie doch die Zeit verging. Manchmal meinte Elke, es wäre erst gestern gewesen, da sie und Johannes hier durch den Garten tollten, über die Wiesen liefen und im Bergbach badeten.

Aber alles war verweht und vergessen. Die Eltern und die Schwester waren tot. Nur sie und Cordula waren übriggeblieben. Sie hatten damals in Salzburg gelebt, vielmehr hatte sie sich dahin geflüchtet. Denn als sie erfuhr, dass Johannes Weitgasser heiratete, da war ihr Herz verwundet worden. Sie hatte ihn geliebt und von einer gemeinsamen Zukunft geträumt. Aber er ahnte nichts von alledem und hatte eine andere genommen.

Als einzige von den Dorfkindern hatte sie damals mit der Schwester eine höhere Schule besucht und anschließend eine Kunstschule. So war sie Musterzeichnerin geworden. Weil sie die Blumen ihrer Bergheimat so wunderschön wiedergeben konnte, erhielt sie viele Aufträge, besonders Kleiderstoffe sahen wunderhübsch aus.

Dann war das Unglück mit ihrer Schwester geschehen. Sie hatte Cordula zu sich genommen. Doch mit einem kleinen Kind war es schwierig. Sie hatte ja arbeiten müssen, um sich und Cordula zu ernähren. Sie hatte niemanden gehabt, der auf das Kind achtete. Außerdem war das Leben in der Stadt sehr teuer. Und in ihrer kleinen Wohnung hatte sie das Kind auch nicht halten dürfen.

Dann hatten ihr gute Bekannte aus dem Dorf geschrieben, das Jägerhäuschen sollte vermietet werden. Und so war sie nach hier zurückgekommen. Nun lebte sie schon fünf Jahre mit dem Kind hier im Gebirge, am Fuß des Watzmann. In all den Jahren hatte sie ihren einstigen Gespielen nur flüchtig wiedergesehen, denn sie begegneten sich nicht oft.

Davon hatte Cordula natürlich keine Ahnung. Sie war glücklich und wuchs heran, stark und gesund wie die Buben und Mädchen im Dorf und den Nachbarhöfen. Und so sollte es auch bleiben. Unten auf dem Weg zum Herrenhaus fuhren mehrere Wagen hintereinander. Cordula staunte mit großen Augen.

»Schau mal, Elke, die vielen Leute! Und die schönen blanken Autos!«

Das junge Mädchen war aus dem Haus getreten und sah der Staubwolke nach. Sie trug ein einfaches Wollkleid. Das weißblonde Haar hatte sie mit einem Band zusammengebunden.

»Sicher geben sie wieder ein Fest«, meinte das Kind. »Warum dürfen wir nie hingehen, Elke? Ich könnte dann mit Katrin spielen. Du hast mir doch gesagt, dass in dem feinen Haus ein kleines Mädchen lebt!«

Elke legte den Arm um Cordula. »Man sagt, Katrin sei krank, darum dürfen keine Kinder zu ihr!«

»Und du?«

Ein leichtes Rot huschte über Elkes Züge. Warum musste das Kind auch an alte Wunden erinnern? Aber da Cordula aufgesprungen war und einem Schmetterling nachlief, brauchte sie keine Antwort zu geben.

Wagen auf Wagen rollte unten über den gelben Weg.

Es begann dunkel zu werden. Cordula kehrte aus dem Wald zurück. Elke hatte heute keine Lust mehr, am Zeichentisch zu arbeiten.

»Komm, mein Mäuschen, wir machen einen kleinen Spaziergang. Es ist doch so schön warm draußen«, sagte sie.

Sie wanderten über die Wiesen in der Nähe des Herrenhauses. Die Musik drang bis zu ihnen hin. Zwischen den hohen Tannen erblickten sie das Haus. Groß und wuchtig, das Untergeschoss war aus schweren Steinen erbaut, und darüber erhob sich das reich geschnitzte Holzgebälk mit den Laubengängen, den kleinen Erkern. Trutzig und mächtig, so kam es Elke vor. Das tiefhängende Dach war wie eine schützende Hand. Es bewahrte die Einwohner vor Sturm und Schnee.

Oft ging Elke hier spazieren, wenn Cordula schon lange in ihrem Bettchen lag und schlief und der Mond hoch am Himmel stand. Mitunter hörte sie in diesen Nächten leise Klaviermusik. So fremdartig machte sich das in dieser rauen Bergwelt aus. Überirdisch! Viola musste wohl die Spielerin sein. Sie neidete ihr nicht das Glück, den herrlichsten aller Männer bekommen zu haben. Nein, das nicht! Aber manchmal fragte sie sich, ob Johannes wirklich so glücklich war, wie man sich im Dorf erzählte.

Die wenigen Male, die sie ihn in den Jahren gesehen hatte, sind seine Augen immer umschattet gewesen, gebeugt seine Schultern. Doch vielleicht kam das daher, weil er sich Sorgen um die Gesundheit seiner kleinen Tochter machte.

Das also ist mein Leben, dachte sie. *Ich habe ein Kind und liebe es, aber es ist nicht mein eigenes Kind und doch fehlt etwas.*

Elke sehnte sich nach Geborgenheit, nach der Liebe eines Mannes. Doch mit dreißig Jahren musste man wohl aufhören, solchen Träumen nachzuhängen.

3. Kapitel

Wuchtige schwarze Holzbalken durchzogen die Decken und machten die Räume heimelig. Uralter Hausrat, wertvolle geschnitzte Schränke waren zu sehen, und auf den Fußböden lagen wertvolle Teppiche. In den vielen Jahren, da der Besitz ihnen gehörte, hatte Generation auf Generation so manches gute Stück zusammengetragen.

Jetzt erscholl laute Musik und Lachen aus den Räumen. Das Fest war in vollem Gange. Viola verstand zu feiern. Johannes wollte noch nach Katrin sehen, doch dann hörte er, dass noch mehr Gäste kamen. Eine Unmutsfalte bildete sich zwischen den Augen. Früher hatte er sich gesträubt mitzumachen, da er die Leute nicht kannte, die seine Frau einlud. Deswegen hatte er sich einfach davon ferngehalten.

Als er aber in seinem eigenen Haus nicht aufzufinden war, machte man Witze über den Hausherrn und nannte ihn einen Bauerntölpel, der nichts gelernt habe. Und seine Frau trieb es noch toller.

Oft fuhr sie auch allein nach Salzburg, angeblich um Freundinnen zu besuchen, die sie von früher kannte. Aber Johannes wusste, was sie dann tat. Aber so lange die Dörfler nichts erfuhren, schwieg er verbittert.

Viola war schön, er hatte sie leidenschaftlich geliebt. Aber sie hatte sich lustig über ihn gemacht und gelacht, wenn er um ihre Liebe bettelte, immer wieder zu ihr kam, um sich abermals verwundet zurückzuziehen. Sie nannte ihn einen Hampelmann, einen Stümper. Sie lachte ihn auch in Situationen aus, in denen kein Mann es vertragen kann, ausgelacht zu werden.

Aber das war jetzt schon lange her. So weit lag das zurück. Manchmal stieg das Verlangen in ihm hoch. Aber dann schämte er sich und hielt sich zurück. Nein, seine Frau würde ihn nie verstehen, ihn nie lieben.

Viola war durch und durch herzlos. Sie dachte nur an sich, nur sie galt, sie und ihre Launen. In der Stadt war sie die Schönste. Doch dort kannte man sie zur Genüge, und niemand hatte sie gebeten, die Frau eines reichen Mannes zu werden. Johannes, der Bauerntölpel, der viel Geld hatte, er war gekommen. Darum hatte sie ihn genommen und war in die Berge gezogen. Aber eines Tages würde sich das ändern. Dann würde sie ein Haus in Salzburg haben, und dann würde sie aufblühen.

Sie hatte Angst vor dem Verblühen. Noch ein Kind! Pah! Wie dumm Johannes war! Glaubte er wirklich, es läge nur an ihm?

Möglich, dass er es annahm. Sie lachte auf, als sie daran dachte. Was wusste er denn von den kleinen Mittelchen! Jetzt kam er nicht mehr, nein, aber sie musste sich trotzdem vorsehen. Sie wusste ganz genau: Würde sie von einem anderen Mann schwanger werden, so war dann in diesem Hause kein Bleiben mehr.

Langsam stieg Johannes die Treppe hinunter. In der breiten Diele unter den vielen Geweihen tanzten ausgelassen die Gäste. Niemand aus der Nachbarschaft war geladen worden. Alles Fremde aus der Stadt. Man aß, trank und tanzte die ganze Nacht hindurch. Und er durfte dieses Fest bestreiten.

Die Sterne waren längst verblasst, als endlich die letzten Wagen verschwanden. Lautlose Stille senkte sich über das Haus. Johannes schloss die schwere Haustür.

Viola flegelte sich halb betrunken in einen Sessel. Ihr Kleid war hochgerutscht. Er sah ihre schlanken Beine.

Er ging durch die Räume, löschte die Lichter, schloss die Fenster und wollte dann gleich nach oben gehen. Viola jedoch sprang, geschmeidig wie eine Katze, aus dem Sessel hoch und stand plötzlich vor ihm.

»Spielst du mal wieder den Diener?«

»Viola, geh schlafen, du bist doch sicherlich müde!«

»Ich bin nicht müde!«

Plötzlich hatte sie die Stimme eines Kindes, sah verlassen und schutzbedürftig aus.

»Bitte!«, sagte er leise.

»Du hasst mich, nicht wahr, Johannes! Warum hasst du mich? Bin ich denn nicht mehr schön? Warum kommst du nicht mehr zu mir?«

Er sah sie stumm an und wollte sich dann abwenden. Doch sie hielt ihn zurück.

»Du kannst mich nicht mehr einfangen, Viola, gib dir keine Mühe. Es ist aus, schon seit Langem. Du weißt auch, wessen Schuld es ist. Dir ist ja gar nicht klar, was Liebe ist!«

Langsam wandte er sich der Treppe zu. Viola lief ihm nach. Sie bebte vor Zorn. Hass loderte in ihren Augen. Sie beschimpfte ihn mit den gemeinsten Worten, benahm sich wie toll. Endlich ließ sie von ihrem Mann ab und stürmte davon. Viola eilte auf ihr Zimmer und warf sich auf das Bett. Morgen wollte sie in die Stadt fahren und sich austoben. Dieses verdammte Nest, diese verfluchten Berge, und dann diese langweiligen Dörfler hier. Man konnte regelrecht dran ersticken.

4. Kapitel

Gegen Morgen hatte es kurz geregnet. Auf den Gräsern glitzerten die Tropfen. Aber jetzt stieg die Sonne hinter den Bergen auf. Johannes kam die Treppe herunter. Er trug einen Reitanzug und wollte gleich nach dem Frühstück ausreiten. Nicht nur Wiesen, Äcker und Almen besaß er, sondern auch ein wertvolles Gestüt, das hatte sein Großvater aufgebaut.

Die Fensterflügel waren weit geöffnet. Der Duft vieler Bergblumen strömte herein. Die Baumwipfel neigten sich im Wind.

Katrin saß mit dem Mädchen Maria am Tisch und wartete auf den Vater. Maria kam aus dem Dorf und betreute die Kleine, darum kümmerte sich die Mutter ja überhaupt nicht.

Sie frühstückten jeden Morgen gemeinsam. Mit der Zeit hatten sie beide vergessen, dass es noch die Mutter gab. Katrin war nur von fremden Menschen umgeben. Niemand nahm sich die Zeit, sie mal zu herzen und zu streicheln. Das kleine Kinderherz war mit der Zeit erkaltet. Katrin war nicht fähig zu lieben, da man es ihr nie gezeigt hatte.

Der Vater liebte seine kleine Tochter über alles. Aber er war so scheu geworden, enttäuscht durch das Wesen seiner Frau, dass er Angst hatte, abermals zurückgewiesen zu werden. So verbarg er seine Liebe zu dem Kind.

Die Augen des Kindes leuchteten auf, als es den Vater erblickte.

»Vater, schau dort drüben, der Jasminstrauch, wie er blüht!«

»Ja, mein Kind«, sagte der Vater. Beim Frühstück betrachtete er das Kind. Es wurde Zeit, dass sie einen Hauslehrer bekam, denn sie war schon sieben Jahre alt. *Armes Kind*, dachte er, *sie hat noch nie das Haus verlassen.* Er wollte sie nicht der Öffentlichkeit preisgeben, man würde das Kind nur anstarren. Nein, sie sollte hier glücklich sein. Als sie noch klein war und es sich herausstellte, dass sie nie laufen würde, da hatte er viele Ärzte kommen lassen. Er würde mit dem Lehrer im Dorf sprechen, bestimmt würde er ihr gegen ein gutes Entgelt Unterricht geben.

Johannes legte die Serviette beiseite und stand auf.

»Du gehst schon wieder?« Trauer lag in der Kinderstimme.

Er beugte sich hinab. »Leider, aber zu Mittag bin ich wieder da.«

»Wohin gehst du?«

»Ich reite zu den oberen Wiesen, weißt du!«

Nein, sie wusste es nicht, denn sie war noch nie dort gewesen. Immer nur im Haus oder Garten.

»Ja, du musst wohl«, sagte sie leise.

Johannes ging schnell aus dem Zimmer. Er sattelte seine Stute Nadja, dann galoppierte er davon. Solch ein Ritt am frühen Morgen war wie eine Erlösung für ihn. Hier war sein Reich, und man hörte auf ihn.

Am Gatter angelangt, sprang er ab, band das Pferd an und lehnte sich über den Zaun. Ganz hinten in einer Mulde grasten die Tiere. Plötzlich hoben sie die Köpfe, lauschten, drehten sich um und gingen alle zur anderen Seite hinüber. Sie gingen nicht eilig, aber sie strebten vorwärts. Johannes rief sie, aber sie ließen sich nicht stören. Was war da hinten los? Er ging um die große Weide herum. Und dann sah er sie!

Cordula, mit zerzausten braunen Haaren, einem Lederhöschen und zerrissener Bluse, war unter dem Zaun hergekrochen und stand nun mitten in der Herde. Ihre Taschen und Hände waren voller Zuckerstückchen. Ein so winziges Ding zwischen den großen Tieren! Angst schien es wohl nicht zu kennen. Er hörte das Kind mit den Pferden reden. Es kannte alle beim Namen. Und die Pferde drängten sich um die Kleine, einige versuchten sogar, mit den weichen Mäulern ein Zuckerstückchen aus ihrer Tasche zu holen. Da kamen sie bei Cordula aber schlecht an. Sie drehte sich um und schimpfte mit dem Sünder.

»Jeder bekommt nur eines, so viel kann ich doch gar nicht mitbringen. Und derjenige, der stiehlt«, ein strafender Blick auf den Dieb, »der bekommt gar nichts. Hört ihr?«

Endlich hatte sie alle gefüttert, bis auf ein Pferd, es war die naschhafte Resi, die den Zuckerstückchen immer so schlecht widerstehen konnte. Cordula leckte zum Schluss ihre Finger ab, während die Pferde sich von dannen trollten. Sie hatten begriffen, dass es nichts mehr gab. Nur Resi harrte aus und blieb wartend vor Cordula stehen.

Diese schielte unter den langen Wimpern hervor. »Na, du – aber sag es nicht den andern, hörst du?«

Resi senkte den Kopf ganz tief herab, schnaubte leicht an dem weichen Kinderhals und legte für einen Augenblick ihren schönen Kopf auf die Schulter des kleinen Mädchens. Cordula legte die Arme um Resis Hals und klopfte sie zärtlich, dann gab sie ihr einen Kuss auf die Nüstern. Und wahrhaftig – Resi bekam drei dicke Zuckerstückchen. Schließlich war sie Cordulas Lieblingspferd.

Plötzlich hörte sie ein Geräusch hinter sich und drehte sich schnell um. Ein Mann stand am Gatter und starrte sie an. Sie erkannte ihn gleich.

»Oh«, sagte sie gedehnt. Das äußerte sie immer, wenn sie keine rechte Antwort wusste. Sie gab Resi einen Nasenstüber und kroch unter dem Zaun her. Ihre Bluse verfing sich abermals in dem Draht, und Johannes musste sich bücken, um sie zu befreien.

»Danke«, sagte sie und reichte ihm ihre schmutzige, klebrige kleine Hand. Er nahm sie und schüttelte sie.

»Sag mal, tust du das oft?«, fragte er.

Cordula sah zu den Pferden hinüber. Dann betrachtete sie eingehend den Zaun und zuletzt den Himmel. Als Johannes noch immer auf eine Antwort wartete, schaute sie ihn schelmisch an.

»Ja.«

»Die Tiere scheinen dich ja sehr zu mögen, besonders Resi!«

»Ja, nicht wahr? Ich mag sie auch sehr gern. Wissen Sie, ich tu immer so, als wären es meine Pferde. Aber ich stehle Ihnen bestimmt keines. Sie können nachzählen, sind noch alle da, ganz bestimmt.«

Johannes lachte. »Wer bist du eigentlich? Ich kenne dich ja gar nicht? Bist du ein Feriengast aus dem Dorf?«

»Ich bin doch die Cordula!«, sagte sie vorwurfsvoll.

»Die Cordula!«, wiederholte er gedehnt. Das Kind hatte es so gesagt, als müsse er es kennen.

Cordula ließ sich ins Gras fallen. Johannes setzte sich neben sie.

»Ich wohne doch in dem Jägerhäuschen. Haben Sie das denn ganz vergessen?«

»Ach, jetzt entsinne ich mich wieder. Richtig, das haben wir ja vermietet!«

Langes Schweigen folgte. Johannes sah das Kind von der Seite an. Es strotzte vor Gesundheit. Warum war seine kleine Katrin nicht so gesund und munter? Weshalb konnte sie nicht richtig über die Wiesen tollen und einfach nur Kind sein?

»Sind Sie mir vielleicht böse?«, fragte Cordula ängstlich.

Er schrak aus seinen Gedanken auf.

»Warum?«

»Nun, wegen der Pferde und so – und weil ich immer so tu, als wären das meine.«

Wieder musste er über das drollige Kind lachen.

»Sag mal, woher kennst du denn die Namen der Tiere?«

»Von Stephan!«

Stephan war Pferdepfleger.

»So, den kennst du also auch!«

»Natürlich, wir sind nämlich ganz dicke Freunde, und wenn ich groß bin, dann werde ich ihn heiraten.«

»Ei, warum denn das?«

»Ganz einfach, er ist doch Ihr Pferdepfleger, und wenn ich dann seine Frau bin, vielleicht darf ich dann auch mal auf den Pferden reiten. Stephan hat das nämlich gesagt!«

»Soso.«

»Die Resi hab' ich nämlich ganz lieb, und ich mache sie auch wirklich nicht kaputt. Elke schimpft immer mit mir und sagt mir immer wieder: Warte nur, wenn der Herr Weitgasser dich mal erwischt, er wird dir den Hosenboden strammziehen. Das sind nämlich seine Pferde.«

»Wer um Gottes willen ist denn jetzt schon wieder Elke? Deine große Schwester etwa?«

Cordula schüttelte den Kopf und lachte. Sie wollte ihm gerade antworten, aber dazu kam sie nicht mehr. Plötzlich wurde ihr Name gerufen.

»Himmel, ich muss fort!«

Sie rappelte sich hoch. Aber in diesem Augenblick kam Elke aus dem Wald und entdeckte Cordula. Den Gutsbesitzer bemerkte sie gar nicht.

»Hiergeblieben«, befahl sie ärgerlich. »Glaubst du, ich renne mir die Beine aus dem Bauch, und du versteckst dich erneut? Sicher hast du wieder Dummheiten gemacht. Cordula, du bist ein unmögliches Kind, weißt du das?«

Das Kind lachte sich halbtot, und Johannes sah zu seinem Erstaunen, dass die weißblonde Dame – wahrscheinlich die Mutter des Kindes – mitlachte. Und da lachte er auch. Das Lachen der beiden war so herzlich, dass es ansteckte.

Elke wandte sich um und erschrak.

»Oh, ich habe nicht gewusst, dass Sie auch hier sind. Sicher hat Cordula wieder irgendetwas ausgefressen. Und wie ihre Bluse aussieht. Sie bekommt heute wieder zur Strafe nur Wasser und Brot. Dauernd muss ich ihre Kleidung flicken!«

Cordula quietschte vor Vergnügen. Das war eines ihrer schönsten Spiele miteinander, denn es war ja nicht ernst gemeint.

Johannes fühlte sich verpflichtet, das Kind in Schutz zu nehmen. Er erkannte Elke, die einstige Gespielin, nicht wieder. Nur bemerkte er, dass sie eine bezaubernde, junge Frau war. Sein Herz zog sich zusammen. In diesem Augenblick dachte er an Viola und Katrin.

Elke war verwirrt. »Ich werde Cordula verbieten, auf Ihrem Grund herumzuzigeunern. Aber ich muss Ihnen gleich sagen, dass sie ein schreckliches Kind ist. Sie hört nicht auf mich.«

Johannes lachte auf. »Das macht doch nichts, wenn es ihr gefällt. Cordula, wenn deine Beine etwas länger geworden sind, dann werde ich dir das Reiten beibringen, dann brauchst du nicht zu warten, bis Stephan dich mal heiratet.«

Das Kind hüpfte von einem Bein aufs andere.

»Siehst du, Elke, er ist sehr nett und verhaut mich gar nicht. Ich glaube, du hast mich angeschwindelt.«

Elke lächelte wehmütig und trat den Rückweg an. Auch der Mann ging langsam davon. Doch ein Lichtstrahl war in sein Herz gedrungen. Er fühlte sich auf einmal so frei und heiter wie schon lange nicht mehr.

5. Kapitel

Viola Weitgasser erwachte erst, als die Sonne schon hoch am Himmel stand. Sie schlief in einem echten Himmelbett. Es war schon über zweihundert Jahre alt. Die Vorhänge waren aus schwerem Brokat. Sie hatte Geschmack, und nur Luxus umgab sie.

Sie sah aus dem Fenster. Ein schöner Tag, aber sterbenslangweilig. Wieso kamen bloß die vielen Urlauber her und starrten die blöden Berge an? Da gab es doch in einer Stadt viel mehr zu sehen und zu erleben.

Das Kleid hatte sie achtlos zu Boden geworfen. Jetzt war es arg zerdrückt und hatte viel von seiner Schönheit verloren. Sie würde sich eben ein neues kaufen und noch mehr, soviel sie nur wollte. Johannes hatte ja Geld genug, und sie sorgte dafür, dass es nicht schimmelig wurde.

Als die Frau an ihren Mann dachte, wurde sie wieder wütend. Sicher, sie war gestern betrunken, aber sie hatte seine Abweisung sehr wohl verstanden. Er hatte es also überwunden. Sie konnte ihn nicht mehr quälen. Und gerade diese Tatsache machte sie fuchsteufelswild.

Über dem Kamin hing sein Bild. Tobias hatte es gemalt, und ihre Schwiegermutter hatte veranlasst, dass es dort aufgehängt wurde. Vor dieser Frau hatte sie Angst. Sie war die einzige, die sie nicht beherrschen konnte. Zum Glück war Charlotte Weitgasser nur selten zu Hause. Das hätte ihr noch gefehlt, mit der Schwiegermutter unter einem Dach leben zu müssen. Doch wenn sie mal im Haus weilte, musste Viola sich immer mustergültig benehmen. Charlotte Weitgasser war rheumakrank und musste deshalb viele Bäder aufsuchen. Sie war gegen diese Heirat gewesen. Sie hatte die zukünftige Schwiegertochter durchschaut. Aber Johannes war so verliebt und hatte nicht auf ihre mahnenden Worte gehört.

Viola starrte mürrisch auf das Bild ihres Mannes. Es war gemalt worden, als sie noch nicht verheiratet waren. Johannes stand unter den Tannen, neben sich sein Lieblingspferd. Das Bild zeigte einen Mann mit offenen, heiteren Zügen, das blonde Haar ein wenig zerzaust vom Wind, mit blauen, lachenden Augen.

Die Frau merkte gar nicht, wie sie immerzu dieses Bild anstarrte. Seltsam, an diesem Morgen kamen ihr so viele Gedanken.

Auch damals, als sie sich kennenlernten, hatte sie ihn nicht geliebt, sie hatte immer nur sein Geld gesehen. Er hätte anders sein müssen, hart und brutal, dann wäre sie zu Kreuze gekrochen. Sie hätte alles für ihn getan. Doch er war weich und verletzlich, wie sehr, das hatte sie bald gemerkt.

Und sie hasste ihn, verachtete ihn, weil er so geduldig litt und sie nie anschrie. Er kam und ging, war fast nur ein Schatten.

Und sie hasste ihre Tochter; diese hatte ihr die Schönheit genommen. Ihr Körper begann schon zu welken. Aber dass es ihr ausschweifendes Leben war, das sie vorzeitig altern ließ, daran dachte sie nicht. Sie war nur glücklich, wenn sie jemanden hassen konnte. Es lag in ihrer Natur.

Der Gong schlug die Mittagsstunde. Da sie sich um nichts kümmerte, musste Johannes eine Haushälterin anstellen. Zum Glück war er reich genug und konnte sich das leisten. Eine junge Witwe aus der Nähe, froh, so eine Arbeit im Dorf zu erhalten, verrichtete diesen Dienst schon seit Jahren. Die Bäuerin selbst führte ein regelrechtes Drohnenleben.

Viola hörte die Pferde. Johannes war also schon wieder zurück. Sie warf die Seidendecke zurück und sprang aus dem Bett. Dann duschte sie, zog wahllos ein Kleid über und bürstete sich die roten Haare. Da sie dunkle Schatten unter den Augen hatte, schminkte sie sich noch stärker als sonst. Niemand sollte sehen, dass sie langsam alt wurde. Davor hatte sie fürchterliche Angst.

Wenig später betrat Viola das Esszimmer. Johannes und Katrin saßen am Fenster und unterhielten sich angeregt. Als sie die Mutter bemerkten, brachen sie das Gespräch ab.

»Redet doch weiter«, höhnte sie. Und als sie trotzdem schwiegen, zwang sie sich zur Ruhe. Aber das hielt sie nicht lange aus.

»Habt wohl wieder über mich gesprochen, was?«, fragte sie wütend.

»Nein, Mama«, sagte das Kind wahrheitsgemäß.

Viola blickte Katrin an.

Der Blick des Kindes ging ihr durch und durch. Und jetzt musste sie mit leisem Erschrecken feststellen, dass Katrin überaus schön war – schöner als sie. Und diese Schönheit war so eine ganz andere. Edel und rein, so klar wie ein Bergsee waren ihre

Augen. Neben ihrer kleinen Tochter fühlte sie sich verbraucht und hässlich. Dass sie das noch nicht bemerkt hatte!

Bevor der Zorn in ihr hochzusteigen begann, dachte Viola wieder daran, dass Katrin ja ein Krüppel war. Niemand würde sie begehren, denn sie würde niemals die Männer so betören können, wie sie, ihre Mutter.

Stumm wandte Viola sich ab und setzte sich an den Tisch. Johannes schob den Rollstuhl näher und setzte sich ebenfalls. *Warum ist sie gekommen?*, fragte er sich. *Sonst blieb sie doch die meiste Zeit für sich.*

»Ich fahre heute in die Stadt«, sagte sie.

Johannes schwieg.

»Willst du nicht wissen, wohin?«

»Mutter kommt nächste Woche«, sagte er ruhig. »Ich wäre dir dankbar, wenn du bis dahin wieder zurück sein würdest.«

Für einen Augenblick vergaß sie sich und starrte ihn mit offenem Mund an. Hatte er ihre Gedanken erraten? Wusste er um ihre Angst vor seiner Mutter?

Johannes zerteilte das Fleisch für seine kleine Tochter. Er sah nicht auf. Viola merkte ihm an, dass er nervös war, denn seine Hände bebten. Das versöhnte sie wieder.

»Ich brauche Geld«, sagte sie.

»Aber ich bezahle alle deine Rechnungen, das weißt du!«

»Ich will Geld, ich bin kein Kind mehr. Von dir will ich mich schon gar nicht bevormunden lassen«, schrie sie ihn unbeherrscht an.

Seine Lider hoben sich kurz, er blickte sie an, stumm und sehr traurig.

Viola saß im Sonnenlicht und war bezaubernd schön, trotz des einfachen Kleides. Ihr Gesicht schien lieblich und fein – wie das eines Engels!

Plötzlich sah er ein anderes Gesicht vor sich, er erinnerte sich an das junge Mädchen von heute Morgen und an die kleine Cordula. Er lächelte ganz leicht. Seltsam, als er an die beiden dachte, fühlte er sich wieder sicher und ruhig.

»Nein!« Es war das erste Mal, dass er Viola etwas verweigerte. Nein, nicht das erste Mal, in der Nacht auch schon. Hatte er endlich alles überwunden?

»Wenn du glaubst, dass du mich los wirst, so irrst du dich, Johannes. Ich bin die Herrin hier, und ich bleibe, hörst du?«

»Das weiß ich«, sagte er ergeben. »Wenn ich dich fortschicke, wirst du mich überall im Dorf unmöglich machen, indem du Lügen erzählst. Ich weiß es, Viola, aber vielleicht gehe ich eines Tages!«

Viola konnte den Triumph in ihren Augen kaum verbergen. Das war es ja, was sie erreichen wollte. Dann würde sie allein hier herrschen. Dann konnte sie tun und lassen, was sie wollte. Wann würde es nur endlich soweit sein?

Kurze Zeit später verschwand Viola mit dem Wagen. Unten im Dorf sah man eine breite Staubwolke. Da brauste sie dahin, ohne auch noch einen Gedanken an ihren Mann, geschweige denn an ihre kleine Tochter zu verschwenden.

6. Kapitel

Es war Abend, im Kamin brannte ein kleines Feuer. Die Mauern des Hauses waren so dick, dass man auch im Sommer abends gut ein bisschen Wärme vertragen konnte.

Tobias hatte den ganzen Tag auf einer Alm verbracht. Seine Bilder waren berühmt. Jetzt saß er mit Johannes und Katrin im Wohnzimmer am runden Tisch und spielte Domino. Die drei fühlten sich nur glücklich, wenn Viola fort war. Sie waren ganz ins Spiel vertieft, und die Wangen des Kindes glühten. Hurtig wühlte sie mit den zarten Händen die Steine durcheinander.

»Gewonnen!«, jubelte sie.

Johannes sah Tobias empört an.

»Ich verstehe nicht, wie du immer verlieren kannst!«

»Wieso?«, fragte Tobias und lächelte.

»Ich habe doch viel weniger Augen, ich bin der zweite Gewinner, oder hast du nicht aufgepasst?«

»Katrin schummelt«, sagte Johannes und zog sein Gesicht in Falten.

Das Kind lachte herzlich auf, und das war es, was Johannes wollte. Es wurde ihm seltsam warm ums Herz. Auch Tobias freute sich über das Lachen des Kindes. So vergnügt, so ausgelassen war sie nur, wenn die Mutter fort war. War sie daheim, schlug sie alle in ihren Bann. Und keiner wagte sich so zu geben, wie er gern wollte. Tobias zog dann immer in die Einsamkeit und machte sich unsichtbar.

»Musst du nicht schlafen gehen, Katrin? Ich glaube, Maria wartet schon auf dich!«

»O nein, das sagst du nur, weil du verloren hast. Bitte, jetzt noch nicht. Ich bin noch gar nicht müde.«

»Na schön, einmal noch, aber wehe, wenn ich verlieren sollte, dann spiele ich nicht mehr mit.«

Sie sortierten die Steine und begannen ein neues Spiel. Plötzlich wurde die Tür geöffnet. Zuerst bemerkte es keiner von ihnen.

Stephan kam herein. Er war ein netter junger Mann. Schon viele Jahre arbeitete er auf dem Gestüt. Johannes hob den Kopf und sah Stephan fragend an.

»Was gibt es? Ich dachte, du wolltest ins Kino gehen! Springt der Wagen nicht an? Sollen wir anschieben helfen?«

Stephan starrte auf seine Fußspitzen und dann auf seinen Chef, es fiel ihm sichtlich schwer zu reden.

»Ich wollte gerade gehen. Als ich die Halle durchquerte, läutete es. Ein Mann steht draußen und möchte Sie sprechen. Es ist ein Polizist!«

Tobias stand auf und fuhr wortlos den Rollstuhl mit der kleinen Katrin aus dem Zimmer. Johannes erhob sich langsam, und ging zur Tür. Seltsam, er dachte gleich an Viola.

»Bitte, führ ihn herein, Stephan!«

»Ja, dann will ich mal gehen.« Damit entfernte sich Stephan.

Ein junger Polizeibeamter betrat kurz darauf das Zimmer. Die Dienstmütze hatte er unter den Arm geklemmt. Er verbeugte sich leicht.

»Herr Weitgasser?«

»Ja, was wünschen Sie von mir?«

»Mein Chef schickt mich mit einer dringenden Nachricht zu Ihnen!«

Johannes nahm den verschlossenen Briefumschlag entgegen, öffnete ihn und las ihn schnell durch. Dann warf er den Brief in den Kamin. Sofort züngelten die Flammen darum und verkohlten ihn.

»Es ist gut, ich komme sofort. Bitte, gedulden Sie sich einen Augenblick. Ich hole nur eben meine Jacke.«

Damit verschwand er, zog sich im Flur die Lederjacke über und nahm die Autohandschuhe. Johannes Gesicht war sehr blass, die Züge wirkten eingefallen. Tobias kam zurück. Er sah seinen Neffen an.

»Viola hat einen Unfall erlitten. Ich soll gleich ins Krankenhaus kommen!«

Dann wandte er sich ab, winkte dem Beamten und verließ mit ihm das Haus.

Sie stiegen in das Auto und brausten durch die Nacht. Schwarz standen die Berge im Hintergrund. Mit sachlichen Worten sprach der Beamte über den Vorfall. Viola hatte wahrscheinlich getrunken. In einer Kurve war sie ins Schleudern geraten. Ein entgegenkommendes Fahrzeug wurde gestreift, und dann war sie in eine Schlucht gestürzt. Der Fahrer des anderen Wagens war aber nicht verletzt.

Johannes hörte schweigend zu. Sie erreichten die Stadt und fuhren durch die nachtstillen Straßen zum Krankenhaus. An der Pforte erwartete sie der Kommissar. Viola befand sich im Augenblick noch im Operationsraum. Der Mann sprach tröstend und zuversichtlich und machte ihm Hoffnung. Johannes konnte nur schwach nicken.

Dann wurde die Tür geöffnet, und man schob die Bahre heraus. Er sah zuerst nur das weiße Laken und die roten Haare auf dem Kissen. Violas Gesicht war schneeweiß, sie hatte die Augen geschlossen. Ihr Atem ging schwer.

Man brachte sie in einen kleinen Raum. Der Arzt sah auf und erkannte Johannes. Sie waren alte Schulkameraden.

»Was ist mit ihr?«, fragte er leise.

Robert sah ihn scharf an.

»Johannes, ich kann dich nicht belügen, das weißt du!«

»Sag mir also die Wahrheit.«

»Sie wird diese Nacht nicht überleben. Ihr Körper ist total zerschmettert. Sie würde nur als Krüppel weiterleben können. Aber ihre Lungenflügel sind eingeklemmt, und du weißt, was das bedeutet. Ich will dir weitere Einzelheiten ersparen.«

»Darf ich hierbleiben?«

»Natürlich!«

Viola öffnete die Augen. Sie waren groß und blickten verwirrt. Sie erkannte nichts und erinnerte sich auch an nichts. Schmerzen spürte sie noch keine. Sie wandte den Kopf und entdeckte ihren Mann. Robert verließ lautlos das Zimmer. Die beiden Eheleute waren allein.

»Was willst du hier?«, lallte Viola mit schwerer Zunge.

»Man hat mich gerufen!«

»Gerufen, warum?«

Er wollte ihr antworten. Doch dann begriff sie alles und starrte ihn an. Sie spürte Eiseskälte in ihrem Rücken, sie merkte, wie diese Kälte langsam an ihr hochzukriechen begann. Das war also der Tod! Verdammt sei der Alkohol, sie wollte doch die Siegerin bleiben – über ihn, Johannes!

»Du freust dich, dass es mit mir zu Ende geht, nicht wahr? Und du wirst lachen vor Freude!«

»Viola, bitte«, flehte er leise. »Nein, das habe ich dir nicht gewünscht, niemals!«

»Schweig!«, keuchte sie. Sie war wie von Sinnen. Die Schmerzen, die sie plötzlich spürte, raubten ihr den Verstand.

»Schweig, aber das sage ich dir: Du wirst mich nicht los. Niemals, hörst du? Ich bin in dir, und du wirst immer an mich denken. Immer! Ich beherrsche dich, auch wenn ich nicht mehr bin. Du wirst nie frei sein, nie!«

Ihr Mund verzog sich zu einer Fratze.

»Ich bleibe Siegerin über dich, immer. Du wirst noch an meine Worte denken. Ich bin doch die Stärkere, und du bist ein Schwächling, immer, immer...«

Ihr Kopf sank zurück. Sie keuchte wild und heftig. Ihre Hände tasteten über das weiße Laken, der kostbare Ring blitzte auf. Johannes beugte sich über sie.

»Viola, soll ich einen Priester holen lassen?«

Ihre Augen verdrehten sich. Sie konnte nicht mehr sprechen. Blut quoll aus ihrem Mund, und die Hände wurden still, ganz still. Ein letzter Blick streifte Johannes. Wie musste sie ihn hassen. Auch jetzt, in ihren letzten Sekunden. Dann verschleierte sich ihr Blick. Ihr Kopf blieb still liegen, ein Ruck ging durch ihren Körper. Viola Weitgasser war tot!

7. Kapitel

Zehn Tage später war es. Johannes Weitgasser stand vor dem Haus. Den Rucksack hatte er geschultert, die Wanderschuhe an. In den letzten Tagen war eine Veränderung mit ihm vorgegangen. Das Gesicht war hart und kantig. Katrin saß wie verloren auf der Terrasse. Er sah das Kind nicht. Sein Blick war auf die Berge gerichtet.

»Wo willst du hin?«

Tobias sprach diese Worte. Johannes drehte sich nicht um.

»Fort«, sagte er nur.

»Du bist verrückt. Komm doch zur Besinnung, Junge!«

»Ich geh in die Berge.«

Der Onkel spürte, er konnte ihn nicht aufhalten. Unheimlich war er. Aber durfte er ihn gehen lassen? Jetzt? In dieser Verfassung?

»Wenn du bleibst, so ist es besser für das Kind. Gehst du aber trotzdem, so werde ich mitkommen!«

»Lass mich gehen. Ich muss es tun!« Johannes Gesicht wirkte versteinert.

»Nein, nicht allein. Warte, ich bin gleich fertig.«

Eine halbe Stunde später verließen sie schweigend den Hof. Als sie in die Berge kamen, nahm Johannes die schwersten Wege, die steilsten Pfade und Pässe. Verbissen kämpfte er sich vor. Tobias war in seiner Jugend ein guter Bergsteiger gewesen. Auch jetzt hatte er noch nicht viel von seiner Elastizität verloren. Aber was der Junge da tat, war Raubbau. Machte er so weiter, würde er sich selbst umbringen.

Johannes spürte, wie ihm der Schweiß den Rücken herunterrann. Aber er hörte nicht auf, weiter, immer weiter. Eine Triebfeder war in ihm.

Tobias rettete ihn vor einer Schlucht. Wäre er hinuntergestürzt, man hätte ihn mit zerschmetterten Knochen wiedergefunden.

»Narrischer Bub, nun ist aber Schluss. Jetzt wird getan, was ich sag'. Das ist ja Mord, was du da treibst. Kannst du mir mal sagen, wovor du fliehst?«

Johannes ließ sich erschöpft nieder und vergrub sein Gesicht in beide Hände.

»Das kannst du nicht begreifen, Onkel. Ich fliehe vor dem Hass. In mir ist eine schreckliche Kälte. Ich friere.«

»Johannes, Bub, sie ist doch nicht mehr da! Begreife doch endlich! Viola kann dich nicht mehr quälen. Oder...«

Der Onkel blickte ihn an.

»Hast du sie vielleicht immer noch geliebt, Junge? Sag mir die Wahrheit!«

»Nein«, erwiderte er ruhig, »geliebt habe ich sie schon lange nicht mehr. Aber vielleicht ist es auch meine Schuld. Wie kann ein Mensch so hassen, Onkel Tobias? Ich begreife das einfach nicht. Habe ich denn nicht alles für sie getan? Habe ich ihr nicht jeden Willen gelassen?«

»Du musst die Zeit wirken lassen, Junge. Davor fliehen, das hat doch wirklich keinen Zweck. Denk doch an deine kleine Tochter! Um die hast du dich die ganzen letzten Tage nicht gekümmert! Fliehst in die Berge! So ein Blödsinn! Und ich alter Mann steige auch noch mit. Was suchst du hier?«

Johannes hob den Blick. Welche Schönheit umgab ihn doch. Früher war er oft hier hinaufgestiegen. Immer wenn er Kummer hatte, war er in die Berge gegangen. Sie hatten ihn tatsächlich getröstet, ihm gezeigt, wie klein und unscheinbar er doch war. Ein winziges Sandkorn im Getriebe der Welt! Aber jetzt! Tobias bückte sich und pflückte ein paar rote Moosblumen.

»Schau, sind sie nicht schön?«

Nein, die Berge schenkten ihm auch nicht den Frieden. Sein Herz war kalt wie Stein.

»Komm«, sagte er ruhig. »Du hast recht. Man soll nicht vor sich selbst fliehen.«

Aber dann blieben sie doch eine Woche fort. Der Onkel meinte, wenn man schon einmal so weit sei, könne man doch eine zünftige Bergtour unternehmen. Sie hätten ja alles mit. Er wäre schon lange nicht mehr ins Steinerne Meer gewandert.

Tobias tat es mit Bedacht. Und Johannes verausgabte sich bis zur Erschöpfung. Wenn sie abends in einer Berghütte rasteten, dann sprach er kein Wort mehr. Er fiel sofort in einen tiefen Schlaf. Das war gut so. Grübeln tat nie gut. Es machte den Menschen kaputt.

Unterwegs trafen sie hin und wieder auf andere Gruppen und schlossen sich für eine Weile an. Aber später waren sie dann wieder allein.

Als sie wieder auf den Hof zurückkamen, war Johannes ein ganz anderer geworden. Tobias ging umher und sagte den Leuten, sie sollten ihn nicht mit Fragen belästigen.

8. Kapitel

Schneeflocken wirbelten zur Erde nieder. Tief hingen die grauen Wolken. Alles war weiß, die Wiesen, Felder und Äcker, und es sah richtig romantisch aus.

Im Kamin prasselte das Feuer und verbreitete behagliche Wärme. Johannes saß davor und schaute sinnend in die Flammen und beobachtete deren Spiel.

Das Haus war wie in einen tiefen Schlaf versunken. Immer noch lag lähmende Stille über allem. Auch jetzt, fünf Monate danach, konnte er es kaum glauben, dass Viola tot war. So seltsam es auch klingen mochte. Er dachte oft, sie sei in der Stadt und würde bald wiederkommen. Sie war ja so oft fort gewesen. Aber Viola kam nicht mehr zurück. Sie ruhte auf dem Friedhof. Johannes wusste das, und doch saß die Beklemmung immer noch in ihm. Zu lange hatte sie ihn gequält, bis zum letzten Augenblick.

Wenn er an ihren Tod dachte und an ihre letzten Worte, so erschauerte er jedes Mal. Er fragte sich, ob er jemals Ruhe finden würde.

Der Winter war diesmal sehr früh gekommen. Draußen gab es für einen Bergbauern jetzt nichts mehr zu tun. So saß er jeden Abend vor dem Feuer und sann vor sich hin. Weihnachten kam und ging still vorüber. Die Zeit der lauten, wilden Feste war vorbei.

Als Charlotte Weitgasser die Nachricht vom Tod der Schwiegertochter erhielt, war sie gleich nach Hause geeilt. Sie führte nun den Haushalt und wies das Mädchen an. Johannes war ihr sehr dankbar dafür. Aber seine Mutter war schon recht alt und hinfällig. Mit ihren siebzig Jahren konnte sie nicht mehr so flink wie früher sein. Durfte er das überhaupt von ihr verlangen?

Als die erste Februarsonne zögernd hervorkam, war die Erde immer noch mit einer dicken Schneeschicht bedeckt.

Es war an einem dieser Winterabende, als Charlotte Weitgasser ihrem Sohn am Kamin Gesellschaft leistete. Katrin schlief schon. Nur sie und er waren noch auf. Der Onkel hatte sich in seinen Trakt zurückgezogen.

Johannes war in letzter Zeit alt geworden. Seine Schläfen waren schon fast weiß. Die Mutter sah es mit Wehmut. Sie wusste von der tragischen Ehe, sie wusste um alles, aber sie hatte, um es dem Sohn nicht noch schwerer zu machen, immer geschwiegen. Was sollte sie auch dazu sagen? Hätten sie es zu einem Skandal kommen lassen sollen? Nein, Viola wäre niemals freiwillig gegangen. Aber Gott hatte noch einmal Erbarmen gezeigt. Jetzt war ihr Sohn frei, von allen Fesseln gelöst. Nun konnte er wieder aufatmen. Aber er tat es nicht. Im Gegenteil, wenn sie nicht bald etwas unternahm, würde sie ihn noch überleben.

»Wenn es Frühling wird, dann muss ich wohl wieder ein Bad aufsuchen. Meine alten Knochen – weißt du, ich würde so gern bleiben, aber die Kälte im Frühling – das macht mich ganz krank.«

Johannes blickte erstaunt auf.

»Aber natürlich sollst du wieder reisen, Mutter. Du darfst auf mich keine Rücksicht nehmen. Es ist überhaupt unverantwortlich von mir, dir so viel Arbeit aufzubürden. Hast du nicht dein Leben lang gearbeitet hier auf dem Hof?«

»Natürlich, aber damals war es auch mein Hof, und ich hatte Vater und dich!«

»Ich werde schon zurechtkommen, Mutter!«

Die alte Dame mit den schlohweißen Haaren sah ihren Sohn lange an. Sie war einmal sehr schön. Doch sie war sich dieser Schönheit nie bewusst. Ihr Herz war stets voller Liebe und Wärme für die anderen. Sie hatte ein erfülltes und reiches Leben hinter sich. Im Dorf wurde sie sehr geachtet. Damals, in der schlimmen Zeit, als der Krieg so viel Leid brachte, hatte sie viel geholfen. Nein, man vergaß das nicht.

»Junge, so kann es aber nicht weitergehen. Wohl für den Übergang. Aber nicht für immer. Wie hast du dir das gedacht, Johannes? Willst du unseren Besitz, der schon seit Jahrhunderten den Weitgassers gehört, verkaufen? Wie denkst du darüber?«

»Aber warum soll ich ihn denn verkaufen, Mutter? Ich bin doch noch da, gesund und kräftig, wie du siehst!«

»Ja, aber eines Tages wirst auch du alt sein. Wenn man es auch nicht glauben will. Und dann? Dann ist nur noch deine Tochter da. Du weißt ganz genau, dass sie niemals heiraten kann. Also wird mit ihr unser Geschlecht aussterben.«

Johannes starrte in die prasselnde Glut; sein Herz zog sich zusammen.

»Ich hatte mir so sehr einen Sohn gewünscht«, sagte er mit ganz leiser Stimme.

»Was nicht ist, das kann noch werden, mein Junge, denn du bist noch jung. Du kannst das Leben noch einmal von vorn beginnen. Glaub mir, ich gehe erst dann beruhigt fort, wenn ich weiß, hier schaltet eine richtige Frau. Auch für Katrin ist es sehr wichtig. Sie braucht endlich eine Mutter. Vielleicht denkst du über meine Worte einmal nach.«

Johannes hatte sich aufgerichtet. Er starrte seine Mutter entgeistert an.

»Nein«, keuchte er. »Das kannst du nicht verlangen. Alles, aber nicht das, niemals, hörst du?«

»Warum nicht? Du hast doch Viola nie geliebt, also kannst du ihr auch nicht nachtrauern. Sicher findest du dein Glück, du musst es nur wollen, mein Junge,«

Johannes war in sich zusammengesunken.

»Das kannst du nicht wirklich wollen, Mutter. Du weißt nicht, was du von mir verlangst. Das Leben mit Viola war die Hölle für mich. Jetzt habe ich endlich Ruhe gefunden. Und ich will sie mir nicht wieder zerstören lassen. Ich kann es nicht, ich kann es wirklich nicht. Fürs Leben bin ich gezeichnet. Viola lässt mich nicht los. Ich habe das Gefühl, als wäre sie noch immer da. Sie quält mich. Wie soll ich da an eine andere Frau denken, geschweige denn mit ihr leben?«

Die Mutter schwieg.

»Johannes«, sagte sie nach einer langen Pause. Ihre alte, verwelkte Hand lag auf seinem Arm.

»Ich weiß es ja, aber eine neue Frau wird all diese Spuren bei dir verwischen. Glaube mir, eines Tages wirst du glücklich sein und alles vergessen haben, was einmal war. Nicht alle Frauen sind so wie Viola, glaube es mir doch!«

Er schüttelte den Kopf.

»Verzeih mir, Mutter, aber ich bin müde, ich möchte mich schlafen legen.«

Er stand auf und floh aus dem Zimmer.

Zurück blieb seine Mutter und blickte ihm wehmütig nach. Sie verstand ihren Sohn, und dass er Angst vor den Frauen hatte. Aber hier ging es um das Erbe, um die Zukunft, und nicht zuletzt um sein kleines Mädchen. Man musste ihm die passende Frau aussuchen. Sanft, zärtlich und fügsam musste sie sein. Das Gegenteil von Viola. Dann erst konnte sie, die Mutter, in Ruhe sterben. War sie das ihrem verstorbenen Gatten nicht schuldig? Sie musste sich um ihren Sohn kümmern. Sie würde alles daran setzen, um ihn eines Tages wieder glücklich zu sehen.

Johannes floh in die Wälder und auf die Berge, er wollte nicht mehr daran erinnert werden, wollte alles vergessen. Aber die Mutter schnitt das Thema immer wieder an. Sie sprach fast täglich davon. Er hielt sich die Ohren zu, denn er wollte nichts mehr hören, aber sie redete ihm ins Gewissen, erinnerte ihn an seine Pflicht Katrin gegenüber.

Zwei außerordentlich harte Naturen kämpften miteinander.

»Ich kann es doch nicht«, rief er immer wieder.

»Du meinst, du kannst dir keine gute Frau suchen, du wärst dazu nicht fähig?«

»So ungefähr, ich kenne niemanden!«

Er glaubte, sie damit endlich zur Ruhe gebracht zu haben. Aber er kannte seine Mutter schlecht.

Diese lächelte nur.

»Wenn es das ist, ich wüsste schon jemanden für dich!«

Er sah sie verblüfft an. Dann lachte er heiser auf.

»Mutter, du willst...«

Für einen Augenblick vergaß er seine Angst.

»Warum nicht? Man muss dich nur dazu bringen.«

»Ich kann aber nicht, bitte lass mir meinen Frieden, Mutter. Ich flehe dich an. Verstehst du das denn nicht? Ich soll das alles noch einmal durchmachen, dieses...« Er brach ab.

»Du brauchst sie ja nicht zu lieben, Johannes. Dein Herz lass dabei aus dem Spiel. Das verlange ich ja gar nicht. Du heiratest sie. Und sie ist dir dankbar dafür, hier leben zu dürfen und nicht mehr arbeiten zu müssen. Du hast dann eine Hausfrau. Wer spricht denn von Liebe?«

Er schloss die Augen. Vielleicht hatte die Mutter recht. Vielleicht war das sein Fehler gewesen. Er hatte Viola so sehr geliebt, dass er all ihre Fehler übersehen hatte. Hätte er sie nicht so geliebt, wäre ihm ihr Charakter bestimmt schon früh genug aufgefallen.

»Wer ist es denn, die du ausgesucht hast?«

Die Mutter lächelte. Endlich waren sie einen Schritt vorwärts gekommen. Er fragte schon nach dem Namen.

»Du kennst sie sehr gut, mein Junge! Damals hatten Vater und ich schon gedacht, du würdest sie zu deiner Frau machen.«

»Wen kenne ich?«

»Elke Steiger!«

»Meinst du die Tochter von unserem früheren Hausarzt, Papas Freund? Erich Steiger?«

»Erraten, sie ist ein prächtiges Mädchen, mein Junge. Gerade die Richtige für dich. Auch kein junges Ding mehr. Sie erwartet bestimmt keine himmelstürmende Liebe.«

Johannes musste wider Willen lachen.

»Aber ich weiß nicht einmal, wo sie wohnt. Und bestimmt ist sie schon verheiratet.«

»Lebst du auf einem anderen Stern, Junge, oder bist du so vergesslich geworden?«

»Wieso?«

»Kannst du dich nicht erinnern, dass sie unser Jägerhäuschen gemietet hat? Und das schon seit fünf Jahren.«

»Das Jägerhäuschen am Wildbachsteig? Aber darin lebt doch die Cordula«, sagte er verblüfft.

Nun war es an der Mutter erstaunt zu sein.

»Sag einmal, wer ist denn die Cordula?«

»Ein kleines Mädchen, von ungefähr sechs Jahren. Sie lebt mit ihrer Mutter dort. Im letzten Sommer habe ich sie kennengelernt. Mein Gott, ich habe sie vollkommen vergessen. Seltsam.«

Und dann erzählte er von der lustigen Begebenheit.

Die Mutter lachte.

»Jetzt erinnere ich mich, wer die Cordula ist. Natürlich, das ist das Kind von Elkes Schwester. Sie ist doch damals mit ihrem Mann bei einem schweren Zugunglück ums Leben gekommen.«

»Das war die Elke?«

Er sann nach.

»Ich habe sie nicht wiedererkannt, wirklich nicht. Und sie hat mir auch nichts gesagt, dass wir uns kennen.«

»Als sie das letzte Mal bei uns war, war sie fünfzehn Jahre. Menschen verändern sich im Laufe der Zeit.«

»Mutter, die hast du ausgesucht?«

»Warum nicht? Man muss es ihr nur schmackhaft machen. Unser Hof ist der größte und schönste weit und breit. Vielleicht bist du ihr ja auch sympathisch.«

Johannes fand die ganze Sache komisch und lachte plötzlich auf.

»Ich werde morgen zu ihr gehen und mit ihr sprechen«, sagte die alte Frau resolut.

»Oh, Mutter!« Er schüttelte den Kopf. »Du willst also tatsächlich diesen Gang für mich tun?«

»Selbstverständlich, mein Sohn!«

9. Kapitel

Cordula lag vor dem Kamin auf dem Bauch und blätterte in einer alten Illustrierten. Peterle räkelte sich vor dem wärmenden Feuer. Elke hatte ihren Zeichentisch ans Fenster geschoben und grübelte über ein neues Muster nach. Es war sehr still im Raum. Hin und wieder knackte das Gebälk von der Wärme. Und die alte Standuhr tickte unaufhörlich.

Am liebsten wäre sie mit dem Kind hinausgegangen und im Schnee herumgetollt. Aber die Pflicht rief. Sie musste ja Geld für sie beide verdienen. Elke hatte man zwar eine hohe Abfindung zugeschrieben, aber sie rührte das Geld nicht an, das gehörte dem Kind. Man konnte nie wissen, wenn ihr etwas zustieß, war das Kind völlig allein. Sie sollte aber nie Not leiden und später einmal studieren. Darum musste sie sehr sparsam sein.

Immer konnte sie auch nicht in dem Jägerhäuschen bleiben. Es gab ja nur die Dorfschule. In ein paar Jahren musste sie wieder in die Stadt zurück. Elke mochte gar nicht daran denken. Die Heimat war ihr lieb und teuer.

Plötzlich wurde sie durch ein Geräusch aufgeschreckt:. Sie blickte aus dem Fenster. Ein Schlitten hielt direkt vor ihrem Haus. Stephan sprang herab und wickelte jemanden aus den vielen Decken aus. Endlich kam die Gestalt zum Vorschein. Vorsichtig, den Stock, mit der Silberkrücke aufsetzend, stieg Frau Charlotte aus.

Elke hatte Frau Weitgasser längst erkannt und war zur Tür geeilt. Sie trug einen einfachen Dirndlrock und einen hellen Pullover. Das Haar hatte sie mit einer roten Schleife zusammengebunden, weil es ihr bei der Arbeit hinderlich war. Mit ihren dreißig Jahren sah sie noch immer mädchenhaft aus.

Die alte Frau und das Mädchen begrüßten sich freundlich. Elke fragte sich im Stillen, was Johannes‘ Mutter hergeführt haben mochte. Ob man ihr das Häuschen kündigen wollte? Ganz kalt wurde ihr bei diesem Gedanken.

»Bitte, nehmen Sie am Kamin Platz, dort ist es warm.«

Frau Charlotte ließ sich aufatmend nieder. Die alten Knochen waren empfindlich.

»So eine Schlittenfahrt ist etwas für junge Menschen, aber nicht mehr für eine alte Frau«, sagte sie lächelnd.

Cordula war aufgestanden und begrüßte die fremde Frau artig. Diese hielt für einen Augenblick die kleinen Kinderhände fest und sah in die leuchtenden Augen.

»Darf ich Ihnen einen Kaffee anbieten, Frau Weitgasser?«

»Danke, gern, dann werden meine alten Knochen wieder warm.«

Elke spürte, dass die alte Frau gern mit ihr allein sein wollte. Darum schickte sie Cordula in den Schnee. Zuerst musste diese sich jedoch den roten Schneeanzug überziehen, dazu die Stiefelchen und dicke Fausthandschuhe. Dann endlich zog sie ab. Elke beobachtete durch das Fenster, wie Cordula gleich zu Stephan lief. Wie sie das Kind kannte, würde es ihn bald zu einer Gratisfahrt überredet haben.

Elke Steiger setzte sich der alten Frau gegenüber und schenkte den Kaffee ein.

Frau Weitgasser sprach zuerst von den Eltern und der Schwester; so vieles war ihr noch in Erinnerung. Sie hatte Elkes Vater gern gemocht. Längst Vergangenes wurde plötzlich lebendig. Aber endlich musste sie auf das eigentliche Thema zu sprechen kommen. Es war doch nicht so einfach, wie sie es sich gedacht hatte. Aber dann kam ihr auf einmal ein guter Gedanke.

»Wissen Sie, Elke – ich darf Sie doch so nennen? Bestimmt werden Sie schon überlegt haben, warum ich alte Frau zu Ihnen gekommen bin. Ja, da lebt man nun schon so lange nebeneinander und kennt sich kaum noch. Wie in einer Großstadt ist es. Aber ich finde, das sollte sich ändern. Wir hier auf dem Land leben doch so einsam, und für Sie ist es doch bestimmt nicht so einfach. Was halten Sie davon, wenn Sie und Cordula uns am Sonntag mal besuchen? Katrin würde sich bestimmt darüber freuen, glauben Sie mir – und auch mein Sohn!«

Elke war abwechselnd rot und blass geworden. Dieses Angebot hatte man ihr noch nie gemacht. Das erwähnte sie auch. Die alte Dame sah einen Augenblick auf ihre Hände, hob dann den Kopf und lächelte sie verstehend an.

»Ich will Ihnen klaren Wein einschenken, liebe Elke. Mit einer ungewöhnlichen Bitte komme ich zu Ihnen, und bestimmt werden Sie mich auslachen. Aber was tut man nicht alles als Mutter, wenn man sieht, dass es um das Wohl der Kinder geht. Sie wissen natürlich vom Tod meiner Schwiegertochter?«

Sie stockte. Elke würde bestimmt alles wissen, und so brauchte sie wohl nicht mehr darüber zu sprechen.

»Mein Sohn – also, wie soll ich es sagen? Ich möchte, dass er wieder heiratet. Er braucht eine Frau und das Kind eine Mutter. Bestimmt kennen Sie die Männer. Man muss sie immer zu allem drängen. Johannes ist scheu und sehr zurückhaltend. Wenn es nach ihm ginge, würde er sich am liebsten für sein ganzes Leben in diese Einsamkeit vergraben. Doch das ist nicht gut. Er braucht einen Menschen an seiner Seite, der ihn leitet und ihn umhegt, wenn ich nicht mehr da bin. Ich weiß, es ist sehr ungewöhnlich, aber Sie verstehen mich, nicht wahr, liebes Kind?«

Elke blickte die alte Dame an. Der Sinn für Humor war sehr stark bei ihr ausgeprägt, und bei Gott, das war ja wirklich eine amüsante Unterhaltung.

Sie lachte. »Wollen Sie etwa damit sagen, dass ich...«

Sie stockte und lächelte verwirrt. Seltsam, ihr Herz pochte auf einmal schnell und unruhig.

Charlotte sah sie fest an.

»Ich meine es so, wie ich es gesagt habe. Sehr glücklich wäre ich, wenn Sie sich dazu entschließen könnten, meine Schwiegertochter zu werden. Und ich glaube, dass Sie das nicht bereuen würden!«

Elke schnappte nach Luft. »Aber so etwas kann man doch nicht zwischen zwei Frauen ausmachen. Muss da nicht der Mann entscheiden?«

»Ich sagte Ihnen doch eben, manchmal muss man die Männer ein wenig zu ihrem Glück zwingen. Johannes ist sehr scheu, und ich glaube, er hat Angst, eine Absage zu bekommen.«

Das Mädchen schwieg für eine Weile. Viola war schon über sieben Monate tot. Sie schienen sehr glücklich gewesen zu sein, und nun suchte er sich schon eine andere Frau. Und sie sollte seine Frau werden. Aber sie durfte es nicht falsch sehen, die Mutter suchte eine Frau. Doch sie kannte Johannes von früher. Er würde sich bestimmt nicht zu etwas zwingen lassen, was er nicht wollte.

»Würden Sie einwilligen, Elke, wenn mein Sohn Sie fragen würde?«

Ihr Herz klopfte stürmisch, und ihr Blick wurde weich. Charlotte Weitgasser sah es. Da wusste sie, dass diese junge Frau ihren Sohn immer geliebt haben musste. War das nicht die beste Grundlage für eine gute Ehe? Elke würde Johannes nicht enttäuschen, bestimmt nicht. Und sie würde vielleicht einem Sohn und Erben das Leben schenken, auf den Johannes schon so lange wartete. Ja, Elke Steiger würde eine rechte Bergbäuerin abgeben.

Sie stand auf.

»Ich weiß, man kann darüber schlecht reden. Doch Sie kennen jetzt meine Meinung und wissen, dass Sie immer willkommen sind. Vergessen Sie das nie! Alles andere wollen wir dem Schicksal überlassen!«

»Danke, Frau Weitgasser!«

»Ich glaube, ich habe zu danken. Bei Ihnen ist es sehr gemütlich. Man fühlt sich richtig wohl.«

Sie gingen vor das Haus. Stephan kam eben von einer Spazierfahrt mit Cordula zurück. Elke lächelte.

»Sie werden also am Sonntag kommen?«

»O ja, bitte«, sagte Cordula, die die letzten Worte gehört hatte. »Dann kann ich endlich Katrin kennenlernen. Ich komme ganz bestimmt«, setzte sie treuherzig hinzu.

Frau Weitgasser lachte.

»Sei lieb zu Katrin, sie ist ein sehr einsames kleines Mädchen.«

Dann stieg sie ein und fuhr davon.

10. Kapitel

Der Sonntag war schnell heran.

Obwohl Elke manchmal gedacht hatte, die Einladung nicht anzunehmen, so kam sie nicht weit mit ihren Überlegungen, denn Cordula erinnerte sie beinahe stündlich daran. Sie wollte einfach die Gelegenheit nicht versäumen, dieses kleine fremde Mädchen kennenzulernen. Jetzt im Winter, wo die Wege zugeschneit waren, kamen sie nur einmal in der Woche ins Dorf. Auch die Buben und Mädchen, die sonst in das Jägerhäuschen gestürmt kamen, blieben jetzt daheim.

So machten sie sich schließlich auf den Weg. Elke wusste nicht, was sie von der Sache halten sollte.

Der Schnee lag noch immer recht hoch, und sie zog deshalb ihre Skihose an, darüber einen schneeweißen Pullover und den roten Anorak. Cordula wurde gleichfalls so vermummt und obendrein ermahnt, nicht unterwegs in den Schnee zu fallen, ihr keine Schande zu machen und artig zu sein. Das Kind versprach alles.

So machten sie sich also daraufhin an den Abstieg. Das Haus lag in einer Mulde, ringsherum von riesigen Tannen geschützt. Die Luft sah nach Schnee aus. Die Berge konnte man kaum noch erkennen. Cordula keuchte vor Anstrengung und stapfte durch den Schnee. Elke blickte sie an und blieb dann verblüfft stehen.

»Was schleppst du da eigentlich mit?«

Sie sah mit einem strengen Blick auf den stark ausgebeulten Anorak Cordulas.

Cordula schlug die Augen nieder und klemmte die Arme noch fester um ihren Bauch.

»Och, nichts!«

»Zeig mal dieses Nichts!«

Aber Cordula konnte sich die Mühe sparen, denn Peterle verriet sich selbst, indem er gerade in diesem Augenblick sein Schwänzchen herauspendeln ließ.

»Cordula«, sagte Elke streng.

»Schimpf bloß nicht«, jammerte das Kind. »Ich habe Peterle mitgenommen, weil sie nicht so einsam sein sollte – ja, wirklich!«

Elke stapfte weiter, von bangen Vorahnungen erfüllt. Das konnte ja heiter werden.

Onkel Tobias war zufällig in der Halle, als die beiden ankamen. Er half ihnen, sich aus den dicken Sachen herauszuschälen. Dann gingen sie in das Wohnzimmer. Elke erinnerte sich noch gut an alles.

Katrin saß im Rollstuhl am Fenster und malte. Frau Weitgasser und ihr Sohn hielten sich vor dem Kamin auf. Der Mann las in einem kleinen Gedichtband. Es war sehr still im Zimmer. Nur das Feuer knackte hin und wieder. In diesem Augenblick wurde die Tür geöffnet.

Johannes sah auf. Er erblickte ein großes, schlankes Mädchen. Es hatte silberblondes Haar und wirkte sehr zart und jung. Dicht hinter ihr stolperte Cordula über die Schwelle, die Katze unter den Arm geklemmt. Alle starrten die Ankömmlinge an.

Elke beugte sich über die alte Frau, begrüßte sie herzlich und bedankte sich noch einmal für die Einladung. Cordula wollte es ihr nachmachen. Als sie aber ihre kleine Hand ausstreckte, war es Peterle zu viel. Er sprang der verdutzten Großmutter auf den Schoß. Von dort landete er mit einem Satz auf dem Boden, purzelte gegen den Rollstuhl, miaute, flitzte dann quer durch das Zimmer

und verkroch sich dann unter einem geschnitzten Schrank.

Die alte Frau war zuerst starr vor Schrecken. Sie hatte nicht so schnell begriffen, was vor sich ging, doch dann lachte sie herzlich auf, und alle stimmten mit in das Lachen ein.

»Nein, so was!«

Frau Weitgasser wischte sich die Tränen fort. Sie hatte schon lange nicht mehr so von Herzen gelacht.

Elke machte ein strenges und zugleich unglückliches Gesicht. Aber Cordula zog es vor, Löcher in die Luft zu gucken. Johannes hatte sich erhoben und ging auf Elke zu. Er streckte ihr die Hand entgegen und sagte: »Sie sind also Elke Steiger?«

»Ja!«

»Ich hätte Sie nicht wiedererkannt«, erklärte er langsam. Sein Blick verwirrte sie. Er sah sie aufmerksam an, und sie errötete leicht. Damit er es nicht merkte, wandte sie sich nach Katrin um. Aber Cordula war schon bei dem Kind, und sie kicherten gemeinsam über den unmöglichen Kater. Cordula erzählte die lustigsten Geschichten über Peterle, und von seinen vielen Schandtaten berichtete sie auch.

Katrin war glücklich. Sie hatte noch nie Kinder um sich gehabt, immer nur Erwachsene. Dann verzogen sie sich in eine Ecke, und man brauchte sich nicht mehr um sie kümmern. Sie bekamen einen eigenen kleinen Tisch gedeckt, schmausten, lachten und waren einfach nur fröhlich. Johannes staunte über seine kleine Tochter. Sie war noch nie so lebhaft gewesen.

Die drei Erwachsenen setzten sich vor den Kamin und sprachen von vergangenen Zeiten. Johannes hatte sich zurückgelehnt und dachte nach.

Er sah Elke vor sich, jung und so dürr, sie hatte lange Zöpfe. Wenn er sie im Garten jagte, wippten sie auf ihrem Rücken auf und ab. Sie hatten sich als Kinder immer prächtig verstanden. Ob das heute auch wohl noch der Fall sein würde?

Johannes sah Elke von der Seite an. Sie sprach gerade mit seiner Mutter. Ein seltsames Beben ging durch sein Blut. Es war nicht die sanfte Schönheit – nein, etwas ganz anderes zog ihn an. *Sie hätte ich damals heiraten sollen*, dachte er. Aber er hatte nur eine gesehen und alles andere darüber vergessen. Und das war dann sein Unglück geworden.

Wieder blickte er Elke an. Seltsam, seit sie das Zimmer betreten hatte, war es erst richtig gemütlich geworden. Und wie lieb sie zu den Kindern war! Sie hatte eine helle, melodische Stimme.

Plötzlich fiel ihm ein, dass seine Mutter ja Elke als seine zukünftige Frau ausgewählt hatte. Jäh erlosch die Freude in ihm. Er fühlte die Angst langsam wieder in sich hochsteigen. Darum war sie also gekommen. Sie wollte sich hier einnisten.

Seine Hände verkrampften sich. Nein, er konnte nicht mehr diese Bitternis auf sich nehmen. Waren nicht alle Frauen gleich? Und doch – da war etwas, das ihn zu diesem Mädchen hinzog. So etwas hatte er für Viola nie empfunden. Was war es nur?

Der Abend brach langsam an. Die Lichter wurden angezündet.

»Ich glaube, wir müssen jetzt gehen. Wir waren schon viel zu lange hier. Komm, Cordula, du musst dich verabschieden!«

»Wirklich? Wir spielen gerade so schön!«

Auch Katrin war sehr traurig. Die Zeit war ihr noch noch nie so schnell vergangen.

»Du kannst ja wiederkommen«, sagte Frau Weitgasser. »Wir würden uns sehr freuen, nicht wahr, Katrin?«

»Ja!«

Elke stand auf. Ihr Herz zuckte, sie war dem Weinen nahe. Den ganzen Nachmittag hatte Johannes kein Wort mit ihr gesprochen. Stumm und steif hatte er auf seinem Platz gesessen. Sicher war er froh, wenn sie endlich ging.

Und dann stand der Mann auf.

»Ich werde Sie nach Hause begleiten«, erklärte er.

Seine Mutter lächelte unmerklich, sagte aber nichts. Sie hoffte nur, dass sich auf dem Heimweg irgend etwas anbahnen würde.

Minuten später standen sie unter dem frostklaren Sternenhimmel. Cordula war sehr müde und konnte kaum noch laufen. So lange war sie noch nie auf gewesen. Elke musste Peterle tragen, denn Cordula würde ihr auf die Dauer zu schwer werden.

Plötzlich beugte sich der Mann zu dem Kind hinab und hob es auf.

»Komm, kleine Maus, ich werde dich tragen. Sonst fällst du noch den Berg hinunter, und wer geht dann meine Pferde besuchen? Das können wir den Tieren doch nicht antun, was?«

Cordula murmelte einige unverständliche Worte an seiner Brust. So wanderten sie durch den Park. Keiner sprach ein Wort. Der Schnee knirschte unter ihren Füßen. Wie weiße Riesen standen die Berge zu beiden Seiten.

Als sie sich dem Jägerhäuschen näherten, sah Elke, dass immer noch Rauch aus dem Schornstein stieg. Das Feuer war also noch nicht erloschen.

Vor der Tür wollte sie Johannes das schlafende Kind abnehmen. Doch er schüttelte den Kopf.

»Lassen Sie nur. Ich bringe sie schon hinein.«

Vorsichtig legte er Cordula auf dem Sofa nieder. Elke kleidete sie gleich aus und brachte sie zu Bett. Johannes ließ sich vor dem Kamin nieder und stopfte sich eine Pfeife. Er blickte sich in dem Raum um. So viel Gemütlichkeit in einer so kleinen Hütte. Er sah den Zeichentisch und erkannte gleich die Winterlandschaft, die sie gemalt hatte.

Da kam Elke zurück. Sie erschrak, als sie ihn noch vorfand. Sie hatte gedacht, er wäre schon gegangen. Zögernd ließ sie sich vor dem Feuer nieder.

»Darf ich Ihnen etwas anbieten?«, fragte sie leise.

»Nein, danke, ich möchte nur einen Augenblick hier ausruhen, dann gehe ich gleich wieder. Sie sind sicher müde.«

Sie sah ihn an, aber er merkte es nicht.

»Ich habe nicht geahnt, dass es hier so gemütlich ist. Fühlen Sie sich hier oben nicht sehr einsam, umgeben von den Bergen? Warum ziehen Sie nicht ins Dorf?«

Voll richtete er seine grauen Augen auf sie.

»Ach nein«, erwiderte sie lächelnd. »Ich habe doch das Kind und meine Arbeit. Sehr gern bin ich hier. Alles ist so schön hier. Es ist wie früher. Wir langweilen uns nie, die Cordula und ich. Und wir haben immer so viel zu tun.«

»So«, sagte er und schwieg eine lange Zeit. Er dachte an seine Frau. Sie hätte es keine Sekunde in diesem Häuschen ausgehalten. Aber er wollte ja die Vergangenheit vergessen. Er musste es. Doch manchmal war es stärker, und alles war wieder da.

»Ich muss wohl jetzt gehen. Sicher wollen Sie sich auch ausruhen.«

Er stand auf und ging zur Tür. Elke folgte ihm.

Johannes stellte seinen Mantelkragen hoch und sah dabei zum Sternenhimmel hinauf. Behutsam nahm er Elkes Hand und hielt sie für einen Augenblick fest.

»Ich habe mich sehr gefreut, Sie wiederzusehen, Elke – wirklich!« Er zögerte, ehe er weitersprach: »Darf ich mal wiederkommen?«

Es klang sehr leise.

»Aber es ist doch Ihr Haus«, sagte sie verwundert.

Johannes stieg die Stufen hinab und durchquerte den kleinen Garten. Er hob noch einmal grüßend die Hand, dann war er im Hohlweg verschwunden.

11. Kapitel

Wenn Elke jetzt Cordula suchte, wusste sie gleich, dass sie sie bei Katrin finden würde. Die beiden kleinen Mädchen waren sehr viel zusammen. Cordula hatte gelernt, nicht zu wilde Spiele zu spielen. Katrin konnte ja nicht mitmachen. So war diese Freundschaft sogar noch sehr nützlich, da wurde die kleine, wilde Hummel ein wenig sanfter.

Johannes hatte sich bisher nicht wieder blicken lassen. Elke fühlte sich verwundet. So brüsk brauchte er sie nicht zu schneiden. Auch seine Mutter hatte sich von jenem Sonntag so viel versprochen. Aber Elke kam nicht mehr, und auch ihr Sohn sprach nicht mehr davon.

Der Schnee schmolz dahin, und die ersten Frühlingsblumen streckten ihre Köpfe aus der Erde. Johannes war seit jenem Sonntag sehr unruhig geworden. Mit niemandem sprach er darüber. Jetzt im Winter war er ans Haus gefesselt. Seine Ruhe und Sicherheit waren verflogen; er konnte nicht lange auf einem Fleck bleiben. Doch er verbarg es vor den anderen.

Stundenlang streifte er nun durch den Hochwald und stieg den Grünsteig hinauf. Aber immer wieder suchte er die Nähe des Mädchens. Doch wenn er Elke dann sah, blieb er in der Ferne stehen, versteckt hinter einer Tanne, und wagte sich nicht näher. Alles war in ihm in Aufruhr. Er verstand sich selbst nicht mehr – bis er eines Tages wusste, was es war. Er liebte Elke, er liebte sie seit jener Begegnung im Wald damals, als seine Frau noch gelebt hatte. Aber er wehrte sich mit aller Macht gegen diese Liebe. Nein, und nochmals nein. Man würde ihm wieder wehtun, und das wollte er auf jeden Fall vermeiden. Er hatte seinen Frieden wiedergefunden, und nichts auf der Welt durfte ihn zerstören.

Die Mutter sah ihn mit ihren großen, fragenden Augen an. Sie wusste, sie durfte ihn nicht drängen. Auf die richtige Spur hatte sie ihn gesetzt, alles andere musste er nun machen. Aber er schwieg sich aus. So waren sie, die Leute in den Bergen. Sie richteten lieber sich selbst zugrunde, als dass sie sich mal jemandem anvertrauten. So war es immer und würde auch immer bleiben.

Es war Abend. Elke lief durch den Garten. Cordula entwischte ihr immer wieder. Sie war einfach schrecklich. Immer wenn sie rief, huschte sie weg und lachte wie ein Kobold hinter ihr her.

»Fang mich doch, fang mich doch!«

»Warte nur, ich werde dich bestrafen! Komm jetzt, Cordula, ich habe keine Zeit mehr. Hörst du?«

Plötzlich war ein dunkler Schatten vor ihr. Elke sah auf und entdeckte Johannes. Verwirrt strich sie sich das Haar aus dem Gesicht und lächelte.

»Soll ich mithelfen? Vielleicht fangen wir sie dann!«

»Ach, danke – aber ich muss sie, glaube ich, strenger erziehen. Sie hört nicht, wenn man sie ruft.«

»So«, lächelte er. »Haben Sie das früher immer getan?«

Sie gab das Lächeln zurück und schritt an seiner Seite. Das Kind war zu den Gewächshäusern gelaufen. Die Dörfler nannten es eine Grille. Sie waren sprachlos, als Johannes sie damals errichten ließ. So etwas hatte es in den Bergen noch nie gegeben. Rein narrisch war der Weitgasser. Würde schon merken, wenn erst mal die Stürme alles Glas einschlugen. Doch das Glashaus lag in einer Mulde. Dazu wurde es noch von hohen Tannen geschützt. Er baute Gemüse für die Küche selber an. Aber am meisten liebte er seine Rosen und das winzige Tropenhaus, wie er sein Hobby nannte.

Nun schloss er das Gewächshaus auf und ließ Elke eintreten. Vergessen war für einen Augenblick das Kind. Sie sah nur die Blütenpracht. Bis zum hohen Dach hin rankten die seltenen Gewächse und Blumen. Es mutete schon seltsam an. Draußen war es noch ziemlich kühl, auf den Bergspitzen lag noch Schnee, und hier schien schon Sommer zu sein.

Der Mann schritt neben ihr, erklärte ihr die fremden Pflanzen und nannte sie mit ihren lateinischen Namen. Elke war wie benommen. Das hatte sie gar nicht gewusst. Johannes steckte voller Geheimnisse. Immer wenn man glaubte, ihn jetzt zu kennen, entdeckte sie eine neue Seite an ihm.

Plötzlich wandte der Mann sich nach seiner stummen Begleiterin um.

»Sicher langweile ich Sie zu Tode, und Sie sagen gar nichts. Das tut mir leid, da schleppe ich Sie hierher und rede und rede – verzeihen Sie mir!«

»Aber nein, wissen Sie, ich finde es wundervoll. Man fühlt sich hier wie verzaubert. Es ist sehr schön hier, wie in einem griechischen Tempel kommt mir das alles hier vor. Darf ich mal wiederkommen und einige der seltenen Pflanzen und Blumen zeichnen?«

Seine Augen leuchteten auf. Stumm verbeugte er sich vor ihr.

»Sie müssen es mich rechtzeitig wissen lassen, denn nur ich habe den Schlüssel für das Gewächshaus.«

»Danke – vielleicht werde ich einiges für meine Muster verwenden!«

»Sie wollen mit meinem Hobby Geld machen?«

Es klang ein wenig spröde.

»Wovon sollen wir denn leben?«

»Entschuldigen Sie, ich glaube, ich bin sehr unhöflich. Ich bin den Umgang mit Damen nicht mehr gewohnt!«

Nun war Elke verwirrt. Wie meinte er das?

Johannes war langsam weitergegangen und lehnte sich nun an. Er sah das Mädchen vor sich zwischen dem satten Grün der Tropenpflanzen. Sein Herz schlug schnell und wild.

»Elke, hat meine Mutter eigentlich damals mit Ihnen gesprochen, sagen Sie es mir ganz ehrlich?!«

Jetzt war der Augenblick gekommen. Sie hob den Blick zu ihm auf und schaute ihn voll an. Sie sah seine gütigen, etwas traurigen Augen und hatte das Verlangen, einmal über sein Haar zu streichen. Er war so seltsam, so verschlossen, schien irgendwie verzweifelt zu sein.

»Ja«, sagte sie schlicht.

Johannes atmete schneller. Seine Hände verkrampften sich auf dem Rücken.

»Elke, würden Sie mich heiraten?«

Sie hatte sich eine Liebeserklärung ganz anders vorgestellt, romantischer. Der Ort war wohl danach, aber der Mann stand so weit entfernt, und sein Gesicht war so bitter ernst.

In diesem Augenblick fühlte sie sich hilflos wie ein kleines Kind. Die warme, feuchte Luft bedrückte sie plötzlich. Sie atmete schneller.

»Johannes, würdest du es denn gern wollen?«

Zum ersten Male hatte sie wieder das vertraute Du benutzt. Er hatte es sehr wohl verstanden.

»Ja, Elke!«

»Dann will ich auch!«

Mit zwei schnellen Schritten war er bei ihr, nahm ihre Hände und küsste sie.

»Ich danke dir, Elke, ich danke dir von Herzen!«

Dann wandte er sich um und eilte davon.

»Johannes«, rief sie leise. Aber er hörte sie nicht mehr.

Verwirrt strich sie sich das Haar aus dem Gesicht. Ihre Wangen glühten. Was hatte das alles zu bedeuten?

Langsam verließ sie auch das Haus, drehte den Schlüssel um und zog ihn ab. Von dem Mann war nirgends eine Spur zu sehen. Sie blickte hinauf zu den Bergen. Plötzlich hatte sie das Gefühl, als würde sie von diesen erdrückt, als gäben sie ihr nicht genug Raum, um zu atmen.

War sie nun verlobt oder nicht?

12. Kapitel

Zwei Tage später erschien Johannes bei ihr. Es war spät, und das Kind schlief schon lange. Elke saß mit einem Buch vor dem Kamin, als es leise klopfte. Schnell sprang sie auf und öffnete die Tür. Im matten Schein der Lampe erkannte sie Johannes.

»Darf man zu so später Stunde noch stören?«

»Komm nur herein. Ich habe nicht gearbeitet. Ich war heute faul.«

Johannes trat über die Schwelle und wandte sich gleich nach Elke um. Sein Kopf war geneigt. Leise und dunkel klang seine Stimme.

»Ich glaube ich habe mich vorgestern sehr tölpelhaft benommen. Du musst mir verzeihen, Elke, ich wollte dich nicht verletzen. Aber ich...« Dann brach er ab und schwieg.

Sie standen sich gegenüber. Elke wusste nicht, was sie sagen sollte. Automatisch setzten sie sich vor das Feuer.

»Ich muss Holz holen«, sagte sie leise.

Irgendetwas musste sie jetzt tun, sonst würde das Schweigen qualvoll werden.

Johannes sprang auf.

»Lass mich das machen, Elke!«

Er lief aus dem Jägerhäuschen in den Schuppen, der dahinter lag. Dann füllte er den Korb und ging ins Haus zurück. Dankbar, etwas tun zu dürfen, schichtete er Scheit auf Scheit auf das Feuer. Hell stiegen die Flammen auf.

Dann schwiegen sie wieder lange Zeit. Auf einmal besann sich Elke, stand auf und reichte ihm den Schlüssel.

»Du hast ihn vergessen.«

»Danke, Elke!«

Er sah auf und lächelte sie an. Dann reichte er ihr ein kleines, flaches Päckchen. Als sie es öffnete, erblickte sie darin ein wundervolles goldenes Armband. Sie wusste, es gehörte zum Brautschmuck, wenn einer in Tracht heiraten wollte. – Alte Familien besaßen sehr wertvollen Schmuck. Und dieser war sehr alt.

Bestürzt sah sie auf. »Aber das kann ich doch nicht annehmen!«

»Es ist mein Verlobungsgeschenk.«

»O nein«, sagte sie immer noch verwirrt.

»Nein? Ich denke, du willst mich heiraten, Elke!«

»Ja, Johannes!«

Sie fühlte sich plötzlich sehr elend. Es war so seltsam, so eigenartig. Er sprach nicht von Liebe, fragte nicht, ob sie ihn liebte. Johannes redete nur von der Heirat. Warum wollte er sie heiraten? Um eine Hausfrau zu haben? Aber sein Herz durfte sie nicht erringen? Darin wohnte wohl noch immer Viola. Sie war ja auch außerordentlich schön.

Elke schluckte und sah traurig aus dem Fenster.

Johannes hatte ihr Mienenspiel sehr wohl gesehen, es aber anders gedeutet. Resigniert senkte er den Kopf. Was erwartete sie von ihm? Warum war sie einverstanden? Um des Geldes willen? Auch sie war so eingestellt? Und er war dazu verurteilt, sie zu lieben. Das machte alles noch viel schlimmer. Die Mutter hatte gesagt, von Liebe sollte keine Rede sein.

Er stand auf und stellte sich an das kleine Fenster. Eine kleine Weile stand er da und überlegte, um die richtigen Worte zu finden.

»Du musst ein wenig Geduld mit mir haben Elke, ich weiß, ich bin ein komischer Kauz geworden. Aber ich verspreche, dir ein guter Mann zu sein. Wir wollen heiraten – bald! Cordula nehmen wir natürlich mit zu uns. Sie gehört mit dazu. Dann sind wir eine richtige, kleine Familie!«

Das Mädchen fühlte sich zutiefst verletzt und gedemütigt. Sie bereute schon, ihr Jawort gegeben zu haben. Aber nun konnte sie nicht mehr zurück.

Still blieb sie vor dem Feuer sitzen. Was würde die Zukunft bringen? Würde er Viola je vergessen können? Wie würde ihre Ehe mit Johannes Weitgasser werden? Ein Leben miteinander oder nebeneinander?

Johannes drehte sich um. Sehnsucht war in seinem Blick. Er liebte Elke sehr. So hatte er Viola nie geliebt. Das musste wohl die echte, große Liebe sein. Doch er durfte es nicht zeigen, sonst würde Elke auch mit ihm spielen, ihn beherrschen. Verflucht sei das Geld. Warum war er reich? Alle dachten nur an sein Geld, niemals an ihn!

Die Sehnsucht wurde stark und übermächtig in ihm. Am liebsten wäre er zu Elke gegangen und hätte sie in seine Arme genommen, um sie nie mehr loszulassen. Doch von alledem geschah nichts.

»Ich muss jetzt wohl gehen!«, sagte er stattdessen.

Elke stand auf und begleitete ihn zur Tür. Er machte keine Anstalten, sie zu küssen. Ihre Hand nahm er, drückte sie leicht und küsste sie, dann ließ er sie wieder los.

»Gute Nacht, Elke!«

Sie sah die hohe schlanke Gestalt verschwinden. Als sie das Zimmer betrat, schwammen ihre Augen in Tränen. Da hatte sie nun gedacht, sie würde glücklich werden, aber das sah im Augenblick nicht danach aus.

13. Kapitel

Unter dem abweisenden und zurückhaltenden Wesen Johannes litt Elke sehr. Sie fühlte sich gedemütigt und bis ins Herz getroffen. Johannes sprach zwar mit ihr, aber er suchte nicht ihre Nähe. Oft sah sie ihn tagelang nicht, und alles kam ihr so unwirklich vor. Sie hatte das Lachen verlernt. Nur wenn sie mit den Kindern sprach, verbarg sie ihren Kummer.

Frau Weitgasser war froh, dass es endlich so gekommen war. Gleich nach der Hochzeit wollte sie wieder in ein Bad reisen. Cordula und Katrin freuten sich, dass sie bald immer zusammen sein durften.

Und morgen also würde ein Fest stattfinden. Diesmal waren alle Nachbarn eingeladen. Morgen sollte Hochzeit gefeiert werden. Die Dorfkirche prangte im herrlichsten Blumenschmuck.

Elke ging langsam durch den Hohlweg und erreichte so das Jägerhäuschen. Es war nicht verschlossen, und sie schob die Tür auf. Alles hatte man ausgeräumt. Kahl und leer waren die Wände und Zimmer. Nur ein alter Stuhl stand noch im Raum. Das Feuer im Herd war erloschen, die kleinen Fensterscheiben blind. Hier war sie mit Cordula so glücklich. Würde sie es auch drüben sein? Pracht und Reichtum konnten sie nicht blenden. Auf das Menschliche kam es ihr an.

Wenn man doch in die Zukunft blicken könnte!

Elke seufzte laut, während sie sich auf den Stuhl setzte. Aber Johannes musste sie doch lieben! Aus welchem Grund wollte er sie denn sonst heiraten? Es gab so viele Mädchen im Dorf, die ihn gern sahen. Ob sein Herz immer noch an der ersten Frau hing? Sie hatte einen schweren Weg zu gehen, das wusste sie. Mit Liebe und Geduld wollte sie für ihn immer sorgen. Sie hatte ihn ja schon immer geliebt – und morgen würde sie seine Frau werden. Wenn sie daran dachte, befiel sie ein leichtes Zittern.

Ein Geräusch an der Tür schreckte sie auf. Sie wandte sich um und entdeckte eine hohe Gestalt.

»Ich wusste nicht, dass du hier bist, sonst hätte ich dich nicht gestört. Nur nach dem Rechten sehen wollte ich«, sagte er. Schon wollte er sich wieder entfernen.

»Du störst nicht, Johannes.«

Sie stand hastig auf und klopfte sich den Staub vom Rock und folgte Johannes ins Freie. Dann schloss sie die Tür hinter sich zu. Sie konnte ja jederzeit hierhin zurückkommen. Zu viele Erinnerungen hingen an diesem Häuschen, die sie nicht vergessen konnte und auch nicht vergessen wollte.

Stumm ging der Mann an ihrer Seite weiter. Sein Herz schmerzte vor Verlangen. Dass man eine Frau so lieben konnte...

Immer wieder floh er vor ihr in die Berge. Früher hatte er immer ein wenig Trost gefunden. Aber jetzt? Es wurde nur noch viel schlimmer. Er hatte Angst vor dieser übermächtigen Liebe. Sie erdrückte ihn fast. Manchmal hatte er Angst, sie könnte seine Liebe zu ihr in seinen Augen erkennen.

Morgen würde sie seine Frau werden, und dann konnte das große Glück beginnen. Aber er musste behutsam vorgehen, er durfte sie nicht erschrecken. Warum war sie so kühl und stumm? Er hörte sie oft mit den Kindern lachen und scherzen. Warum tat sie es nicht, wenn er bei ihr war? Bereute sie schon? Ach, sein Herz war plötzlich so schwer. Da zergrübelte er sich seinen Kopf, wo doch alles so schön sein konnte.

Der Schatten des Grünsteins fiel über den Weg. Im Haus war schon alles festlich geschmückt. Sie nahmen ein einfaches Mahl zu sich und begaben sich dann früh zur Ruhe.

Elke stieg die geschnitzte Treppe hinauf; sie wollte noch einmal nach den Kindern sehen. Sie war den Tränen nahe. Er hatte sie nicht mal geküsst, nicht gefragt, ob sie ihn auch liebe. Was war das bloß für ein merkwürdiges Benehmen?

»O mein Gott!«, stammelte sie leise vor sich hin.

14. Kapitel

Hell und klar stieg die Sonne hinter den Bergen auf. Die Frühlingsblumen öffneten ihre Kelche und streckten sich der warmen Sonne entgegen.

Im Haus summte es wie in einem Bienenstock. Aus dem Dorf waren viele helfende Hände angestellt worden. Es sollte ein großes Fest werden. Viele Jahre war es nun schon her, da der Weitgasserhof zum Fest lud.

Elke stand in ihrem Zimmer und ließ sich von Maria beim Ankleiden helfen. Sie hatte sich für ein kostbares Dirndl entschieden. Das Muster hatte sie selbst entworfen. Außer dem Armband hatte ihr Frau Weitgasser gestern den übrigen Schmuck gegeben. Nun legte sie die Kette an. Sie sah so zart aus wie ein ganz junges Mädchen, und dabei war sie schon mehr als dreißig Jahre alt.

Elke vergaß für einen Augenblick ihren Kummer. Für Schönheit war sie genauso empfänglich wie andere junge Frauen. Wie die blutroten Steine glitzerten. Es war so wunderschön, dass sie es fast als einen schönen Traum empfand.

»Sie werden die Schönste sein«, sagte Maria bewundernd und zupfte noch einmal den schweren Brokat zurecht.

»Ist die Braut nicht immer diejenige, die im Mittelpunkt des Festes steht?«, gab sie lachend zurück.

»Ja, aber Sie schauen halt wie ein Engel aus.«

»Aber Viola war doch noch viel schöner«, sagte Elke und wandte sich nach dem Mädchen um. Was würde diese jetzt wohl antworten? Elke wartete gespannt.

Maria beugte sich hastig nieder und legte eine Falte an dem weiten Rock richtig. Sie murmelte etwas vor sich hin. Elke konnte sie nicht verstehen. Seltsam, immer wenn sie den Namen Viola aussprach, verstummte man. Warum? Lehnte man sie als zukünftige Herrin ab? Wollte man damit zu verstehen geben, dass man die andere nicht vergessen konnte, dass sie ihren Platz viel besser ausgefüllt hatte? Oder gab es ein Geheimnis um die Tote, welches sie nicht kannte?

Elke nahm schweigend das Rosenbukett auf und verließ das Zimmer. Unten in der Halle standen die Gäste. Elke war verwirrt. Langsam stieg sie die Stufen hinab, und plötzlich hatte man sie entdeckt. Alle blickten ihr entgegen. Dann bemerkte sie auch Johannes. Als er sie kommen sah, löste er sich von der Gruppe und schritt zur Treppe. Er streckte die rechte Hand aus und half ihr, die letzten Stufen hinabzusteigen.

Sie fühlte seinen Händedruck, und ihre Knie wurden weich. Ein seltsamer Glanz stand in seinen Augen. Sie lächelte verwirrt.

»Du siehst wunderschön aus, Elke«, flüsterte er.

Sie hob den Kopf und blickte ihn an. Etwas erwidern wollte sie, aber dann wurden sie schon von den Gästen umringt. Und man musste sich für den Kirchgang fertig machen. Johannes hatte angeordnet, dass alle mit Kutschen zur Kirche gebracht wurden. Es war ein wunderschönes Bild.

Neben der Großmutter saßen die beiden kleinen Mädchen. Cordula riss die Augen auf, als sie Elke erblickte. So fremd kam ihr die Tante auf einmal vor.

Katrin lächelte und hielt sich krampfhaft an den Polstern fest. Zum ersten Male saß sie in einer Kutsche. Der Rollstuhl stand verlassen in der Halle. Stephan würde sie in die Kirche tragen und später wieder zurück. Er hatte starke Arme und mochte das kleine, kranke Mädchen sehr gut leiden.

Sie fuhren den Weg zum Dorf hinunter. An dem Jägerhäuschen ging es vorbei, und Elke wie Cordula blickten mit einem bisschen Wehmut dem Häuschen nach.

Von Weitem hörten sie schon die Glocken läuten. Johannes saß an Elkes Seite. Er sah froh und gelöst aus. Und sie fühlte, wie ihr Herz erbebte. Vielleicht wurde doch noch alles gut!

Die Glocken dröhnten, dass man kaum sein Wort verstehen konnte. Alle Dorfbewohner standen vor der Kirche, als die Kutschen vorfuhren. Johannes sprang ab und half Elke beim

Aussteigen. Mit dem langen Kleid war das eine nicht einfache Sache. Sie schaute ihm in die Augen und lächelte.

Und dann begann die Messe. Wie im Traum zog alles an Elke vorüber. Sie konnte nur lächeln und sah den Widerschein auf seinem Gesicht.

Der Pfarrer hielt eine Ansprache, und dann wurden die Ringe getauscht.

Ihre Augen sahen Johannes, nur ihn! Und da beugte er sich hinab und streifte ihre Wange mit einem Kuss. Stumm sahen sie sich an.

Orgelklänge brausten auf. Golden flutete das Sonnenlicht durch das weit geöffnete Portal. Elke schritt an Johannes Arm aus der Kirche. Man jubelte ihnen zu und streute Blumen. Elke lächelte. Sie war sehr glücklich.

Cordula drängte sich durch die Menge. Sie musste ihre Ellenbogen zu Hilfe nehmen, um überhaupt durchzukommen. Aber schließlich hatte sie es geschafft.

»Elke, Elke, so warte doch auf mich!«

Die junge Frau drehte sich lachend um. Im Spitzenkleid, die Haarschleife schief auf dem Kopf, puterrot im Gesicht, so kam Cordula angekeucht. Elke beugte sich zu ihr hinab und nahm sie in die Arme.

»Ich möchte dir doch auch ein paar Blumen schenken, hab' sie gestern gepflückt.«

Damit drückte Cordula der verdutzten Tante einen kleinen, schon reichlich verwelkten Wiesenblumenstrauß in die Hand. Doch Elke wusste diese Gabe zu schätzen.

»Ich danke dir, mein Liebes!« Sie war ganz gerührt.

»Bist du jetzt meine Mutter?«

»Möchtest du das, Cordula?«

»O ja!«

Die junge Frau drückte das Kind an sich.

»Katrin sagte, wenn du ihren Vater heiratest, dann seid ihr Mann und Frau. Dann könnt ihr ja auch genauso gut unsere Eltern sein. Oder geht das nicht?«

»Natürlich, wenn du und Katrin es möchten, will ich gern eure Mutti sein.«

»Ach, das muss ich gleich weitersagen.«

Cordula jubelte und hüpfte von einem Bein aufs andere.

»Du, gibt es heute Mittag auch ganz bestimmt Eis? Onkel Tobias hat es mir gestern verraten.«

Elke lachte hell auf. Eltern zu haben war gewiss schön, aber auch aufregender und weitaus wichtiger war doch wohl das Eis! Wenn sie so an ihre Kindheit dachte, da war das Eis immer etwas ganz Besonderes gewesen.

Man mahnte zum Aufbruch. Sie stiegen alle in die Kutschen und fuhren zum Weitgasserhof zurück. Elke winkte Katrin zu. Die Kleine winkte lächelnd zurück.

Johannes saß an Elkes Seite. Plötzlich wandte er sich ihr zu und lächelte sie an.

»Ich danke dir, dass du meine Frau geworden bist«, sagte er leise.

Sie hielten sich bei den Händen.

Die Tafel war festlich geschmückt. Lachen und Gemurmel vieler Stimmen war zu hören. Alle unterhielten sich lebhaft. Die beiden kleinen Mädchen hatten blanke Augen. Cordula flitzte ständig durch die Menge und hatte Angst, etwas zu verpassen. So eine Hochzeit, noch dazu die von der eigenen Tante, war doch etwas Aufregendes.

Elke ging später lächelnd durch die Räume, wechselte hier und da einige Worte. Endlich hatte sie ein ruhiges Plätzchen im Wohnzimmer ergattert. Vor dem Kamin fand sie Frau Charlotte. Als sie ihre Schwiegertochter kommen sah, winkte sie ihr zu.

»Meine alten Füße wollen nicht mehr so, wie ich es gern möchte. Ja, ja, man wird leider alt. So sehr man sich auch dagegen wehrt.«

»Du bist doch noch nicht alt«, sagte Elke herzlich.

»Doch, mein Kind, ich habe das Reißen in den Knochen. Aber glaube mir, das macht mir nichts aus. Ich habe ein erfülltes Leben hinter mir. Und ich sitze sehr gern im stillen Winkel und betrachte den Trubel. Ich bin ja so glücklich, dass Johannes dich hat.«

Elke sah sie an. Charlotte dachte sekundenlang an vergangene Zeiten zurück. Schon einmal hatte die Braut ihres Sohnes hier gesessen...

»Ich danke dir, Elke, dass du mir nicht böse bist, weil ich bald abreise. Aber wenn ich daran denke, dass ich dir dadurch die Hochzeitsreise verscherzt habe!«

»Sprich doch nicht so! Gern bleibe ich hier, wirklich. Ich möchte gar nicht fortfahren. Hier ist es ja so schön. Andere Leute fahren extra hierher, um Urlaub zu machen, und ich sehe die Berge jeden Tag. Außerdem muss ich mich doch um die Kinder kümmern. Im Frühjahr ist so viel zu tun. Du weißt es doch selbst. Die Pferde...“

»Ja, Elke, wenn du das so siehst, dann gehe ich gern.«

Sie schwieg einen Augenblick.

»Hoffentlich findet ihr das wahre Glück«, sagte sie behutsam. »Du, und Johannes, ihr habt beide viel davon verdient. Und habe ein wenig Nachsicht mit meinem Sohn, Elke!«

Die junge Frau nickte, obwohl sie die alte Dame nicht ganz verstand. Mittlerweile war der Abend angebrochen. Charlotte Weitgasser erhob sich mühsam. Sie stützte sich auf die Krücke und ging langsam durch den Raum.

»Würdest du mir wohl einen Augenblick folgen? Ich möchte dir etwas zeigen!«

Elke erhob sich sogleich und ging mit ihr. In der Tür sah sie Johannes stehen. Doch die Mutter strebte zur Halle, und dann stieg sie mühsam die Treppen hinauf.

»Das Haus kennst du ja schon. Maria wird ja hierbleiben. Du kannst sie fragen, sie weiß alles.«

»Ja, Mutter, ich werde wohl langsam in alles hineinwachsen, obwohl ich ein wenig Angst habe. Dieser große, schöne Hof. Ob ich wohl alles richtig machen werde?«

»Du wirst es schon schaffen, Elke, bestimmt. Ich war auch einmal so jung wie du und hatte die gleichen Empfindungen an meinem Hochzeitstag.«

Dann hatten sie das obere Stockwerk erreicht.

»Ich möchte dir dein zukünftiges Schlafzimmer zeigen. Wenn du einen eigenen kleinen Wohnraum wünschst, dann musst du ihn dir einrichten. Glaube mir, eine Frau braucht das. Wir haben ja Platz genug. Und bestimmt willst du auch hin und wieder deinem Hobby nachgehen, und zum Malen brauchst du ja schließlich Platz.«

Elke schwieg beklommen. Was sollte sie darauf antworten. Bis jetzt war sie nur immer als Gast in diesem Haus gewesen. Aber nun gehörte es ihr. Wie viele Frauen mochten hier schon an der Treppe gestanden haben? Ängstlich, glücklich, oder auch traurig. Unten in der Halle hingen die Bilder der Vorfahren. Es waren eine ganze Reihe.

Was wusste sie denn schon? Nichts! Auch nicht, dass Johannes, gleich nach dem Tode seiner Frau, Violas Zimmer hatte ausräumen lassen. Nichts sollte mehr an sie erinnern. Er glaubte so, sie mit der Zeit vergessen zu können.

In Violas Zimmer wohnte nun Cordula, aber auch das wusste Elke nicht. Nein, sie wusste nichts! Hätte sie sich nicht eingehender erkundigen sollen? Aber immer, wenn sie die andere Frau erwähnte, schwieg man beharrlich. Was verschwieg man ihr, alles war so merkwürdig.

Elke war plötzlich ganz verzagt, und für einen Augenblick wünschte sie ihren Vater herbei. Er war ihr immer Stütze gewesen, in allen Lebenslagen, bis zum letzten Augenblick.

Charlotte öffnete eine geschnitzte Tür und betrat den Raum. Wertvoll bemalte Bauernmöbel standen da, Teppiche lagen auf dem hellen Fußboden. Ein Zimmer, von dem man nur träumen konnte. Und der Blick war auf die Berge gerichtet.

Elke hatte noch nie ein so schönes Zuhause gehabt. Aber im gleichen Augenblick, als sie über die Schwelle trat, stellte sie fest, dass es nicht ihr gemeinsames Zimmer war. Wo mochte Johannes schlafen? War das denn üblich, dass Eheleute kein gemeinsames Schlafzimmer hatten?

Beklemmung legte sich auf ihre Brust. Sie dachte an die innige Zweisamkeit ihrer Eltern. Sich gemeinsam zurückzuziehen in die Stille der Nacht, das waren doch die wirklichen Augenblicke im Leben. Dann erst kam man sich näher, plauderte miteinander, lachte, suchte Geborgenheit, Rat und Liebe. So hatte sie sich ihr gemeinsames Leben mit Johannes vorgestellt.

»Ich hoffe, dir gefällt dieser Raum! Ich habe angeordnet, wie er eingerichtet werden soll. So etwas darf man den Männern nicht überlassen.«

»Danke«, stieß Elke hervor. Sie fühlte sich elend und hätte gern einen Augenblick allein verbracht.

Ihre Sachen hatte man auch schon aus dem anderen Zimmer heraufgebracht. Sie sah ihre Schuhe und Kleider im Schrank. Musste sie für so viel Liebe und Fürsorge nicht dankbar sein? Aber sie hatte sich diesen Gang ganz anders vorgestellt. Gemeinsam, Hand in Hand, hatte sie mit Johannes alles entdecken wollen. Sie kam sich ziemlich verlassen vor, trotz der Fürsorge der alten Dame.

»Du entschuldigst mich wohl, mein Kind. Ich gehe nicht mehr hinunter. Man wird mich auch nicht vermissen. Geh nur, dies ist dein Tag. Ich brauche meine Ruhe.«

»Soll ich noch etwas für dich tun?«

»Nein, Elke. Denke daran, jetzt bist du die Herrin hier. Und du wirst das Geschlecht fortsetzen.«

Elke lächelte wehmütig, dann wandte sie sich ab und ging Sekunden später nachdenklich die Treppe hinunter. Was würde ihr diese Nacht bringen?

Mitternacht war schon lange vorüber. Langsam verzogen sich die letzten Gäste. Elke fühlte sich zum Umfallen müde. Kaum konnte sie sich noch auf den Beinen halten. Und Kopfschmerzen hatte sie auch. Plötzlich stand Johannes an ihrer Seite. Er musste wohl gesehen haben, wie es um sie stand. Sie lächelte ihn zaghaft an.

»Es geht gleich schon wieder!«

»Nein, du solltest dich nicht überanstrengen. Zieh dich ruhig schon zurück. Ich werde die letzten Gäste hinausbegleiten und dich entschuldigen.«

Sie war ihm sehr dankbar für diese Worte. Noch nie hatte sich jemand so um sie gekümmert. Bisher hatte sie alles selbst erledigen müssen. Aber jetzt war Johannes da, jetzt konnte sie ihn für sich handeln lassen.

Die Treppe lag im Halbdunkel. Onkel Tobias kam ihr entgegen. Elke blieb stehen und drückte ihm die Hand.

»Ich hoffe, wir werden gute Freunde.«

Tobias verbeugte sich leicht. Jetzt würde alles anders werden. Alte böse Schatten waren vertrieben. Jahre hindurch hatte er sich viel in der Fremde aufgehalten. Er hatte Viola gehasst. Aber ohne seine geliebten Berge war er nur ein halber Künstler. Und so hatte er immer wieder heimkehren müssen. Aber jetzt brauchte er nicht mehr zu fliehen.

Elke betrat ihr Zimmer. Ein Feuer war im Kamin entfacht worden. Sie fühlte sich auf einmal geborgen und heimisch. Mit einem Seufzer streifte sie die Schuhe von den schmerzenden Füßen und legte das Brautkleid ab. Nachdem sie geduscht hatte, war die Müdigkeit wie verflogen.

Die Stimmen im Erdgeschoss wurden immer leiser und weniger. Elke hörte die Wagen davonfahren. Und dann wurde die schwere Eichentür geschlossen. Nun würden wohl alle Gäste auf dem Heimweg sein. Sie schlüpfte in das große Bett, lag mit offenen Augen da und träumte. Gleich würde Johannes kommen, und dann war alles gut. An seiner Seite, von seiner Liebe umhegt, wollte sie ein ganz neues Leben beginnen. Sie würden es sich gemeinsam aufbauen. Eines Tages würde sie auch eigene Kinder haben, denn sie liebte Kinder über alles. Gleich mehrere Kinder sollten es sein, je mehr Freude würde sie haben.

Sie hörte seinen Schritt auf der Treppe, und ihr Herz klopfte schnell und unruhig. Doch die Schritte gingen vorbei, und dann herrschte wieder Stille. Die junge Frau lauschte, sie hörte den harten Schlag ihres Herzens. Dass man so lieben konnte!

Stunde um Stunde verrann, doch Johannes erschien nicht. Über den Wipfeln zeigten sich schon die ersten Lichter des neuen Morgens. Elke aber lag die ganze Nacht wach und blickte von ihrem Bett aus durch das Fenster.

Stunde um Stunde lag sie so da, und dann stieg eine bittere Erkenntnis wie ein jäher Schmerz in ihr hoch. Doch Elke wollte nicht auf die innere Stimme hören. Aber dann war die brutale Wahrheit da und ließ sich nicht mehr verdrängen.

Elke hatte Tränen in den Augen, als sie durch das Fenster starrte. Was sah sie? Sie wusste es nicht, sie wusste nur eins: dass man sie verschmähte. Johannes kam nicht, und die Tür blieb verschlossen. Und dann rannen ihr die Tränen heiß über die Wangen, und ein lautloses Schluchzen schüttelte sie.

15. Kapitel

Nachdem Johannes die große, eisenbeschlagene Tür hinter dem letzten Gast geschlossen hatte, wandte er sich um. Dann stieg er die Treppe hinauf. Er dachte an seine schöne junge Frau. Sicher würde sie schon auf ihn warten. Er liebte sie, und das Begehren, sie ganz zu besitzen, stieg in ihm hoch. Alles drängte ihn zu dieser Vereinigung. Erst dann war sie seine Frau, mit Leib und Seele. Jahrelang hatte sein Verlangen keine Erfüllung mehr gefunden. Nun brach es hervor. Aber es war nicht nur das, es war die Liebe, die ihn mit Sehnsucht erfüllte. Es war ein so großes Gefühl, wie er es noch nicht gekannt hatte.

Am Ende des Ganges lag sein Zimmer. Johannes kleidete sich aus, duschte und fühlte sich wieder frisch. Stolz und froh war sein Lächeln, als er den Morgenmantel überzog und sein Zimmer verließ.

Elke!

Er schritt über den nachtdunklen Flur, kam auch an Violas ehemaligem Zimmer vorbei. Sein Fuß stockte, er blieb stehen. Hörte er da nicht Gelächter, Schmährufe? Johannes zuckte unwillkürlich zusammen. Nein, er glaubte nicht an Geister, das gab ihm nur seine Einbildung ein.

Viola war tot – aber sie hatte ihm gesagt, sie würde Sieger bleiben, immer!

Schweiß brach ihm aus, er dachte daran, wie oft er bei Viola versagt hatte. Seine Liebe und sein Verlangen waren da gewesen, aber er hatte dennoch versagt, und sie hatte ihn ausgelacht, sich über ihn lustig gemacht, ihn gedemütigt, geschmäht. Die Erinnerung daran machte ihn plötzlich schwach und elend. Niemand hatte ihm je gesagt, dass es Viola war, die ihn zu einem Wrack gemacht hatte.

Was würde sein, wenn er auch in dieser Nacht bei Elke versagte? Johannes hielt sich die Augen zu. Nein, nein, er durfte nicht daran denken. Er liebte sie doch, das Verlangen war da! Sie war doch seine Frau!

Er keuchte. Eine unsinnige Angst kroch in ihm hoch. Auch Elke würde erkennen, dass er gar kein Mann war. Er stöhnte auf und lehnte sich an die Wand. Wieder sah und hörte er alles, was ihn so viele Jahre gequält hatte. Leuchtend rote Haare, spöttisch blickende Augen, und ein verächtliches Lachen.

»Und du willst ein Mann sein, ein Mann? Haha, dass ich nicht lache! Ein Mann? Pah, soll ich mal deinen netten Nachbarn erzählen, was du für ein Versager bist?«

Er glaubte das Lachen von den Wänden zurückprallen zu hören und sah sich mit einem irren Blick um. Dann floh er in sein Zimmer zurück, warf die Tür hinter sich ins Schloss und schleppte sich mit letzter Kraft zum Sessel am Fenster. Sein Atem ging schwer, seine Hände zitterten.

Mit einem Schlag war seine kleine hoffnungsvolle Welt zusammengebrochen. Er hatte Elke aus Liebe geheiratet, um Viola endlich zu vergessen. Aber sie war stärker, auch jetzt noch. Über das Grab hinaus vergiftete sie sein Leben.

Johannes stöhnte wild auf. Im Sessel sitzend verbrachte er die Nacht. Gegen Morgen senkte er demütig das Haupt. Ja, Viola war Siegerin!

16. Kapitel

Als Elke nach dieser qualvollen Nacht das Bett verließ, stand die Sonne schon hoch am Himmel. Ihre goldenen Strahlen malten Kringel auf den Teppich und verzauberten alles. Doch sie hatte keinen Blick dafür; zu schmerzhaft war das Wissen um etwas Hoffnungsloses. Eine kalte Hand schien ihr Herz zu umklammern. Es war zu viel! Sie würde daran zerbrechen.

Hatte sie nicht am Morgen die lachenden Augen Johannes gesehen? Seine Heiterkeit? Seine Freude? Sollte alles nur Täuschung gewesen sein? Elke griff sich an den schmerzenden Kopf. Ein Abgrund tat sich vor ihren Füßen auf. Sie hatte das Gefühl, ganz tief zu stürzen. In diesem Augenblick fühlte sie sich wie eine uralte Frau. Johannes hatte sie nur geheiratet, weil er eine Mutter für sein Kind brauchte. Und sie war darauf hereingefallen. Elke schloss die Augen. Ihr kamen die Tränen. Sie wusste nun nicht mehr ein noch aus. Was sollte denn jetzt werden? Sie musste doch ein fröhliches Gesicht zeigen, schon allein der beiden kleinen Mädchen wegen.

Aber sie konnte nicht immer auf ihrem Zimmer bleiben. Cordula würde sie suchen, und auch Katrin brauchte sie. Um der Kinder willen musste sie dieses Leben, das sie bewusst gewählt hatte, weiterführen.

Als Elke über den Flur ging, hörte sie Kinderlachen. Cordula war bei Katrin und schaute zu, wie Maria sie anzog. Elke lächelte. Sie strich sacht über die Köpfe der Kinder.

»Dürfen wir mit euch frühstücken? Maria sagt, wir sollen hier oben essen! Wir möchten aber so gern mit euch zusammen sein!«

»Aber natürlich kommt ihr mit nach unten. Wir sind doch jetzt eine kleine Familie.«

Maria errötete. »Ich dachte halt, an diesem Morgen, da will man doch allein sein!«

Elke lächelte krampfhaft. Was wusste die gute Maria denn schon? Ohne den Schutz der Kinder mochte sie nicht vor Johannes treten. Sie waren ihr ein Rückhalt, sie würden sie trösten, wenn sie verzweifelte. Es war ein bitterer Weg, den sie heute Morgen gehen musste. Die Pracht des gestrigen Tages war schon verschwunden.

Schon früh am Morgen hatte Johannes sein Pferd gesattelt und war ausgeritten. Nun kam er heim, hungrig und demütig. Er hatte wieder erneut gelernt, dem Leben zu entsagen.

Charlotte Weitgasser saß schon im Frühstückszimmer, als Elke mit den Kindern erschien. Gleich hinter ihr betrat Johannes den Raum. Sie spürte ihn mehr, als dass sie ihn sah. Seltsam scheu begrüßte sie ihre Schwiegermutter, fuhr dann Katrins Rollstuhl zum Tisch und versorgte die Kinder. So brauchte sie nicht aufzusehen und an Johannes das Wort zu richten, obwohl es ihr fast die Luft abdrückte.

Niemand merkte etwas von dieser seltsamen Spannung, schon gar nicht die Mutter. Sie glaubte, die beiden seien glücklich, und war froh, dass Elke sich so des Kindes annahm. Eine andere würde es vielleicht als Last empfunden haben. Gott sei Dank brauchte sie sich darüber auf ihre alten Tage nicht mehr den Kopf zu zerbrechen.

Johannes suchte ihren Blick. Doch Elke sah es nicht. Sie hatte den Kopf geneigt und schaute nicht hoch. Er fühlte die alte Einsamkeit wieder in sich hochsteigen. Darum floh er gleich nach dem Frühstück aus dem Haus.

Wird sich ab jetzt das Leben so gestalten? Dieses stumme Nebeneinander?, fragte sich die junge Frau. Doch kein Laut der Klage kam über ihre Lippen. Lächelnd beschäftigte sie sich mit den Kindern.

17. Kapitel

Der Wind riss an ihren Kleidern. Elke trug ein Kopftuch und stand wie verloren auf dem Bahnsteig. Ein paar Schritte weiter befand sich ihr Mann. Sie hatten die Mutter zum Zug gebracht. Langsam setzte er sich in Bewegung und verschwand in einer Kurve. Elke hob den Arm und winkte, aber Charlotte Weitgasser sah es nicht mehr.

Der kleine Gebirgsbahnhof war leer. Elke wandte sich um und stieg die Stufen hinunter. Johannes folgte ihr zögernd.

Jetzt waren sie erst drei Tage verheiratet, und keiner hatte mit dem anderen ein persönliches Wort gewechselt. Vor der Mutter hatten sie beide ein Schauspiel veranstaltet, jeder unbewusst. Leer und kalt würde das große Haus jetzt sein. Johannes ritt ja fast ständig aus oder ging in die Berge.

Er schloss den Wagen auf und ließ Elke einsteigen. Dabei streifte er sie mit einem wehmütigen Blick. Wenn sie doch bloß sprechen würde! Dieses Schweigen ertrug er nicht. Viola hatte ihn beschimpft, und das war schlimm gewesen. Aber er liebte Elke, was mochte sie von ihm denken? Er hätte viel darum gegeben, dies zu wissen. Zum ersten Mal waren sie allein. Bis jetzt hatte sie sich hinter den Kindern verschanzt.

Elke starrte auf die Straße, und Johannes fuhr langsam an. *Ich muss mit ihm reden*, dachte sie bei sich. *Aber was sollte ich fragen? Sollte sie ihn zur Rede stellen?* Sie fand es so demütigend, um seine Liebe zu betteln.

Als sie in den Hofweg einbogen, kam ihnen Cordula entgegengelaufen.

Johannes hielt an, öffnete die Tür und ließ sie einsteigen. Das Kind kletterte auf Elkes Schoß, lächelte und plauderte vergnügt. Johannes lachte mit, gab ihr kleine Scherz und Kosenamen. Die drei gaben das Bild einer glücklichen Familie ab.

Johannes hatte versprochen, Cordula das Reiten beizubringen, und der kleine Racker hatte das nicht vergessen. Gleich heute sollte nun damit begonnen werden. Johannes versprach es ernsthaft. Als er den Wagen abstellte, marschierte Cordula hinter ihm her und wartete dann in der Halle auf ihn. Er wollte sich nur rasch umziehen. Für einen Augenblick wandte er sich um und schaute seiner Frau nach. Sie ging in den Garten. Sein Herz krampfte sich zusammen, als er die einsame Gestalt zwischen den Bäumen verschwinden sah.

Elke wollte allein sein. Sie hatte jetzt nicht die Kraft, ein fröhliches Gesicht zu zeigen. Gedanken und Empfindungen tobten in ihr. Dort wo die Blautanne stand, blieb sie stehen. Mit tränenblinden Augen sah sie zum Himmel.

Vor einer Woche war sie zufrieden und heiter gewesen, und sie hatte auch noch das Kind um sich gehabt. Aber jetzt war Cordula der Schatten Johannes geworden. Das tat schon weh im Herzen. Sie hatte so gar nichts, an das sie sich hätte klammern können.

So weit war Elke mit ihren Betrachtungen gekommen, als sie plötzlich ein leises Weinen vernahm. Sie hob lauschend den Kopf. Es kam aus der kleinen Rosenlaube. Das Weinen, mehr ein verhaltenes Schluchzen, ging Elke sehr zu Herzen. Wer mochte seinen Kummer beklagen? Vielleicht das neue Hausmädchen aus Italien? Sollte sie nicht lieber fortgehen und die Weinende allein lassen? Aber es war so bitterlich und so klagend, sie konnte einfach nicht anders, sie musste nachsehen, wer es war.

Als Elke um die Ecke sah, erschrak sie zutiefst. Rasch lief sie zum Eingang und war im Nu im Innern.

»Katrin«, sagte sie zärtlich und weich, kniete auf dem Boden nieder und umschlang die Weinende.

»Katrin, meine Liebe!«

Verwirrt hob das Mädchen den Kopf und starrte sie aus übergroßen, verweinten Augen an. Elke strich zärtlich über ihre Schultern und drückte das Kind an sich. Was mochte geschehen sein, dass sie so weinte?

Sie richtete sich auf, hob Katrin aus dem Rollstuhl und setzte sich mit ihr auf die Bank. Sie sagte nichts, streichelte nur immerzu den zuckenden Körper. Für einen Augenblick war das kleine Mädchen wie erstarrt, dann stemmte sie sich von Elke ab und sah sie furchtsam an.

»Was machst du?«, stammelte sie leise, und viele Schluchzer stiegen wieder in ihr hoch.

»Ich streichle dich nur ein wenig, kleine Katrin. Darf ich denn das nicht? Ich möchte dich so gern liebhaben!«

Sie küsste das Kind.

Wieder brach Katrin in Tränen aus. »Mich hat doch noch niemand so lieb gehabt, nicht gestreichelt und so!«

Elke sah über die Haare des Kindes hinweg in den Garten. Katrins Worte gingen ihr zu Herzen.

»Aber deine Mutter wird dich liebgehabt haben, bestimmt, du hast es nur vergessen«, sprach sie leise und tröstend auf das Kind ein.

»Mich hat niemand lieb, ich bin doch nur ein Krüppel.«

»Wer sagt denn so etwas?«

»Mama«, flüsterte das Kind.

Elke konnte es einfach nicht glauben, wollte es einfach nicht glauben. Sie schwieg lange Zeit und hielt das Kind auf ihrem Schoß.

»Warum hast du denn geweint, Katrin?«

»Weil man mich allein gelassen hat, schon so lange, und ich warte hier und fürchte mich, es ist so still und unheimlich hier. Aber es kam und kam keiner.«

»Wer hat dich denn allein gelassen, Katrin?«

»Cordula, sie hat mich hierher gefahren, und wir haben erst fein zusammen gespielt. Ja, das haben wir, und wir hatten sehr viel Spaß, aber dann langweilte sich Cordula. Sie lief um die Laube herum und sagte: Ach, immer so still sitzen, das ist nichts für mich, weißt du. Ich laufe einmal ganz schnell durch den Garten, und dann komme ich wieder. Ja, und dann ist sie gelaufen und nicht wiedergekommen. Und niemand kam, um mich zu holen. Was sollte ich denn machen, mein Rufen hat auch keiner gehört!«

Elke verstand das kleine Mädchen, seine Herzenseinsamkeit musste sehr groß sein. Katrin war immer so still, dass man sie oft übersah. Still und demütig. Und sie durfte Cordula noch nicht mal ausschimpfen, denn sie hatte ja nichts Böses getan. Sie spielte recht gern mit dem Kind, aber sie war ein Brausekopf und sprang am liebsten über alle Hecken und Zäune. Dann hatte sie das Auto gehört und Katrin wahrscheinlich vergessen.

»Warum kann ich nicht so laufen und springen, Elke? Weshalb muss ich immer im Stuhl sitzen und kann nicht so sein wie die anderen Kinder?«

Welche Sehnsucht, welche Trauer und Entsagung lagen in ihrer Stimme. Nicht nur sie, Elke, war verzagt und mutlos. An ihrer Seite war ein kleines Mädchen, das seinen Kummer all die Jahre geschluckt hatte. Es hatte nie das Haus und den Garten verlassen dürfen, nur vor drei Tagen, als sie zur Kirche fuhren, und da hatte Johannes es zuerst auch nicht gewollt.

Ihr empfindsames Herz sprach für das Kind. Sie war nun Herrin über Haus und Hof und auch über dieses Kind hier, das man ihrer Obhut anvertraut hatte. Und sie musste sehen, dass das Leben für Katrin froher und weniger langweilig wurde. Man musste nur ein wenig nachdenken. Irgendetwas würde ihr schon einfallen. So wie die Kleine bisher gelebt hatte, so konnte es jedenfalls nicht weitergehen.

Entschlossen stand sie auf, setzte das Kind in den Rollstuhl und schob ihn über die Wiesen auf das Haus zu. Katrin hatte einen seltsamen Glanz in den Augen. Als sie in der Halle ankamen, lächelte sie schüchtern und sagte zärtlich: »Du bist gut, Elke, ich habe dich sehr lieb!«

Das sagte die Tochter. Und der Vater?

18. Kapitel

Cordula stand oben an der Treppe und schaute in die Halle. Sie lag noch im Dämmerlicht, und es war sehr still im Haus. Alle schliefen noch. Sie war aufgewacht und dann aus dem Bett geschlüpft. Zuerst hatte sie gedacht, sie wohne wieder in dem Jägerhäuschen und hatte zu Elke kriechen wollen. Aber sie lebten nicht mehr dort, und sie hatte ihr eigenes Zimmer, Elke auch. Zuerst hatte sie sich sehr darüber gefreut, doch bald fand sie das gar nicht mehr schön und hatte es auch Elke gesagt. Aber diese hatte nur gelächelt und ihr erklärt, sie sei doch schon ein großes Mädchen. Ja, das war sie – aber trotzdem. Sie schluckte leicht, presste den Körper gegen das glatte Holz und stöhnte.

Warum war sie nur so früh aufgewacht? Da war doch etwas, was nur? Dass man so vergesslich sein konnte, war gar nicht schön, und Elke sagte das auch. Erst kürzlich noch. Da hatte sie Katrin einfach vergessen. Sie hatte sich schrecklich geschämt und gar nicht zu Katrin gehen mögen.

Diese war immer so lieb und still, und sie selbst war ein richtiger Sausewind. In dem langen rosa Nachthemd sah sie wie ein kleiner Engel aus – oder vielleicht auch wie ein kleines lustiges Gespenst.

Ach ja, und dann wusste Cordula auf einmal, warum sie hier stand. Es war ja heute ein ganz wichtiger Tag. Sie lächelte und huschte weiter. Hoffentlich war Maria noch nicht auf; diese würde schimpfen, dass sie hier barfuß über den Flur lief.

Cordula bückte sich und guckte zur Vorsicht erst mal durch das Schlüsselloch. Da sich drinnen nichts regte, öffnete sie vorsichtig die Tür und huschte hinein. Dann drückte sie sie gleich wieder hinter sich zu.

Pitsch, patsch machten die nackten Füße auf dem Boden. Cordula stand vor dem Bett und hatte große runde Augen. Nein, so etwas! Katrin schlief ja noch! Wie konnte man jetzt noch schlafen?

Katrin lag tief in den Kissen und atmete gleichmäßig. Es war ja auch noch sehr früh. Gerade waren die Hähne auf den Mist gestiegen und übten ihr Morgenlied.

»Du«, flüsterte Cordula, »du, Katrin!«

Die Schlafende rührte sich nicht. Das war ja nicht zum Aushalten. Cordula wollte zu anderen Mitteln greifen. Hurtig schlüpfte sie zum Waschtisch, griff nach dem Schwamm, machte ihn nass und kam zurück. Sie wollte nur ein paar Tropfen auf Katrins Nase fallen lassen. Cordula drückte den Schwamm zusammen. Das Wasser ergoss sich allzu reichlich auf das schlafende Kind. Himmel, war Katrin schnell hoch!

»Maria, Maria, es regnet in meinem Zimmer«, schrie sie.

Cordula schleuderte den Schwamm auf den Boden und hielt ihr den Mund zu.

»Bist du verrückt, so zu schreien? Du machst sie ja alle wach!«

Katrin verdrehte die Augen. Sie wunderte sich sehr, als sie Cordula erkannte.

»Warst du das?«

»Ja doch, wenn du so fest schläfst!«

»Das war nicht fein von dir, du hast mich ganz nass gemacht!«

»Ach, Katrin, jetzt fang bloß nicht zu jammern an. Lieber solltest du dich freuen, dass ich dich geweckt habe. Sonst hättest du noch deinen Geburtstag verschlafen!«

»Meinen was?«

»Geburtstag«, wiederholte Cordula lauter.

Katrin legte sich zurück.

»Ach so, den Geburtstag«, sagte sie gelangweilt, »und darum weckst du mich?«

»Du lieber Gott, Katrin, bist du aber langweilig! Freust du dich denn gar nicht, kein bisschen?«

»Nein, warum?«, fragte sie verwundert zurück.

»Auf die Geschenke und den Geburtstagskuchen und die vielen Kerzen.«

»Ich habe noch nie Geschenke und so was zum Geburtstag bekommen. Habe ich denn heute überhaupt Geburtstag?«

Cordula war sprachlos, und das wollte bei ihr schon etwas heißen. Log Katrin auch wirklich nicht? Aber sie hatte so traurige Augen; es musste wohl stimmen.

»Du, sag mal, hat deine Mutti dir nie einen Geburtstagstisch gemacht? Ich meine, du hattest doch eine Mutti, ich habe nur Elke!«

»Nein«, antwortete Katrin.

So ist es auch tatsächlich gewesen. Sie kannte weder Fürsorge noch Liebe und auch keine Überraschungen. Viola hatte an solchen Dingen keinen Spaß gehabt. So hatte sie sich auch darum nie gekümmert. Johannes hatte so viel zu tun und es stets vergessen. Und die Großmutter, die sie hätte verwöhnen können, war immer fort. So kannte das kleine Mädchen keinen Geburtstagstisch und auch keine Geschenke.

Cordula hatte ein mitfühlendes Herz. Sie schlang ungestüm die Arme um Katrin und küsste sie auf die Wange.

»Pass nur auf, Elke wird das schon machen, ganz bestimmt. Bei mir macht sie das doch auch immer. Als wir noch im Jägerhäuschen lebten, hat sie das getan. Und hier tut sie das bestimmt auch. Ich kenne sie, und überhaupt – sie hat mir ja erst gestern erzählt, dass du heute Geburtstag hast, sonst wüsste ich es gar nicht.«

»Meinst du?«, fragte Katrin scheu. Sie war sich immer noch nicht sicher, ob die Freundin auch die Wahrheit sprach.

»Aber natürlich, ganz bestimmt. Und wenn nicht, dann schenke ich dir eben etwas. Aber pass nur auf.«

Cordula konnte es nicht ertragen, dass Katrin so traurige Augen hatte. Aber wenn man nicht laufen und herumtollen konnte, dann war man wohl immer traurig.

Die Tür wurde geöffnet, und Maria kam herein.

»Nein, so was!«, sagte sie erstaunt und blieb mitten im Zimmer stehen.

»Was tust du denn hier, Cordula?«

Katrin rief mit ihrer hohen, hellen Stimme: »Maria, ich habe heute Geburtstag.«

»Ach ja, natürlich!«, sagte Maria freundlich und strich ihr über das Haar. »Dann gratuliere ich dir auch schön.«

Cordula flitzte schnell aus dem Zimmer. Anziehen konnte sie sich schon allein. Sie musste Elke unbedingt an den Geburtstag erinnern.

»Elke, Elke, hast du es auch nicht vergessen, wirklich nicht?« Aufgeregt kam das Kind in ihr Zimmer gelaufen.

»Was soll ich denn nicht vergessen, Cordula?«

»Katrins Geburtstag, sonst ist sie wieder ganz traurig.«

»Ach, du hast geplappert, das finde ich aber gar nicht schön von dir, mein Kind!«

Cordula blieb fassungslos mitten im Zimmer stehen. Das hatte sie tatsächlich vergessen!

»Aber du hast doch daran gedacht?«, fragte sie kleinlaut.

»Geh nur, ich sage nichts. Du hast mir alle Freude verdorben.«

Wie ein geprügelter Hund schlich Cordula davon und gesellte sich zu Katrin. Die Kinder sahen keinerlei Päckchen bei Elke, als diese ihr Zimmer verließ. Sie trug das Kind nach unten und setzte es in seinen Rollstuhl. Johannes kam gerade durch die Haustür und blieb stehen. Damit hatte er nicht gerechnet, die ganze Familie so früh vorzufinden.

»Guten Morgen, Elke«, sagte er leise.

Sie hob den Kopf und sah ihn an. »Guten Morgen, Johannes.«

Dann begaben sich alle in das Frühstückszimmer. Cordula war gar nicht froh heute. Jetzt hatte sie Katrin so viel versprochen, und nun würde diese bestimmt sehr enttäuscht sein. Aber was war denn das? Beide Kinder rieben sich verwirrt die Augen, und auch der Vater blieb verblüfft in der Tür stehen.

So einen schönen Frühstückstisch hatten sie noch nicht gesehen. Er war festlich gedeckt. Acht dicke Kerzen brannten darauf, und Blumen gab es – und so viele Päckchen. In der Ecke stand ein ganz großes Paket.

»Katrin«, jubelte Cordula und fiel Elke um den Hals. Die junge Frau lächelte.

»Was geht denn hier vor?«, fragte Johannes.

»Papa, ich habe doch heute Geburtstag«, erklärte seine kleine Tochter glückstrahlend.

Onkel Tobias lächelte. Er hatte alles besorgt, so wie Elke es ihm aufgetragen hatte. Johannes blieb neben Elke stehen und sah sie eigentümlich an.

»Das werde ich dir nie vergessen«, sagte er rau. »Dass du so gut zu meiner Tochter bist! Ich hätte wieder nicht daran gedacht. Da muss ich mich ja direkt schämen.«

Elke nahm ruhig Platz und entfaltete die Serviette. Dann sah sie ihn an.

»Es ist nicht nur dein Kind, sondern jetzt auch meines. Ich liebe Kinder und weiß, wie verletzlich sie sind. Man muss sie einfach liebhaben, alle!«

Beschämt senkte der Mann den Kopf. Cordula hatte sich inzwischen an dem großen Paket zu schaffen gemacht. Die letzte Hülle fiel, und ein chromblitzender neuer Rollstuhl kam zum Vorschein.

»Ich habe ihn von meinem Geld gekauft. Er ist der modernste Rollstuhl. Man kann ihn zusammenklappen und mit ins Auto nehmen. So kann Katrin jetzt immer mitkommen, wenn Cordula und ich nach Salzburg fahren. Katrin braucht nicht mehr zu Hause bleiben. Sie kann dann alles sehen.«

Johannes war aufgesprungen. »Nein!«, schrie er sie an. »Niemals werde ich das dulden, niemals. Du wirst das Kind nicht von hier fortbringen. Hörst du, dazu bedarf es meiner Einwilligung, und die wirst du nicht bekommen, niemals!«

Elke war zusammengezuckt und starrte ihn an. »Aber – ich verstehe dich nicht. Warum denn nicht?«

»Nein, ich will nicht, dass mein Kind zum Gespött der anderen wird. Das bringe ich nicht über das Herz. Katrin bleibt hier. Sie hat hier alles, was sie braucht. Und sie ist hier glücklich, sehr glücklich sogar. Maria, bring den Rollstuhl fort! Ich will ihn nicht mehr sehen.«

Die Kinder weinten über die laute Stimme des Vaters. Elke war blass geworden. Ihre Hand zitterte leicht. Ein wilder Zorn stieg in ihr hoch, aber sie unterdrückte ihn. Sie gab Maria einen Wink, und diese schob den Rollstuhl aus dem Zimmer. Onkel Tobias machte ein Gesicht, als wollte er etwas sagen. Doch Elke beschwor ihn mit den Augen. Und er schwieg.

Johannes war bleich. Er goss sich hastig den Kaffee ein, trank ihn schnell aus und verließ das Zimmer. Kurze Zeit später sah Elke ihn über die Wiesen laufen. *Er macht es sich einfach*, dachte sie erbittert. Aber sie hatten über diese Sache noch nicht das letzte Wort gesprochen.

Elke hatte große Mühe, die Kinder aufzuheitern. Sie mussten ja auch noch die anderen Geschenke auspacken, die noch auf dem Tisch lagen. Mit so viel Liebe hatte Elke an das kleine gelähmte Mädchen gedacht. Bald spielten sie vergnügt, und das Lachen scholl bis nach draußen. Elke verließ das Zimmer. Erst in der Halle konnte sie mit Onkel Tobias reden.

»Warum ist er so verbohrt? Sieht er denn nicht, dass sein Kind in dieser Einsamkeit verkümmert? Er glaubt, es ist hier glücklich?«

»Ja, Elke. Er will nicht, dass andere Leute Katrins Gebrechen bemerken und sie anstarren. Was glaubst du, wie oft ich ihm vorgeschlagen habe, Katrin mal mitzunehmen.«

»Ich werde um das Kind kämpfen«, sagte sie leise. »Er muss endlich Vernunft annehmen. Ich kann es nicht zulassen, dass man sie hier lebendig begräbt. Nein, und abermals nein!«

Zum Mittagessen erschien Johannes nicht, und auch nicht zum Kaffee. Die Kinder waren für einen Augenblick traurig, doch dann vergaßen sie ihn wieder.

Elke fühlte sich sehr elend. Sie hätte sich am liebsten in irgendeiner Ecke verkrochen. Die Kinder lagen schon lange im Bett. Sie war auf ihr Zimmer geflohen und hatte sich ausgekleidet. Irgendwo im Haus schlug eine Tür. Sie hörte Schritte. Johannes war also aus den Bergen heimgekehrt. Er zog die Hausjoppe an und betrat sein Arbeitszimmer. Dies war sein Reich, und niemand durfte ihn hier stören. Wenn er auch aus dem Hause geflohen war, so hatte er doch keine Sekunde vergessen können. Ruhelos ging er in dem Zimmer auf und ab. Er kam an den Glasschränken vorbei, in denen alte bemalte Teller und Porzellanfiguren aufbewahrt wurden. Schon seit vielen Jahren sammelte er sie. In diesen Tellern war die ganze Geschichte seines Heimatlandes verewigt. In der Mitte des Zimmers stand der Flügel. Wie lange hatte er schon nicht mehr gespielt. Damals hatte er hier vor Viola Zuflucht gesucht. Über dem Spiel hatte er für eine Weile sein Leid vergessen können.

Er setzte sich und hob den Deckel. Alte Weisen stiegen auf und verklangen. Er wusste, was die Dörfler darüber dachten. Das hatte es noch nie gegeben, ein Bergbauer, der Klavier spielte. Er schloss die Augen und spielte. Die Töne beruhigten sein verwundetes Herz. Sie sprachen von Liebe und Sehnsucht, jeder Ton war eine leise Liebkosung.

Als er die Augen wieder öffnete, sah er eine schmale Gestalt vor sich. Er starrte sie an und glaubte an eine Erscheinung.

Dann erkannte er Elke.

Viola hatte ihn immer ausgelacht, hatte sich über ihn lustig gemacht. Ein falscher Ton klang auf. Er brach das Spiel ab, stand auf und ging zum Fenster. Lieber hörte er auf zu spielen, als dass Elke jetzt vielleicht auch über ihn lachen würde.

»Warum spielst du nicht weiter?«

Er schwieg erstaunt. Es schien ihr gefallen zu haben.

Elke ging um den Flügel herum und setzte sich auf den Schemel, den ihr Mann gerade verlassen hatte. Und sie hatte gedacht, Viola sei die Spielerin gewesen. Wie wenig wusste sie doch von ihrem Mann!

An der Stelle, wo er das Lied abgebrochen hatte, begann sie und beendete es. Dann spielte sie andere Melodien. Johannes saß in seinem Sessel und hörte ihr zu. Er hatte plötzlich den übergroßen Wunsch, sie in seine Arme zu schließen und ihr von seiner großen Liebe zu erzählen. Elke brach ab. Sie hielt es für einen günstigen Moment, mit ihrem Mann zu sprechen.

»Johannes, ich muss mit dir reden!«

»Ja, bitte«, sagte er leise.

»Du kannst doch nicht wirklich das meinen, was du heute Morgen gesagt hast!«

Die Härte war aus ihm gewichen. Er hatte sich etwas beruhigt.

»Doch«, erklärte er leise. »Du verstehst das nicht, Elke. Ich lebe schon so lange mit ihr zusammen und du erst so kurze Zeit.«

»Nein«, sagte sie leidenschaftlich, »ich verstehe sie nicht. Ich begreife auch nicht, wenn sie im Garten sitzt und bitterlich weint, weshalb sie das tut. Und ich verstehe es ebenfalls nicht, dass ihre Augen riesengroß werden vor Sehnsucht, wenn ich mit Cordula nach Salzburg fahre. Ich begreife es auch nicht, dass sie immer stiller wird, wenn Cordula aufgeregt von dem spricht, was sie gesehen hat. Wenn ihre Sehnsucht und ihre Einsamkeit immer größer werden, wenn ihr Verlangen ungestillt bleibt. Nein, das alles verstehe ich nicht. Nur du, der du den ganzen Tag auf den Koppeln und Feldern bist und hin und wieder das Kind siehst, ja, du verstehst Katrin vollkommen, ihre kleine, verletzliche Seele, ihr Herz. Sie ist immer einsam und verlassen gewesen. Man hat sie übersehen und nur geduldet. Und du hast das Herz, die kleinen Freuden des Leben, sie sind ja so wenig für das Kind, zu verbieten!«

Johannes starrte Elke an. Jetzt, wo sie alles so leidenschaftlich vor ihm ausschüttete, fühlte und ahnte er die große Verlassenheit seiner Tochter.

»Aber ich will nicht, dass man sie anstarrt. Sie wird darunter leiden – ich will es nicht!«

»Wer soll sie denn anstarren? Die Leute in der Stadt? O nein, das ist es nicht! Soll ich dir mal sagen, was es ist? Du hast sie nicht mitgenommen, weil du dich ihrer schämst. Du schämst dich – ich nicht. Ich werde morgen Katrin und Cordula mitnehmen, und ich werde dafür sorgen, dass sie fröhlicher wird, dass sie oft lachen kann. Erbarmen habe ich mit ihr, und ich will nicht, dass sie hier verkümmert. Johannes, ich werde um sie kämpfen. Du kannst vieles für gut befinden und hier befehlen, aber ich werde nicht zulassen, dass Katrin hier zugrunde geht. Wenn du es mir verbieten willst, sie mitzunehmen, dann werde ich das Haus verlassen. Es würde mir um des Kindes willen leidtun, aber dann kann ich nicht mehr hier leben. Die Kinder sind mein Halt, meine Freude, sie brauchen mich.«

Er fühlte, dass sie ihn damit treffen wollte, für alles ihm heimzahlen. Und sein Mut war so klein in dieser unwirklichen Stunde zwischen Tag und Nacht. Das Zimmer war dunkel. Warum hatte er nicht den Mut, zu bekennen? Weshalb schwieg er?

»Ich glaube, du hast recht«, sagte er langsam. »Tu, was du für richtig hältst. Du kannst sie mitnehmen. Ich habe immer nur das Gute für sie gewollt. Du bist sehr hart, Elke!«

Plötzlich weinte die junge Frau. Er sah es und rührte sich nicht.

»Ich bin nicht hart, Johannes, ich bin es nie gewesen. Aber du hast Katrin heute nicht mal zu ihrem Geburtstag gratuliert! Was bist du doch für ein Vater!«

Das tat weh!

Er stand auf und blieb vor ihr stehen. Plötzlich hob er die Hand und streichelte sacht ihr seidiges Haar.

»Bitte verzeih mir, Elke, ich bin es nicht wert. Ich weiß es – ich habe einen großen Fehler im Leben begangen. Und ich muss dafür büßen. Ich kann dich nur bitten, mir zu verzeihen und zu bleiben, denn wenn du gehst, dann...«

Er brach ab und floh aus dem Zimmer.

19. Kapitel

Johannes stand am Fenster, als Elke mit den Kindern fortfuhr. Er sah das kleine, aufgeregte Gesicht seines Kindes, und es war ihm ganz eigen zumute. So hatte er Katrin noch nie erlebt. Sonst war er immer der wichtigste Mensch für sie gewesen. Nun hatte sie sich Elke angeschlossen. Das tat sehr weh. Nun gab es nichts mehr, auf das er sich freuen konnte, wenn er das Haus betrat.

Elke fuhr mit den Kindern in die Stadt. Katrin war blass vor Aufregung. Sie wollte alles sehen und stellte viele Fragen. Auf dem Parkplatz setzte die junge Frau das Kind in den Rollstuhl. Katrin wagte nicht aufzusehen. Sie hatte schreckliche Angst vor den vielen fremden Menschen.

Cordula hüpfte neben ihnen her, lachte und zeigte Katrin immer etwas Neues. Und so vergaß die kleine Gelähmte ihre Scheu. Sie kauften für sie neue Kleider, und später gingen sie in eine Konditorei. Nein, sie war einfach selig und sonst gar nichts.

Dann waren sie auf dem Heimweg. Im Hohlweg trafen sie auf Johannes. Er kam ihnen entgegen geritten.

»Vater, Vater, schau nur, und sieh doch nur! Oh, Papa, es war so wundervoll in der Stadt!«

Er beugte sich hinab und lächelte das Kind an. Katrins Augen strahlten wie zwei Sterne. Sein Blick suchte Elke.

Onkel Tobias kam mit seiner Staffelei um die Ecke. Sofort wollten die Kinder zu ihm. Johannes stieg ab, band sein Pferd an, und kam zu Elke.

»Ich danke dir«, sagte er weich.

»Das war doch selbstverständlich, Johannes. Wenn man spürt, dass einer leidet, muss man nur den Mut haben, ihm zu helfen!«

»Und wenn ich auch leide?«, fragte er leise. »Hast du dann auch den Mut, mir zu helfen?«

Es war ganz demütig gesprochen. Er schaute sie aber nicht an.

Elke fühlte ihre Knie weich werden. War das der große und zugleich kleine Anfang? Wollte er damit ausdrücken, dass er an einem Kummer litt? Aber sie wusste ja schon lange, dass er seine erste Frau nicht vergessen konnte.

Sie blickte ihn an.

»Den Mut hätte ich schon, Johannes, aber es gibt leider Menschen, die sich nicht helfen lassen wollen, die das Leben schön finden im Leid. Sie geben sich dem ganz hin und sind unnahbar für die anderen. Und so einer bist du, du musst erst mal lernen, frei zu leben, dann brauchst du auch nicht mehr zu leiden!«

»Aber ich kann mich nicht davon lösen – ich kann es nicht«, rief er gequält.

»Du willst es nicht, Johannes!«

»Nicht wahr, du hasst mich, Elke?«

Sie blieb vor ihm stehen. »Hassen?«, sagte sie leise. »Ich kann nicht hassen. Aber du hättest mir sagen müssen, dass du dich nicht von der Vergangenheit lösen kannst. Dann hättest du mir viel Leid erspart.«

»Aber du hast doch alles! Wie kannst du leiden, was fehlt dir denn?«

»Ich habe alles«, rief sie flammend. »Glaubst du, weil ich jetzt hier Herrin bin, habe ich alles? Oh, Johannes, kennst du die Frauen so wenig? Glaubst du wirklich, mit Geld wird man glücklich? Denk doch an deine erste Frau!«

»Das tu' ich ja immerzu«, rief er leidenschaftlich.

»Eben«, sagte sie leise und verschwand.

Er starrte ihr nach.

20. Kapitel

Seit Tagen hatte drückende Schwüle geherrscht. Heute Abend waren endlich schwarze Gewitterwolken über die Berge aufgezogen. Aber noch immer fiel kein Regen.

Unruhig drehte sich Elke in dem großen Bett von einer Seite auf die andere. Dann zuckten die ersten Blitze über die Berge. Ein gewaltiges Krachen erschütterte die Luft. Schwefelgelbe Blitze zerrissen in schneller Folge die Dunkelheit. Elke setzte sich kerzengerade im Bett auf. Der Donner dröhnte in ihren Ohren. Es war fürchterlich, und die Angst in ihr stieg immer höher. Sie konnte sich nicht dagegen wehren. Sonst mutig, ließ sie ein Gewitter unruhig und ängstlich werden. Als junges Mädchen hatte sie mal mit ansehen müssen, wie ein Bauer auf dem Feld vom Blitz erschlagen worden war. Dieses Bild war schrecklich und grauenhaft gewesen.

Mit einem Satz sprang Elke aus dem Bett, suchte ihren Morgenmantel und stürzte aus dem Zimmer. Sie musste zu Menschen. Schutz und Geborgenheit suchen.

Das große Haus dröhnte und zitterte von den Einschlägen. Sie suchte die Zimmer der Kinder auf. Aber sie schliefen friedlich. Sie durfte sie mit ihrer Angst nicht anstecken. Wohin sollte sie sich wenden?

Im Wohnzimmer brannte noch Licht, aber um dorthin zu gelangen, musste sie durch das Treppenhaus. Ein Donnerschlag ließ sie zusammenzucken und aufschreien. Sie verkroch sich hinter einem Schrank, hielt sich die Augen zu und weinte leise vor sich hin. So hockte sie da, wie ein ganz kleines Mädchen.

Das Unwetter raste über das Haus und erschütterte es. Elke bebte und stand Todesängste aus.

Johannes hatte noch gelesen, löschte jetzt das Licht und wollte in sein Zimmer gehen. Als er über den Flur schritt, sah er in der Nische etwas Weißes aufblitzen. Wer mochte das sein? Er ging näher, er glaubte, Cordula habe sich dort verkrochen.

»Was ist denn? So hab' doch keine Angst«, sagte er zärtlich und beugte sich nieder.

Elke nahm die Arme von ihrem Gesicht und starrte ihn mit tränenblinden Augen an.

»Du?«, sagte er ungläubig.

Wieder dröhnte der Donner über ihren Köpfen. Elke wimmerte auf. Er zog sie zu sich hoch.

»Komm, ich bringe dich auf dein Zimmer!«

Wie in Trance ging sie mit ihm und klammerte sich schutzsuchend an ihm fest. Dann war sie in ihrem Zimmer.

»Verlass mich nicht«, flehte sie ihn an. »Bitte, Johannes, lass mich jetzt nicht allein. Ich habe solche Angst.«

Er hielt die Zitternde fest, er fühlte sich stark und männlich in dieser Situation. Sie suchte bei ihm Schutz. Er strich ihr über das Haar und drückte sie leicht an sich.

»Wenn du willst, bleibe ich natürlich bei dir!«

»Danke«, hauchte sie.

Er setzte sich in den großen Lehnstuhl am Kamin. Als wieder ein greller Blitz das Zimmer erhellte, rannte Elke schutzsuchend zu ihm.

Schützend legte Johannes seinen Arm um ihre Schultern. Dann zog er sie plötzlich auf seinen Schoß. Durch das dünne Batisthemd spürte der Mann ihren weichen, schlanken Körper. Er hielt sie an sich gepresst und lauschte auf ihren Atem. Plötzlich vergaß Johannes das Gewitter. Er spürte nur die Frau in seinem Arm. So nah war sie ihm noch nie gewesen. Elke schlang die Arme um seinen Hals und barg den Kopf an seiner Brust. Da war es um seine Beherrschung geschehen. Die Leidenschaft sprang in ihm hoch. Lang aufgestaute Zärtlichkeit brach sich Bahn. Sein Griff wurde fester.

»Elke«, flüsterte er, »Liebste...«

Elke hob den Kopf, sah seinen Blick, lächelte verzückt und küsste ihn, zärtlich und sehnsüchtig zuerst – dann riss er sie an sich. Jäh und fordernd war die Leidenschaft, sie vergaßen alles um sich herum. Das Feuer brannte in ihnen lichterloh. Nur die Liebe, Leidenschaft und Sehnsucht und die Zweisamkeit waren da.

Endlich, dachte die junge Frau, von einem atemlosen Glück durchdrungen. *Er liebt mich, er liebt mich, und alles wird doch noch gut!*

Mit einem Lächeln schlief sie später an seiner Seite ein! Johannes blickte auf die schlafende Gestalt, und dann besah er ihr liebliches Gesicht. Es war so voller Frieden. Elke lächelte im Schlaf. Ihr Haar hatte sich gelöst und flutete über das weiße Kissen. Der Mann spürte den Duft und den Pulsschlag der Geliebten. Ihre Liebe war so heiß und süß, und er hatte Vergessen und Beglückung gefunden. Sie hatte sich an ihn geschmiegt wie ein kleines Kind, und sie hatte das schreckliche Unwetter draußen darüber ganz vergessen. Keine Angst peinigte sie jetzt mehr, sie hatte nach den beglückenden Zärtlichkeiten einen friedlichen Schlaf gefunden.

Johannes lächelte und berührte mit den Fingerspitzen ihre Stirn. Sie war es wirklich, sie war kein Traum. Nichts war im Nebel zerflossen wie so oft. Alles hatte wirklich stattgefunden, und das machte ihn grenzenlos glücklich.

Vorsichtig erhob er sich und verließ das Lager. Sie schlief weiter, tief und fest. Er ging hinunter ins Wohnzimmer und setzte sich in den großen Sessel. Sein Herz war in Aufruhr, er musste erst mit dem Neuen fertig werden. Es war zu groß und zu schön dies alles, und da war wieder die unsinnige Angst in ihm. Bis jetzt hatte sich das Glück noch nie lange bei ihm gehalten. Irgendetwas würde kommen und sie wieder trennen. Und davor hatte er eine solche Angst, dass er nicht wusste, wie er dann weiterleben sollte.

So saß er da, grübelte vor sich hin und dachte über alles nach. Als er die Augen hob, sah er Elke vor sich, verschlafen, in den weiten Hausmantel gehüllt. Ihre Augen sahen ihn fragend an.

»Warum bist du fortgelaufen?«, fragte sie leise. »Ich habe dich überall gesucht!«

»Hätte ich bleiben sollen?«

Sie kniete auf dem Teppich nieder, nahm seine Hände und schmiegte ihr Gesicht hinein. So verharrte sie für eine Weile. Dann sah sie ihn an.

»Warum hattest du solche Angst vor der Liebe?«

»Hatte ich das?«

»O ja!«

Er lächelte. »Du hast recht, ich hatte Angst, aber es war eine andere Angst, du kannst sie nicht verstehen. Doch jetzt bin ich frei, und du hast mich erlöst, Elke, nur du, und ich bin dir so unendlich dankbar dafür!«

»Ja?«

»Ach, du weißt nicht, wie glücklich du mich damit machst!«

»Johannes!«

»Ja?«

»Ich muss dir etwas sagen. Du hast mich noch nie danach gefragt.«

»Und das ist – Elke?«

»Du hast mich noch nie gefragt, ob ich dich liebe. Warum eigentlich nicht?«

Ihre Stimme klang traurig.

»Ich habe so sehr darauf gewartet, all die Zeit. Aber ich verstehe dich, man kann einen Verstorbenen, den man so sehr geliebt hat, nicht vergessen. Man kann nicht einen anderen an seine Stelle setzen. Man kann ihn nicht ebenso lieben. Du hast es geglaubt und hattest auch vielleicht den besten Willen.«

Johannes sah sie groß an. Er wusste nicht, was sie damit meinte.

»Was soll ich dich denn fragen? Etwa – liebst du mich?«

»Ja, Johannes, ja!«

Sein Herz schlug schnell und dumpf. Seine Hände verkrampften sich.

»Elke, willst du damit sagen, dass du mich wirklich und wahrhaftig liebst?«

»Ja, Johannes, ich habe dich schon immer geliebt, schon damals, als wir sehr jung waren. Ach, Johannes, ich habe so sehr unter dieser unerfüllten Liebe gelitten!«

Er zog sie hoch und hielt sie fest, ganz fest. »Warum hast du mir das nicht schon früher gesagt? Oh, Elke, warum denn nicht?«

»Aber du hast mich doch nicht geliebt«, sagte sie leise. »Du bist mir ja immer aus dem Weg gegangen, hast mich gemieden. Warum, Johannes? Ich weiß, dass du mich nicht liebst, aber du hast mich geheiratet.«

»Ich soll dich nicht lieben, sagst du!«, stieß er hervor. »Elke, ich habe mich nach dir verzehrt. Ich liebe dich über alles, aber hatte Angst, dir diese Liebe zu gestehen, denn ich fürchtete, du würdest mich auslachen!«

»Auslachen, aber warum denn, Johannes? Ist Liebe denn nicht das Kostbarste auf Erden? Etwas, das man nur einmal verschenken kann, dann aber ganz und gar?«

Er küsste sie mit einer solchen Leidenschaft, dass ihr der Atem fast verging. Sie lachte und weinte zugleich vor Glück. Endlich hatten sie sich gefunden.

»Du liebst mich wirklich?«, sagte sie plötzlich schüchtern, immer noch zweifelnd. »Seit wann? Etwa seit heute?«

»Schon seit damals, weißt du, als Cordula und du zum ersten Male zu uns gekommen seid, da begann ich dich zu lieben!«

»So hast du Viola so schnell vergessen?«

Er starrte sie an. »Was soll das? Was willst du damit sagen? Was weißt du von ihr?«

»Aber du hast sie doch auch geliebt, warst glücklich mit ihr, und sie war doch damals erst so kurze Zeit tot, Johannes. Ich dachte immer, du würdest nur Viola lieben und mich hassen, weil ich lebte und sie nicht mehr!«

Sein Griff wurde hart, und er sah sie an, als ob er auf den Grund ihrer Seele blicken wollte. Ihre Augen waren klar und rein und voller Zärtlichkeit.

»Du hast geglaubt – ich liebe noch immer Viola?« Er lachte auf. Aber es war ein hässliches Lachen.

Johannes sprang auf, schob Elke zur Seite und lief durch den Raum. Dabei lachte er immer wieder vor sich hin. Dann blieb er vor ihr stehen und blickte sie an, als erkenne er sie erst jetzt!

»Ich soll sie so sehr geliebt haben?«, murmelte er.

Sie fürchtete sich plötzlich. Was war mit ihm? Hatte sie wieder alte Wunden aufgerissen?

Er fasste sie bei den Schultern, zog sie zu sich heran und strich ihr über das Haar.

»Elke«, sagte er rau. »Elke, Geliebte, ja, ich habe sie einmal geliebt. Ich habe geglaubt, sie zu lieben, als sie meine Braut war. Aber jetzt weiß ich erst, was wirkliche Liebe ist. Ich habe Viola nie geliebt. Gehasst habe ich sie und verachtet. Du hast es nicht gewusst, obwohl du all die Jahre so nah bei uns lebtest. So haben wir geschauspielert. Aber die Ehe mit Viola war die Hölle, ich habe sie gehasst, und sie hat mein Leben zerstört. Ihr haben wir es zu verdanken, dass wir die ganze Zeit so blind aneinander vorbeilebten. Ich hatte Angst, auch dich zu verlieren – dich, die ich wirklich liebe. Ich liebe dich so sehr... Ach, du kannst es nicht ermessen, du weißt es nicht. Viola war ein Teufel. Sie hat bewusst die Menschen gequält, nicht nur mich, nein, sondern auch ihre eigene Tochter!«

Er atmete schwer, ließ sich in einen Sessel fallen, bedeckte sein Gesicht mit den Händen und stöhnte auf. Es fiel ihm unsagbar schwer darüber zu reden, denn alles Gewesene stieg wieder vor seinem geistigen Auge auf.

Elke war wie zu Stein erstarrt. Im Geist hörte sie Katrin flüstern: »Mama hat gesagt, ich bin ein Krüppel. Mama hat mich nie so lieb gehabt.« Sie hatte das einfach nicht glauben können. Aber nun kannte sie die schmerzliche Wahrheit, und das kleine Mädchen tat ihr noch mehr leid.

Elke war ängstlich und traurig. Maria, Tobias – darum also sprach man nicht von Viola. Tobias wandte sich ab, die Schwiegermutter, alle hatten sie geschwiegen. Sie schämten sich und waren froh, dass sie endlich von jener Frau befreit waren.

Elke strich Johannes über das wirre Haar. Er nahm ihre Hand und küsste sie zärtlich. Dann sah er sie lächelnd an.

»Verzeih mir«, sagte er leise. »Ich – ach, weißt du, auf einmal musste ich an alles denken, was einmal war, und dass Viola beinahe recht gehabt hätte. Aber jetzt kann sie mir nichts mehr antun, jetzt bist du ja da. Du liebst mich, und ich liebe dich, Elke!«

Sie küsste ihn zart. Er zog sie zu sich nieder und schlang seinen Arm um sie, und dann erzählte er stockend von seiner ersten Ehe. Elke schloss gequält die Augen. Sie konnte es nicht glauben. Wie sehr musste er gelitten haben. Und sie hatte an ihm gezweifelt. Sie hatte ja viel zu wenig gewusst.

Langsam kroch die Kälte an ihren Gliedern hoch. Sie fröstelte, und er spürte es.

»Komm, mein Herz, geh schlafen, es ist noch so früh!«

Er brachte sie auf ihr Zimmer. Sie legte die Arme um seinen Hals und schmiegte sich an ihn. Er hielt sie umfangen, fühlte das heiße Begehren in sich hochsteigen wie eine Flamme, ein Rausch, ein beseligender Rausch. Ihre Lippen fanden sich zu einem Kuss, der alle Bitternis auslöschte und sie mit Zärtlichkeit erfüllte.

21. Kapitel

Als Elke erwachte, war es schon heller Tag. Johannes hatte das Zimmer bereits verlassen. Die Kinder hörte sie unten lachen. Es musste bestimmt schon sehr spät sein. Schnell sprang sie aus dem Bett, duschte und kleidete sich hastig an. Warum hatte Johannes sie nicht geweckt?

Wenn sie an ihn dachte, rasten kleine Glücksschauer durch ihren Körper. Und Viola hatte gesagt, er könne nicht lieben...

Elke traf Onkel Tobias in der Halle. Er wurde auch schon alt. Sie reichte ihm die Hand und lächelte ihn an.

»Weißt du, wo Johannes ist?«

»Er ist früh mit Stephan ausgeritten. Die Herde hat sich bei dem Unwetter losgerissen und ist in die Berge geflohen. Der Garten ist auch arg verwüstet.«

»Warum hat man mich denn nicht geweckt? Ich hätte doch helfen können!«

»Johannes wollte es nicht«, sagte er lächelnd und schaute ihr tief in die Augen. Heute waren sie nicht mehr tief dunkel vor Traurigkeit. Jetzt glänzten sie wie zwei helle Sterne.

Elke fand die Kinder im Esszimmer. Sie spielte ein wenig mit ihnen. Johannes ritt zur selben Zeit mit Stephan. Seine Kleidung war nass und zerrissen, und er hatte Hunger. Aber er konnte erst heimreiten, wenn alle Tiere wieder zusammen waren. Das war ein hartes Stück Arbeit und erforderte seine ganze Kraft. Endlich, gegen Mittag, hatten sie es geschafft.

Sie besserten die beschädigten Zäune aus, und dann endlich konnten sie heimreiten. Als das Haus in Sicht kam, dachte er an die Nacht zurück. Müde und zerschlagen wirkte er. Nadja fand allein den Weg zum Stall. Johannes überquerte den weiten Hofplatz. Vielleicht hatte er doch nur alles geträumt. In der Helligkeit des Tages kam ihm alles so unwirklich vor. Er konnte sich nicht so schnell umstellen. Als er die Halle betrat, kam ihm Elke entgegen.

»Johannes, warum hast du mich nicht mitgenommen? Ich hätte euch doch helfen können.«

»Kannst du denn reiten?«

»Natürlich, weißt du das denn nicht mehr?«

Jetzt erst bemerkte sie seine Müdigkeit.

»Komm, lass dir helfen. Maria bringt gleich das Essen. Ich helfe dir beim Umziehen. Du musst ja schrecklich müde sein.«

Plötzlich empfand er Scham. »Nein, lass nur, ich mach' das schon!«

Schnell lief er die Treppe hinauf. Elke sah ihm nach. Sie hatte es doch so gut gemeint.

Kurze Zeit später war er wieder unten. Sie aßen mit den Kindern zusammen. Er berichtete von seiner Morgenarbeit. Elke hörte ihm mit wehem Herzen zu. Er war jetzt wieder so seltsam, so abgekapselt. Den ganzen Tag über war er so. Er ging ihr aus dem Weg und blieb für sich. Abends saßen sie gemeinsam vor dem Kamin und schwiegen. Johannes sehnte sich nach ihrer Zärtlichkeit, aber er war so scheu.

Um zehn Uhr stand Elke auf, legte die Handarbeit zusammen und blieb einen Augenblick an seiner Seite stehen. Sie küsste ihn auf das blonde Haar. Sie war sich nicht sicher, wie er reagieren würde und ob er auch zu Bett gehen würde.

»Gute Nacht, Johannes!«

Er rührte sich nicht. Ganz still blieb er sitzen, auch als er die Tür gehen hörte. Und dann war Elke fort. Er stöhnte leicht auf. Lange blieb er so sitzen. Dann war das Feuer erloschen. Müde stieg er die Treppe hinauf. Als er an ihrer Tür vorbeikam, sah er sie einen Spalt offenstehen. Auf Zehenspitzen ging er hinein. Er musste Elke noch einmal sehen. Vielleicht schlief sie schon. Er wollte sie ganz zart küssen und dann das Zimmer verlassen. Er konnte nicht einfach so zu Bett gehen, hatte aber auch nicht den Mut, sich zu ihr zu legen.

Als er dann an das Bett trat, erblickte er im Mondlicht ihr Gesicht. Er beugte sich darüber und küsste sie. Jäh schlang sie ihre Arme um seinen Hals. Gott sei Dank, nun war er doch noch gekommen!

»Bleib bei mir, Johannes!«

Diese Worte erzeugten einen Freudentaumel in ihm, und der riss ihn mit. Er gab sich dem Verlangen hin, das ihn übermannte. Dann fühlte er Elke in seinen Armen. In ihrer Liebe fand er Erfüllung.

Und in seinen Träumen hörte er sie immer wieder flüstern: »Bleib bei mir, bleib bei mir, Johannes!«

22. Kapitel

Wenn Johannes von den Almen und Feldern kam und das Haus betrat, dann suchte sein Blick Elke! Doch da brauchte er nicht lange Ausschau zu halten. Sie war immer zur Stelle, lautlos wie ein Schatten. Er sah nur ihre Augen. Sie leuchteten auf und lächelten verheißungsvoll. An so vielen kleinen Dingen spürte er ihre große Liebe. Noch war er gehemmt, musste sich von der Vergangenheit loslösen, das war nicht so einfach. Man musste die Zeit spielen lassen. Die Zeit heilt alle Wunden, vielleicht auch die seinen.

Wenn Elke an ihm vorbeiging, strich sie über seine Hand, küsste sein Haar. Sie sorgte sich um ihn, legte die Kleidung bereit und war immer um ihn. Er war ihr dankbar und voller Liebe. Das Schicksal meinte es wohl gut mit ihm.

Sie sprach nicht viel, sie hatte verstanden. Er musste von selbst kommen.

Ja, in der Nacht, da war es dunkel, wenn er kam und sie sich liebten. Aber wenn sie am Morgen die Augen aufschlug, dann war er schon wieder fort. Das war jedes Mal ein bitteres Erwachen. Wann würde sich das ändern?

Betrat Johannes sein Zimmer, kam Elke manchmal und spielte auf dem Flügel oder hörte ihm zu. Er konnte so wunderbar erzählen. Aber es musste im Zimmer immer dunkel sein. Es war so, als schäme er sich. Er hatte es noch nicht gelernt, sich einem Menschen ganz und gar hinzugeben. Die Angst, nochmals enttäuscht zu werden, saß noch in seinem Unterbewusstsein fest.

Eines Morgens, als sie die Treppe herunterkam, und er im Begriff war, das Haus zu verlassen, um auf die Koppel zu reiten, da rief sie mit ihrer hellen frohen Stimme: »Johannes, nimm mich bitte mit! Ich möchte dich so gern begleiten!«

Er wandte sich um und sah sie im Reitdress. Ganz erstaunt und überrascht blickte er sie an.

»Willst du das wirklich?«

Sie stand vor ihm und sah ihn mit so bittenden Augen an, dass er ganz verlegen wurde.

»Ich möchte alles lernen, Johannes. Und ich möchte wissen, was du den ganzen Tag machst.«

Johannes streckte die Hand aus und wollte Elke an sich ziehen. Doch in diesem Augenblick kam Maria durch die Halle, er ließ die Hand sinken.

So ritten sie nun jeden Morgen gemeinsam aus. Er schwieg die erste Zeit, weil er nicht wusste, wie er es anstellen sollte, ein Gespräch zu beginnen. Aber Elke stellte immer wieder Fragen, und bald begann er ihr alles zu erklären. Sie war eine gelehrige Schülerin. So wurden sie mit der Zeit immer vertrauter, stundenlang konnte er nun schon reden und wurde nicht mehr verlegen. Er hatte keine Angst mehr, dass sie sich in seiner Gesellschaft langweilen würde.

Zwei Tage später kam Elke die Treppe herunter. Johannes stand wartend unten in der Halle.

»Ich kann heute nicht mitreiten, Johannes. Ich muss in die Stadt!«

»Ach«, sagte er traurig.

Die Kinder jubelten. »Au fein, dann können wir uns wieder die Schaufenster und Geschäfte ansehen.«

Elke lächelte den Kindern zu.

»Leider kann ich euch auch nicht mitnehmen. Ich muss mal allein fort. Ihr seid mir doch nicht böse?«

Sie machten lange Gesichter. Doch sie versprach, ihnen etwas mitzubringen. Als sie das Haus verließ, stand der Wagen schon vor der Treppe. Johannes hatte ihn vorgefahren.

»Kommst du bald wieder zurück?«, fragte er.

Sie schaute ihn an, ihre Knie wurden weich. So sehr liebte sie ihn. Sollte sie ihm sagen, wohin sie ging? Ach, lieber nicht, später, jetzt nicht. Sie nickte nur stumm mit dem Kopf, küsste ihn auf die Wange und stieg in den Wagen. Er sah ihr nach, als sie durch die Ausfahrt brauste.

Nachdem sie ihre Besorgungen erledigt hatte, dachte Elke auch an die Kinder, und sie suchte für die kleinen Damen nach einer passenden Kleinigkeit. So wurde es ziemlich spät, als sie endlich wieder daheim war. Maria brachte gleich Kaffee und etwas Gebäck. Und bei dieser gemütlichen Kaffeestunde berichtete Elke, was sie alles in der Stadt gesehen hatte.

Johannes sah sie immer wieder an, als ob er fühlte, dass sie ihm nicht alles erzählt hatte.

Am späten Abend saßen sie wieder vor dem Kamin. Elke spürte es genau, jetzt war die Stunde da! Und ohne große Umschweife platzte sie mit ihrer Neuigkeit heraus.

»Johannes, ich erwarte ein Baby! Heute war ich beim Arzt und habe mir Gewissheit geholt!«

Einen Augenblick war es still im Zimmer. Doch dann jubelte er auf, sprang hoch und stürzte zu ihr hin. Er hob sie hoch und schloss sie in seine Arme. Endlich hatte er alle Scheu und Angst überwunden.

»Elke, ist das wahr? Stimmt das wirklich? Himmel, das ist die schönste Neuigkeit seit langer Zeit!«

Sie konnte nur nicken. So ausgelassen und fröhlich hatte sie ihren Mann noch nie erlebt.

Er gebärdete sich wie ein großer Junge, so glücklich war er jetzt. Über dieser Nachricht vergaß er alles, was einmal war. Jetzt galt es nur noch für das Glück zu leben, für das zukünftige Kind.

»O Liebste, ich bin ja so froh, so glücklich! So dankbar bin ich dir! Du hast mir alles gegeben, alles!«

Sie nahm sein Gesicht in ihre Hände und schaute ihn lange stumm an.

»Nicht wahr, jetzt werden wir immer glücklich bleiben, und niemand wird uns je wieder trennen?«, fragte sie leise.

»Ja, Elke, ja!«

23. Kapitel

Flimmernd lag das Sonnenlicht auf den Stufen des Hauses und auf dem Hof. Die Hunde hatten sich in den Schatten geflüchtet. Fliegen summten im Sonnenschein. Katrin saß in ihrem Rollstuhl auf der Terrasse und starrte mit leeren Augen in den Garten. So still war das Haus und so groß!

Ihr Herz krampfte sich zusammen. Sie musste die Tränen hinunterschlucken. Nein, wenn man so groß war, dann durfte man nicht mehr weinen. Sie hob das Gesicht der Sonne entgegen und lächelte bitter. Ihre Augen waren geschlossen. Sie sog den betörenden Duft ein, der von einem großen Strauch in ihrer Nähe zu ihr hinüberzog.

Ein Schatten legte sich über das Mädchen. Zitternd hob es die Lider. Waren sie schon zurückgekommen, oder war es der liebe Onkel Tobias?

Es war der Onkel mit den guten Augen und dem weichen Herzen. Wenn alle sie im Stich ließen, Onkel Tobias würde immer bleiben. Seit die Mutter tot war, lebte er ständig auf dem Hof. Er reiste jetzt nicht mehr in der weiten Welt herum.

»Riechst du ihn auch, Onkel Tobias?«

Tobias lächelte. »Meinst du den Jasmin?«

»Ja!«

Und dann schwiegen sie lange. Jeder hing seinen Gedanken nach. Die Gedanken kamen immer, waren ständig da, auch wenn man sie nicht wollte. Sie kamen und quälten das arme, geplagte Herz immer wieder.

»Warum bin ich ein Krüppel, Onkel Tobias?«, schluchzte das kleine Mädchen leise. »Weshalb bin ich nicht gesund und kann laufen und springen und reiten?«

Jetzt hatte sie es gesagt, und sie wollte es doch gar nicht verraten.

Tobias Stimme zitterte. Er wandte seine Augen ab. Von hier aus konnte man das ganze Dorf überblicken. Die vielen Dächer kamen so winzig zwischen den Bergen hervor. In jedem Haus lebten Menschen, glückliche und unzufriedene. Was sollte er ihr nur sagen?

»Soll ich dir eine Limonade bringen, Katrin?«

Da nickte sie, denn sie hatte eingesehen, dass es zwecklos war, solche Fragen an Onkel Tobias zu stellen. Sie spürte, sie tat ihm weh damit. Aber wie weh tat man ihr denn, wenn man fortging und sie zurückließ?

Reiten!

Es hatte mal eine Zeit gegeben, da hatte sie an der gleichen Stelle gesessen, den Duft des Jasmins wahrgenommen, und ihr Herz war schwer gewesen. Und dann war eine andere Zeit gekommen.

Elke! Sie liebte ihre zweite Mutter, wie sie noch nie geliebt hatte. Zärtlich und scheu, aber sie wagte nicht, ihr diese Liebe auch zu zeigen. Und neben Elke waren noch Cordula und der Vater. Einmal hatte der Vater ihr ganz allein gehört. Nun sah er nur seine schöne junge Frau, lachte und ritt mit Cordula. Sie waren froh und heiter. Alle drei waren ausgeritten in den Hochwald. Cordula ritt auf dem Pony und Johannes und Elke auf den großen Pferden. Und sie war wieder allein. Warum war es denn nicht möglich, sie einmal mitzunehmen?

Ja, man kümmerte sich um sie, man umhegte sie und schenkte ihr Liebe und Zärtlichkeit. Aber diese Verlassenheit war grenzenlos, so schrecklich war es, anders zu sein. Was hatte sie getan, dass sie dieses schwere Los tragen musste? Warum konnte ihr denn keiner helfen?

Onkel Tobias brachte das eisgekühlte Getränk. Mitleidig betrachtete er die zarte Gestalt.

»Wenn ich fort bin, Onkel Tobias, wirst du mich dann ganz vergessen?«

»Ich werde jeden Tag an dich denken, und dann auf einmal bist du wieder da, Katrin«, sagte er weich.

»Aber ich weiß es nicht«, erwiderte sie. Für ihr Alter war sie sehr verständig, so anders, herb und demütig.

Auch das hatte Elke angeordnet. Sie hatte nicht eher geruht, bis Johannes ihr die Einwilligung gab. Dann war sie mit Katrin in die Stadt gefahren zu einem berühmten Arzt. Es war doch schon Jahre her, seit Katrins letzter Untersuchung. Die Medizin machte ständig Fortschritte.

Warum sollte man Katrin nicht helfen können? Ihre Überlegungen hatten sich als richtig erwiesen. Der Arzt hatte ihr Hoffnung gemacht. Katrin sollte nächste Woche schon operiert werden. Morgen musste sie in die Klinik gebracht werden. Einige Sehnen an den Füßen und Beinen sollten künstlich verlängert werden, und dann würde sie eines Tages gehen können, wenn alles gutging. Das ganze Leben würde sich ändern und schöner werden für das kleine Mädchen.

Katrin glaubte nicht daran, sie glaubte nur, man wolle sie fortschicken, für immer. Hatte ihre Mutter nicht gesagt, sie sei eine Last? Sie hatte ihr ganzes Leben im Rollstuhl zugebracht und kannte nichts anderes. Und das sollte sich ändern – sie sollte auch so laufen können wie Cordula? Warum denn jetzt auf einmal, warum hatte man ihr nicht eher geholfen? Nein, es war bestimmt alles nur eine Lüge!

Am Waldrand tauchten die drei Reiter auf und winkten ihr zu. Ihre Augen schwammen in Tränen. Dies alles sollte sie morgen verlassen, um in die Stadt zu fahren und unter fremden Menschen zu sein. Sie fühlte, wie ihr Herzblut verrann, die kleinen mageren Hände verkrampften sich unter der Decke. Einsamkeit und Verlassenheit würden schrecklich sein, so schrecklich.

Cordula kam die Stufen heraufgelaufen und brachte ihr einen Strauß Jasmin. Sie war so wild, dass einige Blüten schon abfielen. Katrin betrachtete die Blüten. Eine Träne fiel darauf nieder und machte ein Blättchen nass. Bald darauf folgten der ersten Träne noch viele. Katrin konnte sie einfach nicht zurückhalten. Cordulas weiches Herz konnte es nicht ertragen, sie traurig zu sehen. Ungestüm schlang sie die Arme um die Sitzende. Sie flüsterte: »Bald wirst du gehen können. Dann werden wir zusammen ausreiten, Katrin. Und nicht nur das, wir können dann alles zusammen unternehmen. Ist das nicht schön?«

Katrin nickte nur.

24. Kapitel

Der Regen rann unaufhaltsam vom Himmel. Alles war grau in grau. *Seltsam*, dachte Elke, *wenn man sich einsam fühlt, dann empfindet man alles viel stärker, heftiger.*

Immer wieder stand sie auf und wanderte im Zimmer auf und ab. Wann endlich würde sich die Tür öffnen? Wann würde man kommen und ihr mitteilen: Es ist alles gut! Oder würde man ihr eine andere Mitteilung machen?

Elke trat an ein großes Fenster, legte die Stirn an das kühle Glas und stöhnte leicht auf. Es griff sie doch mehr an, als sie vermutet hatte. Sie fühlte sich schwer und unbeholfen. Bald würde ihr erstes Kind geboren, das Kind der Liebe – vielleicht der ersehnte Erbe?

Als sie daran dachte und die Bewegungen des Kindes spürte, lächelte sie. Für einen Augenblick vergaß sie, wo sie sich befand. Sie dachte an die wundervolle Zeit zurück, an das Erwachen der Liebe, die Innigkeit und Zweisamkeit. Endlich war das Glück eingekehrt. Sie wollte es schon aufgeben, da hatten sie sich gefunden. Das war vor Monaten. Jetzt stand sie hier am Fenster im Krankenhaus und wartete. Das Warten war schrecklich, und die Zeit kam ihr wie eine kleine Ewigkeit vor.

Wieder nahm sie ihren unruhigen Gang auf. Sie hörte Geräusche und Stimmen, und alles war so fremd. Nun war Katrin schon über eine Stunde im Operationssaal. Wie lange würde es wohl noch dauern? Hatte sie richtig gehandelt?

Sie wusste es nicht, ihr war nur klar, dass sie es tun musste. In jenem Augenblick, als sie hörte, man könne Katrin vielleicht helfen, da hatte sie begonnen, um dieses Kind zu kämpfen. Auch ohne Hilfe musste sie es versuchen. Johannes hatte sich dagegen aufgelehnt. Er konnte es nicht glauben, wollte vorher schon aufgeben.

»Elke, es gibt keine Wunder. Ich habe damals alles getan, was willst du, das Kind erneut quälen?«

Und sie hatte geantwortet: »Das war vor acht Jahren, jetzt aber ist es ganz anders. Der Professor versucht es nicht ohne Grund. Wir müssen hoffen, wir müssen hoffen, Johannes!«

Er hatte vor ihr gestanden, mit einem wehen Lächeln auf den Lippen.

»Ich begreife dich ja, Elke, du hast ein empfindsames Herz. Und ich weiß, du willst dem Kind Hoffnung machen. Hoffnung, gesund zu werden, und dann wird alles wieder zerstört? Hat sich Katrin nicht mit ihrem Schicksal abgefunden? Warum willst du den Frieden zerstören, Elke?«

»Nie wird sich ein Mensch damit abfinden, Johannes, nie.«

Er hatte sich umgedreht und das Zimmer verlassen. *Lieber weggehen, als zu streiten*, dachte er sich. Zum ersten Male waren sie sich uneinig. Aber Elke konnte nicht mehr zurück. Sie wollte um Katrin kämpfen, sie musste es tun. Vielleicht wurde alles gut.

Vielleicht würde sie eines Tages gehen können, das Tal auf eigenen Füßen verlassen. Sie sollte wenigstens eine neue Chance bekommen. Die Berge hielten sie umklammert. Sie sollte die Welt kennenlernen. Das Kind hatte schon so viel gelitten, es musste aufhören, es musste!

Tagelang hatte sie erbittert mit Johannes gerungen. Schließlich hatte er resigniert, und sie hatte mit dem Kind fahren dürfen. Und nun war sie hier in diesem kleinen nüchternen Zimmer. Das Kind war schon so lange fort. Warum kamen sie nicht endlich, und erlösten sie?

Elke presste die Hände gegen die Schläfen. Sie fühlte, wie dumpf es dahinter schlug. Eine Operation der Sehnen war nicht einfach, das war ein neues Gebiet. Noch vieles musste man erforschen. Aber man glaubte dem Kind helfen zu können. Wo die Natur versagt, wollte man mit der Medizin nachhelfen. Man durfte nicht aufgeben.

Katrin würde stehen können, wenn es klappte. Dann mussten die Muskeln ihrer Beine allmählich gekräftigt werden. Turnen und Massage würden eine Hilfe sein. Es war doch so einfach und verständlich. Elke betete heimlich. Es musste einfach gut werden. Was wäre es für ein schönes neues Leben für die kleine Katrin.

Plötzlich erklangen Schritte auf dem Gang. Sie erhob sich rasch. Sie war im achten Monat schwanger, sie fühlte, wie das Kind sich bewegte. Gespannt lauschte sie, wohin die Schritte gelenkt wurden.

Die Tür wurde geöffnet, der Professor trat ein. Er schien sehr müde und abgespannt. Elke sah ihn nur an, sie wagte nicht zu sprechen. Der berühmte Mann ließ sich in einen der Sessel fallen und wischte sich mit einem großen Taschentuch über das Gesicht. Dann holte er tief Luft, um etwas zu entspannen. Jetzt wandte er sich Elke zu.

»Gleich kommt die Kleine, sie wird nur noch eingegipst. Sie wissen ja, wir müssen die Glieder strecken, damit sie in eine normale Stellung kommen.«

Elke hielt den Atem an. Hieß das jetzt, es ist alles gut – oder nicht? Sie hielt die Spannung nicht länger aus.

»Herr Professor«, stammelte sie leise.

Er hob den Kopf und lächelte ihr zu. Er verstand die Ängste der vielen Leute, deren Angehörigen er täglich behandelte, nur zu gut.

»Nur Mut, kleine Frau. Wir haben unser Möglichstes getan. Die Operation ist ohne Komplikationen verlaufen. Wenn sie aufstehen darf und der Gips entfernt wird, dann erst können wir feststellen, ob wir es geschafft haben. Bis dahin müssen Sie sich in Geduld fassen.«

Elke wollte etwas antworten, aber dann waren wieder Schritte zu hören. Wieder wurde die Tür geöffnet, das Bett mit der noch schlafenden Katrin wurde hereingerollt. Elke schluckte. Sie wollte nicht weinen, aber die Kleine sah so erschöpft, so weiß und schmal aus. Die Schatten unter den Augen machten sie noch blasser. Sie rührte sich nicht. Wie tot lag sie da, nur ganz schwach bewegte sich ihre Brust. Dort wo die Beine waren, wölbte sich das Bett unförmig und klobig. Würde wirklich alles gut werden?

Lange stand der Professor am Fußende und schaute auf seine kleine Patientin.

»Sie war sehr tapfer und weinte nicht«, sagte er seltsam bewegt.

Elke glaubte es ihm. Katrin war immer so still, dass man sie mitunter übersah.

»Ich darf doch bei ihr bleiben?«, fragte sie.

»Natürlich!«

Dann war sie mit dem Kind allein. Sie setzte sich an das Bett und bewachte Katrins Schlaf. Stunde um Stunde verging. Einmal rief Johannes an, wie die Schwester sagte. Elke nickte nur. Morgen sollte er kommen, nicht jetzt. Jetzt durfte sie das Kind nicht verlassen.

Es war schon weit nach Mitternacht, als die Kleine sich endlich bewegte. Sie öffnete die Augen, schloss sie wieder und öffnete sie abermals. Alles war so dunkel, obwohl die Nachtlampe brannte. Und langsam stieg der Schmerz in ihr hoch. Sie wimmerte leise und hatte Durst. Elke beugte sich vor. Katrin folgte ihrem Blick und erkannte sie im ersten Augenblick nicht. Dann lächelte sie schwach und flüsterte: »Bist du es wirklich?«

»Ja, Katrin, ich bin bei dir. Es wird alles gut werden, mein Liebling.«

»Du hast mich nicht verlassen?«

»Nein, mein Kind, ich bleibe bei dir, schlafe ruhig.«

Das Kind begriff. Die kleine Einsame, die sich in ihrer schwersten Stunde verlassen glaubte, war nicht allein. Ein Mensch war bei ihr, der sie liebte. Das zu wissen, tat so unendlich gut, war so beruhigend.

»Mama«, sagte Katrin leise und zärtlich. Es klang wie ein Hauch. Aber Elke hatte das Wort vernommen.

Endlich!

Lange hatte sie darauf gewartet, dass das kleine Mädchen sie so nennen würde.

Katrin schob ihre Hand in die der neuen Mutter. So blieben sie sitzen stundenlang. Elke fühlte keine Müdigkeit. Sie sah nur das lächelnde Gesicht des Kindes.

25. Kapitel

Elke und Johannes standen auf dem Bahnhof. Der Herbst machte sich schon bemerkbar. Sie spürten den Geruch des frisch gemähten Heus und den Duft der Äpfel. Es war die Zeit des Erntens, der Vorsorge für den Winter.

Charlotte Weitgasser kehrte nach langer Zeit wieder einmal heim. Sie hatte Linderung gefunden und sehnte sich jetzt nach Hause. Daheim war es jetzt am schönsten. Deshalb hatte sie die Koffer gepackt und ihrem Sohn und der Schwiegertochter geschrieben.

So lange war sie fort geblieben. Elke dachte an jene Zeit zurück. Damals hatte sie hier gestanden mit wehem Herzen. Sie sah Johannes an. Dachte er in diesem Augenblick auch an früher?

Er hob die Schultern und lächelte sie an.

»Sag es mir doch, dass ich ein Dummkopf war.«

Sie lächelte und schüttelte den Kopf. »Ach nein!«

Immer mehr Leute erschienen. Man kannte sich, begrüßte sich, erkundigte sich nach den Angehörigen. Aber dann kam der Zug. *Wie damals*, dachte Elke, als sie langsam vorwärts ging. Johannes entdeckte seine Mutter zuerst.

»Da bist du ja endlich. Wir freuen uns sehr, Mutter, wirklich. Sehr vermisst haben wir dich.«

»Das freut mich, mein Junge. Wie steht es zu Hause?«

»Alles gut, aber Elke möchte dich auch begrüßen.«

Die junge Frau beugte sich vor und küsste ihre Schwiegermutter auf die Wange.

»Freust du dich auch auf mich?«, fragte sie lächelnd. »Sonst wünscht man doch die Schwiegermutter immer dahin, wo der Pfeffer wächst.«

»Ich würde mich sehr freuen, wenn du jetzt immer bei uns bleiben könntest«, sagte Elke herzlich.

Charlotte drohte mit dem Finger. »Na, nicht so stürmisch. Und wenn ich dich beim Wort nehmen würde?«

Alle lachten herzlich auf. Charlotte Weitgasser bemerkte, dass ihr Sohn ganz anders aussah, glücklich, zufrieden und heiter. Der Schalk saß ihm im Nacken. Die neue Ehe hatte ihn also alles vergessen lassen. Das war gut; da kehrte sie gern heim.

Johannes reichte ihr seinen Arm und half ihr fürsorglich. Elke kümmerte sich um das Gepäck. Es sollte zum Wagen gebracht werden.

Plaudernd schritten sie weiter.

Verstohlen warfen sich Elke und Johannes über ihren Kopf hinweg Blicke zu und lächelten sich an. Beide dachten an das gleiche. Ihre Liebe hatte sie eins werden lassen, einer konnte den Gedanken des anderen erraten.

»Was macht denn eigentlich Katrin?«, fragte nun die alte Frau ihren Sohn.

»Oh, ihr geht es gut«, lachte Johannes, »wirklich, du wirst etwas zu staunen haben.«

»Ist sie denn so gewachsen?«

»Das auch.«

»Du sprichst in Rätseln, mein Junge!«

»Tu ich das wirklich?«

»Ja!«

»So lass dich doch einfach überraschen, Mutter!«

»Es wird mir wohl nichts anderes übrigbleiben, denn ich glaube, Elke wird mir auch nichts sagen. Irgendein Geheimnis habt ihr beiden doch, oder?« Sie lachte herzlich auf.

»Und Cordula, ist sie immer noch der kleine Sausewind? Du hast mir geschrieben, dass die beiden jetzt in die Dorfschule gehen und ganz fleißig sind.«

»Ja, Mutter, und sie sind wirklich recht brave Schülerinnen. Elke sagt es jedenfalls.«

Johannes lenkte den Wagen vorsichtig aus der Parklücke und fuhr dann zügig weiter. Bald hatte sie die Landstraße vor sich. Elke musste daran denken, wie sie in den letzten Monaten hier zur Stadt gefahren war. Doch sie schwieg.

Die Bergspitzen hatten schon eine leichte Winterkappe aufgesetzt. Nachts und morgens lag bereits der Reif auf den Feldern. In den Bergen begann der Winter immer so früh. Die Sonne verschwand viel schneller, und dann kam die Kälte, und damit begannen die langen Abende, die man so ganz anders gestaltete als in der Stadt. Auf dem Land war das Leben noch viel intensiver, und man hatte des Nachts einen ruhigeren Schlaf.

Als sie durch den Hohlweg kamen, passierten sie das kleine Jägerhäuschen. Es stand einsam und verlassen da. Bis jetzt hatte sich kein neuer Mieter dafür gefunden. Hin und wieder kam im Sommer ein Jäger aus der Stadt. Er nistete sich dann für ein paar Tage hier ein. Er verließ das Häuschen aber stets sauber und ordentlich.

Der Wagen fuhr bis zur Haustür. Onkel Tobias hatte ihn zuerst gehört und kam aus dem Haus gelaufen.

»Charlotte!«

Er streckte ihr die beiden Hände entgegen. »Du siehst wundervoll aus. Wie machst du das nur? Immer jünger, dagegen bin ich schon ein rechtes Klappergestell.«

»Ah, du Schmeichler«, lachte Charlotte. »Du hast dich auch nicht verändert. Mich wundert nur, dass du nie geheiratet hast.«

»Hab' halt Glück gehabt«, lachte er.

Da eilte Cordula herbei. Sie war im Garten gewesen, jetzt aber kam sie um die Ecke gebraust und konnte kaum einhalten. Elke fing sie auf.

»Nicht so wild, du wirfst ja die Großmutter um.«

Cordula lachte und sah zu der alten Dame auf.

»Du bist ja wirklich gewachsen, mein Kind«, staunte Frau Charlotte. »Spielst du immer noch mit deiner Katze?«

»Ja, auch, aber am liebsten reite ich auf dem Pony!«

»Das ist auch das rechte für dich.«

Auf der Terrasse bewegte sich jemand. Die alte Frau hob den Kopf und erstarrte. Sie wollte einfach nicht glauben, was ihre alten Augen sahen. Am Arm ihres Sohnes hielt sie sich aufrecht und starrte fassungslos geradeaus.

Katrin stand mitten auf der Terrasse. Sie trug ein helles Kleid. Sie stützte sich auf die Krücken und ging vorsichtig ein paar Schritte weiter.

»Großmama«, rief sie selig. »Großmama, ich kann gehen, ich kann wirklich gehen. Eines Tages brauche ich auch nicht mehr die Krücken. Oh, Großmama, ich bin ja so glücklich.«

Die alte Frau hatte Tränen in den Augen. Dass sie das erleben durfte! Das Sorgenkind war gesund geworden.

»Na«, sagte Johannes.

»Warum hast du mir das nicht geschrieben?«, murmelte sie. Ihre Stimme klang brüchig.

»Wir wollten dich überraschen. Aber das ist noch nicht alles!«, setzte er heiter hinzu.

»Habt Erbarmen mit mir. Ich bin eine alte Frau. Ich muss das alles erst langsam verarbeiten.«

»Komm, Mutter!«

Vorsichtig stieg sie die Stufen zum Haus hinauf. Als sie Katrin erreichten, nahm sie das Kind in die Arme und küsste es.

»Ich bin sehr glücklich mit dir, mein Kleines!«

»Mama hat es gewollt. Hätte Mama es nicht gewollt, säße ich jetzt noch immer im Rollstuhl.«

Charlotte streckte ihre Hand nach der Schwiegertochter aus. »Ich danke dir, danke dir von ganzem Herzen. Habe ich es dir nicht gesagt, Johannes? Eines Tages wirst du wieder glücklich sein.«

»Wie glücklich ich bin, das wirst du gleich erst richtig erfassen, komm!«

Auf einmal hatte er es sehr eilig. Er führte seine Mutter in ein kleines sonniges Zimmer am Ende der Halle. Als er die Tür öffnete, fiel ein neugieriger Blick auf die reich geschnitzte Wiege, ein uraltes Erbstück. Alle Kinder der Weitgassers hatten schon darin gelegen.

»Sieh nur – das ist Klein Johannes, einen Monat alt.«

Ihre Hände zitterten, als sie die zarten Fingerchen streichelte. Der Kleine öffnete in diesem Augenblick die Augen. Er sah seine Großmutter mit gefurchter Stirn an, gähnte ausgiebig und schlief weiter.

ENDE

3. Mit verordneter Zärtlichkeit

1. Kapitel

Es war recht verwunderlich, als zu dieser frühen Morgenstunde beim Förster Sepp Schöberl die Tür aufgestoßen wurde. Dann flog etwas Braunes über die ausgetretenen Stufen, kullerte im feuchten Gras weiter, blieb aber schließlich liegen und rührte sich erst nach einer vollen Minute. Jetzt sah man, dass es sich um einen Dackel handelte. Ein schönes Tier mit rotbraunem Fell und blanken Augen. Wütend blaffte er zum Haus zurück. Und wie auf Kommando wurde wieder die Tür geöffnet und jemand etwas unsanft aus dem Haus geschoben. Dieser Jemand war Sepp Schöberl höchst persönlich. Er und sein Dackel blickten sich an.

»Ja«, sagte Sepp Schöberl und strich sich über den Vollbart, »wie es mir scheint, Julius, haben wir es mal wieder geschafft.«

Der Dackel kam näher. Er kletterte an Sepps Hosenbeinen hoch und blickte ihn an.

»Brauchst gar nit so böse schauen, du hast es einfacher. Wenn du mich auch für einen Feigling hältst, mir macht das gar nix, ehrlich nit, Julius. Ich geh in die Räuberhöhle nit mehr zurück. Das heißt, vorläufig nit.«

Das kleine Küchenfenster wurde aufgestoßen, und ein junger Mädchenschopf schaute heraus.

»Mit wem sprichst du, Vater?«

Sepp zeigte mit den Händen nach hinten und machte dann, dass er in den Hochwald kam. Nicht weit unter den hohen Tannen hatte er sich vor Jahren eine Bank gezimmert. Hier saß er recht oft. Das hieß, wenn seine drei Töchter ihn mal wieder hinausgeworfen hatten.

Julius kletterte neben ihn auf die Bank, legte seine Schnauze in die Hände von Sepp und brummte zufrieden, als dieser ihn zu kraulen anfing.

»Sie sagen, ich verpeste die Luft«, stieß Sepp hervor. »Ich frage mich, wieso lass ich mir das eigentlich gefallen. Ein Kreuz sind sie, jawohl. Eine Strafe Gottes, und ich lass mir das in der Tat gefallen.« Heftig zog er an dem krummen Pfeifchen.

Julius war es gewohnt, dass sein Herrchen mit sich selbst sprach. Wenn man Förster ist, verbringt man seine Tage in der Einsamkeit zwischen Tannen und Fichten, in der Gesellschaft eines krummbeinigen Dackels.

»Ich kenne ja mein Sündenregister«, sagte Sepp und blickte seinen Hund an. »Aber was hast du denn wieder ausgefressen?«

Julius wusste sehr wohl, wovon die Rede war und zog seinen Schwanz ein. Dabei dachte er an Elfi. Ausgerechnet da musste sie ins Zimmer kommen, als er in der Stubenecke sein Geschäftchen erledigt hatte. Draußen war es ihm zu nass gewesen. Und außerdem war er ein sehr fauler Hund.

»Wenn du doch reden könntest, Julius, dann wären wir wirklich ein feines Gespann.«

Sepp klopfte seine ausgebrannte, Pfeife gegen die Bank und blickte dabei ins Tal. Sein Häuschen klebte mit dem Rücken zur Bettelwurfspitze. Vor ihnen lag der Gnadenwald. Zwischen den hohen Baumstämmen sah man in das kleine verschlafene Dorf Vomp.

»Und da hat sich Gott gedacht, ich tu dem Sepp Schöbler einen Gefallen, wenn ich ihn nach hier versetzen lass«, brummte er mehr zu sich als zu dem Hund. »Ausgerechnet Vomp. Ich hab ja gegen das Dorf nix. Ehrlich nicht, ist ein feines Dörfchen, und die Schenke ist auch fein, das Bier kühl und die Bedienung fesch. Aber...«

Herrje, jedes Mal wenn Sepp so weit dachte, dann sträubten sich ihm die Haare. »Warum hat uns denn das Herrgöttle nit nach Schwaz gesendet? Du meine Güte, dann hätt ich jetzt bestimmt keine drei unverheirateten Töchter auf dem Hals.«

Schwaz lag an der Hauptstraße nach Innsbruck. Im Mittelalter hatte man dort Silber und Kupfer abgebaut. Reich wurde das Städtchen.

Und jetzt, wo es kein Silber und Kupfer mehr gab, da lebten sie recht gut von den Fremden. Da sollte man nit neidisch werden.

»Nun gut«, meinte er, »ich will ja nit so anspruchsvoll sein. Ich wäre ja schon zufrieden gewesen, wenn man mich nach Fiecht versetzt hätte. Dort gibt es auch Fremde. Aber die Obrigkeit denkt nit daran, wie schwer es ein Vater hat, wenn er drei Töchter besitzt.

Da hockt man nun in einem Seitental, angekettet an der Bettelwurfspitze, zwanzig Minuten vom Dörfchen Vomp entfernt und bekommt graue Haare. Das hätt sich die Franzi, was mein seliges Weib ist, nit im Traum ausgemalt. Alle drei Töchter daheim. Du liebe Güte, einen strammen Bub hab ich haben wollen, und was hab ich bekommen? Drei Mädels, und sie können doch wirklich froh sein, dass ich sie lieb hab. Das ist nun der Dank dafür. Da hocken sie bei mir im Haus, gewiss, sie führen mir die Wirtschaft tadellos, und auch das Vieh versorgen sie gut. Ich brauch wirklich keinen Handschlag zu tun, wenn ich heimkomme. Sie stricken mir sogar die Strümpfe, wie die Franzi es seinerzeit für mich getan hat.

Aber beim Teifi, mir sträuben sich die Haare, wenn ich daran denke, dass sie vielleicht ihr Leben bei mir verbringen wollen. Alle drei! Da verschwind ich lieber freiwillig in die Hölle, Julius. Hast es ja heut Morgen wieder gesehen. Wir haben nix zu sagen. Du nit und ich erst recht nit.

Siehste, die Sache ist so, Julius. Die drei bilden sich doch tatsächlich ein, die heiratsfähigen Männer kommen von ganz allein auf den Berg gepilgert. Sie hätten es nit nötig, sich nach einem Mannsbild umzuschauen. Aber hast du schon mal einen kommen sehen? Ich noch nit. Oder vielleicht muss ich mir mal eine Brille zulegen, dann tu ich sie besser sehen, die Burschen.«

Julius blaffte einmal kurz auf.

»Ich bin ganz deiner Meinung. Alle drei sind schon recht gestandene Weibsleut. Ich glaub, die kriegen gar keinen Mann mehr mit. Rechnen wir doch mal nach, wie alt sie nun wirklich sind, ja? Ich vergess das so schnell. Also, da ist meine Älteste, die Hilde, sie wird heuer fünfundzwanzig. Herrje, das ist fatal mit ihr. Und grad sie möcht ich schnell unter die Haube bringen. Der macht man ja nix mehr recht. Und dann kommt die Elfi, sie wird nun auch schon dreiundzwanzig und das Nesthäkchen, die Eva, zwanzig. Nun, sie mag noch ein paar Jährchen bleiben. Schließlich brauch ich jemand, der mir die Hemden wäscht und für mich kocht. Aber drei auf einen Schlag? Das hält der stärkste Mann nit aus.«

So weit war er in seinen lauten Betrachtungen gekommen, als sich hinter ihm etwas tat. Sepp drehte sich herum und gewahrte einen dunklen Rock. Dann folgte ein etwas zerknittertes Gesicht.

»Brunhilde, bist auch schon auf den Beinen? Wieso schon so früh, dich treibt doch niemand?«

Das Weiblein kicherte, kam angehumpelt, und setzte sich neben den Förster. Julius wackelte mit dem Schwanz. Die Kräuter-Brunhilde war für ihn keine Fremde. Auch jetzt kraulte sie ihm das Fell, und genau da, wo er es so gerne hatte.

»Bist mit deinem Monolog fertig?«, fragte sie und blinzelte Sepp lustig an.

»Hast mich also belauscht?«

»Nix da. Hältst deine Reden als wärst ganz allein auf der Welt. Wer ist es denn jetzt wieder?«

»Alle drei«, sagte er trübsinnig.

»Oje«, machte sie nur.

»Brunhilde, ich halt es bald nit mehr aus. Sie verleiden mir das Heimkommen.«

»Die lieben Kinderchen«, kicherte die Alte.

»Das sind keine lieben Kinderchen mehr, und wenn sie so weitermachen, dann sind sie bald ein paar alte Wald-und-Wiesenschachteln über die man lacht.«

»Da müssen sie dich heute ja wieder ganz toll geärgert haben«, lachte das Weiblein.

»Julius kann dir auch ein Lied davon singen. Und jetzt, wo ich grad nachgerechnet hab und weiß, dass meine Älteste schon fünfundzwanzig wird, da krieg ich wirklich einen Schreck, Brunhilde.«

Brunhilde saß neben ihm und wackelte mit dem Kopf hin und her. Dann hob sie den kleinen Spankorb hoch und sichtete die Kräuter, die sie heute schon gesammelt hatte. Sie war etwas verwachsen, und in Vomp wusste eigentlich keiner, woher sie kam und wer sie war. Sie hieß bei allen die Kräuter-Brunhilde und lebte im Hochwald in einer verlassenen Schutzhütte. Die hatte sie sich recht nett eingerichtet. Im Sommer suchte sie Kräuter, Beeren und Pilze und verkaufte sie in Vomp. Obwohl sie zu allen freundlich und hilfsbereit war, so hatte man doch ein wenig Angst vor der komischen Alten. Eigentlich sprach sie nur selten. Ihr einziger Freund war der Förster Sepp. Sie trafen sich recht häufig im Wald, und oft kam Sepp zu ihr und klagte ihr sein Leid. Sie kannte seine drei Töchter und hielt sie für eingebildet und hochfahrend. Bloß weil der Vater Staatsbeamter war, wollten sie keine Anstellung in Schwaz oder Innsbruck annehmen. Viele junge Mädchen aus den kleinen Dörfern zogen fort und verdienten nicht nur Geld in der Fremde, sie fanden dort auch ihren zukünftigen Ehemann.

Sepp sah ihr zu, während sie die Kräuter sortierte. Er hatte überhaupt keine Ahnung davon. Aber plötzlich kam ihm ein Gedanke.

»Hör mal, Brunhilde, kannst nit einen Liebestrank brauen? Den trichtere ich dann meinen Töchtern ein und ich bin sie los. Hei, das gäbe einen Spaß. Und ich würd es mich auch was kosten lassen, ehrlich.«

Brunhilde kicherte. »Ich bin keine Waldhexe, und mit dem Teufel bin ich auch noch keinen Bund eingegangen. Es tut mir in der Seele leid, Sepp. Aber damit kann ich dir leider nit dienen.«

»Aber früher, da haben sie es gekonnt«, sagte er hartnäckig.

»Ach was, das ist alles dummer Aberglaube. Man muss nur fest glauben, dann hilft alles. Brauchst gar keine Kräuter dazu.«

»Wie? Gibt es in der Tat einen anderen Liebeszauber?«

Die Alte kicherte.

»Hör zu, Brunhilde, hast mir schon so manchen Tipp gegeben, von wegen Wilderer und so. Und auch einen Rat, wenn ich ihn gebraucht habe. Kannst mir jetzt nit vielleicht auch helfen?«

»Wer weiß, wer weiß?«, sagte sie lachend.

Sepp setzte sich kerzengerade auf die Bank. Julius fiel herunter und blaffte einmal kurz auf.

Das Kräuterweib erhob sich und meinte: »Wenn du mir die Sachen rauf trägst, verrat ich dir ein Geheimnis.«

Sepp blickte das Körbchen an und meinte fröhlich: »Nun, das ist wirklich Schwerstarbeit.«

»Das Körbchen trag ich selbst. Hinter dem Strauchwerk stehen die Pilze«, sagte die Alte und humpelte voraus.

Und die hatten wirklich ihr Gewicht.

»Brunhilde, du bist ein hinterlistiges Geschöpf«, schimpfte der Förster hinter ihr her.

Diese kicherte. »Komm nur, kriegst deinen Lohn in meiner Hütte, schöner Jüngling.«

Oft machte sie sich einen Spaß daraus, wie eine Märchenhexe zu reden.

Sepp keuchte bald. Zum Hochwald ging es ziemlich steil hinauf. Nur Julius rannte fröhlich hin und her. Für ihn war das alles nur Spielerei.

2. Kapitel

Dass die Schöberl-Töchter gar so hochmütig waren und die Nase ziemlich hoch in den Himmel steckten, das hatten sie zum Teil der Mutter zu verdanken. Sie sahen nicht übel aus, und so manch ein Bauernbursch hätte sie gern gefreit, denn sie verstanden es zuzupacken, und Geld hatten sie ja auch auf der Bank. Es stammte von der Mutter selig.

Den Sepp hatte Franzi nie wissen lassen, dass sie eigentlich unter ihrem Stand geheiratet hatte, obwohl das Forsthaus und die Wirtschaft sein Eigen waren.

Franzi kam aus einer Kaufmannsfamilie aus Innsbruck. Sie hatten früher viel Geld besessen. Aber dann war da der liederliche Bruder gewesen, und sie hatten seine Schulden begleichen müssen. Aus Gram hatten die Eltern dann keine Lust mehr am Leben gehabt. Und so waren sie bald gestorben. Franzi hatte noch ihre Erbschaft bekommen. Sie war anschließend zu Verwandten nach Schwaz gezogen und hatte dort im Haushalt geholfen. Man ließ es sie aber immer spüren, dass sie nur wegen der Verwandtschaft geduldet sei. Damals vor dreißig Jahren, da hatten die jungen Mädchen daheim warten müssen, bis einer kam und sie in den Ehestand erhob. Erst dann waren sie frei. Franzi war nicht schön und auch nicht lustig gewesen. Sie war schon dreißig Jahre, als sie Sepp Schöberl kennenlernte.

Er war an die fünf Jahre jünger, aber weil er sie als Frau haben wollte, war sie ihm dankbar gewesen und auch mit nach Vomp ins Forsthaus gezogen. Sie hatten eigentlich ein ganz glückliches Leben geführt. Denn jetzt war sie ihre eigene Herrin und wurde nicht hin und her gejagt.

Dann waren die Töchter gekommen. Und sie sahen entschieden hübscher aus als die Mutter. So hatte sie Hoffnung, dass durch die Töchter wieder Glanz auf ihren Namen fiel. Sie predigte ihnen immer, ja nicht den ersten besten Burschen zu nehmen. Sie rümpfte die Nase über die tölpelhaften Bauernburschen. Als dann die Zeit kam, wo immer mehr Gäste in die Sommerfrische nach Österreich fuhren und ringsherum die jungen Mädchen als Stubenmädchen oder Bedienung ihr eigenes Geld verdienten, da hatte sie ihren Töchtern immer gesagt: »Das habt ihr nit nötig. Ihr habt Geld für eine gute Aussteuer. Bleibt brav zu Hause, es wird sich auszahlen. Wer will denn schon ein Stubenmädchen zur Frau, wenn er ein wenig auf sich hält?«

Eva, Elfi und Hilde taten alles, wie die Mutter es wollte und fanden es ganz gut. Daheim war man nicht in der Fremde. Aber mit der Zeit wurden sie zanksüchtig, besonders, als die Mutter ganz plötzlich starb. Jeder wollte kommandieren. Hilde glaubte, die jüngeren Schwestern herumkommandieren zu können. Aber die ließen sich nichts gefallen. Es sprach sich schnell herum, wie zanksüchtig sie waren und so kam kein Bursch mehr in ihre Nähe.

Alles konzentrierte sich jetzt auf den Vater. Aber Sepp wollte sich von seinen drei Töchtern nicht unterjochen lassen, und so hatte er wirklich kein leichtes Leben. Dazu kam noch, dass sie ziemlich abgelegen wohnten. Abwechslung gab es demnach nicht viel.

Umso erstaunter waren alle drei, als gegen Mittag der Vater nach Hause kam und ein verschmitztes Lächeln in den Mundwinkeln stecken hatte. Selbst Julius sah fröhlich aus, er schnüffelte nicht mal an der Küchentür herum.

Und dann sagte Sepp noch: »Legt mir morgen früh meinen Sonntagsrock heraus!« Da schauten sie ihn an.

»Aber Vater, mitten in der Woche? Das geht nit.«

»Und warum nit?«

»In der Woche gutes Zeug anziehen, nein, das wird geschont. Für den Hochwald ist die alte Jacke gut genug.«

»Ich fahr morgen nach Schwaz. Wenn ihr mir ihn nit raus legt, hol ich ihn mir selbst.«

So sehr sie auch in ihn drangen, er verriet nicht, was er in Schwaz wollte. Als sie allein waren, setzten sie sich an den großen Küchentisch und blickten sich an.

»Er wird wunderlich«, meinte Hilde wegwerfend.

»Geh«, sagte Eva, die ein wenig sein Liebling war, »er darf doch noch tun, was ihm Spaß macht.«

»Darin seh ich keinen Spaß«, sagte nun Elfi. »Und das viele Geld, das er dabei ausgibt.«

»Dir wäre es wohl lieber, er spart sich krumm und schenkt dir dann einen Batzen Geld?«, sagte Hilde giftig zu Elfi.

Schon war der Streit mitten im Gang. Aber eigentlich hatten sie alle drei ein wenig Angst vor der Zukunft. Eva nicht so sehr, denn sie war erst zwanzig. Aber Hilde glaubte nicht mehr daran, dass ein Mann sie haben wollte. Sie war jetzt in einem Alter, wo sie jeden genommen hätte. Aber es kam eben keiner mehr den Berg herauf. Und sie wurde mit der Zeit verbittert. Eva wollte schon mal ausbrechen.

Vor gar nicht langer Zeit hatte sie mal davon gesprochen, dass sie nach Schwaz in Stellung gehen wollte. Aber Elfi wie Hilde hatten pausenlos auf sie eingeredet, dass sie ganz verwirrt worden war, und so war sie schließlich geblieben.

Am nächsten Morgen lag der gute Anzug und was dazu gehörte, bereit. Sepp schmunzelte. Er machte sich fein, nahm seinen Knotenstock und pilgerte nach Vomp. Von dort nahm er den Postbus nach Schwaz.

Zuerst einmal genoss er es in vollen Zügen, den einsamen Bergen entronnen zu sein. Obwohl er sie heiß und innig liebte, und nie woanders leben möchte, so packte ihn doch hin und wieder die Sehnsucht nach Trubel und Geschäftigkeit der Stadt.

Für Brunhilde kaufte er zum Dank zehn schwarze Zigarren. Als der Ladeninhaber ihm freundlicherweise eine anbrennen wollte, schüttelte er sich heimlich und sagte schnell: »Das hat noch Zeit. Ich muss erst aufs Amt, wissen Sie. Und da ist so ein Glimmstängel oft im Weg.«

Ja, und dann war er ein paarmal die Hauptstraße rauf und runter gepilgert. Die Zeit verstrich, und er musste jetzt in das Zeitungsbüro, oder es würde heute nicht mehr klappen. Klopfenden Herzens betrat er den großen Glaskasten. Ein nettes Fräulein saß hinter einem Schreibtisch. Diesem reichte er den Zettel, den er und Brunhilde aufgesetzt hatten.

»Ach, Sie wollen eine Anzeige aufgeben?«

»Ja, wenn Sie so nett sein wollen«, sagte er eifrig.

Das Fräulein schmunzelte ein wenig. Dann begann es zu rechnen. Sie sagte: »Das kostet zwanzig Mark.«

Sepp trennte sich nur schwer von dem Geld und überlegte, wie viel Bierchen man dafür hätte bekommen können. Aber dann sagte er sich, wenn ich damit auch nur eine von meinen Töchtern los bin, ist das Geld gut angelegt.

In der Anzeige stand somit zu lesen: »Drei junge, hübsche Mädchen mit guter Mitgift suchen Lebensgefährten.« Sepp hatte auch die genaue Adresse angegeben.

»Und wann wird das nun gedruckt?«

»Am Samstag wird es in der Zeitung stehen«, erklärte das nette Fräulein.

Sepp nahm Hut und Knotenstock und wünschte einen guten Tag. Draußen auf der Straße spürte er, dass ihm ein Stein vom Herzen gefallen war. Doch er konnte sich nicht lange aufhalten. Der Bus würde nicht warten. Gegen Abend war er endlich wieder in Vomp. Er saß noch ein wenig im Krug und ging dann heim.

Zu seiner Überraschung waren seine drei Töchter die Liebenswürdigkeit selbst, und er hätte sich daraufhin schon bald verraten. Doch dann besann er sich darauf, dass Brunhilde ihm eingeschärft hatte, den dreien nix von der Anzeige zu erzählen. Sonst würden sie womöglich noch ausreißen.

Bei sich dachte er: *Wenn sie doch nur so nett blieben, dann krieg ich sie schnell unter die Haube. Aber wenn sie wieder so zanken wie neulich, dann verschwinden die Freier gleich.*

Voller Ungeduld wartete er den Samstag ab. Als der Postbote am Morgen die Zeitung brachte, entriss er ihm diese und verschwand damit in der guten Stube. Das war noch nie geschehen, und die drei Töchter sahen sich verblüfft an.

»Warum legt der Vater nur so ein närrisches Wesen an den Tag?«, fragte Elfi. »Ich versteh das nit. Kriegt doch jeden Morgen zuerst die Zeitung.«

Hilde schnaufte. »Ich hab's. Jetzt sitzt er da drinnen, mit der Pfeife im Mund und macht uns die Gardinen gelb. Das ist es. Er will sich von neulich rächen , als wir ihn vor die Tür gesetzt haben.«

Eva lachte hell auf. »Und warum tust du es jetzt nicht?«

»Und ob ich das tu«, schnaufte Hilde. »Ein wenig Rücksicht kann er schon nehmen.«

Eilig lief sie zur Tür, aber plötzlich besann sie sich doch, bückte sich und schaute durch das Schlüsselloch. Dabei sah sie den Vater, wie er auf die Zeitung starrte.

»Er raucht gar nit«, keuchte sie atemlos.

»Ja, was macht er dann?«

»Er starrt nur die Zeitung an.«

Das verstanden sie überhaupt nicht. »Vielleicht ist etwas Interessantes drin?«

Sepp fühlte das Lachen in sich hochsteigen. Die Anzeige machte sich gut. Da mussten die Freier Schlange stehen. Schließlich holte er eine Schere und schnitt sie aus.

Als er die Stube verlassen wollte, liefen seine Töchter auseinander und flüchteten in die Küche. Sepp kam herein, setzte sich an den Tisch und aß mit verächtlicher Miene sein Müsli. Die Mädchen staunten immer mehr. Als er anschließend fortging, meinte Eva flüsternd: »Vielleicht ist er krank?«

»Geh, dann würd er doch nit in den Hochwald steigen.«

Jetzt hielten die drei es nicht mehr aus. Sie mussten unbedingt herausbekommen, was der Vater an der Zeitung so interessant gefunden hatte. Hilde wühlte das Blatt durch, fand aber zuerst gar nichts. Schon wollte sie enttäuscht das Blatt zur Seite legen, als sie das Loch in der Zeitung sah. Verblüfft hielt sie diese hoch und starrte darauf.

»Habt ihr das gesehen?«

»Klar, wir sind doch nit blind«, ereiferte sich Elfi.

»Das ist stark. Jetzt wissen wir nit mal, was ihn so interessiert hat.«

»Kannst ihn ja fragen, wenn er heimkommt«, meinte Eva fröhlich.

Hilde machte giftige Augen.

»Es muss eine Anzeige gewesen sein«, rief Elfie dazwischen.

Wieder beugten sich die drei Köpfe über die Zeitung. Eva sah etwas weiter. Dort stand in dicken Balken: »Bekanntschaften – Heiratsanzeigen.«

Sie schlug sich auf den Mund und war wirklich sehr erschrocken. »Der Vater will heiraten.«

»Bist narrisch«, sagte Elfi.

»Seht doch! Hier hat er das Loch geschnitten. Es muss sich um eine Heiratsanzeige gehandelt haben.«

Das fuhr den dreien in die Beine. Eine neue Mutter? In ihrem Alter!

»Das geht nit. Das darf nit sein. Das kann er doch nit tun«, keuchte Hilde.

»Da können wir nix tun, Vater ist schließlich volljährig«, meinte Elfi.

»Eine neue Frau im Haus, ja zum Teufel, weißt denn nit, was das zu bedeuten hat? Die macht uns das Leben furchtbar sauer. Kommandieren wird sie uns, und wir müssen nur arbeiten und dürfen nit aufmucken.«

»Ich geh dann fort nach Innsbruck«, sagte Eva.

Neidisch blickten die beiden Schwestern sie an. Sie war mit Abstand die hübschere von ihnen, und dann war sie ja auch knapp zwanzig Jahre alt. Sie würde man immer nehmen.

Hilde reckte sich. »Pah, so weit kommt das noch. Uns unser Elternhaus zu vergraulen. Wir haben die meisten Rechte hier. So einfach nehmen ich das nit hin.«

Hilde gab den beiden Geschwistern wieder Mut.

»Wir müssen nur zusammenhalten, dann schaffen wir es schon, verlasst euch darauf.«

3. Kapitel

Während sie so Pläne schmiedeten und sich ihre Köpfe zerbrachen, saß Sepp bei Brunhilde, ließ sich das gute Frühstück munden und überreichte ihr die Zigarren. Sie lachten herzlich über die Anzeige.

»Jessas, das wird ein Spaß sein.«

Doch nach einer Weile meinte Sepp: »Wie mach ich es denn? Ich mein, wenn sie aufkreuzen, dann werden sie doch nit sofort eine nehmen, und wieder gehen. Sie müssen sich doch erst mal kennenlernen.«

»Hast doch Stuben genug leer stehen, Sepp. Neulich hast du doch gesagt, dir wäre es ganz lieb, wenn du ein Mannsbild für die Wirtschaft hättest. Und wenn du sie am Anfang als solche ausgibst? Was meinst du?«

»Brunhilde, du bist mit Gold nit zu bezahlen. Wo nimmst du nur immer die Einfälle her?«

Sie kicherte. »Schad, ich wär gern dabei. Das muss eine Gaudi sein. Und die drei wissen nix davon.«

Sepp lachte. So an die zwei Stunden blieb er bei der Kräuter-Brunhilde. Dann machte er sich auf den Weg. Er stieg noch ein wenig höher, überquerte eine Lichtung und hatte bald die Grenze seines Reviers erreicht. Plötzlich hörte er hinter sich ein seltsames Geräusch.

Blitzschnell hatte er sein Gewehr im Anschlag. Aber dann sah er, wer dort aus dem Busch gekrochen kam. Es war Konrad, der Dorftrottel von Vomp.

»Ja, Konrad, was machst du denn hier oben?«

Er stand mit hängenden Armen vor ihm und zitterte vor Angst.

»Nix tun, nit arme Konrad totschießen«, stotterte er.

Sepp merkte jetzt erst, dass er noch immer sein Gewehr im Anschlag hielt. Er schulterte es und trat näher.

»Was ist denn los, Konrad?«

Er sah ziemlich verwahrlost aus, und der Hunger stand ihm in den Augen geschrieben. Konrad hatte keine Eltern mehr. War sozusagen ein lediges Kind, für das die Gemeinde Vomp aufkommen musste. Er war wirklich harmlos, nur ein wenig dumm im Kopf. Ja, und eine Schule hatte er auch nie besuchen können. Aber er arbeitete bei den Großbauern, und diese nutzten ihn weidlich aus. Aber das wusste er nicht.

Stotternd erzählte er nun, dass man ihn fortgejagt hatte. Er sollte mehrere Hühner beim Seebacher gestohlen haben.

»Und hast du sie gestohlen, Konrad?«

Er schüttelte den Kopf.

»Komm mit«, sagte Schöberl.

»Nit zum Gendarm«, keuchte Konrad. »Der wirft mich ins schwarze Loch, so haben sie gesagt.«

»Konrad«, sagte Sepp, »mir kannst vertrauen. Komm mit, kriegst auch was zu essen.«

Da leuchteten die Augen des Jungen auf. »Essen«, flüsterte er. »Hab schon lang nix mehr essen können. Bloß Beeren, Förster.«

Sepp ballte die Hände. *Diese verfluchten Dörfler*, dachte er grimmig. Gar nit lange überlegen, einfach sagen, Konrad war es. Wo er doch immer so fleißig war und keiner Fliege etwas zuleide tat. Und grad er sollte ein paar Hühnern den Hals umdrehen?

Sie stiegen den Hochwald hinunter. Dabei bemerkte der Förster ein paar fachgerecht angelegte Schlingen im Dickicht. Konrad stand neben ihm und sah ihn an.

»Schau«, sagte Sepp grimmig und hob die Drahtschlinge hoch. »Wer so was tut, der ist bös, hörst, Konrad, der ist ein Saukerl. Wenn ich den erwisch, dann kriegt er eine gehörige Abreibung.«

Konrad blickte jetzt aufmerksamer.

»Böser Mann?«

»Ja, sehr böse. Und ich werd ihn suchen, wirst sehen, der wird ins schwarze Loch geworfen, der Wilderer ist bös, aber nit du!«

Konrad warf ihm ein dankbares Lächeln zu.

»Komm, wir müssen weiter.«

Gegen Mittag kamen sie bei Brunhilde an. Diese kannte Konrad noch nicht. Hatte auch noch nie etwas von ihm gehört. Sie kam ja so selten ins Dorf, und wenn, dann hielt sie sich nur kurz auf. Sepp erzählte ihr von Konrad, dem armen Dorftrottel, und auch davon, wie man ihn grundlos fortgejagt hatte. Brunhilde hatte sofort Mitleid mit ihm. Schon schlurfte sie ins Haus und holte einen großen Teller voller Pellkartoffeln mit Pilzen.

»Und was willst jetzt tun, Sepp?«

»Zuerst einmal werd ich dem Seebacher meine Meinung sagen. Natürlich werd ich nit rasten und ruhen, bis ich den wirklichen Täter gefunden hab.«

Die Kräuter-Brunhilde blickte ihn aufmerksam an. »Bist ein prima Mensch, Sepp. Aber was ist dann weiter?«

Er seufzte. »Die da unten werden nie Vernunft annehmen, wenn einer aus der Reih tanzt, der wird ausgestoßen.«

»Kannst ihn vorläufig bei mir lassen, Sepp. Er kann im Heu schlafen. Und zu essen hab ich wohl für ihn.«

»Hast aber selber nit viel«, sagte Schöberl. »Grad du, Brunhilde, musst jeden Groschen dreimal umdrehen.«

»Er wird mir helfen, Sepp. Lass man, wo einer satt wird, da werden auch wohl zwei satt.«

»Brauchst keine Angst zu haben, er ist wirklich harmlos.«

»Ich weiß, sonst hättest ihn mir nit gebracht«, gab sie ruhig zur Antwort.

Sepp ging erleichtert fort. Aber vorher sprach er noch mit Konrad und sagte ihm, er solle alles tun, was Brunhilde ihm auftrage. Dieser nickte eifrig und dankbar.

4. Kapitel

»Da kommt er«, sagte Eva und drehte sich um. Hinter ihr in der Stube standen die anderen beiden.

Als Sepp die Haustür öffnete, kamen ihm ein paar lammfromme Töchter entgegen. Die eine hielt seine Pantoffeln in der

Hand und die andere meinte gütig: »Wenn du dein Pfeifchen in der Stube rauchen möchtest, Vater, so kannst du es ruhig tun. Dann wasch ich die Gardinen häufiger.«

Und die dritte tischte ihm sein Lieblingsgericht auf.

Sepp kam aus dem Staunen nicht mehr heraus. »Sagt mal, hat euch was gestochen?«

Doch sie lächelten ihn nur süß an und meinten: »Wir wollen doch nur, dass es dir gut geht. Dass du es gemütlich hast, Vater.« Und die drei hielten sich wirklich für sehr schlau. Den ganzen halben Tag hatten sie sinniert, wie sie den Vater davon abbringen konnten, sich wieder zu verheiraten. Eva war dann auf die Idee gekommen.

»Wenn wir ihm alles durchgehen lassen. Ich mein, uns nach seiner Nas richten, dann hat er doch gar kein Verlangen mehr nach einer neuen Frau.«

Hilde ging das natürlich gegen den Strich. Sie spielte nun mal gern die Herrin. Aber dann hatte sie süß-säuerlich erklärt: »Nun, wir können es ja so lange machen, bis die Gefahr vorüber ist.«

»Wenn er wieder nach Vomp reisen will, muss sich eine von uns ihm anschließen«, sagte Elfi. »Wir dürfen ihn jetzt nit mehr allein lassen.«

»Nur in den Wald darf er mit Julius gehen«, lachte Eva. »Dort lauern keine herrschsüchtigen Weiber auf ihn.«

Sepp wollte seine Töchter auf die Probe stellen. Er verlangte herrisch die Zeitung, anschließend den Ascher, und dann wollte er noch ein Kissen für seinen Rücken. Ja, als sie ihm sogar sofort den verlangten Enzian brachten, da wurde es ihm ganz mulmig ums Herz. Natürlich konnte er nicht ahnen, dass sie in eine ganz andere Richtung dachten.

Brunhilde hatte ihm gesagt: »In der Woche oder zum nächsten Wochenende werden sich die Freier wohl zeigen. Zuerst einmal müssen sie ja alle die Anzeige lesen und sich freinehmen, um hier heraufzukommen.«

Sepp verbrachte einen seligen Sonntag, und auch die nächsten Tage waren für ihn nur eitler Sonnenschein. Und er sagte sich schon, meine Töchter sind die besten Kinder von der ganzen Welt. Jetzt reut es mich schon, dass ich die Anzeige hab drucken lassen. Sie hängen mit zärtlicher Liebe an mir, und ich Rabenvater will sie in die Welt schicken.

Tag um Tag umlauerten die drei den Vater. Jeden Abend glaubten sie, jetzt ist es so weit. Jetzt wird er sagen: Morgen will ich meinen guten Anzug haben. Aber er tat es nicht. Er machte sich breit, und sie mussten ihn bedienen wie noch nie. dass sie bald recht sauer waren, war wirklich kein Wunder.

Sepps schönes Leben dauerte nur bis Donnerstag. Als er am Morgen wie üblich auf seine Pirsch ging, setzten die drei sich in die Küche zu einer neu aufgebrühten Tasse Kaffee und hielten Kriegsrat.

»Wenn es ihm wirklich ernst damit ist, dann hätte er sich doch schon längst auf die Strümpfe gemacht«, sagte Hilde.

»Vielleicht hat er ihr einen Brief geschrieben und wartet jetzt auf Antwort«, meinte Elfi.

»Habt ihr ihn schreiben sehen? Ich nit«, sagte Eva.

»Also das war nur eine Marotte von ihm. Er will sich gar keine neue Frau zulegen.«

Sechs Augen blickten sich an. Eben noch sanft im Gemüt, wurden sie jetzt wieder stählern.

»Und ich hab ihn die guten Gardinen vollqualmen lassen«, stöhnte Hilde.

»Ich hab mich wund gekocht.«

So seufzte jede in einem fort.

»Schluss«, sagte Hilde. »Damit ist jetzt Schluss, sonst erziehen wir uns noch einen Tyrannen.«

»Morgen kriegt er wieder sein Müsli, und wenn er rauchen will, dann nur im Laubengang.«

Brunhilde hatte Sepp zu Blaubeer-Pfannkuchen eingeladen, Konrad hatte sie schon in aller Frühe gesucht. Aber Sepp hatte großzügig abgewunken.

»Das kann ich meinen lieben Töchtern nit antun, die kochen mir jetzt jeden Tag meine Lieblingsspeise und wenn ich jetzt heimkomme und keinen Hunger hab, na, vielen Dank, ich nehm die Einladung ein andermal gern an.«

Kräuter-Brunhilde, die von Sepp auf dem Laufenden gehalten wurde, glaubte, die drei Töchter hätten im Augenblick ihren jährlichen Rappel. Oder vielleicht waren sie neulich zur Beichte gegangen und hatten jetzt ein schlechtes Gewissen. Sie spürte instinktiv, dass es nicht lange anhalten würde. Sagte es auch dem Sepp. Aber dieser wollte nichts davon wissen.

So kam er also ganz ahnungslos nach Hause. Er wunderte sich schon, dass man ihm nicht sofort die Pantoffeln brachte. Auch Julius musste feststellen, dass es mit dem Herumlungern in der Küche nichts mehr war. Sepp wurde erst verdutzt, als er sich in der guten Stube, wo es zu Mittag am kühlsten war, gemütlich hingesetzt hatte und sein Stummelpfeifchen in Brand gesteckt hatte, um sie in aller Ruhe aufrauchen zu können.

Da wurde die Tür aufgerissen, und wie ein Tornado kam Hilde reingefegt, riss ihm die Stummelpfeife aus dem Mund und schrie ihn an: »Wenn du rauchen willst, bitte im Laubengang, oder ich werd sauer.«

Schöberl war so sprachlos, dass er kein Wort über die Lippen brachte. Richtig wach wurde er erst, als man ihm ein Essen vorsetzte, Spinat mit Spiegeleiern, das er für den Tod nicht ausstehen konnte.

»Spinat ist sehr gesund. Und in deinem Alter muss man für seine Gesundheit etwas tun.«

Sepp war darüber so verblüfft, dass er sogar alles aufaß. Aber nachher meinte er grollend: »Ich bin erst fünfzig, in meinen besten Mannesjahren.«

»Wenn wir nit auf dich achtgeben, würdest dich mit Knödeln vollstopfen, bis du keine Luft mehr kriegst.«

Dass er fünf Tage hintereinander Knödel bekommen hatte, persönlich von ihnen gekocht und vorgesetzt, schien ihnen wohl entfallen zu sein, dachte er verblüfft.

»Ihr seid ein grantiges Weibervolk«, zischte er. »Mit euch kann man ja nit leben.«

Aber sie lachten nur und fühlten sich als Sieger. Als er allein war, brummte er vor sich hin. »Na, jetzt reut es mich kein bisschen mehr. Jetzt wart ich fröhlich auf die Dinge, die da kommen werden.«

5. Kapitel

Ja, und dann kam der Samstag. Sepp ging nicht wie üblich in den Wald, sondern werkelte in seiner eigenen Wirtschaft herum. So gegen zehn Uhr war es, als in Vomp ein ziemlich schmächtiges Kerlchen aus dem Bus ausstieg. Als er sich nach Schöberl erkundigte, und man ihm sagte, wie er steigen musste, machte er ein sauertöpfisches Gesicht, nahm aber seinen Rucksack und marschierte los. Gegen elf Uhr kam er auch richtig oben am Forsthaus an. Sein Blick glitt hurtig über Wohnhaus, Scheunen und was noch so zu sehen war. Viktor war im Schätzen sehr gut. Ob das wohl die Mitgift war?

Hilde hing gerade Wäsche auf, als der Fremde ankam. Er sah und war ein wenig über ihre Größe erschrocken. Neben ihr wirkte er ziemlich mickerig. *Aber Geld*, dachte er, *Geld ist halt sehr wichtig.*

»Grüß Gott, mein wertes Fräulein.«

Verdutzt drehte sich Hilde um und sah den seltsamen Mann erstaunt an.

»Ja, mei, Sie haben sich bestimmt verlaufen«, sagte Hilde.

»Ich komm doch wegen der Anzeige, wissen Sie?«

Als sie ihn sehr erstaunt anblickte, meinte er erschrocken: »Ja, sind denn vielleicht vor mir welche gekommen? Das ist aber wirklich schad, wo ich das viele Fahrgeld ausgegeben hab.«

Hilde war verblüfft, dann dachte sie; *vielleicht hat er einen Sonnenstich. Aber ein Urlauber ist er nicht, der kommt von hier.* In diesem Augenblick kam Sepp aus dem Haus und sah das Kerlchen bei Hilde stehen. Er zuckte für einen Augenblick zusammen.

Hilde rief: »Vater, weißt du etwas von einer Anzeige?«

»Ja, gewiss weiß ich das«, erwiderte er schnell. »Ich hab sie doch selbst in die Zeitung setzen lassen. Wegen des neuen Mannes, davon hab ich doch gesprochen.«

Der Tochter fiel das Wäschestück aus der Hand. »Na«, sagte sie und wurde rot. Aber bevor sie noch viel antworten konnte, packte Sepp den Fremden am Arm und zerrte ihn ins Haus. Unterwegs wollte Viktor unbedingt wissen, ob sie denn nun die Erwählte sei.

»Komm doch erst mal in die gute Stube, ich muss dir etwas erklären.«

Er machte die Tür vor der neugierigen Elfi zu und tat dann einen tiefen Schnaufer.

»Jessas, das war scharf«, sagte er und grinste vor Freude den Viktor wie einen Verschwörer an.

Dieser glaubte nun, der Vater sei ein bisschen blöd.

»Warum dieses Getue? Und warum schließt du die Tür ab, Förster?«

»Weil ich nit will, dass sie vorher hereinkommen. Wir müssen uns doch erst einig werden. Ja, und da hab ich gedacht, ich geb dich als meinen neuen Knecht aus. Ein paar Tage wirst doch bleiben können?«

»Wieso denn?«

»Ihr müsst euch doch ein wenig kennenlernen. Wie ist übrigens dein Name?«

»Ich heiße Viktor Tau...«

»Viktor ist genug«, schnitt Schöberl ihm das Wort ab. »Das kann ich behalten. Es werden ja noch mehr kommen. Du bist der erste Freier.«

»Noch mehr?«, keuchte der Fremde. »Herrje, warum denn? Die musst fortschicken. Ich bin doch jetzt da.«

Sepp ließ sich in seinen Schaukelstuhl fallen und lachte schallend. »Bist ja schwach auf der Brust, aber bist ein Kerl, ich nehm es halt an. Aber wenn du auch ein Mannsbild wärst, mit Schultern an die zwei Meter, also die schaffst dann auch nit, Viktor.«

Viktor schüttelte den Kopf und sagte: »Ich glaube, ich bin hier an die falsche Adresse geraten. Ich will freien, Förster! Was redest da für einen Unsinn?«

»Doch nit drei zusammen?«

Entsetzt blickte er Schöberl an.

»Ich hab doch drei Töchter.«

Hastig riss Viktor die Anzeige aus seiner Brusttasche. Dann lachte er auf. »Jessas, das hab ich ganz überlesen. Hab nur das mit dem Geld gelesen. Das stimmt doch?«

»Natürlich«, sagte Sepp verächtlich.

»Aber wenn das Anwesen durch drei geteilt wird, dann bleibt wohl nit mehr viel für eine übrig?«

»Wir haben auch Geld auf der Bank. Die Erbschaft meiner seligen Frau.«

Viktor war mit dieser Auskunft sehr zufrieden.

»So, und jetzt gehen wir in die Küche und sagen ihnen, dass du mein neuer Mann für die Wirtschaft bist.«

So lernte Viktor alle drei Schwestern kennen. Nun war er sich nicht mehr so sicher, ob es die Hilde sein sollte, die er zuerst gesehen hatte.

Die drei standen da und blickten den Vater verwirrt an.

»Gebt ihm die blaue Kammer! Dort wird er wohnen. Hilde, sorg gut für ihn.«

Viktor ging hinter ihr die Treppe hinauf. Unterwegs versuchte er, ihr ins Hinterteil zu kneifen. Aber da kam er bei der Hilde gerade an die Richtige. Sie gab ihm eine schallende Ohrfeige. Wütend zerrte sie das Bettzeug aus der Truhe und knallte es ihm vor die Füße, die Bettlaken hintendrein.

»Beziehen musst schon selbst. Ich diene keinem Knecht. Und wenn ich dir einen Rat geben darf, so bleib nit lang. Wir brauchen dich nit.«

Viktor rieb sich noch immer die geschundene Wange und meinte bei sich: *Die wird nit meine Frau. Mit der ist ja nit gut Kirschen essen.*

Hilde ging in die Küche und wollte gerade den beiden Schwestern erzählen, wie sie dem Luder angegangen war, als es draußen zu poltern anfing. Julius kläffte sich dazu die Seele aus dem Bauch.

»Ist denn heut alles verrückt. Das wird ja ein heiteres Wochenende geben. Also, das sag ich euch, wenn der nicht bis Montag hier verschwunden ist, dann werf ich ihn eigenhändig die Bettelwurfspitze runter.«

»Musst ihn erst mal oben haben«, lachte Eva.

Hilde war heute wirklich nicht zu genießen. »Geh mal nachschauen, Elfi, warum der Julius solchen Krach macht.«

Diese zog ab. Wenige Augenblicke später kam sie in die Küche gerannt und sagte atemlos: »Da ist noch einer. Und der Vater spricht schon mit ihm. Und ich hab genau gehört, wie er gesagt hat, er bekäme fürs Erste die grüne Kammer.«

»Ja, in des Teufels Namen, was soll das denn heißen? Wir haben doch schon einen unterm Dach sitzen.«

Hilde musste ihre Rede abbrechen, denn der Vater kam mit einem Grinsen in die Küche und erklärte sehr sanft: »Das ist Albin, und er bekommt die grüne Kammer.«

Hildes Füße waren am Herd wie festgewachsen. So musste Elfi ihn nach oben führen. Albin sah nicht schlecht aus, wirklich nicht. Er hatte nur ein wenig abstehende Ohren und schielte. Elfi sagte nachher in der Küche: »Ich hab immer auf die Ohren blicken müssen und gedacht, gleich wackelt er damit und dann fliegt er los.«

Eva musste lachen.

»Und was hat er getan, als du fortgegangen bist?«

»Er hat mit Viktor Freundschaft geschlossen. Sie haben sich umarmt und gesagt, wir können ja würfeln, das ist gerecht und keiner ist auf den anderen bös.«

»Versteht ihr das?«

Elfi meinte: »Vielleicht sind sie beide scharf darauf hierzubleiben.«

Hilde warf ein paar Kartoffeln mehr in den Topf. Das Mittagessen verlief ziemlich einsilbig. Das heißt, Sepp unterhielt sich köstlich.

Als seine Töchter später in der Küche den Abwasch machten, ging er zu ihnen hinein und sagte mit dem scheinheiligsten Gesicht: »Ja, also, wie ich die Sache sehe, wird wohl demnächst auch noch das gelbe Zimmer gebraucht.«

»Vater«, keuchte Hilde, »willst du hier etwa eine Pension aufmachen?«

»Gar keine schlechte Idee«, meinte er fröhlich. »Hab ja Frauen genug, die die Arbeit verrichten.« Und dann musste er sehen, dass er fortkam. Der Topfdeckel erwischte ihn nicht mehr.

Der nächste Freier kam aber nicht am Samstag, sondern erst am Sonntag. Er hieß Leo, war dürr, dafür aber sehr lang und sonst nicht übel. Nur anblicken durfte man ihn nicht, dann fing er an zu stottern.

Nun haben wir ja alle beisammen, dachte Sepp. Das ist ja wie in einem Lustfilm. Der erste Teil ist vorüber. Jetzt fällt der Vorhang. Der nächste Teil beginnt morgen. Ich bin doch wirklich gespannt, wer sich für welche interessiert. Der Stotterer wäre was für die Hilde. Die redet in einem fort, da merkt sie den Fehler gar nit und die Leute, mit denen sie Zusammenkommen auch nit.

Aber Sepp kam doch ein wenig aus dem Konzept, als am Sonntagnachmittag noch ein Freier den Berg hinauf gekeucht kam. Er hieß Anton, war ziemlich dick und keuchte daher auch wie eine Lokomotive. Sein erster Satz war: »Also, wir werden schon mal nit hier wohnen bleiben. Das geht auf keinen Fall.«

»Das hab ich mir auch nit vorgenommen«, sagte Sepp. Und es zuckte um seine Mundwinkel. Zuerst wollte er Anton wieder fortschicken. Die Zimmer waren belegt, aber dann sagte sich Schöberl: Nun, einen Ersatzmann zu haben ist vielleicht gar nicht schlecht. *Und wenn die drei den Rivalen sehen, werden sie sich alle anstrengen, die Sache ist bald geritzt und ich brauche sie nit so lange mit meinem Geld durchfüttern.*

Zum ersten Mal in ihrem Leben war Hilde sprachlos. Sie fand keine Worte mehr. Glaubte sie jetzt doch wirklich, der Vater sei ganz und gar übergeschnappt. Vier Knechte für so eine kleine Wirtschaft. Das ging doch wirklich nicht an.

Abends saßen die vier Freier mit dem zukünftigen Schwiegervater unter der Tanne und spielten Karten. Die Mädchen mussten ständig frisches Bier herbeischleppen. Der Mond war schon längst über den Hochniesel gestiegen, und sie machten noch immer nicht Schluss. Die Mädchen konnten nicht schlafen, weil die Mannsbilder so einen Lärm machten.

6. Kapitel

Sepp saß am Frühstückstisch, ein wenig verkatert, aber pünktlich wie immer.

Hilde goss den Kaffee auf und meinte spöttisch: »Hast dir ja feine Knechte ins Haus geladen. Sie schnarchen alle noch. Anton lag unten in der guten Stube auf dem Sofa.«

Sepp trank ein Schlückchen und blinzelte Julius an. Dann meinte er so nebenbei: »An eurer Stelle würde ich wirklich nett zu den jungen Männern sein.«

»Das ist die Höhe«, sagte Hilde empört. »Weißt du auch, dass der Viktor mich ins Hinterteil gekniffen hat?«

»Ah, wirklich? Alle Achtung, der geht aber ran. Und was hast du gemacht, Hildchen?«

»Einen Watschen hab ich ihm gegeben.«

Sepp schüttelte bedenklich das Haupt. »So darfst es nicht anstellen, wirklich nicht.«

»Ich werd noch ganz anders, wenn sie jetzt nit bald aufstehen, diese faulen Mannsbilder. Dann komm ich mal mit dem Besen nach oben und treib sie aus den Federn.«

Wie auf ein Stichwort hin, fing es über ihren Köpfen an zu rumpeln. Plötzlich hatte der Vater es sehr eilig. Er sagte sich:

Wenn die sich jetzt beschnuppern, dann will ich nit das fünfte Rad am Wagen spielen. Vielleicht geben sich meine Mädels freier, wenn ich fort bin.

»Macht mir keine Schand«, rief er in der Tür, dann war er fort.

Er griff nach dem Hütchen und pfiff nach Julius. Frohgemut, denn er glaubte eine gute Tat begangen zu haben, schritt er dem Hochwald entgegen.

Nach einer guten halben Stunde Aufstieg kam er bei Brunhilde an. Dort erzählte er von der Ankunft, und das so lustig, dass ihr bald die Tränen über die Wangen liefen.

Und zum Schluss erklärte er ganz treuherzig: »Ich bin doch wirklich ein recht guter Vater. Sogar die Ehemänner besorge ich ihnen. Wirklich, ich versteh nit, warum sie so grantig auf mich zu sprechen sind.«

»Jessas, Sepp, hoffentlich verlieben sie sich, bevor sie erfahren, warum die vier auf dem Hof sind.«

Schöberl grinste.

»Willst mir nit ein Zaubertränklein zubereiten? Vielleicht für die Mannsbilder, dass sie ordentlich heiß werden?«

Kräuter-Brunhilde lachte nur.

»Das gibt doch eine Mordsgaudi. Wenn du hättest sehen können, wie sie mein Anwesen taxiert haben. Die werden staunen, wenn sie zu hören bekommen, dass sie zunächst mit dem Geld auf der Bank zufrieden sein müssen. Schließlich bin ich ja noch kein Mummelgreis, Brunhilde. Will noch so manches Jährchen lustig verbringen.«

»Hoffentlich«, sagte sie.

7. Kapitel

Viktor, Albin, Leo und Anton dachten im Leben nicht daran, zu arbeiten. Zuerst einmal saßen sie in der Küche und ließen sich ein gutes Frühstück servieren. Anton war derjenige, der ein wenig verachtet wurde. Viktor, Albin und Leo hatten die Mädchen schon unter sich aufgeteilt. Anton war also ein Störenfried. Doch dieser dachte gar nicht daran, den Platz zu räumen, wie es ihm die anderen nahelegten.

»Wisst ihr denn, ob die Weiber euch auch wollen?«, schnaufte er und stopfte sich den Mund mit Rührei voll.

»Die und nit wollen«, lachte Albin. »Die können doch richtig froh sein, dass wir rauf gekommen sind. Hier gibt es doch weit und breit keine Mannsbilder.«

»So«, machte Anton nur.

Hilde machte dem ausgiebigen Frühstück damit ein Ende, indem sie resolut die Teller wegnahm und sie in die Wirtschaft schickte. Aber statt das Holz für den Winter zu zerhacken, trieben sie sich nur dort herum, wo die Schwestern zu finden waren. Eva hing Wäsche auf. Wie eine Hummel umsummte Viktor sie. Albin hatte sich an Elfi ran gemacht und Leo an Hilde.

»Ihr seid mir ja wirklich ein paar faule Säcke«, schimpfte Hilde los. »Wenn ihr jetzt nit endlich mit der Arbeit anfangt, dann sag ich es dem Vater, und der wirft euch heut Abend noch alle auf die Straße.«

Doch sie lachten nur und gammelten weiter herum. Hinter den Tannen berieten sie sich.

»Wie lange sollten wir noch das Spielchen mitmachen? Ich glaub, der Alte spinnt. Ich bin doch nit zum Schaffen hergekommen. Nein, ich geh jetzt und sprech ein Wörtchen mit meiner Braut. Alles in allem, wenn der Pfarrer spurt, kann ich schon in vier Wochen verheiratet sein«, so sprach Albin.

»Donnerwetter«, sagte Viktor. »Das käm mir grad recht. Ich mein das Geld. Das tät ich nötig brauchen. Im Augenblick bringt mein Andenkengeschäft in Volders nur wenig. Ich könnt mir einen neuen Anstrich leisten, das zieht immer auf die Fremder. Ein schnuckeliges Haus mit ein paar Malereien und sie bleiben stehen.«

»Wir werden die Hochzeiten zusammenlegen«, sagte der geizige Leo. »Dann kommt es nit teuer. Drei Fliegen mit einer Klappe.« Sie lachten herzlich.

Aber sie hätten nicht so viel reden sollen, sondern auf den Anton aufpassen müssen. Als dieser nämlich sah, wie die drei abschwirrten, machte er sich an die Schwestern ran. Vor Hilde hatte er gehörigen Respekt. Sein Auge war auf die zierliche Eva gefallen. Sie sah so hübsch und niedlich aus.

Als sie den dicken Anton sah, konnte sie sich das Lachen nicht verkneifen. »Ich möcht mal gern wissen, wo du vorher gedient hast.«

»Wieso?«, fragte er verdutzt.

»Jessas, wo hast denn vorher gearbeitet? Ich mein, auf welchem großen Hof bist gewesen?«

»Ich? Nirgendwo, ich bin Schneider von Beruf, und wenn ich bald das Geld krieg, mach ich mich selbständig.«

»So erwartest du bald eine Erbschaft?«

Anton grinste. Er sagte sich, wenn die da hinten erst lange beratschlagen müssen, schnapp ich ihnen die Braut weg.

»Erbschaft? Nein, ich mein doch die Mitgift, Mädelchen.« Er wollte den Arm um ihre Hüften legen.

Eva wischte ihn weg und sagte: »Wenn es das Bräutchen sieht, dann wird sie sich wohl entfernen.«

»Dirndl, bist so blöd, oder tust nur so?«

»Wieso? Ich versteh dich nit. Was hat das mit mir zu tun?«

»Du bist doch mein Bräutchen. Und wenn ich dich heiraten tu, kriegen wir doch die Mitgift von deinem Vater.« Jetzt wollte er sie wirklich schon küssen.

Mit einem Stoß machte sich Eva von ihm frei. Sie kniff die Augen zusammen.

»Was hast du da gesagt?«

»Spielst ja fein mit, und das mit dem Knecht vorspielen und so, das ist doch von euch nur eine Finte. Ihr wollt einen Ehemann. Deswegen doch die Anzeige, Schatzerl.«

Eva machte große Augen.

»Willst vielleicht damit sagen, dass...« Sie brachte das Wort nicht über die Lippen.

»Ganz recht, meine Süße. Übrigens will der Viktor dich zur Frau, aber ich bin halt schneller. Die grübeln hinter der Tanne nach, wie sie den Antrag anbringen können.«

»Und es hat wirklich eine Anzeige in der Zeitung gestanden?«, keuchte sie fassungslos.

»Aber sicher doch. Wie sollten wir denn sonst von euch wissen?«

Eva schlug sich, vor die Stirn. Und plötzlich lachte sie laut auf. »Du liebe Güte, was waren wir doch dumm. Und wir haben angenommen. Also...« Sie lachte in einem fort.

Anton wollte nach ihrer Hand greifen, doch sie stieß ihn vor die Brust.

Dann lief sie, so schnell sie konnte, ins Forsthaus zurück. Ganz atemlos kam sie in die Küche. Hilde und Elfi saßen vor dem Tisch und schälten Kartoffeln.

»Das könnt ihr sein lassen«, keuchte Eva nun mit letzter Kraft.

»Die sind gleich verschwunden. Alle vier.«

Hilde sagte: »Ich wünschte, es wäre so, aber der Vater wird ärgerlich sein. Ich versteh zwar nit, warum er einen Knecht will. Haben wir uns je über die Arbeit beklagt? Doch im Augenblick ist nit gut Kirschen essen mit ihm.«

Doch Eva lachte nur laut und meinte: »Und ob wir die schnell vom Hof haben. Hilde, die sind nämlich gar nit hier, um zu arbeiten, sondern das sind alles Freier!«

Elfi und Hilde ließen ihre Kartoffeln ins Wasser fallen.

»Was sagst du da?«

»Ja, wir sollen sie heiraten. Der Anton hat es mir erzählt. Die anderen drei sind sich sogar schon einig, haben uns untereinander verteilt. Der Vater will nit freien, sondern wir sollen uns einen Ehemann seiner Wahl zulegen.«

»Was?«

Hildes Gesicht wurde lang. »Diese Schießbudenfiguren sollten wir heiraten? Das ist ja lächerlich.«

»Aber der Vater will es so.«

Nun lief Hilde puterrot an. »Da will ich doch mal sehen, wer hier das Sagen im Haus hat. Das ist ja noch schöner. Denen werd ich was erzählen.« Sie ergriff den Besenstiel und lief damit nach draußen.

Viktor, Albin und Leo waren sich jetzt endlich in allem handelseinig geworden. Die Hochzeit sollte so billig wie möglich stattfinden. Und natürlich wollte man Schöberl recht schnell dazu bewegen, den Hof zu verkaufen. Keiner der drei wollte in dieser verlassenen Gegend wohnen. So weit und so gut, sie rieben sich schon aufgeregt die Hände, da sahen sie Hilde über die Wiese rennen.

»Die ist aber recht flott bei der Arbeit«, sagte Viktor. Es neidete ihn schon ein wenig, dass er sie abgetreten hatte. Vielleicht war das ein großer Fehler gewesen.

Ein brunftiger Hirsch konnte nicht toller sein, als Hilde es im Augenblick war.

»Ihr Hundsfotte, ihr gemeine«, schrie sie schon von Weitem. »Euch werd ich zeigen, hier als Freier aufzutreten. Das werdet ihr noch büßen.«

Leo stotterte: »Ich glaub, die ist ein wenig bös.«

»Ja«, meinte Albin. »Vielleicht hat eine Biene sie gestochen. Wollen wir ihr helfen?«

Dann war sie da und schwang den Besenstiel, wie andere Krieger ihr Schwert über den Feind zu schwingen pflegen.

»Wenn ihr nit auf der Stelle macht, dass ihr fortkommt, dann werf ich euch eigenhändig den Berg runter. Unten in Vomp könnt ihr euch dann die Knochen im Schnupftuch zusammensuchen.«

»Aber Hildchen«, sagte Albin und wollte sich ihr nähern. »Was bist denn so grantig?«

»Ich soll nit grantig sein? Versteht ihr vielleicht nit, was ich mein? Ihr sollt euer Packerl schnüren und dann fort mit euch! Auf der Stelle!« Als sie noch immer nicht wollten, schlug sie dem Viktor mit dem Besenstiel auf den Rücken, dass dieser einen Bocksprung machte.

»Das wirst noch bereuen«, schrien nun die Freier. »Dich nehmen wir schon mal nit.«

Aber als sie dem Forsthaus zustrebten, da standen die anderen beiden Schwestern. Diese hatten sich mit Mistgabeln bewaffnet. Anton hatten sich schon längst den Berg hinunter getrieben.

»Unsere Sachen«, kreischte Viktor. »Ich hab einen Koffer oben.«

»Den kannst kriegen«, rief Eva und rannte ins Haus.

Es dauerte keine Minute, da öffnete sie die Fenster in der Dachstube und lustig durcheinander flogen die Habseligkeiten der drei Freier durch die Luft. Sie kullerten den Berg hinunter, zum Teil blieben sie an Bäumen und Gesträuch hängen.

Die drei Schwestern stellten sich in den Laubengang und lachten, bis ihnen die Tränen kamen, während sie zusahen, wie die bedepperten Freier ihre Sachen zusammenklaubten. Albin musste ständig hochspringen, um seine Strümpfe von der Tanne herunterzuziehen. Das war wirklich ein ulkiges Bild.

Schimpfend liefen sie den Berg hinunter. Unten in Vomp trafen sie mit Anton zusammen. Dem war es nicht besser ergangen, in der Dorfschenke ertränkten sie ihr Leid in einem Krug Bier. Natürlich schimpften sie hier weiter. Der Wirt war neugierig geworden und wollte wissen, wovon die Rede sei. Freimütig erzählten sie von den rabiaten Schwestern.

»Ha«, lachte er schallend, »das hätte ich euch gleich sagen können. Als Fremder kommt man erst in den Dorfkrug und fragt nach den Leuten. Dort erhält man meist eine vortreffliche Auskunft. Die drei Schöberl Mädchen sind bei uns bekannt und eine scharfe Zunge haben sie obendrein. Freut euch, dass ihr sie nit bekommen habt, der Schöberl hat es wirklich nit leicht. Ja, ja, der Sepp, das ist ihm also eingefallen. Darum hat er neulich so geschmunzelt. Sieh mal an, ein Schlawiner ist das.«

Viktor machte noch immer ein ganz missmutiges Gesicht. Eine Schande war es doch, sich von Weibern in die Flucht schlagen zu lassen. Und wo man doch schon das Geld eingeplant hatte. Plötzlich wurde er misstrauisch, und er meinte zum Wirt: »Was hast eben gesagt, der Vater ist ein Schlawiner? So stimmt das vielleicht nit mit dem Geld und der Mitgift?«

»Das stimmt, das hat seine Richtigkeit.«

Viktor drehte sich nach seinen Kumpanen um.

»Vielleicht sollte man es doch noch einmal versuchen. Anders herum. Mit Blumen und so. Ein wenig in die Sache investieren, ist das nix?«

»Nein«, sagte Albin, »dort hinauf kriegst mich nicht mehr. Lieber nehm ich mir eine schrumpelige Witwe als diese Ziegenböcke. Da hast ja später keine ruhige Minute mehr im Haus. Die lassen sich das auch gefallen, ich mein, dass wir mit ihrem Geld wirtschaften. Der Wirt hat schon recht, das sind keine Frauen, die man heiratet.«

Sie tranken aus, zahlten und verschwanden für immer aus dem Dorf Vomp. Der Wirt hatte nichts Eiligeres zu tun, als all seinen Stammkunden am Abend zu berichten, was sich auf der Bettelwurfspitzen zugetragen hatte. Und sie lachten schallend und hatten ihren Spaß an der Sache.

8. Kapitel

Sepp und Julius kamen fröhlich von der Arbeit. Förster sein war doch fein. Man konnte im Wald rumstreunen, mal viel zu tun, mal nichts und keiner passte auf. Zwar hatte man als Hegemeister im Herbst und Frühjahr viel zu tun. Dumm und ärgerlich wurde die Sache im Winter. Dann musste man oft hochsteigen, über den Wald hinaus und nachsehen, wie es mit den Lawinen stand, ob der Wald sie auch abhielt. Wenn nit, dann mussten die Lawinen rechtzeitig gesprengt werden.

Aber jetzt war nicht Winter, sondern ein herrlicher Sommertag, der dem Ende zuging. Sepp hatte ein paar Gläschen getrunken, und Julius hatte den ganzen Nachmittag einem Kaninchen nachgestellt, es aber nicht erwischt. Aber es war herrlich aufregend gewesen.

Wie gesagt, beide waren recht froher Stimmung, als sie aus dem Hochwald stiegen. Sepp freute sich auf den Abend. Die Freier würden ihm auf angenehme Weise den Abend verkürzen. Ein kleines Kartenspielchen, ein Abendschluck. Ach, es war doch schön, wenn man Gäste im Haus hatte.

Er wollte gerade eine Lichtung überqueren, als ihm so richtig bewusst wurde, dass, wenn alle Töchter auf einmal fort waren, er ja allein dastand. Wer sollte ihm dann Haus und Wirtschaft versorgen? Nun, die Wirtschaft konnte er an Redl vermieten. Fragte sowieso schon jedes Jahr mehrmals an, ob er denn immer noch alles allein machen wollte. Mit dem Gehalt des Försters konnte man ja ganz angenehm leben.

»Nun«, murmelte er, »die Eva wird dann halt bei mir bleiben müssen. Das heißt, bis sie auch so grantig wird, so wie die Hilde. Dann such ich mir halt eine Frau. Vielleicht krieg ich noch was Hübsches. Und dann könnt ich die Wirtschaft abgeben, die Zimmer vermiet ich im Sommer und vielleicht im Winter auch an Gäste. Der Sindlhofer aus Schwaz hat mir schon ein paarmal zu verstehen gegeben, er hätte oft Gäste, die liebten es einsam. Warum hab ich nit früher schon daran gedacht? Dann hätt ich bestimmt nit mehr die Töchterplage. So sinnierte er vor sich hin. Er sah sich schon an kalten Wintertagen in der guten Stube umgeben von netten Gästen bei einem Schwatz.

Wie die Freier vorher ihre Pläne geschmiedet hatten, so machte Sepp es jetzt. Fröhlich pfeifend näherte er sich dem Forsthaus.

Recht bald fiel ihm auf, dass es ziemlich still war. *Nanu,* dachte er, *sollten sie vielleicht so faul sein und am helllichten Tag schlafen?*

Als er in den Laubengang trat, sah er sich seinen Töchtern gegenüber. Instinktiv spürte er, dass etwas vorgefallen sein musste. Ob die Buben sich zu dreist aufgeführt hatten?

»Grüß Gott, miteinander«, sagte er etwas unsicher.

»Grüß Gott, Vater«, riefen sie im Chor.

»Ja, dann will ich mich mal umziehen.«

Hilde trat vor.

»Wenn du die anderen suchst, die haben wir mit Schimpf und Schande den Berg hinunter getrieben.«

»Was? Warum denn?« Entgeistert blickte Sepp die älteste Tochter an.

»Hast du wirklich gedacht, wir würden uns so verschaukeln lassen, Vater?' Pah, da kennst uns aber schlecht. Die haben ganz schön geschrien. Wegen des Geldes sind sie zu uns gekommen, wie Vieh hast du uns verkuppeln, wollen, Vater. Das vergessen wir dir nit so schnell.«

Sepp war wie vor den Kopf geschlagen, und er ärgerte sich maßlos, dass er nicht zu Hause geblieben war. Irgendwie hatten sie anscheinend den Zorn der Töchter heraufbeschworen. Und jetzt waren sie fort. Der schöne Plan war dahin. Und dann packte ihn maßlose Wut.

»Ja, in des Teufels Namen«, schrie er sie an, »seid ihr denn ganz und gar verrückt? Jetzt wird nit einer mehr den Berg rauf kommen. Als alte Schachteln werdet ihr euer Leben fristen müssen. Und ich hab das Geld für die Anzeigen ausgegeben.«

»Hättest uns ja vorher fragen können«, höhnte Elfi. »Uns solche Hanswürste vorsetzen. Bist wirklich so narrisch, Vater, dass du glaubst, wir sind mannstoll und nehmen gleich den ersten Besten, der uns über den Weg läuft?« Sie lachte hart auf.

»Den ersten Besten«, donnerte Sepp weiter. »Ja, sind denn schon mal welche hier gewesen? Oder glaubst wirklich, es werden noch welche kommen?«

Elfi blickte ihn etwas unsicher an.

Hilde kannte keine Angst, auch nicht vor dem polternden Vater. Sie stemmte beide Arme in die Seiten und rief: »Eines möcht ich mal wissen, warum willst uns denn unter die Haube haben, doch nit, weil du ein so fürsorglicher Vater bist? Du hast doch einen Grund? Mir kannst du nix vormachen.«

Sepp blickte sie an, und dann holte er tief Luft. »Ja«, sagte er böse auflachend, »ich hab einen Grund, Hilde, ich kann euch zänkischen Weiber nit mehr ausstehen. Ein Mann, der ein zänkisches Weib daheim hat, der hat die Hölle auf Erden. Aber ich hab nit nur eins sondern gleich drei. Ihr verleidet mir das Leben. Nix darf ich tun, bin nit mehr Herr in meinem eigenen Haus. Grantige Weiber seid ihr, und ich kann es den Freiern nit mal verdenken, dass sie sich fort geschlichen haben.«

Das war wirklich zu viel für Hilde. Sie hielt sich für so unfehlbar und glaubte, nur was sie sagte, das hätte seine Richtigkeit. Dass der Vater jetzt auch noch dachte, die Burschen seien aus freien Stücken fort, das nagte an ihrem Herzen. Wütend rannte sie ins Haus zurück. Die anderen beiden Schwestern sahen sich ziemlich betroffen an. Sie schlichen sich davon. Sepp war allein. Er blickte Julius an und meinte traurig: »Nun geht das Leiden weiter. Ich sollt wirklich mein Bündel schnüren und fortgehen. In Vomp werden sie sich die Bäuche halten vor Lachen. Ich frag mich die ganze Zeit, womit hab ich das verdient?«

9. Kapitel

Hilde hatte nicht vergessen, was der Vater gesagt hatte. Seit Tagen sprach sie nicht mehr mit ihm. Und wenn sie in der Küche war, warf sie Töpfe und Pfannen herum, dass es nur so krachte. Sepp stopfte sich Watte in die Ohren und suchte Zuflucht im Wald.

Elfi und Eva sprachen auf Hilde ein und meinten zögernd, der Vater habe im Ernst gesprochen. Vielleicht sollte man sich doch ein wenig nach ihm richten. Besonders Eva litt darunter, dass man in Vomp über sie lachte. Sie war es schließlich, die oft runter musste, um einzukaufen.

Sepp Schöberl ließ sich von der Kräuter-Brunhilde trösten. Bei ihr war noch immer der Konrad. Wenn dieser Sepp erblickte, grinste er freudig. Denn Sepp war es ja, der ihn zur Brunhilde gebracht hatte, und Konrad hatte es noch nie so gut gehabt wie im Augenblick. Und Brunhilde konnte sich auch freuen, dass sie ihn bei sich hatte. Mit der Zeit wurde ihr doch alles sehr schwer. Konrad hatte starke Hände und Schultern. Mühelos schleppte er das Brennholz heran, suchte Pilze und Beeren. Brunhilde brauchte sie ihm nur einmal zu zeigen, und er wusste genau, welche er nicht nehmen durfte. Die Alte behandelte ihn wie einen Menschen, sie sprach auch sehr viel mit ihm. Konrad war überglücklich, er fühlte, er war nicht nur geduldet.

»Ich frag mich wirklich, ob ich nit auch zu dir ziehen soll«, meinte Sepp.

»Kopf hoch, Förster. Wenn ein Plan nicht hinhaut, so nehmen wir einen anderen.«

»Ach, ich bin es leid. Schad, dass die Franzi so früh hat sterben müssen. Sie hätte bestimmt die Mädels aus dem Haus getrieben, ich mein zur rechten Zeit. Ein Mannsbild versteht halt nichts davon.«

»Na, na, nit so tief den Kopf hängen lassen, Sepp. So kenn ich dich ja gar nit!«

Sepp stopfte sich von Neuem eine Pfeife und blickte Brunhilde scharf an. »Weißt«, begann er langsam, »hast mir ja nie viel von deinem Leben erzählt. Aber ich kann mir auch so denken, dass es nit einfach für dich gewesen ist. Man geht nit freiwillig in die Einsamkeit. Da steckt immer was dahinter. Die Menschen müssen dich arg geplagt haben, Brunhilde, jawohl, lass mich mal ausreden. Ich glaube bestimmt, dass es so war. Ich kann es zwar nit verstehen, warum sie es getan haben, aber die Tatsache ist nun mal so. Aber bist du verbittert, vergällt, bösartig? Nix dergleichen bist, Brunhilde, nein die Güte selbst. Immer lustig und froh und jetzt bist auch noch gut zum Konrad. Und das eben gibt mir so viele Rätsel auf. Da schau dir meine Töchter an. Sie sind gut gebaut, haben ein leidliches Gesicht, hatten gute Eltern, ein feines Forsthaus. Sie wurden immer nett behandelt, ja zum Teufel, vielleicht ist das mein Fehler gewesen? Ich hätte es nit tun dürfen. Den Schwachen unterdrücken sie immer. Es gibt immer Menschen, die herrschen wollen. Und so eine ist die Hilde, sie beherrscht nit nur mich, sondern auch ihre Schwestern. Die sind nämlich gar nit so schlimm. Aber sie haben einfach Angst, mögen sich nit auflehnen.«

Brunhilde hatte stumm zugehört, dann lächelte sie fein.

»Ich wusste gar nit, Sepp, dass du so ganz genau über alles nachdenken kannst. Hast also den Schlüssel gefunden.«

»So war es doch?«

»Ja«, sagte sie leise, »so ungefähr.«

Dann schwiegen sie ziemlich lange.

»Was hast mit dem Schlüssel gemeint, Brunhilde?«

»Nun, du weißt jetzt, wie man die Hilde kleinkriegen kann.«

»Wie denn?«

»Ja mei, Sepp, das ist doch ganz einfach, musst sie ab jetzt auch beherrschen. Du hast doch ein treffliches Gift in der Hand.«

»Was?« Entgeistert blickte Sepp seine alte Freundin an. »Ich soll sie totmachen?«, keuchte er.

Brunhilde lachte. »Doch nit so, Sepp. So mein ich das doch nit. Überleg doch mal, was liebt die Hilde am meisten?«

Er starrte in die hohen Tannen und sann nach. Dann sagte er ganz spontan: »Geld! Sie ist arg hinter dem Geld her. Ich versteh das auch nit so recht. Aber sie knausert, wo sie nur kann. Keiner außer ihr darf die Wirtschaftsbücher führen. Und sie versucht immer und ewig aus allem was rauszupressen.«

»Das hab ich mir gedacht«, murmelte die Brunhilde.

»Wieso?«

»Wer so herrschsüchtig ist, der liebt auch das Geld.«

»Und was soll ich jetzt tun?«

Lebhaft wandte sie sich zu Sepp herum. »Kannst es dir noch immer nit denken?«

Der Förster kniff die Augen zusammen. Doch dann ging ihm ein Licht auf, und er lachte schallend.

»Wenn das nit einschlägt.«

»Diesmal wird es klappen. Wirst schon sehen.«

Er reichte ihr die Hand. »Bist mein bester Kamerad, Brunhilde, in der Tat.«

Die Kräuter-Brunhilde errötete sanft. Schließlich war sie auch nur eine Frau und nit älter als Sepp. Man glaubte nur, sie sei schon uralt.

Sepp hatte es plötzlich sehr eilig, nach Hause zu kommen. Er pfiff nach Julius. Konrad hatte die ganze Zeit mit ihm gespielt. Jetzt brachte er ein Sacktuch voller Steinpilze.

»Für dich Förster!«, sagte er und strahlte ihn an.

»Das ist aber wirklich brav von dir«, lobte Sepp den Jungen. »Konrad ist wirklich fleißig.«

Dessen Freude kannte keine Grenzen.

Sepp dachte: *Wie wenig braucht man doch, um diesen armen Jungen glücklich zu machen.* Dann steckte er die Hand in die Hosentasche und zog ein Geldstück heraus. »Da, das ist für die Pilze. Und such mir fleißig weiter, Konrad.«

Ein so blankes Geldstück hatte Konrad noch nie besessen. Vor lauter Freude sprang er auf einem Bein.

»Werd für den Förster viele, viele Pilze suchen. Immerzu«, rief er eifrig.

Brunhilde sagte: »Konrad ist mir eine große Hilfe, Sepp. Ich hoffe nur, dass er recht lange bleibt.«

»Ich hab den Seebacher zur Rede gestellt. Doch der ist starrköpfig wie sonst einer«, knurrte Sepp. »Die andern Bauern sind wütend auf ihn, denn sie können Konrad jetzt nit ausnutzen. Und stell dir mal vor, das merkwürdige an der Sache ist, seit Konrad hier oben bei dir ist, werden immer wieder Hühner gestohlen. Seebacher behauptet noch immer, Konrad sei der Dieb.«

»Er hat mir nie ein Huhn gebracht«, sagte Brunhilde ernsthaft.

»Das weiß ich doch.«

Sepp lüftete seinen Hut und ging mit Julius den Berg hinunter.

10. Kapitel

»Ich hab mit euch zu reden. Nach dem Abwasch möchte ich alle in der guten Stube sehen«, sagte der Vater beim Abendbrot.

»Kannst es nit gleich hier sagen«, meinte Elfi mürrisch. »Wir sind müde und wollen früh schlafen gehen.«

»In der guten Stube«, wiederholte der Vater eisern.

Da Hilde ja nicht mit ihm redete, konnte sie jetzt auch nicht ihr Gift verspritzen. Sepp spürte förmlich, wie es in ihr zu arbeiten anfing. Sie würgte und würgte. Früher, wenn sie ihren Koller gehabt hatte, dann hatte er sie nach kurzer Zeit wieder angesprochen. Aber jetzt dachte er nicht daran.

Als das Mahl beendet war, erhob er sich und verließ die Küche. Er knallte ein wenig die Tür hinter sich zu. Hilde zuckte zusammen. Im Flur hörte er sie zischen. »Ich geh nit rein, von mir aus darf er stundenlang den Geheimnisvollen spielen.«

Sepp grinste und zog die Stubentür hinter sich zu. Er stopfte sich gemächlich das Pfeifchen, obwohl das bei Todesstrafe verboten war, und wartete auf seine Töchter.

Und sie kamen. Alle drei, Hilde auch, weil die Neugierde sie plagte. Als sie den Rauch in der Stube sah, riss sie demonstrativ die Fenster auf. Sepp hatte eine warme Weste an. Ihm machte die kühle Abendluft nicht zu schaffen. Aber die drei saßen ziemlich verfroren da. Er ließ sie ein Weilchen ihn anstarren, dann sagte er ganz plötzlich: »So!« Alle drei zuckten zusammen.

»Ja, ich hab ein ernstes Wort mit euch zu reden. Neulich hab ich euch meinen Standpunkt klargemacht. Und ich bin der Meinung, ich bin noch jung genug und brauch keine drei Vormünder. Ich hab mir alle Mühe gegeben, wie es sich für einen guten Vater gehört. Hab euch sogar Freier besorgt, und sie waren in der Tat geneigt, euch zu nehmen.«

Alle drei kniffen wütend die Lippen zusammen. *Herrje*, dachte er, *wenn jetzt ein Mannsbild sie sehen könnte, die würden sofort verschwinden. War denn die Franzi, auch so? Wie man doch vergesslich werden kann.*

Hilde dachte, es käme die alte Predigt und wollte die Stube verlassen.

Sepp sagte laut: »Ja, und da ihr sie in die Flucht geschlagen habt und euch mit dieser Heldentat auch noch brüstet, so hab ich mir jetzt etwas anderes ausgedacht.«

Hilde blieb an der Tür stehen.

»Ich will auf meine alten Tage meine Ruhe. Drei Töchter sind mir zu viel. Eine kann meinetwegen bleiben.« Er dachte an Eva, sagte es aber nicht.

»Da ihr nit freiwillig woanders in Stellung geht, und euch auch nit selbst auf die Suche nach einem Mann macht, eben denkt, ihr könnt bis ans Lebensende wie Maden im Speck hier bei mir hausen, und mir das Leben vergällen, so schiebe ich dem jetzt einen Riegel vor.«

»Das kannst nit, das ist unser Elternhaus«, erklärte Elfi.

»So, das kann ich nit? Das Haus und der Grund gehören mir, und ich kann damit machen was ich will. Ihr habt das Geld von der Mutter. Hübsch in drei Teile geteilt. Es ist etwas, aber auch nit sehr viel. So, und jetzt sag ich euch, was ich mir ausgedacht hab. Die Erste, die in den Ehestand tritt, bekommt den Hof und die Äcker. Ungeteilt. Sie bekommt also alles. Ich verkauf den Hof und die Äcker und geb es der ersten Braut als Mitgift mit. Die anderen haben halt das Nachsehen, oder ihr müsst so geschickt sein und alle zugleich heiraten, dann wird Haus und Hof auch gerecht aufgeteilt. Ich geb euch ein Jahr Frist. Ist sie abgelaufen, dann verkauf ich alles und beziehe irgendwo eine kleine Stube. Mit meiner Pension und den Zinsen kann ich recht gut leben. Aber ihr, meine lieben Töchter, ihr müsst euch dann halt nach Arbeit umsehen. Ihr seid volljährig, und ich brauch für euch nit mehr zu sorgen. So, das wollt ich euch nur gesagt haben.«

Nach seiner langen Rede war es totenstill in der Stube. Hilde riss ihre Augen weit auf. Plötzlich lachte sie schallend und vergaß ganz, dass sie vorläufig mit dem Vater nicht mehr reden wollte.

»Du und verkaufen? Keiner verkauft Grund und Boden«, sagte sie keuchend. »Eva, Elfi, lasst euch nicht ins Boxhorn jagen. Er bleibt hier, so wahr wie das Amen in der Kirche.«

Sepp kniff die Augen zusammen.

»So, meinst du wirklich? Hab ich nit oft genug gesagt, ich verkauf die Wiesen an Redl? Ich bin Förster. Dieses Anwesen hab ich von den Eltern geerbt, weil mein ältester Bruder abgestürzt ist. Ich wollt nie Bauer werden, war schon lange Förster. Meine Seele hängt nit an diesem Fleckerl. Nein, außerdem wird der Mensch ja auch älter. Ich werd dann nach Vomp ziehen. Von dort aus kann ich weiter meinen Posten halten. Und wenn ich mal pensioniert bin, ziehe ich sogar nach Schwaz und mach mir ein feines Leben. Oder vielleicht auch nach Innsbruck«, sagte er listig.

Wieder herrschte Totenstille. Ganz langsam schien sogar Hilde zu begreifen, dass der Vater keinen Spaß machte. Schnell und flink überrechnete sie, was das Haus und der Grund wohl geben würden und ihr schwindelte. Und wenn sie das jetzt alles bekam, ganz allein? Womöglich dazu einen Bauern heiratete, dann war sie wer. Einen stattlichen Hof würden sie dann haben.

Hilde bekam rote Flecken auf dem Gesicht. Die andern beiden saßen hingegen noch ganz verdutzt da. Eva dachte sofort: *Das muss doch schön sein. Nit mehr von Hilde knechten lassen. Sein eigener Herr sein.* Und ihre Augen leuchteten auf. Elfi meinte: *Wenn die blöde Heirat nit damit verknüpft wäre, könnte man mit dem Geld irgendwo eine kleine Pension aufmachen, weit weg von Hilde.*

So machte sich jeder seine Gedanken, was man mit dem Geld tun würde. Hilde wollte die Stube verlassen. Da sie es sehr eilig hatte, rief der Vater hinter ihr her: »Brauchst nit so rennen, jetzt im Dunkeln siehst keinen Freier auf der Straße.«

Böse Blitze schossen aus ihren Augen. Und zum ersten Mal lachten die beiden Schwestern sie weidlich aus. Eva sagte übermütig: »Glaubst wirklich, Hilde, dass bei dir einer anbeißt? Da musst dich aber ändern.«

»Du falsche Klapperschlange«, zischte Hilde zurück und rannte davon.

So ist es recht, dachte Schöberl. *Zum ersten Male in ihrem Leben haben sie etwas anderes zu tun, als sich an mir auszulassen. Nun sind sie doch so damit beschäftigt, sich gegenseitig zu bespitzeln, dass sie auf mich gar nit mehr achtgeben.*

Die andern beiden verließen die Stube ebenfalls. Sepp legte die Beine auf das Sofa, sehr verboten, und Julius sprang zu ihm herauf, was auch streng verboten war. Sepp kraulte ihn hinter den Ohren.

»Na, mein Alterchen, das ist fein, wie? Nun werden wir wieder Herrchen sein, du und ich!«

11. Kapitel

Seit einigen Tagen hatte Sepp das Gefühl, dass sich ein Wilderer in den Bergen herumtrieb. Wieso er der Ansicht war, konnte er niemandem sagen. Er hatte es einfach im Gespür, und darum machte er seine Pirschgänge jetzt öfters und was noch viel wichtiger war, unregelmäßig. Sonst hatte er einen bestimmten Turnus und das schien der Wilderer zu wissen. Immer da, wo er nicht war, fand er neue Schlingen. Traf er auf alte, wusste er, dass dort ein Stück Rotwild sein Leben hatte lassen müssen. In einer Schlinge zu sterben, war etwas Grausames.

Hätte er nur geschossen, das überkam jeden Mann einmal in fremden Revieren zu jagen, dafür hätte Sepp noch Verständnis gehabt. Aber diese Art, das war gemein und er kannte keine Gnade. Jetzt sollte er gestellt werden. Verbissen machte sich Sepp auf die Suche. Er kannte seinen Wald durch und durch und spürte sofort eine Veränderung, auch wenn sie noch so geschickt vertuscht wurde. Aber der Wilddieb musste mit dem Teufel einen Bund geschlossen haben, Sepp kam ihm nicht auf die Schliche.

Zu Hause wurde er immer schweigsamer. Aber das fiel nicht weiter auf, denn seine Töchter waren jetzt damit beschäftigt, einen Mann zu angeln.

Als er sich mal wieder bei Brunhilde meldete, meinte die: »Hast dich ja schon lange nicht mehr blicken lassen. Was ist denn los? Plagen dich die Töchter wieder?«

»Na, bei denen scheint alles in Ordnung. Das heißt, sie haben jetzt ein so gehetztes Aussehen, weißt.«

Brunhilde lachte. »Es ist auch nit einfach, so plötzlich einen Mann herzuzaubern. Schließlich sind sie keine Zauberkünstler und können ihn wie ein Kaninchen aus dem Hut ziehen.«

»War doch dein Vorschlag, Brunhilde. Er hätte uns nur viel früher einfallen müssen, so gut ist er.«

»Ja, Sepp, was ist, wenn alle drei fortgehen? Dann musst dir eine neue Frau für den Haushalt besorgen.«

»Daran hab ich auch schon gedacht. Wenn die nit spurt, ich mein, wenn die mir auf die Nerven geht, dann werfe ich sie raus, denn das ist ja dann keine Verwandtschaft.« Er lachte schallend.

»Na, dann seh ich ja, dass bei dir alles in Ordnung ist. Und ich dachte schon, deine alte Freundin wäre dir lästig geworden, Sepp.«

»Wie käm ich dazu«, schmunzelte er. »Wenn's bei dir immer so fein riecht, das zieht mich meilenweit an. Aber sag mal, wo ist denn der Konrad?«

»Im Wald. Wirst sehen, wenn er heimkommt, dann sind Büchsen und Tragtaschen voll. Ich weiß schon gar nit mehr, wohin mit dem vielen Zeug. Aber ich kann ihn doch nit enttäuschen.«

»Warum hast mir das nit schon früher gesagt? Ich trag es dann zum Wirt hinunter. Der zahlt dir einen guten Preis dafür. Ich hab nämlich gehört, dass man jetzt auch langsam in Vomp Feriengäste hat. Zwar nit so viel wie in Schwaz, aber was nit ist, das kann noch werden. Aber im Wald herumstrolchen, ich werd mir mal den Konrad vornehmen.«

»Wieso, Förster, seit wann ist das verboten?«

»Weil sich ein Wilderer herumtreibt, Brunhilde. Es könnt sein, dass der Konrad zufällig auf ihn stößt und die kennen kein Pardon. Der Konrad weiß nit, wie er sich wehren soll, und er merkt nit mal wie gefährlich die Leute sind.«

Und dann erzählte er der Brunhilde, warum er in letzter Zeit so wenig Zeit für sie gehabt hatte.

Brunhilde wurde nun auch bös.

»Aber du, Sepp, du musst dich auch vorsehen. Und wenn er dir auflauert? Aus dem Hinterhalt schießt? In der Schlucht stehen schon ein paar Todesbrettl von Förstern, die von Wilddieben umgebracht wurden.«

»Das war doch vor vielen Jahren.«

»Und woher willst du wissen, dass es jetzt nit wieder so ist?«

Sepp strich sich über den Bart. Wenn er ehrlich sein musste, so hatte er schon ein wenig Angst. Immer wenn er jetzt durch den Wald streifte und hinter sich einen Ast knacken hörte, dann blieb ihm das Herz vor Schreck stehen. Von hinten erschossen werden, da gab es kein Entrinnen mehr. Und wer Wild mit Schlingen holte, der machte sich keine Gedanken, wenn er einen Grünrock niedermachte.

Brunhilde hatte grad die Speckknödel aufgetischt, als sie Konrad sahen. Er kam den Berg heruntergelaufen, als wäre der böse Wolf hinter ihm her. Und so wie er die Tragkörbe schlenkerte, konnte man gleich sehen, da waren keine Beeren drin.

»Hast nit gewettet?«, zog Sepp die Frau auf.

»Dem muss was passiert sein, der ist ja ganz aufgelöst«, sagte Brunhilde.

»Du mein Gott, hoffentlich nit der Wilddieb«, keuchte Sepp.

»Förster, Förster«, schnaufte Konrad und sprang mit einem Satz über den Zaun. »Musst kommen, sofort. Konrad hat was gesehen.«

Sepp packte ihn beim Hemd und rüttelte ihn.

»Was hast gesehen, Konrad? Einen Mann?«

Er schüttelte den Kopf. »Nein, nein, nit Mann. Mann nit, aber eine Höhle, ein Loch. So tief.«

»Eine Höhle?«

Konrad nickte eifrig. »Ja, und Federn. Ganz viele Federn hab ich gesehen. Und Fell, stinkt, da bin ich fortgelaufen, ganz schnell. Konrad hat Angst gehabt, unheimlich.«

»Brunhilde, er hat den Unterschlupf gefunden. Das ist für mich sehr wertvoll. Dann kann ich ihn dort endlich stellen.«

»Jesus, Maria, Sepp, willst nit noch ein paar Leute holen?«

»Nein, dann ist er längst über alle Berge. Und ich muss wissen, ob die Spuren frisch sind.«

Konrad machte ein fragendes Gesicht. »Macht böser Mensch all die Schlingen?«

»Ja, Konrad.«

»Nun iss doch erst die Knödel«, sagte Brunhilde, »dabei kannst mit Konrad auch reden.«

Konrad hatte sich über seine Portion schon hergemacht. Sepp blieb nichts anderes übrig.

»Hör zu, Bub, kannst du mich hinbringen?«

Konrad hörte auf zu kauen.

»Zur Höhle?«

»Ja, weißt du noch den Weg?«

Konrad zog die Stirn kraus, blickte zum Hochwald hinüber, grinste und meinte: »O ja, Konrad findet immer Weg wieder. Ich merk mir Baum oder Stein. Komm immer wieder zurück. Kann noch so weit laufen, komm immer wieder.«

»Ja, das stimmt«, sagte nun auch Brunhilde. »Anfangs hatte ich immer Angst, er würde sich verlaufen. Aber Konrad weiß immer den Weg.«

Über das Lob strahlte er vor Freude.

»Gut, Konrad, wenn du mich zur Höhle führst, kriegst einen Silbertaler, einen ganz großen.«

Konrad legte den Kopf schief, blickte ihn treuherzig an und meinte: »Brauchst nit Konrad Silbertaler zu geben, Konrad tut das auch so. Bist so gut zu Konrad.«

Sepp strich ihm gerührt über die Wuschelhaare. »Aber ein Paar Schuhe kriegst dann von mir.«

»O ja!« Konrad liebte Schuhe leidenschaftlich. Und wenn man ihm welche schenkte, dann putzte und wienerte er sie so lange, bis das Leder, das oft schon sehr alt war, wieder hell glänzte.

»So, dann gehen wir los, Konrad.«

Sepp nahm sein Gewehr und den Hut.

»Sei vorsichtig, Sepp«, mahnte Brunhilde noch einmal.

»Sicher, und der Bub geht sofort zurück, wenn er mir das Versteck gezeigt hat.«

Eifrig und wieselflink rannte Konrad los. Sepp konnte ihm kaum folgen. Er dachte: *So ungefähr war ich auch mal, als ich so jung gewesen bin. Aber jetzt werden die Knochen doch schon ein wenig alt.*

Konrad blickte sich aber immer wieder um und wartete auf ihn.

»Gleich da, gleich bei Höhle.«

Das sagte er jetzt schon seit einer geraumen Stunde. Und es ging immer weiter in die Höhe. *Wenn er so weitermacht*, dachte Sepp, *dann sind wir gleich oben auf der Spitz*. Doch dann schlug Konrad einen Haken, und es ging im Zickzack weiter. *Herrje*, dachte Sepp, *der findet die Höhle nit wieder, Ich hab's ja geahnt. Es wäre auch zu schön gewesen.*

Dann waren sie gänzlich verschwunden. Aber das aufgeregte Kläffen Julius' zeigte ihm an, dass sie irgendwas gefunden hatten.

Sepp schlüpfte weiter, möglichst keine verräterischen Spuren hinterlassend. Plötzlich standen sie tatsächlich vor einer Halbhöhle. Sie war so gut im Dickicht versteckt, dass er selbst von ihrer Existenz nichts gewusst hatte.

»Bleib stehen, Konrad«, sagte der Förster und ging langsam näher. Jetzt wusste er auch, was den Konrad so erregt hatte. Etwas seitwärts, halb in einem Loch verscharrt, fand er weiße Hühnerfedern. Sie blickten sich an und lächelten. Das endlich war der Beweis für Bauer Seebacher, dass Konrad die Hühner nicht gestohlen hatte. Der Wilderer hatte sie geholt und hier gebraten. In der Höhle selbst fand Sepp die Reste von einem Kitz und einem Reh, und er knirschte mit den Zähnen. Die Spuren waren alle sehr frisch. Und im Hintergrund der Höhle fand er ein Jagdgewehr und Kleidung. Alles zeugte davon, dass sich der Wilderer hier vollkommen sicher fühlte und bestimmt bald wieder auftauchen würde.

Sepp Schöberl sondierte das Gelände. Etwas weiter war ein ähnliches Gebüsch, dort würde er sich verstecken und den Wilderer abwarten. Diesmal musste es klappen.

»Hör zu, Konrad, du nimmst jetzt Julius an die Leine und gehst zurück. Hast du mich verstanden?«

»Konrad möchte bleiben bei Förster, helfen, böse Mann finden.«

»Das geht nit, Konrad. Du musst mir gehorchen. Geh jetzt!«

Er musste ihn fast mit Gewalt fortschicken. Aber wie sollte er dem Jungen begreiflich machen, dass dies eine brenzlige Lage war?

Traurig gingen Konrad und Julius davon. Sepp machte es sich im Gebüsch bequem. Jetzt konnte der Lump ruhig kommen. Sepp hatte auch darauf geachtet, dass er nicht von hinten anschleichen konnte.

Konrad war an die zweihundert Meter wieder runter gestiegen, als Julius an der Leine unruhig wurde. Er bellte nicht, sondern wedelte mit seinem Schwanz hin und her und zog wie verrückt an der Leine. Konrad sah ihn verdutzt an, dann in die Richtung, in die Julius laufen wollte. Da sah er plötzlich einen großen Schatten. Instinktiv bückte sich Konrad und war vom Gesträuch verdeckt.

»Nicht bellen«, flüsterte er dem aufgeregten Hund zu und hielt ihm zur Vorsicht auch noch die Schnauze zu. Das war für Julius so ungewohnt, dass er verdutzt stehen blieb. Konrad lugte durch das Gesträuch und sah nun den Wilderer ganz deutlich. Quer über dem Rucksack hatte er ein Reh geschnürt. Und jetzt strebte er seiner Höhle zu. Der Förster hatte ihm gesagt, er solle zu Brunhilde gehen. Aber jetzt waren seine Glieder vor Aufregung wie gelähmt.

Im Wald wurde es totenstill. Kein Vogel war zu hören. Der Wilderer fühlte sich so sicher, dass er ruhig auf jedem Ast herumtrampelte. Ja, er summte sogar leise vor sich hin. Sepp hörte ihn also schon von weiter Ferne und machte sich bereit.

»Dieser Lump, ich könnte ihm den Hals umdrehen.«

Noch hundert Meter und er war bei seiner Höhle. Davor war ein kleiner freier Platz. Sepp hatte sich alles zurechtgelegt. Sobald er ihn mit dem Gewehr in Schach halten konnte, würde er ihm die Hände fesseln und zur Gendarmerie abführen.

12. Kapitel

Keuchend erreichte der Wilderer seinen Unterschlupf. So ein ausgewachsenes Reh hatte sein Gewicht. Dabei überrechnete er seinen Gewinn und freute sich schon im Vorhinein, als er plötzlich eine harte Stimme vernahm: »Stehen bleiben oder ich schieße.«

Starr für Sekunden überlegte er fieberhaft, wer das sein könnte. Aber da hörte er schon den anderen sagen: »Ich bin der Förster und hab das Gewehr im Anschlag. Also keinen Widerstand, das Gewehr runter und dann umdrehen.«

Der Wilderer blickte starr auf die hochragenden Tannen. Er wusste ganz genau, wenn er dem da in seinem Rücken Folge leisten würde, dann war er für Monate, ach was, nach dem Sündenregister, was er besaß, auf Jahre hinter Gittern gefangen. Und das wollte er nicht. Innerlich fluchte er fürchterlich. Wie hatte er nur so leichtfertig sein können. Über all die Monate war er behutsam und vorsichtig nach Hause geschlichen. Hatte immer einen dünnen Nähfaden um seine Behausung gespannt. So dünn, dass niemand es bemerkte, und achtlos weiterging. Nie war der Faden durchrissen gewesen. Ja, und dann wird man halt übermütig und nachlässig. Man hält sich für so schlau.

»Wird's bald«, herrschte ihn der Förster an. »Los, oder ich schieß dich über den Haufen.«

Der Wilderer sagte sich: *Nur Ruhe bewahren! Er ist allein hier, denn sonst wäre schon längst der zweite Mann zu mir gekommen und hätte mir das Gewehr abgenommen. Wegen eines Försters soll ich aufgeben? Nimmer, o nein, der wird sein Wunder erleben.*

»Ich mach ja schon«, sagte er im weinerlichen Ton. »Ich tu es ja, bloß nit schießen, Förster. Ich werf jetzt Gewehr und Rucksack ins Gras und dreh mich um, aber bloß net schießen.«

Sepp stand an den Baum gelehnt und passte auf jede Bewegung des anderen auf. Als er tatsächlich das Gewehr weit von sich warf, atmete er erleichtert auf. Das waren immer die schlimmsten Sekunden, das wusste er von seinen Kollegen aus den Nachbarrevieren. Manch ein Wilderer begann in seiner Not wild um sich zu schießen.

Jetzt folgte mit einem Ruck das Reh. Es war ein tragendes, im Augenblick war ja Schonzeit, und Sepp musste die Zähne zusammenbeißen, so wütend war er auf den Kerl. Am liebsten wäre er ihm von hinten an die Gurgel gesprungen. So wenig Ahnung hatte der Kerl also, aber dann sah er den zerschundenen Hals. Er hatte es also auch mit der Schlinge gefangen. Ein Schuss verriet ihn ja schnell.

»So, und jetzt werf ich den Rucksack«, sagte der Mann.

Sepp duckte sich. Aber was konnte ihm jetzt noch passieren? Er hatte das Gewehr im Anschlag, und anspringen würde der Kerl ihn nicht können. Dazu war der Abstand zu groß.

»Darf ich mich jetzt umdrehen, Förster?«

»Los«, sagte Sepp.

Und dann passierte alles in Sekunden. Sepp sah nur das Mündungsfeuer. Er starrte den Kerl entgeistert an, spürte in der ersten Sekunde noch nicht mal den rasenden Schmerz. Aufrecht stand er da, blickte ihn nur an, der andere lachte hämisch. In seiner rechten Hand rauchte die Pistole.

Ganz langsam brach Sepp zusammen. Er war unter der rechten Kniescheibe getroffen worden.

»Soll ich dir das andre Bein auch noch zuschanden schießen?«, grölte der Wilderer.

Sepp lag im Gras und hielt sich mit beiden Händen das verletzte Bein fest. Der Wilderer griff nach dem Gewehr und lachte abermals.

»Du Dummkopf, hast mich zwar erwischt, mir sogar einen Schreck eingejagt, Förster. Aber mich klein kriegen, das schafft keiner. Am liebsten würd ich dir auch so eine Schlinge um den Hals legen und zuziehen. Hast mir meine schöne Höhle verleidet. Jetzt kann ich weiterziehen und mir was anderes suchen. Wirklich, ich sollt dich abknallen. Tut's sehr weh?«

Sepp brach der Angstschweiß aus allen Poren. Er brachte keinen Ton über die Lippen. Immerzu dachte er: *Jetzt ist dein letztes Stündlein angebrochen. So rasch, und ich wollt noch so viel tun.*

»Weißt was«, kicherte der Wilderer, »ich hab mich entschlossen. Angeschossenem Wild setzt man auch nach und gibt ihm den Gnadenstoß. Bis dich hier einer findet, können Wochen und Monate vergehen, mein Lieber. Das wird ein langsames Sterben. Ich bin also human und geb dir mit deiner eigenen Waffe den Gnadenschuss. Sprich schnell dein Gebetlein, Förster, und dann ade, du feine Welt. Deinen Leichnam roll ich den nächsten Abhang hinunter. Dann hab ich einen guten Vorsprung. Bis man dich findet und das Gebiet absucht, bin ich schon über alle Berge.«

Sepp sah ihm in die Augen. Sie waren eisenhart, und er erschauerte. Der kannte keine Gnade, dachte nur an sich.

»Du Lump«, keuchte Sepp, »dich erwischt es auch noch. Wirst dann an mich denken. Gar fürchterlich wird dein Tod sein, da verlass dich drauf.«

»Sprich dein Gebet, sollst christlich sterben«, sagte der Wilderer. »Wenn du fluchst, knall ich dich gleich ab.« Damit hob er die Waffe.

So an die zweihundert Meter weiter unten hockten immer noch Konrad und Julius. Konrad hielt noch immer die Schnauze des Hundes fest. Als aber der Schuss fiel, machte Julius so einen hektischen Ruck zur Seite, dass Konrad ihn losließ. Nun zerrte er wie verrückt an der Leine. Konrad hatte weit aufgerissene

Augen. Einerseits wollte er gern nachschauen, wie es dem Förster erging, aber dieser hatte ihm doch befohlen fortzulaufen. Er blickte Julius an und lächelte schwach. Sein armes Hirn dachte, wenn der Hund fortläuft, dann kann ich nix dafür, dann darf der Förster mir nit bös sein.

Julius riss noch immer wie verrückt. Und dann ließ Konrad ihn fahren, und bellend brach der Hund durch das Dickicht. Es geschah in der Sekunde, als der Wilderer seinen Herrn erschießen wollte. Konrad rannte ihm nach und machte so viel Getöse, dass der Kerl denken musste, eine ganze Meute mit Jägern rückte ihm jetzt auf den Pelz.

Er griff nur noch nach seinem Rucksack, nahm das Gewehr auf den Rücken und rannte in entgegengesetzter Richtung davon. Sepp, der sich schon tot wähnte, wusste sofort, dass es Julius war, der da heranraste. Und zum ersten Mal im Leben dankte er Gott, dass jemand nicht getan hatte, was er befohlen hatte.

Julius erreichte ihn als Erster, umhechelte ihn und sprang ihn freudig an. Das verursachte Sepp mörderische Schmerzen. Und um ihn davon abzuhalten, sagte er: »Fang, Julius, lauf und fang.«

Julius verstand sofort. Schnüffelnd suchte er herum, fand auch sofort die Spur und jagte in der gleichen Richtung davon, in der der Wilderer davongelaufen war. Sepp versprach sich nichts davon, denn es war ja keiner da, der dem Hund folgen konnte. Er hatte sogar Tränen in den Augen. Wenn der Wilderer den einsamen Hund sah, würde er ihn abknallen, um ungesehen davonzukommen. Doch solange sein Herrchen noch das Bellen vernahm, war er am Leben.

Und der Wilderer rannte um sein Leben.

13. Kapitel

»Förster, Förster«, keuchte Konrad und holte erst einmal tief Luft, dann wollte er scheinheilig Julius beschuldigen. Doch in diesem Augenblick sah er das blutende Knie und sank auf die Knie und stammelte: »Hat das der böse Mann getan?«

»Ja«, knirschte Sepp.

Wehklagende Laute drangen aus der Kehle des Jungen. Und Sepp dachte: *Ich danke Gott, dass es einen Konrad gibt. Er ist es, der mir das Leben retten wird.*

»Hol das Messer aus meinem Rucksack«, befahl er ihm.

»Ja, ja«, sagte Konrad einig.

Damit schlitzte Sepp sich das Hosenbein auf. Es sah wirklich schlimm aus, und die Kugel saß noch drinnen. Das zerfetzte Hosenbein wurde in dünne Streifen gerissen. Damit band er das Bein ab. Konrad hatte sein Hemd ausgezogen und machte nun auch Streiten daraus.

»Bist ein guter Junge, Konrad«, flüsterte Sepp.

»Verband machen, Konrad weiß das. Wenn bluten, dann Doktor Verband machen. Wird wehtun, aber müssen Verband machen.«

»Ja, Konrad«, röchelte Sepp und lehnte sich zurück.

Es tat mörderisch weh, obwohl der Junge sehr zart mit seinem Bein umging. Mit zittriger Hand öffnete er die kleine Flasche und trank sie vollkommen leer. Nun ließ es sich ein wenig besser ertragen.

»Hör zu, Konrad, du musst runter nach Vomp und Hilfe holen. Du musst gehen, Konrad.«

Konrad blickte zum Himmel und meinte: »Bald wird es dunkel, nicht finden. Ich mach Förster dicken Stock zum Stützen, und dann gehen wir alle beide.«

»Woher weißt du das?«

»Von Lorenz«, sagte Konrad stolz.

Sepp sah zu, wie Konrad fachgerecht einen dicken Stock zurechtmachte. Er hatte oben sogar eine Gabel. Dort hinein steckte Sepp seinen rechten Arm. Den anderen schlang er Konrad um seinen Hals und hielt den Förster umfangen. So würde er gehen können, ohne das kranke Bein aufsetzen zu müssen.

Schon längst hatte das Gebell aufgehört. Sepp liefen die Tränen über das Gesicht. Er weinte um seinen treuen Hund. Der Konrad glaubte, weil er so große Schmerzen habe.

Sie machten sich auf den Weg. Der Junge war groß und stark, aber er keuchte doch, und seine Muskeln traten scharf hervor. Aber er ließ nicht nach, er kämpfte verbissen. Am schlimmsten wurde es, wenn der Hang sehr steil war. Aber dann legte sich Sepp lang, und Konrad zog ihn am gesunden Bein wie auf einer Rutsche herunter.

Immer wieder rechnete er nach, wie lange es noch dauern würde, bis sie bei der Kräuter-Brunhilde waren, aber dann, als er glaubte, es nicht mehr ertragen zu können, und als es im Wald auch immer dunkler wurde, da sah er ein Licht. Er wusste, jetzt sind wir bald da.

Brunhilde stand schon am Zaun und hielt Ausschau nach ihnen. Und neben ihr saß Julius. Trotz der Schmerzen lächelte Sepp.

Brunhilde schrie nicht auf, wurde auch nicht konfus, sie wusste gleich, was zu tun war. Ruhig und sicher bettete sie Sepp auf das Bett. Sie löste den Verband, legte kalte Kompressen auf Bein und Kopf und gab ihm einen großen Schnaps. Dann schrieb sie für Konrad einen Zettel.

»Du musst zu Doktor Hirzer gehen, Konrad. Bleiben, bis er den Zettel liest. Du musst ihn mitbringen.«

»Ja«, sagte Konrad und trollte sich, obwohl auch er völlig von Kräften war.

Sepp lag im Halbschlummer. Langsam kam das Fieber. Brunhilde wachte neben ihm und wechselte die Kompressen. Sonst konnte sie nichts tun. Es waren drei Stunden vergangen, als Julius zu bellen anfing. Draußen vor der Tür standen Konrad und der Doktor Hirzer.

»Jessas, ich bin ganz außer Atem. Hier hast du dich also versteckt, Brunhilde? Höher konntest nimmer rauf?«

»Nein«, sagte sie ruhig.

Konrad huschte an der Wand entlang. Er ließ sich erschöpft am Herd nieder.

»So, den Förster hat es erwischt. Ja, dann wollen wir mal sehen, was ich tun kann.«

»Er schläft, vielleicht kannst ihn verarzten, ohne dass er was merkt.«

Hirzer besah sich die Wunde. »Die Kugel steckt noch drin. Er muss operiert werden. Also müssen wir ihn ins nächste Krankenhaus transportieren lassen.«

»Wie willst das tun, Hirzer? Ein Hubschrauber kann hier auch nit landen. Und die finden uns nimmer. Kannst sie nit holen? Bist doch vom alten Schlag. Hab dir doch gesagt, sollst alles mitbringen.«

»Das hab ich auch, aber beim Teufel, Brunhilde, das wird eine Schlachterei werden.«

»Gib ihm die Spritzen, und ich werd dir helfen.«

»Wirst mir auch nit umkippen?«

Sie sah ihn nur groß an. Sepp merkte nichts von der Morphiumspritze. Konrad hockte am Boden und hatte weit aufgerissene Augen. Ihm schien es, als würde man dem Förster das Bein abschneiden. Zu Anfang sah es auch schlimmer aus, aber die Kugel war oben auf dem Knochen, und der Arzt konnte sie schnell mit der Pinzette rausholen. Danach desinfizierte er die Wunde, gab dem Förster eine Spritze gegen Wundstarrkrampf und verband alles sehr sorgfältig. Inzwischen war es Mitternacht geworden und das Hemd des Arztes schweißnass.

Konrad war, als er sah, dass dem Förster kein Leid angetan wurde, in einen tiefen Schlaf gesunken. Brunhilde war nicht minder erschöpft, aber sie tischte jetzt erst mal auf, denn der lange Marsch und die Operation hatten Hirzer hungrig gemacht. Mit dem Enzian, den Brunhilde selbst zubereitete, freundete er sich gern an.

Jetzt fand sie auch Zeit, dem Arzt zu erzählen, wie wundervoll sich Konrad aufgeführt hatte.

»Mit anderen Worten, ich soll es im Dorf erzählen?«

Brunhilde lächelte.

»Kannst dich auf mich verlassen«, sagte Hirzer gutmütig. »Aber wie hast du dir die Sache weiter gedacht? Er ist nicht transportfähig, Brunhilde.«

»So bleibt er halt hier. Ich werd ihn pflegen. Davon versteh ich eine Menge.«

»Und ich muss alle Tage rauf keuchen und nachschauen«, sagte er mit grämlicher Stimme.

»Dabei tust du was für deine Gesundheit«, lachte die Frau.

Der Arzt besah sich sein Bäuchlein und fand, Brunhilde hatte mal wieder recht. Weil nicht genug Betten vorhanden waren, nahm er eine Decke und legte sich ins Heu. Seitdem er der Schule entwachsen war, hatte er das nicht mehr getan, und er fand, er habe schon lange nicht mehr so prächtig geschlafen.

14. Kapitel

Am nächsten Morgen nach einem guten Frühstück, an dem Sepp sich auch schon beteiligen konnte, untersuchte Hirzer noch einmal die Wunde. Alles war so, wie es sein musste.

»Jetzt muss ich aber machen, dass ich nach Hause komme, sonst meint meine liebe Frau, ich sei verschollen und schickt die Bergwacht.«

Sepp gab ihm eine Mitteilung für die Gendarmerie und auch für seine Töchter mit. »Ich komm morgen wieder.«

Konrad saß neben dem Bett und sah dem Förster ins Gesicht.

»Soll ich bösen Mann suchen?«

»Warte, bis die Polizei kommt, der zeigst du das Versteck, ja?«

Konrad nickte eifrig.

Gegen Mittag kamen seine Töchter, pflichtschuldig, wie er ihnen gleich anmerkte. Sie waren erstaunt, hier oben eine Frau anzutreffen. Als sie merkten, dass der Vater ganz gut versorgt wurde, hatten sie nichts dagegen, dass er vorläufig nicht ins Forsthaus zurückkehren konnte. Sie hatten jetzt wirklich keine Zeit, ihn zu pflegen. Mussten sie doch sehen, dass sie ein Mannsbild in ihr Netz einfingen.

Sepp war es ganz recht, er fühlte sich prächtig hier; und jetzt lernte er die Kräuter-Brunhilde erst so richtig schätzen. Sie hatte so etwas Mütterliches an sich. Wo sie war, verbreitete sie Behaglichkeit. Sie fragte nicht lang, sondern wusste was zu tun war. Den ersten Morgen schlief er viel. War er doch noch sehr erschöpft, außerdem hatte er eine Menge Blut verloren.

Nachmittags erschien der Gendarm mit einem Suchtrupp. Sie versprachen sich nicht mehr viel, aber vielleicht verriet ihnen eine Spur, in welches Revier der Wilderer übergewechselt war. Die anderen Förster im Umkreis waren schon gewarnt worden. Keiner ging mehr allein auf die Pirsch.

Kurz vor dem Dunkelwerden kamen sie zurück, erschöpft und sehr müde. Der Gendarm hatte ein grimmiges Lächeln auf den Lippen. Und Konrad feixte über das ganze Gesicht. Sepp sah sie aus seinem Kissenberg unruhig an.

»Was ist los?«

»Wir haben ihn gefunden.«

»Nit möglich. Aber er hatte doch Zeit genug zum Fliehen.«

»Aber wir haben ihn, Sepp. Julius hat uns auf seine Spur gebracht, sonst hätten wir ihn nie gefunden.«

»Mein Dackel hat ihn gestellt? Nit möglich.«

Der Gendarm wischte sich den Schweiß von der Stirn, dann sagte er: »Er ist über die Klippen gestürzt. Zerschmettert. Morgen holt ihn die Bergwacht heraus. Sie haben die Gerätschaften dazu.«

Für einen Augenblick war es totenstill in der Hütte. Sepp blickte zur rauchgeschwärzten Decke und dachte: *Hat es ihn also so schnell erwischt.* Und plötzlich erinnerte er sich wieder daran, als Julius neben Brunhilde saß, dass dieser ein ganz verlegenes Aussehen hatte, ja, gestern hatte er es nicht gewusst. So war es also gewesen, Julius war ihm auf den Fersen, und der Wilderer, in der Ansicht, eine ganze Meute hetze ihn, brach durch und blickte sich nicht mehr um. Er war unvorsichtig, kannte bestimmt auch nicht die gefährlichen Klippen. Julius hatte ihn dorthin getrieben, und als er abgestürzt war, angenommen, er würde dafür ausgeschimpft werden.

Als die anderen fort waren, streichelte Sepp Julius und versprach ihm eine große Wurst, sobald er wieder laufen könne. Doktor Hirzer hatte ihm versichert, dass er noch einmal Glück gehabt habe. Etwas höher und die Kugel hätte die Kniescheibe zersplittert, dann hätte er für alle Zeiten ein steifes Bein behalten.

15. Kapitel

Das Fieber stieg und sank. Brunhilde pflegte Sepp, und in seinen wirren Träumen sah er immer ihre Augen über sich. Sie waren von einem hellen Blau. Noch nie hatte er so intensiv in diese Augen geblickt. Und je länger er bei ihr war, um so erstaunter war er über sich. Er fragte sich allen Ernstes, wie konnte ich nur so verblendet sein, Brunhilde ist eine Prachtfrau, grad so, wie ich mir immer eine Frau gewünscht habe. Ich war doch wirklich ein Narr, ehrlich.

Vier Tage war er schon bei ihr. Jeden Abend kam Doktor Hirzer. Er besah sich die Wunde. Bald merkte Sepp, dass der Arzt Brunhilde von früher kennen musste. Sie taten so vertraut. Als sie einmal draußen war, fragte er diesen. Hirzer gab es zu. Brunhilde stamme aus Innsbruck, die Eltern waren über ihr Aussehen entsetzt und hatten es sie immer merken lassen, dass sie ein unnützer Esser sei. Und so stark wie die anderen Mädchen war sie auch nicht gewesen. So hatte sie nur immer die leichte Arbeit im Haushalt verrichten können. Eines Tages war sie dann ganz plötzlich verschwunden. Man glaubte an Selbstmord. Nur Hirzer wusste, dass sie hier an der Bettelwurfspitze Zuflucht gefunden hatte. Er schwieg aber darüber.

»Warum willst du das wissen, Sepp?«

Zuerst wollte er mit der Sprache nicht so recht heraus.

»Nur so«, meinte er verlegen.

»Mir kannst dich ruhig anvertrauen, Sepp. Ich bin doch kein Klatschweib.«

Sepp grinste, strich sich einmal über den Bart und meinte dann zögernd: »Wirst mich auch nit auslachen, Hirzer?«

»Woher denn? Warum sollt ich dich auslachen? Also, du tust wirklich sehr geheimnisvoll.«

»Also, die Sache ist so, ich mag die Brunhilde.«

Hirzer blickte ihn groß an.

Der Förster wurde ganz ungeduldig.

»Verstehst mich denn immer noch nit? Das ist doch ganz einfach. Heiraten möcht ich sie, die Brunhilde. Ich bin doch Witwer, und meine Töchter sind mir verleidet. Wenn sie mal fort sind, bin ich allein. Und dann hab ich mir gedacht, die Brunhilde wird doch auch immer älter. Ewig kann sie hier oben nit hausen. Besonders im Winter ist das kein Zuckerlecken. Wenn ich ihr meinen Namen geb, und ich lieg mal auf dem Friedhof, dann kriegt sie meine Pension, und ich schlag dem Staat ein Schnippchen.«

Hirzer grinste ihn an. »Du bist ein ganz schlauer, wie?«

»Was hältst du von der Sache, Hirzer?«

»Sepp, ich versteh eins nit.«

»Was denn?«

»Warum sagst das alles mir und nit der Brunhilde? Oder weiß sie schon Bescheid?«

Wahrhaftig, der Förster wurde sogar rot.

»Ich wollt doch von dir wissen, ob ich sie fragen kann. Von wegen auslachen und so. Kennst sie doch in Vomp, und das möcht ich ihr nit zumuten.«

Hirzer schlug ihm auf die Schulter. »Das werden sie schön bleiben lassen, Sepp, dafür werd ich schon sorgen. Musst mal runtergehen und sehen, wie sie jetzt von Konrad reden. Er wird als dein Lebensretter gefeiert, und ihm haben wir es ja auch zu verdanken, dass diesem Wilderer der Garaus gemacht wurde.«

»So soll ich sie also gleich fragen?«

»Aber sicher doch.«

»Und wenn ich einen Korb krieg?«

»Haha«, der Doktor wollte sich ausschütten vor Lachen. »Sag mal, Sepp, bist noch ein Schulbub? Wenn ich mich nit irre, dann kommt sie jetzt gerade.«

»Hirzer, lass mich nit allein, damit mir beistehst.«

Der Arzt nickte lachend.

Brunhilde kam also ganz ahnungslos in die Stube, und Sepp wagte den Kopfsprung.

»Brunhilde, ich möcht dich was fragen, wenn du mich heiraten würdest, dann tät ich mich sehr freuen.«

So einen Antrag hatte der Doktor noch nie gehört, und das Lachen stieg in ihm hoch. Brunhilde ließ den Korb mit den Pilzen zu Boden fallen und starrte Sepp entgeistert an.

»Himmel, Förster, liegst schon wieder im Fieber?«

»O nein«, sagte der Doktor schnell, »er hat weder Fieber, noch ist er betrunken. Brunhilde, es ist ihm ernst, und schau, ich halt ihm sogar das Händchen, weil er sich doch so geniert.«

Brunhilde lächelte: »Soll das wirklich wahr sein?«, flüsterte sie.

»Ja, Brunhilde, wenn du so lieb sein willst. Ich werd auch ein braver, zahmer Ehemann sein.«

Da musste Brunhilde doch lachen. »Aber sie sagen doch alle, ich sei so hässlich wie eine Vogelscheuche, Sepp. Willst nit doch erst ganz gesund werden und es dir noch einmal überlegen?«

»Nein, Brunhilde, ich weiß, du hast ein goldenes Herz. Und ich will dich so, wie du bist. Mit dir zusammen, weißt, da wird es im Forsthaus wieder gemütlich werden. Komm, sag ja.«

Brunhilde hatte den Förster schon lange gern. Aber sie hatte es nie gezeigt. War sie doch in die Einsamkeit geflohen, weil man immer auf ihrem Herzen herumgetrampelt hatte. Und jetzt sollte sie Braut werden? Und dazu noch einen so feschen Mann mit Staatspension bekommen?

»Ach Sepp«, sagte sie, und die hellen Tränen liefen ihr über das Gesicht.

Hirzer verließ den Raum. Jetzt brauchten die zwei keinen Zuschauer mehr.

»Komm her, Brunhilde«, rief Sepp zärtlich. »Jetzt kann ich ja noch nit laufen, aber bald ist es so weit.«

Sie kam zu ihm, und er nahm ihre Hand und hielt sie fest. Und schließlich zog er ihren Kopf herunter und gab ihr ein Busserl.

»Du weinst ja noch immer«, staunte der Mann.

»Vor Freude, Sepp, vor Freude.«

Der Doktor ließ sie über eine Stunde allein, dann wurde es ihm draußen zu kalt, und er kam polternd in die Stube.

»Wenn ich gesund bin, werden wir heiraten«, sagte Sepp.

»Warum so lange warten?«, meinte der Doktor. »Wohnst hier unter einem Dach mit deiner Braut, Sepp, ich weiß etwas Zünftiges. Morgen besorg ich die Papiere und bestelle für euch das Aufgebot. Und wenn es so weit ist, komm ich mit dem Bürgermeister hier herauf, und wir machen Hochzeit. Was hältst du davon?«

»Wie es sich für einen Förster gehört, nicht schlecht. Einfälle hast du.«

Hirzer lachte.

In der Tat, so wurde es gemacht. Sepp bat den Doktor, den Töchtern nichts davon zu berichten.

»Ich erzähle es ihnen später«, sagte er und hatte den Schalk im Nacken sitzen.

16. Kapitel

Bei Hilde war es nicht so einfach gewesen. Eines Tages hatte sie sich hingesetzt und war alle Häuser im Geist durchgegangen. Wenn sie auch abseits lagen, so wusste sie doch, was unten vor sich ging. Und so hatte es nicht lange gedauert, da war sie zu dem Entschluss gekommen, dass im Dorf kein Mannsbild mehr frei war. Da gab es im Augenblick nur junges Gemüse, um die achtzehn, und dazu war sie dann doch zu alt. So blieb also nur noch einer übrig. Es war Xaver Redl, ihr unmittelbarer Nachbar. Die Redls hatten einen Sohn und fünf Töchter. Um die alle entsprechend auszusteuern, hatte der Alte viel Geld aufnehmen müssen. Der Hof war belastet. Xaver allein musste das jetzt wieder hereinbringen. Er hatte verbissen gearbeitet und keine Zeit für Tanzfeste und dergleichen gehabt. So waren die Jahre an ihm vorüber gegangen. Nun war er schon über dreißig Jahre.

Seit einem Jahr musste es ihm aber wieder gut gehen, denn seither fragte er in regelmäßigen Abständen, ob Sepp nicht seine Wiesen verkaufen wolle.

Xaver war kein übler Mann, rechtschaffen und still. Sie sagte sich: *Das ist der richtige Mann für mich. Nun muss ich es ihm nur begreiflich machen.* Wenn sich Hilde einmal etwas in den Kopf gesetzt hatte, dann musste es auch gleich geschehen. So zog sie ihr bestes Dirndl an, machte sich hübsch und wanderte los.

Es sollte nach einer zufälligen Begegnung aussehen. Vorher hatte sie aber mit dem Feldstecher ausgekundschaftet, wo sie ihn antreffen würde. Er war auf den oberen Wiesen beim Heuen. Als sie auf ihn stieß, nannte sie die Tageszeit. Xaver stützte sich auf seinen Rechen und blickte sie an. Da sie keine Eile zeigte, kam er und setzte sich in den Schatten.

»Muss mal kurz verschnaufen«, sagte er.

Hilde hatte wie zufällig eine gut gekühlte Flasche Bier bei sich. Dem Mann fiel es noch nicht mal auf, dass das wohl nit mit rechten Dingen zugehen konnte. Doch dankbar nahm er sie an und löschte damit seinen Durst.

Und so saßen sie erst da, stumm, die Augen dem Tal zugewandt. Hilde dachte: *Er ist einsam.* Und ein zärtliches Gefühl durchzog ihre Brust.

Wie sie so saßen, den Duft des gemähten Heus in der Nase, da fühlte sie sich groß und stark. *Schaffen dürfen*, dachte sie, *eigenes schaffen und sich am Abend freuen, dass man so viel geschafft hat. Wenn man heimkommt, dann warten die Kinder schon auf das Essen. Und der Mann sitzt am Tisch und liest die Zeitung. Alles ist so gut und schön.* Plötzlich hatte sie ein Würgen im Hals. So viele Jahre hätte sie das schon haben können. All die jungen Mädchen, mit denen sie zur Schule gegangen war, hatten längst einen Mann und Kinder. Jetzt spürte sie, wie unsinnig der Wunsch der Mutter gewesen war.

Ich darf nicht mehr länger warten, ich will es auch nicht, dann ist meine Zeit endgültig vorbei. Ruckhaft wandte sie sich dem Mann zu, sah ihm in die Augen und sagte: »Willst du noch immer unsere Wiesen und Äcker?«

»Ja«, sagte Xaver erstaunt, »das möcht ich schon. Sie grenzen an meinen Grund und Boden. Wenn ich mehr Wiesen hab, dann kann ich mehr Vieh anschaffen, und dann lohnt sich erst die Melkmaschine.«

Ihre Augen ließen ihn nicht los. Ruhig und so als beträfe es sie gar nicht, ging es zu.

»Ich hab Geld auf der Kasse, von der Mutter her. Und dann könnt ich alle Wiesen und Äcker und das Haus umsonst bekommen. Du müsstest mich nur heiraten, denn brächt ich das alles in die Ehe ein. Meine Kraft noch dazu, du weißt, wie gut ich arbeiten kann.«

»Ja, das kannst du«, sagte er ernsthaft.

Keiner sprach von Liebe. Hilde erzählte von dem Versprechen des Vaters.

»Wir müssen dann sofort heiraten, zumindest das Aufgebot bestellen, dann ist die Beteiligung erfüllt.«

Xaver blickte die Berge an und fand nichts dabei, dass sie ihm einen Antrag gemacht hatte. An die Möglichkeit, Hilde zu heiraten, hatte er schon mal gedacht, aber dann waren da die vielen Schulden gewesen. Jetzt sah alles anders aus. Heiraten musste er, die Mutter wurde immer älter und schaffte kaum die Hausarbeit. Warum sollte er nicht sofort heiraten, wenn dabei so viel Gewinn abfiel?

»In Ordnung«, sagte er.

»Gib mir die Hand darauf«, bat Hilde.

Er schlug ein.

17. Kapitel

Elfi hatte endlich ihren Lehrer so weit, dass er ihr verlegen stotternd einen Antrag machte. Danach war er über seine Dreistigkeit so erschrocken, dass er am liebsten weggelaufen wäre, aber da hörte er schon das Ja von Elfi. Sie saßen in der Laube und blickten sich an, und plötzlich mussten sie lachen.

»Und ich hatte solche Angst«, sagte Oskar.

»Jetzt ist es überstanden.«

»War es sehr schlimm?«

Oskar umfasste sie und küsste sie mitten auf den Mund.

Nicht sehr weit von der Laube entfernt saß Eva mit ihrem Julius auf derselben Bank wie zu Anfang. Über zwei Wochen hatten sie sich nun fast jeden Tag getroffen. Julius konnte sich lange nicht erklären, wieso Eva einen so schlechten Ruf in Vomp hatte. Sie war das entzückendste Mädchen, was man sich nur denken konnte. Von der Erbschaft einmal ganz abgesehen.

Eva selbst war bis über beide Ohren in Julius verliebt.

»Wir werden heiraten«, sagte er.

»Ja«, jauchzte sie.

Er küsste sie leidenschaftlich.

»Wir werden viele Kinder haben.«

»Natürlich«, antwortete sie. »Die brauchen wir doch für die Bedienung. Eines Tages werden wir das schönste Berghotel weit und breit haben.«

»So wahr ich Julius heiße, das wird es«, gab er lachend zurück.

»Jetzt müssen wir das Aufgebot bestellen«, jauchzte Eva. »Die andern werden sich mächtig ärgern.«

»Oh«, sagte Julius.

18. Kapitel

Als am Morgen der Bürgermeister von Vomp sein Amtszimmer betreten wollte, standen vor diesem Hilde Schöberl und Xaver Redl.

»Wir möchten ein Aufgebot bestellen.«

»Gratuliere«., sagte er mechanisch. »Aber müsst ihr so früh kommen?«

»Das ist sehr wichtig«, sagte Hilde. »Und wenn Sie bitte die Zeit dazuschreiben würden?«

»Das ist zwar nit Sitte, aber wie du wünscht, Hilde.«

Er vermerkte alles fein säuberlich im großen Buch. Die Geburtsurkunde nahm er an sich.

Jetzt lächelten sich Hilde und Xaver an.

Als sie auf dem Flur waren, nahmen sie sich bei der Hand, und jeder fühlte sich sehr wohl.

»Jetzt haben wir es geschafft«, sagte Hilde.

»Ja, bald können wir mit dem Schaffen richtig loslegen.«

»Das Haus werden wir verkaufen.«

»Ja, denn ich hab ja eins.«

Der Bürgermeister war grad mitten im schönsten Frühstück, als sein Amtsdiener an der Tür klopfte.

»Da will einer ein Aufgebot bestellen.«

»Was? Zwei an einem Tag, das hat es schon lange nit mehr gegeben. Sie sollen warten.«

Der Amtsdiener verschwand, kam zurück und meldete: »Schönen Gruß von dem Brautpaar, wenn der Herr Bürgermeister so nett wäre, es würde sehr eilen.«

»Jessas, das fängt ja heute fürchterlich an. Dann hol sie rein, die eiligen Brautleute.«

Elfi und Oskar betraten die Amtsstube. Dem Bürgermeister blieb der Bissen im Hals stecken.

»Ihr auch?«

»Wenn's dem Herrn Bürgermeister recht ist«, sagte Oskar.

Elfi sagte: »Und wenn Sie so nett sein möchten und die Zeit vermerken, wann wir hier waren. Ist wichtig für uns.«

Da äußerte der Bürgermeister nix mehr.

Als sie die Amtsstube verlassen hatten, machten sie ein frohes Gesicht.

Als der Herr Bürgermeister sein Mittagsschläfchen abhalten wollte, wurde er schon wieder gestört. Wieder war es ein eiliges Brautpaar. »Wenn das so weitergeht, lass ich mich morgen pensionieren«, schrie er den Amtsdiener an.

Er wunderte sich schon gar nicht mehr, als Eva und der Fremde das Aufgebot bestellten. Er sagte gleich: »Die Zeit vermerk ich auch, weil es wichtig ist.«

»Ja, darum wollten wir Sie gerade bitten«, meinte Eva und blickte ihren Julius an.

»Jetzt haben wir es geschafft«, sagte er und drückte ihre Hand.

Als sie fort waren, rief der Bürgermeister: »Um Gottes willen, wie viel Töchter hat der Schöberl noch?«

»Nur drei«, antwortete ihm der Amtsdiener.

Am Nachmittag traf der Bürgermeister den Doktor auf dem Kirchplatz. Dem erzählte er, was sich zugetragen hatte. Dieser strich sich über den Bart und meinte lachend: »Wenn da nit der Sepp dahintersteckt, dann fress ich einen Besen. Das ist doch wieder so eine Lausbübelei von ihm.«

»Das versteh ich nit«, sagte der Bürgermeister. »Musst du mir mal erklären.«

»Im Augenblick kann ich das noch nicht«, lachte der Doktor, lüftete seinen Hut und ging davon.

19. Kapitel

Am nächsten Morgen kletterten von drei verschiedenen Seiten drei Liebespaare die Bettelwurfspitze hinauf. So viele Leute auf einmal hatte der Berg noch nie gesehen.

Sepp saß vor dem Haus und schmauchte sein Pfeifchen. Er übte sich schon wieder im Laufen und Konrad war ihm darin eine große Hilfe.

Seit er diesem versprochen hatte, ihn mit zur Försterei zu nehmen, kannte seine Dankbarkeit keine Grenzen. Sepp musste sich vorsehen, nicht vor Freude tot gedrückt zu werden.

Brunhilde mit ihren scharfen Augen sichtete das erste Paar zuerst.

»Sepp, wir kriegen Besuch«, sagte sie.

»Meine Töchter? Nun ja, einmal muss ich es ihnen ja sagen.«

»Es ist die Eva mit einem Fremden.«

Sepp wollte über diese Antwort zu staunen anfangen, aber da waren sie schon da. Seine Jüngste, strahlend glücklich. Ehe er sich versah, fiel sie ihm um den Hals und küsste ihn stürmisch ab.

»Vater, Julius und ich haben das Aufgebot bestellt.«

»So?«, sagte Sepp.

Sie wollten sich gerade darüber unterhalten, da rief Brunhilde: »Jetzt kommen die Elfi und der Oskar, musst dich nach Westen wenden, dann kannst sie sehen.«

Ja, und bevor sie ihr Sprüchlein abgeleiert hatten und einen tiefen Schnaufer taten, da erschien auch schon Hilde mit ihrem Xaver. Nun blickten sich die Schwestern verblüfft an. Für einen Augenblick herrschte große Stille, und schließlich legten sie alle auf einmal los. Brunhilde und Sepp verstanden nur, dass sich alles gestern abgespielt hatte.

Und um alles abzurunden, erschien dann auch noch Doktor Hirzer. Teils, weil Sepp sein Patient war, teils aus lauter Neugier.

Dann entbrannte natürlich ein heftiger Streit unter den Schwestern, unterstützt von den künftigen Ehemännern. Sepp saß da und hörte sich das Intermezzo schmunzelnd an.

Endlich gewann Hilde die Oberhand und sagte laut: »Ich bin aber zuerst beim Bürgermeister gewesen. Er hat sich die Zeit vermerkt. Also bin ich die Erste, und somit hab ich Anspruch auf das gesamte Erbe.«

Daraufhin wollten sich die Schwestern bald zerfleischen, so wütend waren sie, glaubten sie doch, dass sie nur um Minuten betrogen worden seien.

In den Tumult rief dann Sepp, dem es zu bunt wurde: »Keiner hat gewonnen.«

Hilde blitzte ihn an. »Vater, willst du etwa wortbrüchig werden?«

»Nein«, war seine Antwort.

»Dann gehört alles mir.«

»Ich hab gesagt, wer zuerst heiratet, dem gehört alles.«

»Ja, grad so hast du gesprochen damals in der Stube. Ich hab zuerst das Aufgebot bestellt, werd also auch zuerst heiraten«, sagte seine Älteste.

Sepp erklärte: »Von deinen Geschwistern magst die Erste sein, trotzdem kriegst nit das Erbe.«

»Und warum nit?«

»Weil du nit die Erste warst.«

»Und wer war das?«

»Ich«, sagte Sepp entwaffnend. »Brunhilde und ich haben schon vor Wochen geheiratet.«

Sepp lachte schallend. Die drei zukünftigen Schwiegersöhne machten zuerst lange Gesichter. Aber dann entschied Sepp so: »Die Wiesen und Äcker kriegt die Hilde, und der Elfi kauf ich einen Hausplatz, vom Wald darf sie das Holz zum Bau nehmen. Und Eva bekommt das Forsthaus mit der Auflage, uns bis zum Tod zu pflegen und den Konrad auch.«

Damit waren sie dann zum Schluss alle einverstanden. Und zu vermerken ist eigentlich nur noch, dass alle drei grantigen Töchter noch ganz gute Ehefrauen und Mütter wurden. Ja, sie führten sogar ein vorbildliches Eheleben und wurden noch sehr glücklich.

Das Forsthaus mauserte sich zu einem prächtigen Berghotel, und Konrad ist dort Hausdiener geworden. Er holt mit dem Kutschwagen die Leute von der Poststation und darf alle Schuhe putzen, was ihm am meisten Spaß macht.

Eva hat das feine Kochen unter Brunhildes Regie gelernt, und die Küche ist weit und breit berühmt geworden.

ENDE

4. Rückkehr ins Hochtal

1. Kapitel

Beim Teschlwirt in der Hinterstube ging es hoch her. Es hörte sich grad' so an, als wollten sich dort zwei depperte Leute die Köpfe einschlagen. Der Bachinger stand am Schanktresen und wies mit dem dicken Finger auf die Eichentür. »Was haben die denn da drinnen so Fürchterliches zu besprechen? Der Ferry, der ist ja wieder ganz schön in Fahrt.« Er kicherte vor sich hin. Der Teschl spülte die Krüge und sagte unwirsch: »Dös geht mich a Dreck an, wenn sie nur die Stube ganz lassen. Lieber wäre es mir schon, wenn wir ein eigenes Amtsgebäude hätten, dann bräucht' ich das Zimmer nicht mehr zur Verfügung zu stellen. Aber so arm, wie die Gemeinde ist...«

»Geh«, lachte der Bachinger. »Das willst doch selbst nicht; denn dann hättest ein schlimmes Leben, müsstest doch alle Augenblicke hinüberlaufen und frisches Bier bringen.« Als hätte man auf dieses Stichwort gewartet, stieß der Walchhuber die Tür auf und schrie: »Noch amal dasselbe!«

Bachinger war wie ein Wiesel an der Tür und fragte: »Was ist denn los? Man hört euch ja bis auf die Dorfstraße.«

Robert Walchhuber schnaubte: »Geh, steck dein Nas' nicht immer in and'rer Leut' Sachen. Das ist a Amtsgeheimnis, verstanden?«

Der Bachinger machte ein sauertöpfisches Gesicht. Geheimnis, dachte er wütend, *die geben mal wieder an. A Gerechtigkeit ist das auch nicht mehr. All die reichen Geldsäcke sitzen im Gemeinderat. Was haben sie neulich erzählt? Kluge Köpfe brauche das Dorf! Pah, wenn es danach ginge, dann wär er, der Bachinger, viel klüger.*

Die Tür wurde vor seiner Nase zugeschlagen. Walchhuber suchte durch den Tabakrauch seinen Stuhl wieder. Das war gar nicht so einfach. Auch der Wirt tappte fast blind in die Stube hinein.

»Jesses«, keuchte er, »könnt ihr nicht mal a Fenster zum Lüften aufreißen? Den Gestank krieg ich ja im Leben nicht wieder hinaus.«

»Nix da!«, schrie der Bürgermeister. »Das geht nicht, dann lauschen sie doch. Lass das Fenster zu, und mach, dass du rauskommst, wir müssen weiter bereden.«

Der Hans Pfaffenschlager nahm einen tiefen Zug aus dem Krug, wischte sich mit dem Ärmel den Schaum vom Bart und sagte: »Also, damit ihr es wisst, wenn ich jetzt nicht mehr Strom für meine Mühle krieg, dann verleg ich meine Arbeitsstelle. Dann ade ihr guten Einnahmen in der Gemeindekasse. In Huben nehmen sie mich mit offenen Armen auf.«

»Geh, wir haben doch jetzt genug darüber gesprochen. Es ist nix mehr zu machen. Außerdem wollen der Neussel, der Nadeler und überhaupt, andere wollen sich auch vergrößern. Aber ich kann doch den Strom nicht herzaubern.«

Ferry Moser wischte sich den Schweiß von der Stirn. Harte Köpfe waren das doch mal wieder.

»Und ich sag dir, Ferry, wenn wir das richtig anfangen, ich mein, alle Schwierigkeiten ausräumen, dann erhalten wir auch die Genehmigung zu der Staumauer. Sie braucht ja kein Weltwunder zu sein, aber genug für uns. Wirst schon sehen, wenn erst mal genügend Strom vorhanden ist, dann kommen noch mehr Touristen hierher und dann füllt sich das Gemeindesäckel. Wir müssen halt in den sauren Apfel beißen.«

»Wird das unsere Gegend nicht verschandeln?«, wollte der Bürgermeister wissen.

»Wieso?«, sagte der Trammer, »so hoch kommt doch nie einer rauf, ins Defereggental am Donnerstein. Der See liegt da droben, da brauchen wir nur ein paar kleine Flüsse stauen und schon haben wir es. Das Gebiet da droben, das bietet sich einfach an. Jawohl, und dann wird der See ja viel größer, dann können wir den Urlaubern sogar ein Ferienparadies bieten.«

»Das wird viel Geld kosten, und ob wir da Zuschüsse erhalten, ich weiß nicht.«

»Geh, dann sollen sie uns in Lienz mehr Strom geben, aber das können sie auch nicht. Also müssen wir uns selbst behelfen. Wenn wir also alle einig sind, dann kann doch nix mehr schief gehn.

Dann erhalten wir die Genehmigung. Ein, zwei Jahre haben wir zwar ein wenig Ärger, wegen dem Lärm, aber dann haben wir alles. Und dann können wir auch Skilifte bauen, wie wir wollen. Das willst doch schon lang, Bürgermeister.«

»Ja, ich bin ja auch bereit. Aber das Land da oben zu bekommen, wird schwierig sein. Ich kenn' doch meine Leut', wenn die einen Zipfel davon hergeben sollen, dann gibt das viel Geschrei.«

Trammer lehnte sich zurück und meinte: »Wenn du nicht mit den Dörflern reden kannst, dann werd' ich es mal tun. Die werden sogar froh sein, wenn sie da oben ihr Land verkaufen können. So hoch hinauf schickt doch keiner mehr sein Vieh. Und überhaupt, wenn wir ihnen sagen, dass es zum Vorteil für das Dorf ist, da kann einfach keiner nein sagen; denn dann hätte er die anderen gegen sich. Und das riskiert keiner. Schon deswegen haben wir sie in der Hand.«

Der Nadeler sagte: »Ich schlage vor, wir kraxeln mal rauf und sehen uns die Gegend an. Dann wissen wir, ob wir auch keine Luftschlösser bauen. Wir wollen uns ja bei desn zuständigen Behörden schließlich net blamieren.«

»Das ist ein Wort«, sagte Ferry Moser. »Ja, steigen wir doch rauf und sehen uns alles an.«

»Jetzt sofort?«, stöhnte Hans Pfaffenschlager und sah ziemlich jämmerlich aus; denn sein Bauch hatte schon einen hübschen Umfang angenommen und zum Berggehen war das gerade nicht angenehm.

»Ja, gehen wir hinaus, dann kriegen wir außerdem klare Köpfe und später setzen wir uns noch einmal zusammen und stellen einen Plan auf.«

Der Bachinger hatte die ganze Zeit versucht, an der Tür zu lauschen. Jetzt, da die Stühle gerückt wurden, musste er sich scheußlich beeilen, um rechtzeitig wieder am Tresen zu sein.

Sechs Männer mit hochroten Köpfen kamen zum Vorschein.

»Wie?«, fragte der Wirt. »Schon vorbei? Da kann ich ja die Stube endlich lüften.«

»Das kannst du«, sagte der Moser. »Aber nachher kommen wir wieder. Wir machen jetzt einen Lokaltermin.«

»Was?«, fragte der Bachinger verdutzt. »Was müsst ihr machen?«

»Geh«, sagte Georg Neussel, »red' uns doch nicht immerzu ins Wort. Das ist Politik, verstehst? Wenn wir die Sache ausgereift haben, dann wirst alles erfahren.«

Mit gewichtiger Miene spazierte der Gemeinderat hinter seinem Bürgermeister aus der Wirtsstube.

»Hast du verstanden, was sie gered't haben?«

»Na«, sagte Egi Teschl. »Das geht mich auch nix an.«

Bachinger stürzte zum Fenster.

»Ich möcht' doch wirklich wissen, was die jetzt wieder aushecken. Teifi, warum kann man das nicht ausspionieren? Mal sehen... Ich will doch mal sehen, wohin die jetzt gehen. Lokaltermin...« Er dehnte das Wort wie Kaugummi.

»Bevor du nachspionieren tust, bezahl' deine Rechnung, Bachinger. Ich schreib' net an.«

Der Bachinger war dafür bekannt, dass er gerne schnorrte. Mit der Arbeit hatte er es auch nicht so wild. Jaja, die Irmtraud hatte es mit ihrem Ehegespons auch nicht so einfach. Doch im Augenblick war die Arbeit getan. Es war später Herbst, die Heuernte eingebracht. In gut einer Woche würde auch das Vieh von den Almen herunterkommen. Die Sommergäste hatten den kleinen Winkel schon lange wieder verlassen. Der Donnerstein mit seinen fast dreitausend Metern lag wieder verlassen da.

Sie befanden sich hier sehr nahe an der italienischen Grenze. Im Rücken hatte man die Hohen Tauern, die Zillertaler Alpen und vor der Nase die Karelischen Alpen, aber die reichten schon weit ins Nachbarland. Das Dörflein Erlsbach lag in einem tiefen Taleinschnitt. Viel Bewohner hatte es nie gehabt. Aber seit die Touristen aus Deutschland so regelmäßig angereist kamen, hatten doch viele Leute ihr Anwesen vergrößert, und so war das Dörfchen in die Breite gegangen.

Es war schon ein herrliches Fleckchen Erde, das sie bewohnten. Viele beneideten sie sehr darum. Denn sie lagen an einer Straße, die nicht mehr weiterführte. Also hatten sie nie Ärger mit Durchgangsverkehr. Und die Autos hielten in der Regel am Dorfeingang; denn mittendrin war dann nicht mehr so viel Platz. So hatten sie auch immer reine Luft und die Hühner mussten nicht ihr Leben lassen. Weil es eben ein so verträumter Winkel war, darum kamen so viele Urlauber. Nach den wilden anstrengenden Jahren wollten jetzt viele nur noch Ruhe, und die konnten sie in Erlsbach wirklich finden und dort war es noch nicht mal teuer.

Die Erlsbacher konnten also mit sich und der Welt sehr wohl zufrieden sein. Neben der Landwirtschaft vermietete man Stuben und hatte so noch Einkünfte, an die früher nie jemand auch nur im Traume gedacht hatte.

Wenn da nicht die paar reichen Bauern und der Sägereibesitzer gewesen wären, dann hätte es auch weiterhin so schön und friedlich sein können. Die aber wollten noch mehr, mehr Geld und mehr Macht.

Deswegen heckten sie nun einen grandiosen Plan aus und die Landesregierung sollte dazu auch noch ihr Säckel aufsperren, damit die paar Bauern noch reicher wurden.

2. Kapitel

Sie schnauften wie Lokomotiven; als sie den Berg hinaufstapften. Jetzt erst merkten sie so recht, wie weit es führen kann, wenn man sich um einsame Wege nicht kümmert und sie links liegen lässt. Der Weg war so schlecht, dass man unmöglich mit einem Auto hätte hinauffahren können. So also mussten sie auf Schusters Rappen den Weg zurücklegen, und das dauerte ein paar Stunden.

Immer wieder mussten die wohlgenährten Gemeinderatsmitglieder eine Pause einlegen, und so wurde es natürlich sehr spät. Ferry Moser war schon wütend.

»Nehmt euch doch zusammen! Ihr keucht ja wie alte Waschweiber.«

»Soll mich vielleicht der Schlag treffen?«, stöhnte Theobald Trammer. »Bist narrisch, warum legst denn auch so einen gewaltigen Schritt vor?«

»Also«, sagte der Ferry wütend. »Wenn man euch so reden hört, dann muss man ja wirklich annehmen, ihr seid aus der Großstadt und nicht von hier. Ja, saufen und fressen und dann auch noch stöhnen. Wer hat denn den Vorschlag gemacht? Ich vielleicht? Ich hätt jetzt auch was anderes auf dem Hof zu tun, aber nein, es musste ja sofort sein!«

Sie zogen die Köpfe ein und stiegen weiter, leise vor sich hin fluchend. Dabei dachten sie alle Augenblicke, was müssen die Urlauber doch für Tölpel sein, die machen das auch noch freiwillig, keiner zwingt sie dazu.

Trammer war der Ehrgeizigste, er führte auch das große Wort. Er hatte ihnen allen das erst so richtig schmackhaft gemacht. Ja, dann war der Pfaffenschlager gleich begeistert gewesen. Er wollte also seine Mühle vergrößern, na ja, dazu brauchte man halt Strom. Und wenn man den jetzt selbst erzeugte, mittels einer kleinen Talsperre, also, das war wirklich nicht zu verachten. Dann hatten sie so viel Strom, dass man davon noch etwas abgeben könnte.

Sie hatten die kleine Kapelle am Berg erreicht. Sie sah auch nicht mehr so akkurat aus.

Ferry blieb davor stehen und murmelte: »Jesses, die hab' ich ja ganz vergessen. Also im Frühjahr, da muss die wieder gestrichen werden.«

»Warum, hier sieht sie doch keiner.«

»Die Feriengäste.«

Etwas weiter weg von der Kapelle lag der Freiensteinhof, in einer tiefen Talsenke, mit dem Rücken an die Felsmauern gelehnt. Vor ihm stieg gleich der herrliche Hochwald an. Das Anwesen machte einen düsteren und unheimlichen Eindruck.

Die Männer blieben unwillkürlich stehen und schielten vorsichtig auf das Gebäude. Alle hatten sie plötzlich eine Gänsehaut.

»Ja«, sagte der Ferry zögernd. »Kann man das eigentlich so belassen?«

»Komm«, sagte der Nadeler, »da misch' ich mich nicht ein. Ich sag dazu nix.«

»Er hat recht«, meinte der Trammer. »Das soll die Obrigkeit tun.«

»Der schöne Hof, jetzt verkommt er ganz. Und die Wiesen dazu, es ist wirklich a Schand'.«

Der Walchhuber überlegte laut: »Ein herrliches Waldhotel könnte man daraus machen. Hinter dem Haus a Lift, mei, da ließe sich wirklich etwas machen.«

»Geh«, zweifelte Ferry. »Meinst, er wird es zulassen?«

Sie zuckten die Schultern und stapften hastig weiter. Jeder hing seinen Gedanken nach. So viele Jahre hatten sie dieses dunkle Kapitel aus dem Gedächtnis verbannt. Jetzt, als sie plötzlich vor dem Hof standen, mussten sie alle wieder an die Tragödie denken.

Vor fünf Jahren waren die alten Freiensteiners gestorben. Ganz schnell hintereinander. Zuerst die Frau und dann der Mann. Seither stand der Hof leer. Es gab auch kein Testament, so war noch immer der einzige Sohn der Erbe dieses Anwesens. Einst war es ein schöner Hof gewesen, und sie hatten nicht schlecht gelebt. Aber dann, vor zehn Jahren, da war der Sohn, der Johannes Freienstein, zum Mörder geworden. Er hatte den Josef Watzinger aus Eifersucht erschlagen. So stand es in den Akten. Um den Josef hatte eigentlich keiner getrauert, ja, irgendwie waren sie sogar erleichtert gewesen, dass er nicht mehr da war. Denn er war ein Stänkerer und Streithansel gewesen. Ja, aber nun saß seit zehn Jahren der Johannes Freienstein als Mörder in Klagenfurt im Zuchthaus. Seine Liebste von damals, die Maria Allitsch, die war kurz danach vor Liebeskummer gestorben.

Christian Nadeler holte zum Georg Neussel auf und sagte schnaufend: »Er hat ja bis zum Schluss immer wieder gesagt, er habe ihn nicht erschlagen.«

»Würdest du das nicht auch tun?«

Der Trammer ging vor ihnen, seine breiten Schultern verdeckten jetzt den Hof.

»Na, ich weiß nicht«, meinte der Nadeler. »Um des Seelenheils schon; denn mit so einer Belastung, ich weiß nicht, da könnt ich nicht leben. Wenn man mich schon gefangen und verurteilt hat, dann würde ich es auch zugeben. Das macht doch einen ganz anderen Eindruck, weißt. Man wird doch auch mal begnadigt und dann zählen diese guten Eindrücke alle.«

Der Neussel kratzte sich am Schädel, blieb wieder stehen, um zu verschnaufen, dabei warf er noch einen Blick zurück. Jetzt standen sie schon so hoch, dass sie das Haus von oben sehen konnten.

»Stell dir mal vor«, sagte er langsam. »Also, stell dir jetzt einmal vor, Christian, er wäre wirklich unschuldig?«

Dieser starrte ihn verblüfft an.

»Wie? Was?«

»Wenn er jetzt wirklich nicht der Mörder ist?«

»Dann hätte er all die Jahre umsonst gesessen, unschuldig? Aber na, das Gericht in Klagenfurt macht doch keinen Fehler. Das kann nicht sein. Er hat doch selbst zugegeben, dass sie sich wegen der Maria geprügelt haben.«

»Ja, das hat er, das hat man ihm ja dann auch angekreidet. Weil er so wütend war, hat man gesagt, habe er einfach nicht gemerkt, dass er zu hart zugeschlagen hätte, so hat man ihn ja auch nur wegen Totschlages verurteilt und nicht wegen Mord.«

Wieder stiegen sie hinter den andern weiter.

»Aber weißt«, nahm der Nadeler wieder das Gespräch auf. »Wenn ich mich so recht an den Johannes erinnere, der war nie jähzornig, nein, nie und nimmer.«

»Der Josef Watzinger hat es aber auch zu toll getrieben. Immer hat er aufgepasst, wem er was anflicken kann. Immerzu war er doch so ein Lump.«

»Um den ist es mir auch wirklich nie schad gewesen. Weißt, eigentlich hätten sie den Johannes noch belohnen müssen, dass er uns von ihm befreit hat. Wir haben doch alle unter dem verdammten Kerl zu leiden gehabt.«

»Bloß weil sein Vater mal ein General war im letzten Krieg, deswegen hat der Lump auch gedacht, er könne sich alles leisten.«

»Das war ein gemeiner, listiger Fuchs, seine Alten hatten es wirklich nicht leicht mit ihm. Zuerst rannte er von jeder Schule davon, dann trieb er sich in der Welt herum und dann kam er zu uns und lebte bei seiner Tante, weil er sich in Wien nicht mehr sehen lassen durfte. Im Dorf hat er dann nur Unfrieden gestiftet.«

»Ja, der Josef war durch und durch schlecht. Aber trotzdem, ein Mörder ist der Johannes vielleicht doch nicht.«

Ferry schrie von oben:

»Kommt ihr auch noch rauf? Wir sind jetzt da. Los, beeilt euch, wir müssen ja auch noch mal absteigen!«

3. Kapitel

Da standen sie nun am kleinen Söller See und waren recht verdutzt. Alle Mannsbilder waren schon lange nicht mehr hier oben gewesen und hatten also gar nicht mehr gewusst, wie schön die Heimat in den Bergen ausschaut.

»Das bietet sich ja direkt an«, sagte der Bürgermeister. »Hier der See, die kleinen Bäche kommen die Wand herunter, dann noch der Schwarzbach, der führt ja eine ganze Menge Wasser mit sich. Dort hinten müsste dann die Staumauer entstehen. Das ist ja gar nicht so schrecklich viel Arbeit.«

»Ja, und der See ist um vieles größer. Herrje, man könnt' wirklich a Goldgruben daraus machen, mit einem kleinen Hotel und allem, was dazu gehört«, seufzte der Nadeler.

»Wieso?«, meinten die anderen sofort aufsässig. »Denk bloß nicht, dass du dich hier breitmachen kannst.«

Jetzt waren sie schon aufeinander neidisch; denn das wussten sie, die Gemeinderatsmitglieder: Wer schnell war, der schnitt sich immer das größte Stück aus dem Kuchen. Da wurde erst gar nicht lang gefragt.

Ferry Moser rieb sich die Hände. Er sah schon das viele Geld in der Gemeindekasse, überhaupt würde dann sein Ansehen so steigen, dass man ihn bestimmt in den Landtag wählte. Und später, da konnte man ja noch weiter überlegen, was der Gemeinde zum Wohl und für ihn das Fortkommen leichter machen würde.

»Gut, ich stell' also schon mal den Antrag und lass ein paar Leute kommen, die sich das hier ansehen. Und mit den Grundstückseigentümern red' ich auch, wegen des Verkaufes. Spottbillig selbstverständlich.«

»Wem gehört denn der See?«, fragte der Trammer.

»Tja«, sagte der Moser, »wenn mich nicht alles täuscht, gehört er zum Anwesen der Freiensteiner. Aber da muss ich noch genau nachsehen.«

Trammer zog unwillkürlich den Kopf ein.

Pfaffenschlager Hans meinte: »Ja, kann man das denn, ich mein, dem sein Anwesen abkaufen, wo er doch im Zuchthaus sitzt, geht das denn überhaupt gerichtlich?«

»Freilich«, sagte der Moser. »Dazu brauchen wir nur einen Anwalt.«

Georg Neussel meinte gönnerhaft: »Der wird doch froh sein, wenn wir ihm den Gefallen tun; denn wenn er mal aus dem Zuchthaus rauskommt, dann will er doch bestimmt nicht mehr hier wohnen. Da hat er dann ein hübsches Stück Geld auf der

Bank liegen und kann sich überall niederlassen, wo ihn keiner kennt.«

»Hast recht«, sagte der Trammer schnell. »Und den Hof kaufen wir ihm dann auch gleich ab.«

»So viel Geld hat die Gemeinde aber nicht, außerdem fällt das nicht mehr ins Einzugsgebiet«, sagte der Bürgermeister.

»Dann werd' ich ihn kaufen«, sagte Theobald Trammer.

»Holla«, warfen die andern böse ein. »Also, so haben wir nicht gewettet. Darüber wird noch abgestimmt!«

Da standen sie nun hier oben, sahen gar nicht die Schönheit der Berge und des Sees und zerrissen sich schon fast die Köpfe über etwas, das ihnen noch gar nicht gehörte. Jeder wollte jetzt das Anwesen des Mörders kaufen. Natürlich machten sie es zuerst einmal recht schlecht. Das musste man dem Johannes auch sagen, dass er nicht zu viel für den Elternhof wollte. Denn er stand ja schon seit Jahren leer, und schöner war er davon nicht geworden.

Da machte der Bürgermeister mit einer Bemerkung allen Spekulationen ein Ende.

»Und was ist mit dem Thomas?«

Sofort hörten sie auf zu reden und sahen sich erstaunt an.

»Ja, was soll denn mit ihm sein?«

»Ich mein ja nur...«

Trammer sagte hastig: »Steigen wir lieber ab. Nachher geht die Sonne unter, und wir sind noch nicht im Dorf. Der Weg ist wirklich sehr schlecht.«

So gingen die Männer denn erst einmal schweigend hinunter. Wieder blieben sie für einen Augenblick beim Hof stehen. Jeder betrachtete ihn schon als sein Eigentum, ja, sie sahen schon die Urlauber in der Sonne liegen. *Wenn erst mal der Stausee da ist*, dachten sie alle, *dann ist der reich, wer das Anwesen hier bekommt. Da braucht man sich dann mit dem Vieh nicht mehr abzuplagen. Schnee, Berge, Einsamkeit und ein See, so etwas, das lieben sie doch alle. Da sind sie doch ganz wild drauf.*

So kam es, dass diese Ratssitzung heute ziemlich lange dauerte. Beim Teschl mussten sich die Gemeinderäte erst einmal wieder die Kehlen mit Bier schmieren, dann gingen sie wieder in die Hinterstube und redeten sich heiser.

4. Kapitel

Um die gleiche Zeit, als die Männer dort oben beim See gestanden hatten, war der Bub Thomas mal wieder von der Dorfjugend verjagt worden. Er war jetzt zehn Jahre alt, ein gefälliges Bürschchen mit klugem Köpfchen und immer freundlich. Aber er hatte keinen Freund.

In der Schule konnte der Lehrer sich fransig reden, aber die Bauernbuben blieben stur. Es juckte sie auch kein bisschen, dass der Pfarrer ihnen sagte, sie würden nicht in den Himmel kommen, wenn sie so wenig christlich wären. Sie waren jung, und wer dachte da schon ans Sterben?

Zumal man daheim ja immer wieder angewiesen wurde, nicht mit dem Bankert zu spielen. Das könne vielleicht sonst noch abfärben. Was sie nicht alles über den Thomas sagten, ja, er hatte es wirklich nicht einfach.

Nicht nur, dass seine Mutter, die Maria Allitsch, nicht verheiratet gewesen war, als er zur Welt kam, nein, dann musste sein Vater auch noch ein Mörder sein und im Zuchthaus sitzen.

Als der Thomas noch ganz klein gewesen war, da hatte er es nicht so recht begriffen, warum die größeren Kinder immer mit Steinen nach ihm warfen, wenn er in der Nähe war. Er hatte viel geweint und war sehr verstört gewesen. Bis man ihm mit fünf Jahren dann sagte, warum sie es taten.

Da war etwas in dem Bubenherz zerbrochen. An die Mutter konnte er sich natürlich nicht mehr erinnern, die war ja bald nach seiner Geburt vor Kummer gestorben. Und weil sie keine Eltern mehr hatte, war der Bub ganz alleine auf der Welt zurückgeblieben. Die Maria hatte auch nichts zu vererben gehabt, sie war selbst immer ein armes Ding gewesen, das sich gerade den Lebensunterhalt verdiente.

So hatte sich halt die Gemeinde um den Buben kümmern müssen. Schon damals war der Ferry Bürgermeister gewesen. Zuerst war er dann zu den Freiensteins gegangen und hatte mit ihnen geredet, ob sie denn nicht den Buben bei sich aufnehmen wollten.

Doch die alten Leute waren damals schon zerbrochen gewesen und hatten nur gemeint, niemand könne das genau sagen, ob es wirklich ihr Enkel sei. Dann hatten sie die Tür vor ihm zugemacht. Sie wollten mit dem Dorf und der übrigen Welt nichts mehr zu tun haben.

Ferry Moser hatte mächtig geschimpft, aber eigentlich konnte man es ihnen nicht verdenken. Denn die Leute im Dorf waren auch mit den Eltern des Totschlägers nicht sanft umgegangen. Sie konnten ja so hart und so herzlos sein.

Außerdem war der Johannes ja noch nicht mal mit der Maria verlobt gewesen. Man hatte also wirklich keine Beweise in der Hand. Erst viel später, als der Bub schon fünf war, die Freiensteins aber schon auf dem Gottesacker lagen, da kam die Ähnlichkeit zutage.

Aber da war es zu spät.

Ferry hatte also die alte Heltraud Kahr gebeten, den Knaben bei sich aufzunehmen. Dafür musste er dann ein wenig aus der Gemeindekasse opfern und ihr jeden Monat ein kleines Pflegegeld zahlen. Das war wirklich nicht viel, und wenn die Heltraud nicht ein so gutes Herz gehabt hätte, hätte der arme Thomas wirklich am Leben verzweifeln können.

So liebte er die Ziehmutter, aber sie konnte ihm auch nicht über seinen größten Kummer hinweghelfen. Er hatte also mit der Zeit gelernt, dass er nicht mehr war, als der Dorftrottel Hansi, den verjagten sie ja auch immerzu. Nur war dieser nicht so stark wie Thomas und konnte sich nicht wehren. So übernahm denn der Thomas den Schutz über Hansi. Ja, sie waren schon ein merkwürdiges Gespann, die zwei. Der Hansi war schon fast zwanzig und ging wie ein Hündchen hinter Thomas her und tat alles, was dieser ihm sagte. Er war grundgut, nur etwas wirr im Kopf und konnte nicht viel behalten.

Thomas selbst war ein kluges Kerlchen. Dem Lehrer dauerte er über die Maßen. Und wenn es nach ihm gegangen wäre, dann hätte man den Buben auf die höhere Schule nach Lienz geschickt. Das Zeug dazu hatte er auf alle Fälle. Als er aber mal mit dem Bürgermeister darüber sprach, hatte dieser ihn nur groß angesehen und gemeint: »Ja, verdienst denn so viel, dass du dir das leisten kannst?«

»Ich denk', die Gemeinde wird das zahlen. Meinst nicht, dass der Thomas das mal zurückerstattet?«

»Was, wir sollen ihm auch noch das Geld für eine Ausbildung geben? Wir sorgen ja schon für sein Essen und die Kleidung.«

Der Lehrer merkte gleich zu Anfang, es lohnte sich nicht, noch weiter mit dem Bürgermeister darüber zu streiten. Es würde doch nichts dabei herauskommen.

So blieb denn der Bub im Dorf und konnte sich nicht mal vor der bösen Jugend retten; denn sie waren immer zu viele, wenn sie ihn angriffen, dagegen konnte selbst ein starker Thomas nicht ankommen.

Am meisten schmerzte es ihn immer wieder, wenn sie ihm dabei das Zeug zerrissen, wusste er doch, dass die Kahr Mutter, wie er sie nannte, viel Mühe hatte, es wieder zu flicken. Denn ein neues Jankerl kaufen, das war unmöglich, dafür reichte es nicht.

Dass der Bub noch nicht alles hasste, war wirklich ein Wunder. Und dann konnte niemand so recht verstehen, warum er immer nach seinem Vater fragte. Niemand hatte ein Bild von dem Johannes. Die alten Zeitungen hatte man längst verbrannt. Und in das Haus durfte man nicht rein, das war vom Amt versiegelt worden.

Selbst die Kahr Mutter belehrte ihn immer wieder: »Bub, es ist besser, wenn du nix weißt, wenn du nicht so viel danach fragst. Du hast es doch schon schwer genug. Hör auf, ich sag dir, es gibt nur böses Blut. Er sitzt im Zuchthaus und weiß noch nicht mal, dass es dich gibt.«

»Aber warum hat es ihm denn keiner gesagt? Oder geschrieben? Er ist doch mein Vater.«

»Ach Bub«, sagte die Alte. »Später, wenn du mal groß bist, dann wirst du das alles verstehen. Das ist alles so schwer, und jetzt hör auf, mich zu fragen. Mehr kann ich dir auch nicht sagen.«

Was im Herzen des Buben vor sich ging, das wusste keiner so genau. Und wenn er mal für Stunden aus dem Dorf verschwunden war, dann machte sich keiner Gedanken darüber. Niemand wusste, dass er und der Hansi dann oben beim Freiensteinhof waren. Sie kannten auch den Söller See und liebten ihn heiß und innig. Schon so manchen Fisch hatten sie daraus gefangen und auf einem Feuer zwischen den Steinen gebraten.

Wenn er hier oben in den Bergen weilte, so nahe dem Hochwald und den schroffen Wänden, dann fühlte er sich seltsam frei und so glücklich. Er dachte immerzu an seinen Vater. Und seltsamerweise konnte er einfach nicht böse von ihm denken. Auch wenn die anderen immerzu sagten, er sei ein Mörder, ein Mensch, dem man aus dem Weg gehen müsse, konnte er ihn trotzdem nicht hassen.

Sogar in seinen Träumen beschäftigte er sich mit Johannes. Und er hatte sich fest vorgenommen, wenn er einmal groß war, dann würde er ihn aufsuchen. Ihm würde das nichts ausmachen, nein, und er würde ihn fragen, ob es ihm etwas ausmache, wenn er sein Sohn sei. Er glaubte so fest daran, ja, so innig. Das Merkwürdige an der Sache war, an die tote Mutter dachte er gar nicht, obwohl er ihr immer auf Geheiß der Kahr Mutter Blumen aufs Grab bringen musste.

Das war also der Thomas, von dem die Rede gewesen war, wovon man aber nicht mehr weitersprechen wollte, weil es halt eine so peinliche Geschichte war.

5. Kapitel

Also am nächsten Morgen, da hatte der Theobald Trammer einen rechten Brummschädel und nix wollte ihm so recht schmecken. Das Bier beim Teschlwirt war wieder mal recht gut gewesen. Dann saß er lange im Herrgottswinkel und sinnierte mit so komischen Augen vor sich hin.

Sein Weib schielte ihn von der Seite an.

»Wenn d' das Saufen nicht vertragen kannst, so lass es halt bleiben«, sagte die Cäcilie giftig.

Sie hatte Haare auf den Zähnen. Und wenn man schon fünfzehn Jahre verheiratet war, damals auch mehr des Geldes als um der Liebe willen in den Ehestand getreten war, so war die spärlich vorhanden gewesene Zuneigung längst aufgebraucht. Das Geld allerdings hatte sich in all den Jahren hübsch vermehrt.

An diesem dumpfen Morgen musste der Theobald mal wieder darüber nachdenken, und dann ging ihm außerdem der Hof nicht aus dem Sinn. Der Freiensteinhof, wohlgemerkt. Er hatte sich fest vorgenommen, das Rennen zu gewinnen. Aber heute in der Früh', wie er da noch eine Weile in den Kissen gelegen und vor sich hin sinniert hatte, da war ihm aufgegangen, wie sinnlos das ganze Leben doch sei, wenn man niemanden hat, für den es sich lohnt, zu schaffen und der das mal alles weiterführt. Denn Kinder hatten sie nicht, die Cäcilie und der Theobald. Lange Jahre hatten sie darauf gewartet, doch die Ärzte hatten ihnen dann jede Hoffnung genommen. Das wurmte den Theobald sehr, zumal man sich ja in den Bergen nicht so leicht scheiden ließ. Bloß eine andere zu nehmen, weil sie Kinder kriegen kann? Da hätte er zuerst einmal die Cäcilie ausbezahlen müssen, und dann hätte er wieder von vorn beginnen müssen. Denn so jung wie damals war er ja auch nicht mehr. Jetzt ging er langsam auf die fünfzig zu und ein junges Ding würde sich bei seiner Werbung nur kranklachen. Eine Alte würde ihm aber keine Kinder mehr schenken können.

Theobald hob den Kopf.

»Weißt, ich hab mir was überlegt, Alte.«

»Das wird was Rechtes sein«, schnaubte sie.

»O ja, das ist es«, meinte er bös. »Halt deine Raffel mal für einen Augenblick, damit ich es dir sagen kann. Also, ich hab' beschlossen, dass ein Kind auf den Hof kommt, ein Erbe, verstehst? Ich hab' keine Lust, mich weiter abzurackern, und später kriegen das mal alles deine Verwandten, nein, das will ich nicht.«

Sie zuckte unwillkürlich zusammen. Natürlich war das der wunde Punkt bei Cäcilie.

»So«, sagte sie spitz. »Und wie hast dir das jetzt vorgestellt?«

»Wir haben schon oft darüber gesprochen", sagte er ruhig. »Es ist nur noch nie gründlich durchdacht worden. Aber jetzt mach' ich Nägel mit Köpfen, verstehst?«

»Adoption?«

»Ja!«

»Aber Theobald, wir haben doch darüber gesprochen, man weiß doch nie, was man für a Kind kriegt, wie seine Eltern waren und so weiter. Das ist ein großes Risiko. Wenn man es einmal nimmt, dann passen die Behörden schon auf, das kann man nicht wieder fortschicken, wenn es nicht richtig gerät.«

»Ich hab da jemanden im Auge, wo wir alles wissen, und ich glaube auch, es ist der Richtige. Ja, je länger ich darüber nachdenke, kommt es mir jetzt in den Sinn, das ist die Möglichkeit. Dann hab' ich ein Pfand in der Hand, und sie müssen mir den Hof geben.«

»Was brabbelst du da?«, fragte die Frau verblüfft. »Wovon redest du? Und von welchem Hof?«

Er zuckte zusammen. Bald hätte er sich verraten. Theobald wusste ja nicht, wie leicht es für sein Weib war, alles aus ihm herauszubekommen, was der Gemeinderat beschloss und wovon noch keiner etwas wissen sollte.

»Ich spreche von dem Buben.«

»Welcher Bub?«

»Na, guck mich net so blöd an, du brauchst doch wirklich nicht lang nachzudenken, um nicht auf ihn zu kommen. Ich mein halt den Thomas, das ist der Rechte.«

»Bist du verrückt geworden«, schrie sie spitz auf. »Du willst den Mördersohn nehmen? Als eigenes anerkennen? Bist du narrisch, Mann? Nur über meine Leiche!«

»Hör auf«, donnerte er sie an. »Was kann denn der Thomas dafür? Und außerdem... Außerdem, er hat immer gesagt, er sei unschuldig. Ich finde es a Sünde und Schande, dass man es an dem unschuldigen Buben auslässt!«

Es war nicht die Nächstenliebe, die den Trammer das sagen ließ, sondern die Gier nach Geld. Denn gestern, als sie vom Berg heruntergestiegen waren, da hatte er sich gesagt: Wenn ich den Buben nehme, dann wird der Johannes es erfahren. Natürlich werd' ich ihm schreiben, dass er Vater ist, aber ich werde auch gleich dazu schreiben, dass ich den Buben an Kindes Statt annehm, das Kind also einen ehrlichen Namen erhält und dann wird er schon aus Dankbarkeit mir den Hof verkaufen. Er war doch immer gutherzig, der Johannes. Ich werde schon die rechten Worte finden. Und wenn er zurückschreibt, warum ich das erst jetzt will, so schreib' ich halt, weil ich bis dato noch geglaubt hab', eigene Kinder zu kriegen. So einfach ist das, man muss nur Köpfchen haben.

Für den Trammerbauer schien der Streich wirklich grandios einfach zu sein, aber als er jetzt den Kopf hob und sein Weib ansah, da fühlte er, dass sie das erste Hindernis war und er erst einmal dieses überwinden musste. Erst dann konnte er sich mit dem Ferry anlegen.

Cäcilie maß ihn mit einem bösen Blick.

»Wenn du denkst, ich bin bereit, diesen Bankert an mein Herz zu nehmen, dann irrst du dich gewaltig. Zum Gespött der Leut' werd' ich mich machen! Nie und nimmer willige ich ein, lieber geh ich fort. Dann kannst ihn selbst ins Haus holen und als deinen Sohn ausgeben.«

»Weib, nun sei doch endlich still, hör mir mal genau zu. Du kapierst ja nix. Zuerst einmal, er ist ein guter Junge und Köpfchen hat er auch. Und wegen der Leut' denkst ganz falsch. Sie werden neidisch sein, jawohl, alle werden sie sagen, die Trammers, das sind gute Leute. Ja, ich hätte schon viel früher daran denken sollen. Aber es ist ja noch nicht zu spät, noch kann ich das Eisen schmieden.«

»So«, sagte sie, »und Hansi, den Deppen, willst den vielleicht auch bei dir aufnehmen?«

»Wieso?«

»Die zwei stecken doch allemal zusammen. Nimmst den einen, musst auch den andern dazu nehmen. Sind wir vielleicht schon so arm, dass wir auf die paar Groschen aus der Gemeindekasse angewiesen sind?«

»Arm? Weib, ich sage dir, wenn wir den Buben bei uns aufnehmen, dann werden wir reich, verstehst, dann können wir diesen Hof meinetwegen verpachten und haben dann ein feines Leben.«

Ihre lakonische Antwort war: »Ich glaub', du bist noch immer besoffen. Reich, durch den Buben, den die Gemeinde ernähren muss, dass ich nicht lache. Hast wohl zu wenig Schlaf gehabt, wie? Geh' wieder ins Bett und denk' mal im Traum über deine blöden Ansichten nach, vielleicht wirst dann wieder nüchtern.«

Der Trammerbauer sah es ein, wenn er sein Weib für seine Sache gewinnen wollte, dann musste er ein wenig die Katze aus dem Sack lassen. Sie war nämlich auch gerissen, und nur mit ihrer Hilfe würde er das Dorf überlisten können.

So erzählte er ihr nun, was sie gestern beschlossen hatten. Natürlich nahm er ihr das heilige Wort ab, nichts davon zu erzählen. Für gewöhnlich versprach sie es auch und tat dann doch, was ihr passte. Aber je eifriger der Mann jetzt von den Zukunftsplänen sprach, umso nachdenklicher wurde sie. *Ei*, dachte sie zum Schluss, *das lässt sich wirklich hören, und ich hab all die Jahre gedacht, der Mann hat nur Stroh im Kopf.*

»Na? Was sagst jetzt?«

Sie lächelte verkniffen.

»Das hört sich schon ganz anders an. Aber trotzdem, ich weiß nicht.«

»Wir brauchen einen Erben, der Thomas ist ein gutes Kind, den biegen wir uns schon zurecht. Und dann, wenn der Johannes davon erfährt, überlässt er mir alles zu einem Spottpreis. Da im Zuchthaus weiß er ja nix mehr von der Welt hier draußen. Aber wir müssen den Buben zuerst zu uns nehmen, dann werde ich dem Mörder schreiben.«

»So will ich mal gleich zur Kahr Mutter gehen und mit ihr reden.«

»Wart, so schnell dürfen wir das auch nicht machen; denn dann werden sie im Dorf sofort merken, was wir vorhaben. Nein, wir warten noch eine Woche, dann geh ich zum Ferry und red' mit ihm. Der wird sich freuen, wenn er hört, dass er keinen Ziehgroschen mehr zu zahlen braucht und denkt dann gar nicht darüber nach.«

»Und das wird alles wirklich so gemacht?«

»Ich hab' dir doch gesagt, es ist beschlossene Sache. Wenn wir uns einig sind, dann ist es so gut wie schon passiert.«

»Aber wenn es soweit ist, haben die Dörfler auch noch was zu sagen.«

»Keine Sorge«, meinte er großspurig. »Das biegen wir schon zurecht. Da kennst du uns schlecht. Daran haben wir natürlich auch gedacht. Alle werden sie froh sein, dass sie die kargen Wiesen und Almen da droben verkaufen können. Sonst nimmt es doch keiner. Und der Freienstein wird ganz besonders froh und zufrieden sein. So haben wir auch die Gewähr, dass er nie mehr ins Dorf zurückkommt.«

Cäcilie sah ihn erstaunt an und meinte verwundert: »Warum ist das so wichtig, dass er nicht mehr ins Dorf reinkommt, der Johannes?«

Der Bauer stand am Fenster und sah auf die Dorfstraße. Er drehte sich nicht um, als er mit ihr sprach, so konnte sie auch nicht sein Gesicht sehen.

»Wenn er auch seine Strafe eines Tages abgesessen hat, so ist er für uns doch immer der Mörder. Und stell dir mal vor, die Feriengäste erfahren, dass wir einen Mörder in unserer Mitte haben, glaubst du, die bleiben dann noch länger hier bei uns?«

Das sah das Weib ein.

»Eine Woch', sagst, sollen wir zuwarten? Gut, dann habe ich ja Zeit genug, eine Kammer für den Buben zurechtzumachen. Aber das sag' ich dir, der Hansi, der kommt mir nicht auf den Hof, dann jag ich den Hund auf ihn, verstehst? Sag ihm das bloß gleich.«

»Mach ich.«

6. Kapitel

Thomas Allitsch ahnte nichts davon, dass zwei Menschen nur aus Geldgier schon über sein Schicksal bestimmt hatten. Denn aus reiner Menschenliebe taten sie es ja nicht. Und bis jetzt war er bei der Kahr Mutter gut aufgehoben, wenn auch arm, so doch zufrieden und glücklich.

Es war Ehrensache für ihn, dass er den kleinen Hausgarten in Ordnung hielt, und auch für das Holz im Winter hatte er zu sorgen. Er tat es gern. Der Thomas hätte gern ein paar Groschen verdient, um sie dann der Kahr Mutter zu geben. Aber niemand wollte ihn haben.

Hansi half ihm bei den Arbeiten, und sie waren schnell damit fertig. Dann stiegen sie wieder in die Berge, und wie immer waren sie dann auch oben am Hof. Hier fühlten sich die zwei recht wohl, und sie sorgten auch im Sommer dafür, dass keine Urlauber neugierig um das Haus strichen. Und den Hausgarten hielten sie immerzu in Ordnung.

Hier oben waren sie für sich, der zehnjährige Thomas und der zwanzigjährige beschränkte Mann. Hier oben konnten sie glücklich sein. Sie sprachen miteinander, oder lagen auch nur einfach in der Sonne.

Manchmal dachte der Thomas schon darüber nach, was mal werden sollte, wenn er die Schule hinter sich hatte. Dann musste er ja arbeiten gehen. Aber wahrscheinlich musste er dann hinunter nach Huben und dann war der Hansi wieder allein. Deswegen schon wollte er nicht fort. Denn dann hatte er keinen Beschützer mehr. Der Thomas hatte ein weiches Herz. Trotz der vielen bösen Knuffe, die man ihm mit der Zeit verpasst hatte, war er gut und liebenswürdig geblieben.

Auch heute lagen sie wieder hier oben in der Sonne. Sie hatten im Garten Möhren gezogen und diese aßen sie jetzt vergnügt auf.

»Sollen wir Fische holen?«, fragte Hansi.

»Hmhm, weiß ich nicht, mal sehen. Warte mal, ich hab' noch keine Lust.«

»Ist gut«, sagte der Hansi und legte sich der Länge nach ins Gras.

Thomas sah in den blauen Himmel, sah die schneebedeckten Berge im Hintergrund und dachte, was haben sie gestern hier oben gemacht? Der Bürgermeister und der Gemeinderat. Ich hab' es doch ganz deutlich gesehen, sie waren hier, aber im Dorf scheint keiner etwas zu wissen. Die sind doch nicht einfach so rauf gestiegen?

Er setzte sich auf und sah zum Hof hinüber. Es schmerzte ihn, dass er langsam an Schönheit verlor. Längst hätte man mal wieder Farbe auftünchen müssen. Das hätte er schon längst getan, wenn er nur Geld besessen hätte, um welche zu kaufen. Der Bub dachte, wenn er noch ein paar Jahre so leer steht, dann fällt er in sich zusammen.

Die Buben aus dem Dorf kamen deswegen nicht herauf, weil sie sich fürchteten. Sie behaupteten nämlich, der Mörder spuke dort herum. Was natürlich nicht wahr war.

»Was machen wir jetzt?«

Hansi konnte nicht lange still bleiben, oder Thomas musste ihm eine Geschichte erzählen, dann lag er reglos da und starrte in den Himmel. Sein Freund konnte wunderbare Geschichten erzählen, vor allen Dingen verstand Hansi sie so gut, und sie hatten immer einen schönen Schluss.

Thomas hatte heute keine Lust herumzustreifen, er musste nachdenken über das seltsame Gebaren der Gemeinderäte. Sie hatten doch etwas vor?

Hansi merkte, dass sein kleiner Freund heute in Ruhe gelassen werden wollte.

»Ich suche Beeren«, sagte er eifrig und stiefelte dem Hochwald entgegen.

Thomas lag mit geschlossenen Augen im Gras. In diesem Augenblick konnte er nicht ahnen, wie vieles sich für ihn in allernächster Zeit ändern würde.

Um die gleiche Zeit, als die beiden Buben den Berg hinaufgegangen waren, stieg in Huben ein Mann aus dem Landbus. Er blieb für eine Weile stehen, sog tief die Luft ein. Den Hut hatte er ziemlich tief ins Gesicht gezogen, so, als solle ihn niemand erkennen. In der rechten Hand hielt er einen kleinen Koffer. Wenn man doch einen Blick auf das Gesicht erhaschte, so sah man zu seiner grenzenlosen Verwunderung, dass es sehr hell war, wo man doch sichergehen konnte, dass er ein Mann aus den Bergen war. Das allein war schon recht merkwürdig, außerdem auch die Kleidung. Man konnte sie nicht so recht schildern, halt altmodisch, der Stoff ein wenig vergilbt, so als habe er lange in einem Schrank gelegen.

Die Menschen, die den Mann bemerkten, machten einen Umweg, um nicht direkt mit ihm zusammenzustoßen. Aber er bemerkte es noch nicht einmal.

Jetzt stand er auf dem kleinen Marktplatz und studierte den Fahrplan nach Erlsbach. Richtig, da kam auch tatsächlich der Postbus schon um die Ecke gerumpelt. Der Mann stieg ein, löste eine Karte und setzte sich in die äußerste Ecke. Der Schaffner sah ihn von der Seite an. *Komischer Kauz*, dachte er nur, kümmerte sich aber nicht weiter um ihn. Es stiegen dann noch mehr Leute ein, mit Henkelkörben und schweren Taschen. Sie waren alle mal wieder einkaufen gewesen. In dem kleinen Erlsbach gab es ja nur den Krämer, dort bekam man Lebensmittel und ein wenig Kleinkram. Wenn man aber Kleidung und Bedarfsgegenstände brauchte, so holte man sich das in Huben.

Die Frauen schwatzten und achteten gar nicht auf den Fremden. Dieser saß auf seinem Platz und sah mit brennenden Augen aus dem Fenster. Dann fuhr der Bus an und durch ihn ging so etwas wie ein seltsamer Ruck. Er schien die Berge in sich hineinsaugen zu wollen. Manchmal wischte er sich hastig über die Augen, so, als wären da Tränen drinnen, die niemand sehen sollte.

Die Fahrt selbst war nicht lang, obwohl der Bus gehörige Serpentinen fahren musste und im Winter war das wirklich kein' Kinderspiel. Aber vor acht Jahren war die Straße wirklich gut ausgebaut worden. Und an den Schluchten war sie gesichert. Seither war kein Unfall mehr passiert.

Im Rückspiegel sah der Fahrer den Mann in seiner Ecke sitzen und dachte sich, irgendwie kommt er mir bekannt vor, aber ich weiß nicht, ich kann mich auch täuschen.

Dann war man auch schon in Erlsbach. Der Mann stieg hinten aus, blieb dann für einen Augenblick unter der alten knorrigen Kiefer stehen. Ging dann näher und streichelte ihren Stamm. Das war schon sehr merkwürdig. Der Fahrer aber konnte sich nicht länger wundern, er fuhr eine Schleife auf dem kleinen Kirchplatz und holperte davon. Für heute war das der letzte Bus gewesen.

Aber dem Dorf blieb nix verborgen. Besonders der Pfaffenschlagerin nicht. Die hatte überall ihre Augen. Sie stand in dem kleinen Vorgarten und jätete Unkraut, da sah sie den Mann. Zuerst stach ihr die Sonne in die Augen und sie glaubte zu träumen, dann legte sie eine Hand darüber, kniff die Augen zu einem Spalt, zuckte sofort zusammen und bekreuzigte sich hastig.

»Jesus, Maria, Josef«, keuchte sie vor sich hin.

Der Mann warf einen langen Blick auf das Dorf, dann nahm er seinen Koffer und ging den Weg, der an der Kirche vorbei in die Schlucht führte, und dann weiter rüber zum Donnersteingebirge.

Aber kaum war er um die Ecke verschwunden, da rannte die Pfaffenschlagerin auch schon wie ein Wiesel über die Dorfstraße und bei der Ulrike Steindl in den kleinen Kramerladen.

Sie riss mit einem Ruck die Tür auf, sodass die Ulrike zusammenfuhr.

»Du meine Güte, hast mich erschreckt. Ist a Bulle hinter dir her, oder warum reißt mir fast die Tür aus den Angeln?«

Die Frau musste erst ein paar Sekunden Luft schöpfen, um dann reden zu können. Ganz weiß war sie im Gesicht und die Hände zitterten ihr noch immer.

»Hast ihn denn nicht gesehen?«, keuchte sie und lehnte sich gegen ein Regal. »Himmel, hab' ich einen Schreck gekriegt. Ich dachte schon, ich fall um, so verängstigt hab' ich mich.«

»Na, das kann sich dann nur um einen Drachen handeln«, meinte die Ulrike spöttisch. »Sonst bringt dich doch nix um, Pfaffenschlagerin.«

»Spotte du nur«, sagte sie giftig. »Aber du wirst auch noch das Zittern kriegen. Und das sag' ich dir, diese Nacht, da nehm' ich den Hund mit ins Haus, jawohl. Er wird wachen und den Stutzen von dem Hans, den stell ich neben das Bett. Anders tu ich es nicht.«

»Also, jetzt sag endlich, was los ist, langsam machst mich wirklich neugierig.«

Die Bäuerin kam näher. Ihre spitze lange Nase streckte sie über die Ladentheke.

»Ich hab' den Johannes gesehen.«

Ulrike zuckte die Schultern und meinte: »Na und?«

»Du verstehst mich noch immer nicht, ich mein' den Johannes Freienstein!«

»Waas?«

Jetzt genoss die Pfaffenschlagerin es so richtig, dass sie die Neuigkeit bringen konnte!

»Ja, jetzt schaust dumm, wie? Jetzt hast auch ein fliegendes Herz.«

»Quatsch, du hast einen Sonnenstich, der ist doch nicht da, der ist doch noch immer in Klagenfurt.«

»Eben nicht«, sagte sie düster. »Eben nicht, vorhin ist er aus dem Bus gestiegen, ich hab' ihn sofort erkannt, nur schrecklich weiß ist er im Gesicht und älter. Ja, er sieht ziemlich alt aus, der Johannes.«

»Aber, das kann doch nicht angehen«, keuchte nun auch die Steindl. »Das dürfen sie doch nicht. Sie können das doch nicht tun!«

»Ich werd' mich einsperren, jawohl, ich will mich nicht abmurksen lassen. Ich nicht!«

Die Ulrike Steindl hörte gar nicht hin, sondern starrte aus dem Fenster.

»Wie lang ist das denn jetzt schon her?«, flüsterte sie.

Die Pfaffenschlagerin dachte nach. »So an die zehn Jahre und noch etwas wird es jetzt wohl sein.«

»Wenn das stimmt, dann gibt es aber einen schlimmen Wirbel im Dorf. So haben sie ihn also entlassen?«

»Vielleicht ist er ausgebrochen?«

»Pfaffenschlagerin, mal den Teufel nicht an die Wand. Nein, das glaub ich nicht.«

»Was glaubst nicht?«

»Das er das getan hat, der Johannes war doch immer so nett, wirklich, nein, dann wär' er auch bestimmt nicht mit dem Postbus gekommen.«

»Da kannst recht haben, aber er kann doch nicht bleiben, verteufelt, das geht doch nicht.«

Ulrike fragte zurück: »Und warum nicht? Wenn er seine Straf' abgesessen hat?«

»Er ist a Mörder«, schrie die andere hysterisch auf. »Hast das vielleicht vergessen?«

»Sie haben beim Gericht gesagt, er sei ein Totschläger, unglückselige Umstände, so sei es gekommen.«

»Er ist und bleibt a Mörder, wer einmal die Hand gegen einen anderen hebt, der tut es bei jeder Gelegenheit. Also, ich lauf' jetzt sofort zum Ferry und sag' ihm, dass der Johannes wieder hier ist. Er ist der Bürgermeister, er muss uns vor solchem Gesindel schützen, jawohl, das ist seine Pflicht.«

Bevor Ulrike Steindl noch etwas sagen konnte, wetzte die Pfaffenschlagerin mit wehenden Röcken zur Tür hinaus.

7. Kapitel

Der Hansi war eine ganze Weile im Wald herumgestiegen. Wenn es darauf ankam, konnte er wie eine Gämse klettern, und er fand auch immer die schönsten Beeren und auch Pilze. Man musste sie ihm nur einmal zeigen, dann wusste er Bescheid und suchte keine anderen.

Thomas war tatsächlich eingeschlafen. Die Sonne schien ihm mitten ins Gesicht, und so waren ihm denn die Augen zugefallen.

Hansi hatte jetzt sein verblichenes Filzhütl voller Beeren und wollte sie dem Freunde bringen, da sah er durch die Baumstämme, wie ein Mann des Weges kam. Sofort zog sich der Hansi zuerst einmal ins Gestrüpp zurück. Das war noch nie der Fall gewesen, dass Menschen, wenn die Hauptzeit vorbei war, hier noch herauf kamen. Und er sah auch nicht wie ein Urlauber aus, das sah sogar der Hansi.

Dann dachte er an seinen Freund. Vielleicht wollte der Mann ihm etwas tun. Er musste zu ihm, ihn warnen. Sich vorsichtig weiterschleichend, dann einen Bogen machend, war er schneller bei Thomas als der Fremde.

Er rüttelte den Bub bei den Schultern und sagte hastig: »Aufwachen, kommt böser Mann.«

Thomas saß sofort kerzengerade und rieb sich die Augen. Er brauchte gar nicht lang zu fragen, er selbst sah, wie ein Mann genau auf das Haus zukam.

Thomas sprang sofort auf. Hansi ging ängstlich zurück.

»Komm, Hansi, den vertreiben wir sofort, wir sagen ihm gleich, dass er hier nix zu suchen hat.«

»Jajaja«, sagte der einfältige Junge, blieb aber hinter seinem kleinen Freund zurück.

Die Pfaffenschlagerin hatte wirklich noch gute Augen, es war Johannes Freienstein, den sie gesehen hatte. Er war nach langer Zeit wegen guter Führung begnadigt und heute aus dem Zuchthaus entlassen worden. Man hatte ihm die Schlüssel seines Hauses ausgehändigt. Dann hatten sie auch noch das Sparbuch für ihn. Als nämlich die Eltern gestorben waren, hatte er veranlasst, man möge das Vieh verkaufen und das Geld auf die Bank bringen. Mit den Zinsen hatte er also jetzt doch ein kleines Kapital, mit dem er neu beginnen konnte.

Schon als er durch das Tal gefahren war, hatte sich seine Brust geweitet. Er war wieder in seinen geliebten Bergen. Nicht, dass man ihn zehn Jahre lang wie ein Tier eingesperrt hatte, hatte ihn bald verrückt werden lassen, sondern, dass er nicht mehr die Heimatberge sehen durfte. Er war ein Kind der Berge und hatte fünfundzwanzig Jahre hier oben gelebt.

Die Zeit im Zuchthaus war schrecklich gewesen, zumal man dort mit vielen Menschen zusammenkam, die nicht gerade gut waren und sich auch noch einen Spaß daraus gemacht hatten, weil er so sanftmütig war und sich einfach alles gefallen ließ.

»Du willst ein Mörder sein?«, hatten sie oft gespottet. »Na, das glauben wir dir nicht, dazu hast du keinen Mumm in den Knochen.«

Ruhig hatte er geantwortet: »Ich bin auch kein Mörder, ich sitze hier unschuldig.«

Da waren sie verdutzt gewesen und hatten ihn verblüfft angestarrt.

»Sag das noch einmal!«

»Es stimmt, ich sitze hier unschuldig.«

So erzählte er nun seinem Zellengenossen, dem Egon Brandauer, seine Lebensgeschichte. Dieser Mensch glaubte ihm dann auch tatsächlich. Egon saß wegen schweren Betruges. Er hatte es getan, weil er kein richtiges Zuhause besaß. Die Eltern waren früh gestorben, und so hatte man ihn und seine Schwester getrennt und in ein Heim gesteckt. Sie hatten sich zwar versprochen, immer beisammen zu bleiben, Egon aber war labil und dann hatte er immer schnell reich werden wollen, um dann wieder mit Hanna beisammen sein zu können. Aber es war schiefgegangen.

Ansonsten war er kein schlechter Kerl. Die beiden hatten sich mit der Zeit angefreundet und sich versprochen: »Wenn wir draußen sind, dann werden wir nicht mehr rückfällig, dann fangen wir ein neues Leben an.«

Johannes hatte zu dem Kumpel damals gesagt: »Wenn du willst, kannst du zu mir kommen. Ich habe da oben in den Bergen einen schönen Hof. Ich hätte wohl Arbeit für dich, das heißt aber, du musst ehrlich bleiben, hörst.«

Jetzt war er entlassen worden und Egon musste noch eine Weile sitzen.

Das Fahren mit dem Zug, dem Bus und jetzt das Steigen in die Berge, hatten ihn müde gemacht. Auch die reine dünne Luft machte ihm zu schaffen. Er wusste nicht, was ihn am Ende des Weges erwartete. Aber eines wusste er jetzt schon. Er war der einsamste Mensch und das Dorf würde ihn verstoßen. Bitter lächelte er vor sich hin. Er kannte die Dörfler zu gut, aber er war auch heimgekommen, um den rechten Mörder zu finden und mit ihm abzurechnen.

Nun stand er bei der kleinen Kapelle. Die Tränen schossen ihm in die Augen. Wie oft hatte er sie in seinen Träumern gesehen. Aber da war sie nicht so verwahrlost gewesen, sondern hübsch und sauber. Und sie hatten im Sommer immer Blumen hinter das Gitter vor die gemalte Madonna gestellt. Er und Maria waren lachend über die Wiesen gelaufen, hatten die schönsten Blumen gepflückt und sich dann gestritten, wer den schönsten Strauß habe.

Maria!

Eine uralte Wunde riss in seinem Herzen auf.

Einmal hatte sie ihm gesagt, sie liebe ihn über alles und würde nie aufhören, ihn zu lieben. Nie, nie, nie!

All die Jahre im Zuchthaus hatte er auf ein Zeichen von ihr gewartet. Wie wäre ihm dann die Zeit leicht geworden, wenn er gewusst hätte: Maria glaubt an mich, sie denkt nicht wie die andern. Sie hält zu mir.

Aber nicht ein Brief war gekommen! Nicht einer!

Müde stapfte er weiter.

Jetzt sah er schon den Zaun, er war auch nicht besonders gerade. Aber dann sah er den gepflegten Hausgarten und war verblüfft. Träumte er vielleicht? Aber er wusste doch, dass das Haus all die Zeit unbewohnt gewesen war.

Und dann stand er einem kriegerischen Buben gegenüber. Dahinter stand der Hansi, der hatte sich in all den Jahren nicht geändert. Johannes erkannte ihn sofort. Ein bekanntes Gesicht, das ihn freundlich anblickte. Hingegen der kleinere Bub recht böse Augen hatte.

»Also, hier kannst nicht bleiben«, sagte er wütend. »Geh woanders hin, dies ist Privatgrund, hörst, wenn du nicht fortgehst, rufe ich den Gendarm.«

Johannes war nun denn doch ein wenig verdutzt. Außerdem hatte er sich das Heimkommen ganz anders vorgestellt. Einsam und schrecklich trostlos. Doch jetzt musste er sich zu allererst einmal zur Wehr setzen. Er wunderte sich, warum der Bub so sehr das Reich verteidigte. Das kam ihm schon komisch vor.

Johannes sagte barsch: »Wohnst du vielleicht mit deinen Eltern hier?«

Zuerst wollte der Thomas ja sagen aber das getraute er sich denn doch nicht, denn er log nicht gerne, und außerdem, wenn der Fremde jetzt jemanden sprechen wollte, dann kam es ja sofort heraus.

Er starrte in das blasse Gesicht des Fremden und sagte deswegen tapfer: »Nein, aber ich muss das hier bewachen, weißt.«

»So, und warum?«

»Weil das nun mal so ist, ich leid es nicht, wenn man hierher kommt und etwas zerstört, darum.«

Johannes wollte jetzt den Buben prüfen. Zwar konnte er sich noch immer nicht erklären, warum er das tat, und so fragte er denn: »Wo ist denn der Besitzer?«

Thomas sagte schnell: »Der ist krank, aber wenn er heimkommt, dann soll er einen guten Hof vorfinden.«

»Jaja krank«, echote der Hansi.

Hansi erkannte ihn nicht, dazu war die Zeit zu lang gewesen.

Johannes blickte sich um, sah jetzt, wie aufgeräumt der Vorhof war. Und dann der Garten, dort wuchs ja tatsächlich etwas.

»Hast du das auch gemacht?«

»Ja!«

Dann sah er die kleine Feuerstelle zwischen den Steinen.

»Und Fische habt ihr aus dem See geholt, sieh mal an, ihr habt ja gar nicht schlecht gelebt.«

»Du kennst den See?«, stotterte der Bub.

»Wie sollt ich den nicht kennen«, sagte der Mann sehnsüchtig. »Ich weiß auch, wie herrlich die Fische dort schmecken«, und er lächelte ganz leicht. Das erste Lächeln nach vielen, vielen Jahren. Er hatte schon gedacht, es ganz verlernt zu haben.

Nicht viele kannten den See. Im Dorf hatte man ihn fast vergessen. Er lag ja auch so hoch zwischen den Felsen versteckt.

»Wer bist du?«, stotterte Thomas, dem es jetzt nicht mehr ganz geheuer war.

»Oh«, sagte der Mann. »Das ist einfach zu sagen, ich bin der Besitzer dieses Hofes, der See gehört mir übrigens auch.«

Mit allen Reaktionen hatte er gerechnet, aber nicht damit, dass der Bub seine Augen weit aufriss, dann einen leichten Seufzer von sich gab und ohnmächtig ins Gras fiel.

Hansi stand ganz verstört neben dem Freund und wusste nicht, was er jetzt tun sollte.

»Oh«, sagte er und hatte ein trauriges Hundegesicht.

Johannes kniete sich sofort nieder und schüttelte ihn. Er hätte es ja verstanden, wenn der Bub Reißaus genommen hätte. Denn sie alle hielten ihn ja für einen Mörder.

Wieso hatte er so seltsam reagiert?

Und warum verteidigte er hier den Hof? Warum hatte er den Garten in Ordnung gehalten? Niemand hatte das von ihm verlangt.

»Wer ist er?«, fragte er den Hansi.

»Thomas, das ist Thomas«, erwiderte er aufgeregt.

»Wie heißt er weiter, Hansi?«

Der Junge machte ein unglückliches Gesicht. »Weiß nicht«, sagte er kleinlaut. »Weiß wirklich nicht. Was heißt, wie weiter?«

»Er kann doch nicht nur Thomas heißen?«

»Ich heiße auch nur Hansi«, sagte der Junge.

Hansi war den Tränen nahe. Das war er immer, wenn er wusste, man verlangte etwas von ihm und er konnte es nicht sagen.

»Schon gut, Hansi«, sagte der Mann schnell. »Hol mal Wasser. Drüben hinter dem Haus ist eine Quelle.«

Das Gesicht des Jungen leuchtete wieder auf.

»Das weiß doch Hansi«, sagte er eifrig.

»Mach dein Sacktuch nass, dann bring es mir.«

Er rannte los.

Johannes legte dem Buben das nasse Tuch auf die Stirn. Jetzt regte er sich schon sacht.

»Wo wohnt er denn?«

»Bei der Kahr Mutter«, sagte Hansi. Das wusste er genau, er holte den Freund von dort doch immer ab.

Johannes dachte nach. *Die Kahr Mutter*, dachte er verdutzt. *Aber die hat doch keine Kinder, also kann sie auch keine Enkelkinder bei sich aufnehmen. Und dieser Bub, er sieht auch nicht so wie sie aus.* Überhaupt, etwas griff plötzlich an sein Herz, irgendwie kam ihm das Gesicht so vertraut vor, aber im Augenblick war alles zu viel für den Mann aus dem Zuchthaus. Er hatte noch gar nicht in Ruhe nachdenken können. Alles war so plötzlich gekommen.

Der Bub hieß Thomas, lebte bei der Kahr Mutter, hatte den Hansi zum Freund, und die zwei sorgten sich um seinen Hof.

»Warum seid ihr nicht im Dorf?«

»Böse«, sagte Hansi traurig. »Alle sind sie böse.«

»Sie verjagen dich?«

»Thomas auch«, sagte er leise. »Beide, wir müssen immer fortlaufen.«

»Der Bub hier, man verjagt ihn? Warum denn?«

»Weiß nicht!«

Jetzt schlug der Thomas wieder die Augen auf. Sah den Mann über sich gebeugt und fühlte plötzlich Tränen in sich hochsteigen. So schrecklich lange hatte er auf diesen Augenblick gewartet. In seinen Träumen hatte er sich alles zurechtgelegt, und jetzt war es so plötzlich gekommen, das hatte ihn einfach umgehauen.

Johannes erhob sich sofort und sagte spröde: »Du weißt jetzt, dass ich der Johannes Freienstein bin?«

Thomas nickte scheu.

»Warum bist du ohnmächtig geworden? Ich tu dir nix, ehrlich nicht.«

»Das weiß ich doch«, sagte der Bub langsam. »Warum sagst du so etwas?«

»Weil du so komisch warst, darum. Jetzt kannst gehen, ich bin dir nicht bös, dass du hier aufgepasst hast, im Gegenteil, es war sehr nett von dir. Aber eins möchte ich noch gerne wissen, bevor ihr geht. Warum habt ihr das getan? Hat euch jemand beauftragt?«

Für einen Augenblick begann sein Herz schneller zu schlagen. *Vielleicht die Maria*, dachte er hoffnungsvoll. *So hat sie in der Ferne sich doch noch um mich gesorgt. Aber warum hat sie mir nie geschrieben?*

Thomas ging vorsichtig einen Schritt zurück. Jetzt war er sehr blass und sehr aufgeregt.

»Aber ich musste es tun«, stammelte er.

»Warum denn? Das versteh' ich nicht. Bestimmt hast was anderes zu tun, bist doch ein Bub, wieso hast dich um den Hof gekümmert?«

»Ich hab es getan, weil du doch mein Vater bist«, sagte er mit zuckenden Lippen.

Damit hatte der Mann aus dem Zuchthaus wirklich nicht gerechnet. Er war so bestürzt, dass er sich erst einmal auf den umgekippten Baumstamm setzen musste.

»Hör mal«, krächzte er. »Ich hab keinen Buben. Du irrst dich, jemand hat dir einen Bären aufgebunden. Also, ich müsst es doch wohl wissen, ob ich einen Buben hab' oder nicht?«

Thomas nickte traurig. »Das ist halt so schwierig«, begann er langsam. »Weißt, ich hätte dir ja längst mal geschrieben, aber niemand wollte mir deine Adresse geben. Alle haben sie gesagt, ich soll nicht an dich denken, aber ich hab' immerzu an dich denken müssen. Und bitte, ich bin nicht umgefallen, weil ich Angst vor dir hab', sondern, weil es so plötzlich kam. Ich hab so sehr auf dich gewartet...«

Johannes wischte sich über die Stirn. Vielleicht vertrug er die frische Bergluft nicht mehr? Es war so verwirrend. Da stand nun ein Knirps vor ihm, sah ihn mit seinen großen braunen Augen an und sagte allen Ernstes: Ich bin dein Sohn. Je länger er ihn aber betrachtete, umso tiefer drang der Schmerz in seine Brust. Ganz weit hinten in seinem Kopf begann es zu dämmern. Er sah jetzt auch die Ähnlichkeit zwischen sich und dem Buben.

»Wer bist du?«, fragte er scheu.

»Ich bin der Thomas Allitsch«, sagte der Bub.

»Also doch«, meinte der Mann erschüttert. »Aber ich versteh' das nicht. Dein Freund sagt, du lebst bei der Kahr Mutter, stimmt das?«

»Ja«, sagte er leise. »Ich bin ihr Ziehkind. Vom Bürgermeister bekommt sie Geld für mich.«

»Was? Wieso? Und deine Mutter?«

Thomas legte den Kopf schief.

»Haben Sie dir das denn nicht gesagt?«

»Was sollen sie mir gesagt haben?«

»Meine Mutter ist schon lange tot. Die Kahr Mutter sagt, sie sei vor Liebeskummer gestorben. Einfach so, sie habe nach allem nicht mehr leben wollen. Ja, und dann hat sie mich zur Welt gebracht und dann ist sie gestorben.«

Das war zu viel für den Mann. Er stand auf und ging hin und her. Sein Gesicht war verzerrt. Die beiden Buben blieben ganz still stehen und sahen ihn an.

»Und ich hab' an ihr gezweifelt«, murmelte er vor sich hin. »Ich hab' all die Jahre gedacht, sie hätte mich vergessen. Oh, diese Dörfler!« Und er hob die Hand und drohte ins Tal hinunter. Das haben sie mir nicht mal schreiben können. So wenig Erbarmen kennen sie.«

Dumpf und aufstöhnend fiel er auf den Baumstamm zurück und legte für einen Augenblick das Gesicht in beide Hände. Jetzt verstand er alles. Maria war schwanger gewesen. Wie verzweifelt musste sie gewesen sein, als sie hörte, dass er hinter Zuchthausmauern kam. Da ist sie dann zerbrochen, hat nicht mal mehr an das Kind denken können und hat sich geschämt, oder sie war schon zerbrochen. Warum hat sie mir nicht geschrieben, ich hätte ihr alles überschrieben, sie hätte keine Not leiden müssen.

O Schicksal, wie kannst du hart sein, alles hast du mir genommen. Alles!

Er hob sein Gesicht und blickte seinen Buben an.

»Sie nennen mich einen Mörder, deswegen also verjagen sie dich im Dorf?«

»Ja und weil ich ein Bankert bin, aber niemand will mir sagen, was das ist. Aber ich kümmere mich nicht darum. Weißt du, wärst du nicht gekommen, dann hätte ich dich besucht, wenn ich groß genug dazu wäre. Ja, ich wäre gekommen; denn ich hab immerzu an dich denken müssen.«

Johannes strich seinem Buben über die wirren Locken.

Ein Kloß saß ihm im Hals. Vor Rührung konnte er einen Moment nicht sprechen.

Einsam und verzweifelt hatte er sich das zukünftige Leben vorgestellt, und jetzt hatte er einen Buben, das Geschenk der Liebsten. Er war also nicht allein; denn dieser Bub hatte keine Angst vor ihm.

»Thomas«, sagte er weich.

»Darf ich dich Vater nennen?«, fragte das Kind scheu.

»Mein Gott«, sagte Johannes. »Du weißt ja gar nicht, welch ein Geschenk du mir damit machst, Bub.«

Thomas legte den Kopf schief und sagte traurig: »Ich kann das schon verstehen, du bist wohl auch sehr einsam, nicht? Ich auch.«

»Aber du hast den Hansi!«

Thomas drehte sich nach dem Freund um.

»Ja, er ist mein Freund, wir zwei sind immer zusammen. Ihn verjagen sie doch auch und schlagen ihn, wenn ich nicht aufpasse.«

»Komm her«, sagte Johannes und nahm Hansis Hand. »Ich will auch dein Freund sein!«

Der Junge strahlte ihn an.

»Ehrlich?«

»Ja!«

8. Kapitel

Johannes konnte das Gefühl noch nicht so schnell verkraften. Dann kam noch ein trauriger Augenblick, wo er die Tür zum Haus aufsperren musste.

Die Buben waren hinter ihm. Aber dann war es gar nicht so schlimm. Es lag eine dicke Staubschicht überall darauf. Doch sonst war alles so wie damals, als man ihn abgeführt hatte. Wie genau konnte er sich noch daran erinnern. Die Eltern hatten im Laubengang gestanden und schrecklich geweint. Und er hatte immer wieder seine Unschuld beteuert.

Hansi und Thomas gingen hin und her.

»Man muss alles saubermachen, dann wird man hier wohnen können.«

»Du darfst jetzt immer hierbleiben? Musst nicht wieder fort?«

»Nein, ich muss nicht mehr fort. Ich kann jetzt immer hierbleiben, und das werd' ich auch tun.«

»Wir werden dir helfen«, sagte Thomas. »Morgen nach der Schule kommen wir gleich rauf und dann helfen wir dir. Wir können das schon.«

»Darauf freue ich mich besonders«, sagte der Mann. »Aber jetzt müsst ihr gehen, es wird langsam dunkel und dann wird man euch vermissen.«

Thomas zuckte die Schultern. »Das glaub' ich nicht, ich glaub', sie sind froh, wenn ich nicht mehr da bin, aber die Kahr Mutter, die mag mich schon. Doch sie ist schon so alt, und krank ist sie auch.«

Johannes stand, wie einst seine Eltern, im Laubengang und sah den beiden seltsamen Jungen nach. Dem großen verwirrten, und dem kleinen, der sein Sohn war.

Tiefer Friede zog in seine Brust.

Die ganze Zeit hatte er sich vor dem Heimgehen gefürchtet, weil er wusste, dass die Leute ihn verachten würden. Aber jetzt fühlte er frisches Blut durch die Adern fließen. Er hatte einen Sohn der ihn liebte, trotz allem, der ihn anbetete und sich herzlich freute, dass er heimgekommen war. Für dieses Kind lohnte es sich schon, das Leben noch einmal neu zu beginnen. Mit beiden Händen zupacken, alles wieder so hinbringen wie es einmal gewesen war.

Er war jetzt fünfunddreißig. Wenn er erst einmal lange genug hier oben war, dann würde die fahle Blässe aus seinem Gesicht auch wieder verschwinden.

Seine Muskeln würden wieder hart und stramm werden.

»Maria«, sagte er weich. »Ich danke dir, ich danke dir, dass du mir diesen Buben geschenkt hast.«

9. Kapitel

Inzwischen ging es im Dorf zu wie in einem Bienenstock. Die Pfaffenschlagerin hatte flinke Beine, wenn sie wollte. Zuerst war sie zum Bürgermeister gelaufen. Als dieser das Klatschweib über den Hof kommen sah, wies er seine Frau an, sie nicht vorzulassen.

»Sag ihr, ich hab' keine Zeit, ich müsste für die Gemeinde arbeiten.«

Dann hörte er die Frauen im Hausflur reden. Er verstand nix, doch da wurde mit einem Ruck die Stubentür aufgerissen. Nicht nur die Pfaffenschlagerin stand auf der Schwelle, sondern auch sein eigenes Weib. Unmutsfalten bildeten sich auf seinem Gesicht.

»Himmelherrgottsakra, ich hab' doch gesagt, ich hab' keine Zeit!«

»Mann, du wirst gebügelt sein, wenn du hörst, was die Pfaffenschlagerin zu sagen hat.«

»Das wird mir a Neuigkeit sein«, brummte er.

»Und ob«, sagte sie genüsslich. »Das wird dich umhauen.« Sie machte eine bedeutsame Pause. »Eben ist der Johannes heimgekommen.«

Ferry Moser starrte über seine Brille die Frauen an.

»Was hast gesagt?«, keuchte er.

»Dass der Johannes Freienstein heimgekommen ist. Vor einer halben Stunde ist er aus dem Postbus gestiegen. Ich hab' ihn mit meinen eigenen Augen gesehen.«

Der Ferry war wirklich gebügelt. Für kurze Zeit war ihm, als blieb ihm die Luft weg. Sein Gesicht wurde knallrot.

»Dös ist nicht wahr!«

»O doch, zehn Jahr' sind es her. Zehn Jahr' und jetzt ist er wieder da.«

Ein Bürgermeister sollte es genau wissen. Mit zittrigen Händen zog er das Telefon zu sich heran.

»Wart nur, gleich werden wir es wissen, ob du dich getäuscht hast, Pfaffenschlagerin. Wenn es nicht stimmt, dann kannst von mir was erleben.«

Sie reckte die spitze Nase in die Luft.

»Ich kann meinen Augen noch trauen«, sagte sie grantig.

»Was willst du, Mann?«, fragte jetzt die Bürgermeisterin ängstlich.

»Was ich will? Ich werd' mich erkundigen, das will ich. Ich will es amtlich wissen.«

Mit seinen dicken Fingern blätterte er im Telefonbuch herum. Dann hatte er endlich die Nummer vom Zuchthaus in Klagenfurt. Er wählte, ließ sich verbinden und fragte als Bürgermeister recht freundlich an, ob vielleicht der Johannes Freienstein bald entlassen würde. Man wisse doch, er käme aus Erlsbach. Dann lauschte er eine Weile, sein Gesicht wurde dabei ganz blass.

Die beiden Frauen sahen, wie er sich bedankte und wie dann der Hörer auf die Gabel fiel.

»Begnadigt worden«, sagte er dumpf. »Man hat ihm ein paar Jahre wegen guter Führung erlassen. Er ist heute Morgen entlassen worden.«

»Aber das sag ich doch die ganze Zeit«, maulte die Pfaffenschlagerin. »So, jetzt hab' ich keine Zeit mehr, ich muss es den andern auch erzählen, damit sie gewarnt sind.«

Und weg war sie schon.

Während Johannes also erfuhr, dass er einen Sohn hatte, erfuhr das Dorf, dass der Mörder heimgekommen war. Kalte Schauer liefen den Weibern den Rücken hinunter. Sie alle hatten erschrockene Augen, und jeder glaubte schon, der Freienstein stünde mit einem Knüppel hinter der Tür.

»Begnadigt«, erklärte die Pfaffenschlagerin überall. »Der Ferry hat angerufen, ja, es hat seine Richtigkeit.«

Zuletzt erfuhr es die Cäcilie Trammer. Sie wollte ihren Ohren nicht trauen, aber dann rannte sie so schnell sie konnte heim und suchte den Mann. Der befand sich im Stall und weißelte die

Wände. Bald kam das Vieh von den Almen und wie in jedem Jahr in einen sauberen Stall.

»Mit dem reich werden ist es aus«, sagte die Trammerin.

»Was hast?«

»Der Johannes ist wieder zurück. Sie haben ihn begnadigt, Mann.«

Der Pinsel fiel ihm aus der Hand. Weiß wie die frisch gekalkte Wand wurde der Trammer.

»Das ist nicht wahr«, röchelte er.

»Der Ferry hat angerufen, es hat alles seine Richtigkeit.«

Der Schweiß brach ihm aus allen Poren. »Großer Gott«, stammelte er.

»Jetzt ist es mit deinen hochfliegenden Plänen aus, mein Lieber!«

»Quatsch«, sagte er grob. »Was soll denn das heißen? Erstens weiß er gar nicht, dass er einen Sohn hat, und glaubst denn du, dass der in Erlsbach bleiben wird? So narrisch wird der doch nicht sein, der kann doch hier nicht einfach herkommen und so leben, als wär nix gewesen.«

»Willst ihm das vielleicht verbieten?«, fragte sie spitz.

Er riss sich den Malerkittel herunter und stapfte aus dem Stall. »Das wollen wir doch mal sehen, wozu bin ich im Gemeinderat? Na, der wird sein blaues Wunder erleben!«

»Wo willst hin?«

»Zum Ferry natürlich.«

»Und der Stall? Was wird damit?«

»Kann warten, oder mach es selbst.«

»Narrisches Mannsvolk«, schimpfte die Bäuerin. Aber der Mann war schon verschwunden.

Nicht nur der Trammer kam beim Moser an, sondern auch der Walchhuber, der Pfaffenschlager sowie Neussel und Nadeler. Alle waren sie wieder zusammen und hockten in der guten Stube des Mosers. Sie waren so aufgeregt, dass sie nicht einen Augenblick daran dachten, hinüber zum Teschlwirt zu gehen. Nein, nach trinken war ihnen jetzt wirklich nicht zumute.

Die Fragen und Meinungen prasselten nur so auf den Ferry hernieder. Der Trammer war der schlimmste.

»Ich soll was dagegen tun? Ich hab' mich schon erkundigt, bei der Polizei, nix ist da. Er hat sein Straf' abgebüßt und er hat das Recht, hier zu wohnen.«

»Nein«, stöhnten sie auf, »das geht doch nicht, die Touristen, Ferry, und dann der Staudamm, das soll doch akkurat da oben passieren. Wirst schon sehen, der wird uns Schwierigkeiten machen, schon aus lauter Rache.«

Ferry Moser zerstrubbelte sich das Haar. Daran hatte er ja auch schon gedacht, aber trotzdem, was sollte er denn tun?

»Und der Bub«, sagte der Trammer. »Nie und nimmer darf der erfahren, dass sein Vater jetzt hier ist.«

»Richtig«, sagte der Moser. »Richtig, da kann der Freienstein ja das Ziehgeld zurückzahlen.«

»Du denkst nur immerzu ans Geld«, sagte Trammer. »Aber nicht daran, was dem Buben dabei passieren kann.«

Der Bürgermeister legte den Kopf schief. »Sieh mal an«, meinte er hämisch. »So ist das, ich denke nur an das Geld. Ich muss es ja auch verwalten. Aber hat denn schon je mal einer sich um den Buben gekümmert? Damals? Da wollt' ihn keiner umsonst nehmen.«

»Ich möcht' ihn schon nehmen«, sagte der Trammer jetzt ruhig. »Aber nicht, wenn der da droben noch da ist. Das kann ich dann nicht verantworten.«

Alle waren sie sprachlos und starrten den Theobald an. »Ja, in des Teufels Namen, was hast denn dir dabei gedacht? Und wieso so plötzlich?«

Dieser rutschte auf seinem Stuhl hin und her. Jetzt war ihm das so herausgerutscht.

»Ja, weil wir doch keine Kinder haben, darum. Wir haben schon oft darüber gesprochen, meine Frau und ich, und da haben wir uns gedacht: Nehmen wir doch den Thomas, da wissen wir, was für ein Kind wir kriegen und keines aus dem Heim.«

»Ach so«, sagten sie da und bohrten nicht weiter.

»Was sollen wir denn jetzt tun?«

Nadeler sagte: »Das Beste wird sein, wenn morgen eine Abordnung rauf geht und mit ihm redet. Dass wir alles günstig aufkaufen wollen. Vielleicht ist er auch nur gekommen, um nach dem Rechten zu sehen.«

»Gut«, sagte der Ferry. »Wir gehen also rauf, Trammer, du kommst mit, dann kannst es ja gleich vorbringen, mit dem Thomas und dann werden wir ja sehen.«

»Wieso ich?«, sagte dieser blass werdend. »Der weiß ja nix von dem Buben, warum muss ich ihn da fragen?«

»Es könnt ja sein, dass er es erfährt, er soll sehen, dass wir mit offenen Karten spielen.«

Der Theobald konnte sich noch so winden, er wurde dazu ausersehen, mitzukommen. Danach standen sie auf und gingen wieder heim; denn sie waren ja alle mitten in der Arbeit fortgelaufen.

In dieser Nacht gab es nicht so schnell Ruhe in dem kleinen Dorf. Noch lange brannten die Lampen, und sie alle sprachen nur über ein Thema.

Oben auf dem Berg stand einsam ein Mann und blickte in das Tal hinab. Er hatte ein bitteres Lächeln um die Lippen. Wie gut kannte er doch die Dörfler, er wusste wohl, dass unten jetzt Sturm im Wasserglas war.

Langsam drehte er sich um und ging ins Haus zurück.

10. Kapitel

Noch waren die Herbstferien nicht vorbei, so konnte der Thomas gleich nach dem Frühstück aus dem Haus schlüpfen. Der Hansi stand schon wartend am Zaun. Die beiden liefen gleich los, die Dorfjugend war noch nicht so früh auf den Beinen, also konnten sie den Thomas auch nicht quälen. Denn dieser ahnte schon, dass sie von dem Johannes alles wussten. Aber er würde ihnen jetzt entgegentreten, nun hatte er ja einen

Vater. Um seinen Hof zu erreichen, musste man zu Fuß über eine Stunde steigen. Aber in der frühen Morgensonne und für die beiden jungen Menschen war das ein Vergnügen. Johannes war gerade aufgestanden und schaute sich verwundert um, als die zwei auf das Haus zukamen.

»Ja...«, sagte er verblüfft.

»Wir haben unterwegs Pilze gefunden, der Hansi und ich, und ich hab' auch Speck mitgebracht, soll ich sie braten?«

Die Augen des Buben blickten ihn so flehend an, dass er einfach nicht nein sagen konnte. Dabei wollte er eigentlich diesen Tag allein verbringen. Er musste an so vieles denken und auch wie die Zukunft aussehen sollte. Dann musste er ja auch über den Buben selbst nachdenken. Vielleicht schadete er ihm noch mehr, wenn er hierblieb. Vielleicht sollten sie beide fortgehen und anderswo ein neues Leben beginnen.

»Hast ihn wohl stibitzt?«

Thomas grinste ihn an.

»Hättest es nicht brauchen, ich hab' doch was im Rucksack. Aber morgen, da gehe ich einkaufen und hol' mir Vorräte.«

»Wirst auch wieder Vieh kommen lassen?«

Johannes sah ihn lächelnd an.

»So soll ich also bleiben?«

»O ja!«, rief er sehnsüchtig. »Weißt, der Hansi und ich, wir kommen dann jeden Tag rauf und helfen dir. Du wirst schon sehen, bevor es Winter wird, da haben wir alles so, wie es sein muss, Vater.«

Das Wort war Balsam für die gequälte Seele.

»Weißt Bub, ich hab' daran gedacht, fortzugehen.«

»O nein«, sagte Thomas erschrocken. »Nicht fortgehen. Wo es hier doch so schön ist. Bitte, das darfst nicht tun, du bist so lang fort gewesen.«

»Wenn du möchtest, dann nehm' ich dich mit.«

Thomas schüttelte den Kopf. »Dann seh ich nie mehr den Söller See und die Berge, nein, ich möcht' nicht fort.«

»Die Dörfler werden es dir nicht leichtmachen, wenn sie wissen, dass ich hier bin!«

»Ach«, sagte der Knabe wissend. »Deswegen brauchst nicht fortzulaufen, ich hab schon Muckis, und ich lass mir jetzt nix mehr gefallen.«

Er wollte sich seinetwegen schlagen!

Um nicht in Rührung zu vergehen, schob er ihn in die Küche und bald lag der Speckgeruch in der Luft. Johannes kochte Kaffee und sie saßen um den weißen Küchentisch. Hansi hatte vorsichtig ein wenig Geschirr gespült und war sehr glücklich, dass nix entzwei gegangen war.

Johannes sagte: »Das mit dem Vieh, weißt, da werde ich noch warten, bis zum Frühling. Ich hab ja kein Futter da. Der Winter wird vergehen, dann hab' ich das Haus endlich wieder gerichtet. Auch die Scheunen, es ist viel zu tun, weißt du. Aber ich werd' es wohl schaffen. Ich hab ja in dir eine große Hilfe.«

Thomas sah ihn an und fragte leise: »Wenn du alles fertig hast, holst mich dann rauf?«

Die Hand des Mannes zitterte leicht.

»Möchtest du das denn gerne?«

»Und den Hansi auch. Er kann gut arbeiten, hier oben, da verlachen und verjagen sie ihn nicht, wenn ich in der Schule bin. Dann hast du auch jemanden, mit dem du dich unterhalten kannst, wenn ich nicht da bin. Wir drei, Vater, wir werden es schon schaffen.«

»Ach Bub, du stellst dir das alles so einfach vor, aber ich glaub, man wird es nicht wollen.«

»Warum nicht?«

»Schau mal, da kommen schon zwei aus dem Dorf.«

»Jesses«, sagte der Thomas. »Das sind der Bürgermeister und der Theobald Trammer.«

»Ich hätte sie kaum erkannt«, meinte der Mann und erhob sich schwerfällig. Eine steile Falte lag zwischen seinen Augen.

Hansi und Thomas kamen ihm gleich nach. So standen sie nebeneinander, als die zwei Männer prustend das letzte Stück

Weg zurücklegten. Dem Trammer fielen fast die Augen aus dem Kopf, als er den Thomas neben dem Johannes stehen sah. Ferry war auch verdutzt.

»Grüß Gott, Johannes«, brachte er mühsam über die Lippen. Erschrocken war er, der Bürgermeister, wie verändert der Johannes aussah. Arg vergrämt und eingefallen. Aber groß und irgendwie stolz wirkte seine Gestalt noch immer.

»Grüß dich, Bürgermeister«, sagte er kühl. »Grüß dich, Trammer. Nehmt doch Platz auf der Hausbank. Drinnen sieht es noch wüst aus und anbieten kann ich euch auch noch nix.«

»Thomas, komm hierher«, sagte der Trammer scharf. »Was machst denn du hier oben? Was soll das?«

Thomas blickte seinen Vater an und blieb neben diesem stehen. Das war ihm nämlich neu, dass der Trammer ihn ansprach. Meistens wurde er doch im Dorf buchstäblich übersehen.

Trammer setzte sich stöhnend auf die Bank und zog sein Schnupftuch hervor. Der Schweiß brach ihm aus allen Poren.

Johannes war kein bisschen demütig oder zerbrochen, eigentlich hatte der Ferry damit gerechnet. Er wusste jetzt, dass er einen starken Gegner vor sich hatte.

»Bestimmt bist gekommen, um mal wieder das Elternhaus zu sehen, bevor du dich anderswo niederlässt, Johannes. Ja, ja, es sieht nicht mehr so hübsch aus, wie es mal war. Die Jahre, weißt, und dann sollten wir es ja nicht verpachten. Das hätten wir gern für dich getan, wirklich.«

Johannes war klug genug, ihn nicht zu unterbrechen, so erfuhr er am schnellsten, was sie von ihm wollten. Denn nur für ein Plauderstündchen waren die zwei sicherlich nicht heraufgekommen.

Und so erfuhr er denn auch nach einer guten Viertelstunde, dass man ihm, so großzügig wie sie nun mal im Dorf waren, das Leben erleichtern wollten, indem sie ihm den Hof und allen Grund abkaufen wollten. Dann könne er sich mit dem Geld anderswo eine neue Existenz aufbauen. Deswegen also sei der

Moser persönlich heraufgekommen, weil er sich denken könne, dass er das Dorf jetzt wohl meiden würde und die Leute auch.

»Wenn du willst, können wir gleich morgen zu einem Notar in Lienz fahren und alles regeln. Es soll dein Schaden nicht sein, meinst nicht auch, dass es für alle gut sein wird? Dann kannst du dir woanders eine neue Existenz aufbauen, Johannes.«

»So«, sagte dieser kurz und die steile Falte war wieder da. An seiner Seite zitterte der Thomas und zupfte ihn immer heimlich an der Jacke.

»Was geschieht denn mit dem Thomas?«

»Tja«, sagte der Bürgermeister eifrig. »Du hast es also erfahren, nun denn, da kann ich dich auch beruhigen, deswegen ist ja der Trammer mit herauf gekommen. Er möchte nämlich den Buben als seinen eigenen annehmen, weißt. Er hat keine eigenen Kinder. Er wird einen guten Namen bekommen, der Thomas.«

Thomas blickte voller Entsetzen den Bürgermeister an.

»Aber«, stammelte er.

Doch jetzt war es der Johannes, der ihn zupfte. Dann fing dieser an zu reden: »Das ist ja wirklich nett, dass ihr euch so um mich kümmern wollt, Bürgermeister, wirklich edel, das hätte ich nicht von euch gedacht.«

Der ging in die Falle und nickte eifrig. »Geh, Johannes, das ist doch selbstverständlich. Wir sind doch nicht von gestern, wir denken liberal.«

»In der Tat«, sagte der Mann und ein Lächeln spielte um seine Lippen. »Aber weißt, Ferry, ich brauch' es nicht, ich bedank' mich schön. Aber weißt, ich komm' ganz gut allein zurecht, wirklich. Außerdem habe ich ja hier noch was zu erledigen.«

Ferrys Mund schnappte zu.

»Was willst damit sagen?«, keuchte er.

»Ich werd' meinen Hof nicht verkaufen, das will ich damit sagen.«

»Waas? Du willst also hierbleiben, Johannes, hier in unserem Dorf?«

»Ja!«

»Bist denn narrisch, weißt denn nicht, was das heißt?«

»Wie?«, sagte der Mann erstaunt. »Hast denn eben nicht gesagt, ihr alle seid liberal? Warum soll ich nicht hierbleiben, auf meinem angestammten Hof? Warum soll ich denn erst in die Fremde gehen und mir da eine neue Heimat suchen, wo ich sie hier doch habe?«

Der Ferry wurde fast blaurot im Gesicht.

»Das kannst nicht wirklich wollen, Johannes. Hör zu, ich bin zu dir gekommen, weil ich es gut mit dir meine. Die Dörfler, du kennst sie doch, sie werden dir das Leben schwermachen. Du wirst hier zu leiden haben, das möchte ich dir nicht zumuten. Schon wegen Thomas, deinem Sohn, denk doch mal an ihn. Wenn du hierbleibst, kann der Trammer ihn unmöglich nehmen.«

Johannes blickte den Buben an. »Sag, Thomas, willst einen guten Namen haben, willst zum Trammer und Erbe werden?«

Ferry sah mit eigenen Augen, wie der Bub vertrauensvoll die Hand in die von Johannes schob und ihn anblickte: »Nein, ich möcht' zu dir, Vater. Das hab' ich dir doch gesagt.«

Trammer wollte aufspringen, er sah schon seinen ganzen schönen Plan dahinschwinden. Ferry hielt ihn eisern zurück. »Warte noch«, zischte er ihm zu.

»Du hast eben gesagt, du habest hier noch was zu erledigen, darf man vielleicht fragen, was das ist?«

Johannes sah ihn kalt an. »Kannst dir das nicht denken, Ferry?«

»Nein!«

»Ich suche den wirklichen Mörder, Ferry.«

Trammer fiel fast von der Bank, Ferry sprang auf. »Was?«, keuchte er.

»Du hörst richtig, mein Lieber. Ich habe zehn Jahre umsonst gesessen. Ich schwör' vor dir und vor Gott, ich habe es nicht getan. Ihr alle haltet mich für einen Mörder, ich weiß. Ihr habt Angst vor mir, aber all die Jahre hat der Mörder unter euch gelebt, mein Lieber. Und das schwör ich dir, damals hat man mir nicht geglaubt, damals hatte ich auch keine Zeit, nachzuforschen, aber jetzt ist meine Zeit da. Jetzt werde ich ihn finden, den Mörder. Schon meine Anwesenheit wird ihn langsam verrückt machen. Er wird es erfahren, dass ich ihn suche und ich werde ihn finden.

Gewiss, ich habe ihn verprügelt, den Watzinger, das hab' ich auch immer zugegeben. Er war hinter der Maria her und hat sie nicht in Ruh' gelassen. Er war ja ein so gemeiner, der Josef Watzinger, er konnte nur böses Blut machen. Hat alles getan, um anderen weh zu tun, aber ich hab' ihn nicht erschlagen. Ich war es nicht, das muss einer getan haben, der es gesehen hat, er muss dort noch auf dem Weg gelegen haben, der Josef. Vielleicht hat er grad' aufstehen wollen, da ist der Andere dann gekommen. Möglicherweise hatte er mit dem Josef auch noch etwas abzurechnen, so hat er die Gelegenheit wahrgenommen und hat ihn mit dem Stein erschlagen.«

»Du bist narrisch«, keuchte der Trammer.

»Ich bin nicht narrisch, ich hab' für eine Tat gebüßt, die ich nicht begangen habe. Ferry, denk mal nach, damals, da gab es bei uns einen, der wilderte. Der es wohl aus Leidenschaft getan hat, wir alle waren damals jung, hatten Flausen im Kopf. Aber auf Wilderei stand damals eine schlimme Strafe. Wenn es herauskam im Dorf, konnte es bös für den enden; denn er wäre auch ins Gefängnis gekommen. Der Josef war ja zu faul zum Arbeiten, von daheim erhielt er kein Geld mehr. Aber er hatte immer Geld, prahlte damit, auch als man ihn fand, hatte er viel Geld bei sich. Ich glaube, der Wilderer hat es ihm als Schweigegeld gegeben, aber er wusste, der Josef ist ein Blutegel und bei dem konnte man ja nie wissen, ob er wirklich schweigen würde.

Bei Gott, ich bin es schon dem Buben schuldig, dass ich den wirklichen Täter finde. Und dann soll er sich vorsehen, Ferry, das schwör ich dir. Diese zehn Jahre meines Lebens, die Maria ist vor Kummer gestorben und wie habt ihr euch des Buben angenommen?«

»Still«, krähte der Ferry. »Ich hab' regelmäßig der Kahr Mutter das Geld gegeben.«

»Ja und euren Kindern habt ihr gesagt: Spielt nicht mit dem, er ist der Sohn eines Mörders, der Bankert, nicht, so war es doch?«

»Du willst also böses Blut machen, Johannes.«

»Nein, ich will nur Gerechtigkeit!«

Der Moser schnaufte tief auf. So hart war man ihm schon lang nicht mehr gekommen.

»Schau«, sagte der Johannes. »Ich will hier oben in Frieden leben, verstehst? Sonst gar nix, ich will den Dörflern nix, also sollen sie mich auch in Frieden lassen. Ich will nach allem, was gewesen ist, nichts als meine Ruhe, Ferry, mehr nicht. Ich bleib' hier oben in meinen Bergen hocken und kümmere mich nicht um euch, also, lasst mir meine Ruh'.«

»So«, schnaufte der Bürgermeister. »Du hast es ja nicht anders haben wollen. Ich bin in guten Absichten gekommen, Johannes, ich hab' es wirklich gut mit dir gemeint, das wirst gleich merken, lass mich ausreden. Du willst Ruhe und Frieden, ja, aber das wirst hier schwerlich finden, darum bin ich ja eigens heute raufgekommen, um dir den Hof abzukaufen. Geh, er ist jetzt nicht mehr viel wert, aber du sollst nicht denken, wir seien Lumpen, die Gemeinde zahlt dir einen guten Preis. Weißt, das hab' ich nämlich ganz vergessen, dir zu sagen, dass es mit der Ruhe hier oben und der Einsamkeit bald vorbei sein wird, Johannes. Wir bauen hier oben eine Staumauer, das Tal braucht nämlich mehr Strom, und den werden wir jetzt selbst erzeugen. Wir werden dazu den Söllersee stauen, ein paar Gebirgsflüsse und den Schwarzbach. Sobald das nämlich losgeht, wird hier eine breite Straße hinkommen und dann werden pausenlos die Laster den Berg hinaufgeschnauft kommen, grad an deinem Hof vorbei. Siehst, deswegen bin ich nämlich gekommen, um dir zu sagen, dass hier große Veränderungen vorgenommen werden. Ja, so ist das nun mal, das Leben bleibt nicht stehen, man muss sich modernisieren. In den letzten zehn Jahren hat sich das Tal ausgebreitet und viele Touristen kommen, Johannes. So ist das nun mal. Also, wenn du klug bist, wirst rechtzeitig alles verkaufen, hörst.«

Der Trammer nickte eifrig zu den Worten. »Ja, das ist auch meine Meinung, rechtzeitig verkaufen. Womöglich noch an einen Privatmann, dann kriegst noch mehr, als wenn die Gemeinde es aufkaufen will.«

Der Thomas, der Bub verstand nicht so recht, was der Bürgermeister da erklärte, aber er fühlte ganz genau, dass es um seinen geliebten See ging. Als er jetzt dem Vater einen ängstlichen Blick zuwarf, da sah er, dass dieser ganz dunkle Augen bekam. Darin brannte aber zugleich ein wildes Feuer.

»Was hast gesagt?«

»Soll ich das Ganze noch einmal erklären?«, fragte der Ferry freundlich, der gar nicht merkte, dass Gewitterwolken heraufzogen.

»Du willst einen Staudamm bauen lassen?«

»Du hast es also doch kapiert!«

»Auf meinem Grund und Boden?«

»Ei Johannes, so viel gehört dir nun auch wieder nicht. Der See und eine Wiese, ich hab' extra gestern noch im Grundbuch nachgesehen.«

»Du hast die Straße vergessen«, sagte er gefährlich ruhig.

»Je nun, das ist doch erklärlich.«

»Du bist ein Narr, Ferry, wirklich, du bist ein hundsköpfiger Narr und du glaubst wirklich, das würden sie genehmigen?«

Der Bürgermeister plusterte sich auf.

»Und ob sie das genehmigen werden, Johannes, darauf kannst Gift nehmen. Und das sag ich dir, wenn du nicht freiwillig verkaufst, dann wird es dir enteignet, dann kriegst einen Hungerlohn für die Wiese und den See! Also, überleg' dir genau, was du jetzt sagst. Ich lass mich nicht als Hampelmann hinstellen.«

Der Johannes stöhnte auf.

»Hast denn wirklich alles vergessen, was wir einst in der Schule gelernt haben?«

»Worauf willst denn hinaus? Ich versteh nix!«

»Die Vergangenheit hat uns außerdem auch genug gezeigt, Ferry, bist wirklich so hirnverbrannt und willst das Leben vieler aufs Spiel setzen, bloß weil du so ehrgeizige Pläne hast? Mein Gott, im Landratsamt werden sie sich totlachen über dich, wenn du den Plan vorbringst. Hier oben einen Staudamm bauen zu wollen, das ist heller Wahnsinn!«

Der Bürgermeister verstand noch immer nicht, worauf der Johannes hinaus wollte, er fühlte nur, dass er wie ein dummer Junge abgekanzelt wurde, und das auch noch von einem Zuchthäusler. Musste er sich das bieten lassen?

»Raus mit der Sprache, was willst damit sagen? Weswegen bin ich denn so blöde, hä?«

»Aber das haben wir doch seinerzeit in der Schule gelernt, dass wir in der periadriatischen Naht leben, hast das wirklich vergessen? Das heißt doch, dass wir in einem erdbebengefährdeten Gebiet leben. Dass unsere Gegend unter einer bestimmten Spannung steht. Diese Naht zieht sich von Italien über unser Gebiet bis nach Jugoslawien rein.

Geh, das kannst doch nicht vergessen haben. Und grad diese Gegend am Söller See. Hast all die vielen Lawinen vergessen in den damaligen Jahren? Was sich in den letzten zehn Jahren auf diesem Gebiet hier abgespielt hat, das kann ich dir nicht sagen, aber ich weiß, auch wenn ich im Zuchthaus gesessen bin, so hab ich doch Zeitung lesen können, dass da in Friaul ein schweres Erdbeben war und das liegt akkurat auf der gleichen Linie.

Ferry, so wach doch auf! Auch wenn sich das Gebiet anbietet, aber es könnte eine schreckliche Katastrophe geben, wenn ihr euer Vorhaben durchführt.

Was kann alles passieren, wenn Menschen zu Unrecht in die Natur eingreifen. Hier oben den See zu stauen, wäre heller Wahnsinn. Wisst ihr überhaupt, ob der Grund das Gewicht aushält? Wenn irgendwas passiert, ersauft ihr im Tal alle!«, schloss er drastisch.

Der Bürgermeister fühlte unwillkürlich eine fröstelnde Haut auf seinem Rücken. In der Tat, daran hatte er wirklich nicht mehr gedacht.

Aber bevor er noch eine Antwort finden konnte, kreischte der Trammerbauer auf.

»So, er will großmächtig und klug sein, klüger als der Gemeinderat, wie? Klüger als alle Experten, und wie kann er es uns erklären, dass man in Malta, gar nicht weit von hier, eine der größten Staumauern der Welt erbaut? Davon hast im Zuchthaus wohl nix gehört, wie? Meinst, die ganzen Experten haben sich geirrt? Es liegt auf der gleichen Linie. Der sagt das ja nur, um uns Angst zu machen, Ferry, hör' doch nicht auf den. Ich schwör dir, wir werden unseren Strom kriegen und eh' ein Monat vergeht, ist er fort aus unserem Tal, das sag ich dir jetzt schon. Das ganze Dorf will diesen Strom, also kann einer uns nicht aufhalten, nie und nimmer!«

Ferry hatte wieder Rückendeckung bekommen. Richtig, in Malta baute man zurzeit an dem gigantischen Werk, das in Kürze vollendet sein sollte.

»Du siehst, deine Schwarzmalerei ist nur was für kleine Kinder. Nix für ungut, Johannes. Ich mein' es wirklich nur gut mit dir. Also überleg' es dir in Ruhe, ja, ich mein, du kannst von mir aus auch ein anderes Stück in Erlsbach bekommen, Viele wollen ja ihren Hof nicht mehr führen, kannst also genug Land kriegen. Sie mischen jetzt lieber beim Fremdenverkehr mit. Hier oben willst doch bestimmt nicht bleiben, wenn erst mal alles eine Baustelle ist.«

Ruhig entgegnete Johannes Freienstein: »Ferry, du tust, was du für richtig hältst, und ich kann dich nicht daran hindern. Aber das sage ich dir jetzt schon, ich werde mich so lange zur Wehr setzen, wie es geht. So leicht kann man sein Land in Österreich nämlich nicht verlieren, hörst? Also, du hast mit mir zu rechnen. Ich bleibe hier und den Buben behalte ich auch bei mir. Kannst der Kahr Mutter Bescheid geben. Wenn sie mich empfängt, dann komm' ich gern und bedank' mich bei ihr für alles, was sie für ihn getan hat.«

»In dieser Sache ist noch nicht das letzte Wort gesprochen worden«, sagte der Bürgermeister. »Aber gehen wir nicht im Streit auseinander.«

Er drehte sich um. Aber er war noch keine drei Schritte fort, der Trammerbauer war schon zornbebend davongegangen, da rief Johannes den Ferry noch einmal zurück.

Er ging auf ihn zu.

»Vergiss nicht, was ich dir gesagt hab', Ferry«, sagte Johannes leise und eindringlich. »Der Mörder lebt noch in Erlsbach unter euch, all die Jahre. Ich wünsche nur, dass es kein Unglück geben wird.«

Dem Bürgermeister wurde es jetzt doch ganz mulmig unter der Weste.

»Johannes«, sagte er stockend. »Um Himmels willen, ist das wahr?«

»Ja, Ferry, ich schwör' es dir.«

»Allmächtiger, das ist ja schrecklich!«

Johannes ließ ihn jetzt gehen.

Im Hohlweg stieß der Moser wieder auf den Theobald.

»Was hast denn noch zu bereden gehabt, Ferry, bist narrisch, dass du ihm anbietest, er könne im Tal bleiben? Das ist unmöglich, denn das geht einfach nicht. Denk' doch an die Dörfler und die Urlauber, wenn die erfahren, wer er ist! Das geht nicht, Ferry, er muss so schnell wie möglich aus dem Tal verschwinden. Verflucht noch mal, warum haben sie ihn nur so früh entlassen. Würde er noch sitzen, dann wäre jetzt alles viel einfacher, dann hätten wir keinen Gegner. Ich sag dir, Ferry, schon aus lauter Hass auf uns und alles, wird er es nicht zulassen, wird uns Steine in den Weg legen, bloß damit wir nicht unseren Strom bekommen.«

»Aber das mit der Naht, das stimmt, das hab' ich selbst ganz vergessen und das mit Friaul, das stimmt doch auch, Theobald. Stell dir mal vor, wenn im Winter dort oben die Lawinen abgehen und die Mauer hält die Wucht nicht aus. Wir würden alle ersaufen, Theobald, alle! Das würd' so schnell gehen, da könnten wir uns nicht mal mehr in Sicherheit bringen.«

»Quatsch, wozu haben wir denn die Ingenieure, die sind doch dafür da. Und was die da in Malta machen, das können wir mit dem bisschen Wasser schon längst! Pah, der gibt doch nur an, der kann mir keine Angst einjagen, der nicht. Ich werd' gegen ihn zu kämpfen wissen, Ferry, und wenn du Angst hast, dann bist du mir ja ein rechter Bürgermeister. Ich sage dir, ich will den Mörder nicht in meiner Nähe wissen, nie und. nimmer und die anderen sind auch dagegen.«

Ferry sagte sehr ruhig: »Er hat mir gesagt, er sei es nicht gewesen, Theobald, der Mörder laufe noch frei herum.«

Der Trammer drehte sich abrupt um und starrte ihn an. »Und du glaubst ihm das?«

Ferry lächelte grimmig. »Du wirst es vielleicht nicht verstehen, aber ich hab' das dumpfe Gefühl, Trammerbauer, dass er recht hat. All die Jahre hab' ich mir hin und wieder darüber den Kopf zerbrochen, ich konnt es einfach nicht glauben.«

»Du hast Angst vor ihm!«, schrie der Trammer ihn an. »Lass das nur die Anderen hören, das wird ja immer lustiger!«

Ferry Moser wollte sich nicht weiter mit ihm streiten und ging jetzt schweigend das letzte Stück Wegs. Unten im Dorf trennte man sich dann auf dem Kirchplatz.

Es waren noch keine zwei Stunden vergangen, da wusste das ganze Dorf alles, was oben besprochen worden war.

Dafür hatte schon die Cäcilie gesorgt mit ihrer giftigen Zunge. Jetzt war das Dorf aufgehetzt. Der Bürgermeister stand für sich ganz alleine.

Sein Weib war gar nicht erbaut davon.

»Jetzt hast uns ja was Schönes eingebrockt, das wird ja lustig, jetzt reden sie schon nicht mehr mit mir. Ja, ich hab sogar gehört, sie wollen uns jetzt auch so behandeln, wie sie den Johannes behandeln wollen.«

»Ach, lass sie doch«, sagte der Ferry müde. »Die hören auch schon wieder damit auf. Das ist nur jetzt im Augenblick so. Denke lieber darüber nach, ob es stimmen kann oder nicht. Denn wenn der Mörder frei ist, dann gibt es noch ein Drama. Das seh' ich schon auf uns zukommen.«

»Nie und nimmer wird er ihn finden, wenn es wirklich einen anderen Mörder gibt, Mann. Also, denk jetzt nicht mehr darüber nach.«

11. Kapitel

Derweil musste der Johannes seinem Buben genau erklären, was man mit dem See vorhabe. Thomas sah ihn erschrocken an und meinte hastig: »Aber das wirst doch nicht zulassen, nicht, und den Hof, den verkaufen wir auch nicht, Vater, nein, das wirst doch nicht tun?«

»Nein, so lang ich mich dagegen auflehnen kann, Bub, werd' ich das auch nicht tun. Aber jetzt denk' nicht mehr darüber nach, komm, ihr habt mir doch versprochen, ihr wollt mir helfen. Also, solange das Wetter noch gut ist, müssen wir uns zuerst mal um das Dach des Hauses und der Scheune kümmern. Du weißt doch, wie schnell der Winter bei uns kommt, dann ist das nicht mehr so einfach.«

So vergaßen die Buben erst einmal alles und halfen tüchtig mit. Der Hansi war ja schon zwanzig und kräftig gebaut. Johannes wunderte sich, dass niemand ihn in Lohn und Brot genommen hatte. Er lebte bei der alten Mutter und diese war froh, wenn er sich den ganzen Tag nicht sehen ließ und sich woanders durchaß.

Hansi durfte selbstverständlich auch bei ihnen bleiben. Am nächsten Tag wollte Johannes dann mit Hansis Mutter darüber reden, dass er ihren Buben bei sich aufnehmen würde, ihn anstellen und ihm auch einen kleinen Lohn zahlen wolle. Sobald er erst mal den Hof wieder richtig aufgebaut hatte, würde er richtig für ihn sorgen, mit Krankenkasse und Versicherung. Man musste sich nur die Zeit nehmen und ihm alles genau vormachen und mit einfachen Worten erklären, dann war er ein ganz hervorragender Arbeiter. Vor allen Dingen konnte er dann seine überschüssigen Kräfte abreagieren.

Am nächsten Morgen holte Johannes die alten Rucksäcke hervor, dann zogen sie alle drei ins Tal. Sie brauchten schließlich Lebensmittel. Außer den Pilzen und den Beeren, die die Buben fanden, hatten sie ja droben gar nix.

So kamen sie denn unten in den Laden der Ulrike Steindl. »Grüß Gott«, sagte Johannes freundlich.

Die Kramerin starrte ihn erschrocken an.

»Willst bei mir was kaufen?«, fragte sie hastig.

»Ja, das hab' ich vor, ich bezahl' auch alles«, meinte er sarkastisch.

»Ja, weißt«, stotterte die Ulrike. »Das ist nämlich so, die im Dorf, wenn sie das erfahren, dann...«

Johannes sah sie ruhig an und nickte langsam. »Ich verstehe, es funktioniert also schon. Wenn ich bei dir kaufe, dann kommen sie nicht mehr zu dir, so ist es doch?«

»Ja«, sagte sie leise. »Ich bin doch darauf angewiesen. Ich hab' nix gegen dich, Johannes, wirklich nicht. Wenn du vielleicht im Dunkeln kommen möchtest, dann würd ich dir alles geben.«

»Hör zu, du brauchst dich nicht zu entschuldigen, Ulrike, du kannst nix dafür, und ich möcht' nicht, dass einer wegen mir leiden muss. Kommt Buben, gehen wir woanders hin.«

»Aber«, stotterte der Thomas. »Es gibt doch nur diesen Laden hier!«

»Wir fahren nach Huben, kommt.«

Wenig später sah die Ulrike sie in den Landbus einsteigen und schämte sich, dass sie so wenig Rückgrat besaß.

Als sie wieder zurückkamen, waren sie schwer bepackt und es war nicht einfach, damit den Berg hinaufzusteigen. Hocherhobenen Hauptes ging Johannes durch das Dorf, er wusste genau, dass die Leute hinter den Gardinen standen. Und Thomas tat es ihm nach, Hansi ebenso, obwohl er gar nicht wusste, worum es hier ging. Er tat einfach alles, was sein Freund auch machte.

Am nächsten Tag sahen die Dörfler zu ihrer Verwunderung, wie zwei schwere Lastwagen mit Schottersteinen beladen, mühsam den Berg hinauffuhren. Sie schütteten damit all die vielen Löcher zu, und das machten sie auch noch am übernächsten Tag. Dann sahen sie eines Morgens den Johannes wieder den Berg herunter kommen und mit den zwei Buben fortfahren. Mit dem Bus kam er nicht zurück, sondern mit einem Auto. Deswegen also hatte er den Weg fertigmachen lassen.

Die Dörfler spuckten Gift und Galle, als sie das Treiben da oben sahen. Ja, in des Dreiteufels Namen, machte es ihm gar nicht aus, dass er vom Dorf gehasst und geschnitten wurde? Aber jetzt brauchte er ja mit dem Dorf keinen Kontakt mehr aufzunehmen; denn jetzt fuhren sie einmal in der Woche mit dem Auto ins nächste Tal und kauften dort ein. Der Ladenbesitzer freute sich über diesen guten Kunden.

Dann sagte Johannes eines Tages zu seinem Sohn:

»Heute gehe ich allein ins Nachbardorf, ihr müsst hierbleiben.«

Als er die enttäuschten Gesichter der beiden Buben sah, musste er zugeben: »Ich bring' euch was mit.«

Thomas und Hansi saßen daraufhin stundenlang im Gras vor dem Haus und warteten auf die Rückkehr des Vaters. Warum war er zu Fuß gegangen und nicht mit dem Auto gefahren?

Plötzlich hörten sie das Meckern von Geißen, und um die Wegbiegung trippelten weiße und schwarze Ziegen, sanft angetrieben von einem Haselnussstecken, den der Johannes Freienstein schwang.

»Vater!«

In diesem Jubelschrei lag das ganze Glück und die Dankbarkeit von Thomas. Er stürzte auf seinen Vater zu, gefolgt von Hansi, der etwas langsamer begriff, dass sie neue Hausgenossen bekamen.

»Na, ist das eine Überraschung?«, fragte Johannes und strich seinem Buben über den Kopf. »Da habt ihr beide eine Aufgabe, und die Viecher können oben am See das Gras abweiden. Es wäre schade drum, wenn es verkommt.«

»Mei, Vater, da freuen wir uns aber, gell Hansi?«

Der lächelte einfältig und musste sein Sacktüchel vor einem gefräßigen Ziegenmaul in Sicherheit bringen.

»Morgen früh bringen wir die Geißen zum See und pflocken sie an, damit sie nicht weglaufen, wenn ihr nicht da seid. Jeden Tag könnt ihr sie dann zu einer anderen Stelle treiben.«

Thomas war selig. Jetzt hatte er eine wichtige Arbeit zugeteilt bekommen; denn melken musste er sie auch. Das hatte er schon bei der Kahr Mutter gelernt. Er und Hansi erledigten die ihnen übertragene Aufgabe gewissenhaft und fröhlich.

Die Kahr Mutter war froh, dass sie den lebhaften Buben nicht mehr beaufsichtigen musste, sie ging ja auf die siebzig zu. Die Mutter von Hansi freute sich auch, dass sie den Deppen auf so gute Weise losgeworden war. Mochte sich der Johannes mit dem Buben abplagen.

Der Moser fand: Der Johannes hat Schneid, ich hätte das nicht geschafft, ich wär' fortgegangen, hätte mich nicht mehr hier sehenlassen. Und wenn er wirklich nicht der Mörder ist, mein Gott, zehn Jahre unschuldig sitzen, ich glaub', ich wär' bös' geworden. So toll wie ein Hund hätte ich um mich gebissen. Und der Ferry begann, alle Einwohner des Dorfes im Geist durchzugehen.

Wer war es gewesen?

12. Kapitel

Der Postjockel kam den Berg herauf. Wegen der großen Entfernungen in diesem Tal durfte er mit dem Auto fahren, und so war er froh, dass der Johannes die Straße soweit gerichtet hatte, dass man jetzt hinauffahren konnte. Er brachte einen Brief und natürlich hatte er in seiner Neugierde auch den Absender gelesen. So bekam er doch das Frösteln, als dieser Absender Zuchthaus Klagenfurt hieß. Scheu klopfte er an die Tür.

Johannes war gerade dabei, die Inneneinrichtung zu säubern. Die Buben hielten sich in der Scheune auf und stapelten das Holz, das man gestern gespalten hatte.

»Komm nur rein, möchtest was trinken?«

»Nein, danke, ich hab' es eilig, weißt.« Dann legte er schnell den Brief auf den Tisch und machte, dass er wieder fortkam. Der Johannes war ihm deswegen noch nicht mal böse.

Der Brief war von Egon. Dieser schrieb ihm nun, dass er auch entlassen würde und er fragte an, ob das mit dem Angebot denn noch gelte, ja, und dann fragte er auch, ob er seine Schwester mitbringen dürfe. Die sei im Augenblick arbeitslos. Sie sei ja nur saisonbedingt beschäftigt, immer wenn die Urlaubszeit vorbei sei, müsse sie ihren Job als Kellnerin aufgeben. Eine gute Arbeit fände sie nicht, seit er, der Bruder straffällig geworden sei, darum fühle er sich auch für die Hanna verantwortlich. Sie sei ein gutes Mädchen und zum Frühjahr würde sie ja dann wieder Arbeit haben. Es wäre also nur für den Winter. Aber vielleicht könne sie dort im Tal Beschäftigung finden, ob man denn dort keine Wintersaison habe.

Johannes saß am Küchentisch und überlegte lange. Egon schien also wirklich in Not zu sein, und er hatte es ihm ja versprochen. Nur war er sich noch nicht so klar, ob der Egon nicht wieder rückfällig wurde, und dann die Buben? Im Zuchthaus, da hatte er ja noch nicht gewusst, dass er einen Sohn hatte. Jetzt musste er das bedenken. Doch zugleich hatte er auch Mitleid mit dem Egon. Der hatte keinen Hof in den Bergen, wohin er sich zurückziehen konnte. Und er hatte ja am eigenen Leibe erfahren, wie schrecklich weh es tun kann, wenn die Mitmenschen einen verachten, auch wenn man die Strafe abgesessen hat.

Er stand auf und rief den Thomas herein.

»Hör zu, ich hab' mit dir zu reden.« Und nun erzählte er von dem Freund, und dass dieser jetzt kommen möchte, die Schwester auch, ob er etwas dagegen habe.

»Wenn er uns mithelfen will, dann schaffen wir es vielleicht schneller«, meinte der Bub ernsthaft.

»Du bist ein guter Junge, Thomas, so geh wieder raus, dann werde ich ihm gleich schreiben.«

Die Ferien waren noch nicht zu Ende, aber der Thomas würde ja jetzt immer beim Vater leben. Sobald sie das Haus einigermaßen in Ordnung gebracht hatten, würde er mit ihm nach Lienz zum Jugendamt gehen und dort alles regeln. Thomas war schon jetzt sehr stolz darauf, dass er bald auch Freienstein heißen würde.

Während er nun am Tisch saß und den Brief schrieb, da war er dem Schicksal dankbar, dass es ihm den Thomas beschert hatte. So kalt, wie er sich nach außen hin gab, war er ja gar nicht in Wirklichkeit. Da war eine große, schmerzhafte Wunde, und sie blutete jedes Mal, wenn er nur den Blick auf das Dorf richtete. Aber niemand sollte sehen, wie sehr er unter der Verachtung der Leute litt. Anfangs hatte er gedacht, das hält nur eine kurze Weile an, aber sie waren zu verbissen und verbohrt. Und dann war ja da auch noch der Trammer mit seinen Interessen, und der hatte das ganze Dorf mobil gemacht. Er stellte es jetzt so hin, dass Johannes es nicht wollte, dass die Dörfler mehr Strom bekamen. Er war nun zusätzlich der schwarze Bube, der ihnen alles missgönnte.

Der Bürgermeister tat zwar sein Möglichstes, aber diesmal war sogar der Gemeinderat geschlossen gegen ihn. Stimmen wurden schon laut, dass er sein Amt niederlegen sollte.

Einige ganz bissige meinten schon: »Kriegst vielleicht was von dem Freienstein, sonst kann ich mir nicht erklären, wieso du jetzt so anderer Meinung bist.«

»Ich bin Bürgermeister und muss die Interessen des ganzen Dorfes wahren. Dazu gehört auch der Johannes.«

»Der Mörder hat hier nix zu suchen, er soll gehen, wirst schon sehen, was dabei herauskommt. Den Buben wird er auch noch verführen. Jaja, du wirst noch mal auf meine Worte hören, Ferry«, sagte der Trammer bissig. »Ich mein' es ja wirklich gut mit dem Thomas, aber auf mich will ja keiner hören.«

»Das hättest dir ja auch wirklich früher überlegen können«, gab der Ferry grob zur Antwort.

Trammer lenkte schnell ein.

»Hast denn schon die Unterlagen fortgeschickt?«

»Freilich hab ich das getan, und sie haben mir auch versprochen, sie wollen bald ein paar Leute schicken, die sich das ansehen werden.«

»Wenn wir erst einmal dort Erfolg haben, dann wird er sich schon verziehen, dieser Lump. Ich sag' dir, bis zum Frühjahr wird sich dann vieles verändert haben.«

»So sicher bist du?«

»Freilich, ich hab das Dorf geschlossen hinter mir, die tun, was ich sag, und wenn du, Ferry, dich nicht endlich auf unsere Seite stellst, dann wirst dich wundern. Im nächsten Jahr sind Wahlen und dann werd' ich mich aufstellen lassen, dann bin ich dein Gegner.«

Für einen Augenblick war Ferry sprachlos.

»Du?« Dann musste er unwillkürlich lachen. »Aber du hast doch gar keine Erfahrung, nicht mal einen Brief kannst aufsetzen.«

Wütend stürzte der Trammer aus dem Haus. Vielleicht hätte er das doch nicht sagen sollen.

Der Bürgermeister stand am Fenster und blickte ihm nach. »Damischer Hund, du. Ich komm' noch dahinter, warum du so wild auf ihn bist, ich spür es doch, dass da noch was anderes im Busch ist.«

13. Kapitel

In Huben stieg ein schlaksiger junger Mann mit blonden Haaren aus dem Zug. Er war nur eine Handvoll Mannsbild, wie man in den Bergen sagte. Neben ihm ging eine junge Frau, sie war größer und kraftvoller gebaut, auch waren ihre Gesichtszüge ein wenig herbe. Sie musste schon an die dreißig zählen. Ihre dunklen Augen blickten traurig auf die Berge, dann wieder auf den Mann an ihrer Seite.

»Ich weiß nicht, Egon, wir hätten das nicht tun sollen. Das ist irgendwie nicht nett von dir, wir wären auch so durchgekommen.«

»Wie oft hab' ich dir jetzt gesagt, dass du keine Angst haben musst, Hanna. Wenn einer in Ordnung ist, dann der Johannes. Wirklich, und wir werden ja bei ihm arbeiten.«

Ein schwaches Lächeln huschte über das Gesicht der jungen Frau. »Aber seine Frau wird etwas dagegen haben.«

»Ich glaub', er hat gar keine, verdammt, danach hab ich ihn nie gefragt. Aber komm', dort drüben fährt der Bus ab, wir müssen uns sputen.«

Egon hatte per Telegramm dem Johannes mitgeteilt, wann sie ankommen würden. So stand der Freienstein unten in Erlsbach an der Bushaltestelle und wartete auf die zwei. Natürlich hatte man im Dorf sofort gesehen, dass er dort war, und sie fixierten ihn aus der Ferne.

Alle passten auf; denn sie wollten nicht versäumen, wenn die Leute ankamen, die er da anscheinend erwartete. Jetzt bereuten sie es ein wenig, dass sie all die Jahre so gegen den Thomas eingestellt gewesen waren. Der Bub hätte ihnen sonst bestimmt alles erzählt, was der da oben trieb.

Jetzt kam der Bus um die letzte Biegung gekeucht und hielt mit einem Ruck. Johannes beschattete seine Augen, dann sah er auch schon den spindeldürren Egon aus dem Bus springen.

»Wie in alten Zeiten«, krähte der fröhlich und kümmerte sich nicht um die Herumstehenden. Unter diesen war die Bachinger, die auch in Huben gewesen war und jetzt mit verkniffenen Lippen ein wenig entfernt der Begrüßung zusah. *Wie in alten Zeiten*, dachte sie bestürzt, *das kann nur heißen...* Und schon rannte sie davon, um dem Dorf Kunde zu tun, dass jetzt noch mehr Zuchthäusler ins Dorf ziehen würden. Sie hatte dabei im Eifer ganz die Frau übersehen, die wartend neben den Männern stand.

Johannes blickte Hanna ruhig an, nahm ihr Taschen und Koffer ab und verstaute alles im Wagen.

»Grüß Gott, Fräulein Brandauer, ich hoffe, Sie werden es nicht zu einsam finden, da oben.«

»O nein«, sagte sie leise. »Das glaube ich ganz bestimmt nicht.«

»Dann muss ich Sie gleich darauf aufmerksam machen, dass noch nicht alles in Ordnung ist. Aber steigt doch mal erst ein, dann erzähl ich euch alles. Um die Blicke im Dorf müsst ihr euch nicht kümmern.«

Bedrückt schaute Hanna zur Seite. So hatte man also dem Mann noch nicht vergeben. Sie maß ihn mit einem langen Blick. Er war so anders als der Bruder, er strömte so viel Ruhe und Gelassenheit aus, obwohl sie fühlte, dass sein Herz nicht zur Ruhe gekommen war.

Wieder bewegten sich die Gardinen, als sie durch das Dorf fuhren. Hanna dachte: *Nun muss ich wohl pausenlos Spießrutenlaufen. Ach, wäre ich doch in Klagenfurt geblieben, da war das nicht so furchtbar. In einer Großstadt verliert man sich schneller.*

Aber der Wagen hielt noch immer nicht, und sie fuhren immer höher und höher in die Berge hinauf. Dann standen sie vor der kleinen Kapelle. Johannes hielt für einen Augenblick. In der Mulde lag der Hof. Von diesem Standort hatte man den schönsten Ausblick.

»Oh«, rief sie begeistert aus. »Ist das schön hier!«

»Das ist mein Hof!« Ein wenig Stolz klang in seiner Stimme. Und hier nun erzählte er den Zweien die ganze Geschichte, auch, dass man vorhabe, einen Staudamm weiter oben zu bauen, und dass er sich dagegen wehre. Nicht weil es sich um seinen See handelte, sondern weil es ihm die Vernunft so eingab. Dann erzählte er den Geschwistern auch von seinem Sohn und von Hansi.

Thomas stand neben Hansi vor dem Haus und wartete auf den Vater. Als Hanna ausstieg, hatte sie Tränen in den Augen. Hier war alles so friedlich und schön, ihr Herz öffnete sich ganz weit. *Mein Gott*, dachte sie unwillkürlich, *wie muss er in den zehn Jahren gelitten haben, dort im Zuchthaus, in der schrecklichen Enge.*

»Wir sind noch dabei, alles in Ordnung zu bringen. Zehn Jahre lassen ihre Spuren zurück. Es gibt noch viel zu tun.

»Aber jetzt helfen wir mit«, sagte Egon lachend.

Thomas und Hansi wurden begrüßt und die Buben fühlten gleich, man war freundlich und nett zu ihnen. Es vergingen nur ein paar Stunden, da war ihnen allen so, als wären sie schon immer beisammen gewesen.

Hanna machte sich gleich über die Küche her und nach langen Tagen erhielten sie endlich mal wieder eine richtige Mahlzeit vorgesetzt. Sogar mit Pudding. Hansi strahlte sie an und erzählte eifrig: »Ich geh' Pilze und Beeren suchen, für dich.«

»Er hat dich gern«, sagte Thomas lachend. »Das tut er nur, wenn er jemanden mag.«

»Ich fühle mich sehr geehrt«, versicherte Hanna.

Sie konnte jetzt nach Herzenslust wühlen und schaffen und brauchte keine Angst mehr zu haben, dass man sie mied. Auch der Bruder konnte sich frei bewegen. Für Unterkunft und Essen würden sie redlich arbeiten, damit sie dem Manne nicht zur Last fielen.

Johannes staunte sehr. Wofür er so viel Zeit gebraucht hatte, das schaffte das Mädchen in so kurzer Zeit, und sie sang sogar noch dabei, das heißt, das tat sie nur, wenn sie sich allein glaubte.

Und in dem Egon sollte er sich auch nicht täuschen. Wenn er auch klein und mager war, so war er zäh, und sie kamen schon am ersten Tag ein ganzes Stück vorwärts. Thomas war bei der Hanna und half ihr, die Gardinen zu waschen und aufzuhängen. Seine Wangen glühten vor Eifer. Im Ofen stand ein Kuchen und begann ganz köstlich zu riechen. Hansi bekam schon ganz blanke Augen.

Johannes kam um die Hausecke und erwischte Hanna dabei, wie sie sinnend am Gartenzaun stand und ins Tal blickte. Er stellte sich hinter sie und meinte leise: »Dort sind sie noch verbohrt und bös', wir dürfen dort noch nicht mal einkaufen gehen. Aber nach Huben ist es nicht weit und ich hab' ja den Wagen. Du musst dich nicht darum kümmern.«

Wie es in den Bergen üblich war, hatte man gleich mit dem Du angefangen und nannte sich beim Vornamen.

»Egon hat mir gesagt, du seist unschuldig?«

»Ja«, sagte er ruhig. »Vielleicht kann ich es einmal beweisen, vor ein paar Tagen war ich noch wie wild, es zu können, aber langsam wird mein Blut ruhiger, weißt. Ich wohn' hier oben und niemand stört mich, ich glaube, ich finde auch so langsam meinen Frieden. Wenn der Bub nicht wär', dann wäre mir alles egal.«

»Und wenn sie jetzt doch den Damm bauen dürfen?«

Sein Gesicht war noch immer sehr blass. Die Herbstsonne hatte nicht mehr die starke Kraft.

»Ich habe mir angewöhnt, nur an den Augenblick zu denken. Es wird doch immer alles ganz anders, als man es sich denkt, so anders...«

An der wehmütigen Stimme merkte sie, dass er an die Vergangenheit denken musste. *Bestimmt wär er jetzt längst verheiratet gewesen*, dachte sie. *O diese Menschen, unwillkürlich ballte sie die Hände, sehen sie denn nicht, welch wertvoller Mensch er ist? Nicht einmal diese zehn Jahre haben ihn zerbrechen können. Die meisten kommen doch schlecht heraus und sind böse und gemein. Er sucht nur den Frieden und nicht mal den gönnt man ihm.*

14. Kapitel

Das Dorf stand Kopf, war aufgebracht und empört. Die Bachinger hatte diesen Wirbel entfacht. Es ging sogar so weit diesmal, dass man zur Polizei lief und nicht eher Ruhe gab, bis der Dorfpolizist versprach, hinaufzufahren und nach dem Rechten zu sehen. Obschon er sich nicht sehr wohl in seiner Haut fühlte, aber er lebte nun mal in Erlsbach, und zwar mitten im Dorf.

Er sprach mit dem Bürgermeister.

»Was soll ich tun?«

»Das kann ich dir nicht sagen, das musst schon selbst wissen, Walter.«

»Vielleicht ist wirklich jemand droben, der gesucht wird. Wer einmal im Zuchthaus saß, der kennt ja dann ziemlich viele Gestalten. Und jetzt ist er droben, wer weiß, vielleicht planen die zwei etwas.«

»Hast dich also auch vergiften lassen?«, fragte Ferry enttäuscht. »War es der Trammer?«

»Geh«, meinte der Beamte hitzig. »Ich brauch' niemanden zum Sprecher, es ist meine Pflicht, mich darum zu kümmern, was dort oben vorgeht.«

»So, deine Pflicht, dann tu sie halt, aber pass auf.«

Walter Prahl drehte sich um. »Was willst damit sagen? Ist er gefährlich? Bist doch oben gewesen! Soll ich vielleicht Verstärkung holen gehen?«

Ferry verließ den Dorfplatz. Daheim hatte er auch keinen Frieden mehr. Sein Weib lag ihm pausenlos in den Ohren. *Nein*, dachte er, *der Johannes wird keinen Frieden finden. Warum ist er so starrköpfig? Ich mein' es wirklich gut mit ihm. Aber es wär für uns alle besser, wenn er gehen würde.*

So kam es, dass zwei Tage später das Polizeiauto den Berg hinaufgekeucht kam. Am Steuer saß der Walter Prahl. Der Hansi sah ihn kommen und stürzte angstschlotternd ins Haus und verkroch sich hinter dem Ofen.

Hanna ging hinaus. Sie hatte eine Falte zwischen den Augen.

Breitbeinig stand das Mannsbild da, herrisch und laut war seine Stimme.

»Wer bist denn du? Kannst dich ausweisen? Los, los, ich will deine Papiere sehen, Mädl, aber rasch.«

Eine Blutwelle schoss ihr ins Gesicht. Wie gelähmt stand sie da und brachte keinen Ton über die Lippen. Aber da kam auch schon der Johannes mit dem Egon um die Hausecke. Er hatte auch das Auto gehört und sich nichts Gutes gedacht. Er hatte mal wieder recht. Er hörte auch die Worte und war sehr wütend.

Hochgewachsen, fast zwei Meter und sehr breit, so stand er vor dem Walter Prahl. Nun duckte dieser sich doch ein wenig und fummelte unwillkürlich an seiner Hosennaht herum.

»Suchst deine Pistole?«, fragte der Bauer verächtlich. »Du befindest dich auf meinem Grund, Walter.«

»Ich tu nur meine Pflicht.«

»So, du tust nur deine Pflicht und pöbelst meine Gäste an, so einer bist also. Sag es doch gleich, das Dorf schickt dich, sollst nachsehen kommen, wie?«

»Johannes, ich hab nur gefragt...«

»Aber höflich warst nicht, und ich sag dir, Walter, versuch es nicht noch einmal. Hast du einen Verdacht, hast du Nachricht aus Lienz, oder warum bist hier oben?«

»Nein, nein«, stotterte er.

»Siehst du, ich kenn' nämlich auch meine Rechte, Walter, du musst schon eine Begründung vorbringen können, wenn du uns hier überprüfen willst, und jetzt möcht' ich dich höflich bitten, geh, bevor ich wütend werd'.«

Prahl merkte nun, dass er doch zu weit gegangen war und stieg wieder ein und fuhr davon.

Aber die Aufregung nahm noch kein Ende.

Am Nachmittag war dann ein ganzer Tross oben anzutreffen. Sie kamen mit Autos und fuhren so weit, wie die Straße es zuließ. Ferry Moser, der Bürgermeister, war mit zur Stelle. Ein paar

Leute aus Klagenfurt waren gekommen um sich den Plan genau an Ort und Stelle anzusehen.

Ferry ging auf Johannes zu, lächelte schief und meinte: »Es tut mir leid, aber ich hab' dir ja davon erzählt, weißt, wir brauchen den Strom wirklich.«

Johannes ging auf die Experten zu und sprach mit diesen. »Es ist heller Wahnsinn, meine Herren, dies hier ist ein erdbebengefährdetes Gebiet, und jedes Jahr gehen Lawinen ab in den See.«

Ferry hatte es natürlich nicht unterlassen, den Herren mitzuteilen, wo Johannes so lange gewesen war. So nahmen sie ihn jetzt noch nicht mal für voll, lächelten herablassend und meinten: »Das müssen Sie uns schon überlassen, Herr Freienstein, wir verstehen unser Handwerk, uns dürfen Sie glauben. Und dieses Gebiet bietet sich einfach dazu an, ja, es ist richtig günstig, die Berge liegen so akkurat, dass man nur eine kleine Mauer bauen muss, um dann schon den Einschnitt überfluten zu können. Wir werden damit genug Strom erzeugen, dass man sämtliche umliegenden Gemeinden damit versorgen kann. Wir aus Klagenfurt sind dankbar für so ein Vorhaben, und vor allen Dingen profitiert das Dorf davon. Nicht nur, dass man noch mehr bauen kann, man hat dann in den Bergen einen See, damit ist viel anzufangen. Ihr Hof liegt wie geschaffen, eine regelrechte Goldgrube wird das mal sein. Um die Landwirtschaft brauchen Sie sich dann nicht mehr zu kümmern. Bauen Sie sich ein Hotel. Die notwendigen Mittel bekommen Sie doch spielend von den Banken, dann bekommen Sie ja auch noch eine Abfindung, ich habe gehört, der See und die Wiesen gehören Ihnen?«

»Ja«, presste Johannes hervor. »Aber ich werde mich dagegen wehren.«

»Es tut mir leid, aber das Allgemeinwohl geht vor, und da gibt es ein Gesetz. Aber wenn Sie sich sträuben, das ist dann Ihr Pech, umso weniger werden Sie dann bekommen.«

Johannes wurde blass.

»Soll das heißen, man hat es schon bewilligt?«

Sie lächelten müde.

»Gott, man darf heutzutage nicht mehr so lange warten, das können wir uns nicht mehr leisten.«

O nein, dachte er, *das gibt es nicht, das geht doch nicht, man kann doch nicht einfach...*

Ferry fühlte sich gar nicht wohl in seiner Haut. Er selbst begann noch einmal von der periadriatischen Naht, aber die Experten zogen nur die Augenbrauen hoch und dachten bei sich: Landtrottel. Was man in Malta so Großartiges macht, wie soll man da dieses kleine Tal nicht in den Griff bekommen.

»Ihre Straße können Sie behalten, der Weg wird weiter oben hinauf führen. Damit werden wir als erstes beginnen. Eine feste Straße muss her. Später können Sie ja ein Verbindungsstück herstellen lassen, dann brauchen Sie diesen alten Schotterweg nicht mehr zu benutzen.«

»Sie wollen schon mit den Vorbereitungen beginnen, bevor alle Verträge unterzeichnet sind?«

»Die Straße ist schon genehmigt, vor gut einem Jahr schon. Die Gemeinde möchte nämlich an dieser Seite einen Lift bauen.«

Johannes wusste, er rannte jetzt gegen eine Wand an. Deprimiert ging er ins Haus zurück und erzählte Egon und Hanna davon. Auch Thomas begriff jetzt, dass der Vater machtlos war, sie würden den See verlieren.

Er hatte Tränen in den Augen.

»Ist es denn dort oben wirklich so schön?«, fragte Hanna leise. »Wenn sie doch die Straße weiter oben entlang führen, dann dürften wir hier doch in Ruhe leben können.«

»Jetzt versteh ich alles«, sagte der Johannes dumpf. »Jetzt begreif' ich auch den Trammer. Deswegen hat er also den Buben haben wollen. Hotel, mein Gott, jetzt fällt es mir wie Schuppen von den Augen.«

»Lass dir doch einen guten Preis zahlen; Johannes, dann baust woanders wieder auf«, riet Egon.

Johannes sah ihn wild an. So hatte Egon den Freund noch nie gesehen. Ihm wurde ganz flau im Magen.

»Das verstehst du nicht, das kannst du einfach nicht verstehen. Das ist mein Elternhof, vor ihnen hatten ihn die Großeltern und so weiter. Seit dreihundert Jahren ist dieser Hof im Besitz der Freiensteins, und hier möcht' ich bleiben, ich bin mit diesem Stück Erde verwachsen. Und das schwör' ich euch, so lang ich einen Tropfen Blut in mir hab, werd' ich kämpfen!

Der See! Mein Gott, ihr begreift ja gar nicht, was sie da vorhaben. Lift, Hotel, das ganze Tal werden sie verschandeln! Und dann bilden sie sich noch ein, die Urlauber kommen in Scharen. Sind sie denn alle narrisch? Auch wenn ich im Zuchthaus gesessen hab', so weiß ich doch, wie die Wirklichkeit ist, die wollen doch Ruhe, die sind so glücklich, hier noch ein heiles schönes Fleckchen vorzufinden, deswegen kommen sie doch.«

Er sprang auf.

»Kommt, kommt, lasst alles liegen und stehen! Komm, Thomas, wir zeigen ihnen den See, dann werden sie endlich begreifen, worum es hier geht. Dass man sich an der Natur vergreifen will, außerdem sogar ein ganzes Tal in Gefahr bringen wird! Ich weiß das, ich kenne doch die Berge. Auch wenn sie jetzt für eine lange Zeit stumm geblieben sind. Mein Gott, es kann sich doch wiederholen. Diese Experten...«

Wenig später verließen sie alle den Hof und stiegen weiter hinauf in die Berge. Hanna sah die hellen weißen Bergkuppen und den Hochwald und blieb immer wieder stehen. Sie war ja schon lange von dieser Natur bezaubert, nicht nur das, sie wünschte sich, ewig hierbleiben zu dürfen. Noch nie war sie so glücklich gewesen wie in dieser Zeit hier oben. Sie hatte viel zu schaffen, aber sie war glücklich. Johannes war in ihren Augen ein wundervoller Mensch und das Herz tat ihr weh, wenn sie mit ansehen musste, wie die Anderen ihn verachteten.

Dann standen sie am See.

Die Sonne spiegelte sich in der glasklaren Fläche und auf der Wiese davor grasten die Ziegen. Fröhliches Meckern klang ihnen entgegen, als die Tiere Thomas erspähten. Ein Steg aus Holz war da.

»Früher hat hier unser Boot gelegen«, sagte Johannes mit brüchiger Stimme. »Der Vater und ich sind oft hinausgefahren und haben geangelt.«

Hanna stand ganz still, sie wagte kaum zu atmen. *Mein Gott*, dachte sie, *da haben die Menschen so etwas Schönes direkt in ihrer Nähe, und sie achten es nicht. Im Gegenteil, sie wollen es noch zerstören.*

»Dort hinten wollen sie die Mauer bauen, dann wird dieses hier alles überflutet sein. Dahinter, zum Dorf hin, dort wird das Wasser dann steil runtergeführt. Im Tal wird dann das Kraftwerk gebaut werden.«

Egon Brandauer hatte bis jetzt immer in der Stadt gelebt und sich nie viel aus der Natur gemacht. Aber jetzt schien er auch eigenartig berührt zu sein.

»Teufel noch einmal, das geht doch nicht.«

Johannes sagte mit spröder Stimme: »Dort am Ende, dort, wo der Wald wieder anfängt, da hat mal unsere Almhütte gestanden. Im Sommer, da kommt ja das Vieh rauf auf die Alm. Das liegt hier so günstig, man braucht ja nur kurz zu steigen. Die Bauern im Tal müssen oft Stunden zum Steigen ansetzen.« Er konnte nicht mehr weiter reden, es war einfach zu viel für ihn.

Johannes ging etwas abseits, ließ sich ins Gras fallen und barg seinen Kopf in den Händen. Die Buben waren zu den Geißen gelaufen und Egon folgte ihnen. Hanna stand allein da und hatte tiefes Mitleid mit dem Mann. Sie ging langsam zu ihm, setzte sich an seine Seite und wartete geduldig.

Zuerst bemerkte er sie gar nicht, dann hob er den Kopf und sagte leise: »Verzeih.«

»Ich wünschte, du würdest einen Weg finden, um das zu erhalten«, sagte sie leise.

Er blickte sie groß an. Natürlich war er auch ein Mann, und deswegen waren die zehn Jahre schon eine Qual für ihn gewesen. Bis zu diesem Augenblick hatte nur immer Maria für ihn existiert. Nicht eine Minute hatte er Hanna anders gesehen, als die Schwester Egons. Aber jetzt hörte er ihre weiche mitfühlende

Stimme, und er fühlte sich geborgen bei ihr. Er sah ihr in die Augen und vergaß für einen Augenblick seinen Kummer.

»Meinst du es wirklich?«, fragte er langsam.

»Ja«, sagte sie schlicht.

»Ich dachte, das begreift ihr nicht, ihr seid doch Stadtmenschen, du und der Egon, ich hatte schon Angst, dass ihr euch langweilen werdet, wenn erst einmal der Winter kommt.«

»Stadtmenschen«, sagte sie leidenschaftlich. »Was verstehst denn du schon davon? Dort kann man noch einsamer sein, es ist grausam, in der Stadt zu leben.«

Bis jetzt hatte er sich nur mit sich selbst beschäftigt. Jetzt dachte er zum ersten Male an die Frau, sie war schon an die dreißig und nicht verheiratet. Johannes sah sehr wohl, sie war keine Schönheit, aber sie hatte ein gutes Herz und war treu wie Gold. In schlechten Zeiten hatte sie auch zu dem Bruder gehalten, das sollte wirklich viel heißen. Durch ihn hatte sie zu leiden gehabt. Wie viel Herzweh mochte sie wohl schon still durchlitten haben.

»So bist du also gern hier?«, fragte er langsam.

»Ich wünschte, ich könnt' immer hierbleiben«, brach es aus dem Mädchen heraus. Aber kaum hatte sie das gesagt, da schämte sie sich auch schon, sprang auf und lief davon. Ihre Wangen brannten wie Feuer. *Wie konnte ich so etwas sagen*, dachte sie bestürzt, *was wird er jetzt wohl von mir denken.*

In seinem wunden Herzen begann etwas zu keimen. Noch war es zu neu, noch begriff er es nicht.

Johannes sah ihr nach. Ganz am anderen Ende des Sees befanden sich Thomas und Egon. Sie waren eifrig bemüht, einen Fisch zu fangen. Hansi lief aufgeregt hin und her.

Ach, dachte der Mann, *Hier ist es so schön, ich möcht ja nix anderes, als dass es so bleibt. Warum sind die Menschen so verbohrt. Da raffen sie immerzu, können nie den Hals voll bekommen. Immer nur Geld, Geld und nochmals Geld. Anderes können sie schon gar nicht mehr denken.* Das Leben ist so kurz und bitter kam ihn die Erinnerung wieder an. Zehn Jahre hatte er von seinem Leben verloren. So plötzlich hatte man ihn aus dem normalen Leben gerissen. Furchtbar hatte er zahlen müssen. Nein, er wollte nicht mehr daran denken, das tat nur weh und führte auch zu nichts.

Sein Blick suchte die Frau.

Hanna, dachte er, *da lebt sie nun schon eine Weile bei uns und ich merk' gar nicht, dass sie auch ihre Probleme hat, dass sie auch einsam ist.*

Sie möchte bleiben!

Plötzlich wusste er, dass er sich schon sehr an sie gewöhnt hatte. Seit sie hier lebte, war wieder alles licht und hell in dem schönen Haus. Wenn er mit Egon heimkam, dann hörte er sie oft lachen oder singen, dass selbst der Bruder ganz verdutzt war, so kannte er die Schwester auch nicht.

Egon machte sich hier oben in den Bergen auch ganz prachtvoll. Ja, bis zu diesem Augenblick hatte er es noch nicht bereuen müssen, dass er die Geschwister eingeladen hatte, zu ihm zu kommen.

Johannes erhob sich. Es wurde Zeit, dass sie wieder hinunterstiegen.

Er rief nach den anderen.

Egon kam mit Thomas und versprach diesem: »Morgen, da versuchen wir es noch einmal. Es soll doch mit dem Teufel zugehen, wenn wir nicht ein paar Fische fangen können.«

Hansi nickte eifrig. »Ich komm auch mit.«

»Natürlich«, sagte Egon herzlich.

»Versteht ihr mich jetzt?«

Egon drehte sich herum.

»Man sollte es ihnen wirklich mit Gewalt einbläuen«, meinte er wütend. »So was Hübsches zu zerstören. Wir müssen kämpfen, Johannes.«

Er stapfte voraus.

Weiter unten auf dem Hauptweg trafen sie wieder mit Hanna zusammen. Sie hatte noch immer ihr ganz weiches Gesicht und Johannes staunte, dass ein Mensch sich so schnell verändern konnte. Zugleich stellte er mit Verblüffung fest, dass er schon lange nicht mehr an Maria gedacht hatte. Er hatte geglaubt, nie mehr einen Menschen lieben zu können.

Er sah sie herzlich an, sie senkte die Augen und errötete. Zum Glück hatten die anderen das nicht bemerkt.

15. Kapitel

Die Schule hatte wieder angefangen. Nun musste Thomas für Stunden von daheim fort. Er war die ganze Zeit so glücklich gewesen, dumpf fühlte er, dass man ihn jetzt noch mehr quälen würde. Aber jetzt würde er nicht mehr geduldig alles hinnehmen, wenn es sein musste, würde er sich mit den Buben schlagen.

Johannes sagte am Abend: »Ich werde dich hinunterfahren. Sonst musst du früh aufstehen, und ich hol dich auch wieder ab, ja?«

Thomas bekam strahlende Augen. *Mein Vater*, dachte er innig, *ich kann es noch immer nicht glauben. Mein Vater, und er hat mich lieb.*

Er nickte, denn im Augenblick konnte er nicht sprechen, irgendwas schnürte ihm die Kehle zu.

»Wenn der Schnee fällt, dann kauf ich dir Ski, dann kannst am Morgen runtersausen und mittags hol ich dich dann herauf.«

Thomas bekam einen roten Kopf.

»Ich kann nicht fahren«, stotterte er leise.

Johannes blickte ihn groß an, im ersten Augenblick wollte er es nicht glauben, wollte seinen Ohren nicht trauen. Ein Kind in den Bergen lernt doch sozusagen mit dem Laufen auch das Skifahren.

»Die Kahr Mutter war arm, sie konnte mir doch keine kaufen«, sagte er leise.

Das Blut schoss dem Johannes in die Wangen. So erbärmlich hatten sie den Buben aufgezogen. Wieder fühlte er den ganzen Jammer in sich aufsteigen.

»Ich werde es dir beibringen«, sagte er. »Ihr alle müsst es lernen, das gehört sich einfach.«

»Nein«, sagte Hanna erschrocken. »Ich bin dazu schon zu alt.«

Johannes fühlte, wie der Stein von seiner Seele rutschte. »Na«, sagte er heiter. »Wenn dreißig alt ist, dann muss ich mit meinen fünfunddreißig ja schon ein Mummelgreis sein. Nein, das gilt nicht als Ausrede.«

Selbst Egon wollte nicht anbeißen. Als aber Hansi hörte, er solle es auch lernen, da klatschte er vergnügt in die Hände.

»Ich bring' den Thomas in die Schule, dann fahr ich weiter und besorg' alles, was wir gebrauchen. Bald wird der erste Schnee fallen.«

»Aber wir haben doch erst Ende Oktober«, sagte Egon verdutzt.

»Aber wir leben in den Bergen, merkst es denn nicht, dass die Eisspitzen da drüben von Tag und Tag weißer und größer werden?«

Sie starrten auf die fernen Berge und meinten ungläubig: »Willst damit sagen, dass es dort schon schneit?«

»Freilich, schon eine Weile. Da schneit es mitunter sogar im Sommer. Es liegt ja auch ziemlich hoch.«

Thomas also packte seinen Ranzen. Egon wollte mit dem Hansi sich weiter um das Holz für den Winter sorgen. Der Hansi konnte wie ein Pferd arbeiten und selbst Egon verstand nicht, warum man ihn unten im Dorf nicht in Lohn genommen hatte. Er war ein dankbarer Mensch. Man brauchte nur ein wenig nett und freundlich zu ihm zu sein, hin und wieder ein wenig Zuckerzeug zu schenken, und er schuftete sich die Seele aus dem Leib. Johannes konnte sich in Zukunft sehr wohl auf ihn verlassen und würde immer einen guten Knecht haben. Das sollte wirklich etwas heißen, wo man in der heutigen Zeit Kräfte auf dem Lande mit der Lupe suchen konnte.

Während Egon nun im Stall das Holz zusammensuchte, das der starke Hansi mit Wucht spaltete, dachte der Mann über sein eigenes Leben nach. Bis jetzt hatte er sich noch nichts einfallen lassen, auch hatte er einfach Angst vor der Stadt. Als er noch im Gefängnis gesessen hatte, da hatte er sich gegrault, hierher zu kommen. Aber bloß weil ihm keine andere Wahl blieb, hatte er geschrieben. Nun fühlte er sich so pudelwohl und hatte sich noch keinen Augenblick gelangweilt. Die Schwester kochte vorzüglich, und man konnte sich mit dem Johannes wunderbar unterhalten. Überhaupt fühlte er einen Frieden in sich hochsteigen, das hatte er noch nie erlebt. Auch die Schwester war ausgelassen und heiter, er konnte nur staunen. Egon stand an die Tür gelehnt und schaute hinunter ins Tal. Er wurde bald vierzig, und es war nicht so einfach, sich eine neue Existenz aufzubauen. Eine eigene Familie zu gründen, dazu hatte er keine Lust; denn er wusste ja, wie man über ihn dachte. Er musste ja sagen, dass er gesessen hatte. Er war genügsam und brauchte nicht mehr viel. Der Hof war sehr groß, und sie hatten immerzu Arbeit.

Plötzlich murmelte er vor sich hin: »Ich werd' ihn fragen, ja, ich werd' ihn fragen, ob er mich nicht haben will. Ich will dann für ihn arbeiten. Ich könnte auch die Bücher führen, ihn werd' ich nie betrügen.«

Irgendwie war ihm leichter, als er diesen Entschluss gefasst hatte.

Johannes war indessen nach Lienz gefahren und hatte alles eingekauft. Als er gegen Mittag wieder heimkam, war der Unterricht gerade beendet. Thomas stand schon am Wegkreuz. Er hatte ein sehr düsteres Gesicht, Johannes fühlte selbst den Stich im Herzen. Man hatte ihn also wieder gequält. Aber das war eine Angelegenheit, die er selbst nicht bereinigen konnte, es würde nur noch viel schlimmer werden, wenn er etwas sagen würde.

Als sie stumm den Berg hinauffuhren, bemerkten sie an der ersten Biegung Lastautos und viele Menschen. Und sie sahen, dass man Bauhütten errichtete.

Thomas riss die Augen weit auf.

»Sie kommen doch«, schluchzte er auf. »Vater, nun werden sie uns den schönen See fortnehmen, o Vater, das dürfen sie doch nicht tun!«

»Still, Thomas, sie machen zuerst die Straße. Für den See haben sie noch keine Erlaubnis, beruhige dich wieder.« Aber er selbst fühlte sich krank und elend. Gegen ein ganzes Dorf konnte man einfach nicht kämpfen. Und wenn dann die Landesregierung auch noch verrücktspielte und auf die Experten hörte, dann musste er den See wirklich abgeben.

Das Mittagessen fiel deswegen ziemlich bedrückt aus, als er davon Kunde gab, dass man jetzt mit der Straße anfangen würde.

»Zwei Drittel der Straße kommt mir auch zugute, dann werde ich auch im Winter gut fahren können.«

Egon aß wütend alles in sich hinein, ohne überhaupt zu bemerken, was er aß. Da hatte er ihm sagen wollen, er würde bleiben, und jetzt kamen sie und bald würde auch Johannes keine Heimat mehr haben. Wenn sie wirklich die Straße fertig hatten, würden sie mit der Staumauer anfangen. Das hieß, für lange Zeit viel Lärm und Dreck und die Wiesen hatte man ja dann auch nicht mehr zur Verfügung. Auch die Alm nicht mehr. Aber wenn er wieder Vieh halten wollte, brauchte er Wiesen, so musste er sie woanders kaufen. Aber wie Egon jetzt das Dorf kannte, würde man dem Johannes nix verkaufen, um ihn schon deswegen zu zwingen, fortzuziehen.

Den gleichen Gedanken hatte nämlich auch schon der Trammer gehabt. Er ging durch das Dorf, großartig und siegesgewiss. Mit dem Ferry hatte er sich überworfen. So wie es jetzt aussah, glaubte man dem Trammer mehr als dem Bürgermeister und im Frühjahr waren ja die nächsten Wahlen, dann würde er sowieso abgeschrieben sein.

»Wenn der Freienstein kommt und will Land von euch, dann verkauft ihr nix, habt ihr verstanden?«

Ein paar wollten sich nicht anschließen; denn sie hatten sich ganz auf Touristen eingestellt und für den Verkauf hätten sie wieder anbauen wollen. Außerdem wollte man die Schinderei nicht mehr.

»Wenn er bleibt, bleiben die Gäste fort, kapiert!«

»Aber niemand sonst wird uns die Wiesen abkaufen. Sie müssen aber bearbeitet werden, sonst verfilzen sie«, sagte der Walchhuber.

»So denkt euch selbst etwas aus, aber der Johannes darf sie nicht bekommen. Nur so können wir ihn fortekeln. Wir werden doch mal sehen, wer hier stärker ist. Habt ihr vielleicht vergessen, dass er dagegen ist, dass wir mehr Strom bekommen?«

»Nein, das haben wir nicht.«

Schon kniffen sie die Lippen zusammen.

»Für einen Spottpreis kriegen wir dann seinen Hof«, sagte der Trammer genüsslich.

16. Kapitel

Zehn Tage konnten die fremden Leute sich um die Straße kümmern, dann fiel der erste Schnee. Hanna wollte es nicht glauben, aber ihren Augen musste sie schon trauen.

»Na«, sagte Johannes heiter, »jetzt geht's bald los.«

Sie drehte sich um, errötete leicht, als sie den hellen Glanz in seinen Augen sah.

»Was geht los?«, fragte sie leise.

»Das Üben!«

»O nein«, sagte sie hilflos.

»O doch«, meinte er heiter. »Ich bin auch eingerostet, ich muss es auch wieder lernen.«

Und der Schnee fiel in dicken Flocken vom Himmel. Thomas war selig und Hansi grinste und hüpfte hin und her. Nun würde er auch eigene Brettl haben, wie die Dorfbuben, er würde es auch können, o ja!

Die Arbeiter zogen ab. Egon sah den Freund von der Seite an. Er wirkte so gelassen. Ob er das auch wohl wirklich war? Sobald es Frühling wurde, würden sie doch weitermachen.

Sie brauchten nur fünf Tage zu warten, da hatten sie so viel Schnee, dass sie mit dem Üben anfangen konnten. Johannes war unerbittlich und so fügten sie sich denn in ihr Los. Der Egon und die Hanna.

Zuerst einmal führte er sie vom Haus fort. Langlauf, das konnte ja jeder bald. Und sie wurden schon richtig mutig, als sie spürten, wie leicht man über die weiße Fläche gleiten konnte.

Johannes machte den Anführer. Es war ein strahlend schöner Tag. Sie kamen bis zur Jakobshöhe, dort hielten sie dann erst einmal an.

»Sonst sind wir dort drüben immer gelaufen«, sagte Johannes. »Aber da muss wohl vor zehn Jahren eine Lawine runtergekommen sein. Und jetzt ist die Höhle auch zu, schad', und die wollt ich euch grad' zeigen.«

»Eine Höhle?«, fragte Thomas aufgeregt.

»Ja, als Bub hab' ich oft dort gespielt. Viele kennen sie nicht, darum war sie auch so etwas wie ein gutes Versteck.«

»Hör mal, Johannes«, sagte der Egon hastig. »Willst vielleicht damit sagen, dass es hier wirklich Lawinen gibt?«

»Aber sicher«, meinte er ruhig. »Übrigens, die Leute im Dorf wissen es auch.«

»Und der Hof?«, keuchte er.

»Ach so, jetzt versteh' ich deine Angst. Aber keine Sorge, da ist ja der Wald davor. Nur die Straße, die könnte schon mal zugeschüttet werden. Aber die wird dann wieder freigeschaufelt. Unten geht sie neben dem Dorf herunter. So hat sie bis jetzt ihren Lauf genommen. Am See vorbei und dann die Wildschlucht rein. Zum Glück befindet sich an dieser Stelle die Schlucht, sonst könnte eine Lawine wirklich viel Unheil anbringen.«

»Also kann ich in Frieden in deinem Haus schlafen und muss nicht damit rechnen, dass ich lebendig eingegraben werde?«

»Nein, damit musst nicht rechnen. Der Hof steht schon seit dreihundert Jahren und die Vorväter kannten sich noch viel besser mit der Natur aus. Die wussten stets, wo man die Höfe hinsetzen musste, damit sie nicht gefährdet wurden.«

»Wenn sie jetzt den See stauen und es kommt eine Lawine, was ist dann mit dir?«

»Du meinst mit dem Hof?«

»Ja!«

»Dem geschieht nix, mir nicht.«

Egon drehte sich um, sah im Talkessel das Dorf liegen.

»Aber die da unten?«

»Ja, die Fluten werden auch durch die Schlucht kommen und sich unten ausbreiten.«

Thomas wollte jetzt nicht mehr zuhören, sondern lernen, wie man sich auf den Brettern hielt. Hier war jetzt ein kleiner Berg.

»Gut«, sagte Johannes. »Also mach ich es halt vor und ihr seht mir zu, ja? So lernt man es am schnellsten.«

Zehn Jahre hatte er nicht mehr auf den Brettern gestanden, und so blieb es nicht aus, dass er jetzt die komischsten Figuren machte und unten gleich in eine Schneewehe purzelte. Das sah so lustig aus, dass die Anderen oben auf dem Hügel lachten und lachten. Aber Johannes war nicht böse, er konnte auch über sich selbst lachen und tat das ausgiebig.

Diese Stunden waren für alle einfach unvergesslich und schön. Man hatte alles Böse vergessen, dachte nur daran, wie man sich am besten senkrecht hielt und schubste heimlich den anderen, damit er umkippte und in den Schnee purzelte.

Selbst Johannes musste es wieder von vorn lernen, doch zumindest wusste er noch, wie es gemacht wurde und konnte den anderen Unterricht geben. Noch nie waren sie alle so ausgelassen und glücklich wie an diesem Nachmittag.

Zu ihrer größten Verblüffung bemerkten sie dann, wie Hansi es am schnellsten schaffte, auf den Brettern stehenzubleiben und auch den Berg hinunterzufahren.

Sie hielten selbstverständlich nicht mit ihren Lobsprüchen hinter dem Berg. Wie freute er sich da. Johannes dachte auch jetzt wieder: Wenn der Hansi nur richtig gefördert worden wäre, dann hätte er noch was lernen können. Aber so abseits in den

Bergen, wenn da einer nicht ganz richtig im Kopfe war, der wurde gleich immer als Dorftrottel hingestellt.

Früher, als es die Straßen noch nicht gegeben hatte, war viel Inzucht in den Dörfern gewesen. Auch und ganz besonders auf den großen Höfen; denn Geld heiratete nun mal Geld. Zum Glück war es seit den beiden Kriegen aber anders geworden. Es ist viel fremdes Blut dazugekommen. Die unglückseligen Geschöpfe hatten schwer darunter gelitten. Wie auch der Hansi so lange freudlos hatte leben müssen, bis der Thomas alt genug war, um sich seiner anzunehmen. Und jetzt hier oben, da war er wie alle anderen, nur musste man ihm vieles lange und geduldig erklären.

»Du bist ganz prima, Hansi!« Johannes lachte ihn an.

»Jaa?« Er konnte sich vor lauter Freude kaum halten. »Hansi ist gut, wirklich gut?«

Und natürlich sauste er noch einmal ganz fix hinunter und die Anderen machten es ihm nach, aber sie fielen wieder um und Johannes zog Hanna lachend aus dem Schnee. Für ein paar Sekunden hielt er die Frau an sich gepresst. Ein heißer Schauer rann ihm dabei durch das Blut. Zehn Jahre! Er schloss wieder die Augen und stöhnte leicht auf. Zehn Jahre, jedes Jahr qualvoller denn je und jetzt...

Hanna machte sich errötend los.

Während sie vor ihm durch den Schnee ging, da fühlte er sein Herz kräftig schlagen und jetzt wusste er es ganz genau, er liebte dieses stille Mädchen. Was er nicht mehr für möglich gehalten hatte, er konnte wieder lieben. Alle Bitternis war von ihm fortgeschwemmt.

Hanna!

Jetzt sah er sie mit weichen Augen an, wie sie da aufrecht ging, stolz wie eine Königin, groß und kräftig. Sie war für die Bergwelt wie geschaffen. Egon hatte mal erzählt, sie sei herbe und spröde, darum sei sie wohl sitzengeblieben. Aber er hatte nicht einen Augenblick in ihrer Nähe das Gefühl gehabt, dass sie Männer hasste.

Doch in dem Augenblick, wo er sich sicher war, wo er wusste, er war dem wirklichen Leben zurückgegeben, da kamen auch schon wieder die Probleme.

Gewiss, er war ein freier Mensch, er hatte einen Hof, aber das Dorf hielt ihn noch immer für einen Mörder, und man würde ihn alle Zeiten schneiden, auch wenn er die Frau nahm. Würde sie das unter diesen Umständen überhaupt wollen? Konnte sie ihn überhaupt liebhaben? Das wusste er ja noch nicht mal. Sicher, manchmal, wenn er sie heimlich beobachtete, dann hatte er das Gefühl, ihre Augen würden ihn suchen, wenn er selbst sie grade nicht anschaute. Aber was hatte das schon zu bedeuten? Dann war er ja auch schon fünfunddreißig, hatte einen großen Sohn. Dann war da noch der Hansi und der Hof in der Einsamkeit.

Sein Herz sehnte sich nach einem neuen Lebensglück, er wollte endlich eine Familie gründen, er brauchte sie mehr denn je. Er wollte auch nicht mehr warten. Aber er war auch zu scheu, um sich einen Korb zu holen. Was sollte er tun? Er war so linkisch geworden. Damals, vor zehn Jahren, da hatten ihm die Mädchen nachgeschaut. Schließlich war er ein gestandenes Mannsbild, wie man hier so schön sagte, dann war er Erbe eines großen Hofes, aber jetzt...

Die Anderen waren auch noch auf dem Heimweg fröhlich, er aber ging in sich gekehrt einher. Und Hanna dachte: *Jetzt denkt er bestimmt wieder an die einstige Geliebte. Vielleicht muss er wieder an früher denken, vielleicht sind sie hier auch Ski gefahren. Alles erinnert ihn bestimmt an sie und er kann nicht über seinen eigenen Schatten springen. Manchmal habe ich das Gefühl, jetzt ist er anders, jetzt hat er es überstanden. Aber Johannes ist nicht Egon, er macht sich das Leben so schwer.*

17. Kapitel

Am Abend saßen Egon und Johannes in der guten Stube und rauchten ein Pfeifchen. Hanna befand sich noch in der Küche, das hieß, diese hatte sie sogar abgeschlossen. Weihnachten stand bald vor der Tür und da buk sie Überraschungen.

Egon blätterte lustlos in der Zeitung herum. Johannes sah ihm zu und dachte: *Er ist ein Mann, vielleicht kann er mir einen Rat geben? Schließlich kennt er doch die Schwester viel besser. Er ist doch sogar zehn Jahre älter als Hanna.*

»Hör mal«, begann er stockend.

Egon blickte auf. Es war ihm recht, dass Johannes ihn ansprach; denn er wollte ja mit ihm über seine Zukunft reden. Jetzt waren sie schon über drei Monate hier oben. Wenn Johannes ihn nicht behalten wollte, dann musste er sich schließlich nach einer anderen Arbeit umsehen und Hanna auch. Die Zeit ging so schnell vorbei. Wenn es Frühling wurde, sollten sie schon was Festes haben.

So hob er etwas unsicher den Kopf und sagte: »Ja?«

»Ich hab' da ein Problem, Egon, vielleicht kannst mir helfen?«

»Das Finanzamt?«

»Nein, das kommt noch nicht, das hat wohl noch nicht bemerkt, dass ich wieder im Lande bin, nein, etwas ganz anderes.«

»Ja, was denn? Von der Landwirtschaft versteh' ich noch nicht viel, das weißt doch.«

»Damit hängt es auch nicht zusammen, Egon, nein.« Und jetzt wagte er den Sprung ins Wasser. »Weißt, ich möcht' mich verheiraten, Egon.«

Der war einen Augenblick so verdutzt, dass er den Freund nur anstarren konnte. »Was, wie?«

Johannes lachte etwas unsicher.

»Geh, wenn ich auch schon ein wenig grau werde, aber a Frau gehört ins Haus.«

Egon schluckte. Das war es also, warum hatte er nicht schon die ganze Zeit daran gedacht.

»Ich versteh'«, sagte er leise.

»Was verstehst du?«

»Nun ja, du sagst es mir, damit ich jetzt weiß, dass wir überflüssig sind, Johannes. Nun ja, wenn du mir ein wenig Zeit lässt, dann find ich schon was, aber nit so plötzlich.«

Jetzt war es an dem Freienstein, sich zu wundern.

»Ich versteh' nur noch Bahnhof, Egon. Was ist denn jetzt los, wieso bist überflüssig?«

»Naja, die Gnädige will uns doch jetzt bestimmt nicht haben, das versteh' ich ja. Also wirklich Johannes, brauchst dich nicht zu entschuldigen.« *Ein Glück*, dachte der Mann, *dass ich nicht zuerst angefangen habe, schön blamiert hätte ich mich und den Johannes auch noch in eine Zwickmühle gebracht. Nein, das will ich auf keinen Fall. Schad', die Hanna wird traurig sein. Naja, irgendwo werden wir wohl schon Unterschlupf finden.*

»Welche Gnädige will euch nicht haben?«

»Nun, deine zukünftige Frau, Johannes, deswegen redest doch mit mir, oder?«

Nun hatte der Johannes endlich begriffen.

»Ach du meine Güte, naja, das liegt ja auch an mir, Egon, ich hab mich wirklich blöd ausgedrückt. Also, ich meine, wenn mich die Gnädige wirklich will, ich glaub, dann hat sie ganz bestimmt nix gegen deine Anwesenheit.« Er zwinkerte mit den Augen.

»Hör mal«, sagte Egon. »Du bist dir noch nicht mal sicher? Ja, was ist denn das?«

»Ja, weißt du«, meinte Johannes lachend, »ich hab gedacht, vielleicht könntest du...«

»Ich soll den Brautwerber machen, ich mein, ich soll für dich gehen und reden?«

Johannes stopfte das Pfeifchen.

»Also wirklich«, sagte er sehr würdevoll. »So ein Hasenfuß bin ich auch wieder nicht, ich geh' schon selber, ich weiß ja was sich gehört. Ich mein' ja nur.. Ich dachte, du könntest mir vielleicht einen Rat geben, mir sagen, ob ich überhaupt anfragen sollt und so. Du kennst sie doch besser.«

»Ich soll deine zukünftige Braut besser kennen? Geh, Johannes, ich glaub', der Schnee hat dich ein wenig dummert gemacht.«

»Aber ich mein doch die Hanna!«

Egon sperrte Mund und Augen auf und starrte ihn an.

»Meine Schwester?«, flüsterte er.

»Endlich hast du es begriffen, das war wirklich a schwere Geburt, Egon. Ich hab' sie lieb, weißt du, ich spür es jetzt ganz deutlich. Aber ich möchte nicht, ich meine, ich möchte sie nicht in Verlegenheit bringen. Wenn ich sie jetzt frag' und sie will nicht, dann ist das doch für sie schrecklich peinlich, weil sie doch unter meinem Dach lebt, und da dachte ich, vielleicht kannst du mir sagen...«

Egon war schon aufgesprungen und klopfte ihm wie wild auf die Schulter.

»In des Teufels Namen, Johannes, das ist ja prachtvoll! Das ist a Wunder! Himmel, hast du mir einen Schreck eingejagt, ehrlich. Ich hab' angenommen, du willst uns los sein, wo ich dich doch heut auch fragen wollt', ob ich nicht für immer bleiben kann, Johannes. Verdammt, und jetzt willst sogar mein Schwager werden, dann gehör' ich ja zur Familie!«

»Du meinst?«, fragte der Bauer leise.

»Hör mal, dafür werd' ich schon sorgen, dass die Hanna will, also, da wäre sie ja ganz schön blöde, das bring ich ihr schon bei...« Und schon wollte er aus der Stube stürzen und der Schwester das neue Wunder begreiflich machen.

Johannes war aber fixer und fing ihn noch rechtzeitig ein. »Also«, sagte er empört. »So hab ich es auch wieder nicht gemeint! Wenn, Egon, wenn sie will, dann doch aus freien Stücken, kapierst das denn nicht? Ich will doch nichts Erzwungenes haben. Das würd' ich nie zulassen.«

»Ja, dann geh doch hin und frag sie halt, dann weißt du es, Johannes.«

»Aber wird sie wollen, ich meine, wenn sie mich auch als Mann vielleicht will, Egon, du weißt doch, die Vergangenheit lässt uns nicht los. Sie hält uns in ihren Klauen gefangen. Anfangs hab ich ja gehofft, es würd' sich ändern, ich mein', ich würd' den wirklichen Täter finden, aber ich habe es aufgegeben. Du weißt doch, wie das Dorf ist, wenn ich also jetzt die Hanna zur Frau nehme, dann wird man sie auch verachten, darum bin ich so unsicher.«

Egon sagte ruhig: »Ach so, ich hab' ja schon immer gewusst, du bist ein feiner Kerl, Johannes. Aber bemerkst du denn gar nichts?«

»Was?«

»Wir werden doch jetzt auch schon verachtet. Die ganze Zeit. Sie wissen doch auch alles über mich, dafür hat schon der feine Polizist gesorgt. Und dass wir dir schon die Stange halten, das kreiden sie uns doch auch an, und die Hanna, nun, die hat es doch ganz arg. Sie wagt ja schon gar nicht, allein zur Kirche zu gehen. Du gehst ja nicht hin, aber sie. Und ich begleite sie. Nicht, weil ich so fromm bin, nein, das bin ich nämlich wirklich nicht. Aber sie möchte zur Messe gehen, und damit sie es nicht so schwer hat, da unten an der Kirche, geh ich mit. Regelrechtes Spießrutenlaufen müssen wir jedes Mal durchstehen. Die Hanna hat mir ja verboten, es dir zu sagen, aber jetzt, wo du diese Ängste hast, ich glaub, da hab ich wohl mein Wort brechen dürfen, oder?«

»Um Gottes willen«, rief der Mann erschrocken. »Das hab' ich ja alles nicht gewusst! Warum habt ihr mir das nicht sofort gesagt? Ich hätte sie doch dann nach Huben gefahren. Dort ist der Ort größer und dort kennt man sie doch nicht.«

»Das hab' ich ihr ja auch gesagt, Johannes, aber so sind nun mal die Weiber. Richtig komisch. Sie hat mir gesagt, sie wolle dich nicht noch mehr belasten. Das könne sie dir nicht antun, du habest auch so schon genug Ärger und das könne sie wohl noch verkraften.«

»Mein Gott«, sagte der Mann bewegt. »Mein Gott!«

Egon zündete sein Pfeifchen an, dann sagte er nachdenklich: »Jetzt, wo ich so überleg', ich glaub', Johannes, sie hat dich auch gern. Was meinst du? Ich kann mich ja auch noch an früher erinnern.«

Tiefe Röte überzog sein Gesicht. Er fühlte sich so gequält. All die Zeit hatte sie seinetwegen leiden müssen und das auch noch still, ohne zu klagen. Er fühlte wieder das Blut in sich hochsteigen, wie damals, als der Josef Watzinger der Maria so frech nachgestiegen war, obwohl er wusste, dass sie sich den Sonntag drauf verloben wollten. So bös und heiß war damals sein Blut gewesen.

Er hatte ihn nicht mit dem Stein erschlagen, er hatte ihm eine gehörige Tracht Prügel verabreicht und ihm gedroht, es immer wieder zu tun, wenn er seine schmutzigen Finger nicht endlich von Maria ließe. Er konnte sich bis heute noch genau daran erinnern, dass er sich umgedreht und mit seinen eigenen Augen gesehen hatte, wie der Josef aufgestanden war, das hieß, er hatte sich im Weg aufgesetzt und sich das Blut von den Lippen gewischt. Er war also auch nicht mit dem Kopf gegen einen Stein gefallen; denn dann hätte er doch sofort tot sein müssen.

Der Mörder musste alles mit angesehen haben und ihn dann, als er unfähig war, sich zu wehren, mit dem Stein erschlagen haben.

Johannes stand am Fenster und starrte in die dunkle Nacht.

»Willst nicht endlich hingehen?«

»Wie?«

Wieder einmal war die Vergangenheit vor ihm aufgestanden.

Er strich sich über die Stirn.

»Ja«, sagte er ruhig. »Ja, ich werde sie fragen.«

»Dann kriegen wir also heute noch a Schnäpschen?«

Johannes lachte. »Kannst dich schon mal im Keller umsehen. Von den Eltern her wird bestimmt noch Wein vorhanden sein. Der müsst jetzt bestimmt gut munden.«

»Auf in den Kampf«, pfiff Egon und flitzte die Kellertreppe hinunter.

18. Kapitel

Johannes klopfte an die Küchentür.

»Ich hab' doch gesagt, es kommt niemand rein«, hörte er die helle Frauenstimme.

»Ich will ja auch nicht rein, Hanna, aber ich hab' was zu fragen, und vielleicht bist so nett, und kommst auf einen Augenblick raus auf den Gang?«

»Hat das nicht Zeit bis nachher?«

Johannes überlegte: »Nein«, sagte er mit fester Stimme. »Nein, es hat wirklich keine Zeit mehr.«

»Ist das auch kein Trick?«, wollte sie lachend wissen.

Sein Herz wurde ganz weit und hell. Er wusste, wenn Hanna einverstanden war, dann konnte noch alles gut werden. Dann würde er eine richtige Familie haben und Thomas eine Mutter.

Der Schlüssel wurde herumgedreht. Sie schlüpfte aus der Küche und mit ihr die herrlichsten Düfte. Damals, die Mutter, sie hatte auch immer gebacken.

Ihr Gesicht war von der Hitze hochrot, sie hatte die Ärmel der Bluse aufgekrempelt. So stand sie vor ihm, eine Strähne ihres Haares hatte sich aus dem strengen Knoten gelöst, aber sie konnte sie nicht zurückstecken, da die Hände voller Mehl waren.

»Ja?«, sagte sie fragend und blickte ihn an.

Johannes hatte sie noch nie so schön empfunden wie in diesem Augenblick. Eine voll erblühte Frau.

»Hanna...« Er hatte vergessen sich zurechtzulegen, was er ihr sagen wollte.

Ihre Augen waren so glänzend, der Mund so weich, sie sah ihn fragend an, und er wusste nicht mehr weiter. Plötzlich dachte er: *Zum Teufel mit den vielen Worten, ich find sie doch nicht, und der Egon kommt gleich rauf.*

»Hanna...«, er griff nach ihr, zog sie an sich und spürte keine Gegenwehr. Leicht und sanft lag sie in seinen Armen. Sie blickte ihn an.

Er beugte sich zu ihr herab. Küsste sie.

Sein erster Kuss nach zehn Jahren!

Ein Schauer ging durch seinen Körper, er stöhnte auf, zog sie noch fester an sich.

»Oh Hanna, Hanna!«

Sie vergaß, dass sie mehlige Hände hatte, sie spürte nur die unendliche Liebe des Mannes. Sie schmiegte sich an ihn, zuerst legte sie zögernd ihre Hände um seinen Hals, dann fuhr sie ihm durch das Haar. Jetzt war es weiß gepudert. Seine Lippen zitterten zu Anfang, aber dann kam die alte Kraft in ihn zurück.

Zehn Jahre fielen von ihm ab.

Er war wieder der junge, stolze Mann. Er hielt ein Mädchen, das er wirklich liebte, in seinen Armen.

Sie erwiderte diesen Kuss und noch viele mehr.

Egon stand an der Kellertür und dachte, ich würd' sie lassen, ehrlich, meinetwegen die ganze Nacht, ich kann den Wein auch gut allein trinken, aber in der Küche stinkt es fürchterlich.

Aber Egon brauchte sie gar nicht zu unterbrechen, sie mussten mit dem Küssen aufhören, weil sie husten mussten. Jetzt war auch die Diele voller Rauch.

Mit einem Schrei stürzte Hanna in die Küche. Doch es war zu spät. Das Backblech sah rabenschwarz aus. Wenn Johannes geglaubt hatte, sie würde jetzt zornig oder ärgerlich sein, er zumindest wäre es gewesen, wenn man sich so viel Arbeit gemacht hat, so irrte er sich gründlich. Für einen Augenblick stand sie völlig steif in der Küche und besah sich den Schaden, dann aber lachte sie, lachte, bis ihr die Tränen über das Gesicht rollten.

Auch Egon grinste nicht schlecht. Und sie blickten dabei beide den Johannes an.

»Was ist?«, fragte der ein wenig gekränkt.

»Das ist urkomisch«, lachte Hanna. »Oh, du liebe Güte, ich kann schon nicht mehr lachen. Das Blech so Schwarz und du!«

»Wieso ich? Bin ich vielleicht auch schwarz?«

»Nee«, grinste Egon. »Du bist dafür schneeweiß. Hübsch, so wirst mal als alter Opa aussehen.«

Johannes verstand gar nichts mehr, aber dann ging er zum Spiegel und jetzt sah er sein mehlüberstäubtes Haar und musste auch grinsen.

Hanna hatte jetzt auch keine Lust mehr, alles noch einmal von vorn zu beginnen. So sagte sie heiter: »Also, da werdet ihr mir morgen mithelfen. Zur Strafe, weil ihr mich gestört habt.«

»Ich würd' es mir ja noch gründlich überlegen, Johannes. Jetzt geht es ja schon los«, sagte Egon und stellte die Weinflaschen auf den Tisch.

Hanna setzte sich an den Tisch und sah ihn zärtlich an. »Das möcht' ich ja zu gern mal wissen, Johannes, du hast mir vorhin gesagt, du habest etwas sehr Wichtiges mit mir zu besprechen. Ich hab' meine Plätzchen im Stich gelassen, aber was es ist, das hast du mir noch immer nicht gesagt.«

»Noch nicht? Aber Johannes, du Feigling«, sagte der Bruder verächtlich.

Johannes legte einen Arm um sie und zog sie an sich. »Ach ja, das hab' ich einfach vergessen. Für mich ist es auch furchtbar wichtig, Hanna; denn ich möcht' dich fragen, willst du meine Frau werden?«

»Jetzt bist platt, wie?«, lachte Egon.

»Sei still«, sagte sie zu ihm hingewendet.

Dann blickte sie Johannes an. »Ist das dein Ernst, ich mein, dein voller Ernst?«

»Ja, das heißt, wenn es dir schwerfällt, du kennst ja meine Lage, also ich würde es verstehen.« Dann gab er sich einen Ruck und sagte leise: »Hanna, wenn du möchtest, dann verkauf' ich hier alles und wir ziehen fort, dann haben wir für immer unseren Frieden.«

Sie hatte Tränen in den Augen. Etwas Schöneres hätte er ihr nicht sagen können. Denn daran erkannte sie, wie sehr er sie liebte. Für sie wollte er sogar den Hof aufgeben.

Behutsam strich sie über das liebe Gesicht.

»Das brauchst du nicht«, sagte sie sanft. »Ich komme schon so zurecht, Johannes. Es macht mich stolz, deine Frau zu werden. Die da unten im Dorf, die wissen ja nicht, wie wertvoll du bist.«

»Aber ich...«

»Nie und nimmer glaub, ich, dass du es getan hast, Johannes.«

Er küsste sie leidenschaftlich.

Egon beschwerte sich:

»Also, eigentlich könntet ihr doch wohl etwas Rücksicht auf einen alten Mann nehmen, hä?«

»Pah«, lachten sie ihn beide aus. »Dann musst dir halt selbst was suchen gehen.«

»Ich halt' mich lieber an den Wein, das ist lustiger. Und wenn ihr nicht bald mit dem Turteln aufhört, kriegt ihr nix mehr mit.«

Dann feierten sie die halbe Nacht lang Verlobung.

Johannes hatte zwar ein wenig Bedenken, als er daran dachte, dass er es dem Thomas sagen musste. Vielleicht war er dann in seinen Augen ein Verräter und er würde ihn nicht mehr liebhaben, doch auf Hanna wollte er auch nicht mehr verzichten.

19. Kapitel

Am nächsten Morgen beim Frühstück, in der Nacht hatte es sehr geschneit und es war kaum ein Durchkommen, stand Thomas am Fenster und sah skeptisch ins Tal.

»Wirst es mit den Ski versuchen müssen, Sohn, bis zum Mittag hoff ich dann, dass der Weg frei ist.«

»Ja, ich werd' es mal versuchen.«

»Thomas, ich muss dir etwas sagen. Schau mal, ich möchte die Hanna zur Frau nehmen.«

Thomas fuhr herum und blickte seinen Vater grad in die Augen. Zuerst waren sie so erstaunt, aber dann kam von tief innen ein Lächeln in die klaren Augen.

»Ist das wahr?«

Er nickte nur.

»Das ist ja pfundig«, sagte der Bub. »Ich mag sie nämlich furchtbar gern, weißt, und kochen und backen, das kann sie ja famos. Dann sind wir eine richtige Familie, nicht?«

»Ja!«

»Der Hansi darf doch auch bleiben?«

»Natürlich.«

Hanna kam in die Küche. Thomas strahlte sie an. »Wie soll ich dich denn jetzt nennen?«, fragte er eifrig.

Sie lächelte ihn herzlich an.

»Weißt, das überlass ich dir, Thomas. Mir ist alles recht, Hauptsache ist doch, dass wir uns verstehen, nicht?«

»O ja«, sagte er eifrig.

Da saß er nun am Tisch, den Kopf in die Hand gestützt und blickte sie immer wieder an. Ein tiefes, warmes Gefühl durchdrang seine Glieder. Jetzt hatte er nicht nur einen Vater, nein, sondern auch eine Mutter, und das war so schön. All die Jahre hatte er wie ein hilfloses Kind leben müssen, die Kahr Mutter war lieb und gut gewesen, hatte ihn versorgt, aber sie war halt schon ein bissel alt.

Ja, dachte er beglückt, *ich werde die Hanna Mutter nennen, sie sieht wie eine Mutter aus. So hab' ich sie mir immer gewünscht. An meine wirkliche Mutter kann ich mich ja nicht mehr erinnern. Ich habe eine Mutter!*

»Wann gibt es denn Ferien?«

»Morgen«, sagte Thomas. »Dann ist Weihnachten.«

Johannes und Egon mussten an ihr letztes Weihnachtsfest im Gefängnis denken. Dieses erste Fest in Freiheit sollte besonders hübsch gestaltet werden. Geschenke hatte man ja schon eingekauft.

Als Thomas zur Schule fort war, gingen Egon und Johannes in den Wald und schlugen eine Tanne. Während sie sie heim schleiften, blieb Johannes immer wieder stehen und runzelte die Stirn.

»Was gibt es denn? Wieso lauschst du denn immerzu?«

»Merkst denn nix?«

»Was soll ich denn merken?«

»Es liegt was in der Luft, ich kann es nicht erklären. Es ist merkwürdig still.«

»Was willst damit sagen?«, fragte Egon erschrocken.

Johannes sah sich wieder um. Da standen die Berge in ihrer ganzen weißen Pracht. Kein Lüftchen regte sich, aber die Sonne versuchte, herauszukommen. *Vielleicht täusch ich mich auch*, dachte der Mann. *Es ist nix, es ist wie immer im Winter.*

»Komm, gehen wir. Wir haben noch viel zu tun.«

Wenig später schleiften sie die große Tanne in die gute Stube. Es war gar nicht so einfach, für sie einen festen Halt zu bekommen. Aber dann schafften sie es doch. Nun wurde auch die Hanna ausgesperrt. Sie hatte sich ja auch wieder in die Küche eingeschlossen. Der Hansi saß im Flur auf der Treppe und wusste gar nicht, was los war. Auf einmal wollte keiner mehr was mit ihm zu tun haben. Bekümmert ließ er seinen Kopf hängen. *Wenn nur erst der Thomas wieder da ist*, dachte er, *vielleicht können wir dann wieder den Berg hinuntersausen.*

Es war natürlich Männersache, dass die zwei den Baum schmückten. Johannes stieg in den Keller und suchte die alte Krippe und den Baumschmuck hervor. Er war schon Generationen alt und wunderschön.

Sie waren wie zwei Kinder, so ausgelassen und froh, und sie konnten sich an der Schönheit nicht sattsehen. Das würde ein Fest werden, wie sie es noch nie erlebt hatten.

Hanna musste Johannes noch daran erinnern, den Buben heimzuholen. Über das Schmücken hätte er das wirklich vergessen. Egon wurde aufs Herz gebunden, als Wächter vor der Tür stehenzubleiben. Niemand durfte vor morgen Abend ins Zimmer.

Als dann Thomas daheim war, da staunte er auch, als die Türen versperrt waren.

»Warum?«, fragte Hansi und machte ein Dackelgesicht.

»Morgen ist Weihnachten«, sagte Thomas aufgeregt.

Hansi wusste nicht, was Weihnachten war. Seine Mutter hatte sich nie viel Mühe gemacht, im Gegenteil, sie hatte dann noch auf die Reichen geschimpft und war grantiger denn je. Bisher hatte Thomas auch nicht viel von Weihnachten gehabt. Die Kahr Mutter hatte ihm zwar jedes Mal ein paar neue Socken oder Handschuhe gestrickt, ein winziges Bäumchen stand auch in der Stube, aber für Schleckereien und dergleichen, dafür langte das Geld ja nicht.

Das Herz hatte ihm dann immer so weh getan, wenn er auf der Dorfstraße die Kinder von den reichen Höfen sah, wie sie dann prahlten und angaben und vor seinen Augen das herrlichste Zuckerzeug schleckten.

Jetzt waren hier die Stuben abgeschlossen und sie alle machten so geheimnisvolle Gesichter. Hansi und Thomas gingen in den Stall zu den Geißen. Skifahren wollten sie nicht, dazu hatten sie keine Lust. Der Vater hatte gesagt, man möge doch abwarten. Es hatte auch wieder zu schneien begonnen. Johannes hatte dafür gesorgt, dass man für vier Wochen Vorräte daheim hatte. Gleich zu Anfang des Winters hatte er eine große Truhe erstanden und nun konnte man sich selbst versorgen. Das war er ja noch von früher gewöhnt. In den Bergen, da buk man sich das Brot noch selbst und war darauf eingerichtet, wenn man für eine Zeit einschneite. Außerdem hatte er auch genug Kerzen gekauft; denn der Strom konnte ja auch mal ausfallen.

Dann hatten sie auch noch viele Weinvorräte im Keller entdeckt. Also, für sie konnte es jetzt ruhig eine Weile schneien, sie würden es sich schon gemütlich machen.

Gleich nach Weihnachten, sobald es die Straßen zuließen, wollte der Johannes das Aufgebot bestellen.

20. Kapitel

Und dann war Weihnachten. Im Radio erklangen die schönsten Melodien. Hanna hatte noch ganz schnell ein paar Plätzchen gebacken, nun lag der herrliche Duft in der Luft. Man hatte sich gute Sachen angezogen. Egon stand in der guten Stube und zündete all die Lichter am Weihnachtsbaum an. Und das waren nicht wenige. In buntem Geschenkpapier lagen die Sachen unter dem Baum.

Dann ging die Tür auf und man durfte hineingehen. Wie verzaubert standen Thomas und Hansi auf der Schwelle. Sie starrten den herrlichen Baum an und hatten beide so etwas wie ein Würgen in der Kehle. Es war wie in einem Märchen. Sie wagten kaum zu atmen.

Stille Nacht, heilige Nacht. Ganz leis sang es ein Kinderchor.

»Fröhliche Weihnachten«, sagte Johannes herzlich und zog seinen Sohn bewegt in die Arme. »Fröhliche Weihnachten, Hansi.«

Dieser feixte und lachte und hätte am liebsten einen Freudentanz veranstaltet. Das wagte er aber dann doch nicht, weil doch alles so schön war.

»Nun seht euch doch die Geschenke an, Thomas, Hansi.«

Da knieten sie schon vor dem Baum und öffneten die kleinen Paketchen. Hanna hatte in den vielen Abendstunden für beide hübsche Pullover gestrickt, dann bekam der Thomas noch Bücher und eine Eisenbahn zum Aufziehen. Hansi bekam ein paar leichte Spiele. Wenn man sie ihm gut erklärte, würde er es bestimmt begreifen.

Sie vergaßen alles um sich herum, sie saßen im Kreis auf dem Boden und feierlich wurde die Eisenbahn aufgezogen und dann surrte sie über die Schienen. So viele Herrlichkeiten waren dabei. Da musste man selbst die Häuser zusammenbasteln und eine Brücke und vieles mehr.

Hanna blickte Johannes an und dankte ihm mit herzlichem Lächeln. Er hatte ihr einen Ring geschenkt. Es war das erste Geschenk, das sie erhielt.

»Ist das nicht zu viel für mich? Er ist doch so schön!«

»Das soll er ja auch. Du musst erst mal den Schmuck sehen, den ich dir zum Hochzeitstage schenke, Hanna.«

»Noch mehr?«, sagte sie verwirrt.

Er küsste sie sanft auf die Lippen.

»Du bist so bescheiden, Hanna, nie denkst du an dich. Mit dem Schmuck, das hat eine Bewandtnis, weißt du. Den erhält jede Braut zu ihrem Hochzeitstage von der Altbäuerin, er ist auch schon viele Jahre alt. Eines Tages musst du ihn dann Thomas' Braut überreichen. So sind bei uns die Sitten.«

Sie schmiegte sich an ihn.

»Ich kann es noch immer nicht glauben, dass ich jetzt zu dir gehöre. Nun brauch ich nie mehr fort, bin nie mehr einsam, ach, du kannst es ja gar nicht ermessen, wie glücklich du mich gemacht hast.«

»Aber du mich auch!«, sagte er herzlich.

Dann lachte sie auf und meinte: »Da red' ich, und ihr werdet wohl bald vor Hunger umkommen. Dabei hab' ich mir so viel Mühe gemacht.«

Dann saßen sie wenig später am festlich gedeckten Tisch. Altes Geschirr und altes Silber kam zum Vorschein und dann die herrlichen Speisen. Hansi konnte einfach nicht aufhören zu feixen, so glücklich war er und stopfte sich all die Köstlichkeiten in den Bauch, dass dieser bald dick und rund war.

Thomas dachte: *Ich hab' es gewusst, all die Jahre hab' ich gewusst, wenn mein Vater heimkommt, dann wird es besser sein, aber wie schön, nein, das hab' ich nicht gewusst.*

Es war sehr, sehr spät, als sich die Buben endlich von dem herrlichen Baum trennten und mit glänzenden Augen ins Bett gingen. Anschließend saßen noch die Erwachsenen allein in der Weihnachtsstube. Egon saß auf dem Boden und spielte jetzt allein mit der Eisenbahn.

»Ich werde ihm einen Tunnel basteln«, sagte er feierlich.

»Das tust du doch nur, weil du selbst damit spielen möchtest«, sagte die Schwester mit gutmütigem Spott.

»Ja«, sagte er ruhig. »Weißt du noch, Hanna, wie sehnlichst ich mir immer eine Eisenbahn gewünscht habe? Der Vater war aber zu geizig. Es musste immer was Praktisches sein.«

Johannes lehnte sich zurück und rauchte sein Pfeifchen. Er hatte seinen Seelenfrieden und das Gleichgewicht wiedergewonnen. Jetzt besaß er wieder Kräfte genug und würde auch zu kämpfen verstehen. Wo er jetzt eine richtige Familie hatte, da würde er um sein Recht kämpfen.

Dann wurden auch die letzten Lichter gelöscht und man ging schlafen.

21. Kapitel

Doch aus dem Schlaf sollte dann nicht viel werden.

Kaum hatte Johannes die Augen zugemacht, als er ein seltsames Geräusch hörte. Schlaftrunken drehte er sich auf die andere Seite, aber dann war das Poltern so stark und sekundenlang erzitterte das ganze Haus.

Mit einem Ruck saß er aufrecht und lauschte in die schwarze Nacht. Kurz darauf war es erschreckend still. Dann begann draußen ein fernes Brausen. Er sprang auf, warf sich den Bademantel über und rannte zum Fenster. Sternenklar war der Himmel. Der Mond beschien die Erde. Johannes blickte ins Tal. Da sah er vereinzelt auch schon Lichter aufleuchten.

Das Tosen nahm erschreckend zu. Es ging ihm durch Mark und Bein.

Es wurde an seine Tür geklopft. Hanna stand zitternd davor.

»Johannes, was ist das?«

Begütigend legte er den Arm um sie und zog sie mit zum Fenster.

»Du brauchst keine Angst zu haben, ich habe dir doch gesagt, wir sind geschützt. Uns kann nix passieren.«

»Ist es...«, keuchte sie.

»Ja, es ist eine Lawine«, sagte er ruhig. »Ein leichtes Erdbeben hat sie ausgelöst. Die ganzen letzten Tage hatte ich so ein komisches Gefühl.«

Dann waren der Lärm und das saugende Geräusch so grauenvoll, dass sich die zwei die Ohren zuhalten mussten. Egon kam auch in die Kammer gestolpert und war schneeweiß.

»Jesus, Maria, geht dort draußen die Welt unter?«

»Fast«, sagte der Johannes. »Aber uns passiert nix, und wir haben ja Vorräte genug.«

»Was willst damit sagen?«

»Dass wir jetzt für eine Weile mit dem Wagen nicht hinunterkönnen.«

Das Tosen nahm alles gefangen, schluckte alles in sich auf und dann stürzte unten an der Straße ein riesiger Sturm von Schnee und Geröll brausend, todbringend in die Tiefe, zur Schlucht. Es klang schaurig.

Durch das Tosen hindurch hörte man jetzt ganz schwach die Glocken aus dem Dorf. Sie läuteten Sturm. Das hieß für die Bewohner, etwas ist passiert, wir müssen kommen und sehen, ob wir nicht helfen können.

Jetzt flammten überall die Lichter auf.

Das dumpfe Grollen entfernte sich immer mehr. Dann war es wieder furchtbar still. Egon ertappte sich dabei, dass er betete. Jetzt kamen auch Thomas und Hansi ganz verstört in die Stube.

»Nur eine Lawine, wir haben nichts abbekommen.«

Die Kinder wurden wieder schlafen geschickt, aber die Erwachsenen zogen sich an.

Noch immer läuteten die Glocken durch das Tal. Fackeln sah man am Berg.

»Sie schauen jetzt nach, komm, Egon, wir sehen hier oben, ob wir was machen können.«

Hanna sagte stockend: »Passt auf, ja?«

»Natürlich«, sagte Johannes ruhig. »Wir begeben uns in keine Gefahr.«

»Vielleicht waren wir zu glücklich«, sagte sie stammelnd.

Er strich ihr leicht über das Gesicht. »Koch uns einen Kaffee, Hanna. Sobald die Sonne über die Bergspitzen steigt, werden wir wohl schaufeln müssen.«

»Wird denn nicht noch mehr kommen?«

»Nein, das glaub' ich nicht, der Berg hat sich beruhigt.«

Die beiden Männer stapften hinaus. Die Sterne verblassten schon am Himmel. Sie waren ja in dieser heiligen Nacht lange aufgeblieben. Nun graute schon der Tag. Es würde ein schöner Tag werden, so klar wie der Himmel sich gab.

Egon hielt sich an der Seite des Mannes. Sein Herz schlug hart gegen die Rippen. Solche Urgewalten war er einfach nicht gewöhnt. Dann sahen sie die Straße. Wie Johannes es vorausgesagt hatte, war sie von Schnee zu. Aber so schlimm war es auch wieder nicht. Zumindest konnte man darüber steigen.

Jetzt sahen sie am gegenüberliegenden Ende die Männer aus dem Dorf. An ihrer Spitze Ferry Moser.

»Wie geht es bei euch?«, brüllte er herüber.

»Alles in Ordnung!«, schrie Johannes zurück. »Die Lawine ist wie üblich in die Schlucht gestürzt!«

»Kannst du rüber kommen? Wir brauchen Hilfe!«

»Warum?«

»Die Lawine hat ein paar Bauhütten ins Tal gerissen, zwei stehen verschüttet hier, man sagt mir grad, ein Ausländer habe sich häuslich darin niedergelassen. Ein Jugoslawe.«

»Jesus«, keuchte Johannes. »Habt ihr Stangen?«

»Freilich.«

»Ich komme, hole nur das Werkzeug.«

»Was ist?«, fragte Egon.

»Jemand ist verschüttet, wir müssen ihn sofort suchen. Geh du zurück und sag der Hanna Bescheid. Sie soll noch mehr Kaffee kochen und Brote schmieren, man wird sie brauchen. Du bringst sie dann hierher, verstanden?« Knapp und kurz erklangen seine Worte. Er wartete auch keine Antwort ab, stieg sofort über den Schneeberg, brach ein paarmal bis zu den Hüften ein, aber er schaffte es.

Die Männer des Dorfes kannten sich aus. Wenn jemand in Bergnot war, musste man helfen, da wurde nicht lange gefragt. Jeder setzte dann sein eigenes Leben aufs Spiel; denn morgen konnte man selbst Hilfe nötig haben, also tat man alles, was in den Kräften lag.

Intensiv suchten sie mit den Stöcken die Hütte ab. Grad über sie war die Lawine hinweggebraust. Johannes wagte nicht daran zu denken, wie es oben beim See aussehen mochte. So eine Lawine besaß eine Urgewalt und sie hatte nicht erst einmal den See überlaufen lassen.

Johannes arbeitete neben Ferry. Verbissen suchten sie weiter, obschon sie das Gefühl hatten, die Hände wären ihnen abgestorben.

»Wenn jetzt die Staumauer und der See gefüllt gewesen wär«, sagte Johannes ruhig. »Kannst dir das ausdenken, Ferry?«

»Sei still«, ächzte dieser. »Zehn Jahr lang ist nix passiert. Ich hab' schon nicht mehr damit gerechnet.«

»Narr, du«, murmelte der Freienstein Bauer.

Dann hatten sie die Hütte gefunden.

Schaufeln wurden herübergereicht, und jetzt kämpften sie gegen den weißen Tod. Wenn einer ermattet war, wurde er sofort abgelöst. Jede Sekunde war jetzt kostbar; denn sonst würde der da unten ersticken. Egon kam mit Kaffee und Grog zurück. Auch Hanna kam mit dem Henkelkorb. Wie selbstverständlich ging sie zwischen den Männern hin und her. Für einen Moment scheuten sie vor der Frau zurück. Jeder hatte ja so viel Böses über sie gesagt. Einige glaubten sogar, sie habe auch im Gefängnis gesessen.

Ein Blick von Ferry genügte, und sie nahmen dankend die Stärkung an. Als die Sonne die Bergspitzen erreichte, hatten sie die Hütte freigeschaufelt. Aber alle Hilfe kam zu spät. Der Mann war tot. Er hatte sich in dem kleinen Ofen ein Feuer gemacht, die Lawine hatte den Abzug verstopft, Schnee verhinderte, dass er die Tür öffnen konnte. So war er am Rauch erstickt.

Die Männer zogen die Mützen vom Kopf und sprachen ein kurzes Gebet. Dann trugen sie ihn auf die Bahre und deckten ihn zu.

Unter all den Männern aber fehlte einer, der mithelfen sollte, wie es üblich war. Im ersten schweren Kampf um die weiße Todesmasse hatte man das gar nicht bemerkt. Sie hätten es vielleicht nie bemerkt, wenn nicht, als sie mit der traurigen stillen Last ins Dorf gewankt kamen, die Cäcilie Trammer ihnen entgegenlief. Sie bekreuzigte sich.

»Jesus, Maria, doch ein Opfer?«

»Ja, leider«, sagte der Ferry.

Cäcilie blickte die Männer an, dann sagte sie stockend: »Wo ist denn der Theobald?«

Man blickte sich an, jetzt fiel ihnen erst auf, dass er ja gar nicht mit von der Partie war. Alle Männer des Dorfes, bis auf die Kranken und Alten, hatten sich sofort freiwillig gemeldet.

»Liegt der Lump vielleicht noch in seinem Bett?«, knirschte der Bürgermeister hervor. »Na warte, dann kriegt er aber was zu hören, darauf kann er Gift nehmen.«

»Na«, sagte die Trammerin hastig. »Als die Lawine runterkam, da sind wir doch gleich aufgestanden und haben am Fenster gestanden. Der Theobald, der hat nur immerzu gesagt, ich muss hinauf, ich muss sofort hinauf zur Höhle, dort muss ich hin, retten.«

»Höhle?«, fragte der Ferry. »Aber dort standen doch gar nicht die Bauhütten. Viel weiter unten. Dort oben ist doch um diese Zeit noch nix angefangen. Das weiß doch der Theobald.«

Johannes stand hinter dem Bürgermeister. Plötzlich hatte er eine steile Falte zwischen den Augen. Vom Dorf aus konnte man zum See auch durch den Angerwald gelangen. Dort lag bestimmt nicht viel Schnee. Die Bäume hielten ihn ja fern. Am See lag die Höhle, das hieß, sie war dort mal gewesen, aber eine Lawine vor zehn Jahren hatte sie mit Geröll zugeschüttet. Im Dorf wusste keiner die genaue Lage, nur er.

Warum war der Trammer aufgestiegen? Warum?

»Bestimmt ist ihm was passiert«, kreischte sein Weib auf. »Ihr müsst ihn suchen gehen.«

Die Männer waren total erschöpft und ausgelaugt, sie brauchten jetzt Ruhe.

Johannes sagte: »Ich werde ihn suchen gehen, ich kenne mich da oben aus.«

»Bist narrisch, kannst doch nicht allein gehen. Das ist unmöglich.«

»Kannst ja mitkommen. Wir nehmen alles mit und wenn die anderen sich ein wenig ausgeruht haben, dann können sie ja mit der Trage nachkommen.«

»Gut«, sagte der Ferry und biss die Zähne zusammen. »Dieser Hund, ich möcht' bloß mal wissen, was ihn dahin treibt, jetzt um diese Zeit, wo er doch gehört haben muss, dass wir alle zu den Bauhütten aufgestiegen sind.«

Johannes sagte ruhig: »Vielleicht wird er uns eine Antwort geben, der Trammer.«

Er schickte den Egon heim und sagte, er solle bei der Hanna bleiben.

»Wir kommen dann später über den Weg vom See zurück und werden uns dann aufwärmen. Geh jetzt, das schaffst du nicht, hast dich schon tapfer gehalten, fürs erste Mal.«

So kam es denn, dass die zwei Männer allein in den Wald stiegen.

22. Kapitel

Zuerst sprachen sie lange kein Wort. Jeder brauchte auch seine Kraft zum Steigen. Aber nach einer halben Stunde sagte der Ferry: »Ich bin froh, dass es so gekommen ist, jetzt haben wir Beweise.«

»Ach«, sagte der Johannes. »So war es dir also auch nicht geheuer?«

»Ich hab vom Kollegen in Malta gehört, dass er das Becken nicht volllaufen lassen will, außerdem soll die Mauer undicht sein, und jetzt sprechen sie alle von der großen Gefahr.«

»Die Herren Experten?«

»Ausländische Experten haben sich zu Wort gemeldet.«

»Das wird ein Schlag für die Regierung sein. So begreifst jetzt, dass ich nie gegen euch persönlich war?«

»Du kennst doch die Dickschädel, seit ich halb zu dir halte, habe ich einen schweren Stand. Der Trammer gräbt mir das Wasser ab und wenn der Bürgermeister wird, im nächsten Jahr, dann wird es was Schönes geben.«

»Noch ist es nicht soweit«, sagte Johannes ruhig.

Vor sich sahen sie die Fußstapfen eines Mannes ganz klar und deutlich im Schnee. Sie brauchten der Spur nur nachzugehen. Ihm musste etwas passiert sein; denn sonst hätte er doch längst wieder unten sein müssen.

Dann hatten sie den Wald hinter sich gelassen und jetzt kam eine freie Felsenplatte. Von W maleitem sahen sie schon den dunklen Punkt.

Sie hatten den Trammer gefunden. Er war in eine Felsspalte geraten, saß jetzt eingeklemmt und hatte sich wohl beide Beine gebrochen. Als er die beiden Männer sah, schrie er; denn er glaubte, sie hätten ihn nicht gesehen. Ferry kam heran und hielt ihm eine Strafpredigt wie sonst keine. Trammer schluckte das alles ruhig. Aber seine Augen waren so seltsam, und er wollte auch nicht sagen, warum er zur Höhle wollte, ja, beschuldigte sogar sein Weib, sie habe ihn nicht richtig verstanden.

Johannes gab ihm Schnaps zu trinken, dann deckten sie ihn zu. Mehr konnten sie nicht tun. Der Arzt würde hier helfen können, den wollten sie ja auch mitbringen.

»Musst dich schon gedulden«, knurrte der Ferry.

Johannes erhob sich und wollte weiter.

»Kannst den Trammer doch jetzt nicht im Stich lassen, das ist deine Christenpflicht, dass du hierbleibst, Johannes.«

»Ich geh zur Höhle«, sagte der ruhig.

Der Trammer wurde schneeweiß im Gesicht und versuchte jetzt verzweifelt, den Johannes davon abzuhalten. Dieser sah ihn mit einem eigenartigen Lächeln an, dann ging er los. Ferry war wütend. Bis jetzt hatte er sich so gut gehalten, was sollte das Dorf jetzt wieder von ihm denken, wenn er einen Schwerverletzten allein ließ. Denn er glaubte, Johannes wolle über den anderen

Weg nach Hause und ihn hier oben mit dem Trammer allein lassen.

So folgte er ihm fluchend und wollte ihn zur Rede stellen. Als er um die Felsnase bog, blieb er verdutzt stehen.

Die Höhle!

Eine Lawine hatte sie damals zugeschüttet, eine zweite und das leichte Beben hatte alles wieder fortgespült. Der See und die Umgebung waren ein riesiges Schneemeer.

Johannes ging weiter. Etwas musste in der Höhle sein, etwas sehr Wichtiges, warum sollte sonst ein Mann sein Leben aufs Spiel setzen um dahin zu gelangen? Und so eilig?

Ferry rannte ihm nach.

»Johannes, bleib stehen, ich muss mit dir reden, verdammt, was ist denn das?«

Sie hatten es beide zugleich gesehen. Ein Gewehr lehnte an der Wand. So, als hätte man es grad abgestellt. Aber sie sahen die dicke Staubschicht, also hatte es vor der ersten Lawine hier gestanden. Dann sahen sie so etwas wie eine Lodenjoppe, auch sehr verstaubt. Wortlos nahm Johannes sie hoch, unwillkürlich tasteten seine Hände die Taschen ab, und dann fand er eine Brieftasche.

Er blickte den Bürgermeister an.

Dieser wurde blass.

»Das ist ja dem Trammer seine, er hat damals gesagt, er habe sie verloren.«

Johannes klappte sie auf, ein Zettel, sehr vergilbt lag darin, aber man konnte es noch lesen.

Und beide lasen sie zugleich: »Wenn du mir nicht 20.000 Schilling bringst, dann erzähl ich dem Bürgermeister, dass du der Wilddieb bist. Dann kannst eine Weile in gesiebter Luft sitzen, viel Vergnügen! Josef Watzinger.«

Ferry musste sich an die Felswand lehnen, seine Beine wurden ganz schwach.

»Trammer«, stammelte er. »Trammer ist also der Mörder, er hat es getan!«

Johannes fühlte sich müde und elend. Jetzt war die Reise zu Ende. Sie hatten die Beweise für den Mörder gefunden. Er konnte noch nicht mal mehr wild und zornig sein. Müde klappte er die Brieftasche zu und reichte sie dem Bürgermeister.

Dieser nahm die Joppe und das Gewehr und schwankte nach draußen.

»Johannes«, würgte er hervor.

»Lass nur«, sagte er ruhig. »Lass, Ferry, es ist besser so.«

Als sie bei dem Verunglückten ankamen, war auch grad der Trupp aus dem Dorf mit dem Arzt eingetroffen. Ferry stellte vor allen Leuten den Trammer zur Rede. Er gab es zu; denn man hatte die Beweise gefunden.

Die Männer wurden schneeweiß und sahen dem Johannes scheu nach, wie er da ruhig und stolz den Weg zurück zum Hof ging. Zehn Jahre unschuldig im Zuchthaus, wie bös hatten sie sich an diesem Manne vergangen, an dessen Kind. Dessen Braut und auch die Eltern waren vor Kummer gestorben.

Trammer wurde ins Spital geschafft. Ferry gab der Kriminalpolizei die Beweise und das Geständnis ab.

Johannes kam müde daheim an.

Hanna flog ihm entgegen.

Er fing sie auf, drückte sie an seine Brust, küsste sie ganz leicht.

Da sah sie, dass er weinte.

»Johannes«, flüsterte sie. »Johannes, was ist denn?«

Egon stand im Hintergrund.

Er nahm Hannas Gesicht in beide Hände. Blickte ihr tief in die Augen.

»Für uns ist ein neues Leben angebrochen, Hanna. Wir werden den Hof behalten, und wir werden auch den See behalten und...«

»Was und?«

»Sie haben den wirklichen Mörder gefunden.«

»Johannes«, flüsterte sie.

Er nickte.

»Ich bin von jeglicher Schuld befreit. Du wirst sehen, das Dorf wird sich jetzt überschlagen, um alles gutzumachen. Außerdem hat die Lawine gezeigt, wie recht ich hab'.«

»Johannes, wie schön«, flüsterte die junge Frau. »Wie freue ich mich für dich.«

Aber keiner freute sich so sehr wie der Thomas; denn jetzt konnte niemand mehr zu ihm sagen: Dein Vater ist ein Mörder!

Im Januar wurde er vor der großen Strafkammer freigesprochen und erhielt für all die Jahre eine hohe Abfindung. Jetzt war er reich und konnte sich das schönste Vieh kaufen und den Hof renovieren lassen. Auch die Straße ließ er fertig bauen.

Cäcilie Trammer aber verkaufte ihren Hof und zog fort. Sie wollte in dem Dorf nicht mehr leben.

Keine Hochzeit war so großartig ausgeschmückt worden, wie die von Johannes und Hanna. Das Dorf versuchte damit, ein wenig wieder gutzumachen.

Sie waren beide nicht nachtragend, und auch Thomas in seiner lieben Art, nahm es wie selbstverständlich hin, dass die Buben ihn jetzt endlich in ihrer Mitte aufnahmen. Dabei hatte er so wenig davon; denn zu Ostern ging er auf die höhere Schule nach Lienz und war erst am späten Mittag wieder daheim und dann hatte er ja alle Hände voll zu tun.

Außerdem war er ja so glücklich; denn nach einem Jahr schenkte die Hanna ihrem Mann noch ein kleines Mädchen, worüber dieser ganz stolz und glücklich war.

Nun durfte er selbst noch miterleben, wie es war, wenn ein kleines Menschlein heranwuchs und größer wurde. Das beste Kindermädchen, dass sie sich nur wünschen konnten, das war der Hansi, der betete das kleine Persönchen an und war sein ergebener Diener, was Klein Sabinchen sehr genoss.

ENDE

5. Die verbotene Liebe des Caspar Patscheider

1. Kapitel

In den österreichischen Bergen der Nachkriegszeit.

Alles, was nicht siech und krank lag, war zum Talfest nach Sillebach geströmt. Das Festzelt platzte bald aus den Nähten. Aber es war sehr lustig. Aus Unterrainer war der Caspar Patscheider gekommen. Ein Bursch, groß und stark und mit Bärenkräften, blauen Augen und einem Gesicht zum Verlieben. Kein Wunder, dass ihm die Mädchen in Scharen nachliefen. Caspar war ein tollkühner Bursch und immer vorn in der Meute von Unterrainer. Mit ihm einen Zank anfangen, das überlegte man sich erst gründlich.

»Eine Maß!«, schrie er in das Getümmel. »Herrje, hab ich einen Durst.«

Lachend kippte er sich das braune Nass in die ausgedörrte Kehle. Dabei klimperte seine schwere silberne Uhrkette über dem Bauch. Vor Caspar hatte man nicht nur Respekt, weil er so stark war, nein, man wusste doch, dass er von einem großen Anwesen kam. Da konnte man schon so auftreten. Er stellte etwas dar, und das wusste er und benahm sich wie ein kleiner Graf.

Die weniger begüterten Bauernburschen in seinem Gefolge profitierten von seiner Freigebigkeit. Caspar merkte noch nicht mal, dass sie es nur auf das Freibier abgesehen hatten, ihn aber sonst mit scheelen Augen betrachteten. Wo er nämlich auftrat, da hatten sie bei den Dirndln keine Chancen mehr. Caspar suchte sich immer das schönste Mädchen aus. Er war ja erst fünfundzwanzig Jahre, und an Heirat dachte er noch nicht. Erst mal das Leben in vollen Zügen genießen und später, ja, wenn so die ersten Zipperlein auftraten, dann würde er sich eine Frau nehmen, schon wegen der Wirtschaft. Aber solange die Mutter noch rüstig war und schaffen konnte, warum sollte er sich da mit einer Frau belasten? Dann konnte man den schönen Mädchen nicht mehr ins Hinterteil kneifen, dann würde es Krach geben und Gezänk. Und wenn er ausging, dann immer mit einem Ehegespenst, nein, das war nicht nach seinem Geschmack.

»Heut machen wir ein Fass auf und feiern die Nacht durch«, grölte er durch das Zelt. »Wer hält mit?«

Und der Chor antwortete ihm: »Wir natürlich.«

Caspar fühlte sich sehr geschmeichelt. Und seine Augen gingen flink in die Runde.

»Eine Feierei ohne Dirndl, das macht mir keinen Spaß«, rief er lachend. »Zuerst muss ein Weibsbild her, aber ich mag nur ein fesches.«

Man lachte.

»Der Caspar sagt immer, wie es ihm passt.«

Sein Blick fiel auf ein Mädchen. So schön und fremd wirkte sie, ganz anders als die Mädchen im Dorf. Die waren in der Mehrzahl blond-zöpfig und sahen eins wie das andere aus. Aber diese hier war so dunkel wie die Nacht und die Haut dazu so weiß wie Schnee, und der Mund war wie zum Küssen geschaffen.

»Wer ist sie?«, wandte er sich an einen Bursch aus dem Dorf. »Die hab ich ja noch nie hier gesehen. Und ich grase doch wirklich alle Dörfer regelmäßig ab.«

»Das ist die Marianne Nöbl«, gab man ihm zur Antwort. »Die ist doch von dem Italiener.«

»Italiener? Das versteh ich nicht, das musst du mir schon näher erklären.«

»Ja mei, das ist eine lange Geschichte. Damals, als sie die Straße durch den Bruch gemacht haben, da gab es hier auch Italiener. Die verstehen sich ja vorzüglich auf Brückenbau im Gebirge.«

»Zum Teufel, was hat das denn alles mit dem Mädchen zu tun?«, brauste Caspar auf, der nicht für lange Geschichten zu haben war. Schon gar nicht, wenn er was getrunken hatte.

»Ich denk, du willst wissen, wie das mit der Marianne war?«

»Ja, aber jetzt etwas schneller.«

»Wenn ich was sag, dann haben meine Geschichten Hand und Fuß! Also, die Dita, was ihre Mutter war, die hat sich in so einen Italiener verliebt. Und dann ist sie später mit ihm rüber nach Italien. Sie ist gestorben, und die Marianne ist jetzt wieder bei uns, lebt bei einer Tante und hilft im Krug. Seit genau zwei Monaten ist sie wieder in Sillebach, Caspar.«

»Mei, da versteht sie mich wohl gar nicht, wenn ich sie jetzt anspreche?«

»Freilich, die redet wie wir. Das hat ihr die Mutter beigebracht. Und vom Vater hat sie die Haare geerbt.«

Caspar hatte sich erhoben, zwängte sich zwischen den Bankreihen durch und war wenig später bei Marianne Nöbl. Der Italiener hatte die Mutter nie geheiratet, und so hatte sie den Namen der Mutter bekommen.

»Grüß dich«, sagte Caspar und lüftete sein Hütchen. »Ich bin der Caspar.«

Sie blickte ihn aus ihren großen dunklen Augen ruhig an. »So«, sagte sie dann.

Noch nie hatte ein Mädchen ihn so hochmütig angesehen. Ihm schoss das Blut in die Wangen. Das wäre ja noch schöner, vor dem ganzen Tal eine Abfuhr zu erhalten. Du meine Güte, totlachen würden sie sich.

»Weißt wohl nicht, wer ich bin«, sagte er. Seine Augen blitzten sie herrisch an.

»Doch, hast es ja laut genug herumposaunt«, gab sie ruhig zurück. »Und jetzt lass mich vorbei, ich muss bedienen. Ich kann es mir nicht leisten, dem lieben Gott den Tag zu stehlen.«

»Satansweib«, murmelte er leise vor sich hin. Möglichst gleichgültig ging er zum Tisch zurück. Aber sie feixten schon verdächtig. Kein Wunder, dass der Caspar wütend war. Wenn er geglaubt hatte, er könne die freche Dirn vergessen, so irrte er sich gründlich. Gar zu sehr fiel sie auf. Und so rank und schlank und so flink auf den Beinen war keine andere im Zelt. Sie schaffte in einem fort, und doch sah man ihr keine Müdigkeit an, sie lachte und machte Spaß mit jedem. Nur wenn sie in die Nähe von Caspars Tisch kam, hatte sie ein verschlossenes Gesicht.

Das ärgerte ihn maßlos. Jetzt wollte er sie beugen, sie sollte ihn anflehen. Ja, das nahm er sich vor. So eine, die nicht mal einen blanken Taler auf der Bank hatte, tat, als wäre sie eine reiche Bauerntochter.

Hin und wieder blinzelte Marianne unter ihren langen Wimpern zu ihm herüber. Aber das tat sie nur dann, wenn er es nicht bemerkte. Dabei klopfte ihr Herz stürmisch gegen die Brust. Natürlich mochte sie den Caspar auf Anhieb. So einen feschen Burschen hatte sie sich schon lange gewünscht. Aber sie spürte sofort, dass er nur mit den Mädchen spielte und es nicht ernst meinte. Aber sie wusste ganz genau, wenn sie sich möglichst hochmütig gab, dann würde er nicht aufhören und sie umgarnen. Nur so konnte sie ihn erobern. Ihr wurde richtig schwindelig, wenn sie nur daran dachte, dass sie ihn würde halten können. Den feschesten und reichsten Bauernsohn aus der Umgebung. Da würde die Tante Augen machen, wo sie doch so arm waren. Aber bestimmt konnte der Caspar sich jede Frau leisten. Schaffen, das konnte sie, und dass sie sehr hübsch war, oh ja, das wusste sie auch.

Leise sprach sie zu sich: »Ich will nicht arm bleiben, nein, ich will mir endlich alles leisten können, wie die andern Mädchen aus dem Dorf. Ich hasse es, von den Almosen der Tante zu leben. Das Geld, was ich vom Krugwirt erhalte, davon kann man kaum existieren.«

Der Tag ging dem Ende zu und brachte endlich die ersehnte Kühle. Längst war die Sonne hinter den spitzen Bergzinken verschwunden, da ging der Spektakel erst richtig los. Die Burschen stampften und keuchten über die Tanzfläche, und die jungen Mädchen kreischten, und ihre Röcke bauschten sich zum Vergnügen der Burschen aus dem Dorf.

Plötzlich stand Caspar vor Marianne und umspannte mit seinen Fäusten ihre schlanke Taille.

»Willst nicht auch tanzen?«

»Aber ich muss doch ausschenken.«

»Komm, ich möcht mit dir tanzen.« Und schon zog er sie auf die Tanzfläche. Sie war so leicht wie eine Feder und tanzte wie eine Elfe. Die Musik lag ihr im Blut. Sie war ein Mädchen, wie er noch nie eins besessen hatte. Er konnte nicht aufhören, in ihre Augen zu schauen.

»Kleine Hexe«, murmelte er und drückte sie an sich. »Kommst du direkt aus der Höll?«

»Vielleicht«, blitzte sie ihn an.

Immer wieder wurden die Musiker angefeuert und der Saal dröhnte. Caspar konnte es kaum ohne Marianne aushalten. Aber zwischendurch musste sie bedienen. Das erste Frührot stahl sich ganz sacht über die Berge, als man endlich drunten im Tal müde und erschöpft nach Hause schlich. Da hatte so manch einer einen dicken Brummschädel. Und wenn man daran dachte, dass nun der graue Alltag wieder sein Recht forderte, schauderte man zusammen.

Während die Leute eilig den Betten zustrebten, standen Caspar und Marianne unter einer hohen Tanne und küssten sich leidenschaftlich. Der Bursch konnte nicht genug bekommen, aber Marianne schob ihn zur Seite und sagte: »Ich muss jetzt heim, ich bin müde.«

Er starrte sie an. »Aber...«, stammelte er.

Sie lachte leise auf.

»Caspar, das Fest ist vorbei. War recht nett mit dir, wirklich.«

»Soll das heißen, dass du nix von mir wissen willst?«, keuchte er entsetzt.

»Geh«, lachte sie, »so ein Bursch wie du es bist, der hat doch an jedem Finger zehn. Nein, du spielst mit mir, und das hab ich gar nicht gerne.«

Caspar sah nur rot, er hatte Feuer gefangen. Sein Herz brannte lichterloh. Er sehnte sich nach dem weichen, biegsamen Körper des Mädchens. Kaum konnte er mehr klar denken.

»Ich komm wieder«, keuchte er. »Wirklich, alle Tag komm ich wieder zu dir, Marianne.«

Lachend rannte sie den schmalen Weg entlang.

»Du wirst es schon sehen«, schrie er ihr nach.

Als das junge Mädchen die kleine Hüttentür aufstieß, stand schon die Tante in der Küche und kochte Kaffee.

»So spät kommst du heim, eine Sünde ist das«, fauchte sie das junge Mädchen an.

»Wir hatten mächtig viel zu tun, Tante. Vor einer Stunde war das Tanzfest erst vorbei.«

»Ja, das Talfest«, sagte sie und blickte aus dem Fenster. »Als ich noch jung war, da bin ich auch dort gewesen und hab getanzt, aber seit ich das Rheuma hab, bin ich froh, wenn ich nur ein paar Schritte ohne Schmerzen machen kann.«

Marianne deckte den kärglichen Frühstückstisch. »Kennst du den Caspar Patscheider, Tante?«

»Freilich kenn ich den. Wer soll den nicht kennen, Kind. Der wohnt in Unterrainer, das ist über die Berge eine gute Stunde zu gehen. Einen prachtvollen Hof soll er haben, der Patscheider. Aber warum fragst du mich das, Marianne?«

Ihre Augen blitzten auf. »Weil ich ihn im Netz zappeln hab, darum. Er ist ganz närrisch nach mir, Tante.«

Die Tante riss die Augen auf.

»Was sagst du da?«, keuchte sie.

»Er stellt mir nach, er ist ganz narrisch nach mir, Tante. Ist das nicht wundervoll?«

»Du meine Güte, Kind, bist du denn ganz und gar verrückt? Das ist ein furchtbarer Mensch. Der kann keinen Weiberrock in Ruhe lassen. Sieh dich vor, das gibt nur Unglück. Marianne, lass es dir gesagt sein. Wenn er noch einmal kommt, dann verschließ dich vor ihm.«

»Oh«, entgegnete sie ruhig, »da brauchst du keine Angst zu haben, Tante. Ich bin nicht dumm. Ehe du dich versiehst, bin ich die Bäuerin auf dem schönen Hof, und dann hole ich dich zu mir, und du brauchst dich nicht mehr so arg plagen und mühen. Dann hast du es leichter auf deine alten Tage.«

Das graue Haupt der alten Frau wiegte sich hin und her.

»Du bist ein Närrchen, wenn du glaubst, nur ein schönes Gesicht genügt, um so einen Hof zu ergattern. Du kennst den Bauernstolz nicht, mein Kind. Die haben hier Eisenköpfe, und besonders die Großbauern. Lass es dir gesagt sein.«

Aber Marianne dachte nur: *Die Tante ist schon alt, und damals mochte man vielleicht noch so denken. Aber jetzt doch nicht mehr. Ich werd es sehr geschickt machen, oh ja, der Caspar wird gar nicht anders können, als mich heiraten.*

»Ich leg mich jetzt ein wenig hin und schlaf. Nachher muss ich wieder zum Krug hinunter«, sagte das Mädchen und ging in die ärmliche Kammer.

2. Kapitel

Caspar brauchte viel länger, um seinen Rausch auszuschlafen. Die Mutter sorgte sich schon und glaubte, er sei tot, weil er gar nicht mehr aus der Kammer wollte. Aber dann war er plötzlich da und verlangte heißes Wasser für die Rasur und frisch geputzte Schuhe und ein sauberes Hemd.

Die Magd musste nur so flitzen, um alles zu tun, was der Jungbauer von ihr verlangte.

»Los, beeil dich, faule Dirn!«

Das Mädchen war nicht sehr hell im Kopf und floh vor ihm davon. Die Mutter mischte sich ein.

»Was ist denn los, Caspar? Willst du so geschniegelt aufs Feld gehen?«

»Nein«, lachte er auf. »Ich hab was vor.«

Sie kannte ihren Buben gut genug, er war ein Querkopf wie der Vater. Die Mutter durfte sich krummschuften, die Mannsbilder spielten die Herren. Jetzt musste sie sich auch schon dem Buben beugen. So schwieg sie denn und ließ ihn gewähren.

Wenig später verließ er das prachtvolle Bauernhaus und strebte dem Gebirge zu. Zwischen den zerklüfteten Bergen schlängelte sich ein Pfad zum nächsten Tal. Das war kürzer, als wenn man die Talstraße entlanglief. Autos kannte man hier noch nicht. Und die Pferde waren nur für die Landwirtschaft da. Weil die Hänge so steil waren, musste man alles mit Menschenkraft machen. Solange sie noch so billig war, konnte man noch wirtschaften und Erspartes auf die Kasse bringen. Aber die Zeit veränderte sich und es war nicht mehr so wie zu Großvaters Zeiten.

Hierüber machte sich Caspar aber herzlich wenig Sorgen. Er hatte immer Geld in der Tasche. Der Vater kümmerte sich um alles. Wenn er Lust hatte, half er in der Wirtschaft, aber das auch nur unregelmäßig. Er war ja der Hoferbe. Später einmal wenn der Vater nicht mehr da war, dann musste er sich selbstverständlich um alles kümmern. Aber bis dahin hatte es noch seine Zeit.

Leichtfüßig strebte er dem Gebirge zu: Und nach einer guten Stunde Fußweg war er unten in Sillebach. Die Festwiese war schon wieder abgeräumt. Ach hier, waren die Häuser alle viel kleiner und dürftiger. Der Sillebacher Marktflecken war arm, sie konnten sich nicht mal ein eigenes Gemeindehaus leisten. Und dann die winzige Kirche. Alles roch nach Armut. In Unterrainer wohnten die reichen Bauern. Dort waren auch die saftigsten Wiesen und die schönsten Almen weit und breit.

Caspar öffnete die Tür zum Krugwirt. Marianne stand am Tresen und spülte Biergläser. Als sie den Gast erkannte, neigte sie schnell den Kopf und tat so, als habe sie sehr viel zu schaffen und überhaupt keine Zeit für ein Schwätzchen.

Doch der Jungbauer ließ sich nicht davon beirren. Er stellte sich an den Tresen und blickte sie an.

»Na? Schon ausgeschlafen?«

»Wir haben nicht so viel Zeit, müssen immerzu schaffen«, gab sie schlagfertig zurück.

»Ich glaub, du bist wirklich eine kleine Hexe, so hat noch nie ein Madl mit mir gesprochen.«

»Dann wird es höchste Zeit, sonst schwillt dein Kamm noch gar zu sehr an«, gab sie patzig zurück.

Caspar sah für einen Augenblick rot. Sollte er sich das wirklich bieten lassen? Aber sie war so verteufelt hübsch, und ihre Augen flimmerten so eigenartig. Sein Blut begann wieder zu brodeln.

»Wann hast denn frei?«

»Warum willst du das wissen?«, fragte das Mädchen und spülte dabei weiter die Gläser. Der Caspar konnte ja nicht ahnen, dass ihr dabei das Herz bis zum Hals schlug. Und sie zitterte, aber sie hielt sich tapfer.

»Nun, hier unterhält es sich nicht gut, Marianne. Wann hast frei?«

»In einer halben Stunde«, sagte sie und lachte ihn an. »Wenn du brav bist, dann schenk ich dir ein Stündlein.«

Er bestellte sich eine Maß und ging damit zum Fenster und blickte auf den kleinen Marktflecken hinaus. Caspar fragte sich, was er mit der Dirn vorhatte. Natürlich war sie nicht zum Heiraten, er wollte nur sein kleines Vergnügen mit ihr haben. Ihn kümmerte es wenig, dass die Mädchen, die er nicht mehr wollte, schwer einen anderen Burschen bekamen. Glaubten sie doch, sie wären nicht mehr Jungfrau, kannten sie doch den Caspar. Und die Mädchen weinten sich oft die Augen über seine Untreue aus. Alle warfen sie sich ihm an den Hals, nur in der Hoffnung, eine reiche Bäuerin zu werden. Aber sie machten es ihm ja auch so leicht. Warum sollte er nicht nehmen, was sich so freigebig anbot?

»So, für zwei Stunden kann ich jetzt fort.«

»Na, dann komm«, sagte er und lachte sie an.

Alle im Dorf sahen sie an Caspars Seite. Marianne merkte die Blicke sehr wohl, wenn sie auch verstohlen waren. Sie reckte sich und war sehr stolz darüber.

Caspar lenkte seine Schritte am Dieslishof vorbei, und wenig später befanden sie sich im Vogelloch. Warum dieser kleine Rundweg so genannt wurde, wusste er auch nicht. Aber er lag ziemlich hoch über dem Dorf, und nur ganz selten kam um diese Zeit jemand vorbei.

Kaum waren sie den neugierigen Blicken entschwunden, da packte er Marianne und küsste sie leidenschaftlich. Ihr Blut geriet in Wallung, und ein heißes Ziehen in der Brust machte sich bemerkbar.

»Oh du«, keuchte sie, »lass mich, deswegen bin ich nicht mit dir gekommen.«

»Nein?«, tat er erstaunt. »Aber neulich in der Nacht, da durft ich dich auch busserln, und jetzt hast du es auch gern, ich spür es genau.«

»Ich bin nicht so eine«, rief das Mädchen.

»Wie meinst du das?«, fragte er lachend und wollte sie wieder an sich ziehen.

»Die sich jedem Bursch an den Hals wirft«, sagte wie sehr wütend, denn sie verlor langsam die Kontrolle über sich.

»He«, lachte Caspar, »ich bin ja auch nicht jeder, das musst doch schon gemerkt haben.«

Endlich hatte sie sich von ihm befreit. Sie atmete heftig.

»Komm mir nicht zu nah, Caspar«, rief sie mit heißen Wangen.

»Aber das ist doch so schön, wir sind jung, ich steh auf dich, wenn das noch nicht gemerkt hast, Marianne.«

»So? Und morgen hast wieder eine andere im Kopf. Ich hab viel von dir gehört. Nein, ich bin nicht so dumm, wie du glaubst. Ich lass mich nicht übertölpeln.«

Er starrte sie an. Widerstand, das war wirklich etwas ganz Neues. Der Bursch merkte, er musste eine ganz andere Taktik anwenden, um sie wirklich zu erobern. Wenn er sich vorstellte, mit der schönen Marianne im Heu zu liegen, ihren Körper zu streicheln, du meine Güte, jetzt sah er schon rote Ringe vor seinen Augen. Sie machte ihn einfach toll.

Ehe er sie noch einmal packen konnte, um sie an seine Brust zu ziehen, war sie an ihm vorbei und lief schon ins Dorf zurück.

»So wart doch«, rief er. »Marianne, so wart doch!«

Aber sie war so leichtfüßig wie ein Reh, und ihr Lachen klang perlend und aufpeitschend zugleich. Wie ein tollpatschiger Bär trottete er hinter ihr her.

Kurz vor dem Dieslishof hielt sie an und ließ ihn näherkommen. Jetzt würde er sie nicht mehr überfallen.

»Ich hab der Tante versprochen, für sie die Fenster zu putzen, darum muss ich jetzt heim.«

Caspar konnte nicht mal mehr eine Antwort geben, schon war sie fort. Da stand er mitten in der prallen Sonne, und jetzt spürte er die unbändige Hitze und war schrecklich wütend. Da hatte er sich eigens ein frisches Hemd angezogen, war den langen Weg von Unterrainer gekommen, nur damit er sie einmal busserln durfte.

»Du verdammte Hexe«, fluchte er vor sich hin. »Wenn du meinst, ich komm noch mal wieder, dann hast du dich geirrt.«

Wie ein gereizter bösartiger Stier stapfte er davon. Caspar wollte wirklich nichts mehr von der schwarzen Marianne wissen. *Pah*, dachte er, *ich werde mir ein Mädchen suchen, und dann werd ich vor ihr mit der Kleinen schmusen. Grün vor Wut soll sie werden und toll vor Eifersucht.*

Er lag in einer Wiese und blickte in die blauen Blumen, die um ihn herumstanden. Dann aber sagte er sich plötzlich: *Woher weiß ich, ob sie wirklich etwas für mich empfindet. Vielleicht macht sie sich nur einen Spaß und will mich narren, und ich fall' darauf herein.* Oh, das zu denken machte ihn noch toller. Er, Caspar Patscheider, ließ sich nicht zum Narren machen.

»Verfluchtes Weib«, keuchte er vor sich hin.

3. Kapitel

Die Mutter wunderte sich über ihren Buben. Sonst war er immer so stürmisch und ging seine eigenen Wege, kümmerte sich kaum, was auf dem Hof vor sich ging. Und jetzt war er seit ein paar Tagen lammfromm. Seit zwei Tagen stand er von morgens bis zum Dunkelwerden im Schuppen und zerkleinerte Holz für den Winter. Eigentlich war das die Arbeit des Sebastian, und diese wurde immer getan, wenn draußen schlechtes Wetter war und man nicht ins Heu fahren konnte.

Aber Caspar musste sich irgendwie abreagieren, sonst würde er noch toll vor Wut und Zorn. Doch er konnte sich bis zur Erschöpfung verausgaben, vergessen konnte er die Marianne nicht. Mit Macht zog sie ihn an, und nach fünf Tagen hielt er es einfach nicht mehr aus. Wenn er nur daran dachte, dass die anderen Burschen in Sillebach ihn vielleicht ausstachen, just in diesem Augenblick, da fiel die Axt in die nächste Ecke, und er stürmte in seine Kammer und zog sich den Sonntagsjanker an. Die Mutter sah ihn, wie er über die Wiese rannte. Der Vater kam in die Stube und hatte ein sorgenvolles Gesicht.

»Wo geht er denn jetzt schon wieder hin?«

»Wenn ich das wüsst! Mir sagt er ja nix. Ich muss immer warten, bis er von selbst den Mund auftut.«

»Er soll endlich ruhiger werden. Hat sich doch jetzt genug die Hörner abgestoßen, es wird endlich Zeit. Wenn er nicht selbst darauf kommt, dann werd ich dem Treiben einen Riegel vorschieben.«

»Wie willst das schaffen?«, staunte sie. »Der Caspar ist so störrisch wie eine Geiß, der lässt sich doch nix sagen.«

Der Bauer starrte seine Frau wütend an. »Ja, weil du ihn verdorben hast. Verwöhnt hast ihn wie keines, und jeden Willen hat er bekommen, hast ihn angebetet. Jetzt siehst, was daraus geworden ist.«

»Aber Mann, es war doch unser Einziger!«, schrie die Frau auf. »Ich hab es doch nur so gehütet, weil ich so Angst hatte, es könnt was an ihn rankommen.«

»Ach«, sagte er nur verächtlich. »Ihr Weiber habt immer eine Ausrede, aber ich werde mir den Buben schon vorknöpfen, das schwör ich dir. Ich seh mir das nicht länger mehr an. Und außerdem muss er einfach...«. Nach diesen Worten verließ er die Küche.

Derweil war Caspar unten im Dorfkrug eingetroffen. Für Marianne waren diese fünf Tage auch eine schreckliche Zeit gewesen. Ständig hatte sie sich Vorwürfe gemacht und sich gesagt, *vielleicht war ich doch zu hart zu ihm. Das konnte er nicht verkraften. Ein wenig muss ich ihm schon zeigen, dass ich ihn mag, sonst geht er mir nicht ins Netz.*

Doch als er jetzt so plötzlich vor ihr stand und sie sein Gesicht sah, da hätte sie am liebsten aufgejauchzt. Er war toll vor Liebe und das hatte sie gern. Dann würde sie ihn um den kleinen Finger wickeln können.

Er sah sie an, und sie gab sein Lächeln zurück. Da fühlte er eine Last vom Herzen fallen. Vor lauter Freude trank er eine Maß nach der anderen. Diesmal musste er lange warten, bis sie endlich abgelöst wurde. Die Sterne standen schon am Himmel, als sie sich davonmachten.

»Du machst mich narrisch, ich bin wild nach dir. Ich bin wie verhext«, keuchte er immer wieder und umschlang sie heftig und wild. So fielen sie ins feuchte Gras und küssten sich leidenschaftlich.

»Du«, sagte Marianne und wollte sich ein wenig von ihm entfernen. Seine Nähe machte sie toll, und sie musste doch einen klaren Kopf behalten, sonst würde sie etwas falsch machen. Aber sie hatte auch Alkohol getrunken, und so verschwammen die Gedanken, und sie fühlte nur die Nähe des Burschen. Seine Liebe und all die Schwüre, die er ihr gab, flossen wie Feuer in ihre Seele, und sie dachte, *nun hab ich ihn an der Angel, nun bin ich seiner sicher.*

Ja, und weil sie beide toll vor Liebe waren und dem Alkohol zugesprochen hatten, da kam es ebenso, wie es kommen musste, und sie fanden sich in der Liebe. Caspar hatte noch nie eine so tolle Frau besessen und war wie verrückt und entzückt zugleich. Er sagte sich, *das ist das fremde Blut in ihr. Sie ist wirklich wie eine kleine verfluchte Hexe. Du meine Güte, sie verbrennt mich, sie macht mich verrückt. Ich bin narrisch nach ihr. Jetzt wo ich sie gekostet habe, ist mir noch viel toller und wilder im Herzen, und ich möcht sie immer halten und lieben. Du meine Güte, dass es so etwas gibt.*

Als Marianne zu sich kam und spürte, zu was sie sich hatte hinreißen lassen, da wurde sie ganz starr vor Schreck und bekam es mit der Angst zu tun. Sie wusste von den andern, wenn man das Wertvollste verschenkte, dann wollten nachher die Burschen nix mehr von einem wissen. Aber der Caspar war wie verrückt, und immer wieder sagte er ihr, wie sehr er sie liebe, wie sehr es ihm nach ihr verlange. Sie wäre das beste Mädchen auf der ganzen Welt.

Dann machten sie ein Treffen für den nächsten Abend aus. Als sie sich verabschiedeten, da brannte die Liebe noch immer heiß und wild.

Marianne ging leichtfüßig nach Sillebach zurück. Und die Berge hatten alles gesehen, aber sie sagten kein Wort. Schweigend standen sie in der Nacht, wie Beschützer um das Dorf, obwohl man sich im Winter vor ihnen fürchten musste. Wie oft kam dann eine Lawine herunter und begrub Menschen und Tiere.

Aber jetzt dachte das Mädchen nicht an Unglück und Tod. Sie fühlte in sich heiß die Liebe brennen, und ihr Gesicht war schöner denn je. Als sie wieder in die Gaststube trat, wunderte man sich über den hellen Glanz, und die jungen Burschen versammelten sich um Marianne.

Der Wirt konnte mit seiner Bedienung recht zufrieden sein. Seit sie hier ausschenkte, war abends der Krug immer voll. Besonders von jungen Burschen. Jetzt hoffte er nur, dass Marianne nicht so schnell heiraten würde, denn dann war der Zauber vorbei. Ein Ehemann ließ sich das nicht gefallen. Und überhaupt würde sie dann wohl sofort aufhören müssen.

Caspar kam wie trunken nach Hause. Als er in den Hausflur trat, versperrte ihm der Vater den Weg.

»Ich muss dich sprechen«, sagte er herrisch.

»Geh, hat das nicht Zeit bis morgen? Ich bin müde und will mich schlafen legen.«

»Und morgen bist dann fort. Nein, ich muss dich jetzt sprechen.«

Caspar sah ihn mürrisch an. So hatte der Vater noch nie mit ihm geredet.

»Was willst denn von mir?«, fragte er unwillig.

Da merkte der Vater, dass der Sohn getrunken hatte. Er wusste, jetzt mit ihm zu reden, das war zwecklos. Sollte er ruhig erst mal seinen Rausch ausschlafen. Morgen gleich nach dem Frühstück aber würde er sich den Buben vorknöpfen.

»Geh in deine Kammer und schlaf deinen Rausch aus«, sagte er laut.

Caspar nahm zwei Stufen auf einmal, und polternd fiel wenig später oben die Tür ins Schloss.

Während er oben zu schnarchen anfing, ging unten in der guten Stube der Vater auf und ab. Die Mutter saß auf der Ofenbank und strickte. Verstohlen blickte sie ihn von der Seite her an. Er schien Sorgen zu haben, aber sie wagte nicht, ihn anzusprechen. Der Mann konnte so jähzornig werden. Glücklich war ihre Ehe nicht. Aber im Gebirge, da kannte man nicht viel von der Liebe. Da heiratete man, weil die Eltern es so wollten, weil die Wiesen und Almen aneinanderstießen, weil man Geld hatte und eben zusammenpasste. Und dann musste man an die Fortpflanzung denken. So ein junges Weib, das hatte zu schaffen für zwei und ganz wenig Geld für sich auszugeben.

Ja, so waren die Zeiten gewesen, und auch jetzt dachten die meisten Männer noch immer so. Auch im Rat waren nur Männer, immer nur Männer. Sie kümmerten sich um alles, als wenn wir Frauen zu dumm wären, dachte sie bei sich. Ihre Gedanken wanderten zum Sohn, und unwillkürlich musste sie daran denken, wie es sein würde, wenn nun der Caspar auch eine Frau hätte. Dann wären sie zu zweit. Ob er auch so gleichgültig seiner Frau gegenüber sein würde? Oder war die Jugend schon anders?

Sie hatte nichts dagegen, wenn eine junge Bäuerin auf den Hof kam, dann konnte sie ihr viel Arbeit überlassen und es selbst langsamer gehen lassen. Viele alte Bäuerinnen sträubten sich ja gegen eine Junge. Sie wollten das Zepter nicht aus der Hand legen. Aber sie war schon so lange müde, und ihr Rücken tat weh, und manchmal hatte sie das Gefühl, die Beine würden ihr bald den Dienst verweigern. Vielleicht nahm der Caspar den Rat des Vaters an? Es wurde ja allmählich Zeit, dass er sich eine Frau suchte.

4. Kapitel

Am nächsten Morgen saßen Vater und Sohn in der Küche in der Frühstücksecke und ließen sich den frischen Speck und die knusprigen Eier schmecken. Der Vater war schon draußen auf den Wiesen gewesen. Dies war sein zweites Frühstück, Caspar hingegen war gerade erst aufgestanden. Während er nun den Speck schnitt, musste er an Marianne denken. Er freute sich schon auf den Abend.

»Hast du überhaupt gehört, was ich gesagt habe?«, fragte der Vater grollend.

Caspar sah verblüfft auf. Er hatte gar nichts gehört.

»Was hast gesagt?«

»Du sollst endlich heiraten! Verstanden?«

»Oh, du meinst also, ich soll mir eine Frau nehmen?«

»Ja, und dann wirst endlich mit dem Streunen aufhören und mir in der Wirtschaft helfen. Damals hab ich noch nicht so lang warten dürfen. Der Vater hätte mich kreuzlahm geschlagen.«

»Damals«, sagte der Sohn verächtlich. »Vater, die Zeit kann man nicht mehr zurückdrehen. Es stürmt vorwärts, immer zu.«

»Das brauchst mir nicht zu sagen. Äußere dich lieber, wie du dazu stehst, Caspar.«

»Oh«, sagte dieser, »das wäre wirklich nicht schlecht.« Er dachte an Marianne. Der Vater würde zwar staunen, dass er eine Dunkle zur Frau bekam, so dunkel wie eine Ausländerin, aber egal, sie war ein tolles Weib. Aber das konnte er dem Vater wohl nicht erklären. »Ich hätte da schon eine, die ich möchte. Und wenn ich heiraten soll, nun, warum dann die nicht.«

»Ich hab auch eine für dich«, sagte der Vater barsch.

»Wie? Was hast?«

»Eine Frau für dich. Mit dem Vater bin ich schon einig und es wird Zeit, dass du sie nimmst, bevor er etwas merkt.«

Caspar legte Messer und Gabel nieder und starrte seinen Vater an.

»Jetzt wiederhole es noch einmal. Du hast eine Frau für mich ausgesucht?«

Der Vater lachte rau auf. »Wie ich dich kenne, hast du nicht daran gedacht, dir eine Reiche zu suchen. Aber die Regina Haggenmoos bekommt einen schönen Batzen mit. Der Vater hat's mir gesagt. Und ich will, dass du um sie freist.«

Caspar starrte ihn offenen Mundes an, dann lachte er schallend. »Ja mei, befinden wir uns denn noch im Altertum, ich werd verrückt. Also damit plagst du dich die ganze Zeit herum, Vater. Zum Teufel, glaubst du denn wirklich, ich werd es tun?«

»Schön«, sagte der Vater wütend, »wenn du eine andere mit Mitgift hast, mir soll's recht sein.«

»Geld«, lachte Caspar lauthals, »an etwas anderes kannst du wohl nicht denken? Geld und nochmals Geld. Haben wir denn nicht genug?«

»Nein«, sagte der Vater ruhig und griff nach seiner Stummelpfeife.

Caspar hörte auf zu essen. Auch die Mutter stand jetzt reglos am Herd.

»Das ist nur äußerer Schein«, erklärte der Bauer. »Wir stecken ziemlich tief in der Tinte. Die letzten beiden Jahre waren sehr schlecht. Du hast dich ja nicht viel um die Wirtschaft gekümmert, sonst hättest du gewusst, dass uns zweimal das meiste Heu verregnet ist, sodass wir im Winter kaufen mussten. Und dann die vier tragenden Kühe, die uns eingegangen sind. Das Dach des Hauses habe ich neu richten lassen müssen. Und heuer sieht es mit der Ernte auch nicht prächtig aus. Es muss etwas geschehen, sonst wissen sie es bald alle.«

»Vater«, keuchte der Sohn. »Warum hast das nicht früher gesagt?«

»Ich hab gedacht, wart diese Ernte ab, dann geht es wieder aufwärts mit uns. Aber ich kann das jetzt schon überblicken, es wird nit reichen.«

Caspars Hände ballten sich, er schloss für Sekunden die Augen. Da war er wie ein Gockel umherspaziert, und jetzt musste er feststellen, dass ihnen das Wasser bis zum Hals stand. Nie und nimmer durften die Dörfler das erfahren.

Er hörte seinen Vater sagen: »Darum hab ich mit dem Haggenmoos gesprochen. Ich hab uns für den Sonntag angemeldet. Du wirst also mitkommen und dich um die Regina bemühen. Es muss sehr schnell über die Bühne gehen. Ich kenne den Alten. Wenn der merkt, dass bei uns was nicht stimmt, dann macht der sein Säckel zu.«

»Vater«, murmelte Caspar, »ich kann doch nit eine Frau nehmen, die ich nit kenn und nicht lieb habe, das kannst doch nicht von mir verlangen. Grad jetzt, wo ich ein Mädchen kennengelernt hab, Vater, ein Dirndl, das so schön ist, dass du es nimmer glauben tust.«

Der Vater antwortete: »Hast Zeit genug von mir bekommen, dir die Hörner abzurennen. Und was mit der Heirat ist, das spielt doch keine Rolle, ob man die Frau liebt. Sie schaffen für einen und alles andere wird sich regeln. Im Dunklen sind doch alle Frauen gleich.«

Die Mutter stand am Herd und wurde blass. Das hätte er in ihrer Gegenwart nicht sagen dürfen. Oh, das tat so weh, so furchtbar weh. Ein Viehstück galt also mehr in seinen Augen als die eigene Frau. Und man hatte alles klaglos hinzunehmen.

Caspar warf unwillkürlich einen Blick nach der Mutter. Sie tat ihm leid. Aber er hatte auch nicht viel Gewissen. Wenn es darum ging, dass man ihn vielleicht einen armen Hanswurst nannte, nein, das konnte nicht angehen. Und wenn man sich wirklich sanieren konnte. Er hatte es ja gewusst, die ganze Zeit, irgendwann musste er sich eine Frau für den Hof suchen.

Bis vor Kurzem hätte ihm das auch noch nichts ausgemacht, und er hätte sofort ja gesagt. Aber inzwischen hatte er Marianne kennengelernt. Sollte er sie jetzt so schnell verlassen? Und die Liebesglut, die sie in ihm entfacht hatte? Konnte er damit zurechtkommen?

»Am Sonntag kommst du mit, und jetzt weißt du Bescheid.«

Caspar hielt es in der Stube nicht mehr aus. Er ging nach draußen in den Laubengang. Da saß er nun und starrte auf die Berge. Was sollte er nur tun? Was denn? Er verzehrte sich nach dem Mädchen, und jetzt sollte er sie jemand anders überlassen?

Doch dann kam ihm in den Sinn, *ich werd so lang zu ihr gehen, wie sie nicht weiß, dass ich heiraten werde. Bis jetzt ist immer nach einer gewissen Zeit mein Gefühl für ein Madl erkaltet. So wird es auch bei der Marianne sein, und dann hab ich meine Ruhe. Ja, grad so werde ich es machen.*

Marianne war entzückt, wie brav und nett der Caspar zu ihr war. Immer wenn sie sich trafen, lebten sie ganz ihrer Liebe. Sie wurde dadurch immer wilder, heißer, mächtiger. Caspar verlor sich ganz. Es war jetzt auch nicht nur die Lust nach der Frau, sondern er schien sie wirklich zu lieben. Es kam jetzt immer häufiger vor, dass er sich mit ihr unterhielt, sich für sie interessierte, was sie tat und dachte. Er hing an ihr mit Haut und Haar und konnte nicht genug von ihr bekommen.

Die Tage zerrannen wie Wasser. Noch einer, dann war Sonntag, und er musste mit den Eltern nach Reißwinkel, um die Braut anzusehen. Alles zog ihn zu Marianne. Hin und wieder kamen ihm tatsächlich so unsinnige Gedanken, wie, *wenn ich jetzt einfach mit ihr durchbrenn, weit fort. Ich bin doch stark und finde überall Arbeit.* Aber sofort sagte er sich: *Dann wirst immer nur ein Knecht sein, vielleicht Verwalter, hast aber nie das Ansehen wie ein reicher Bauer.* Es lag ihm im Blut, das stolze unbändige, und dann die Heimat verlassen?

Manchmal lag er neben ihr im Gras und stöhnte heftig und wild auf.

Dann strich Marianne ihm behutsam über das Haar und fragte mit leiser Stimme: »Was hast denn? Was ist mit dir?«

Er umschlang sie dann nur noch heftiger und legte seinen Kopf an ihre Brust.

»Ich kann es dir nicht sagen.«

»Geh, wir haben uns doch lieb, dann muss man auch Vertrauen haben, Caspar.«

»Du«, sagte er nur und erhob sich. »Ich muss jetzt wieder gehen.«

Mit Stolz und Freude fühlte sie, wie schwer ihm der Abschied jedes Mal fiel. Marianne sagte sich: *Noch ein paar Wochen, dann hab ich ihn so fest, dass er alles tut, was ich will. Dann verlang ich, dass er mich zu seinen Eltern mitnimmt. Und wenn er das nicht will, dann entzieh ich mich ihm. Oh, ich kenn mich aus, er wird gar nicht anders können. Und sagt er mir nicht immer: »Ich liebe dich wirklich. Dich liebe ich über alles. Ach, du bist mir alles wert.«*

5. Kapitel

Der Wagen stand angespannt vor dem Haus. Alle trugen sie die besten Sonntagskleider. Die Mutter schloss die Haustür ab und stieg dann auf. Sofort setzten sich die beiden Braunen in Bewegung. Bis nach Reißwinkel waren es an die fünf Kilometer und die zu Fuß zurückzulegen, das war ein schönes Stück Anstrengung. Als sie den Berg hinunter ins Dorf gefahren waren, da wurde die Straße eben und schlängelte sich an den Bergen vorbei. Hier konnte man die Pferde antreiben, und hurtig ging die Fahrt davon.

Marianne stand in ihrem kleinen Dachstübchen und sah den Wagen und erkannte auch den Caspar darauf. Aber sie hatte keine Sorgen, denn er hatte ihr gestern gesagt, sie müssten eine Tante besuchen und die Eltern verlangten, dass er mitfuhr. Wie sollte sie denn auch die Wahrheit ahnen? Niemand wusste etwas in Sillebach, nicht mal in Unterrainer wussten sie etwas, und das sollte doch wirklich was heißen.

Haggenmoos stand im Laubengang, als sie eintrafen. Die beiden Bäuerinnen unterhielten sich sofort. Der Vater sprach mit dem Alten. Nur Caspar stand etwas linkisch da und kam sich wie ein Stier auf einer Auktion vor. Ständig musste er an Marianne denken. Hätte er heut nicht mitgemusst, so wären sie oben in ihrem Schlupfwinkel gewesen und hätten sich so viel erzählt und gelacht.

»Kommt rein in die Stube. Dort gibt es Kaffee.«

Hölzern und steif ging er hinter den Eltern. Er dachte, *wann präsentiert man mir das Mädchen?* Und blitzartig fiel ihm ein, wenn sie wirklich damit einverstanden war, dann war sie gewiss keine Schönheit und bestimmt sehr froh, dass sie auf diese Weise noch einen Mann bekam.

Damit sollte er dann auch wirklich recht haben. Linkisch und scheu betrat sie wenig später hinter der Mutter die gute Stube, flüsterte ein »Grüß Gott« und schenkte mit zittriger Hand den Kaffee ein. Alle in der Stube wussten ja, warum sie hier waren. Sicher, man kannte sich von den Viehmärkten und weil man im Gebirge jeden kannte. Aber sie hatten sich nie gegenseitig besucht.

Caspar warf einen Blick auf Regina und dachte, *wenn sie jetzt schön wäre, würde es mir leichter fallen.* Aber gegen Marianne wirkte sie so farblos und blass. Allerweltsgesicht und dann die plumpe Figur, die hellen Haare. Die rissigen breiten Hände, Mariannes Hände dagegen! Und die pflegte sie ja auch täglich. Ihre Stimme klang auch so träge. Regina fühlte, wie ihr das Rot über den

Kragen des Dirndlkleides kroch und hätte sich am liebsten hinterm Herd versteckt.

Sie mochte Caspar auf Anhieb. Darum war sie ja auch so verwirrt, weil er gekommen war. So ein schönes Mannsbild konnte sich doch jedes Madl holen. Wieso war er einverstanden?

Die Eltern schickten sie wie zwei unmündige Kinder nach draußen in den Laubengang. Sie sollten sich unterhalten. Caspar stand da, und Regina nestelte an ihrer Schürze herum.

»Du weißt also Bescheid?«

Sie nickte heftig.

Herrje, dachte der Mann, *warum haben wir die schlechten Ernten haben müssen?* Dann: *Nun ja, sie ist gutmütig und wird nicht aufmucken. Was hält mich also zurück? Die Marianne ist für die Lieb. Und wenn ich nun die Regina heirate, dann kommt wieder Geld ins Haus, und ich kann tun, was mir gefällt. Ich werde der Marianne erklären, warum es so hat kommen müssen. Aber ich werd ihr sagen, dass ich bei ihr bleib, sie immer besuchen komm, sobald es meine Zeit erlaubt. Und wenn der Hof erst einmal wieder etwas abwirft, dann werd ich ihr Geschenke machen. Sie wird immer meine Liebste bleiben.*

So närrisch war der Mann, dass er tatsächlich so einfältig dachte und glaubte, das Mädchen wäre damit einverstanden.

Wenig später kam der Vater heraus und zog Caspar zur Seite.

»Also, was ist jetzt mit dir? Hast du es dir überlegt?«

»Von mir aus«, brummte er. »Macht es ab. Ich werd sie nehmen, damit ich meine Ruhe habe.«

Der Vater war zufrieden, dass er so schnell alles regeln konnte, er hatte schon befürchtet, Caspar würde vielleicht Schwierigkeiten machen.

So saßen denn wenig später die beiden Männer zusammen und besprachen alles. Haggenmoos war froh, dass er seine Regina so gut hatte unterbringen können. Der Sohn wollte nämlich nicht eher heiraten, bevor die Schwester fort war. Eine junge Frau und Schwiegermutter und Schwester, das ging nie gut. Freiwillig hatte keiner anbeißen wollen. Natürlich wusste er, dass dem Patscheider im Augenblick das Geld knapp war, aber er ließ es sich nicht anmerken. Zum anderen würde das vorüber gehen. Es war außerdem eine hochachtbare Familie. Der Hof befand sich schon über zweihundert Jahre in der Familie. Regina würde Bäuerin auf einem stolzen Hof sein.

Der Enzian wurde aus dem Schrank geholt, und Caspar versprach, am Dienstag zu kommen, um mit der Regina das Aufgebot zu bestellen. Ziemlich schweigsam setzten sie den Rückweg an. Jeder hing seinen Gedanken nach. Die Mutter dachte, *ich möcht ihr ja das Leben leichter machen, vielleicht, wenn ich mit dem Caspar rede. Er kann sie doch nicht wie ein Stück Holz behandeln. Sie ist ein gutes Mädchen, das hab ich gleich gesehen. Eine gute Schwiegertochter wird sie mir sein.*

Caspar ging gleich, nachdem man zu Hause angekommen war, in seine Kammer. Er warf sich auf das Bett und starrte zur Decke. Am nächsten Tag eilte er rüber nach Sillebach, durch die Schlucht wie immer. Er freute sich auf Marianne, und auch sie war überglücklich, als sie ihn wiedersah. Ihre Liebe kannte keine Grenzen mehr. Und sie vergaßen für Stunden alles, was um sie herum geschah.

»Nicht wahr, du wirst mir immer gehören, Marianne«, rief er mit schwermütiger Stimme.

Sie blickte ihn zärtlich an. »Merkst denn noch immer nicht, wie lieb ich dich hab?«

Er küsste sie leidenschaftlich.

Beim Abschied sagte er: »Morgen kann ich nicht kommen, aber übermorgen komm ich dann wieder, und wir werden uns lieb haben.«

Sie blickte ihm nach und spürte dabei ein seltsames Ziehen in der Brust. Seit einigen Tagen hatte sie überhaupt so ein eigenartiges Gefühl. Manchmal war ihr richtig schwindelig, so als habe sie plötzlich einen Sonnenstich bekommen. Aber sie war gar nicht in der Sonne gewesen.

6. Kapitel

Regina Haggenmoos trug ihr schönstes Dirndl. Es war reich mit Silber geschmückt, aber sie wirkte noch immer fad und unscheinbar. Caspar blickte sie kaum an, als er das Aufgebot bestellte. Jetzt würden sie im Kasten hängen müssen. Und nach vierzehn Tagen konnte sie heiraten. Die Verlobung überging man einfach, da man die Kinder sofort zusammentun wollte. Haggenmoos richteten die Hochzeit aus, wie es sich gehörte. Im Hause Patscheider aber ging es auch hoch her, das ließ sich die Bäuerin nicht nehmen. Wenn die junge Frau hier einzog, dann sollte alles blank und schön aussehen.

Nur wenn der Vater ihm sagte, er müsse sich um seine Braut kümmern, dann machte sich Caspar auf den Weg und besuchte sie. Regina liebte ihn, aber sie war zu scheu, um es ihm zu zeigen. Und Caspar dachte nur an seine Marianne und konnte den Augenblick kaum abwarten, wo sie wieder in seinen Armen liegen würde.

In Unterrainer wusste man nun mittlerweile, dass Caspar heiraten würde, aber weil man mitten in der Erntezeit steckte, kam die Nachricht nur zögernd über das Tal hinaus. In Sillebach wusste man noch nichts.

Marianne stand wie immer im Vogelloch und wartete auf ihren Liebsten. Heute waren die Wangen nicht mehr so rosig, und die Augen waren auch nicht mehr blank. Nervös zupfte sie an dem Tüchlein und ging auf und ab. Erst als sie Caspar in der Ferne sichtete, lief sie ihm entgegen und warf sich ihm stürmisch an die Brust.

Zuerst küssten sie sich leidenschaftlich, aber dann schob Marianne ihn ein wenig von sich und sagte: »Caspar, ich muss dir etwas sagen.«

»Was denn? Warum so feierlich? Nur zu, Marianne, hast vielleicht keine Zeit heut für mich? Geh, das glaub ich dir nicht. Du kannst mich doch nicht wieder fortschicken, wo ich den weiten Weg gemacht hab.«

Sie blickte ihm fest in die Augen und sagte dann mit leiser Stimme: »Caspar, ich erwarte ein Kind.«

Fahle Blässe überzog sein wettergebräuntes Gesicht.

»Marianne«, stammelte er. »Das ist nicht wahr, du meine Güte, das ist doch nicht wahr!«

»Doch«, sagte sie ruhig, »es ist wahr. Damit haben wir doch rechnen müssen.«

Zerschlagen hockte er sich auf einen Stein und vergrub sein Gesicht für einen Augenblick in die Hände. Wieso hatte er nicht daran gedacht? Wieso nur nicht?

Du meine Güte, das jetzt!

»Warum sagst du nix, Caspar, so sprich doch. Du weißt, was das bedeutet, ja?«

»Natürlich«, sagte er dumpf.

Sie schrieben das Jahr 1950. Seit fünf Jahren hatten sie Frieden, und langsam erholten sich die Länder von den schlimmen Verwüstungen, die der Weltkrieg angerichtet hatte. Vieles hatte man über Bord werfen müssen. In den Großstädten lebte man ein ganz anderes Leben als im Gebirge. Und die Moral wurde hier noch sehr großgeschrieben.

Ein Mädchen mit einem unehelichen Kind!

Vor fünfzig Jahren hätte man sie noch vor der Kirchentür ausgepeitscht. Das tat man nicht mehr. Aber die Verachtung, die man für solche unglücklichen Menschen hegte, war eigentlich noch viel schlimmer. Und seine geliebte Marianne bekam nun ein Kind und er... Schaudernd blickte er zur Seite. Welch ein Schuft war er doch gewesen. Die ganze Zeit hatte er nur an seinen Vorteil gedacht. Nie, wie es Marianne aufnehmen würde. Nur an seine Lust hatte er gedacht, darüber nachgesonnen, wie man alles unter einen Hut bekam.

Marianne berührte seine Schulter.

»Caspar, bei meiner Seel, du musst mich jetzt ehrbar machen. Du musst! Bei unserer Liebe, Caspar!«

Er blickte sie stumm an, und sie erschauderte vor diesem Blick.

»Was hast du?«, stammelte sie.

»Ich kann es nicht, Marianne«, antwortete er mit brüchiger Stimme.

»Caspar!« Sie schwankte und wäre gestürzt, wenn er sie nicht gehalten hätte.

Hastig und mit erregter Stimme berichtete er ihr nun die Wahrheit. Bittere heiße Tränen rannen ihr über das Gesicht. Und sie hatte sich so sicher gewähnt, hatte geglaubt, nun würde er nicht mehr zögern und sie zu seiner Braut machen. Marianne musste an die Worte der Tante denken. *Oh Gott, dachte sie schmerzhaft, warum habe ich nicht auf sie gehört? Warum nicht? Ich habe mich fortgeworfen. Einfach fortgeworfen, und jetzt trag ich ein Kind unter dem Herzen und...*

»Marianne, Marianne, was soll ich denn tun? Um Gottes willen so sag doch, was ich tun soll!«

Das Mädchen saß wie erstarrt da und blickte auf die grauen Riesen, die so starr und leblos wirkten. *Ich hasse die Berge,* dachte sie unwillkürlich. *Ich hasse sie, weil sie mich gefangen halten.*

»Wenn ich nicht tu, was der Vater mir befiehlt, dann sind wir verloren. Versteh mich doch, ich muss doch den Hof retten.«

Langsam löste sich ihr Blick, sie sah den Mann an. Bitterkeit stieg in ihr Herz. So einfach hatte er sich das gemacht. Und sie hatte an ihn geglaubt. Gewiss, er schien sie wirklich zu lieben. Aber diese Liebe reichte nicht aus. Zudem musste sie an seine Braut denken, die auch nichts wusste. Wie viele mochte er wohl schon unglücklich gemacht haben? Jetzt musste sie daran denken, was man in Sillebach über Caspar Patscheider erzählte. Aber sie hatte sich für klüger gehalten.

Langsam strafften sich ihre Schultern. *Nein,* dachte sie und presste die Lippen zusammen. *Nein, sie werden es nicht erfahren. Niemand soll wissen, wie tief die stolze Marianne Nöbl gesunken ist. Ich bin jung und kann schaffen. Fortgehen werde ich, ja, und für mein Kind sorgen. Irgendwo in einer Stadt, wo mich keiner kennt, da werde ich leben.*

»Marianne, lass mir ein wenig Zeit! Ich will ja alles tun, und ich werde auch für das Kind zahlen, ehrlich.«

Sie richtete sich hoch auf. »Ich nehme nicht das Geld deiner Frau, Caspar. Danke, ich brauche dich nicht.«

»Aber«, sagte er entgeistert, »ich brauche dich, ich liebe dich wirklich, Marianne. Hörst du, ich liebe dich wirklich.«

»Nur das tröstet mich ein wenig«, sagte sie bitter auflachend. »So kann ich wenigstens später meinem Kind erzählen, du bist in Liebe geboren worden.« Nun liefen ihr die Tränen über das Gesicht.

Caspar stand wie vom Donner gerührt da. In dieser Sekunde fühlte er, Marianne war für immer für ihn verloren. Gleichzeitig wusste er auch, dass er immer um sie trauern würde.

Gerade und stolz ging sie zum Dorf zurück. Er wagte nicht, ihr nachzulaufen. Sie würde ihn wie einen Hund von sich weisen. Und er schlich sich nach Hause. In diesen Minuten war er zum Mann herangereift, und er fühlte dumpf, wie schwer er sich an dem Mädchen versündigt hatte.

Marianne besaß nur so viel Kraft, bis sie das kleine Haus der Tante erreichte. Dort brach sie zusammen und weinte bitterlich. Stammelnd erzählte sie der Tante ihr ganzes Unglück. Aber diese war nicht überrascht, sie hatte es kommen sehen. Und so versuchte sie, da zu trösten; wo sie so verzweifelt war.

»Ich geh fort«, schluchzte sie. »Weit fort. Ich komm nie mehr wieder heim.«

»O Kind, du wirst es schwer haben.«

»Wenn ich hierbleib, müsste ich vor Scham sterben. Außerdem, ich würd ihn immer wieder sehen, und das Herz würde sich mir im Leib herumdrehen.«

Von den geringen Ersparnissen gab die Tante Marianne, was sie entbehren konnte. Am nächsten Morgen in aller Herrgottsfrühe nahm sie den Postbus und fuhr davon...

7. Kapitel

Mit Caspar Patscheider war eine große Verwandlung vorgegangen. Seit Marianne ihn so plötzlich verlassen hatte, war er schweigsam geworden. Alles Ungestüme war wie fortgewischt. Manchmal traf ihn die Mutter in der Stube an, dann saß er brütend und stöhnen da. Oder aber, er packte, seinen Rucksack und rannte in die Berge. Bewusst nahm er dabei die gefährlichsten Klippen und Steigwege. Suchte er die Gefahr? Oder was war mit ihm los?

So hoch oben zwischen Himmel und Erde saß er auf einem Felsbrocken. Wenn er sonst in die Berge stieg, dann war ihm immer sehr leicht und froh zumute. Hatte er dann doch alles hinter sich gelassen, was ihn irgendwie belastete. Aber jetzt? Sein Herz war aufgewühlt. Er konnte nicht mehr schlafen, das Essen schmeckte ihm auch nicht mehr.

Marianne Nöbl konnte er nicht vergessen. Nun wusste er mit Bestimmtheit, er liebte sie über alle Maßen. Sein Herz war dazu wirklich in der Lage, einen anderen Menschen zu lieben. Bis jetzt hatte er das nicht glauben wollen, war so ein Egoist gewesen. All die vielen kleinen Flirts hatten ihm nichts ausgemacht. Er hatte noch gelacht, wenn man ihm erzählte, dass die Mädchen sich die Augen nach ihm ausweinten.

Marianne hatte sein Herz mitgenommen. Er wollte ohne sie nicht mehr leben. Jetzt war es ihm einfach unverständlich, wie er sie hatte fortgehen lassen können. *Pah,* dachte er und hob wild seinen Kopf. *Wenn ich die Regina nicht heirate und nicht ihr Geld bekomme, irgendwie werden wir es auch schaffen. Ganz sicher. Ich werde wie ein Verrückter arbeiten. Ab jetzt will ich nur noch dem Vater helfen. Wenn ich will, kann ich für zwei arbeiten, und dann können wir was vom Wald verkaufen oder Geld aufnehmen. Du meine Güte, es gibt doch so viele Möglichkeiten. Wir müssen es aus eigener Kraft schaffen. Und dann, wenn Marianne bei mir ist, dann wird sie auch für den Hof schaffen wollen. Es wird einfach wundervoll sein. Und wir werden ein Kind haben, einen Buben!*

Plötzlich war alles so klar und einfach, und jetzt hatte er auch keine Zeit mehr, noch länger hier oben zwischen den Wolken zu sitzen. Er musste sofort nach Sillebach und Marianne holen und ihr sagen, dass es Unsinn sei, er wüsste jetzt, dass nur sie ihn glücklich machen konnte.

Als er vier Stunden später in den Krug stürzte, war sie nicht da. Und als man ihm sagte, sie sei fortgegangen, glaubte er, sie sei nur eben zur Tante rüber, um ihr zu helfen. So rannte er weiter.

Die Tante sah ihn kommen und runzelte die Stirn. Dort war der Mensch, der die Nichte ins Unglück gestürzt hatte.

»Was willst du?«, fragte sie herrisch.

»Wo ist Marianne?«

»Für dich nicht mehr zu sprechen«, erwiderte sie kalt. »Geh doch endlich und lass arme Leute in Ruhe.«

Caspar wurde weiß. Hass schlug ihm entgegen. »Aber«, stammelte er, »ich bin doch gekommen, um Marianne zu sagen, dass ich sie heiraten will.«

»Was hast gesagt?«

»Heiraten, Marianne ehrlich machen. Ich will sie heiraten. Wo ist sie, damit ich es ihr gleich selbst erklären kann.«

Die Tante lachte hart auf.

»So«, sagte sie ruhig, »um zu wissen, dass das die Pflicht eines ehrlosen Burschen ist, hast vier Tage gebraucht. Kannst wohl nicht mehr ruhig schlafen?«

»Ich war ein Narr«, stammelte er. »Ich weiß es und bereue alles bitter.«

»Die Marianne ist fort«, berichtete sie leise. »Sie wird auch nicht mehr herkommen. Sie ist in die Welt geflohen. Ich weiß nicht wohin. Hier sollte man nix von ihrer Schande erfahren.«

»Aber ich muss sie sprechen«, schrie er die Tante an. »Ich kann und will ohne Marianne nicht mehr leben. Begreif doch endlich.«

»Da kann ich dir nicht helfen. Und wenn ich auch wüsste, wo sie ist, ich glaub, sie will nix mehr von dir wissen, Caspar. Du hast sie zu sehr verletzt. Sie hat mir alles erzählt.«

Da wusste er, er hatte sein Lebensglück verspielt und schlich nach Hause.

Die Mutter dachte, *vielleicht brütet er eine Krankheit aus. Ob ich den Doktor hole?* Caspar saß in der Küche auf der Ofenbank und streichelte die Katze, aber ihm wurde das gar nicht bewusst.

»In fünf Tagen ist Hochzeit«, sagte die Mutter.

»Ja«, meinte er gleichgültig.

»Ich habe deinen guten Anzug gebürstet und dir ein neues Hemd und neue Schuhe gekauft. Du wirst ein prächtiger Bräutigam sein, Caspar.«

»Ja, Mutter.«

Ihr war richtig unheimlich zumute.

»Was ist los?«, flüsterte sie erschrocken. »Willst du die Regina nicht?«

Caspar hob den Kopf und sah die Mutter an. Das war schon lange nicht mehr geschehen. Jetzt sah er auch, wie alt und verhärmt sie war und wie gebeugt ihre Schultern. Er fühlte tiefes Mitleid mit ihr und schämte sich auch, denn er war nicht immer gut zu ihr gewesen. Und er dachte, *sie hat es nicht leicht mit Vater gehabt, und ich hab sie so gleichgültig behandelt.*

»Mutter«, sagte er ruhig, »irgendjemand muss ich doch heiraten. Da ist es doch ganz egal, wer es ist. Und jetzt haben wir ja schon alles besorgt. Mach dir um mich keine Sorgen, Mutter.« Dann stand er auf und verließ die Stube.

Sie tupfte sich kurz über die Augen und dachte, *mit dem Buben ist etwas geschehen. Mein Gott, ich bin doch seine Mutter. Ich möcht ihm so gern helfen.*

Als sie abends in der Schlafkammer ihrem Mann davon berichtete, wie verloren der Bub durch die Gegend laufe, da lachte er nur und meinte: »Na, so war mir damals auch zumute, als ich meine Freiheit hergeben musste. So ist das nun mal, dann kann man keine Bocksprünge mehr machen. Aber er hat sich lange genug austoben können, der kann mir nix vorwerfen.«

Und die Mutter blickte zur niedrigen Kammer hinauf, und ganz verschwommen sah sie plötzlich ein Gesicht. Es hatte braune Augen und dunkles Haar. Und es lächelte und ihr wurde ganz warm ums Herz. Ihr Herz sagte: »Hansl« und es wurde hell in ihr. Das war ihr Jugendfreund gewesen. Der Sohn des Nachbarn. Wie hatten sie sich liebgehabt. Aber er war arm und die Stube daheim voller Kinder. Dann hatte ihr Vater bestimmt, dass sie den Patscheider nahm. Damals wagte man nicht aufzumucken.

Hansl hatte nie geheiratet und war dann früh gestorben. Man erzählte ihr, er sei im Steinbruch verunglückt. Sie wusste es besser. Seit er wusste, dass sie den andern nehmen musste, da hatte er nicht mehr leben wollen.

Diese Erinnerung barg sie wie einen Schatz in sich. Und nur diese Erinnerung an eine wundervolle Zeit half ihr über all das Schwere hinweg. Über den Tod hinaus liebte sie ihn noch, und sie dachte oft in den einsamen Nächten: *Ist es Sünde, wenn man auch als verheiratete Frau hofft, im Jenseits mit dem Geliebten wieder vereint zu sein?*

8. Kapitel

Die Hochzeit war recht aufwendig. Die Haggenmoos wollten zeigen, wie reich sie waren. Regina hatten sie zurechtgemacht wie keine. Sie wirkte direkt überladen. Aber das junge Mädchen wagte einfach nicht, sich dagegen aufzumucken. Die Mutter war ziemlich streng. Regina wusste, sie wurde nicht geliebt. Aber wenn sie Caspars Frau wurde, dann hatte sie einen eigenen Hausstand, dann durfte ihr keiner mehr Vorschriften machen. Sie war dem Vater nicht mehr untertan, und die Mutter konnte sie dann auch nicht mehr wie eine Magd durch die Gegend rennen lassen.

Caspar stand hoch aufgerichtet neben ihr. Er war wirklich ein toller Bursch. Und die Mädchen in Reißwinkel neideten der Regina den feschen Bräutigam.

»Ja, ja«, wisperte man hinter ihrem Rücken, sodass sie es auch hören konnte, »wenn man Geld hat, dann kann man sich alles kaufen. Sogar einen Mann.«

Regina wurde blutrot, und die Tränen standen ihr in den Augen. Mit letzter Kraft ging sie in die Kirche. Unter den Orgelklängen wurde sie dann ein wenig ruhiger. Caspar dachte die ganze Zeit an Marianne, und sein Herz schrie auf. Sollte er fortlaufen? Sie suchen gehen? Jetzt war es noch nicht zu spät. Noch konnte er diesen Ehefesseln entrinnen. Irgendwo musste sie doch sein. Man musste ihre Spur verfolgen. Dann dachte er, *was wird Regina sagen, wenn ich mich jetzt umdrehe und fortgehe und sie allein vor dem Altar stehen lasse*?

Unwillkürlich blickte er sie an, und da sah er ihre Tränen in den Augen. Er spürte, wie sie verzweifelt nach Halt suchte. Sie war so verstört und musste doch lächeln. Da tat sie ihm furchtbar leid, und er dachte, Marianne würde mir das niemals verzeihen. Sein Glück auf Tränen anderer bauen, das bringt nur Unglück. Und Regina kann doch nichts dafür. Man hat doch einfach über uns bestimmt, und wir müssen tun, was sie wollen.

Er streckte seine Hand aus und legte sie unter ihren Arm. So hatte sie Halt und schwankte nicht mehr. Sie hob ihr Gesicht zu ihm empor und ein Lächeln lag um ihre Lippen. Sie dankte ihm für diese Geste.

Als der Pfarrer sie fragte, da antwortete er mit einem lauten kräftigen »Ja«. Regina fühlte ihr Herz erzittern. Vielleicht wurde doch noch alles gut. Vielleicht konnte er sie lieben lernen. Sie wollte ja alles für ihn tun. Alles!

Während sie Seite an Seite aus der Kirche schritten, dachte Caspar, *nun bin ich ein Ehemann, Regina ist meine Frau. Und wenn die Leute jetzt annehmen, ich sei unglücklich, dann werde ich ihnen zeigen, dass ich mich nicht unterkriegen lasse. Keiner soll hinter unserem Rücken flüs-*

tern. Ich werde ihnen allen die Stirn bieten. Sein alter Stolz bäumte sich auf.

Nur die Mutter ahnte, wie viel Überwindung es ihn kosten musste, während er strahlend lachte und so tat, als sei er sehr glücklich. Regina wusste nichts mehr, sie blickte ihn nur aus ihren blauen Augen an und fühlte tiefe Dankbarkeit in sich aufsteigen. Der Herrgott hatte also ihre Gebete erhört.

Man feierte bis zum Nachmittag im Haus der Braut. Dann wurden die Wagen mit dem Heiratsgut beladen, wie es hier noch üblich war. Und wie viel musste man laden. Gleich vier Wagen brauchte man für all die feinen Sachen. Voran fuhr der Brautwagen und dahinter kamen dann die Eltern, Schwiegereltern und nächsten Verwandten.

Es war strahlender Sonnenschein, als sie in Unterrainer eintrafen. Sie mussten auch durch Sillebach fahren, direkt an dem kleinen Häuschen der Tante vorbei. Sie stand hinter der Gardine und sah den Zug. Um ihre Lippen lag ein hartes Lächeln. Caspar brachte es nicht über sich, noch einmal auf das kleine Häuschen zu blicken. In Zukunft würde er immer einen anderen Weg wählen. Ja, er würde dem Vater begreiflich machen, dass der Weg durch die Schlucht ausgebessert werden müsste. Dann hatten sie einen viel kürzeren Weg, um in die nächste Kreisstadt zu gelangen.

Man hatte Kränze gebunden und Girlanden aufgehängt, um so die junge Frau zu begrüßen. Sie hatte noch nie die Heimat von Caspar gesehen und war jetzt entzückt über die Lage des Hofes und wie hell und lustig alles wirkte. Vor allen Fenstern standen Blumenkästen, und auch im Garten blühte es. Bei ihr daheim hatte die Mutter nicht viel mit Blumen im Sinn.

»Jetzt sind wir daheim«, sagte Caspar und blickte sie an. Dann sprang er vom Wagen und hob sie herunter. Für einen Augenblick hielt er sie umfangen. Wieder schob sich ein anderes Gesicht zwischen Reginas.

»In Zukunft wirst dich aber nicht mehr so aufplustern, ja?«

»Nein«, sagte Regina ruhig. »Die Mutter hat das gewollt. Aber jetzt bin ich mein eigener Herr.«

»Dann ist es ja gut«, meinte er kurz.

Auf dem Patscheiderhof wurde dann weitergefeiert bis tief in die Nacht hinein. Man trank und aß, bis man nicht mehr konnte. Caspar war der Schlimmste unter ihnen. Denn seltsamerweise fürchtete er sich vor der Hochzeitsnacht. Immerzu dachte er, *das kann ich nicht, ich kann der Marianne nicht mehr untreu werden. Das kann man nicht von mir verlangen.*

Die Sterne verblassten schon, und das erste Frührot stand über den gezackten Bergspitzen. Unten im Tal krähten schon die Hähne, da erst ging die Hochzeitsgesellschaft zu Bett.

Regina war schon früher nach oben gegangen. Sie wollte allein sein und sich alles ansehen. Die Stube war viel größer und so hübsch ausgemalt. Hier konnte man wohl leben. Und sie dachte, *wenn ich erst mal all meine Sachen ausgepackt habe, dann werde ich mich hier heimischer fühlen, als ich es je daheim getan habe.*

Sie zog sich aus und holte ihr bestes Nachthemd heraus. Dann legte sie sich in das breite Bett, öffnete ihr blondes Haar und wartete auf ihren Mann. Sie zitterte sehr, denn sie war ja noch Jungfrau. Und aus dem Gemunkel der alten Leute hatte sie oft vernommen, dass es schrecklich sei und die Männer mitunter schlimmer als Vieh waren, aber man müsse es einfach über sich ergehen lassen.

Schon in der Bibel stünde es, du sollst deinem Manne untertan sein. Wenn man Kinder haben wollte, und die musste man haben, schon wegen des Hofes. Regina war so verwirrt und verängstigt, und als sie schließlich die Schritte des Mannes auf der Treppe vernahm, da wurde sie ganz kalt und steif vor Schreck. Als Caspar in die Stube trat, da starrten ihm weit aufgerissene blaue Augen entgegen.

Er hatte wirklich sehr viel getrunken, und er musste sich am Bettpfosten festhalten, um nicht umzustürzen. Aber er war auch wieder so klar, um sofort die ganze Situation zu erfassen. Zudem wusste er, wenn ein Mann so viel getrunken hat, wie er in dieser

Nacht, dann war es mit der Liebe nicht mehr weit her. Es konnte passieren, dass man dabei sogar einschlief. Und so einen Eindruck sollte die junge Frau nun nicht gleich von ihm bekommen. Auch spürte er ihre Angst, sie legte sich beklemmend auf seine Brust. Und er wusste, sie würde, wenn er sie jetzt nahm, steif wie ein Brett daliegen. Da würde ihm die Lust erst recht vergehen oder erst überhaupt nicht kommen.

Für ein paar Minuten blickten sich die beiden stumm an.

»Hör zu«, sagte er leise und lächelte sie an, »du brauchst keine Angst vor mir zu haben, Regina. Ich tue dir nichts, das heißt, wir sollten uns erst näher kennenlernen, bevor...«, Er sprach es nicht aus.

»Du verstehst mich?«

Sie nickte schwach.

»Dann ist es ja gut. Du brauchst wirklich keine Angst zu haben, ich kann mich beherrschen.«

Regina saß da, aufrecht im Bett, die Hände gefaltet und blickte ihn an, wie er sich auszog. Wenig später stieg er dann zu ihr ins Bett. Sie hatte die Vorhänge vergessen zuzuziehen. Es war nun schon so hell, dass sie ihn ganz klar und deutlich neben sich im Bett liegen sah.

Caspar dachte, *tun mir die Füße weh. Und mein Rücken, ich glaub, ich schlaf drei Tage lang, bis ich wieder klar denken kann.* Dann fühlte er, dass noch jemand bei ihm lag, das war ja nun neu für ihn. Er wandte den Kopf zur Seite und sah Regina an.

Nun dachte er, *ich werd sie küssen, dann wird sie glücklich sein.* Er richtete sich kurz auf. Sofort war das Erschrecken in ihren blauen Augen. Er küsste sie kurz und legte sich dann wieder zurück. Kurze Zeit später hörte sie sein Schnarchen.

9. Kapitel

Monate waren ins Land gezogen. Marianne Nöbl hatte eine beachtliche Entfernung zwischen sich und dem kleinen Ort in den Bergen gelassen. Überall war sie gewesen und hatte nach Arbeit gesucht. Aber das taten so viele, und sie musste immer weiter fort. Bis sie eines Tages nach Wien kam. In einer winzigen Kammer richtete sie sich ein und fand dann bald Arbeit bei einer alten adeligen Dame. Sie besorgte ihr den Haushalt, und diese vermittelte ihr noch weitere Putzstellen. So weit hätte alles gut sein können, aber sie war ja schwanger. Es ließ sich nicht mehr verbergen. Die Dame hatte Mitleid mit ihr und gab ihr zuletzt Näh- und Flickarbeiten mit nach Hause. Marianne saß in der kleinen Kammer und weinte viel über ihr karges Los. Einstmals war sie so stolz gewesen.

Jeden Schilling hob sie auf und kaufte dafür, was man für ein Kind benötigt. Einiges bekam sie auch von der Kirche geschenkt. Aber ansonsten war sie ganz auf sich allein gestellt.

Und dann wurde ihre kleine Tochter Daniele geboren. Acht Tage lag sie in der Klinik. Für sie war das die schönste Zeit. Sie konnte sich erholen und schlafen und bekam so viel zu essen, wie sie nur wollte. Aber dann war die Zeit vorbei, und sie musste mit dem Kind fort.

Sie durfte zum Glück die Kleine mit zu ihrer Arbeitsstelle nehmen. Während sie also den Hausstand versorgte, stand das Kind im Wagen unter dem Baum in dem kleinen Garten. Marianne blühte wieder ein wenig auf, und sie war glücklich über dieses Kind. Nun war sie nicht mehr so allein. Später einmal, wenn es größer war, dann konnten sie sich unterhalten. So etwas wie Freundinnen konnten sie vielleicht werden.

Von den Männern aber wollte sie nichts mehr wissen. Wenn sie jetzt auch keine Not litt und ihr Kind gut versorgen konnte, so hatte sie doch schreckliches Heimweh. Ihr ganzes Leben hatte sie immer in den Bergen verbracht. Zuerst in Südtirol, in der Heimat ihres Vaters, und später dann bei der Tante. Hier in

Wien waren die Berge so weit fort. Da gab es nur laute Straßen und Schlösser und Parks.

Sie hatte schwer für ihren Fehltritt gebüßt. Oft saß sie an dem Bettchen ihres Kindes und dachte über die Zukunft nach.

»Wenn mir etwas zustößt, Daniele, dann bist du ein Waisenkind. Ganz allein stehst du dann auf dieser Welt. Oh Gott, ich darf nicht solche Gedanken haben. Das presst mir ja das Herz ab.«

Inzwischen war ein Jahr vergangen, und ihre Gedanken gingen immer wieder in die Heimat. Aber sie schrieb der Tante nicht, denn sie wollte ihr Herz nicht wieder blutend machen. Noch immer hatte sie Caspar nicht vergessen.

Das kleine Mädchen wurde jetzt auch viel lästiger, und sie verlor ein paar Putzstellen. Daniele lag ja nicht mehr ruhig im Wagen, sondern trippelte herum und ihre Mutter konnte sie nicht zugleich beaufsichtigen und putzen.

Daniele war der Mutter wie aus dem Gesicht geschnitten, das gleiche schwarze Haar, die feinen Züge, die dunklen Augen. Bestimmt würde, sie später auch einmal so grazil werden wie Marianne. Den Männern würde sie den Kopf verdrehen. Marianne dachte jetzt schon mit Sorge an diese Zeit. Wusste sie doch, wie schlimm es enden konnte, wenn ein Mädchen hübsch war.

Während sie sich also jeden Schilling schwer verdienen musste, sah es auf dem Patscheiderhof ganz anders aus.

Caspar hatte Marianne auch nicht vergessen können. Er versuchte es mit allen Mitteln, hatte er doch jetzt eine Frau. Doch immer wieder ertappte er sich dabei, wie er durch die Schlucht nach Sillebach ging. Und ein paarmal hatte er schon vor dem kleinen Häuschen der Tante gestanden. Dann war er zur Besinnung gekommen und sagte sich: *Was willst du eigentlich hier. Du bist ja ein Narr.*

Aber einmal war die Tante herausgekommen und hatte ihn gesehen, da hatte er nicht mehr fortkönnen und war zu ihr gegangen.

Herrisch fragte sie ihn: »Was willst hier?«

»Hast du etwas von der Marianne gehört?«

Sie sah ihn groß an. Zuerst waren ihre Augen ganz dunkel und hart, aber dann sagte sie zögernd: »Es ehrt dich, Caspar, dass du dich noch nach ihr erkundigst.«

»Ich meine doch wegen des Kindes«, sagte er leise. »Es wird doch jetzt auf der Welt sein. Ich möcht mein Scherflein dazu beitragen. Wenn du das der Marianne ausrichten würdest, dann wäre ich dir sehr dankbar. Ich möcht nicht, dass sie Not leiden müssen, das Kind und die Marianne.«

»Ich weiß noch immer nicht, wo sie ist«, antwortete die Tante.

Caspar erschrak heftig und stammelte: »Sie wird sich doch nicht das Leben genommen haben?«

»Nein, dann hätte ich bestimmt Nachricht bekommen, Caspar. Ich bin doch ihre letzte Verwandte.«

Er ging nach Hause, und sein Herz schlug sehr dumpf. Als sein Hof in Sicht kam, da fühlte er Ohnmacht in sich hochsteigen. Damals, gleich nach der Hochzeit, da war die Ernte über Erwarten gut ausgefallen. Man hatte damit einen Teil der Schulden begleichen können. Er hätte gar nicht die reiche Regina heiraten müssen. Alles war anders verlaufen. Aber es war eben zu spät.

Caspar starrte auf die Berge und fühlte sich zum ersten Mal als Gefangener. Sie hielten ihn eingekesselt, seine Brust wurde ihm zu eng. Einstmals war er stolz, dass er Bergbauer war. Aber jetzt verfluchte er diesen Stolz. Er ließ ihn an der Scholle festkleben. An dieses winzige Stück Erde zwischen den Riesen von Steinen. Sie machten ihn hart und verbissen, und wie er war, so waren die anderen auch.

In der Küche stand Regina am Herd. Die Mutter spülte die Gläser. Sie kochten Obst ein. Caspar kam herein und blieb einen Augenblick auf der Schwelle stehen. Seine Brauen hatten sich zusammengezogen. Die Mutter blickte auf.

»Der Kaffee ist sofort fertig, brauchst nit erst fortzulaufen, Caspar.«

Regina errötete sanft und arbeitete stumm weiter.

Er setzte sich auf die Bank und steckte die Pfeife in Brand. Dabei betrachtete er seine Frau. Er kannte jetzt ihren Körper auswendig. Sie gab sich ihm hin, wenn er es von ihr verlangte. Er wusste noch nicht einmal, ob es ihr auch Spaß machte. Sie war stumm wie ein Fisch. Wenn er sie etwas fragte, dann gab sie stotternd irgendeine Antwort, aber nicht die, die er hören wollte. Er war nicht glücklich mit ihr, vielleicht hätte er es werden können, wenn er Marianne nicht kennengelernt hätte. Aber er ließ es an seiner Frau nicht aus. Er war gut zu ihr, und er ließ sie gewähren. Regina nannte das Liebe bei sich, sie ahnte ja nicht, wie wirkliche Liebe war.

Die Mutter hatte erst große Angst gehabt, war aber froh, dass alles so gut anlief. Zumal Regina es verstand, mit beiden Händen zuzupacken. Jetzt, wo eine junge Bäuerin im Haus war, brauchte sie nicht mehr so schaffen. Nun stellten sich auch die Krankheiten ein. All die Jahre hatte sie sie unterdrückt. Aber jetzt war ihr Herz müde und sie konnte nicht mehr.

Die Mutter hatte den Tisch gedeckt, und Regina brachte den Kaffee.

Die Mutter sagte: »Hast du es ihm schon erzählt?«

Caspar sah auf. »Was denn?«

Regina wurde blutrot und senkte den Kopf.

»Na, ihm wirst es doch wohl sagen müssen«, lachte die Mutter kurz auf.

»Was ist denn? Heraus mit der Sprache.«

»Ich bin schwanger«, erklärte sie hastig. »Heut war ich beim Arzt, und er hat es mir bestätigt.«

Für einen Augenblick setzte sein Herz, aus, und er starrte die beiden Frauen an. Da hatte er sich nach dem Kind der Marianne erkundigt, und gerade an diesem Tag musste ihm Regina das sagen! Und dann sagte er sich. *Du wirst einen Buben haben, einen Erben, du wirst selbst so etwas Kleines haben, wirst darüber das andere alles vergessen.*

Seine Brust wurde ganz weit.

»Wirklich?«, fragte er mit leuchtenden Augen. »Ist das wirklich wahr?«

»Ja«, sagte Regina.

»Wir sind auch schon bald ein Jahr verheiratet«, meinte er, »da wird es wohl langsam Zeit. Du meine Güte, und das erzählst du erst der Mutter?«

»Lass sie«, sagte diese. »Sie wollte nur einen Rat, und da hab ich sie zum Arzt geschickt, als du fort warst. Ich wollt, dass du sie mit dem Wagen hinfährst, aber du warst nicht da.«

Da war ich in Sillebach, durchfuhr es ihn.

»Gleich nach der Arbeit werd ich auf den Speicher gehen und die alte Wiege runter holen«, sagte er lachend. »Bestimmt muss sie neu angemalt werden.«

»Aber wir haben noch sechs Monate Zeit«, sagte Regina hastig.

»Das macht doch nichts.«

Und so wurde es denn auch gemacht. In der Tat, die Blumen auf der blauen Wiege waren wirklich blass und brauchten eine Auffrischung. Als das geschehen war, machten sie die kleine Kammer neben ihrer Schlafstube fertig. Sie wurde neu gekalkt, und die Frauen nähten neue Gardinen. Man stellte Möbel hinein und legte auch einen kleinen Teppich aus. Bunte Bilder brachte Caspar aus der Stadt mit.

Seit er wusste, dass er bald Vater werden würde, war er wie ausgewechselt und passte auf, dass Regina auch ja nicht zu viel tat. Er war wirklich nett zu ihr, obwohl ihn das mitunter Überwindung kostete. Sie war so anders und konnte es einfach nicht zeigen, dass sie sich über ihren Mann freute. Stumm saß sie da, und das Herz klopfte ihr bis zum Hals, aber sie brachte nicht mal ein Danke hervor. Und das enttäuschte den Mann natürlich sehr. Manchmal fragte er sich, ob sie überhaupt dazu fähig war zu empfinden.

Einmal fragte er die Mutter danach.

»Wird sie überhaupt das Kind lieben können? Ich begreife Regina nicht.«

»Bub«, sagte die Mutter ernst. »Sie ist dort aufgewachsen, und Liebe kennt man da so wenig, wie man sie hier gekannt hat. Du musst das verstehen. Sie bringt es nicht über sich, es zu sagen, wie froh du sie machst. Aber du musst ihr nur in die Augen schauen, dann weißt du es.«

Da stand er am niedrigen Stubenfenster und blickte gen Sillebach. Im Geist hörte er das helle Lachen von Marianne, er sah sich und Marianne, wie sie im Vogelloch waren und wie glücklich sie gewesen waren. Und an ihre vielen Gespräche musste er denken. Warum hatte sie das gekonnt? Und da fiel ihm ein, dass sie ihm mal erzählt hatte, dass der Vater und die Mutter sich sehr lieb gehabt hätten, trotz der großen Armut. Sie hatten ja heiraten wollen, aber doch nicht so erbärmlich, und sie hatten gespart und gespart, und darüber war dann der Vater gestorben. Aber sie konnte sich an eine frohe und glückliche Jugend erinnern.

Caspar nahm sich vor, seinen Buben all das zu lehren, was er von Marianne erfahren hatte. Er sollte nicht so stocksteif groß und vielleicht hart im Herzen werden.

Die Zeit strich dahin, und Regina wurde immer schwerfälliger. Der Arzt sagte aber immer: »Es ist alles in Ordnung. Wenn es soweit ist, dann kommst zu mir und holst mich. Wir bringen das Kind schon zur Welt, keine Sorge, bist ja kräftig und gesund.«

Kurz bevor Caspars Kind zur Welt kommen sollte, starb der Vater. Er wurde von einem Stein erschlagen. Niemand hatte es bemerkt, dass sich oberhalb vom Aspengrund ein Stein gelöst hatte. Nach dem letzten großen Regen war er ein gutes Stück heruntergekommen. Und dann war das Unfassbare passiert. Man hatte ihn auf einer Trage nach Hause gebracht. Er war auf der Stelle tot gewesen.

Sie hatten ihn in der guten Stube aufgebahrt, wie das in den Bergen üblich ist. Regina hatte mit weit aufgerissenen Augen dagestanden und ihn angestarrt. Caspar dachte dumpf, *das ist kein gutes Vorzeichen. Eine werdende Mutter im Haus und ein Toter. O mein Gott, warum musste das geschehen?*

Trauern direkt tat er nicht um den Vater. Sie hatten sich nie gut verstanden. Jeder hatte neben dem andern gelebt. Man hatte seine Arbeit getan, zusammen gegessen, das war aber auch alles. Und jetzt war er tot und Caspar der Bauer. Nun hatte er das Sagen. Mit anderen Worten aber auch, er musste sich um alles kümmern.

Die Beerdigung fand so statt, wie es üblich war. Es regnete, als man ihn in die Grube nieder ließ. Regina hatte daheim bleiben müssen, denn der Weg zu Fuß ins Dorf und bei diesem Wetter wäre ihr wirklich nicht bekommen. Und weil sie auch sonst nicht mehr viel machen konnte, so bereitete man den Leichenschmaus im Wirtshaus vor.

Und aus einem Leichenschmaus wird oft ein Besäufnis, so ist es nun mal in den Bergen. Da lebt man anders, ist härter und kälter im Herzen. So kam es, dass Caspar mit der Mutter sehr spät nach Hause kam.

Ihre Kleider waren durchnässt, sie waren müde und erschöpft. Caspar musste sie stützen. Er sah in das Gesicht der Mutter und merkte, wie sie am Ende war.

Fast rau sagte er zu ihr: »Bald ist Regina wieder in Ordnung, dann brauchst du dich um nichts mehr kümmern. Ich dulde nicht, dass du dich so plagst.«

»Ach Bub, das hab ich mein Leben lang tun müssen. Zuerst daheim und dann als Frau hier auf dem Patscheiderhof. Wir Frauen müssen immer arbeiten.«

»Aber bei mir brauchst das nicht mehr, Mutter. Der Vater kann dich nicht mehr drängen.«

Schweigend ging sie ein Stück neben ihm her.

»Bub«, fragte sie leise, »bist du zufrieden?«

»Wie meinst du das, Mutter?«

»Mit deiner Frau. Ich frag mich manchmal, ob da nicht vielleicht eine andere war, die du wirklich lieb gehabt hast und gern geheiratet hättest.«

Er blickte sie überrascht an.

»Wie kommst du darauf, Mutter?«

Sie lächelte müde. »Eine Mutter hat scharfe Augen. Ich hab gespürt, du hast mit dir gekämpft. Warum hast du mir nichts erzählt?«

Caspar war richtig aufgewühlt. Da hatte er geglaubt, niemand wisse etwas über seinen heimlichen Schmerz. Und jetzt musste er von der Mutter erfahren...

»Du hast recht«, sagte er mit tonloser Stimme. »Da hat es ein Mädchen gegeben.«

»Sie war arm?«

»Ja, sehr arm.«

»Aber du hast sie sehr lieb gehabt, nicht wahr?«

»So lieb, dass ich, nachdem ich alles überdacht hatte, mit ihr fortgehen wollte, aber da war sie schon verschwunden.«

»Sie hat dich also verlassen?«

»Ich war ein Schuft, Mutter!«

Sie hatten das Haus erreicht. Merkwürdigerweise brannte nirgends Licht.

»Sie wird sich wohl schon hingelegt haben«, meinte die Mutter. »In vier Wochen wird das Kind endlich da sein.«

Caspar schloss die Tür auf. »Gehen wir noch in die Stube, dort ist der Ofen noch warm. Wir sind ganz nass geworden. Was hältst du davon, wenn ich uns einen Glühwein mache? Der macht uns von innen wieder warm.«

In dem verhärmten Gesicht erschien ein kleines Lächeln. *Vielleicht würden die letzten Erdenjahre noch ein wenig schön für sie*, dachte die Mutter.

Caspar stieß die Stubentür auf und suchte den Lichtschalter. Als das Licht brannte, sah er zu seiner Verwunderung, dass seine Frau zusammengekrümmt auf dem kleinen Sofa lag. Sie stöhnte. Ihre Haare waren total zerzaust und ihr Gesicht verzerrt. Als sie nun das Licht spürte, riss sie die Augen weit auf. Sie wollte etwas sagen, aber dann drang nur ein winselnder Schrei über ihre Lippen.

»Regina«, rief er erschrocken.

Die Mutter stürzte schon an ihm vorbei.

»Um Gottes willen, Regina, sag mir, wie lange ist das schon so?«

»Seit einer Stunde«, röchelte sie und warf sich zurück, sie krallte die Hände in den Stoff. Ihr Körper bäumte sich für ein paar Sekunden auf, um dann ganz schlaff in sich zusammenzusinken.

»Caspar, los, du musst sofort anspannen und den Doktor holen! Los, warum stehst du noch so herum?«

Er schüttelte den Regen aus seinem Haar und sagte ganz verdattert: »Ja, was ist denn hier los?«

»Sie hat die Wehen. Das Kind will kommen.«

»Aber«, stammelte er, »du hast mir doch gesagt, dass es erst in vier Wochen so weit ist.«

»Ja, aber die Aufregung, o mein Gott, Regina, wir hätten dich nicht allein lassen sollen. Aber du hast es ja gewollt.«

Wieder wurde Regina von einer Schmerzwelle überrannt. Da bekam es Caspar mit der Angst, und er glaubte, sie stürbe. Er stürzte nach draußen, holte die Pferde und spannte sie vor den kleinen Wagen. Dann jagte er durch die Nacht nach Buchenschlag. Das war der nächstgrößere Ort. Dort wohnte Doktor Fürndel. Für gewöhnlich schaffte man diesen Weg in einer Viertelstunde. Aber jetzt jagte er ihn in knapp zehn Minuten herunter. Das Pferd stampfte und dampfte, als er vor dem Haus des Doktors hielt. Er riss fast die Klingel entzwei. Es ging ja schon auf einundzwanzig Uhr zu, und bei dem scheußlichen Wetter ging man früh schlafen. Besonders der Doktor, wusste er doch, dass er oft in der Nacht rausmusste.

»Was ist denn los?«

»Die Regina, die Mutter schickt mich und sagt, es geht los. Sie stirbt, Doktor!«

Der Doktor wurde ärgerlich: »Sag doch so was nicht, Caspar. So schnell stirbt es sich nicht. Wenn du erst mal einen Stall voller Buben und Mädchen hast, dann wirst auch anders denken.«

Caspar hielt den Arzt für gefühllos und grausam. Ihm war, als würde dieser im Zeitlupentempo seine Tasche packen. Zum

Glück konnten sich die Pferde ausruhen. Der Arzt hatte als Einziger ein Auto. Und so dauerte es dann auch nicht lange, und sie waren oben auf dem Hof angelangt.

Die Mutter hörte sie schon kommen und eilte ihnen entgegen. Caspar stürmte in die gute Stube.

»Regina ist oben. Ich hab ihr geholfen. Sie liegt jetzt im Bett.«

»Wie ist es?«, wollte der Doktor wissen.

»Alles in Ordnung, aber ich glaub, das Kind liegt anders.«

Oft waren alte Bäuerinnen die reinsten Hebammen. Mussten sie sich doch in früherer Zeit selbst helfen. Da dauerte es oft Stunden, bis man zu einem Arzt gelangte. Man gab das Wissen den Jüngeren weiter, und so wunderte sich der Arzt kein bisschen, als er die Antwort von der einfachen Frau erhielt.

»Da will ich mich mal um sie kümmern.«

Caspar wollte mit nach oben, wurde aber von den beiden daran gehindert.

»Bleib in der Küche, du kannst mir helfen, das Wasser heiß zu machen. Und dann zieh endlich deinen schwarzen Anzug aus, Caspar. Jetzt haben wir viel zu tun.«

Es war immer gut, wenn man den Mannsbildern Arbeit aufgab, dann rannten sie nicht wie wild gewordene Hühner durch die Gegend und standen einem im Weg.

Während die Mutter also in der Küche alles für die Geburt des Kindes vorbereitete, war oben der Doktor dabei, die junge Mutter zu untersuchen. Das Kind lag tatsächlich quer, und er hoffte nur, dass er es wenden konnte. Dazu musste er aber noch warten. Ruhig sprach er auf die Wöchnerin ein und gaukelte ihr vor, alles sei in Ordnung.

Regina kämpfte und litt, und wenn die Schmerzen sie überfielen, dann zerbiss sie das Kissen, denn sie wollte nicht laut aufschreien. Der Mann sollte es nicht hören.

Sie musste sich wirklich arg plagen, und schon jetzt wusste der Arzt, dass es keine leichte Geburt sein würde. Aber sie in ein Krankenhaus schaffen, das wäre reiner Mord gewesen. Über siebzig Kilometer lag dieses entfernt und nur über holprige Straßen zu erreichen. Er war jetzt ganz auf sich allein gestellt und musste sein Bestes tun.

Zum Glück war die Frau jung und kräftig, nicht so zartgliedrig und erschöpft wie so manche Arbeiterfrau, die von den vielen Geburten schon ganz ausgehöhlt war.

»Werden wir es schaffen?«, seufzte sie wiederholt. »Er will doch den Buben, und jetzt kommt er früher als vorgesehen. Hoffentlich ist das kein böses Zeichen, und grad heut...«

»Denk jetzt nit so viel nach, Regina, versuch dich zu entspannen«, ermahnte der Arzt.

Unten in der Küche saßen Mutter und Sohn und passten auf das Feuer auf. Alle Töpfe auf dem Herd waren voll Wasser und die Tücher angewärmt, das Bettchen fertig, die Wärmflaschen zurechtgelegt. Das Kind würde viel Wärme nötig haben, da es ja zu früh auf die Welt kam.

Die große Uhr in der Ecke tat jede Stunde ihren Glockenschlag, aber droben in der Kammer wollte sich nichts rühren. Caspar hatte schon ein ganz graues Gesicht und die Haare zerwühlt.

»Oh Mutter«, sagte er brüchig. »Warum ist das so?«

Seltsamerweise musste er auch jetzt an Marianne denken. Diese hatte schon alles durchgemacht, das Kind musste jetzt bestimmt schon über ein Jahr alt sein. Wie doch die Zeit verging. Aber dann zuckte er wieder zusammen, denn droben schrie seine Frau und das ging ihm durch Mark und Bein. Er knirschte mit den Zähnen und kam sich so hilflos vor, weil er hier tatenlos herumsitzen musste.

Droben in der niedrigen Schlafkammer kämpfte der Arzt um das Leben dieses Kindes. Endlich öffnete sich der Muttermund, und er konnte es wenden. Schweiß überströmt blickte er auf die fast bewusstlose Frau. Und es war noch nicht vorbei. Das Schlimmste stand ihr ja noch bevor. Wehe auf Wehe kam und überrollte sie, brachte sie fast um den Verstand, aber das Kind wollte und wollte nicht kommen. Viel zu lange lag es im Geburtsgang fest, bis der Arzt die Zange nehmen musste. Ihm blieb keine andere Wahl. Aber das Köpfchen saß noch so hoch, er musste es tun, egal wie er es zu fassen bekam. Er durfte einfach nicht mehr länger warten, sonst würden ihm Mutter und Kind unter der Hand wegsterben. Das war ihm noch nie passiert.

Mit weit aufgerissenen Augen lag Regina da und sah ihn an. Das Gesicht war totenblass, der Schweiß rann ihr über das Gesicht.

»Ich hole jetzt das Kind«, keuchte der Arzt. »Du musst noch einmal tapfer sein, ja?« Dann stürzte er zur Tür und schrie nach der Mutter. Sie musste ihm jetzt helfen. Allein konnte er das nicht.

Weil Regina so geschwächt war, der Puls ging schon unregelmäßig, durfte er ihr auch keine Spitze mehr geben.

Die Mutter stürzte in das Zimmer, sie glaubte, alles sei vorbei und sie solle das Kind baden. Da durchfuhr sie ein eisiger Schreck, als sie vernahm, was getan werden musste.

»Bete zu unserem Herrgott«, flüsterte der Doktor. »Patscheiderin, um Gottes willen halt sie fest, ich muss jetzt das Kind holen.«

»Ja, ja«, schluchzte sie und warf sich über die Schwiegertochter. Diese schrie gellend auf und bäumte sich hoch auf.

Herrgott, dachte die Mutter verzweifelt, l*ass sie doch in Ohnmacht fallen, ich fleh dich an, hab doch ein wenig Erbarmen mit ihr. Lieber Gott, hilf ihr doch...* Sie spürte gar nicht, wie ihr die Tränen über die zerfurchten Wangen liefen.

Regina schrie noch einmal wild auf, und dann herrschte für Sekunden Totenstille im Raum. Die Mutter kam das Grausen an, sie dachte, *ich dreh mich nicht um, ich kann das nicht, ich ertrag das nicht, mein Herz...*

Die Wöchnerin war hintenübergefallen, der Kopf war zur Seite gerollt, stoßweise kam der Atem, und dann war sie ohnmächtig. Und plötzlich ertönte ein winziger zittriger Schrei. Zuerst ganz zaghaft, als überlege er es sich noch, ob er weiter schreien sollte.

»Geschafft«, sagte der Arzt. »Wir haben es geschafft!«

Die Mutter war voller Blut, und ihre Knie zitterten. Als sie sich herumdrehte, sah sie den Doktor, der das Kind kopfüber hielt.

Beide blickten sie wie verzückt das kleine Wesen an. Es war krebsrot im Gesicht und fuchtelte mit den kleinen Händchen wild um sich.

»Hier«, sagte er lachend, »nimm es und bade es. Ich kümmere mich jetzt erst mal um die junge Frau. Später komm ich herunter und seh mir das Kind noch einmal an. Mach es warm, ich mein das Bett, aber du weißt ja Bescheid.«

Sie nickte nur. Dann wickelte sie das Kind in ein weißes Laken und stieg die Treppe hinunter. Caspar sprang auf, als sich die Tür öffnete. Er sah das längliche Bündel im Arm der Mutter, und ein Würgen kam ihm an.

»Schnell die Wanne, viel heißes Wasser hinein, und dann die Tücher auf den Tisch, die Wäsche, ich muss es baden. Es muss sehr schnell in warme Sachen kommen.«

»Ist es nicht tot?«, stammelte er.

»Aber nein, so mach doch.«

Caspar sprang auf. Auf einmal war seine Brust weit, und er war so froh. Als die Mutter das Kind aus dem Laken wickelte, da sahen sie beide, dass es ein Mädchen war.

»Aber es ist ja gar kein Bub«, stammelte Caspar.

Die Mutter sah ihn aus unergründlichen Augen an. »Sei froh, dass es lebt«, sagte sie ruhig. »Bald wären sie beide gestorben, Mutter und Kind. Es ist ein Wunder. Hörst du?«

»Ja, ja«, sagte er leise, »ich meinte ja nur, weil ich immer gedacht habe, es wird ein Bub.«

Das Kind hörte auch nicht auf zu schreien, als man es badete. Das war ein gutes Zeichen. Willig ließ sich das Neugeborene alles gefallen. Später wurden ihm Hemdchen, Jäckchen und Windeln angelegt, dann wurde es behutsam in die bunte Bauernwiege gelegt, und man deckte es zu und stellte es nahe an den Ofen.

Caspar konnte nur danebenstehen und staunen. So ein winziges Menschlein hatte er sein Lebtag noch nicht gesehen. Und das sollte seines sein? Ein so zerbrechliches Ding?

10. Kapitel

Die Hähne krähten den neuen Tag ein, als Doktor Fürndel endlich die Treppe herunterkam. Er sah todmüde aus, und seine Haut wirkte grau. Aber seine Augen leuchteten hell und blank. Wieder einmal war er Sieger über Leben und Tod gewesen, das erfüllte ihn immer mit unsagbarem Stolz. Da war ihm keine Mühe zu viel.

Die Mutter goss gerade frischen Kaffee auf und deckte den Tisch. Es war selbstverständlich, dass man ihn beköstigte. Auch brauchte er eine Besinnungspause, bevor er wieder nach Hause fahren konnte.

Aber zuerst ging er zum Kind und besah es sich. Es schlief friedlich in der Wiege, und das Gesichtchen hatte schon rosa Farbe angenommen.

»Es wird am Leben bleiben.«

»Ja, das glaube ich auch.«

»Ich werd jeden Tag reinkommen und nachsehen, ob alles seinen Gang läuft. In acht Tagen haben wir alles vergessen.«

»Wie geht es meiner Frau?«, fragte Caspar leise.

»Sie schläft jetzt. Und das muss sie jetzt sehr viel. Ich hab sie nähen müssen. Sie war ein tapferes Mädchen, alles was recht ist.« Aber sein Gesicht wirkte doch nicht so zuversichtlich, wie es eigentlich hätte sein müssen.

Dem Caspar war, als hätte er noch etwas auf dem Herzen und wusste nicht so recht, wie er es ihnen sagen sollte.

»Was ist? Du verschweigst mir was?«

Fürndel nahm einen Schluck heißen Kaffee, der belebte ihn. Dann drehte er sich herum und blickte Caspar an. Sollte er es ihm gleich heute mitteilen? Wo er so viel durchgemacht hatte?

Zuerst den Vater auf den Gottesacker bringen, dann die schwere Geburt? Vielleicht sollte er noch einige Tage warten und ihm dann die Wahrheit sagen? Aber der Jungbauer hatte scharfe Augen und ihm entging nichts.

»Wenn es etwas zu sagen gibt, dann tu es gleich«, sagte er leise.

Fürndel dachte an die junge Frau oben in der Stube, die so tapfer gewesen war. Er dachte aber auch an den Bauern, und er kannte die Bergleute, sie konnten oft so hart und kalt sein. Und er kannte auch die Sehnsucht nach...

»Caspar«, begann er leise und sah ihm dabei fest in die Augen. »Da gibt es etwas, was ich dir sagen muss. Dieses Kind wird euer einziges sein. Es hat die Mutter innen zerrissen, und sie wird nie mehr ein Kind austragen können.«

Caspar starrte den Doktor entgeistert an. Noch vor ein paar Augenblicken hatte er daran gedacht, dass es ja nicht so schlimm sei, dass sie zuerst mit einem Mädchen anfingen. Als Nächstes würde dann der Bub kommen. Das erste Kind war immer schlimm, die anderen kamen dann leichter.

Jetzt wurde er aschfahl. Nach dieser Mitteilung fühlte er, wie ihm ganz kalt wurde. Er würde nie einen Buben haben!

Arme Frau, dachte der Doktor. *Jetzt wird sie es nicht leicht haben.* Obwohl die Männer schon längst wissen, dass die Frauen nichts dafür können, werfen sie es ihnen ständig vor, wenn sie versagt haben. Und ein so großer schöner Hof schrie einfach nach einem Hoferben.

»Lass es dir nicht anmerken«, versuchte er Caspar zu überzeugen. »Die Frau hat schwer gelitten, sie muss erst wieder zu Kräften kommen.«

Caspar stand neben ihm. Seine Hände lagen auf dem weiß gescheuerten Tisch. Um seine Lippen zuckte es, er wollte etwas sagen, brachte aber dann keinen Ton über die Lippen. Und dann stürzte er aus der Küche und stieg die Treppe hinauf. Die Mutter und der Arzt horchten angespannt.

Patscheider öffnete die Tür der Schlafkammer. In den Kissen lag Regina. Nach so einer Nacht konnte man nicht mehr gut aussehen. Keiner hatte sie zurechtgemacht, und der helle Morgen zeigte die Spuren der Qual, und er sah auch, wie einfach sie war. Sein Herz wollte aufschreien. Das also war seine Frau und sie würde ihm nicht mal einen Sohn gebären. Nichts konnte er mehr von ihr erwarten. Gar nichts! Und draußen stand die Ernte wie noch nie, alles gedieh und blühte auf.

Hart umspannten seine Fäuste die Bettpfosten. Schon wollte er mit Gott hadern, ihn verfluchen, auf die Frau da fluchen, alles in Stücke reißen, da war ihm, als würde sich ein Schwert durch sein Herz bohren. Gott hatte ihn gestraft, für seinen Übermut strafte er ihn jetzt. Weil er damals gespielt hatte, nur an sich gedacht, so vielen jungen Mädchen Kummer bereitet und zum Schluss Marianne aus der Heimat vertrieben hatte. Er war so egoistisch und kalt gewesen. Und das war jetzt seine Strafe, die er zu tragen hatte, denn sie kam ja von Gott.

Demütig beugte er sein Haupt, tiefe Reue durchzog sein Herz. Jede und jede Nacht hatte er sie im Geist mit Marianne betrogen. Und auch jetzt noch verglich er sie, nach so einer Nacht, wo sie ihm fast ihr Leben geopfert hätte, um ihm ein Kind zu gebären.

Er musste wohl ein Geräusch verursacht haben, denn auf einmal öffnete Regina die Augen und sah Caspar zu Füßen ihres Bettes stehen. Helle Röte überzog ihr eingefallenes Gesicht.

»Wie geht es dir?«, fragte er rau.

»Gut«, sagte sie ganz leise.

Ihre Augen begegneten sich, beide waren sie auf einmal sehr scheu. Regina fühlte ihr Herz kräftiger schlagen, und dann fragte sie ganz leise: »Was ist es denn, Caspar?«

»Du weißt es noch nicht?«

»Ich war ohnmächtig.«

»Wir haben eine Tochter«, erklärte er ruhig.

Sie blickte hastig zur Seite. Er sah, wie ihre Lippen zu zittern begannen. Unwillkürlich war ihm, als hätte sie jetzt Angst vor ihm, als würde er jetzt hingehen und sie schlagen. Ja, so sah sie aus: Wie ein verstörtes kleines Mädchen.

Und da sagte die gequälte Frau auch noch: »Verzeih mir, Caspar. Das nächste Mal, wenn du willst sehr bald...«

So demütig war sie, dass sie klaglos alles noch einmal auf sich nehmen wollte, nur um ihn zufriedenzustellen. Und diese Demut schnürte ihm das Herz ab.

Er ging um das Bett herum, setzte sich neben sie und nahm ihre raue Hand und sah die vielen Schrunden und Risse.

»Regina, warum pflegst du dich nicht mehr?«

Sie zuckte zusammen. Sie wusste ja, wie hässlich sie war. Keiner im Dorf hatte sie je zum Tanzen geführt.

»Die viele Arbeit«, stammelte sie, »so brauchen wir keine andere Hilfe, die Geld kostet.«

Caspar kam sich so unbeholfen vor. Er wollte gut zu ihr sein, ihr zeigen, dass die Schuld bei ihm lag, dass Gott ihn zu strafen hatte. Aber wie sollte er ihr das begreiflich machen, ohne die ganze Wahrheit zu sagen?

»Hör zu«, meinte er ruhig, »der Doktor hat mit mir gesprochen. Er sitzt unten in der Küche. Er hat mir gesagt, wir werden nur dies eine Kind haben.«

Regina starrte ihn entgeistert an, und dann wurde sie totenblass.

»Nein«, rief sie zitternd, »das darf doch nicht wahr sein.«

»Doch, es ist so, Regina. Und es ist auch gut so, denn noch einmal diese ganze Qual würdest du nicht überstehen und ich auch nicht.«

Sie begann noch heftiger zu zittern.

»Caspar, aber...«

»Sei still, und hör gut zu, ich werde dir nie einen Vorwurf machen, hörst du, nie! Du brauchst keine Sorgen zu haben, und jetzt versuche zu schlafen. Du hast es nötig.« Damit verließ er sie und glaubte, er hätte sie getröstet und beruhigt. Aber genau das Gegenteil war der Fall.

Oben im Bett lag eine verzweifelte junge Frau, die bittere heiße Tränen über ihr Los weinte. Noch vor gar nicht langer Zeit war die Mutter bei ihr gewesen und hatte ihr gesagt: »Sieh zu, dass du ihm bald einen Buben schenkst, dann wirst du es viel leichter hier haben.«

Und sie hatte geantwortet: »Caspar ist sehr gut zu mir, wirklich, Mutter.«

Aber diese hatte nur störrisch gemeint: »Du bist ja noch jung verheiratet, sieh nur zu, dass du einen Buben hast, den wollen die Männer, sonst können sie furchtbar sein, und ich sag dir, die machen einem das Leben zur Hölle. Ich hab drei Fehlgeburten gehabt, bevor dein Bruder zur Welt kam. Du glaubst nicht, wie hart man da wird.«

Damals hatte sie zum ersten Mal einen Blick in das Herz der eigenen Mutter tun können. Damals hatte sie es sich auch fest vorgenommen und war so glücklich gewesen, dass sie schwanger wurde, und nun dies.

Unten in der Küche machte sich der Doktor fertig, als Caspar wieder hereinkam. Er war jetzt ganz ruhig und meinte nur: »Ich habe es ihr gesagt.«

Der Blick der Mutter kroch an ihm hoch.

»Du brauchst keine Angst zu haben«, sagte er, »ich werde gut zu ihr sein.« Und dann für die beiden unverständlich: »Es ist ja meine Schuld.«

11. Kapitel

Mit der Taufe wartete man so lange, bis sich die junge Mutter so gesund fühlte, dass sie das Kind selbst zur Kirche tragen konnte. Man hatte sich auf den Namen Erika geeinigt. Regina war es gewesen, die ihn vorschlug. Caspar sagte zu allem ja und amen.

Als ihr der Doktor noch einmal selbst sagte, dass sie keine Kinder mehr bekommen würde, denn vorher hatte sie es noch nicht so recht glauben können, da hatte sie eine ganze Nacht lang geweint und gehadert. Caspar hatte sehr viel Geduld mit ihr. Die Mutter wunderte sich über sein verändertes Wesen. Warum war er nicht böse? Weshalb nicht?

Eines Abends fragte sie ihn danach, und da erzählte er ihr alles von Marianne und ihrem Kind, von dem er nichts wusste. Während er noch sprach, fiel ihm ein, wenn jetzt ihr Kind ein Bub war? Vielleicht war er schon Vater eines Buben und wusste es nur noch nicht?

»Gott will mich strafen, und ich nehme es hin. Wie soll ich da böse auf Regina sein? Es ist doch nicht ihre Schuld!«

Da hatte die Mutter nur genickt. Sie waren sehr gläubig und nahmen ihr Schicksal klaglos hin.

»Ach Bub, welch ein Unglück.« Dann zögerte sie einen Augenblick und meinte: »Ich bin froh, dass das der Vater nicht mehr erlebt hat. Er wäre arg böse und hätte euch das Leben sehr schwer gemacht.«

»Ich weiß, aber jetzt bin ich Bauer. Und ein Mädchen, herrje, sie kann doch heiraten und später, den Hof übernehmen. Er bleibt dann auch in der Familie.«

Die Mutter strickte hastig weiter.

Aber es sollte noch schlimmer kommen. Dass es nur ein Mädchen war, das war nur der Anfang. Das wirklich schlimme sollte sich später herausstellen. Regina hing mit einer abgöttischen Liebe an ihrem Kind. All die Liebe, die in ihr wohnte und die sie nicht zu verschenken wagte, weil sie so schüchtern und scheu war, die schenkte sie jetzt dem Kind. Sie war zum ersten Male im Leben wirklich glücklich.

Die kleine Erika wuchs und gedieh und war wirklich ein Prachtkind. Da lag sie in der bunten Wiege und strampelte, und die kleinen Äuglein wanderten hin und her, und mit den Händchen versuchte sie schon zu greifen.

Regina sprach immer mit ihrem Kind. Auf einmal konnte sie es, sie hatte keine Scheu vor dem Kind. Caspar hörte sie oft auf dem Flur und wunderte sich über das veränderte Wesen seiner

Frau. Aber er war froh, dass sie Ruhe gefunden hatte und mit ihrem Los zufrieden war. Er hatte sich auch damit abgefunden und begann auch, das kleine Menschlein zu lieben. Es war ja auch so schutzbedürftig.

Das Kind war mittlerweile neun Monate und konnte schon stehen. Manchmal kam zufällig Doktor Fürndel vorbei, und dann betrachtete er die Kleine. Einmal ertappte Caspar ihn dabei, wie er vor dem Bettchen stand und die Stirn kraus zog. Der Doktor sah den Bauern nicht. Er klopfte an das Bettchen. Sofort wendete sich das Köpfchen, und die Kleine blickte ihn an. Wenn es das Köpfchen wieder wegdrehte, und er rief den Namen, dann geschah nichts, gar nichts. Es war so, als hätte das Kind nichts vernommen. Da nahm er das kleine Glöcklein und läutete damit, aber auch da rührte sich Erika nicht. Ein Kind hätte es jauchzend begrüßt und die Hände danach ausgestreckt, Erika tat es nicht.

»Was denken Sie?«, fragte Caspar und trat vor.

Fürndel schrak zusammen. »Nichts«, sagte er hastig und wollte sich wieder entfernen.

Aber Caspar ließ sich nichts vormachen. »Sie haben eben mit Erika gespielt und so eigenartig geschaut, bitte, was haben Sie?«

»Ich weiß nicht«, meinte der Arzt zögernd. »Vielleicht ist es auch noch zu früh, um es wirklich festzustellen. Mir kam nur zufällig der Gedanke. Vor Monaten wurde ich stutzig, aber wir wollen noch warten, Caspar.«

»Ich will aber jetzt wissen, was Sie denken.«

Er zögerte eine ganze Weile, dann sagte er leise: »Ich glaube, die kleine Erika ist nicht so wie andere Kinder, wird es auch wohl nie sein. Sie reagiert nicht auf Töne, sie reagiert nicht, wenn man spricht.«

Caspar lachte rau auf. »In diesem Alter? Geh, Doktor, das ist doch wirklich zu früh.«

»Ja, du hast recht, es ist zu früh«, sagte er schnell und nahm seine Tasche.

Als er fort war, blickte Caspar die Kleine an und versuchte es auch mit der Klingel. Das Kind blickte zufällig in seine Richtung und streckte das Händchen nach dem Spielzeug aus. »Also«, murmelte er leise vor sich hin, »ich weiß gar nicht, was der Doktor hat.«

Dann vergaß er für eine Zeit alles, denn er musste sich ja um die Wirtschaft kümmern. Die Zeiten änderten sich, und Leute für die Ernte bekam man immer schwieriger. Die Länder hatten sich nach dem Krieg erholt und jetzt begann man zu reisen. Da wanderten die jungen Leute aus den Tälern ab, sie wollten ihr Geld leichter verdienen. Die man jetzt noch bekommen konnte, die verlangten viel mehr Geld als früher. Caspar hatte wieder Sorgen. Aber bis jetzt sagte er es nicht, sondern schlug sich selbst damit herum.

Inzwischen lernte Erika laufen, und Regina bemühte sich, dem Kind das Sprechen beizubringen. Aber sie sprach nicht, und sie jauchzte und brabbelte auch nicht, wie andere Kinder es in diesem Alter tun. Sie war immer merkwürdig still. Mit dem Spielzeug vor sich saß sie da und spielte, aber sie war ganz still dabei. Da fiel Caspar wieder das Verhalten von Doktor Fürndel ein, und er rief sein Kind an, aber es reagierte nicht.

Immer und immer wieder rief er die Kleine, aber sie wendete erst ihr Köpfchen, als etwas polternd zu Boden fiel. Da sah sie ihn an und lächelte. Damals wusste Caspar noch nicht, dass es die Schwingungen waren, die übertragen wurden, und die die Kleine vernahm.

»Jetzt muss ich es wissen, ich muss es wissen«, murmelte er vor sich hin. Er rief nach seiner Frau: »Zieh die Kleine an und dann komm mit, ich will mit ihr zum Doktor.«

»Aber wieso denn?«, fragte sie verstört. »Erika ist doch gar nicht krank.«

»Sie spricht nicht«, sagte er wütend. »Ich will wissen, ob das normal ist, sie wird doch jetzt schon bald zwei Jahre alt.«

Da senkte Regina den Kopf. Also hatte sie sich auch schon die ganze Zeit Sorgen gemacht. So fuhren sie denn los, und nach gut einer Stunde wussten sie alles über ihr Kind. Es war taub und würde es auch bleiben. Sein ganzes langes Leben würde es nie hören können. Der Doktor hatte ihnen erklärt, während der Geburt habe sie mit dem Köpfchen zu lange im Geburtskanal gelegen und da sei der Hörnerv gequetscht worden.

»So wird sie auch nie zur Schule gehen können?«

»Nein!«

Schwer fiel die Hand des Bauern auf den Tisch.

Regina presste die kleine Erika an sich und weinte laut auf. »Ich geb es nicht her, ich geb es nicht her, ich hab es doch so lieb«, schluchzte sie.

»Ihr könnt die Kleine bei euch behalten, sie ist ungefährlich«, sagte Doktor Fürndel.

Die Worte gingen dem Bauern durch und durch. Ungefährlich! Bald würde das ganze Dorf wissen, wie es um Erika stand. Sie würde verjagt werden, wo sie auch auftrat. Er knirschte mit den Zähnen. Der einstmals so stolze Caspar Patscheider war tief gebeugt. Von diesem Schlag würde er sich nie erholen können. Nie!

»Ich danke dir«, sagte er mit brüchiger Stimme zum Doktor. Dann nahm er Frau und Kind und fuhr wieder heim. Dort schloss er sich in die gute Stube ein und verblieb dort viele Stunden. Er haderte mit Gott. Drohte ihm, streckte die Faust gegen die Berge aus und fluchte wild.

12. Kapitel

Im Winter darauf, Erika war jetzt drei Jahre alt, starb die alte Bäuerin. Caspar hatte nicht mal mehr Tränen für die tote Mutter. Innen war er ganz hohl und leer.

Wie ein Schlafwandler ging er durch die Gegend. Immer wieder sagte er sich: *Wozu sich denn noch abplagen und schaffen? Es hat doch alles keinen Zweck. Wenn ich mal nicht mehr kann, dann werden sie das Kind in eine Anstalt stecken, und den Hof reißen sich dann die Ver-*

wandten unter den Nagel. Wozu also sich noch plagen und zusehen, dass es mit uns aufwärts geht? Ich hab keine Lust mehr, ich will nicht.

Diese Gedanken hatte er, und er ließ sich nicht davon abbringen. Er tat nur noch das Nötigste. Im ersten Jahr fiel es noch nicht so auf, aber dann merkte man am Hof, dass der Bauer nicht mehr so zupackte wie früher und wie gleichgültig alles gemacht wurde. Jetzt hatte er auch nicht mehr das beste Vieh im Stall. Früher waren die Patscheider immer so stolz darauf gewesen. Aber jetzt? Langsam und sicher begann die Farbe von den Wänden zu bröckeln. Das einst so schöne Haus sah verwahrlost aus.

Regina arbeitete verbissen und hart. Sie kannte die Gedanken des Mannes, und sie wusste auch, dass von dem Augenblick an, wo der Doktor ihnen die Wahrheit gesagt hatte, er sein Kind nicht mal mehr anblickte. Es hatte aufgehört für ihn zu existieren. Aber sie liebte es noch immer mit der gleichen Leidenschaft, und sie kämpfte verbissen um das Recht, das auch die kleine Erika hatte, das Recht zum Leben. Und sie wurde kalt, hartherzig und geizig. Jeden Schilling drehte sie viele Male um, bevor sie ihn ausgab. Alles, was sie erübrigen konnte, trug sie heimlich auf die Kasse. Sie sagte sich: *Der Hof gehört mir zur Hälfte, ich hab damals viel Geld mit in die Ehe gebracht. Ich spare jetzt viel und mache ein Testament, wer später gut für mein Kind sorgt, der soll alles bekommen.* Darum gönnte sie sich nichts mehr. Sie legte keinen Wert mehr auf Kleidung.

Nur noch raffen tat sie.

Mit Caspar lag sie jetzt oft in Zank und Streit, denn sie war sehr wütend, dass er nichts mehr arbeiten wollte. Entweder saß er in der Stube und blickte gleichgültig vor sich hin und rauchte sein Pfeifchen, oder er nahm seinen Rucksack. Dann konnte es passieren, dass er für Tage in die Berge stieg und sie nichts mehr von ihm sah und hörte. Manchmal hatte sie schon große Angst, es wäre ihm etwas zugestoßen. Und sie konnte noch nicht mal einen Suchtrupp losschicken, denn er hatte ihr ja nicht gesagt, wohin er gehen wollte.

Nur in den Bergen fand sein Herz ein wenig Linderung. Aber das dauerte auch nur für kurze Zeit, dann musste er wieder runter und in die toten Augen seines Kindes blicken. Für ihn waren sie tot, obwohl er oft ein Lächeln darin sah. Aber Erika war wie ein stummer Schatten, klein und blond-zöpfig wie die Mutter schlich sie umher, hielt die alte Puppe im Arm gepresst und sonst tat sie nie etwas. Sie saß oder stand nur einfach da und sah einem mit ihren übergroßen Augen an. Und das konnte er nicht ertragen. Das Herz drehte sich ihm dabei um, und dann musste er flüchten.

Seit einiger Zeit suchte er nun Trost im Alkohol, aber da kam er bei der Regina schön an. Wenn er mal Geld nahm und ging in die Wirtschaft, dann gab es Streit. Er wusste ja nicht, warum sie so geizig geworden war.

Längst hatte er sein Bett aus ihrer Kammer geholt. Weil sie auf sich nicht mehr achtete, war sie sehr hässlich geworden. Der Mann verlangte nicht mehr nach ihr. Einst hatte er sich vorgenommen, sie gut zu behandeln, aber da hatte er auch noch nicht gewusst, dass er ein Kind hatte, das nicht normal war.

Das Leben auf dem Patscheiderhof war schrecklich. Fremde, die vorüber kamen, blieben oft stehen und wunderten sich darüber, wie still er in der Sonne lag. Man hörte kein Lachen, keine Stimmen, nicht mal Hundegebell. Das Gruseln konnte man kriegen, so einsam lag das Gehöft da. Und es zerfiel langsam in sich.

So vergingen an die zehn Jahre. Erika war inzwischen dreizehn Jahre alt geworden. Damals gab es für diese Kinder noch keine Schulen, und so hoch oben in den Bergen wusste niemand, wie man mit so einem Kind umzugehen hatte. Man hielt sie eben für blöde.

Erika war hoch aufgeschossen und eigentlich ein recht hübsches Mädchen geworden, wenn man sie nur besser angezogen hätte. Aber ihr Wesen war ja auch so eigenartig. Mit dem Älterwerden bekam sie oft sinnlose Wutanfälle und wurde böse und gemein. Niemand durfte sich mehr in ihre Nähe wagen. Außer den Eltern ließ sie keinen an sich heran. Sie war schrecklich wütend auf Kinder. Wenn sie eines sah, dann stürzte sie sich darauf und schlug sinnlos auf ihr Opfer ein.

Niemand konnte ahnen, dass sie sich damit rächen wollte für all die bösen Püffe, die man ihr gegeben hatte, als sie noch klein und wehrlos gewesen war. Immer wenn sie mal ins Dorf gelaufen war, hatten sich die Kinder über sie hergemacht und sie gestoßen und zu Boden geworfen. Das stumme Kind hatte an ihren Gesichtern ablesen können, wie viel Spaß es ihnen machte. Da hatte es sich gemerkt, dass man Wehrlose quälen muss, wenn man stark genug ist. So wurde aus dem sonst so stillen und scheuen Kind ein kleiner Teufel.

Regina musste höllisch auf ihr Kind aufpassen. Die Nachbarn schimpften über sie und rannten zum Pfarrer und beklagten sich und riefen: »Das Kind gehört in eine Anstalt. Wenn es noch größer wird, dann wird es morden und Unglück über das Dorf bringen. Wir lassen das nicht zu, dass es unsere Kinder quält wo es sie nur findet.« Damals hatten sie nichts gesagt, als ihre eigenen Kinder sich über Erika hermachten, da hatten sie noch gelacht. Sie war ja nicht normal.

So kam es, dass Regina auch mit allen Nachbarn im Streit lag. Caspar kümmerte sich um nichts. Er ging dem allen aus dem Weg, und manchmal hatte er selbst Angst vor der Tochter. In ihren Augen sah er jetzt kein Lächeln mehr, sondern sie blickten düster und böse.

13. Kapitel

Als Erika ihren dreizehnten Geburtstag feierte, lag um die gleiche Zeit, nur viel weiter weg von Unterrainer, eine Frau zu Bett, und sie wusste, dass sie sterben würde. Sie hatte nicht mehr die Kraft zum Weiterleben. Sie war ausgezerrt und jetzt nur noch müde, zu Tode müde und wollte nur noch schlafen. Aber dann fiel ihr Blick auf das junge Geschöpf am Fenster, und sie musste sich heimlich eine Träne aus den Augen wischen.

Daniele saß mit einer Handarbeit da und stickte eifrig, denn sie wollte sie verkaufen. Dafür erhielt sie ein paar Schillinge von einem Geschäft.

Mariannes eingefallenes Gesicht sah nicht mehr schön aus. Aber all die Schönheit, die sie einstmals besessen hatte, auf die sie so stolz gewesen war, die hatte sich auf die Tochter übertragen. Daniele war ihr wie aus dem Gesicht geschnitten. Wenn jetzt auch noch ein wenig unfertig mit ihren vierzehn Jahren, so würde sie aber genauso schön sein, wie sie es mal gewesen war.

Wieder setzte das schreckliche Husten ein. Daniele stand sofort auf, um der Mutter beizustehen. Der Krampf wurde immer länger und schrecklicher. Danach lag sie dann für eine Weile wie tot in den Kissen. Der Arzt sagte, sie hätte sich schonen müssen, aber wie konnte man sich schonen, wenn man für ein Kind arbeiten muss, wenn man außerdem nichts gelernt hat und die niedrigste und schwerste Arbeit tun muss. Und wenn man dazu noch das Kind auf die höhere Schule schickt, weil es so gut lernt und es später mal besser im Leben haben soll, da kann man sich nicht schonen.

»Hör zu«, sagte sie mit leiser Stimme, »Daniele, in der Schublade liegt ein Brief an meine Tante in Sillebach. Wenn ich mal nicht mehr für dich sorgen kann, dann nimmst du den Brief und fährst zu ihr. Versprich mir das Daniele!«

»Oh Mutter, ich bleibe immer bei dir. Warum soll ich denn fort von dir? Du brauchst mich doch. Bitte sprich doch nicht so, ich bitt dich schön...«

Marianne lächelte müde. *Ja,* dachte sie, wenn ich auch aufgebraucht bin, erschöpft, müde, *wenn auch für mich das Leben hart war, so hat es sich doch gelohnt, wie viel Schönes hab ich doch durch Daniele besessen. Sie hat alles gut gemacht, alles! Und ich bin so glücklich, dass ich sie habe. Jetzt wünsch ich mir nur noch eines, dass sie in Zukunft gute Menschen findet, die sich um sie kümmern, denn sie ist ja noch so jung.*

Der Doktor hat mir nicht mehr viel Hoffnung gegeben. Ich hab es wissen wollen, denn es ist ja so viel zu tun, Daniele kann das doch noch nicht. Sie ist ja noch ein Kind. Ich weiß, dass ich sterben muss, Abschied nehmen muss von Daniele. Oh Gott, ich bin froh, dass sie nicht weiß, wie es um mich steht. Bitte lieber Gott, lass mich nicht zum Schluss noch arg leiden um des Kindes willen, sie soll mich so in Erinnerung haben, wie ich mal war, fröhlich und lustig.

Oh mein Gott, jetzt kommt der Hustenanfall wieder...

Vielleicht ahnte das junge Geschöpf doch etwas? Warum wich sie nie mehr von der Seite der Mutter? Nur zur Schule ging sie, aber dann lief sie, so schnell sie konnte, wieder heim. Neben dem Bett saß sie den ganzen Nachmittag. Sie machte entweder die Schularbeiten oder stickte.

Vierzehn Tage sollte Marianne Nöbl noch leben, dann starb sie, still und ruhig in der Nacht. Am Morgen fand Daniele sie und lief verstört zur Nachbarin.

In Wien kümmerten sich die Behörden um die Beerdigung, und die netten Nachbarn nahmen sich des trauernden Mädchens an. Es waren nur fünf Leute, die am Begräbnis teilnahmen. Daniele stand mit blinden Augen vor dem offenen Grab und sah den Sarg der Mutter. Ihr junges Herz konnte es noch immer nicht fassen, dass sie von ihr gegangen war. Jetzt war sie ganz allein auf dieser Welt. Das wenige Geld, das sie noch besaß, würde nicht weit reichen. Das Jugendamt schaltete sich ein und fragte Daniele, was sie nun tun wolle.

»Mutter hat mir immer gesagt, wenn ich allein bin, dann soll ich zu meiner Tante nach Sillebach gehen.«

»So wirst du das also tun?«

»Ich weiß nicht«, stammelte sie, »ich kenne sie ja nicht. Ich habe sie nie gesehen. Aber ich habe ja keinen anderen Menschen, und vielleicht...« Aber dann musste sie wieder weinen.

»Gut, Daniele, ich werde mich um alles kümmern. Die Möbel werden wir verkaufen, deine Sachen in Kisten packen, und dann werde ich für dich eine Fahrkarte kaufen. Du bist doch schon ein großes und vernünftiges Mädchen, nicht wahr?« Die Behörden waren ja immer froh, wenn sich noch jemand aus der Verwandtschaft fand, der sich um die Kinder kümmerte. Das war immer noch besser als ein Heim.

Danieles Herz blutete, als sie sah, wie ein Stück nach dem anderen aus der kleinen Wohnung fortgetragen wurde. Und dann kam der Augenblick, wo sie selbst die ihr liebgewordene Umgebung verlassen musste. Die Beamtin brachte sie zur Bahn, verstaute ihre Sachen und sprach mit dem Beamten. Dieser sagte, er wolle ein Auge auf das Mädchen halten. Daniele stand am Fenster und sah die Türme und Giebel der Stadt Wien an sich vorbeiziehen. Ihr Herz war so schwer und die Tränen wollten nicht aufhören zu fließen. Sie hatte große Angst. Die ganze Zeit hatte sie auf einen Brief der Tante gewartet, ob sie auch willkommen sei, aber er war nicht eingetroffen. Und nun fragte sie sich bangen Herzens: *Was soll ich nur tun, wenn sie nicht da ist?*

Fünf Stunden musste sie mit dem Zug fahren, bis sie endlich in Haggenmoos eintrafen. Der Bahnbeamte half ihr netterweise, die Sachen herauszuheben und zeigte ihr auch, wo der Postbus nach Sillebach stand. Wenig später rumpelte sie mit diesem über die Bergstraßen.

Es ging auf den Abend zu, als sie auf dem kleinen Kirchplatz ausstieg. Da stand sie nun zwischen ihrem Gepäck, sah sich schüchtern um und wusste nicht, was sie beginnen sollte. Ein paar Buben standen in einiger Entfernung und starrten sie an. Neue kamen so selten ins Dorf, da war es kein Wunder, dass man sich neugierig umblickte. In diesem Augenblick kam aber auch der Pfarrer vorbei. Dieser sah das Mädchen mit den rotgeweinten Augen und blieb stehen: »Na, Kleine, wo willst du denn hin?«

»Zu meiner Tante«, flüsterte sie, »zu Paula Nöbl, sie soll hier in Sillebach wohnen.«

»Freilich wohnt die hier. Aber mit dem vielen Gepäck wirst allein wohl nicht fertig. Komm, ich helf dir tragen.«

»Danke«, stammelte sie.

Unterwegs wollte er natürlich wissen, wer sie sei.

»Ich heiße Daniele Nöbl. Meine Mutter war die Marianne Nöbl, sie hat hier gewohnt.«

Der Pfarrer dachte eine Weile nach. Dann sagte er: »Oh ja, ich kann mich gut an sie erinnern.«

Die Tante stand vor dem Häuschen. Sie erkannte Daniele sofort. »Du musst entschuldigen, dass ich dir nicht geschrieben habe«, sagte sie herzlich. »Aber meine Augen sind so schlecht, ich kann es gar nicht mehr. Und ich dachte mir, du wirst wohl auch so den Weg zu mir finden.«

In der Stube musste Daniele dann der Tante alles erzählen. Und nach einer Weile holte sie den Brief aus der Tasche. »Den soll ich dir geben«, sagte sie leise. »Die Mutter hat es mir aufgetragen.«

»Lies ihn mir vor, Kind. Tu es, du hast noch gute Augen.«

Als Daniele den Umschlag öffnete, fiel ein zweiter Brief heraus. Darauf stand nur das Wort *Caspar*. Im Begleitschreiben stand: »Liebe Tante, wenn du Daniele vor dir stehen siehst, dann lebe ich nicht mehr. Ich habe alles getan, was ich konnte, aber jetzt kann ich für mein Kind nicht mehr sorgen. Ich habe lange gegrübelt und überlegt, was mit Daniele werden soll. Es gibt nur einen Weg, liebe Tante. Wenn Daniele bei dir in Sillebach ist, dann nimm den anderen Brief und geh mit Daniele zu ihm. Du weißt schon, wen ich meine. Gott schütze mein Kind.«

Die Tante nickte mit dem Kopf. Sie hatte verstanden. Daniele sollte also ihren Vater kennenlernen. Und Marianne hoffte, dass dieser sich in Zukunft um das Kind kümmern würde, denn sie, die Tante, hatte ja auch nur eine winzige Rente, und dann war sie schon so alt und konnte auch bald sterben.

»Morgen werden wir zu ihm gehen«, sagte sie langsam. »Der Nachbar wird uns hinfahren, denn zu Fuß schaffe ich es nicht mehr.«

»Wohin werden wir fahren, Tante?«

»Jetzt möchte ich dir noch nichts erzählen, Daniele, aber einmal wirst du alles wissen. Und jetzt gib mir den anderen Brief.«

Dann zeigte sie dem Kind die kleine Kammer, in der einstmals Marianne gelebt und geschlafen hatte. Nun schlief ihr Kind in dem gleichen Bett. Daniele war froh und glücklich, dass die Tante lieb und gut war. Doch sie weinte diese Nacht wie all die anderen Nächte auch. Aber irgendwie hatte sie das Gefühl, hier waren gute Menschen, die sich um sie kümmern würden.

14. Kapitel

Der kleine Wagen rumpelte über den unebenen Wegen. Die Tante spürte jeden Stoß, aber sie äußerte nichts. Daniele saß hoch aufgerichtet neben ihr und blickte mit großen Augen auf die herrliche Landschaft. Wie schön es doch hier war, so wunderschön. In Wien hatte es nur staubige Straßen gegeben und die vielen engen Häuser. Aber hier konnte man so weit blicken, wie man nur wollte, und überall grünte und blühte es. Sie war zu einer wunderschönen Jahreszeit angekommen.

Caspar saß wie üblich im Laubengang und schmauchte sein Pfeifchen. Im Sommer war das Vieh oben auf der Alm. Da tat er halt noch weniger als im Winter. So war er der Erste, der das Gefährt sah. Zuerst dachte er, *es will weiter, höher hinauf*, aber dann sah er, wie es an der Wegbiegung anhielt. Eine alte Frau stieg umständlich aus und hinter ihr ein junges Mädchen. Die alte Frau drehte den Kopf herum und blickte das Haus an. Sie schien dann den Kopf zu schütteln. Caspar dachte: *Wer mag das wohl sein? Sonst kommt doch nie Besuch zu uns. Ob das Verwandte aus Haggenmoos waren? Der Schwager etwa?* Aber dann sah er, wie der Wagen wendete und wieder davonfuhr. Die alte Frau kam jetzt näher. Das junge Mädchen blieb zögernd zurück.

Als sie nahe genug herangekommen war, erkannte Caspar sofort die Tante wieder. Seltsamerweise spürte er sofort einen harten Herzschlag. Das Blut pochte in den Schläfen. Alte Erinnerungen stiegen in ihm hoch.

Er stand auf und sagte hastig: »Du? Das ist aber wirklich eine Überraschung.«

Die Tante drehte sich wieder um und nahm den ganzen Hof in Augenschein. Dann sagte sie mit kalter Stimme: »Ich hab es nit glauben wollen, wirklich nicht, Caspar, aber jetzt seh ich den Verfall. Selbst meine alten Augen können ihn noch erkennen, und dann muss es wirklich schlimm um dich stehen.«

»Bist du etwa gekommen, um mir Vorwürfe zu machen?«, fragte er ärgerlich.

»Nein, dazu würd ich nicht die beschwerliche Reise auf mich nehmen, Caspar Patscheider. Ich bin gekommen, weil ich den Wunsch einer Toten zu erfüllen habe. Ich habe hier einen Brief für dich. Lies ihn erst, und dann können wir weitersprechen.« Ächzend nahm sie auf der Bank Platz.

Caspar noch immer ganz verwirrt, er konnte sich wirklich nicht denken, warum die Tante von Marianne zu ihm gekommen war, riss hastig den Umschlag auf, und dann begann er zu lesen. Marianne flehte ihn mit blutendem Herzen an, um ihrer früheren Liebe willen, er möge sich ein wenig um sein Kind kümmern. All die Jahre hätte sie ihn nicht belästigt, aber jetzt sei es eine Waise. Er sei doch reich und es würde ihm wohl nichts ausmachen. Es sei ja so wenig, wessen das Kind bedürfe. Sie hätte es sehr bescheiden erzogen. Daniele wisse auch nicht, dass er ihr Vater sei, nur er könne es ihr sagen, die Tante würde auch darüber schweigen.

Als er zu Ende gelesen hatte, da standen ihm die Tränen in den Augen.

»Marianne ist tot?«

»Ja«, erklärte die Tante, »sie ist tot.«

Da hob er den Kopf und blickte in Richtung des Kindes. Er ging auf Daniele zu. Als er vor ihr stand, erschrak er vor der großen Ähnlichkeit. Ihm war, als stünde Marianne vor ihm, nur viel jünger. Aber sie war so schön und so anmutig. Spontan streckte er die Hände nach ihr aus und zog sie an sich. Verwirrt ließ Daniele es geschehen. Aber dann löste sie sich von ihm und sah ihn aufmerksam an.

»Komm«, sagte er weich und führte sie in den Laubengang.

Die Tante musterte sein Gesicht. Sie fühlte, wie bewegt er war.

»Du wirst also das tun, was Marianne schreibt?«

»Oh«, klagte er. »warum nur hat sie sich all die Jahre versteckt gehalten? Warum?«

»Sie hatte auch ihren Stolz«, antwortete die Tante.

Er konnte nicht aufhören, Daniele anzublicken. *Das ist also meine Tochter,* dachte er immer wieder. *Meine Tochter, eine so schöne Tochter besitze ich. Du meine Güte!*

»Du wirst hier bei mir wohnen«, sagte er und schaute Daniele lächelnd an.

Diese blickte erstaunt die Tante an und flüsterte erschrocken: »So willst du mich nicht mehr haben?«

»Es ist der Wunsch der Mutter, Daniele. Caspar Patscheider wird für dich sorgen. Aber ich wohne ja nicht weit, und du kannst mich besuchen, sooft du willst.«

»Daniele, ich bin dein Vater, hörst du, ich bin dein leiblicher Vater.«

Aus weit geöffneten Augen blickte sie ihn verblüfft an. Sie hatte natürlich die Mutter oft gefragt, wer ihr Vater sei, aber sie hatte nie eine Antwort darauf bekommen. So hatte sie schließlich angenommen, er sei tot.

»Du bist wirklich mein Vater?«

»Ja, Daniele, und morgen werden wir gleich zum Gericht fahren, und ich werde dafür sorgen, dass du in Zukunft auch meinen Namen tragen kannst. Mit allen Rechten werde ich dich an Kindes statt einsetzen lassen.«

»Du willst also alles wiedergutmachen?«, fragte die Tante bewegt.

»Ja«, sagte er, und er schien plötzlich aufzuwachen. Er reckte die Schultern und war auf einmal ein ganz anderer. Als wenn

Daniele ihn aus einem Schlaf geweckt hätte, so war ihm auf einmal.

Aber da hörte er die Tante: »Und was wird deine Frau dazu sagen?«

Bis zu dieser Sekunde hatte er Regina ganz vergessen, sie und Erika. Er zuckte unwillkürlich zusammen. Aber bevor er Ausflüchte machen konnte, kam diese just um die Hausecke und blieb ihrerseits erstaunt stehen, als sie die Fremden vor ihrem Haus erblickte. Sie kannte die Tante nicht und ging deswegen arglos auf sie zu.

Caspar sah Regina an. Neben Daniele wirkte sie wie eine Hexe. Er schluckte unwillkürlich. Aber sie war seine Frau, und in dieser Sekunde ahnte er, welch harten Kampf es geben würde. Aber er war ja auch noch da und würde Mariannes Kind schützen.

»Regina«, sagte er laut, »das ist Daniele, meine Tochter! Sie wird jetzt bei uns wohnen. Und morgen fahre ich zum Gericht und regele alles.«

Kein Wunder, dass diese Frau zuerst dachte: *Der Mann hat einen Stich. Wir haben nur eine Tochter und die heißt noch immer Erika. Sie ist oben auf der Wiese. Dort hab ich sie eben noch gesehen.*

»Was?«, fragte sie darum erst einmal ganz entgeistert. »Was soll das denn heißen?«

Caspar blickte Daniele an, dann sagte er zur Tante und zur Frau: »Kommt beide mit in die gute Stube, dort werde ich dir alles erklären, Regina.«

Sie zog die alten Schuhe aus und betrat das Haus. Noch immer war sie ganz verblüfft. Caspar machte keine langen Umwege, er ging gerade auf sein Ziel los. Er erzählte von Marianne und wie sie sich geliebt hätten, der Vater aber von ihm verlangt habe, dass er sie heiraten solle, was er ja dann auch getan habe. Marianne sei von ihm schwanger gewesen, aber sofort fortgezogen. Er habe bis heute nichts mehr von ihr gehört. Nun sei sie aber tot, und das Kind suche eine Heimat.

»Ich werde sie als mein Kind anerkennen lassen, Regina, sie wird in allem ihr Recht haben. Verstehst?«

Regina begriff im ersten Augenblick gar nichts. Alles war so plötzlich gekommen, aber dann dachte sie instinktiv an die eigene Tochter, und sie begriff. Hier war also eine völlig Fremde gekommen, die ihr den Hof und das Erbe streitig machen wollte. Wenn Caspar sie wirklich als sein Kind ausgab, dann gehörte ihr einmal zur Hälfte das Erbe. Erika war ja nicht ganz gesund, und diese hier würde dann sicher alles sehr schnell an sich reißen und die arme verblödete Halbschwester in ein Heim geben. Aber das gerade hatte sie ja vermeiden wollen. Sollten all die vielen Jahre harter Arbeit umsonst gewesen sein? Alles sollte sie jetzt an dieses Fremde Kind verschenken? Wild bäumte sie sich auf und kämpfte wie eine Tigerin. Sie schrie wild auf und keifte den Mann an, dass sie das niemals dulden würde. Nie und nimmer würde sie das zulassen.

»Hör auf«, schrie er zurück. »Wenn ich sie anerkenn', dann hab ich endlich jemanden, für den es sich lohnt zu schaffen, für den das Leben wieder Spaß macht. Daniele wird den Hof bekommen und ihn weiterführen. Ich habe endlich ein Kind, auf das ich stolz sein kann.«

Aschfahl im Gesicht sank die arme Frau auf die Ofenbank.

»Und Erika?«, stammelte sie.

»Erika, Erika, was willst du denn mit der?«, herrschte er sie an. »Wenn die so weitermacht, müssen wir sie noch in ein Heim stecken, ja, schau mich nicht so an. Die Dörfler haben recht, sie ist bald eine Gefahr für die ganze Gegend.«

Nein, dachte Regina entsetzt, *so weit ist es also gekommen. Er betet jetzt nur dieses Kind an, das Kind seiner großen Liebe. Erika hat hier keinen Platz mehr im Haus. Sie soll also fort!*

»Das lass ich nie und nimmer zu«, schrie sie ihm ins Gesicht. »Ich hab auch ein Anrecht auf diesen Hof, und ich werde um mein Recht kämpfen, das schwör ich dir.«

»Du kannst mich nicht daran hindern, das zu tun, was ich vorhabe«, sagte er kalt.

Regina stürzte aus der Stube. Für einen Augenblick war es totenstill, dann meinte die Tante: »Soll ich Daniele nicht lieber mit zu mir nehmen? Das gibt doch nur böses Blut. Wenn du dich nur hin und wieder um sie kümmerst, dann bin ich ja schon ganz froh darüber.«

»Sie bleibt«, erklärte er mit harter Stimme. »Ich bin der Bauer hier, und sie bleibt. Keine Angst, ich werde sie beschützen. Regina muss tun, was ich sage. Sie wird noch aufbegehren, aber es bleibt ihr keine andere Wahl, oder sie kann ihre Sachen packen und mit ihrem Balg fortziehen.«

Die Tante hatte schon von Erika gehört und schwieg deshalb. Während also die Großen in der Stube in Streit gerieten, war Daniele im Laubengang geblieben. Sie hatte ganz still auf der Bank gesessen und ins Tal geblickt.

Aber dann zuckte sie zusammen. Sie hatte das Gefühl, beobachtet zu werden. Sie sah sich um, konnte jedoch nichts entdecken. Aber sie fühlte einen kalten Schauer über ihren Rücken laufen. Dann blickte sie zur Scheunenecke, und da sah sie ein Gesicht und sehr merkwürdig blaue Augen. Diese starrten sie an wie ein Tier. Gefährlich und bösartig, so kam es Daniele vor. Aber es war kein Tier, was da stand, sondern ein Mädchen mit blonden Haaren, auch wenn diese ziemlich zerzaust und schmutzig waren.

Ununterbrochen starrten die blauen Augen sie an, und Daniele blickte zurück, weil sie einfach nicht anders konnte. Es war Erika, die da stand und das fremde Mädchen anstarrte. Es war noch nie vorgekommen, dass Kinder auf den Hof kamen.

Daniele sagte: »Guten Tag!« Aber sie erhielt keine Antwort. Dann stand sie auf, aber da ruckte der Kopf weg. Und als sie um die Scheunenecke bog, da war das Mädchen verschwunden.

Sie wollte ihr nachgehen, aber da hörte sie ihren Namen und drehte sich um. Die Tante kam heraus und winkte ihr.

»Komm«, sagte sie, »wir fahren jetzt zu mir und holen deine Sachen. Caspar bringt uns mit seinem Wagen nach Sillebach zurück.«

Daniele äußerte nichts über das seltsame Mädchen und stieg in den Wagen. Regina stand oben hinter der Gardine ihrer Schlafstube und hatte die Hände in der Schürze verkrampft. Die Tränen liefen ihr über das Gesicht. Fast ohnmächtig vor Zorn sah sie die drei fortfahren. Sie spürte, sie konnte dagegen nichts tun. Aber sie würde bis zuletzt kämpfen. Nein, sie würde nicht so leicht aufgeben. Der Hof gehörte Erika.

15. Kapitel

Caspar lud die wenige Habe auf den Wagen. Daniele stand mit zuckenden Lippen neben der Tante. Sie wusste noch nicht so recht, was sie davon halten sollte. Das alles verwirrte sie. All die Jahre hatte sie keinen Vater gehabt, nur die Mutter. Jetzt war die Mutter tot, und sie hatte einen Vater und sollte jetzt bei ihm leben.

Die Tante strich ihr über das Haar.

»Kannst immer zu mir kommen, ja? Ist ja nicht so weit. Der Caspar wird dir den Weg durch die Schlucht zeigen. Dann bist du immer ganz geschwind bei mir.«

»Ja«, flüsterte sie nur. nschließend legte sie schnell ihre Arme um den welken Hals und stieg danach sofort ein. Caspar fuhr geschwind davon. Unterwegs wollte er alles von ihr wissen. Sein Herz ward ihm schwer, als er hörte, wie oft sie kein Geld besessen hatten. Aber er spürte keine Bitterkeit bei dem Kind. Sie war freundlich und lächelte. Marianne musste eine Meisterin gewesen sein.

Als sie wieder auf dem Patscheiderhof ankamen, da sah auch Caspar den Verfall des Hauses. Er war auf sich selbst wütend. Ab jetzt würde er von morgens bis abends für Daniele schaffen. Alles wollte er wieder in Ordnung bringen und mehr Vieh anschaffen, sie sollte später den schönsten Hof weit und breit erhalten.

Als sie das Haus betraten, ließ sich Regina nirgends sehen. Caspar ging voran und führte Daniele in die kleine blaue Kammer.

»Wir werden sie demnächst neu tünchen. Dann kannst du dir Möbel aus dem Haus aussuchen. Die stellen wir dann in dein Zimmer. Du sollst dich bei uns wohlfühlen.«

»Ja«, flüsterte sie nur. Daniele brachte das Wort Vater noch nicht über die Lippen.

Caspar ließ sie allein und ging die Treppe hinunter. Oben packte das Mädchen die wenige Habe aus und stellte alles auf seinen Platz. Im Augenblick waren große Ferien, und sie brauchte sechs Wochen lang nicht die Schule besuchen. Sie würde ja in Zukunft auch woanders zur Schule gehen müssen, dachte sie bei sich.

Caspar fand Regina im Stall und herrschte sie an.

»Du kannst dich anstellen, wie du willst, das Kind bleibt hier. Ich werd mich jetzt wieder ins Zeug legen, werd so arbeiten und schuften wie früher. Jetzt hat das Leben ja wieder einen Sinn bekommen.«

Regina sagte kein Sterbenswörtchen. Später traf sie dann die Fremde in der Küche. Und dort sah auch Daniele das fremde Mädchen wieder. Es saß auf der Ofenbank und hielt eine Katze auf dem Schoß. Aber sie quälte das Tier nur. Es tat Daniele in der Seele weh, dem Tier nicht helfen zu können. Erbarmungsloser Hass schlug ihr entgegen. Caspar war noch nicht anwesend, und sie fühlte, dass man sie nicht haben wollte. Sie zitterte leicht, als sie die bösen Augen der Frau auf sich gerichtet spürte.

Endlich kam der Vater und man ging zu Tisch. Regina hatte die Tochter nicht erzogen, ihr jeden Willen gelassen. So kam es, dass sie sich bei Tisch wie ein kleines Tier benahm. Feindschaft lag auch hier in der Luft. Daniele musste mit jedem Bissen kämpfen. Sie dachte an die ärmlichen aber so fröhlichen Mahlzeiten mit der Mutter. Sie waren immer arm gewesen, aber immer heiter und hatten so viel gelacht. Das hatte ihnen das Los dann nicht so schwer werden lassen.

Daniele saß neben Erika. Weil sie gute Tischsitten gewöhnt war, so aß sie auch hier manierlich mit Messer und Gabel. Erika starrte sie aus unergründlichen Augen an, Caspar und auch Regina nicht minder. Daniele fühlte Scham in sich hochkriechen. Zudem wirkte sie auch äußerlich so ganz anders. Aus dem wenigen was die Mutter immer zur Verfügung gehabt hatte, hatte sie der Tochter wunderhübsche Dirndl geschneidert. Sie machte ja alles selbst, und da kostete es fast nichts. Erika wirkte neben ihr wie ein Lumpenmädchen und nicht wie die Tochter eines reichert Bauern. Sie wühlte ständig im Dreck, und Regina knauserte ja, wo sie konnte.

Caspar hatte eine stolzgeschwellte Brust. Daniele sah so fein und niedlich aus, sie war eine Augenweide. Aber er spürte nicht, wie sie im Augenblick litt. Als sie gegessen hatten, standen sie auf. Erika stürzte als Erste fort.

Daniele wollte sich in ihr kleines Zimmer verkriechen. Da hielt der Vater sie zurück und sagte: »Um Erika brauchst du dich nicht zu kümmern, die ist verrückt. Wenn sie dir etwas tut, berichte es mir und ich werd sie bestrafen.«

Unwillkürlich blickte sie zur Stiefmutter und spürte, wie der Hass in ihr hochbrandete. Hilflos und verstört ging sie fort. Oben im Flur hinter einem Schrank prallte sie mit Erika zusammen. Die Kleine musste spüren, dass die Fremde jetzt bei ihr bleiben würde. Das war einfach ungeheuerlich und unfassbar. Niemand hatte sich je die Mühe gemacht, mit ihr zu sprechen. Sie musste alles erahnen.

Da standen sich nun die beiden gegenüber und Daniele spürte, Erika konnte schrecklich böse sein und sie hatte Angst. Aber irgendwie tat sie ihr auch leid. Sie sah in Erikas Augen. Darin stand ein so hungriger Blick. Und sie dachte: *Sie kennt keine Liebe, kein Vertrauen. Wie einsam muss sie doch sein.* Und dann dachte sie auch: *Sie wird mich hassen, wenn sie mich immer hier sieht. Warum kleidet die Mutter sie nicht hübsch und nett? Sie haben doch viel mehr Geld.* Danieles Herz war aufgewühlt. In ihr junges Leben war etwas eingetreten, mit dem sie ganz allein fertig werden musste. Und sie wollte nett zu Erika sein, war sie denn jetzt nicht ihre Schwester?

Sie lächelte ganz zaghaft, aber Erika hörte nicht auf, sie anzustarren. Daniele ging hastig in ihre Kammer und drehte den Schlüssel herum. Da saß sie nun am Fenster und blickte auf die Berge und in das Tal. Die Sonne ging unter, und sie konnte sich nicht an der Schönheit erfreuen. Sie hatte ein Würgen in der Kehle. Wieder begannen die Tränen zu fließen. So verzweifelt war sie und sehnte sich nach der Mutter. Als sie keine Tränen mehr hatte, dachte sie: *Morgen lauf ich zur Tante, sie versteht mich, sie hat mich lieb. Bei ihr werde ich mich aufhalten. Wenn ich es hier nicht ertrag, dann bitt ich die Tante, ob sie mich nicht haben will. Das Haus ist so schrecklich dunkel und traurig wie eine Gruft. Ich habe Angst.*

Schließlich schlief sie ein und vergaß für eine Weile ihren großen Schmerz. Am nächsten Morgen konnte sie sich gar nicht besinnen, wo sie sich befand. Aber dann fiel ihr alles wieder ein, und sofort fühlte sie wieder den dumpfen Schmerz in sich. Wenig später wollte sie die Kammer verlassen, da sah sie Erika vor sich. Unwillkürlich zuckte sie zusammen. Daniele wich ins Zimmer zurück. Erika kam ihr einfach nach und blickte sich um. Ihr Herz klopfte zum Zerspringen.

Der Vater hatte ihr gestern gesagt, sie sei verrückt! Aber sie benahm sich ganz ruhig, und dann sah sie wieder in Erikas Augen und dachte: *Ich kann das nicht glauben, sie blickt mich so an, als wolle sie etwas zu mir sagen, sie kann es nur nicht.* Ganz entzückt starrte sie Danieles Kleid an, und jetzt kam sie näher und strich einmal mit der Hand darüber.

All die Jahre hatte Erika trist und dumpf vor sich hin gelebt. Jetzt spürte sie, dass es noch etwas anderes gab. Sie war ja nur stumm und nicht verrückt. Sie hatte einen wachen Geist, aber das bemerkte niemand, weil sich nie jemand mit ihr Mühe gegeben hatte. Wie ein Tier hatte man sie gewähren lassen. Selbst die Mutter in ihrer übergroßen Liebe glaubte, ihr damit einen Gefallen zu tun. Weil man sie überall fortstieß und hasste, durfte sie zu Hause alles. Regina war zu dumm und zu einfach, um zu merken, dass Erika viel mehr wollte. Doch Erika konnte sich nicht verständlich machen. Nie hatte sich je einer um sie gekümmert.

Daniele fühlte jetzt instinktiv, dass Erika ihre bunten Kleider liebte, ganz versessen darauf war. Ihre Augen glänzten hell auf. Blitzschnell überlegte sie: *Bevor sie mir etwas antut, muss ich ihr ein Kleid von mir schenken, vielleicht merkt sie dann, dass ich es nicht böse mit ihr meine.* Sie hatte ein Dirndlkleid, das ihr schon ein wenig zu klein war, das würde Erika passen, denn sie war ja jünger und kleiner als sie. Aber dann dachte sie: *Sie ist so schmutzig, sie macht das schöne Kleid sofort dreckig. Zuerst muss sie sich waschen, dann schenke ich es ihr.* Aber wie sollte sie es ihr sagen?

Da entsann sich Daniele auf die Nachbarin. Als sie noch klein war, da hatte sie bei der Nachbarin so lange bleiben müssen, bis die Mutter von der Arbeit heimkam. Die Nachbarin war durch ihr Alter schwerhörig geworden und verstand kein Wort mehr, oder man musste furchtbar laut schreien, aber dann begriff sie es auch nie ganz. Da begann dann die Umwelt mit ihr so eine Art Zeichensprache zu sprechen. Sie war ja nur durch das Alter taub geworden. Und jetzt dachte Daniele, vielleicht ist Erika nicht verrückt, vielleicht versteht sie mich, wenn ich ihr vormache, was ich von ihr will!

Sie holte das Kleid aus dem Schrank, zeigte darauf und dann auf Erika, das sollte heißen: *Ich schenke es dir.* Erika sah sie starr an, schien es langsam zu begreifen. Aber da zog Daniele das Kleid fort, ging stattdessen zum Waschtisch und täuschte das Waschen vor. Dann zeigte sie wieder auf Erika. Stocksteif und mit weit aufgerissenen Augen stand sie im Zimmer und sah auf das fremde Mädchen. Zögernd ging sie näher, nahm den Schwamm, tauchte ihn in Wasser und fuhr sich zögernd damit über das Gesicht. Daniele nickte eifrig und lachte, das sollte so viel heißen wie: *Es ist richtig. Du sollst dich waschen.* Erika starrte sie wieder offenen Mundes an. Daniele zeigte ihr, sie solle sich richtig waschen und die Haare auch. Sie wolle ihr dabei helfen. Die

Gebärden waren ja so einfach zu verstehen. Erika begann zu zittern.

Zum ersten Mal verständigte sich ein Mensch mit ihr! Und sie hatte es begriffen. Ein harter Laut drang aus ihrer Kehle. Dann riss sie das alte Kleid vom Körper und schrubbte sich wie verrückt, und Daniele half ihr beim Haarewaschen. Bald glänzte es wie helles Gold in der Sonne und es fiel weich herunter. Dann half sie ihr in das alte Kleid und zeigte ihr, dass sie sie jetzt kämmen wolle. Aus den struppigen Haaren machte sie zwei kleine Zöpfe und holte zwei Gummibänder und band sie zusammen. Danach schnitt sie das Haar mit einer großen Schere glatt ab. Wenig später führte sie Erika vor den Spiegel und lachte sie an. Das sollte heißen, ich bin sehr froh. Erika starrte sich selbst entgeistert an.

Jetzt, wo sie so ein nettes Kleid trug, die Haare frisch gewaschen und ordentlich gekämmt hatte, da merkte man, wie hübsch sie eigentlich war.

Erika verzog den Mund. Das sollte wohl ein Lachen sein. Immer wieder strich sie über die Schürze und das Kleid und zupfte sich selbst an den kleinen Zöpfen.

Von unten hörte Daniele die Stimme ihres Vaters. »Willst du nicht frühstücken, Daniele?«

Sie nahm Erika einfach bei der Hand und zog sie mit. Die Stumme wusste also, sie sollte mitgehen. Und zum ersten Mal nickte sie. Daniele ging vor ihr her in die Küche. Caspar sah sie an und lachte: »Wie hübsch du doch bist, Daniele, es ist eine Freude, dich zu sehen.«

Die Worte trafen Reginas Mutterherz, und es bäumte sich heftig auf. Nie hatte er so über Erika gesprochen! Daniele sah ihn nur an, trat dann zur Seite und ließ die kleinere Erika an sich vorbeigehen. Caspar starrte sie verdutzt an. Weil es plötzlich so still in der Küche war, drehte sich auch Regina um. Sie erkannte ihre Tochter kaum wieder.

»Erika«, sagte Caspar erstaunt. »Ist sie das wirklich?«

»Ja«, erklärte Daniele, »ich hab ihr ein Kleid von mir geschenkt. Sie wollte es so gerne haben.«

»Die Mühe hättest du dir sparen können«, sagte Caspar verächtlich. »Nachher sieht sie doch wieder wie ein Ferkel aus. Du kennst sie noch nicht. Sie ist böse und gemein und gefährlich. Nimm dich vor ihr in Acht.«

Regina stand noch immer schwer atmend am Herd und blickte auf ihre Tochter. Bis jetzt hatte Erika sich nur immer an die Mutter gehalten, aber nun merkte diese, dass sie mit einem hündischen Blick an der Fremden hing. Und sie sah, wie Daniele Erika anblickte und dann das Messer in die Hand nahm. Erika nahm es und hielt es wie ein Schwert, aber Daniele lächelte nur. Zum ersten Mal versuchte Erika ordentlich zu essen. Verzweifelt bemühte sie sich, Daniele alles nachzumachen.

Reginas Hand zitterte, als sie den Kaffee eingoss. Eine seltsame Spannung lag über dem Tisch. Selbst Capar sah immer von einem Mädchen zum anderen.

In Reginas Herz war ein Kampf. Sie hasste die Fremde, denn sie musste ihr ja die Hälfte abgeben. Erika sollte alles bekommen. Doch zugleich fühlte sie auch so etwas wie Balsam auf ihrem Mutterherz. Zum ersten Mal war da ein Mensch, der ihre Tochter nicht von sich stieß, sie prügelte, verhöhnte, verspottete. Die Fremde schenkte Erika sogar Aufmerksamkeit.

Als er jetzt sagte, er wolle das Scheunendach in Ordnung bringen, da starrte sie ihn fassungslos an. »Das willst du wirklich tun?«

»Ich hab dir doch gestern gesagt, dass ich mich jetzt wieder um alles kümmern werde.« Er erhob sich und ging davon. Wenig später sah sie Caspar über den Hof gehen, und bald hörte man laute Hammerschläge.

16. Kapitel

Daniele war es gewöhnt, dass sie viel im Haushalt mithalf, die Mutter war ja immer so erschöpft, wenn sie von der Arbeit kam. So stand sie jetzt auch auf und räumte den Tisch ab. Erika saß da und schaute ihr zu. Daniele nickte mit dem Kopf. Und Regina sah fassungslos zu, wie Erika aufstand und auch mithalf, die Tassen fortzuräumen.

Daniele blickte die Stiefmutter an und lächelte schwach. »Daheim musste ich immer abtrocknen und spülen, ich mach auch nichts mehr entzwei.«

Regina stand wie vom Donner gerührt da und begriff die Welt nicht mehr. Daniele begann mit dem Spülen. Dann nahm sie eine Tasse und trocknete sie ab. Nun nahm sie Erikas Hand und legte ihr das Handtuch hinein und zeigte auf die nächste nasse Tasse. Und Erika versuchte zum ersten Mal in ihrem Leben etwas zu tun, was sinnvoll war. Zwar machte sie es sehr unbeholfen, und die Tasse war noch längst nicht ganz abgetrocknet. Regina hielt die Luft an, Daniele aber nickte nur eifrig und schenkte ihr ein Lächeln, das sollte Erika anspornen. Die Stumme begriff wirklich. In dieser Sekunde öffnete sich ihr Herz der Fremden gegenüber. Weit öffnete sie es und legte es ihr zu Füßen.

Daniele wandte den Kopf zur Seite und sagte: »Sie versteht mich. Habt ihr es nie versucht? Ich meine, mit der Zeichensprache. Bei der alten Frau Schrummel hab ich das auch so gemacht, die war nämlich taub.«

Die Mutter ließ sich verstört auf die Ofenbank fallen. Noch immer war sie fassungslos. Erika, ihr Kind, das sich sonst wie ein kleiner Teufel nur Böses ausdachte, wie ein unfertiges Füllen durch das Haus raste und alles an sich raffte, was ihr gefiel, die gleiche Erika stand jetzt ganz ruhig da und versuchte abzutrocknen. Das war einfach unfassbar. Zugleich sah sie auch, wie die Fremde schnell und hurtig arbeiten konnte und sie war doch erst vierzehn Jahre alt!

Erikas Wangen glühten. Zum ersten Mal wurde sie gefordert, zum ersten Mal durfte sie etwas tun. Und was noch viel wichtiger war, sie wurde gelobt! Ohne Lob kann ein Mensch nun mal nicht leben. Er braucht Anerkennung, die hatte man Erika nie angedeihen lassen, weil man einfach nicht wusste, wie man sich verständlich machen sollte.

Nachdem Daniele das Geschirr weggeräumt hatte, ging sie nach oben und räumte ihr Zimmer auf. Sie machte das Bett, so wie sie es von der Mutter gelernt hatte. Erika stand in der Tür und sah zu. Dann stürzte sie in ihr eigenes Zimmer. Daniele ging ihr nach. Sie hatte die reinste Räuberhöhle. Daniele half einfach mit, und sie spürte, Erika wollte es auch so haben, wie sie es hatte. Voller Zorn warf sie all das Gerümpel hinaus. Was sich auch nicht alles angesammelt hatte! Zwar sah das Zimmer noch längst nicht so hübsch aus wie das von Daniele, aber Erika machte schon ein zufriedenes Gesicht.

Danach gingen sie nach unten, und Daniele besah sich jetzt den ganzen Hof. Erika lief ihr wie ein Hündchen nach und blickte sie immerzu von der Seite her an. Sie lechzte danach, dass Daniele sich mit ihr unterhielt. Als Daniele alles gesehen hatte, setzten sie sich auf die Bank und blickten ins Tal.

Vielleicht, dachte Daniele, *wird doch noch alles gut und ich werde auch hier glücklich. Gestern noch hab ich gedacht, ich lauf sofort zur Tante, und jetzt ist der Morgen schon vorbei, und ich hab nicht mal daran gedacht.*

Als Caspar zum Mittagessen hereinkam und Erika noch immer so hübsch und sauber, aussah, machte er wirklich ein sehr komisches Gesicht. Er schwieg aber.

Kaum hatten sie fertig gegessen, da stand Erika auf und riss dem verdutzten Vater den Teller fort.

Er wollte ihn wieder nehmen. Da sagte Daniele schnell: »Sie will doch spülen!«

»Wie?«

Und wirklich, Erika hatte genau aufgepasst. Sie tat erst von dem Pulver etwas in das Spülbecken und ließ anschließend heißes Wasser einlaufen, dabei blickte sie Daniele an. Diese nickte eifrig.

»Ich werd verrückt«, keuchte Caspar. »Das ist mir zu gespenstisch. Ist das wirklich Erika?«

»Hast du sie verhext?«, platzte plötzlich Regina heraus.

»Nein«, sagte Daniele, »ich sage ihr nur, wie man es tun muss, und dann tut Erika das auch.«

»Du sagst es ihr?«, fragte Caspar verdattert. »Verflucht, sie kann doch gar nicht hören. Du kannst ihr nichts sagen.«

»Doch«, lachte Daniele, und zum ersten Mal hörte man Lachen in diesen Wänden. »Pass mal auf, wenn ich will, trocknet sie jetzt ab.«

Wenn man wollte, dass die alte Frau in Wien zu einem sah, dann musste man immer irgendwo gegenklopfen oder sie anstoßen. Daniele schlug jetzt laut mit einem Löffel auf den Tisch und wahrhaftig, Erika drehte sich herum. Viel später sollten sie erfahren, dass Schwingungen entstanden, die vom Gehörlosen aufgenommen werden.

Daniele machte ihr jetzt vor, als trockne sie eine Tasse ab, dann zeigte sie auf Erika. Diese blickte sie erst erstaunt an, aber dann schien sie zu begreifen. Sie sollte jetzt abtrocknen. Und der fassungslose Vater sah, dass Erika es wirklich tat.

»Das gibt es nicht«, keuchte er. »Das ist unfassbar.«

Und da erklärte seine Tochter ganz ruhig: »Ich glaube, Erika ist nur taub und nicht blöd.«

In seinem Gehirn ging etwas vor. Caspar entsann sich schwach der Worte des Arztes von damals. »Erika wird nie hören können.« Damals war er so verzweifelt und fassungslos gewesen und hatte vom gleichen Augenblick aufgehört, an sie zu denken und hatte sie kaum beachtet. Er hatte sie wie ein Tier zur Seite geschoben. Und jetzt dachte er: *Warum hat man uns nie gesagt, dass man sich mit ihr verständigen kann? Warum nicht?*

Regina liefen die Tränen über das Gesicht.

Aber Erika sah es nicht, sie war voller Eifer bei der Arbeit. Immer wieder blickte sie Daniele an, diese nickte eifrig, und sofort ging ein Strahlen über das Gesicht der Stummen.

»Sag ihr, dass du dich auch freust«, bettelte Daniele jetzt die Mutter an.

»Aber wie denn?«, stammelte sie.

»Nicke und lache nur, dann weiß sie Bescheid.«

Als sich Erika wieder umdrehte und nun auch die Mutter heftig nickte und lachte, da ließ sie den Spüllappen fallen und sah diese lange an, dann lächelte sie auch. Es war das erste Lächeln, das Regina von ihrer Tochter bekam. Sie legte die Hände vor das Gesicht und begann heftig zu weinen. Das war einfach zu viel für sie.

17. Kapitel

Über ein Monat war vergangen. Caspar hatte sich so intensiv um seinen Hof gekümmert, dass er ganz vergessen hatte, zum Gericht zu fahren. Nun dachte er wieder daran. Als er Regina vor sich auf der Ofenbank sitzen sah, da sagte er barsch: »Morgen fahre ich zum Gericht, damit du Bescheid weißt.«

Er hatte mit bösen Worten gerechnet, aber nun merkte er, dass Regina ihn nur stumm ansah.

»Hast du nicht gehört?«

»Doch.«

»Und?«

Ihr Gesicht wirkte nicht mehr so verhärmt. Caspar merkte jetzt auch, dass sie eine viel gefälligere Bluse trug und sich das Haar sauber und duftig um ihren Kopf legte. Sie vernachlässigte sich nicht mehr. Ein ganz anderer Wind wehte jetzt in diesem Haus.

»Ich werde mitkommen«, sagte sie jetzt mit fester Stimme.

Der Bauer runzelte die Stirn. »Warum? Das erledige ich allein. Sie soll ja nur meinen Anteil bekommen.«

Regina blickte starr vor sich hin. Ein kurzer Kampf ging in ihr vonstatten. Aber schließlich hob sie den Kopf und erklärte mit ruhiger Stimme: »Du kannst ihr den ganzen Hof überschreiben lassen.«

»Was? Und was hast vorher alles gesagt?«

»Nur unter einer Bedingung und das möchte ich gerichtlich festgesetzt wissen.«

»Wie denn? Was denn?«

Regina stand auf und setzte sich jetzt zu ihm an den Tisch. »All die Jahre habe ich geknausert und gespart und viel Geld auf die Kasse gebracht. Ich will nicht, dass Erika mal in ein Heim kommt, wenn wir nicht mehr sind. Die Verwandten sollten unter der Bedingung das Geld erhalten, wenn sie auch Erika bei sich aufnehmen. Daniele soll den Hof und das ganze Geld bekommen, aber sie muss dann für ihre Schwester mit sorgen und darf sie nicht fortgeben.«

»So sollen deine Verwandten nichts erben?«

Nun sagte sie mit leiser, fast zerbrechender Stimme: »Ich glaube, Daniele liebt Erika. Sie wird sie nie im Stich lassen. Ich bin froh, dass sie jetzt bei uns lebt.«

Caspar äußerte eine lange Zeit nichts. Wieder musste er an die einstige Geliebte denken. Die war tot, aber es war ihre Tochter, die sein Leben jetzt hell und froh machte, und nicht nur seines, sondern auch das von Erika und Regina.

Fast scheu legte er seine Hand auf die von Regina. »Ja«, sagte er leise, »sie wird sich um ihre Schwester kümmern.«

In dieser Nacht zog Caspar wieder in die Kammer seiner Frau.

Daniele erfuhr nichts von der Abmachung. Später, wenn sie volljährig war, wollte man es ihr sagen. Solange sie noch Ferien hatte, war sie den ganzen Tag im Haus und Erika wie ein Schatten hinter ihr.

Sie hatte sich Farbe kaufen dürfen, und dann hatten sie zuerst ihre Kammer und dann die von Erika angepinselt. Natürlich half die Stumme mit. Je mehr Daniele ihr vormachte, umso erstaunter war diese, wie handfertig sie war. Alles ging jetzt so leicht und flink von ihrer Hand. Längst aß sie manierlich, und schon versuchte sie sich im Stricken und Häkeln zu üben. Wenn sie jetzt etwas wollte, dann sprach sie selbst mit den Händen, und die Eltern lernten mit.

Erika ging mit Daniele ins Dorf, und niemand wagte mehr ein böses Wort über Erika zu sagen. Zuerst einmal war Daniele immer bei ihr, und dann war Erika jetzt auch so anders. Sie trug jetzt immer hübsche Dirndl, und auch Regina sorgte für sich. Alles wurde heller und schöner im Haus. Die Mädchen pflückten jeden Tag Blumen und schmückten damit das Haus. Längst hatte Daniele ihren kleinen Garten und Erika auch. In Wien hatte sie das nicht gekonnt. Sie war jetzt wirklich vollkommen glücklich, und die neue Bergheimat liebte sie von ganzem Herzen.

Aber dann wurde die Zeit unterbrochen, denn sie musste wieder zur Schule. Jeden Morgen musste sie mit dem Bus fort und kam erst am Nachmittag wieder. Die höhere Schule war in der Kreisstadt, und diese lag dreißig Kilometer von Unterrainer entfernt. Jetzt war Erika wieder viel allein. Sehnsüchtig wartete sie immer auf Daniele. Zwar half sie jetzt immer der Mutter im Haushalt und streunte nie mehr herum. Sie war wirklich eine große Hilfe für Regina. Diese versuchte, sie jetzt auch in die Kunst des Kochens einzuweihen. Es gab ja so vieles, was nachgeholt werden musste. All die Jahre hatte der Verstand brach gelegen, und nun saugte er wie ein Löschpapier alles in sich auf. Erika vergaß nichts mehr. Sie war wirklich intelligent, und ihre Augen gingen ständig hin und her.

Doch am schönsten war es für sie, wenn sie in der Nähe von Daniele sein konnte. Aber wenn diese am Nachmittag nach Hause kam, dann musste sie essen und Schularbeiten machen. Erika saß dann dabei mit ihrem Strickzeug, sie wollte sich selbst einen Schal stricken. Es war ungeheuerlich, wo sie noch vor gut einem halben Jahr wie ein kleines Tier vor sich hin vegetiert hatte. So saß sie still neben dem kleinen Schreibpult und sah Daniele an, wie sie flink schrieb und rechnete. Immer wieder runzelte das Mädchen die Stirn und starrte auf die seltsamen Buchstaben und Zahlen.

So ging das wochenlang. Daniele lernte und vergaß Erika manchmal. Aber eines Tages, als sie ins Zimmer kam, sah sie Erika, wie sie unbeholfen den Füller fest umklammert hielt und versuchte zu schreiben. Vielleicht hatte sie gedacht, sie brauche ihn nur zu halten und er würde von selber schreiben.

Daniele ging jetzt auf fünfzehn zu, und Erika war vierzehn Jahre. Daniele blickte sie an und dachte: *Sie ist doch nur stumm, warum soll sie nicht auch Schreiben und Rechnen lernen können? Man müsste es versuchen. Immer wieder und wieder. Vielleicht begreift sie es wirklich. Dann könnte sie eines Tages sogar lesen.* Daniele bekam ganz heiße Wangen vor Aufregung. Wenn ihr das glücken würde. *Ob ich vielleicht mal meine Lehrerin in der Schule frage? Sie muss es doch wissen.*

Am nächsten Morgen in der großen Pause nahm sie all ihren Mut zusammen und ging zu ihr hin. Zuerst verstand die Lehrerin nicht, was sie wollte, aber dann begriff sie und blickte Daniele überrascht an. »Das willst du wirklich tun?«

»Ich möchte so gern einen Rat von Ihnen«, stammelte sie. »Ich dachte, ich...«

»Es gibt jetzt auch Schulen für gehörlose Kinder. Man weiß längst, dass sie nur behindert sind, aber ansonsten alles können wie wir auch. Man kann ihnen sogar das Sprechen beibringen.«

»Wirklich?«, rief Daniele.

»Ja, du müsstest das deinem Vater sagen, und dann muss er die Kleine in die Schule schicken. Ich glaube, in Innsbruck gibt es eine.«

Daniele machte ein trauriges Gesicht. »Aber sie ist doch schon vierzehn Jahre.«

»Ja, dann geht es nicht mehr. Schade, dass sie nie etwas davon gehört haben. Aber wenn man so weit ab in den Bergen wohnt, da kommt es oft vor, dass man nicht erfährt, wie weit die Fortschritte schon sind.« Ihr tat das Mädchen leid, und darum sagte sie freundlich: »Ich will mal versuchen, ob ich mir die Schulbücher für diese Kinder besorgen kann. Vielleicht kannst du damit wirklich etwas anfangen, Daniele.«

»Oh, ich wäre Ihnen ja so dankbar«, stammelte sie.

Zu Hause erzählte sie nichts. Sie wartete nur voller Hoffnung. Drei Wochen sollten noch vergehen, bis sie endlich die Schulfibel für gehörlose Kinder bekam und auch ein kleines Rechenbuch. Darin waren alle Grundbegriffe auf einfachste Art und Weise verständlich gemacht. Daniele dachte den ganzen Heimweg: *Erika ist doch schon vierzehn Jahre alt und nicht sechs, also muss sie es doch viel schneller begreifen. Und sie versteht mich ja schon so gut. Ich muss es einfach versuchen. Es wäre zu schön, wenn sie eines Tages selbst schreiben könnte. Und was hatte die Lehrerin gesagt: Man kann ihnen auch das Sprechen beibringen?*

Es war Freitag, als sie nach Hause kam. Das Wochenende lag vor ihr, und sie brauchte selbst keine Schularbeiten machen. So konnte sie sich voller Eifer auf die neue Aufgabe stürzen. Zuerst begriff Erika nicht, was sie von ihr wollte. Aber dann merkte sie, dass Daniele wollte, sie solle auch schreiben lernen. Da leuchteten ihre Augen auf.

Stunde um Stunde hockten sie zusammen, und Daniele führte ihre Hand. Immer und immer wieder bis sie locker und leicht auf dem Papier lag. Und das erste Wort, was sie ihr beibrachte, war: *Mama.* Immer wieder führte sie die Hand und zeigte ihr auf dem Bild in der Fibel, was es zu bedeuten hatte. Dann sah sie Regina über den Hof gehen, sie wies mit dem Finger auf Regina und dann wieder auf das Wort. Und Erika schien nach vielen Stunden endlich zu begreifen, dass diese seltsamen Buchstaben das Wort für Regina, die Mutter, waren.

Am Montag endlich war es so weit. Erika konnte das Wort Mama auswendig schreiben. Da zog Daniele sie in die Küche, ließ sie sich vor Caspar und Regina hinsetzen und gab ihr dann Papier und einen Bleistift.

»Passt mal auf!«, rief sie laut.

Regina und Caspar wollten ihren Augen nicht trauen. Ihre Tochter konnte schreiben. Ganz klar und deutlich konnten sie es lesen. Fassungslos blickten sie Erika an. Caspar brachte im ersten Augenblick keinen Ton über die Lippen. Das war für ihn fast gespenstisch. Aber Erika schrieb immer weiter, immer das eine Wort, das sie konnte.

Daniele war mächtig stolz, und dann lief sie nach oben und holte die Bücher und erzählte den Eltern, was sie von ihrer Lehrerin vernommen hatte.

»Freilich kann sie lesen und schreiben lernen und auch rechnen. Ihr werdet es schon sehen. Alles werde ich der Erika beibringen. Dann wird sie selbst lesen können. Wenn sie uns etwas sagen will und wir verstehen es nicht, dann kann sie es aufschreiben.«

»Daniele«, schluchzte die Stiefmutter auf, »das willst du alles für sie tun?«

Erika sah die Freude auf den Gesichtern der andern. Sie fühlte sich so froh, und plötzlich lachte sie laut auf, ja richtig laut und kräftig. Die Eltern blickten sie entgeistert an. Das war noch nie geschehen. Es war das erste Lachen, das sie von ihrer Tochter hörten, und sie war doch schon vierzehn Jahre alt. Bis jetzt hatte sie stumm und böse vor sich hin gelebt. Aber seit Daniele ins Haus gekommen war, war es, als habe man sie ausgewechselt. Ihr Gesicht wurde lebhaft und die Augen blank. Erika musste jetzt immerzu etwas begreifen lernen, selbst nachdenken. Das formte sie gewaltig.

Daniele nahm sie jetzt auch mit auf ihre kleinen Wanderungen in die Berge. Eines Tages sagte dann der Vater, er wolle mit ihnen eine größere Klettertour unternehmen. Und sie freuten sich darauf. Erika wurde wirklich echt gefordert, aber auch hier gab sie nicht auf, sie erkämpfte sich jeden Stein am Berg, und sie keuchte und stöhnte, aber sie gab nicht auf. Als sie dann oben auf dem Gipfel standen, da beschattete sie die Augen und sah lange über die weite Bergkette. Sie konnte nicht sprechen, nicht sagen, wie bewegt wie war. Aber die beiden fühlten es auch so.

Daniele legte ihren Arm um ihre Schulter. So standen sie Seite an Seite, und Caspar blickte seine beiden Töchter an. Bis jetzt hatte er nur Daniele abgöttisch geliebt, hatte sie ihm doch neuen Lebensmut gebracht, geholfen, den Schmerz um die Vergangenheit zu vergessen. Aber jetzt, wo er noch den Schweiß auf der Stirn seiner jüngeren Tochter sah, wie er ihr Gesicht mit dem blonden Haar neben dem dunklen Schopf erblickte, da fühlte er, dass auch sie wertvoll war, dass auch sie ein reizendes und liebes Mädchen war. All die Jahre hatte er sie aus seinem Herzen verbannt, sich nicht um sie gekümmert. Erst die kleine Daniele musste kommen, um ihm die Augen zu öffnen, dass auch Erika Liebe brauchte, dass sie ein Mensch wie alle andern war.

Scheu kam er näher und legte nun auch einen Arm um Erika. Sie sah ihren Vater aus großen erschrockenen Augen an. Bis jetzt hatte er sie nur berührt, um sie zu prügeln, wenn sie etwas angestellt hatte.

Es war also niemals eine Gottesstrafe gewesen, das mit Erika! Er hatte es nur in seiner Verzweiflung so ausgelegt. Hier oben am Gipfelkreuz, wo einem war, als stünde man mit einem Bein schon im Himmel, er war ja so greifbar, so nah, da hatte man all diese frohen und guten Gedanken.

»Ich glaube, wir müssen uns wieder an den Abstieg machen«, sagte er munter. »Sonst wird die Mutter sich ängstigen.«

Aber auch Daniele war glücklich, denn sie wusste jetzt, dass sie gebraucht wurde, dass man sie wollte, wirklich wollte. Sie spürte die scheue Zuneigung der Stiefmutter, die sie nicht mehr hasste, die in Daniele die Zukunft der Tochter sah. Bei ihr würde Erika sich immer wohlfühlen. Aber sie war eben zu schlicht, zu einfach, um ihre Gefühle in Worte zu kleiden. Aber Daniele merkte es auch so und fühlte sich geborgen. Endlich hatte sie eine neue Heimat gefunden.

Jetzt teilte sie ihre freie Zeit zwischen den Schularbeiten und dem Üben mit Erika. Tag um Tag gab sie ihr einen neuen Buchstaben auf, und sie lernte ihn so lange, bis sie heimkam, und dann zeigte sie stolz, was sie inzwischen gemacht hatte. Natürlich ging es sehr langsam vorwärts, und Daniele merkte mit der Zeit, dass sie ihr nur die Hauptwörter erklären konnte. Sie zeigte auf den Gegenstand und schrieb ihn dann auf. Für alles andere hatte sie nicht die Fähigkeit, aber auch das war ja schon viel. Sie erklärte ihr die Uhr und brachte ihr das Rechnen bei. Erika lernte und lernte und konnte nicht genug davon bekommen.

Später verstand sie, ihr auch die Verben beizubringen. Und dann bildeten sie kleine Sätze. Viele Wochen brauchte Erika dazu. Sie strengte sich enorm dafür an, aber sie gab nicht auf, kämpfte verbissen. Und Daniele lobte sie für jeden kleinen Fortschritt. In der Natur erklärte sie ihr die Blumen. Überhaupt, alles was sie sehen konnte, immer zeigte Erika darauf und wollte wissen, wie der Gegenstand genannt wurde.

Aber immer hatten sie nicht Papier und Bleistift bei sich. Daniele schrieb es in den Sand, und Erika machte es Spaß. Aber wenn sie sich auf einer Almwiese befanden, da war kein Sand mehr. Daniele formte dann ganz langsam die Worte mit den Lippen. Die alte stumme Frau in Wien hatte doch auch von den Lippen abgelesen. Erika blickte sie an, und sie begriff. Sie zeigte sofort auf eine Blume, als Daniele mit den Lippen Blume sprach.

Jetzt waren sie wieder einen Schritt weitergekommen. Erika lernte sehr schnell, die einfachsten Wörter den andern von den Lippen abzulesen. Wenn man sich jetzt unterhielt, dann mussten auch Vater und Mutter ganz langsam sprechen und die Lippen formen. Erika war so aufgeweckt, dass sich jetzt bald jeder mit ihr verständigen konnte.

Wie viel hätte aus ihr werden können, wenn sich schon viel früher jemand um das Kind gekümmert hätte. Aber das war der Fluch, wenn man so weit hoch oben in den Bergen lebte. Daniele wusste das jetzt alles. Sie war ihrer Mutter sehr dankbar, dass sie von dem wenigen, was sie hatte, ihr eine so gute Schulbildung gegeben hatte.

Der Fortschritt ging weiter und es wurde für die Bergbauern immer schwieriger. Bald waren sie ganz auf sich allein gestellt. Keiner wollte mehr mithelfen. Caspar besaß einen großen Hof mit vielen Äckern und Wiesen und sie alle mussten bestellt werden. Zum Teil konnte er jetzt Maschinen kaufen und einsetzen, damit ging es natürlich schneller. Aber oft, wenn die Hänge zu steil waren, dann mussten sie alle mithelfen und mit der Hand das Heu mähen und wenden. Noch machte es ihnen Spaß, noch waren sie ja auch zu viert. Regina, Caspar und die beiden Mädchen. Aber was war, wenn der Vater und die Mutter älter wurden? Caspar hatte alles nachgeholt, und sie waren wieder zu so etwas wie Wohlstand gekommen.

Unten im Tal ging auch eine Veränderung vor. Jetzt kamen immer mehr Touristen. Es wurden neue Häuser gebaut und auch Hotels. Jetzt konnte man viel mehr Arbeitsplätze gleich am Ort bekommen. Früher gab es nur die Landwirtschaft und für die Männer entweder das Sägewerk oder Holzfällen. Die anderen mussten entweder auswärts arbeiten, oder sie verdienten sich etwas Geld bei dem nächsten Bauern. Armut kannte man jetzt nicht mehr. Der Ort Unterrainer vergrößerte sich immer mehr. Eine neue Schule wurde gebaut, ein neues Geschäft.

Die Urlauber kamen, weil es ihnen hier so gut gefiel. Daniele konnte das verstehen. Vor Jahren, als sie selbst zum ersten Mal hierher gekommen war, da war sie auch gefangen worden, und die Liebe zu den Bergen war sofort erwacht. Immer wieder machte sie große Wanderungen mit der Schwester und dem Vater.

Aber oft sprachen sie auch von der Zukunft.

»Bald hast du ja die Schule geschafft, Daniele, und was wird dann werden?«

Sie hob ihren Kopf und sagte: »Ich möchte so gern Ärztin werden, Vater.«

Regina zuckte für einen Augenblick zusammen. Manchmal kam der alte Schmerz noch auf. Erika würde immer zurückstehen. Sie würde nie so viel Beachtung finden können wie Daniele, immer würde sie für diese so etwas wie eine Haushälterin bleiben.

»Ja«, sagte Daniele ernsthaft, »ich möchte den Menschen helfen.«

»Da wirst du lange lernen müssen. Und wenn du es dann geschafft hast, dann müssen wir wohl für immer auf dich verzichten. Denn dann willst du wohl in einer großen Stadt leben. Dort gibt es ja viel mehr zu schauen und zu erleben. Natürlich werd ich dir die Ausbildung bezahlen, denn ich bin dein Vater, Daniele.«

»Danke«, sagte sie leise. »Ein wenig hab ich ja noch von der Mutter. Ich brauch nicht sehr viel. Und zum Wochenende komm ich selbstverständlich immer heim. Und dann gibt es ja auch die Ferien, da werd ich dann weiterhin auf dem Hof mithelfen, das ist doch selbstverständlich, Vater.«

»Willst dir also dein Geld selbst verdienen?«

»Oh ja«, sagte sie.

Mit ihren großen dunklen Augen sah sie ihn ruhig an. Erika saß zwischen ihnen und blickte von einem zum anderen. Sie wusste im Augenblick nicht, worüber man sprach.

Daniele erklärte es ihr, und Erika machte ein trauriges Gesicht. Aber als sie ihr sagte, dass sie am Wochenende immer daheim sein würde, da lächelte sie wieder und versuchte ihr zu sagen, dass sie sich dann besondere Mühe geben würde und ihr einen Sonntagskuchen und ein Festessen machen würde. Daniele lächelte sie herzlich an.

Sie war jetzt neunzehn Jahre und stand kurz vor dem Abitur, die Einzige aus dem Ort, die es so weit geschafft hatte. Caspar war natürlich mächtig stolz auf seine Tochter. Längst hatte man aufgehört, über ihren Makel zu spotten und höhnen. Denn sie war ja mal ein Sündenkind gewesen, wie sie es hier nannten, wenn ein Kind keinen Vater hat. Aber seit vielen Jahren hieß sie ja nun auch schon Patscheider.

Erika mit ihren achtzehn Jahren war zu einem schlanken Mädchen herangewachsen und kleidete sich selbst sehr geschmackvoll. Sie hatte ein liebes Wesen, und sie machte seit über zwei Jahren schon den Haushalt ganz selbständig. Sie schaffte von morgens bis abends, denn Regina war im letzten Winter so unglücklich gestürzt, dass sie sich einen komplizierten Oberschenkelhalsbruch zugezogen hatte. Und der wollte nie mehr so recht heilen. Jetzt saß sie meistens in dem großen Lehnstuhl und strickte oder nähte. Zum Gemüseputzen konnte man sie auch noch brauchen.

Manchmal, wenn sie ganz allein im Haus war und die andern draußen auf den Wiesen, dann dachte sie wohl daran, wie sie einst Daniele abgrundtief gehasst hatte und ihr nichts als den baldigen Tod wünschte. Aber wäre sie nicht gekommen, dann hätte man Erika schon längst in eine Anstalt bringen müssen. Und der Hof wäre hoch verschuldet, oder man hätte ihn verkaufen müssen. Durch sie, die sie so gehasst hatte, war alles gut geworden. Nun brauchte sie keine Sorgen zu haben, Erika tat alles für sie.

Aber jetzt kamen auch wieder die Sorgen. Wenn Daniele fort war, dann würde sie eines Tages ganz allein sein, und was dann? Da war ja das Testament und Daniele musste immer für Erika sorgen. Doch wenn sie in die Stadt zog, aus den Bergen fort, wenn sie auch Erika mitnahm, würde sie sich nicht unter den fremden Menschen fürchten? Sie war doch eine Stumme, anders als all die andern Menschen. Die Sorgen hörten wohl nie auf. Aber sie erzählte nichts davon. Regina verschloss all die quälenden Gedanken in ihrem Herzen.

Daniele bestand das Abitur als Beste, das war ja zu erwarten, sie lernte nun mal so leicht. Es flog ihr einfach zu. Und dann war sie Studentin und arbeitete fleißig. Aber wie sie versprochen hatte, kam sie jedes Wochenende heim. Sie war jetzt ein überaus hübsches Mädchen, und Caspar wunderte sich, dass sie noch immer keinen Liebsten hatte. Waren die Burschen in der Stadt denn blind?

Einmal fragte er sie neckend.

»Ach«, lachte sie nur. »Natürlich wollen sie mich, aber ich hab für so was noch keine Zeit. Ich möchte sehr schnell fertig werden, und dann beleg ich noch einen anderen Kurs.«

»Was für einen Kurs denn?«, staunte der Vater. »Willst noch immer schlauer werden? Man kriegt ja bald das Fürchten vor dir.«

»Bald kann ich euch davon berichten. Jetzt noch nicht«, erwiderte sie lachend.

Daniele wollte ihnen keine Hoffnung machen. Aber auch als sie Studentin war, hörte sie nicht auf, über ihre Schwester nachzudenken. Damals in der Schule hatte ihre Lehrerin ihr gesagt, man könne Stummen auch das Sprechen beibringen. Und durch Zufall hatte sie einen Taubstummenlehrer kennengelernt und mit ihm über Erika gesprochen. Er hörte sich alles an und meinte dann: »Ja, bringen Sie mir doch mal Ihre Schwester, ich will es gerne versuchen. Wenn sie all das von Ihnen gelernt hat, so wird sie gewiss auch noch das Sprechen lernen, Fräulein Patscheider.«

»Ich kann Erika nicht bringen. Sie lebt in Unterrainer und war nie aus den Bergen fort. Sie wissen ja, wie das ist. Hören Sie, können Sie mir nicht sagen, wie Sie es machen? Ich könnt es ihr doch beibringen. Ich würd mir wirklich recht viel Mühe mit ihr geben.«

»Na, das ist wirklich sehr schwierig, und man braucht viel Geduld.«

»Die habe ich«, sagte sie schlicht.

Er blickte sie eine Weile an, und dann dachte er: *Sie ist wirklich ein prachtvolles Mädchen. Wenn das wirklich alles stimmt, was sie für die Stumme getan hat, dann hat sie wirklich viel Zeit für die Schwester geopfert.*

»Hören Sie«, sagte er darum, »wir haben da einen Kurs, wir Lehrer müssen die neuen Abgänger von den Universitäten ausbilden, sich mit gehörlosen Kindern zu unterhalten. Ihnen also das Sprechen beibringen. Sie können daran teilnehmen, ich werde Bescheid geben.«

»Oh wirklich«, rief sie strahlend. »Das wäre ja zu schön. Dann könnte Erika von den Lippen ablesen und uns gleich ihre Antwort sagen und müsste sie nicht immer aufschreiben.«

»Ich warne Sie gleich, es wird sehr schwer sein, und Sie studieren doch. Wird das für Sie nicht zu viel?«

Sie schüttelte nur den Kopf. Daniele war bestrebt, den Mitmenschen zu helfen. Von ihrer Mutter hatte sie Güte gelernt, und sie war bemüht, Erika zu helfen. Sie wollte ihr alles beibringen, sodass sie nie würde denken müssen: *Nur weil ich so weit von allem gelebt habe, ist mir diese Hilfe versagt geblieben.*

So arbeitete sie verbissen. Sie lernte auch hier andere gehörlose Menschen kennen und war erstaunt, was sie alles lernten. Und das machte sie noch glücklicher. Erika sollte nie abseits stehen, sie war ihre Schwester, einmal sollte sie auch ganz glücklich sein. Und solange sie dazu etwas beitragen konnte, wollte sie es auch tun.

Sie befand sich schon im zweiten Semester, als man ihr sagte: »Nun können Sie mit Ihrer Schwester anfangen. Wenn Sie mal nicht weiterwissen, können Sie sich immer Rat bei uns holen. Jetzt sind Sie richtig ausgebildet und beherrschen die Taubstummensprache vollkommen. Ihre Schwester ist zu beneiden, durch Sie erhält sie eine Privatlehrerin.«

Ihre Wangen glühten. »Ich danke Ihnen ja so sehr. Und ich werde Ihnen erzählen, ob ich es geschafft habe oder nicht.«

Der Abschluss des Kurses fiel gerade in die Zeit, wo die Sommerferien begannen. Und diese dauerten drei Monate. Also hatte sie sehr viel Zeit, um mit der Schwester zu üben.

So kam sie voller Mut und Zuversicht heim und erklärte Erika, was sie vorhabe. Diese blickte sie groß an. Sie sollte sprechen lernen? Unmöglich. Auch Vater und Mutter schüttelten den Kopf.

»Sie ist doch stumm, das wird sie nicht können.«

»Doch, in der Stadt lernen es alle Kinder schon mit sechs Jahren. Wenn sie in die Schule kommen, müssen sie Sprachunterricht nehmen. Und ich habe es selbst gehört. Sie können sprechen, wenn man ihnen zeigt, wie sie es machen müssen.«

Erika war Daniele ergeben und tat wirklich alles, was diese von ihr verlangte. So setzten sie sich jetzt jeden Nachmittag, wenn sie Zeit hatten, viele Stunden vor einen Spiegel und Daniele übte mit ihr sprechen. Und da sie Medizinstudentin war, wusste sie auch, wie man sprechen musste, bei welchem Buchstaben sich was in der Kehle bewegen musste. Sie legte Erikas Hand an ihre eigene Kehle und sprach dann immer wieder denselben Buchstaben aus, und dann musste sie die Hand an ihre eigene Kehle legen und so lange etwas hervorstoßen, bis es genauso war wie bei Daniele. Sie war schon zwanzig Jahre, und Erika musste üben, bis ihr schwarz vor den Augen wurde. Aber sie gab nicht auf, und außerdem wollte sie die Schwester auch nicht enttäuschen.

Eines Tages wurden sie dann belohnt. Erika sprach das Wort Mama ganz klar und deutlich. Zwar ohne richtige Betonung, aber das würde immer so bleiben, denn sie hörte sich ja selbst nicht sprechen, und darum konnte man das nicht ändern. Aber man verstand sie. Und als sie erst mal das erste Wort gesprochen hatte, da wurde alles viel leichter.

Keiner war glücklicher als Daniele. Es hatte sich also alles gelohnt. Nun konnte man sich gut mit Erika unterhalten, und sie sprach! Ja, da freuten sie sich alle.

»Nun kann ich ihr nichts mehr beibringen«, sagte Daniele glücklich. »Nun kann sie all das, was auch andere Stumme können. Erika kann sich jetzt selbst helfen. Überall, wo sie hinkommt, wird sie sich verständigen können.«

Wie große Augen machte man unten im Krämerladen, als sie eines Tages hereinkam und nicht mehr einen Zettel abgab, sondern ganz langsam aber sehr deutlich sagte, was sie haben wollte.

Daniele konnte sich jetzt wieder ihrem Studium widmen, und schließlich hatte sie es geschafft. Man schrieb das Jahr 1975, sie war nun fünfundzwanzig Jahre alt. Daniele war Ärztin!

Strahlend und überglücklich kam sie nach Hause.

»Jetzt wirst du uns wohl für immer verlassen?«

»O nein, ich muss meine zwei Jahre im Krankenhaus machen, aber wenn ich das geschafft hab, dann bleib ich euch treu. Unterrainbach ist meine Heimat. Doktor Fürndel ist alt und möchte sich zur Ruhe setzen. Wir haben schon miteinander gesprochen. Dann werde ich seine Praxis übernehmen. Sein Sohn will ja nicht in die Berge kommen. Er ist in Salzburg an einer Klinik und will die Stadt nicht mehr verlassen.«

»So eine bist du also, so eine Heimliche«, lachte der Vater. Aber seine Augen leuchteten hell auf. Daniele würde immer in der Nähe sein.

Man hätte also weiterhin glücklich und zufrieden sein können, aber dann geschah eines Tages etwas Unfassbares. Daniele befand sich auf der Wöchnerinnenstation, als sie die Nachricht erhielt. Doktor Fürndel war am Telefon.

»Komm so schnell wie möglich heim, Daniele, dein Vater ist schwer verunglückt.«

»O mein Gott«, stammelte sie. »Wie ist das passiert?«

»Beim Holzfällen, er ist von einem Baum getroffen worden.«

»Ich will versuchen, ob ich heute noch fortkomme, wenn nicht, dann bin ich morgen ganz früh in Unterrainer.«

Hastig rannte sie über den Flur und sprach mit ihrem Vorgesetzten. Natürlich hatte er sofort Verständnis für ihre Lage.

»Gehen Sie nur, Fräulein Patscheider. Und ich wünsche Ihrem Vater alles Gute.«

Tief in der Nacht kam sie an. Seit ein paar Monaten besaß sie ein kleines Auto und konnte so immer mal schnell in ihrer Freizeit nach Hause fahren.

Die Mutter saß unten im Wohnzimmer und weinte. Sie hatte sie noch nie weinen gesehen und war daher sehr erschüttert.

»Wo ist Vater?«

»Oben«, sagte die alte Frau gebrochen. »Ich kann ja nicht rauf. Die Beine.«

»Ich kümmere mich gleich um dich, aber jetzt muss ich erst nach Vater sehen«, sagte sie hastig und stürzte die Treppe hinauf. Oben traf sie Doktor Fürndel. Er war alt und gebeugt, schlohweiß sein Haar. Als er sie kommen hörte, hob er den Kopf und sah sie traurig an. Neben dem Bett stand Erika. Auch sie weinte. Daniele ging näher. Als Ärztin brauchte man ihr nichts zu sagen. Sie spürte, der Sensenmann stand schon in der Stube.

»Vater«, sagte sie mit brüchiger Stimme. »Oh Vater!«

Er öffnete die Augen.

»Daniele«, flüsterte er. Sie setzte sich neben ihn und nahm seine Hand. Sein Körper war zerschmettert. Nur noch das Herz lebte, aber auch das würde bald aufhören.

»Ich hab ihm Morphium gegeben«, sagte Fürndel.

»Ich möchte mit dir allein sein«, flüsterte der Vater.

Hilflos blickte sie den Arzt an. Dieser nickte nur und nahm Erika mit aus dem Zimmer. Nun waren sie allein, und sie fühlte sich so hilflos, weil sie ihm nicht mehr helfen konnte. So vielen Menschen brachte sie Trost und Zuversicht, und ihm konnte sie nicht mehr helfen.

»Vater!« Mehr brachte sie im Augenblick nicht über ihre Lippen.

»Glaubst du, dass sie mir verziehen hat?«, fragte er ganz leise.

»Wer?«, fragte sie zurück.

»Deine Mutter, Daniele. Ich hab sie so lieb gehabt, aber ich hab alles falsch gemacht. Du brauchst mir nichts zu sagen, ich weiß, dass ich jetzt sterben muss. Werde ich sie dann wiedersehen? Hat sie mir verziehen? Du musst es doch wissen! Ich wollte dich immer danach fragen, aber ich brachte es nicht über meine Lippen.«

Daniele rollten die Tränen über das Gesicht. »Mutter hat häufiger geäußert, dass sie dich sehr lieb gehabt hätte. Wenn sie es sagte, dann hatte sie immer ganz blanke Augen. Mehr kann ich dir auch nicht sagen«, flüsterte sie wahrheitsgemäß.

Er blickte sie an.

»Vielleicht hat sie all die Jahre dich sehen können, dann muss sie gewusst haben, dass ich durch dich um Verzeihung bat, all die Jahre!«

»Sprich nicht so viel, Vater.«

»Lass mich«, stöhnte er. »Bald kann ich nicht mehr reden. Lass mich doch...«

Aber dann versagten seine Kräfte immer mehr. Er lag nur in den Kissen und blickte sie an. Und dieser Blick war so weich, so zärtlich, so voller Liebe. Daniele hatte einen dicken Kloß in der

Kehle. Sie wollte nicht weinen, aber sie konnte nicht anders, die Tränen stürzten ihr über das Gesicht.

Der Vater hob noch einmal die Hand und wollte über ihr dunkles Haar streichen, so wie er es immer bei Marianne getan hatte. Aber die Kraft besaß er nicht. Die Hand fiel zurück, er lächelte sie an, und mit diesem Lächeln starb er.

Friede war in seine Seele eingekehrt . Daniele wusste, dass er es sich all die Jahre nicht leicht gemacht hatte, dass er nie aufgehört hatte, die Mutter zu lieben. Und sie blickte in seine geöffneten Augen. Vielleicht war er jetzt schon bei der Mutter?

18. Kapitel

Daniele musste sich um alles kümmern. Erika weinte nur, und auch die Stiefmutter war zu nichts in der Lage. Die ersten drei Tage nach Caspars Tod vergingen wie in Trance, später konnte sie sich an nichts mehr erinnern. Da hatten sie auf dem Friedhof gestanden, und sie musste zurückdenken an damals, als sie als kleines verstörtes Mädchen Abschied von der Mutter hatte nehmen müssen.

Sie saßen in der niedrigen Stube. Die Trauergäste waren vor einer Stunde nach Hause gegangen. Regina saß zusammengekrümmt im Lehnsessel, Erika hatte ein ratloses verweintes Gesicht. Und Daniele stand in der Mitte des Raumes.

»Was soll nun werden?«, fragte die Mutter. »Der Hof muss weitergeführt werden.«

»Ja«, antwortete Daniele leise. »Ich weiß, aber ich weiß im Augenblick auch nicht, wie es geschehen soll.«

Man bürdete ihr die Verantwortung auf. Sie musste das Richtige entscheiden. Aber sie war doch selbst noch so jung, und dann hatte sie auch ihren eigenen Beruf, den sie von ganzem Herzen liebte. Es würde noch über ein Jahr dauern, erst dann konnte sie die Praxis von Doktor Fürndel übernehmen. Aber auch wenn sie dann näher am Hof lebte, helfen konnte sie dann auch nicht viel. Denn eine Landärztin hatte sehr viel zu tun und war immer unterwegs. Das Gebiet war so weit verstreut.

Sie blickte aus dem Fenster. Ihr Herz war von Trauer erfüllt. Der Vater hätte noch so lange leben und sich um alles kümmern können. Aber so war halt das Schicksal. Es schlug immer zu, wenn man nicht damit rechnete.

Und wenn wir den Hof verkaufen?, durchfuhr es ihren Sinn. *Dann würde Erika zu mir ziehen, und sie brauchte dann nicht mehr so viel schaffen. Aber sie würde bestimmt nicht glücklich sein*, dachte sie auch sofort. *Hier ist sie ihr eigener Herr, hier kann sie schalten und walten, hier fühlt sie sich geborgen. Und dann ist ja auch noch die Mutter da. Wenn man alt ist, darf man die Leute nicht mehr aus den Bergen in die Stadt verpflanzen, das würde nicht gutgehen.*

»Morgen kommt der Anwalt. Er wird das Testament verlesen, und danach müssen wir dann wissen, wie es weitergehen soll«, sagte die Mutter.

Wieder ein paar Stunden Frist. Aber das war so zwecklos, dachte das junge Mädchen. *Morgen ist alles genauso wie heute. Ich kann erst wieder in die Stadt gehen, wenn ich weiß, hier ist alles in Ordnung.*

Sie ging in ihre Kammer, um darüber nachzugrübeln. *Was wäre,* dachte sie, *wenn ich jetzt nicht studiert hätte, sondern daheimgeblieben wäre? Hätte ich dann auch den Hof mit Erika besorgen können?* Daniele kannte sich mit der Arbeit aus und wusste sofort, auch dann hätte sie es nicht vermocht. Auf einem so großen Hof war so viel Arbeit, die nur mit Männerkräften zu bewältigen war.

»Was soll ich nur tun?«

Am nächsten Morgen war dann der Anwalt da. Sie saßen in der Stube. Erika brachte frischen Kaffee. Daniele bat den Mann, sehr langsam zu sprechen, dann könne Erika ihn auch verstehen.

So wurde denn das Testament vorgelesen. Danieles Augen wurden groß und rund, und sie starrte Regina entgeistert an.

»Der ganze Hof soll mir gehören?«, stammelte sie.

Regina nickte nur.

»Aber das geht doch nicht. Erika hat doch auch Anspruch. Im Gegenteil, sie hat viel mehr Anspruch auf den Hof. Ich hab doch die Ausbildung vom Vater bekommen. Nein, das kann ich nicht annehmen.«

»Du musst weiter hören, dann weißt du alles«, sagte Regina.

Schließlich las der Mann die Klausel vor, sie würde den Hof nur bekommen, wenn sie vor dem Anwalt erklärte, immer für ihre Schwester Erika zu sorgen. Er las auch das Datum vor. Daniele dachte nach, es war vor vielen Jahren gewesen. Sie war noch nicht sehr lange auf dem Hof gewesen. Die Mutter hatte in ihrer Not und Verzweiflung nach jedem Strohhalm gegriffen, der sich ihr bot. Aber damals war alles noch anders gewesen. Jetzt konnte Erika für sich selbst sorgen.

»Das kann ich nicht annehmen«, sagte sie leise. »Erika wird ihn selbst gebrauchen.«

»Wie denn?«, erwiderte die Mutter.

Der Anwalt meinte zögernd: »Wenn ich einen Vorschlag machen darf, warum suchen Sie sich keinen Verwalter? Dann könnten Sie auf dem Hof bleiben und er würde gut bewirtschaftet. Natürlich müssen Sie dem Verwalter so eine Art Teilhaberschaft ankündigen, dann werden Sie bestimmt jemanden bekommen.«

»Mein Gott, warum habe ich selbst noch nicht daran gedacht«, sagte Daniele. »Ja, das ist die Lösung. Gleich morgen, wenn ich zurück in die Stadt fahre, werde ich mich darum kümmern.«

»Hoffen wir, dass dann alles gut wird«, sagte Regina leise. »Ich kann ja nicht mehr nach dem Rechten sehen. Wenn meine Beine noch so könnten wie früher...«

»Lass nur Mutter, wir werden es schon schaffen.«

Sie blickte Daniele an. »Du wirst Erika nie im Stich lassen?«

»Aber Mutter, das weißt du doch. Und Erika braucht mich gar nicht, das weißt du auch. Aber ich werde immer für sie da sein.«

Gleich am nächsten Morgen fuhr sie in die Stadt zurück. Dort hatte sie Freunde und Bekannte. Diese nannten ihr die Stelle, wohin sie sich wenden müsse, um einen Verwalter zu bekommen. Sie setzte auch eine Anzeige auf. Nach ein paar Tagen meldete sich jemand. Sie machte ein Treffen mit ihm aus. Und so kam es, dass sie Jürgen Perschi kennenlernte. Er war groß, schlank, an die dreißig Jahre. Zu Hause hatten sie in der Steiermark einen sehr großen Hof, aber er war nicht der älteste Sohn und hatte also keinen Anspruch auf das Erbe. Man würde ihm eine gute Mitgift auszahlen, mehr aber auch nicht. Und so hoffte der junge Mann, mit diesem Geld sich eines Tages selbst einen schönen Hof kaufen zu können. Aber bis dahin wollte er noch mehr Geld sparen und vor allen Dingen Erfahrungen sammeln.

Jürgen Perschi hatte ein offenes und freundliches Gesicht. Er lachte gerne, und Daniele fühlte sich gleich wohl in seiner Nähe. *Ja,* dachte sie inbrünstig, *er wird es können und auch auf Erika Rücksicht nehmen, Verständnis haben.*

Kurz und bündig erzählte sie ihm, um was es ging. Als er erfuhr, dass sie selbst nicht dort lebte, machte er ein trauriges Gesicht.

»Ich bin Ärztin«, sagte Daniele.

»Und wann kann ich den Hof besichtigen?«

»Wenn Sie möchten, können wir sofort mit meinem Wagen hinausfahren. Bevor Sie sich endgültig entschließen, können Sie sich alles ansehen.«

»Das ist gut.«

Zur Vesperzeit kamen sie auf dem Patscheiderhof an. Erika stand im Laubengang. Unwillkürlich blickte Daniele den jungen Mann an. Er schien betroffen von der Schönheit Erikas. Und Daniele sah jetzt auch, wie hübsch sie geworden war.

Erika lächelte und sprach ihn mit leiser Stimme an. Jürgen wandte sich verblüfft an seine Begleiterin. Daniele erklärte ihm, dass man, wenn man mit Erika sprach, sie immer anschauen müsse. »Sie liest Ihnen alles von den Lippen ab, Herr Perschi. Selbst müssen Sie klar und deutlich sprechen, dann versteht sie alles.«

Zu dritt gingen sie nach dem Essen durch das ganze Anwesen. Sie kletterten über die Wiesen, zeigten ihm die Almen und was er noch wissen wollte. Jürgen war von der Lage des Hofes begeistert und sagte herzlich zu.

Daniele atmete auf.

»Jetzt kann ich in Ruhe wieder an meine Arbeit gehen. Aber ich werde immer wieder, wenn ich ein Wochenende frei habe, rauskommen und nachsehen, wie es geht.«

Jürgen zog mit Sack und Pack ein. So manch schöne Maid im Dorf machte große Augen und hätte es gern gesehen, wenn er sie zum Tanzen eingeladen hätte. Aber der junge Mann war sehr gewissenhaft und arbeitete viel. Bald kannte er sich mit allem aus und brauchte nicht mehr zu fragen. Das völlig selbständige Arbeiten machte ihn sehr glücklich.

Außerdem wurde er köstlich von Erika bewirtet, und er lernte es sehr schnell, mit ihr zu reden. Ja, es kam eine Zeit, da spürte er schon nicht mal mehr, dass sie anders war. Erika blühte sichtlich auf.

Eines Sonntags kam Daniele nach Hause und freute sich auf ein paar ruhige Tage. Sie hatte die ganze Woche Nachtdienst gehabt und das war wirklich anstrengend gewesen. Noch ein paar Monate und sie hatte es geschafft. Doktor Fürndel freute sich schon, dann konnte er sich endlich zur Ruhe setzen, die er schon so lange verdient hatte.

Als sie auf dem Patscheiderhof ankam, lag dort eine seltsame Stimmung über dem Haus. Daniele konnte es zuerst nicht erfassen. Etwas Gespanntes, Geheimnisvolles war es. Als ihr Erika entgegenkam, sah sie zum ersten Mal, wie diese ganz leuchtende Augen hatte und rote Wangen. Sie umarmte die Schwester und küsste sie. Dann zog sie diese mit in die Küche und sah sie wieder so seltsam an.

»Was ist los?«, fragte Daniele.

Da konnte das Mädchen nicht mehr an sich halten. Sie warf sich wieder an den Hals der Schwester und stieß hervor: »Jürgen will mich heiraten.«

Für einen Augenblick stand Daniele wie erstarrt da. Sie konnte nichts sagen. Ihr erster Gedanke war: *Wie bin ich glücklich mit ihr*. Ihr zweiter Gedanke aber war: *Und wenn er sie nur nimmt, weil er so billiger an einen so prächtigen Hof kommt?* Sie gab Erika einen Kuss und sagte ihr, wie sehr sie sich freue. Dann meinte sie: »Ich will Jürgen sprechen.«

»Er will dich auch sprechen«, erklärte Erika und zog sie in die gute Stube.

Jürgen stand auf, als sie den Raum betrat. Erika verließ sie, und sie waren allein. Für Sekunden wusste sie nicht, wie sie anfangen sollte.

»Daniele«, sagte er ruhig, »ich liebe Erika wirklich, das müssen Sie mir glauben. Sie ist ein wundervolles Geschöpf und so tapfer.«

In Danieles Kopf begann es zu schwirren, aber plötzlich wusste sie die Lösung. Sie wollte die Schwester vor einem Unglück bewahren, nur wenn sie wirklich wusste, dass es aus Liebe geschah, nur dann würde sie es zulassen.

»Bevor Sie sich mit Erika verloben, Herr Perschi, glaube ich, muss ich Ihnen etwas mitteilen.«

»Ja?«, sagte er ruhig.

»Der Hof gehört mir, nicht Erika.«

Er blickte sie mit seinen blauen Augen ruhig an, dann lehnte er sich zurück und sagte: »Ich weiß. Pünktlich auf die Minute werde ich immer die Pacht bezahlen, darauf können Sie sich verlassen.«

Daniele hatte einen Kloß im Hals stecken. »Obwohl Sie das wussten, wollen Sie Erika heiraten?«

Nun begriff er. »Halten Sie mich für einen Mitgiftjäger? Für so einen gemeinen Schuft?«

»Ich wollte Sie nicht verletzen, Jürgen, bitte, Sie müssen mich verstehen, ich will nur, dass Erika glücklich wird.«

Da wich der Zorn, und er lächelte. »Ich weiß«, sagte er ruhig und dann: »Sie können mir Erika ruhig anvertrauen, ich werde alles tun, dass sie immer glücklich bleibt.«

Regina war fassungslos und konnte es zuerst nicht glauben. Immer wieder rief sie: »Ach, wenn das der Caspar noch erlebt hätte. Erika wird Ehefrau, sie soll heiraten, ich kann es immer noch nicht fassen.«

Das ganze Dorf war auf den Beinen, als Erika mit Jürgen zum Traualtar schritt. Daniele war mit ihr glücklich, und sie sah Regina in der Kirche sitzen, klein und zusammengekrümmt. Sie kannte aber auch deren Gedanken.

Doch das Testament konnte sie nicht mehr zurücknehmen, Caspar war ja tot. Es hatte für alle Zeiten seine Gültigkeit.

19. Kapitel

Jürgen und Erika zogen als junges Paar ein und genossen ihr Glück. Wenig später war Daniele endlich fertig und nahm in Unterrainer die Praxis auf. Sie arbeitete hart und gewissenhaft und konnte sich kaum Freizeit nehmen. Aber sie liebte ihren Beruf und ging ganz darin auf.

Eines Tages, als sie mal wieder nicht wusste, was sie zuerst tun sollte, klingelte es an der Tür. Ihre Haushälterin war gerade fortgegangen. Sie öffnete und sah zu ihrem Erstaunen einen jungen Mann auf der Schwelle stehen.

»Die Praxis ist schon geschlossen. Es tut mir leid, ich muss jetzt Hausbesuche machen.«

Er kniff die Augen zusammen und blickte sie sprachlos an.

»Soll das heißen, dass Sie Doktor Patscheider sind?«

»Jawohl«, sagte sie und packte schon ihre Tasche.

»Gut«, meinte er, »Patienten soll man nie warten lassen. Gehen wir, unterwegs können wir uns dann weiter unterhalten.«

»Hören Sie«, sagte sie empört.

Doch er schob sie einfach in den Wagen und fragte sie nach der Adresse des ersten Patienten. Und zu ihrem Erstaunen fuhr er sie auch richtig hin. Er musste sich hier also sehr gut auskennen. Als sie in das Haus ging, kam er mit und bot seine Hilfe an. Sie merkte, dass er sehr viel davon verstand und wunderte sich immer mehr. Nachdem sie den Patienten versorgt hatte und wieder im Auto saß, wollte sie endlich wissen, was das zu bedeuten habe.

Es zuckte um seine Mundwinkel. »Ach, ich wollt nur mal sehen, wer Vaters Nachfolger geworden ist. Wollte mir den Trottel ansehen, der sich auf die Dörfer verkriecht.«

»Sie sind also Tobias Fürndel?«, stotterte sie.

»Ganz recht, Doktor Tobias Fürndel«, lachte er. »Aber sagen Sie mal, das halten Sie nicht lange aus, Doktor Patscheider«, und seine Augen blitzten hell auf. *Bei Zeus,* dachte er, *die ist aber wirklich fesch.*

Da kam er bei Daniele richtig, die fauchte zurück und erklärte, sie würde sich noch für ihre Patienten opfern. In der Stadt wäre alles anders, nein, da gingen sie ein und aus und man würde sie doch nicht kennen, aber hier nähme man Anteil an dem Leben der Patienten und freue sich, wenn man helfen könne.

Tobias blieb sehr lange. Sie stritten sich die halbe Nacht, bis Daniele ihn rauswarf. Aber seltsamerweise kam er immer wieder und wieder, nur um sich mit ihr zu streiten. Er hatte sich nämlich rettungslos in sie verliebt und wollte sie in die Stadt locken. Daniele liebte Tobias auch, aber sie dachte nicht daran, denn sie liebte ihre Landpraxis.

»Schon in der Bibel heißt es, du sollst deinem Mann folgen, wohin er auch geht.«

»Ja, das stimmt«, sagte sie lachend, »aber zum Glück bist du nicht mein Mann, also darf ich getrost hierbleiben.«

Der Kampf dauerte ein weiteres Vierteljahr, und Tobias lernte alle Licht- und Schattenseiten ihrer Praxis kennen. Und auf einmal fand er das Leben in der Stadt fade.

»Mir bleibt keine andere Wahl«, sagte er grimmig. »Allein schaffst du es nicht, da gehst du vor die Hunde. Ich muss dich ja schon heiraten, um auf dich aufzupassen.«

»Zwei Ärzte in einem kleinen Dorf?« Aber dann lächelte sie und meinte: »Wir könnten uns den Dienst einteilen und hätten dann auch noch ein Privatleben.«

»Was du nicht sagst«, meinte er lachend und zog sie in seine Arme. »Wir werden sofort heiraten.«

»Nein«, erklärte Daniele, »das geht leider nicht.«

»Warum denn nicht?«

»Erika bekommt ein Baby.«

»Und was hat das mit uns zu tun?«

»Ich muss mich um sie kümmern, und dann soll sie auch auf meiner Hochzeit tanzen. Also die zwei Monate kannst du doch wohl noch warten?«

»Ich hab schon gekündigt«, grollte er.

»Fein, dann bist du solange mein Angestellter, Herr Doktor Tobias Fürndel.«

Am meisten aber freute sich der alte Doktor, dass sein Sohn nun doch die Praxis übernahm.

Erika erwartete ihr Baby und war voller Hoffnung und Ängste. Würde es auch stumm zur Welt kommen? Daniele versuchte sie immer wieder zu trösten und sagte ihr, dass, wenn es so weit wäre, ihr zwei Ärzte beistünden und sie alles tun würden, damit es ein gesundes Baby würde. Aus den Berichten von Doktor Fürndel wusste sie mittlerweile, woher Erikas Krankheit kam. Also, es war kein Erbfehler. Sie musste gesunde Kinder zur Welt bringen.

Und dann pünktlich auf die Minute stellten sich des Nachts die Wehen ein.

Daniele trommelte Tobias aus den Federn. Er schimpfte nicht schlecht, aber als sie dann das Baby in Händen hielten, da strahlte er, als sei er der Papa. Wie ein Gockel stolzierte er in der Stube herum und schrie Jürgen immer und immer wieder in die Ohren. »Es ist ein Bub, acht Pfund, ein Bub.«

Erika lag lächelnd in den Kissen und blickte Daniele an.

Regina liefen die Tränen über das Gesicht. Das hatte sie noch erleben dürfen.

Am nächsten Tag brachte Daniele Erika das Taufgeschenk mit. »Es ist für euch drei«, sagte sie.

Erika nahm den Umschlag. Jürgen saß neben ihr und hielt ihre Hand. Sie reichte ihm einen großen Bogen.

Es war die Schenkungsurkunde über den Hof. Daniele trat ihn ganz an Erika ab. Jürgen starrte sie fassungslos an.

Leise sagte sie: »Der Vater hat mir alles vermacht, ich sollte ja nur den Hof bekommen, damit ich für Erika sorge. Aber ich sorge ja gar nicht mehr für sie, sondern das tust du, Jürgen, und darum sollt ihr auch die wirklichen Erben sein.«

Regina hielt lange ihre Hand und sagte leise: »Einmal habe ich dich furchtbar gehasst und dir den Tod gewünscht. Aber du hast uns nur Segen gebracht.«

»Und ihr habt mir eine neue Heimat gegeben«, erklärte Daniele herzlich.

ENDE

6. Die Versteigerung

1. Kapitel

Es dauerte nicht lange, da wussten es alle im Dorf. Der Tobias Matterna freit um die Posthofer Josi. Die Klatschmäuler mussten regelrecht Überstunden einlegen, um es unter die Leute zu bringen. Wer hätte das gedacht!

Das war nun mal eine wirkliche Sensation in dem sonst so friedfertigen Dörfchen hoch droben in den Bergen. Sonst trug sich ja nix zu, und man war schon sauer, dass man einen Polizisten hatte. Wenn nicht mal ein Huhn gestohlen wurde, wäre er vielleicht vor Dienstübereifer gestorben. Meistens hatte auch noch so ein gewisser Herr Rotrock diese Hühner auf dem Gewissen. Da er leider keine Fingerabdrücke hinterließ, konnte man ihn auch nicht überführen. Außerdem ließ sich dieser gewisse Herr Rotrock mit dem langen buschigen Schweif auch nicht fangen.

Nein, dass es so etwas noch gab!

Die alten Weiber wackelten aufgeregt die Dorfstraße entlang.

»Ja, habt's das schon vernommen? Geh, das soll doch wohl ein Aprilscherz sein. Das geht doch nicht an. Jesses, du mein, also ...«

»Ja, bei der Jugend herrscht nimmer Zucht und Ordnung. Das sag ich schon die ganze Zeit. Dem Herr Pfarrer hab ich es so ans Herz gelegt, doch mal mehr von der Kanzel zu wettern. Nachbarin, wirst nicht erraten, was er mir zur Antwort gegeben hat.«

»Ja, was denn?«

»Zuerst einmal hat er mir gesagt, ich solle mich um meinen eigenen Kram kümmern. Dabei mein ich es doch nur gut. Das hat man davon, wenn man sich Sorgen macht. Schließlich ist man in Ehren ergraut. Grad so hab ich es ihm zurückgegeben, und da hat er mir gesagt: ›Wenn ich das tu, was du von mir verlangst, dann vergraul ich sie alle aus der Kirch. Ich kann ja noch froh sein, dass sie am Sonntag kommen und mir zuhören.‹«

Die Nachbarin schnaufte.

»Geh, die Mannsleut kommen doch nur, um nachher in die Wirtschaft zu rennen. Die können mir doch nix vormachen. Unsereiner muss heim, von wegen Sonntagsbraten und Klöße, und sie sitzen in der verräucherten Gaststub und reden sich die Köpfe heiß und spielen Karten. Eine Gotteslästerung ist das.«

»Tut der Tobias es auch?«

Nun war man wieder beim ersten Thema.

»Nein, nicht dass ich wüsst. Aber jetzt weiß man ja auch weswegen. Auf Freiersfüßen ist er, der Schlawiner.«

»Ich möcht zu gern wissen, wie lang er das schon mit der Josi treibt!«

Die Nachbarin bekam eine spitze Nase.

»Geh, meinst du ...«

Sie blickten sich verstohlen um. Man konnte ja nie wissen. Vielleicht kam grad einer vom Matternahof vorbei. Und Ärger mit denen konnte man sich nun nicht leisten.

Sie steckten die Köpfe zusammen.

Man hörte sie nur seufzen und flüstern:

»Ja, ja, der Vater wird sich vor Gram im Grab umwenden. Ich hab es ja schon allemal gesagt, das geht nimmer gut. Schon damals wegen dieser Heirat. Die Annelie! Musste das denn sein?«

Sie sahen sich an, und jeder dachte sich sein Teil. Doch dann kam eine dritte Nachbarin herzu, und die nahm kein Blatt vor den Mund.

»Nun, ich kann mir denken, dass die Posthoferin jetzt den Kopf ziemlich hoch tragen wird.«

Daran hatten sie die ganze Zeit noch gar nicht gedacht.

»Das wird sie schön bleiben lassen, verstehst. Wer nix hat, der kann auch nicht auftrumpfen.«

»Geh, als zukünftige Schwiegermutter wird sie das schon können. Und meinst, sie wird dich um Erlaubnis angehen?«, fragte die Nachbarin boshaft.

Man redete sich heiß, und so flog manch böses Wort.

»Na, ich sag euch gleich, das wird nicht gutgehen. Ihr werdet noch an meine Worte denken. Wie ich die Posthoferin kenne, wird sie vielleicht die Josi angeboten haben. Sie muss ja zusehen, wie sie ihre Töchter unterbringt.«

»Aber gleich den Matternabuben, geh, das ist doch zu arg.«

»Was wohl der Herr Bürgermeister dazu sagen wird?«

»Vielleicht verbietet er es! Er und der Matterna, die waren doch Freunde. Auf dem Totenbett hat er ihm doch versprochen, auf den Buben zu achten.«

»Der Tobias ist doch heuer zweiundzwanzig geworden. Der wird sich nix mehr sagen lassen.«

»Das ist wirklich eine schlimme Sache. Er sollte auf Tradition halten. Wenn er jetzt den Anfang macht, dann werden unsere Buben und Töchter vielleicht auch so denken. Wo soll das denn hinführen. Das geht doch wirklich nicht. Wir sollten in der Tat eine Eingabe machen.«

»Ja, hast recht, Nachbarin, daran hab ich ja noch gar nicht gedacht. Was mein Josef ist, der wird auch immer störrischer. Neulich hat er schon davon gesprochen, dass er abwandern will. Kannst dir das vorstellen?«

»Nach Amerika?«

»Geh, doch nit so weit, nein, ins Nachbartal, dort sind ja die vielen Hotels, und dort soll man sehr leicht zu viel Geld kommen. Bauen will er dort, hat er mir gesagt.«

»Hat er denn Geld?«

Doch in diesem Augenblick wurden sie unterbrochen. Ein Wagen kam die Dorfstraße entlang. Aus der Ferne konnten sie ihn schon erkennen.

»Der Peter Wittli ist es.«

»Ja!«

Er grüßte die drei Frauen und fuhr ruhig weiter. Dann bog er von der breiten Dorfstraße in den Kiesweg ein und war ihren Augen entschwunden.

Jetzt ruhten ihre Blicke auf dem prachtvollen Gebäude zwischen den hohen Bäumen. Man konnte sehr gut das Dach mit dem Vesperglöcklein entdecken, und auch die vielen Blumen vor dem Fenster strahlten durch das dichte Blattwerk.

Sie seufzten auf.

»So ein schönes Anwesen. Mir dreht sich das Herz im Leib um. Mein Mann hat mir noch neulich gesagt, der Bau stamme aus dem sechzehnten Jahrhundert.«

»Ja, ja, die Matternas, die haben immer Glück und Verstand besessen, und schon der Erste von ihrer Sippe wusste sehr wohl, was er tat, als er einst das schönste Stück Land für sich erwarb und hier baute.«

»Ja, ja, man wird dann wohl so stolz, wenn man aus einem so alten Geschlecht stammt. Und immer war da ein Erbe, der die direkte Linie weiterführte. Das kann nicht jeder Hof von sich behaupten.«

»Nein, und jetzt will dieser Tobias alles aufs Spiel setzen. Es ist eine Schande.«

»Ja!«

Dann besannen sie sich, dass sie ja den Kochtopf auf dem Feuer stehen hatten und bald das Essen fertig sein musste. Also gingen sie endlich auseinander.

2. Kapitel

Ein Außenstehender würde nur erstaunt den Kopf schütteln, hätte er das Gespräch der drei Ratschen mitbekommen. Aber einesteils konnte man sie schon verstehen. Das war nun mal Tradition, dass sich alle nach dem Großbauern richteten. Und der Matternabauer hatte nun mal das Sagen. Zwar war er noch nicht Bürgermeister, das kam aber nur daher, weil der Tobias noch zu jung war.

Sie waren nun mal bodenständig und dachten an Hof und Grundstück und dass man es nun mal beisammen lassen musste. Ja, wenn es so viele Jahrhunderte überdauern sollte und auch noch in Zukunft fortbestehen sollte, dann musste man schon dafür Sorge tragen, dass sie es vermehrten. Bis jetzt hatte man geschickt durch Heirat noch ein wenig dazubekommen und so einen festen Stock gebildet, auf dem man sich ausruhen konnte in schlechten Zeiten. Und die waren ja oft genug auch über dieses abseits gelegene Tal hinweggebraust. So manch einer im Tal konnte sich noch gut daran erinnern, wie im letzten Krieg der Matterna sich um sie gesorgt hatte und so manch einem was zusteckte, ohne es an die große Glocke zu hängen.

Aber auch als Fremder blieb man, wenn man sich zufällig in diesem Tal verirrte, unwillkürlich vor dem prachtvollen Anwesen stehen. Es lag mitten im Dorf. Selbst die Kirche hatte sich mit einem bescheidenen Platz begnügen müssen. Und die Schule lag noch weiter abseits.

Das halbe Tal an Grund und Boden gehörte dem Matternahof. Es waren da auch noch drei Almen und viel Wald und dann die Sägemühle. Sie lag ein wenig unterhalb am Fluss, und man verdiente dort sein täglich Brot, wenn man grad nicht einen Hof geerbt hatte. Ja, sie hatten an die zwanzig Leute in Lohn und Arbeit und das war für dieses kleine Dorf schon eine Menge. Und sie waren gut zu ihren Angestellten. Auch die alte Kathi war als junges Ding als Magd auf den Hof gekommen, und nun war sie noch immer dort und erhielt sozusagen ihr Gnadenbrot. Auch zwei alte Knechte, die nur noch sehr wenig schaffen konnten, hatten über den Stallungen ihre Behausung Und erhielten auch so eine Art Rente. Nach dem Krieg hatten sie nicht fort gewollt. Was sollten sie denn auch noch lernen. Der Großbauer hatte für sie dann in die Rente eingezahlt. Aber es war dann doch noch sehr wenig, und so legte man zu, und sie waren auf dem Hof und wurden behandelt, als wären sie Verwandte. Darüber waren sie sehr froh. Soviel wie sie noch schaffen konnten, das taten sie denn auch noch. Aber sie brauchten es nicht mehr.

Bis jetzt hatte man es als Selbstverständlichkeit angesehen. Doch so war es ja nun wirklich nicht.

Die Frauen hatten sich deswegen so schrecklich aufgeregt, weil ausgerechnet der Hoferbe, dieser Tobias, sich ein Mädchen gesucht hatte, das arm wie eine Kirchenmaus war. Die Eltern von Josi besaßen weder einen Kleinsthof noch ein eigenes Häuschen. Ja, sie lebten zur Miete, und der Vater war der Schuster des Dorfs und die Mutter Weißnäherin. Man hatte sie all die Jahre ein wenig verächtlich angeblickt, weil man ja nun sein eigenes Daheim hatte und sich für besser hielt.

Josi hatte noch vier jüngere Schwestern. Sie gingen noch zur Schule. Josi war neunzehn Jahre alt und ging ins Nachbartal in ein Hotel als Zimmermädchen schaffen und brachte jeden Monat das Geld den Eltern. Sie konnte morgens mit dem Postbus fahren und kam auf dem gleichen Weg sehr spät abends wieder heim.

Weil man sie eigentlich gar nicht zur Dorfgemeinschaft zählte, hatte man sie auch völlig übersehen. Darum war die Nachricht wie eine Bombe eingeschlagen.

Sofort hatte man sich Josi angeschaut und war ziemlich verblüfft, als man missmutig feststellen musste, dass sie ein zauberhaftes Mädchen geworden war. Ja, so zart und fein und mit einem so lieben Gesicht. Sie hatte ganz blaue Augen und so silberhelles Haar und so eine feine Art an sich. Das hatte sie wohl den Urlaubern abgeschaut.

Aber das wirklich Dumme an der Sache war, man fand keinen Makel an ihr. Auch wenn man sie noch so sehr unter die Lupe nahm, sie blieb das liebe herzliche Mädchen. So dachte man voller Neid an die Töchter daheim, die ja nun mal grad so geworden waren wie die Eltern.

Doch hatte auf einem Hof schon mal Schönheit gezählt? Nie und nimmer! Und das Wörtlein Liebe kannte man nur aus Romanen, und im Fernsehen spielte man ja auch ständig solche

Filme. Die mochten vielleicht für die Städter angehen, aber doch nicht für einen so großmächtigen Hoferben. Das durfte einfach nicht geschehen.

In ihren Augen war es grad so ein schlimmes Verbrechen, als wenn ein König sich eine Scheuermagd zur Frau nehmen sollte.

Nachdem man also beim Mädchen nichts Böses fand, konnte man nur denken, dass entweder der Tobias nicht ganz richtig im Kopf sei, oder aber die Mutter von Josi musste ihre Hand dabei im Spiel haben. Bestimmt hatte sie es so eingefädelt, dass der Tobias in seiner Naivheit jetzt nicht anders konnte.

Für die arme Josi begann jetzt eine Zeit regelrechten Spießrutenlaufens, die sie durchmachen musste, sobald sie ihren Fuß auf die Dorfstraße setzte.

In der Woche war sie ja nicht daheim. Und spätabends hockten die Dörfler vor dem Fernseher und achteten nicht darauf, dass der Tobias am Waldrand stand und auf sie wartete.

Sie glaubten, etwas Schlimmes würde geschehen, wenn sie diese Heirat nicht verhinderten.

Als man den Tobias direkt darauf ansprach, wurde er sehr zornig und böse und verbat sich, etwas über seine Braut zu sagen.

Da zogen sie die Köpfe ein und schwiegen lange Zeit. Wen konnten sie denn noch angehen?

Seine Mutter?

Nun, die Annelie, das war ja auch eine Frau, der man nur Unglück wünschte. Heimlich wohlverstanden. Sie war nämlich auch nicht aus dem Dorf. Sie konnte ja noch von Glück reden, dass sie damals, als sie den Matterna zum Mann genommen hatte, Geld mit in die Ehe brachte. Zwar erfuhr man nie, wie viel es war, aber der Alte hatte sich bestimmt nicht billig verkauft. Dass er die Annelie lieb hatte, das glaubte man nicht. Sie wurde dann wider Erwarten auch noch eine gute Hausfrau und Bäuerin, obwohl sie doch auch schon ein wenig städtisch war.

Als sie dann auch noch dem Mann einen Erben schenkte, da war nur Sonnenschein auf dem Matternahof. Jetzt war der Fortbestand des Matternageschlechts gerettet.

Der Bub war zehn Jahre alt, als das Unglück mit dem Vater passierte. Man hatte nie so genau erfahren, wie es da droben im Hochwald zugegangen war. Aber er war von einer uralten Tanne erschlagen worden.

An das prachtvolle Begräbnis konnten sich die Dörfler noch recht gut erinnern.

Da sah man nun auf den Matternahof hinüber und zergrübelte sich den Kopf, was denn jetzt wohl die Annelie tun würde. Da war denn auch gleich der Bruder vom Matterna angereist gekommen und hatte sich großzügig erboten, für sie den Hof zu führen. Er war aber ein Schlawiner, alle wussten sie es im Ort. Aber er war ein Matterna!

Annelie kannte ihren Schwager recht gut, und ihr Mann hatte oft von seinem Bruder gesprochen. Damals war er ja auch großzügig abgefunden worden. Er hatte kein Anrecht auf den Hof, da ja ein Erbe vorhanden war.

Wenn er sich nun anbot, dann nur, um in seine eigene Tasche wirtschaften zu können.

Also sagte sie höflich und bestimmt: »Ich bedank mich auch für das Anerbieten, aber ich brauch es zum Glück nicht in Anspruch nehmen. Ich hab schon um einen Verwalter geschrieben, und die Landwirtschaftsschule will ihn mir morgen schicken. Er wird sich so lange um den Hof kümmern, bis der Tobias ihn selbst übernehmen will, dann gehe ich fort. Oder ich bleibe, so wie es der Bub wünscht. Ich hab ja mein eigenes Geld, weißt. Mein Mann hat es gut angelegt.«

Dem Schwager war es gar nicht recht. Er hatte sich halt verrechnet, die Annelie war nämlich gar nicht so hilflos, wie sie schien.

So war denn der Peter Wittli auf den Matternahof gekommen. Ein junger kräftiger Mann, der das Arbeiten von Grund auf gelernt hatte und sich wirklich tatkräftig in die Arbeit stürzte.

Die Annelie war noch jung und eine hübsche Frau. So blieb es nun mal nicht aus, dass ihr Herz sich nach einer gewissen Zeit wieder nach Liebe sehnte. Die Dörfler waren fest davon überzeugt, sie würde jetzt treu und redlich den Hof für den Sohn weiterführen und sonst nichts.

Wie sprachlos waren sie, als sie erfuhren, dass sie den Verwalter zum Mann nehmen wollte. Das war vor gut zehn Jahren der Fall gewesen. Man hatte sich recht lang die Münder darüber zerrissen, aber es dann doch akzeptiert.

Tobias hing mit einer herzlichen Liebe an dem Stiefvater. Die zwei verstanden sich ausgezeichnet, und er lernte sehr viel unter seiner Leitung. Peter war es auch, der dafür sorgte, dass sein Stiefsohn die Landwirtschaftsschule besuchte.

So war also alles ins rechte Lot gekommen.

Annelie war klug genug und hatte keine Kinder mehr bekommen. Immer, wenn man sie fragte, was sie denn mal tun wolle, wenn der Tobias erwachsen sei, antwortete sie: »Der Peter und ich, wir sind noch jung, und so werden wir uns was anderes aufbauen. Wenn er heiratet, der Tobias, dann kriegt er den Hof und die Sägemühle und alles hat seine Ordnung.«

Nun war man also gespannt, was kommen würde, wenn der Tobias sich eine Frau nahm!

Aber nicht die Josi!

Nein, das musste man nun doch wirklich verhindern.

3. Kapitel

Zu dritt saßen sie in der guten Stube. So wurde sie noch immer genannt, weil man sie am Tag nicht aufsuchte. Erst am Abend, wenn die Arbeit getan war und man sich umgezogen hatte. Nun, sie war auch das Glanzstück des Hauses und gehörte sozusagen noch zum alten Teil. In früheren Zeiten hatte man die langen Winterabende mit Schnitzen verbracht, und so war langsam ein kostbares Stück nach dem anderen entstanden. Wer von diesen Dingen nicht viel verstand, der hatte sich dann auf andere Art verewigt. Da hatte es mal ein sehr gutes Jahr gegeben im achtzehnten Jahrhundert, und der damalige Besitzer hatte die Türbeschläge aus Silber anfertigen lassen. Die Frauen hatten durch Weben und Sticken ihren Beitrag geleistet. Einige Ahnen hatten sich auch malen lassen, schon das war eine große Seltenheit im Gebirge gewesen. Und dann erst mal der prachtvolle Kachelofen in der Ecke. Er wurde von außen geheizt, das war vor gut hundert Jahren sehr modern. Bis dahin hatte man noch nichts Besseres erfunden.

Die Leute vom Matternahof waren schon stolz auf ihr Anwesen, denn sie besaßen ja auch sehr viele Gebäude und viel Vieh. Weil sie drunten im Dorf die meisten flachen Wiesen und Äcker besaßen, war für sie die Landwirtschaft auch ertragreich. Als man anfing, nicht mehr als Knecht und Magd sich zu verdingen, da war es für manchen Hof in den Bergen droben gar nicht mehr so einfach, das Heu zu besorgen und alles was damit zusammenhing. Hier unten konnte man die landwirtschaftlichen Maschinen voll einsetzen. So kam man auf dem Hof selbst mit sehr wenig Kräften aus.

Annelie, die Mutter, blickte jetzt von ihrem Buch auf und betrachtete ihren Mann, der am Fenster saß und irgendwie sorgenvoll erschien. Es wunderte sie ein wenig, war er doch sonst ein so lebensfroher lustiger Bursche. Er schien den Blick der Frau zu bemerken und lächelte rasch. Aber es war nur recht flüchtig, und dann blickte er wieder in die Wirtschaftsbücher.

Da wanderte ihr Blick weiter zum Sohn, und sie war recht stolz auf den Tobias, denn alles was recht war, er war ein strammer Bursch, und schlau war er auch. Ja, er würde die Tradition fortsetzen. Sie selbst hing ja nicht so an dem Hof. Schließlich war sie ja nur eine Eingeheiratete und kam auch nicht aus dem Dorf. Als Kind hatte man ihr nicht die Ehrfurcht vor diesem Hof eingeimpft.

Sie würde bald mit dem Mann fortziehen und ein eigenständiges Leben führen. Der Tobias wollte zwar nichts davon hören.

Aber sie fand, es war schon besser so. Sie waren ja noch nicht mal fünfzig Jahre alt und konnten einfach nicht die Hände in den Schoß legen. Und sie mochte auch nicht, dass die Schwiegertochter gleich kuschen musste. Sie kannte das aus eigener bitterer Erfahrung, wie sie damals hier als junge Frau hatte anfangen müssen.

Tobias blickte auf und lächelte.

»Na, was schaust mich so an, Mutter?«

»Weißt du eigentlich, dass das ganze Dorf schon über dich redet?«

»Ja? Mir ist noch nix zu Ohren gekommen. Würdest du mir wohl sagen, was ihnen plötzlich an mir nicht gefällt?«

»Bub, kannst dir das denn nicht denken?«

Er runzelte die Stirn.

»Immer noch wegen der Josi? Geh, das wissen sie doch nun schon lange genug. Das dürfte sie doch langweilen.«

»Eben nicht, sie haben mir sogar gesagt, ich hätte meine Pflicht nicht getan.«

Seine Augen funkelten hart.

»Geh, Mutter, du wirst ihnen doch wohl das Mundwerk gestopft haben, oder?«

»Weißt, Bub, ich kümmere mich nicht weiter darum. Die kriegt man vielleicht schneller zum Schweigen, wenn man sich überhaupt nicht darum kümmert.«

»Ihr steht doch auf meiner Seite?«

Jetzt hob auch Peter den Kopf.

»Aber sicher, Bub, warum denn nicht. Damals haben wir doch auch Spießrutenlaufen müssen. Mir kannst nix Neues erzählen.«

Erleichtert atmete er auf.

Annelie sagte leise:

»Du kannst von Glück reden, dass dein Vater nicht mehr lebt. Denn dann hättest du nicht so einen leichten Stand daheim.«

»Wie denn das? Du bist ja auch nicht von hier.«

»Nein, aber ich hatte Geld.«

»Spielt denn Geld immer eine so große Rolle? Vater war doch auch glücklich mit dir. Jedenfalls sagen sie es alle. Und wir haben doch wirklich genug davon. Was soll ich denn mit einer reichen Erbin?«

Peter blickte ihn nachdenklich an, doch dann sah er schnell wieder in seine Bücher. Annelie hatte diesen Blick sehr wohl bemerkt und wunderte sich ein wenig darüber. War ihr Mann doch nicht mit der Wahl einverstanden? Aber das dürfte ihm doch wirklich gleich sein, es war ja nicht mal sein eigener Sohn.

»Wann willst denn jetzt heiraten, Tobias?«

»Ja, darüber denk ich auch schon die ganze Zeit nach, Mutter. Weißt, von mir aus möcht ich ja sofort. Warum soll ich noch warten? Ich bin zweiundzwanzig und kann sehr wohl eine Frau ernähren. Aber die Josi!«

»Sag mir jetzt bloß nicht, dass sie noch Bedenkzeit braucht?«

Der junge Mann lachte erheitert auf.

»Geh, das soll doch wohl nur ein Scherz sein, oder? Nein, das ist es nicht. Sie möcht sich halt das Kleid selbst kaufen, verstehst du.«

»Welches Kleid?«

»Nun, ihr Hochzeitskleid. Ich hab ihr gesagt, wenn es das ist, dann würde ich gern etwas dazulegen. Aber sie hat nun mal ihren Stolz. Und weil die Eltern von der Josi so etwas nicht bezahlen können, da muss sie es halt allein zusammen sparen. Sie meint, wenn sie das nicht tut, dann könnte es vielleicht ein Unglück geben. Die Josi hängt viel mehr an der Tradition wie wir, Mutter. Hast das eigentlich gewusst?«

Die Mutter war wirklich erstaunt.

»Nein, das verstehe ich nun wirklich nicht, Tobias. Die Mutter von Josi ist doch Näherin, und der Stoff dürfte nun doch wirklich nicht die Welt kosten.«

»Ja, das Gleiche hab ich ihr auch geantwortet, und da hat sie mich mit ihren treuen blauen Augen angesehen und gelacht und gesagt: ›Ja, willst denn nicht in Tracht heiraten, wie es sich gehört? Ich werd mir ein Kleid anfertigen lassen, wie man es früher zu Hochzeiten gemacht hat. In der Stadt gibt es noch eine Schneiderei.‹ Den weißen neumodischen Kram, davon will sie nix wissen.«

Annelie fuhr hoch.

»Was sagst da? Aber dann muss ich mir ja auch ein Kleid anfertigen lassen, und du und der Peter, ihr braucht dann auch neue Anzüge.«

»Ja, das hab ich ihr alles schon erzählt, und sie hat nur gelacht und gemeint, das sei sie dem Hof schuldig und möcht es so haben. Das Dorf solle sehen, dass sie meiner würdig sei. So ein Unsinn, kannst dir das vorstellen?«

Die Mutter konnte es sehr wohl. Und sie verstand auch, was Josi damit ausdrücken wollte. *Das liebe Joserl*, dachte sie innig. *Ich wünsch ihr wirklich alles Gute. Aber es wird schon gut werden, denn die zwei haben sich ja von Herzen lieb.*

»Dann werd ich ihr am Hochzeitstag auch den Schmuck geben, weißt, das ist auch so eine Tradition in unserer Familie. Am Hochzeitsmorgen erhält die junge Braut aus den Händen der Brautmutter den wertvollen Trachtenschmuck und ist damit in die Familie aufgenommen.«

»Ja, sicher, daran habe ich noch gar nicht gedacht. Denn die Josi hat sich schon den Kopf zerbrochen, woher sie den passenden Schmuck nehmen soll!«

»Nun, dann kannst ihr ja eine Sorge abnehmen. Aber sag, was hat sie denn gesagt, wie teuer das Kleid wird?«

»Mit den Stickereien und den Silberknöpfen soll es an die dreitausend Mark kosten.«

»Da hat sie ja einen hübschen Brocken, an dem sie zu nagen hat!«

»Ja! Aber sie will sich nun mal nicht helfen lassen.«

»Was meinst denn jetzt, wie lange wird sie dafür brauchen?«

»Noch einen Monat hat sie mir gestanden. Und dann ist es mir auch recht. Das ist eine schöne Zeit. Das Heu ist dann eingefahren, das Vieh auf der Alm. Da dachte ich mir, wir könnten dann eine kleine Reise machen.«

»Das finde ich auch sehr gut von dir ausgedacht, Bub.«

Tobias erhob sich, schaute auf die Uhr und sagte: »Es ist ja noch früh, also kann ich noch einen Spaziergang machen.«

»Ja, geh nur!«

Es war die Art des jungen Matterna, dass er am Abend noch immer eine Runde um das ganze Anwesen tat. Dabei füllte sich sein Herz mit stolzer Freude. Alles war so schön und prachtvoll und in Ordnung. Wenn er dann den steilen Pfad an der Hauswand hoch zum Hochwald tat, dann konnte er das ganze Tal überblicken, und er entdeckte dann auch das Sägewerk. Als Bub war er oft drunten gewesen. Schon das rauschende Wasser, das die Räder in Gang hielt, hatte es ihm angetan. Einmal hatten sie mit ein paar Buben aus der Schule in dem Bach baden wollen und nur ein klein wenig das Wasserrad anhalten wollen, um die da oben zu ärgern. Doch davon ließen sie geschwind ab, als sie merkten, dass sie fast erfroren, obwohl die Sonne heiß brannte. Das Wasser kam tief aus den Bergen und war eiskalt.

Er setzte sich auf einen Stein und zog seine Pfeife hervor. Irgendwie tat er es zum Andenken an den Vater. Die Mutter wusste es nicht mal. So heimlich war diese Handlung. Aber wie gut konnte er sich noch an den Vater erinnern. Er war ja zehn Jahre alt gewesen, als er starb. Wie oft hatte der Vater ihn auf seine Runde mitgenommen, und dann hatten sie just an diesem Stein Rast gemacht. Er sah den Vater mit der Pfeife hier sitzen. Hier waren sie sich noch näher als auf dem Gottesacker. Eigentlich hätte man den Vater hier zur ewigen Ruhe betten müssen. Das hätte ihm gefallen. Jeden Abend saß er nun hier und hielt Zwiesprache mit dem toten Vater, und er war fest davon überzeugt, dass auch er mit seiner Wahl einverstanden war. Was die Josi nicht mitbrachte, das würde sie mit der Zeit vermehren, wenn sie seine Hausfrau war. Sie würde alles beisammen halten und zusehen, dass nichts in Unordnung geriet.

Er dachte an all die reichen Töchter in der Umgebung. Nein, er konnte es einfach nicht über sich bringen, auch nur eine näher in Betracht zu ziehen. Sie waren so stolz und geizig und hochfahrend. Dabei war es doch wirklich keine Anstrengung, dass man zufällig in die oder die Wiege gelegt worden war. Aber sie taten sich schier wichtig, als hinge von ihnen alles ab.

Langsam kroch die Nachtkälte in seine Glieder, und er erhob sich.

»Ich muss heimgehen.«

Leichtfüßig sprang er den Pfad hinunter. Auch wenn es jetzt stockdunkel war, verfehlte er nicht den Tritt. So viele tausende Male war er hier schon geschritten, dass er sich auch in der Dunkelheit auskannte.

4. Kapitel

Die Sonne stand hoch am Himmel und stach mächtig. Da war es schon gut, wenn man einen Hut oder ein Tuch trug, denn sonst konnte man sich schnell einen Sonnenstich holen. So hoch in den Bergen war die Sonne recht gefährlich. Andererseits wurde man aber auch tüchtig braun. Und man lief barfuß über die weichen Wiesen.

Es war wirklich ein herrlicher Morgen, und in der glasklaren Luft brach sich der Ton der Sonntagsglocken und kam tausendfach aus allen Richtungen. Das war schon merkwürdig und zum Lachen.

Josi rannte so leichtfüßig wie eine Gämse über das Gras. Das Schuhwerk hatte sie längst in den Rucksack gepackt. Der junge Bursche konnte ihr kaum folgen und flehte um Gnade. Sie sah sich nur lachend um und kletterte dann hurtig weiter.

»Ich krieg noch einen Schlag«, schrie er ihr zu.

»Wer so schreit, ist noch nicht am Sterben«, gab sie fröhlich zurück.

Doch dann schien sie doch ein Einsehen zu haben. Auf der großen Wiese befand sich eine einzeln stehende uralte Fichte. Sie spendete Schatten, und es war angenehm, sich darunter zu legen und zu träumen. Aber lange konnte sie nicht träumen, da tauchte ein rotes verschwitztes Gesicht auf, und die Gestalt ließ sich stöhnend ins Gras fallen.

»Sag mal, wie schaffst du es eigentlich, so flink zu sein?«

»Ganz einfach«, sagte Josi lachend. »Ich trag nur mich und du noch dazu den schweren Rucksack.«

»Geh«, sagte er lachend, »den hab ich doch in der Tat vergessen! Na, du bist mir ja eine und dann keine Rücksicht auf mich zu nehmen. Das ist gar nicht nett«, polterte Tobias los.

Sie wischte ihm übers Gesicht und spielte die Zerknirschte. »Bist doch oft zur Alm, gibt es hier denn keinen Bach?«

»Doch, in der nächsten Senke ist einer.«

»Na, worauf warten wir denn noch?«

Wieder sprang sie auf und rannte den Hang hinauf. Vor ihren Augen flachte er ganz plötzlich ab, und dann sah sie auch schon das murmelnde Bächlein mit den vielen dicken Steinen im Bachbett! Ach, das war eine Wohltat, die Beine auszustrecken und zu kühlen und mit dem nassen Sacktuch durchs Gesicht zu fahren. Tobias hatte endlich seine schwere Last vom Rücken geworfen und tat es ihr nach.

Ihre blauen Augen flimmerten wie Gold, und er konnte nicht umhin sich vorzubeugen, um sie zu küssen.

Sein Herz pochte dabei hart gegen die Rippen.

Josi hielt ganz still.

Über ihnen kreiste ein Adler. Das war auch eine Seltenheit. Ganz andächtig saßen sie hier oben in der Einsamkeit und hörten nur ihre Herzen schlagen.

Tobias sagte zärtlich: »Nicht wahr, wir werden uns immer liebhaben? Immer!«

»Ja«, sagte sie andächtig.

»Uns kann nichts trennen, Josi. Gar nichts! Wir sind für das Leben bestimmt. Das Schicksal will es so, und wir werden ihm immer dankbar sein.«

»Ja!«

»Nicht wahr, dir macht es nix aus, dass man im Dorf nicht gut auf dich zu sprechen ist?«

»Ach«, sagte sie munter. »Früher hat man uns für Luft gehalten, und das hat oft viel weher getan, ehrlich. Das bisserl Spott, das werd ich auch noch vertragen können. Nur die Mutter trägt ein wenig schwer, weißt. Die nimmt es sich schon zu Herzen.«

»Ja, ich weiß, und sie ist auch eine, die es gar nicht gerne sieht, dass ich dich zur Frau möcht.«

»Ja, sie sagte noch gestern zu mir, es ist nicht gut, wenn man nach den Sternen greift. Man soll sich immer mit dem bescheiden, was einem zusteht. Ein Matternahof gehört nun mal nicht in unsere Familie. Vielleicht ist es nicht gut, Tobias.«

Er legte den Arm um das Mädchen.

»Wenn du nur brav zu mir stehst, Josi, dann wird schon alles gut werden. Darauf kannst dich verlassen. Aber jetzt komm, jetzt müssen wir langsam weiter. Schließlich und endlich ist es bis zur Alm hinauf noch ein schönes Stück, und dann müssen wir ja später auch wieder nach unten!«

»Dann geht es leichter, dann hast doch den Rucksack leer. Aber komm, ich bin wieder frisch.«

So gingen sie denn das letzte Stück des Wegs gemeinsam Hand in Hand, und der junge Bursch dachte, lieber Gott, diese Stunde des Glücks, ich möcht sie für immer in mein Herz einschließen. Nie möcht ich diesen Augenblick vergessen. Mir war mein Glück noch nie so bewusst wie jetzt!

Josi liebte die Natur und die Heimat ebenso wie der Tobias, und sie hatten sich versprochen, auch wenn sie verheiratet waren, viele Bergtouren zu unternehmen. Im Winter wollten sie es dann auf Skiern versuchen. Der Tobias hatte ihr zugesagt, es ihr beizubringen. Auch wenn sie in den Bergen geboren worden war, hatte sie bis jetzt noch nicht auf den Brettern gestanden, weil sie daheim zu arm waren, um sich so etwas leisten zu können. Für alle Kinder hatten sie auch nur einen Schlitten gehabt.

Endlich kam die Hütte in Sicht.

In diesem Jahr taten zwei junge Burschen aus dem Dorf ihren Dienst hier oben. Sonst gingen sie noch zur Landwirtschaftsschule. Nur in den Sommerferien verbrachten sie hier oben ihre

Zeit auf der Alm und ließen sich das sehr gut bezahlen. Die alten Zeiten, wo man in der Landwirtschaft fast keinen Lohn erhielt, waren schon lange vorbei. Jedes Jahr war es eine große Sorge der Bauern unten im Tal, wer geht auf die Sommeralm. So hatte man sich denn zu einem Verbund zusammengeschlossen, und da konnte man sich dann wohl zwei gut verdienende Senner leisten.

Die beiden Burschen sahen sie ankommen und liefen ihnen entgegen.

Wenn es auch noch die einfache Hütte war, so hatte man doch schon Strom nach oben gelegt, und sie besaßen hier ein Radio. Wenn der Empfang nicht gerade durch Wetterbedingungen gestört wurde, konnten sie auch Fernsehen.

Sie freuten sich über den Besuch recht herzlich, denn das war ja eine Abwechslung in ihrem sonst so eintönigen Tag hier oben.

Man plauderte, lachte und ließ sich das Essen gut schmecken. Dann wurden alle Neuigkeiten vom Dorf erzählt, und so verstrich dann die Zeit gar schnell. Der Tobias war ja auch nur aufgestiegen, weil er mit seiner Braut einen Ausflug unternehmen wollte. Sonst gehörte das nicht zu seinen Pflichten.

Die Sonne begann schon langsam hinter die Berge zu klettern, als man sich an den Abschied machte.

»Zwei Stunden werden wir schon noch brauchen. Aber wir schreiten hurtig aus.«

»Ach, es bleibt länger hell«, meinten die Burschen. »Es ist ja noch nicht Herbst.«

Tobias lud sie zu seiner Hochzeit ein, und sie freuten sich gar sehr auf dieses Ereignis. »Jesses, das ganze Tal wird aus dem Häuschen sein. So eine Großbauernhochzeit haben wir ja schon lange nimmer gefeiert. Tobias, du bist wirklich zu beneiden, uns das schönste Madl fortzuschnappen.«

»Geh, ihr hättet ja mit dem Schnappen früher anfangen können«, gab er heiter zurück.

Sie stiegen ab, und bald waren sie wieder mit sich und der Natur allein. Als sie dann den Hochwald erreichten, gelangten sie auf eine herrliche Lichtung. Sie war von Blumen übersät. Diesen

Weg hatten sie beim Aufstieg gar nicht genommen. Josi konnte einfach nicht anders, sie musste halten, sich in diese herrliche Wiese legen. Ihr Herz war so voller Glück. Sie konnte es noch immer nicht glauben. Jetzt würde das Sorgen ein Ende haben, und sie würden immer glücklich und lieb zueinander sein. Oh ja, sie würde es ihnen allen zeigen, sie würde eine brave Bäuerin sein.

Tobias hatte sich zu ihr gelegt und strich ihr das helle seidige Haar aus dem Gesicht.

»Ich möcht schon gern wissen, was du jetzt denkst!«

»Das wird nicht verraten. Die Gedanken sind zum Glück noch frei.«

Selige Jugend, herrliche Liebe. Wunderbare Natur. Und dazu das heiße Blut der stürmischen Jugend. Wieso sollte man sich da wundern, wenn es jetzt zu einer innigen und herzlichen Vereinigung der beiden Menschen kam? Sie würden ja doch bald Mann und Frau sein. Der Augenblick war es vielleicht oder das Schicksal! Man kann es so schlecht bestimmen. Wenn sie sich bis jetzt zurückgehalten hatten, dann nur weil sie es so gewollt hatten. Aber jetzt fanden sie sich in einer seligen Umarmung, und sie wussten, das Glück konnten sie voll auskosten. Sie waren füreinander bestimmt.

Irgendwann blickten sie sich glücklich in die Augen und fühlten die Herzen schlagen und lächelten sich an.

»Ich glaub, wir müssen uns jetzt langsam an den Abstieg machen, sonst wird man uns noch suchen gehen. Kennst ja die Mutter, die wird sich dann sorgen.«

»Deine sicher und die meinige, glaube ich auch. Also, dann laufen wir jetzt geschwind.«

Der Rucksack war leicht, und sie waren jung, und so schafften sie es gar schnell und hatten bald den ersten Hof erreicht. Schräg stand die Sonne und warf ihre letzten Strahlen auf das Dorf.

Hand in Hand gingen sie den breiten Weg hinunter.

Josi sagte andächtig: »Wie bin ich doch froh, dass unser Dorf noch so erhalten ist. Dass die Urlauber es noch nicht entdeckt und zerstört haben.«

»Ich weiß nicht, ob es noch lange so bleibt. Ich höre so viele Stimmen.«

»Ich weiß, und darum ist es auch wichtig, dass du recht bald Bürgermeister wirst.«

»Geh, das steht noch in den Sternen. Dafür bin ich noch viel zu jung. Darauf musst halt noch warten, bis man dich Frau Bürgermeister nennen kann.«

So lachend und scherzend gelangten sie auf den Matternahof. Annelie sah sie schon kommen und stellte das Essen auf den Tisch. Natürlich lud sie die zukünftige Schwiegertochter ein zu bleiben.

Es war das erste Mal, dass sie hier eine Mahlzeit zu sich nahm. Dazu saßen sie in der guten Stube, und ein leiser Schauer rann Josi dabei über den Rücken.

Die Bäuerin sah das sehr wohl und lächelte fein. »Musst dich nicht einschüchtern lassen. Weißt, so hab ich auch mal gefühlt. Aber wenn man dann erst mal hier wohnt und alles reinlich halten muss, dann ist das schon etwas ganz anderes.«

»Es ist aus dem Ganzen gewachsen«, sagte Josi leise. »Man kann es schon verstehen, wenn man dann anders wird. Die Urahnen sind, glaube ich, immer zur Stelle und passen auf, ob auch alles seinen richtigen Weg geht.«

»Also spuken tut es bei uns nimmer, leider«, sagte Tobias lachend.

Der Bauer hatte die ganze Zeit schweigend und fast düster am Tisch gesessen, und es schien, als sei er mit seinen Gedanken weit fort. Das war eigentlich gar nicht seine Art. Der Peter Wittli war doch so ein lebenslustiger herzlicher Bursche. Deswegen hatte man ihn ja auch gern. Man hörte auch gern auf seinen Rat. Wenn er im Frühjahr das Gras schnitt, dann konnte man damit rechnen, dass bald auf allen Wiesen die Bauern anzutreffen waren. Ja, sie richteten sich in der Tat nach ihm, und er besaß ja auch viel Verstand. Schließlich hatte er ja Landwirtschaft studiert.

Annelie merkte nun auch, dass ihr Mann gar schweigsam war und wunderte sich ein wenig.

»Ist es dir vielleicht nicht recht, dass ich die Josi eingeladen hab, mit uns zu vespern?«

»Aber nein«, sagte er hastig. »Ich hab grad daran denken müssen, dass ich morgen in die Kreisstadt fahren muss. Ich hab gar nicht zugehört, was ihr gesprochen habt. Sag, Tobias, wann soll denn jetzt die Hochzeit sein?«

»In vier Wochen. Gleich morgen werden wir zum Pfarrer gehen und das Aufgebot bestellen.«

Josi errötete. »Aber morgen hab ich doch keine Zeit. Ich muss doch zum Dienst. Am Abend komm ich sehr spät heim. Wir können es doch auf den Samstag verschieben, nicht wahr? Dann hab ich frei.«

»Aber dann müssen wir ja auch die Hochzeit um eine Woche verschieben«, rief Tobias.

Annelie, die Mutter, lachte herzlich auf: »Nun, daran wirst auch schon nicht sterben, Bub. Eine Woche, was ist das schon? Außerdem, ich hab noch so viel zu schaffen. Du weißt ja gar nicht, mit wie viel Arbeit so eine Hochzeit verbunden ist. Wir müssen auch noch den Zeltmacher anrufen. Denn die Tenne wird wohl nicht reichen. Und was nicht alles bedacht werden muss. Also ich bin schon ganz froh, wenn wir noch ein wenig Luft haben. Was sagst du, Mann?«

»Sicher«, murmelte dieser.

Tobias ließ sich also überreden.

Als er seine Josi heimbegleitete, da fiel ihm auf einmal wieder ein, was die Mutter ihm neulich wegen dem Schmuck gesagt hatte. Das teilte er nun seiner Braut mit.

Sie bekam ganz glänzende Augen.

»Du weißt ja gar nicht, wie froh ich bin, dass deine Mutter so nett zu mir ist. Ich wünschte mir, sie würde auch später noch auf dem Hof bleiben. Ich kann mir vorstellen, dass wir uns sehr gut vertragen.«

»Die ersten Monate, bis du dich eingelebt hast, wird sie ja auch bleiben. Aber wenn der Winter vorbei ist, dann wollen sie sich woanders niederlassen.«

»Hat dein Stiefvater dir schon gesagt, wo es sein wird?«

»Nein, ich hab noch gar nicht danach gefragt. Aber ich glaub, die vielen Fahrten in die Stadt haben damit zu tun. Doch wenn du willst, dann frag ich ihn.«

»Weißt, ich möcht schon gern wissen, ob sie auch nicht zu weit von uns fortziehen. Dann könnten sie uns ja oft besuchen, und ich könnte mir immer Rat holen, wenn ich mal nicht weiter weiß.«

Er umschlang das geliebte Mädchen.

»Du wirst schon alles recht machen, Josi. Ich spür das ganz deutlich. Mach dir nur keine Sorgen. Und dann bin ich ja auch noch da. Wir zwei schaffen es schon.«

»Ja, Tobias. Wenn du nur bei mir bleibst, dann wird alles gut, dann hab ich auch keine Furcht mehr.«

»Nun geh, du musst ja noch viel schlafen. Ich wünschte, du müsstest nicht mehr so hart arbeiten.«

»Es ist ja nicht mehr lange. Ich hab ihnen schon meine Kündigung eingereicht. Sie waren gar nicht glücklich.«

»Das kann ich mir denken.«

Ein letzter Kuss und dann trennten sie sich endlich.

Tobias ging durch die Nacht heim zum Hof. Er stand neben der Kirche und sah auf die Gebäude, die sein waren, und sein Herz schwoll an. Er war froh und glücklich. Ja, Josi war die rechte Bäuerin, das spürte er ganz tief. Mochte sich das Dorf auch noch so aufregen, wer wusste denn schon, was in ihr steckte. Nur er allein.

Liebe war wichtiger als alles andere.

5. Kapitel

Tobias war gar nicht mehr dazu gekommen, den Vater zu fragen, wo er denn mal leben wollte, wenn sie vom Hof gingen. Als er am Abend heimkam, war dieser schon nicht mehr in der guten Stube, und so ging er denn in seine Kammer. Am nächsten Morgen kam er zum Frühstück und musste feststellen, dass der Vater da auch schon fort war.

Verdutzt meinte er zur Mutter: »Aber da muss er ja wirklich um fünf Uhr aufgestanden sein.

»Das ist er auch. Er sagte, er habe so viel zu tun, und da wolle er zeitig in der Stadt sein.«

»Wann wird er denn zurück sein?«

»Gegen Abend.«

»Nun ja!«

Sohn und Mutter saßen im Herrgottswinkel in der Küche und aßen. Die alte Magd wartete ihnen auf. Sie war ziemlich störrisch und schaffte noch so lange, wie es ihre Knochen zuließen. Kathi war außerdem der Meinung, dass ohne sie ja überhaupt nichts mehr ginge. Sie würde auch daheim bleiben, um die junge Frau anzulernen.

Später ging dann jeder seiner Arbeit nach, und man dachte nicht mehr an den Vater. Das Mittagsmahl stand wie immer pünktlich auf dem Tisch.

Tobias musste am Nachmittag in das Sägewerk. Es sollten neue Lieferungen kommen, und überhaupt war es ja jetzt wichtig, dass er sich um alles kümmerte, denn gar bald hatte er keinen Rückhalt mehr. Außerdem war es wichtig, dass die Arbeiter lernten, in ihm den Chef zu sehen.

Sie waren zwar noch nicht ganz davon überzeugt, aber das kam auch daher, dass sie selbst ja schon viele Jahre hier Dienst taten, und dieser Bub, nun, den hatten sie doch schon als Winzling gekannt. Aber er hatte sich gründlich vorbereitet, und der Peter hatte auch dafür gesorgt, dass er gute Kenntnisse erhielt.

Während der Arbeit dachte der junge Mann sehr oft an die Braut und an die selige Stunde droben im Wald. Ach, er fühlte sein heißes Blut und das heftige Verlangen. Warum mussten sie noch warten?

Wenn Josi doch bloß am Abend früher mit der Arbeit fertig wäre! Aber in der Woche hatte sie so hartes Schaffen, da war sie fix und fertig.

Die Sonne sank hinter den Bergen, und der Vater war noch immer nicht daheim. Nun machte man sich doch langsam Sorgen.

»Das ist so gar nicht seine Art. Ich kann mir das einfach nicht vorstellen«, klagte die Mutter.

»Sollen wir denn nicht mal anrufen? Vielleicht können sie uns sagen, wann er fort ist.«

»Aber in der Stadt ist doch schon alles geschlossen.«

»Da hast du auch wieder Recht. Ja, was machen wir denn da?«

»Warten!«

Das Warten kann aber sehr an die Nerven gehen, und so wanderte Tobias in der Stube auf und ab. Als die Uhr im Winkel zehnmal schlug, da hielt er es nicht mehr aus.

»Jetzt ruf ich die Polizei an. Vielleicht hat es einen Unfall gegeben, und man hat versäumt, uns Nachricht zu schicken.«

Annelie wurde ganz blass.

»Gott, Bub, das wäre ja schrecklich.«

Er lief schon zum Telefon. Aber so sehr er auch herumfragte, weder in der Stadt noch auf dem Weg von der Stadt zu ihnen heraus hatte es einen Unfall gegeben.«

Sie sahen sich erschrocken an.

»Dann gibt es nur noch eine Möglichkeit, dass der Wagen einen Schaden hat und er zu Fuß weitergehen muss. Kennst doch das lange Stück von der Teufelskurve bis zu uns herauf. Da wird er wohl drei Stunden laufen müssen. Weißt, Mutter, ich setz mich jetzt in meinen Wagen und fahr die Strecke ab. Den großen Wagen vom Vater kann man ja nicht übersehen.«

»Bub, willst du das wirklich tun?«

»Aber sicher, er würde es doch auch tun, wenn ich überfällig wäre.«

So fuhr Tobias gegen dreiundzwanzig Uhr los und war fast bis zur Kreisstadt gekommen. Dort traf er auf einen Streifenwagen. Er hielt ihn an. Aber die Beamten hatten keinen Wagen stehen sehen. Also kehrte er um. Tobias sagte sich, dann waren die Geschäfte vielleicht so wichtig, dass er sich ein Zimmer genommen hat und erst morgen heimkommt. Sicher hat die Mutter inzwischen Bescheid erhalten.

Als er nach einer guten Stunde wieder auf dem Hof war, kam die Mutter ihm entgegengelaufen. An ihrem Gesicht konnte er ablesen, dass sie keine Antwort bekommen hatte.

Langsam stieg er aus.

»Ich mache mir so große Sorgen«, flüsterte sie und spürte, wie ihr die Tränen in die Augen stiegen.

»Mutter«, sagte er betroffen und legte einen Arm um ihre Schulter.

»Ach Bub, ich hab so viel denken müssen, als du fort warst. Er war in letzter Zeit so anders, der Peter. Ich spür es jetzt ganz deutlich. Er hat mir etwas verheimlicht. Ich war aber so mit den Vorbereitungen zu eurer Hochzeit beschäftigt, dass ich nicht viel daran gedacht habe. Auch heute in der Früh war er recht seltsam. Er hat mich so eigen angeschaut, so traurig, ich kann dir das einfach nicht richtig erklären.«

Tobias führte die Mutter in die gute Stube und holte ihr einen Enzian.

»Trink, dann wird dir ein wenig besser. Morgen, wenn es hell wird, werde ich selbst in die Stadt fahren, und wir werden dann schon sehen, was los ist. Jetzt ist es Nacht, und dann ist alles düster und grau, und man macht sich so viele Sorgen. Wir gehen jetzt schlafen.«

»Ja, Bub«, sagte sie leise.

Tobias hörte sie aber noch lange in ihrem Schlafgemach auf und ab laufen und zerbrach sich selbst den Kopf.

»Wo bist du, Peter Wittli?«

6. Kapitel

Niemand auf dem Matternahof achtete heute darauf, dass herrliches Wetter war. Die Großbäuerin hatte vorgehabt, Wäsche zu waschen. Aber sie konnte sich jetzt zu nichts aufraffen. Als dann auch noch die zwei alten Knechte leise in die Küche kamen und scheu fragten, ob denn der Bauer inzwischen heimgekommen sei, und sie dies verneinen musste, da war die Stimmung noch gedrückter als zuvor. Sie konnten kaum das Frühstück einnehmen.

Tobias spürte jetzt einen Klumpen in der Kehle.

»Ja, dann will ich mich mal auf den Weg machen.«

Er hatte den Laubengang noch nicht betreten, da kam ein Wagen von der Sägerei auf den Hof. Der Vorarbeiter stieg aus.

»Matterna, ich muss dich sprechen.«

Tobias kam langsam näher.

»Wir haben den Wagen deines Stiefvaters gefunden.«

»Wo?«

»Im Wald!«

Tobias wurde blass.

»Wo genau?«

»Im Hörler Waldloch haben wir den Wagen gefunden. Er steht ziemlich tief in der Schonung.«

»Das verstehe ich nicht«, murmelte Tobias. »Und wo ist der Vater?«

»Das weiß ich nicht.«

»Ist mit dem Wagen etwas nicht in Ordnung?«

»Sie meinen, ob er einen Platten hat oder so? Einen Unfall und Schäden?«

»Ja!«

»Das haben wir nicht entdecken können.«

Warum hatte er plötzlich so ein seltsames Gefühl in der Magengrube? Er konnte sich das auch nicht erklären.

»Wir werden den Hund mitnehmen und dann den ganzen Wald absuchen. Der Jagdhund kennt den Vater genau und wird seine Spur finden.«

»Ja!«

Es dauerte nicht lange, da hatten sie einen kleinen Suchtrupp zusammen. Die Dörfler wunderten sich über die Hektik, die auf dem Matternahof war. Aber keiner wusste genau, was los war. Der Suchtrupp nahm Bonco mit, und dann ließen ihn die Leute am Wagen, der wirklich ganz verlassen im Wald stand, schnuppern. Eine Weile ging er immerzu im Kreis herum. Es sah so aus, als hätte auch der Peter hier herumgestanden oder wäre gelaufen. Doch dann ließ der Hund nicht mehr los und zog in eine ganz bestimmte Richtung.

»Sakra, jetzt wird die Schonung immer dichter. Da ist ja fast kein Durchkommen mehr.«

Bonco ließ aber jetzt nicht mehr locker. Als sie sich eine ganze Weile durch das Gestrüpp gequält hatten, jaulte er leise auf, und das Fell schien sich zu sträuben.

»Er wird einen Fuchsbau entdeckt haben«, sagte der Vorarbeiter wütend. »Schau dir mal die Jacke an, wie die ausschaut.«

Aber dann blieb Tobias mit einem Ruck stehen.

»Dort«, sagte er leise, und der Hund kroch schon wieder zurück.

Jetzt sahen sie es alle.

Da lag jemand. Schnell waren sie zur Stelle.

Es war Peter Wittli!

Erschossen!

Fassungslos umstanden sie ihren Herrn und konnten es einfach nicht glauben. Tobias kam das Würgen an, und die Tränen schossen ihm in die Augen.

»Oh mein Gott«, sagte er gebrochen. »Mein Gott...«

»Wir müssen die Polizei holen«, sagte der Vorarbeiter.

»Ja, tu das, ich bleib solange mit den anderen hier.«

Der Vorarbeiter stolperte davon.

Tobias setzte sich ein wenig abseits vom toten Stiefvater an einen Baum und stöhnte. Die arme Mutter. Er wusste gar nicht, wie er es ihr beibringen sollte. Und sie hatten das Gefühl, als würde im Augenblick die Zeit stillstehen.

Einer der Männer flüsterte: »Der das getan hat, dem möcht ich nur einmal an die Gurgel springen dürfen. So eine Schweinerei. Verflucht, verflucht, er war so ein netter Bursche. Wir haben ihn alle gern gehabt.«

Auch sie wurden ganz von der Rührung übermannt.

Dann kamen die Beamten der Kriminalpolizei. Auch sie fluchten ein wenig, dass sie so hart steigen mussten. Den Arzt hatten sie auch bei sich. Lange blieben sie bei dem Toten im Wald. Inzwischen machten die Landarbeiter eine Bahre für Peter Wittli aus Zweigen und Stangen. Das waren sie noch von altersher gewöhnt.

Der Kommissar ging mit dem jungen Hofsohn wieder aus dem Wald und sagte: »Es besteht kein Zweifel daran, dass Ihr Stiefvater Selbstmord begangen hat. Als wir ihn umdrehten, fanden wir das Gewehr. Und wie der Schusskanal liegt, bleibt jede andere Möglichkeit ausgeschlossen. Der Arzt hat es mir eben erklärt.«

Tobias war wie von Sinnen.

»Aber das geht doch nicht. Das darf einfach nicht wahr sein. Mein Gott, warum denn nur?«

»Wir haben in seiner Jacke einen Zettel gefunden. Ist das seine Handschrift?«

Tobias' Augen schwammen in Tränen, und so brauchte er eine Zeit, bis er endlich die Zeile lesen konnte.

»Verzeiht mir, Peter.«

Mehr nicht.

Tobias lehnte sich an einen Baumstamm.

»Ich kann es einfach nicht glauben. Ich glaub es einfach nicht. Es war doch alles geregelt. Ich versteh es einfach nicht. Mein Gott.«

Der Kommissar glaubte, dass er vielleicht den Hof so sehr lieb gewonnen hatte, dass er einfach nicht fortziehen konnte. Doch als Tobias sagte, der Stiefvater hätte auf dem Hof bleiben können, da verstand er es auch nicht.

Die Arbeiter kamen mit der Bahre.

»Tragt sie zum Hof«, sagte Tobias mit schmerzlicher Stimme.

»Nichts für ungut. Aber wir haben hier nichts mehr zu tun. Wir müssen gehen.«

Tobias bedankte sich noch einmal. Der Vorarbeiter sollte den Wagen des Stiefvaters heimfahren. Tobias ging, die Mütze vom Kopf, hinter der Bahre her.

Als sie durch das Dorf kamen, waren gleich viele Menschen da, und sie wollten natürlich alle die Wahrheit wissen. Tobias und seine Männer pressten die Lippen zusammen. Und so hatten die Ratschen heuer nichts zu erzählen.

Wie verzweifelt war Annelie, als sie ihren Mann tot in die Stube legten. Sie warf sich über ihn und weinte bitterlich. Es war schrecklich, ihr Leid mit ansehen zu müssen.

Tobias sagte zum Vorarbeiter: »Bring mir den Pfarrer her. Schweig aber auch weiterhin.«

»Selbstverständlich, kannst dich auf mich verlassen.«

Tobias stand am Fenster und hörte die Mutter hinter sich wehklagen und schluchzen. Das Herz wollte sich ihm im Leib rumdrehen.

Da kam der Pfarrer über den weiten Hofplatz gelaufen. Tobias ging ihm im Laubengang entgegen.

»Ich muss Sie sprechen, bevor ich Sie zur Mutter lasse.«

»Was ist denn geschehen?«

Tobias berichtete nun, was der Kommissar ihm erzählt hatte. Der Pfarrer war entsetzt.

»Ich weiß, dass es Sitte ist, dass man Selbstmörder hinter der Friedhofsmauer begräbt. Aber Herr Pfarrer, das können wir einfach der Mutter nicht antun. Es geht nicht, sie wird mir vor Kummer sterben. Und ich selbst kann es noch immer nicht glauben. Vielleicht denkt der Kommissar das nur, aber es kann doch ein schreckliches Unglück gewesen sein. Der Vater hat das Gewehr so gehalten und ist dann gestolpert? Sie kennen doch auch den Peter, er ist doch kein Selbstmörder.«

Der Pfarrer war tief bewegt und dachte lange nach.

»Tobias, wir in der Kirche sind schon nicht mehr so streng wie früher. Du hast Recht, man soll den Toten ihre Ruhe gönnen. Sie müssen sich selbst vor dem Gottesthron verantworten. Wir haben nicht das Recht, sie zu richten. Das steht uns nicht zu. Ich werde alles so machen, wie man es zu einer Beerdigung tut.«

»Danke, Herr Pfarrer.«

»Ich glaub, jetzt braucht wohl die Annelie meinen Trost, nicht wahr?«

»Ja, gehen Sie nur zu ihr. Ich bleib noch draußen.«

Tobias stand einsam unter dem Apfelbaum und fühlte, wie ihm das Herzblut verrann. Er hoffte inständig, Gott würde ihm diese Notlüge verzeihen. Er hatte ja dem Pfarrer nichts von dem Brief gesagt. Und auch die Mutter sollte nie davon erfahren.

In diesen bitteren Stunden dachte er an Josi. Sie wäre ihm jetzt ein rechter Trost. Sie hätte ihm beigestanden und das Schwere tragen geholfen. Aber sie wusste ja noch nichts von dem Unglück. Und er hatte einfach nicht die Kraft, zum Telefon zu gehen und sie zu benachrichtigen.

Tobias stand da und starrte in den blauen Himmel. Er schien auf einmal düster und kalt zu sein.

Irgendwann sah er den Pfarrer wieder fortgehen. Durch das Zaungatter entdeckte er die Dörfler, wie sie neugierig auf der Dorfstraße standen und zu ihm herüber starrten. Da rannte er ins Haus.

Hier war die alte Kathi mit den zwei Knechten dabei, den Vater für die Totenbahre zu richten. Den Sarg hatten sie schon kommen lassen. Das hatte er gar nicht mitbekommen. Er drückte diesen drei treuen Seelen die Hände. Sprechen konnte er jetzt nicht.

Annelie saß in der guten Stube und wirkte wie erstarrt und schon gestorben. Er schenkte ihr erst mal einen Enzian ein. Selbst brauchte er dringend Trost, aber er musste sich jetzt erst um die Mutter sorgen.

Der Schmerz schien ihr Herz versteinert zu haben. Ja, die alte Kathi war jetzt eine große Hilfe. Der Tag ging zur Neige, und man musste so vieles bedenken. In drei Tagen sollte der Vater ja auf den Gottesacker gebracht werden.

Die Arbeit betäubte seinen eigenen Schmerz.

7. Kapitel

Im Dorf ging ein böses Raunen umher.

»Ich hab euch ja gesagt, das geht nimmer gut. Hab ich euch nicht erzählt, dass es noch ein Unglück geben wird, bloß weil er sich gegen alte Gesetze auflehnt. Nun sieht der Bub selbst, was er angerichtet hat. Den Stiefvater hat er getötet. Ja, ja, ich sag euch, das Schicksal war es, das ihn hat stürzen lassen, weil es böse auf den jungen Tobias ist.«

Was böse Zungen nun einmal in die Welt setzen, das ist schwer wieder rückgängig zu machen. Es dauerte nicht lange, da erfuhr die Posthofer Josi alles, und ihr Herz war tief getroffen. Sie war von der Herzlosigkeit der Dörfler tief erschüttert. Ihre Eltern litten sehr stark darunter. Waren sie doch auch gegen diese Verbindung gewesen. Sie konnten einfach nicht begreifen, dass ein so reicher Bauer wirklich die Tochter ehelichen wollte.

In dieser schweren Zeit konnte sie auch nicht beim Tobias Zuflucht finden. Er war so viel unterwegs und musste so vieles erledigen und besorgen und war nur einmal ganz kurz in ihrer Hütte gewesen und hatte davon gesprochen, dass man ja jetzt wohl die Hochzeit verschieben müsse.

Vor gar nicht langer Zeit waren sie noch so glücklich gewesen.

Am Tag des Begräbnisses war sie auf dem Hof und half dem Tobias, wo sie nur konnte. Die Mutter war ja zu nichts zu gebrauchen. Sie war ganz in ihrem Schmerz versunken und lächelte Josi verloren an. In letzter Zeit war sie erschreckend abgemagert.

Tobias hingegen zerbrach sich die ganze Zeit den Kopf. Warum hatte der Peter diesen seltsamen Satz geschrieben? Warum sollten sie ihm verzeihen? Dass er aus dem Leben gegangen war?

Irgendetwas schien nicht zu stimmen.

Das halbe Dorf war gekommen, um Peter zu Grabe zu tragen, und der Pfarrer tat wirklich alles, um das Begräbnis als normal erscheinen zu lassen. Als er dann seine Predigt hielt, da ging er mit den Dörflern ins Gericht und schimpfte regelrecht, man solle endlich dem Toten seine Ruhe gönnen. Wenn er noch einmal ein böses Wort über die beiden Familien hören würde, dann würde er für die Betreffenden Kirchverbot aussprechen.

So etwas Ungeheuerliches hatte es noch nie gegeben. Sie waren so perplex, dass sie wirklich kein Wort über die Lippen bekamen. Denn wie sie ihren Herrn Pfarrer kannten, würde er es in die Tat umsetzen. Darauf konnten sie Gift nehmen.

So bekamen die Posthofers jetzt nur noch böse Blicke nachgeworfen.

Josi war verstört und traurig. Sie hätte dem Tobias so gern geholfen. Langsam begriff sie selbst, dass sie vielleicht die Schuldige war.

Sollte sie nicht mit ihm reden?

Aber als Tobias eine freie Minute fand, da nahm er sein Mädchen mit, und sie gingen in den nahen Hochwald. Er nahm sie in die Arme und stöhnte.

»Oh, Josi, ich brauche dich so sehr. Verlass mich nicht. Wenn vielleicht auch ein Fluch auf uns liegt, verlass mich nicht.«

»Nein«, stammelte sie.

Sie saßen auf einem Stein und blickten in das Tal.

»Ich bin so verzweifelt, Josi, du kannst es dir gar nicht vorstellen. Manchmal denk ich, das ist noch nicht alles. Es wird noch viel schlimmer kommen. Weißt, an dem Tag, als wir den toten

Vater heimbrachten, da war mir, als hinge eine große schwarze Wolke über dem Hof. Es ist dumm, so etwas gibt es ja gar nicht. Aber ich muss die ganze Zeit daran denken. Ich zerbreche mir den Kopf, und manchmal denke ich, ich werd noch verrückt.«

Sie strich mit ihren zarten Händen über seine gefurchte Stirn.

»Das wird sich alles legen, Tobias, du wirst schon sehen. Es ist jetzt nur so schlimm, weil wir einfach nicht damit gerechnet haben.«

»Noch nie ist dem Matternahof so ein schreckliches Unglück geschehen. Ich habe in den alten Urkunden gelesen. Weißt, ich brauchte Trost, aber nie hat sich einer getötet. Sie hatten ja auch nie einen Grund dafür. Weißt, sie haben immer gottesfürchtig und einfach gelebt. Auch der Peter, ich kann es mir einfach nicht denken. Oh Josi, warum hat er mir das angetan. Warum?«

Sie blickte in den blauen Himmel und sah einen großen Vogel über sich kreisen. Sie erkannte nicht, was es für ein Vogel war. Fröstelnd zog sie die Schultern hoch. Vielleicht hatte sich der Peter Wittli geopfert, damit sie nicht Bäuerin auf diesem Hof wurde?

Als sie das dachte, wurde ihr ganz eigen zumute. Fast wäre sie ohnmächtig in das Gras gesunken. Sie mussten jetzt das Trauerjahr abwarten. Vielleicht hatte sich Tobias bis dahin doch noch besonnen? Vielleicht...

Hatte das der Peter Wittli bezweckt?

Hatte er sich deswegen geopfert?

Ihre Hände waren eiskalt.

Tobias erwachte aus seinem Schmerz.

»Wir müssen wieder heim. Komm, ich helfe dir hoch.«

Stumm wie ein Schatten glitt sie an seiner Seite dahin. Sie war nicht mehr in der Lage zu denken. Das Grauen hatte sie gepackt.

Kathi und die zwei Knechte hatten schon dafür gesorgt, dass die Tafel aufgehoben wurde. So war der Hof von Fremden leer, als sie wieder eintrafen.

»Ich geh jetzt auch«, sagte Josi leise.

Er brachte sie bis zum Tor.

»Ich muss mich um die Mutter kümmern.«

»Ja, geh nur wieder zurück.«

Sie sah ihn durch die Tür schreiten, und das Herz krampfte sich zusammen. Schluchzend rannte sie die Dorfstraße entlang.

8. Kapitel

Für Annelie brach wirklich eine schwere Zeit an. Sie musste sich erst mit diesem neuen Leben abfinden. Sie musste begreifen lernen, dass ihr Mann nie wieder in den Laubengang kam. Nie mehr würde sie seine Schritte, seine Stimme hören.

Sie hatten sich so lieb gehabt! Das leere große Bett, sie würde nie mehr seine Wärme spüren, seine Zärtlichkeit. Dumpf lebte sie vor sich hin.

Bis die alte Kathi sie ins Gebet nahm und sie eine wirklich schlechte Mutter schimpfte.

»Schau dir deinen Buben an. Er ist nur noch ein Schatten. Wenn du jetzt nicht endlich aufhörst, nur an dich zu denken, dann kannst vielleicht noch mal eine Beerdigung ausrichten in diesem Jahr.«

Annelie starrte die alte Magd entgeistert an.

»Was sagst du da?«

»Er spricht mit niemandem ein Wort. Bemüht sich ständig, dich aus deinem Kummer zu reißen. Aber du willst ja nit, und so leidet er darunter. Er ist doch jetzt für alles verantwortlich. Ja, merkst denn nicht, wie die im Dorf nur darauf warten, dass ein Unglück nach dem anderen hier auf dem Matternahof geschieht? Willst das vielleicht, dass auch der Bub zerbricht? Dann haben sie da draußen ihren Willen. Alle warten sie ja nur, dass euch das Unglück trifft.«

»Kathi, hör auf. Ich kann es nicht mehr hören.«

»Ich muss so hart mit dir reden.«

Annelie war so betroffen über dieses Gespräch, dass sie für eine Weile wirklich ihren Kummer vergaß und zum ersten Male wieder mit wachen Augen ihre Umgebung wahrnahm. Da begriff sie auf einmal, dass die Alte wirklich recht hatte. Tobias war allein und musste gegen alle Widrigkeiten kämpfen.

Sie hatte ihn im Stich gelassen.

So lernte Annelie, das Leben wieder aufzunehmen und sich um den Hof und den Sohn zu kümmern.

Doch es sollte nicht für lange sein.

9. Kapitel

Zwei Wochen nach der Beerdigung kam eines Morgens ein großer Mercedes auf den Matternahof gefahren. Ein Herr in Schwarz mit vornehmer Aktentasche stieg aus und blieb dann stehen, so als müsse er sich alles recht gründlich ansehen. Tobias saß mit seiner Mutter in der Küche und sah den Mann sehr wohl. Sie hatten das Gefühl, dass der Mann sehr zufrieden war mit dem, was er vor sich sah. Aber das war ja nichts Neues. Oft blieben Fremde vor dem Hof stehen und staunten über die Größe und Vornehmheit.

»Kannst du dir denken, was er will? Der hat sich ganz bestimmt nicht verfahren.«

»Geh und frag ihn, was er will!«

Da kam auch schon der Fremde auf das Haus zu, und er traf mit dem jungen Bauern zusammen.

»Bin ich hier richtig auf dem Matternahof?«

»Ja, das sind Sie. Ich bin der Bauer. Sie möchten uns sprechen?«

»Ja, das möchte ich. Leider ist es eine sehr unangenehme Angelegenheit. Sie dürfen versichert sein, dass es mir selbst sehr leidtut zuzusehen, wie so alt gewachsene Höfe ihren wirklichen Wert verlieren. Aber leider kann man ja nix mehr machen. Oder haben Sie das Geld?«

Tobias hatte den Fremden in die gute Stube geführt. Auch hier blickte er sich wohlwollend um. Seine Augen glänzten.

Wie ein leiser Schatten kam die Mutter in die Stube geschlüpft.

Sie hörte gerade den Sohn sagen: »Ich weiß nicht, wovon die Rede ist und was Sie bei uns wollen.«

Der Mann, es war ein Bankmensch, drehte sich verwundert herum. »Ja, wissen Sie denn nichts von der Fälligkeit der Hypotheken? Wir haben sehr viel Geduld gezeigt. Aber leider müssen wir jetzt zur Versteigerung kommen.«

Tobias wurde totenblass und starrte den Mann entgeistert an. Er wusste auch nicht warum, aber ganz plötzlich musste er an Peter denken.

»Wir wissen von nix. Bitte, sagen Sie uns doch, was ist denn geschehen?«

Da öffnete der Mann den Aktenkoffer und legte sehr viele Papiere vor. Was sie ersehen konnten, war, dass überall der Name von Peter Wittli darauf stand.

Nach einer guten Stunde wussten sie endlich Bescheid. Der Stiefvater hatte von der Mutter Vollmacht erhalten. Weil er so ein guter Verwalter gewesen war, durfte er über alles verfügen. Und sie hatte sich auch nie um das Geschäftliche gekümmert.

Der Peter hatte für seine Annelie eine sorgenfreie Zukunft aufbauen wollen. Ganz groß hatte er einstiegen wollen. Da war ihm ein sagenhaftes Angebot gemacht worden. Um ganz groß zu spekulieren, hatte er den Hof so hoch belastet, dass man niemals so schnell die Schulden würde zahlen können. Auch das Sägewerk. Erst, als es zu spät war, hatte er erfahren, dass er einem Schwindler aufgesessen war. Dieser hatte zwar seine gerechte Strafe vom Gericht erhalten. Aber er konnte nicht zahlen.

Darum also Peters verändertes Wesen in der letzten Zeit. Der Bankmann erzählte auch, wie sehr der Stiefvater sich bemüht hätte, den Hof zu retten. Aber es ginge leider nicht, und in einer Woche würde man nun versteigern müssen. Das wäre beschlossene Sache. In der Stadt würden sie ja schon lange im Aushang hängen.

Annelie und Tobias waren so erschüttert, dass sie einfach nicht begreifen konnten, dass sie Haus und Hof verloren hatten. Ja, sie mussten sich obendrein noch glücklich schätzen, wenn in einer Woche so viel Geld hereinkam, dass sie damit alle Schulden bezahlen konnten, sonst würden sie auch in Zukunft noch bezahlen müssen.

Als der Mann fort war, saßen sie viele Stunden wie betäubt da. Tobias wollte laut aufschreien, er wollte sich die Haare raufen, aber er konnte es nicht. Sein Herz war tot und leer. Das durfte doch nicht sein! Sein Vaterhof, sein Erbteil! Er musste ihn lassen!

Alles!

Annelie war gebrochen.

Hatte das Schicksal noch immer nicht genug? Nicht mal die Sägerei hatte man ihnen gelassen. Ja, wo sollten sie denn nur hin? Wo sollten sie wohnen? Wo der Sohn Arbeit finden? Sollte er sich vielleicht als Knecht verdingen?

Es blieb nicht aus, dass das Dorf davon erfuhr. Jetzt waren sie in der Tat tief betroffen. Wenn sie auch immer ein neidisches Auge auf den Hof gehabt hatten, so ein schreckliches Unglück hatten sie für die Familie nun doch nicht gewollt.

Gleich am nächsten Tag kamen dann die Arbeiter von der Sägerei. Sie wollten von dem Jungbauern wissen, wie es denn jetzt weiterginge.

»Weißt du, ob der neue Besitzer alles beim alten lassen wird, Tobias? Sag es uns! Es ist doch unser Leben. Was sollen wir denn tun? Vielleicht kannst als Verwalter bleiben, Tobias. Das können sie doch nicht machen.«

Tobias stöhnte. Er vergrub die Hände in den Taschen.

»Ich weiß nichts, gar nichts. Ich bin genauso arm dran wie ihr.«

»Aber das hätte er nicht tun dürfen, der Peter.«

Tobias presste die Zähne zusammen und sah auf die alten Bäume und das Haus. Sein Hof, wie viele Matternas waren hier ein und ausgegangen. Josi hatte hier Bäuerin werden sollen.

Josi!

An sie hatte er in den letzten zwei Tagen schon gar nicht mehr gedacht.

Und da war dann wieder das Gerede im Ort.

»Würde er eine reiche Braut nehmen, dann könnte er alles behalten. Dann könnte man mit der Mitgift die Schulden begleichen, und er bliebe Hofbesitzer. Das ist also die Strafe! Wir haben es ja die ganze Zeit gewusst. Er wollte sich auflehnen.«

Diesmal war es so stark, dass nicht mal der Pfarrer etwas ausrichten konnte. Dieser war selbst tief erschrocken und wollte dem Tobias und seiner Mutter Trost zusprechen. Aber als er in die wilden Augen des Jungbauern blickte, da schlich er sich stumm wieder fort.

Wer würde den Matternahof erhalten?

Viele Großbauern in der Umgebung und auch weiter in den anderen Tälern hatten von dieser Versteigerung Kunde erhalten. Sie alle wollten an dem bewussten Tag kommen und mitbieten. So mancher hatte einen zweiten Sohn, dem man dann das schöne Anwesen als Mitgift geben konnte. Bei einer Versteigerung bekam man doch die Dinge immer viel billiger, als sie wert waren. Sie rechneten sich schon einen hohen Gewinn bei dieser Sache aus.

Aber da waren auch noch andere Leute, die unbedingt den Hof kaufen wollten.

Ein paar von der Hotelbranche interessierten sich recht stark dafür, sie wollten aus dem schönen alten Hof ein Luxushotel machen und von dem Sägewerk eine Talstation für die Skifahrer. Einen Lift würde man dann auch bauen. Und so würde auch dieser letzte Winkel in diesem breiten Tal von Touristen überrannt werden.

Die Dörfler packte jetzt doch langsam das Grauen, und sie hatten Angst. Denn das wollten sie ja alle nicht. Aber konnte man dem Schicksal noch entgehen?

Wenn der Matternahof unter den Hammer kam, dann würde es auch mit der Ruhe im Ort vorbei sein. Wenn man vielleicht dann auch an den Fremden Geld verdiente. Aber sie würden die alten Bräuche und vieles mehr zerstören.

Da schlichen sie nun herum und fühlten sich gar nicht wohl in ihrer Haut.

Josi konnte sich jetzt schon gar nicht mehr auf die Straße wagen. So gelähmt war sie vor Angst und Sorge um den Liebsten. Nur einmal war er bei ihr gewesen und hatte sie gefragt, ob sie ihn auch jetzt noch wolle, jetzt wo er doch auch so arm sei wie sie selbst. Da hatte sie schluchzend an seinem Hals gehangen und gezittert.

»Ich werde immer an deiner Seite stehen, Tobias. Ich werde dich nie verlassen.«

Das war ein kleiner Trost für ihn, und sein Herz wurde ein wenig ruhiger.

Vielleicht hatte das Schicksal doch noch Erbarmen mit ihm? Er war doch wirklich unschuldig an seinem Unglück.

Einmal sah man ihn lange am frischen Grab stehen. Er stand nur einfach da! Sie sahen nicht, wie sein Gesicht weiß war und Tränen darüber rannen. Er konnte dem Peter ja noch nicht mal böse sein. Er hatte ja auch für ihn einen Gewinn erwirtschaften wollen. Er hatte es doch nur gut gemeint. Er war kein Bruder Leichtfuß gewesen.

10. Kapitel

Der Tag der Versteigerung war angebrochen.

Schon in aller Frühe waren Leute gekommen und hatten die Schränke und Truhen aus den Stuben geholt. Alles, was man für wert hielt, direkt versteigert zu werden, stand jetzt unter dem alten Apfelbaum. All die wertvollen Erinnerungsstücke, durch die Jahrhunderte hindurch von der Familie gehegt und gepflegt, standen jetzt hier, allen Augen ausgesetzt.

Tobias stand an der Hausecke und sah den Leuten zu, wie sie sich mit den schweren Stücken abschleppten. Und immer noch mehr kam auf die Wiese. Sogar vor dem wertvollen Geschirr und dem alten Silber und Zinn machten sie nicht halt. Sollten sie denn gar nichts für sich behalten dürfen?

Um die gleiche Zeit sah er dann einen kleinen Trupp Menschen die Auffahrt heraufkommen. Das waren die Arbeiter von der Sägerei. Sie hatten sich ihren Sonntagsjanker angezogen, und da standen sie nun mit düsteren Gesichtern und konnten es noch immer nicht so recht glauben, was ihre Augen sahen.

Die Mutter hatte sich in ihre Stube verkrochen. Er verstand sie ja so gut, denn inzwischen kam auch fast das ganze Dorf zum Versteigerungsplatz. In der Menge sah er auch das einfache Kopftuch von Mutter Posthofer leuchten. Sie drückte sich seitwärts an den Scheunen, und dort blieb sie mit scheuen Augen stehen.

Tobias dachte, warum stehe ich eigentlich hier? Warum verkrieche ich mich nicht im Wald und warte dort ab, bis alles vorbei ist? Warum harre ich aus, obschon ich schon jetzt fühle, dass mir das Herz brechen wird, wenn man die Stücke fort gibt? Wenn andere Hände sich gierig nach den Dingen ausstrecken und sie mit fortnehmen.

Er spürte eine leise Bewegung neben sich. Als er die Augen hob, da sah er in die Augen der alten Kathi. Direkt neben ihr hatten sich die beiden alten Knechte postiert. Wie Zuflucht suchende Kinder standen sie neben dem jungen Bauern. So, als wollten sie sagen, du wirst auch weiterhin für uns sorgen, nicht wahr!

Tobias fühlte, wie ein Stein auf sein Herz fiel.

Auch diese Menschen würden damit heimatlos werden. Ja, die winzige Rente würde bestimmt nicht reichen und vielleicht mussten sie in Zukunft ein erbärmliches Leben führen.

Und die Arbeiter? Sie würden brotlos werden! So viel Leid würde auf einmal in diesem Dorf sein. Und dazu dann der Glanz und die Angeberei der Reichen, die es sich würden leisten können, in diesem schönen Hof ihre Ferien verbringen zu können.

Sie würden nicht ahnen, dass der Sand vor dem Haus mit so viel Blut und Tränen benetzt war.

Das konnte Gott einfach nicht zulassen. Das durfte einfach nicht sein. Nie und nimmer!

Herr, schick mir ein Zeichen, flehte er unwillkürlich. Ich bitte dich nicht für mich, sondern für die Mutter, die daran zerbrechen wird, an diese Menschen, die mich brauchen. Gib mir ein Zeichen, wie ich ihnen helfen kann. Ich selbst kann mir eine Arbeit suchen, weit fort. Wenn es sein muss, auch im Ausland. Aber diese alten Menschen, die sich um mich geschart haben, sie vertrauen mir.

Der großmächtige Wagen fuhr auf den Hof, und dann waren da auch all die Leute vom Gericht, die die Versteigerung vornehmen würden. Und jetzt waren so viele fremde Menschen dort unter der alten Buche. Sie hatten alle so gierige Augen. Sie sahen sich schon als Besitzer guter Stücke.

Unter ihnen befand sich in der ersten Reihe eine Gestalt, die war wirklich imponierend. Sie war groß und mächtig wie ein Bär. Die Hände waren wie zwei Schaufeln. Er trug die Tracht des Tals, und an der roten Weste leuchteten die schweren Silberknöpfe. Alles an ihm roch nach viel Geld.

Niemand schien ihn zu kennen, obschon er die Gestalt eines Großbauern hatte.

Er schien ungeniert den Jungbauern zu betrachten. Was er zu sehen bekam, das schien ihn tief zu befriedigen. Er lächelte stillvergnügt vor sich hin.

Und jetzt wurde bekanntgegeben, dass man in einer halben Stunde mit der Versteigerung beginnen wolle.

Da ging der gewichtige Mann auf Tobias zu und blieb direkt vor ihm stehen.

Seine Stimme dröhnte, als er den Jungbauern begrüßte. Er reichte ihm die Hand zum Gruß und rief lachend: »Wirst mich wohl nicht mehr erkennen, wie? Nun, als ich fortging, da warst du ja noch ein kleiner Knirps. Aber ich hab dich gleich erkannt, du hast die Zeichen deines Geschlechts im Gesicht. Dich hätte ich überall im Gewühl von Menschen erkannt. Ja, da staunst, dass ich so viel von dir weiß. Nun, ich war mal der Hütejunge deines Vaters. Daran kann sich wohl keiner mehr im Dorf erinnern. Ich bin der Gaisbacher Gustav. Ich war mal arm wie eine Kirchenmaus. Aber das sag ich dir, Tobias, so lange ich bei deinen Eltern war, da waren sie immer nett und freundlich zu mir und haben mir so manches zugesteckt. Sie waren nicht so stolz und geizig wie die anderen Großbauern hier herum. Ich kann nur Gutes von ihnen berichten. Und weil das nun mal so war, und ich nicht mag, dass jetzt die Geier über diesen Hof stürzen und alles auseinanderreißen wollen, will ich dir helfen. Habe ich doch viele Jahre hier verbracht. Dort drüben über dem Stall hab ich gewohnt. Aber wie gesagt, deine Eltern haben auch immer dafür gesorgt, dass ich brav zur Schule ging im Winter. Und das möchte ich ihnen jetzt danken, indem ich dir helfe.«

Alle aus dem Dorf hatten seine Rede vernommen. Jetzt standen sie nur da und rissen die Münder auf und wussten nicht, was sie davon halten sollten. Aber dann erinnerten sich ein paar, dass der Gaisbacher damals als junger Bursche ausgewandert war. Über dem großen Teich sollte er sein Glück gemacht haben, dieser Schlaufuchs.

»Ich war eine Waise, und deine Eltern haben mich großgezogen, und das habe ich nie vergessen. Im Herzen bin ich immer hier gewesen. Auch jetzt zieht es mich wieder heim. Ich will nicht mehr in Texas sein. Dort habe ich vor vielen Jahren Land erworben, dann entdeckte man Ölquellen darauf, und seither bin ich ein reicher Mann, Tobias.

Ich werde also ein Angebot für alles dies hier abgeben, dass keiner mehr bieten kann. Ich werde den Hof zurückkaufen und ihn dir dann wiedergeben. Mit einer Bedingung selbstverständlich.

Ein wenig muss ich ja auch an mich denken, das kannst doch verstehen, nicht wahr?«

Tobias war leichenblass geworden. Vor ein paar Minuten hatte er Gott noch angefleht, er möge ihm helfen, für die anderen

Hilfe schicken. Und jetzt stand hier die Hilfe vor ihm, in einer roten Weste, weißen Strümpfen und Lederhosen. Ein reicher Mann.

Ihm wurde richtig schwindelig zumute.

Er brachte keinen Ton über die Lippen.

Er spürte, wie ein Seufzer von den Lippen der Menschen kam. Sie alle blickten ihn jetzt an. An ihm lag es also, ob so viele Menschen unglücklich wurden oder nicht. Er sah die alte Kathi, ihren gebeugten Nacken, die schwieligen Hände der alten Knechte, die ihr Leben und ihre Manneskraft dem Hof geschenkt hatten.

Wenn es nicht gerade ein Pakt mit dem Teufel war, dann musste er ihn erfüllen. Er würde es tun! Sonst würde seine Seele nie mehr Ruhe finden.

»Und wie lautet die Bedingung?«

Seine Stimme war klar und fest.

Der Gaisbacher Gustav blickte ihn wohlwollend an.

»Brav, du bist wirklich aus dem rechten Holz. Ich sag dir, du wirst es nicht zu bereuen haben, Matterna. Ich mache immer reelle Geschäfte, das darfst mir glauben.«

»Die Bedingung?«

In diesem Augenblick entdeckte er die Mutter. Sie hatte also alles mit angehört. Er lächelte ihr zuversichtlich zu.

»Du kriegst den Hof geschenkt, wenn du dich jetzt und hier bereit erklärst, meine Tochter Märthe zu heiraten.«

Zuerst glaubte er nicht recht gehört zu haben und ließ es sich wiederholen.

Totenstille herrschte nun auf dem Hof. Er sah das Kopftuch der Posthoferin, aber nicht ihr Gesicht. Sie hielt den Kopf gesenkt.

»Wird sie denn mit dem Handel einverstanden sein?«, brachte er mühsam über die Lippen.

»O ja, das wird sie sein, Tobias, darauf kannst dich verlassen. Und ich sag dir auch gleich, dass sie nicht hässlich ist oder ein

Gebrechen hat, sie ist achtzehn Jahre alt. Du brauchst nur einzuschlagen, dann ersteigere ich dir den Hof als Hochzeitsgabe.«

Josi, schrie es in seinem Herzen! Oh Josi, Josi!

Er blickte in die Gesichter und wusste, er musste dieses Opfer bringen. Er konnte nicht so viele Menschen unglücklich machen. Man würde es ihm nie verzeihen. Ihn mit Flüchen belegen. Und dann, sein Herz, war es nicht mit diesem Hof schon lange verwachsen? Würde er nicht in der Fremde langsam zugrunde gehen? Mit jeder Faser war er doch an dieses Stück Land geknüpft. Er konnte nicht anders, er musste den väterlichen Hof retten.

Der Jungbauer hatte in diesem Augenblick das Gefühl, als würden all die alten toten Großbauern ihm jetzt über die Schulter schauen und sagen, das musst du tun, sonst finden wir keine Ruhe da drüben, wo wir jetzt sind. Wir alle haben hier gearbeitet. Für dich. Du musst es weiterführen, was wir begonnen haben. Du bist wie ein Fels in der Brandung, du musst das Dorf retten. Das Sägewerk, du darfst es einfach nicht zulassen. Du musst dieses kleine Opfer bringen.

Tobias hatte einen ganz roten Kopf bekommen.

»Wartet einen Augenblick«, sagte er leise.

Er lief über den Hof und blieb vor der Posthoferin stehen.

Sie hob ihren Kopf. Er sah zwar Tränen in ihren Augen, aber sie lächelte ihm tröstend zu.

»Das musst du tun, Tobias. Du musst es. Die Josi würd es dir nie verzeihen. Du musst es tun. Bitte! Du kannst uns nicht im Stich lassen. Außerdem ...« Ihre Hand verkrampfte sich im Schal. »Außerdem, du weißt doch, dass ich es nicht wollte. Das Leben zeigt dir, dass man nicht über seinen Schatten springen darf, dass man alte Traditionen aufrecht halten muss, oder es gibt ein Unglück. Geh zurück und sag ihm, dass du es tun wirst.«

Welche Größe steckt in dieser Frau, dachte Tobias. *Oh mein Gott, und alle im Dorf haben sich an ihr versündigt.*

»Ich weiß nicht«, sagte er unsicher.

»Geh, ich rede mit der Josi. Sie wird dich verstehen, sie ist ein so gutes Kind.«

»Ja«, sagte er leise. »Ja, ich weiß es. Sie ist ein gutes Kind.«

Sie gab ihm flüchtig die Hand, dann huschte sie fort.

Alle aus dem Dorf ließen den Kopf hängen. Keiner wagte ihr nachzublicken.

Sein Herz war tot und leer.

»Nun, wie hast du dich entschieden, Tobias?«

Tobias blickte in die guten blauen Augen des Mannes und dachte, er kann mich nicht betrügen. Er liebt ja diesen Hof ebenso. Für ihn ist es vielleicht auch noch ein besonderer Genuss, dass grad er ihn kaufen kann. Der einstige Hütejunge rettet den Matternahof.

»Ich gebe dir mein Wort!«

Nun war es heraus!

Der Gaisbacher reichte ihm die Hand.

Ein Aufatmen ging durch die Menge.

Dann schritt er gewichtig zum Auktionstisch und verkündete mit lauter Stimme sein Angebot für alles, was unter den Bäumen stand und für das Anwesen. Die Summe war so groß, dass man damit wirklich alle Schulden bezahlen konnte und auch die Kosten. Sie war aber auch so hoch, dass keiner darüber bieten wollte. Irgendwie schien man auch begriffen zu haben, dass, wenn man es doch tat, man nie Frieden in diesem Dorf finden würde. Und den brauchte man ja, wenn man ein Luxushotel errichten wollte aus dem alten Hof. Zumindest brauchte man ja auch Arbeitskräfte aus dem Dorf. Sie würden es ihnen nie verzeihen.

So kam es, dass nach und nach die Menschen verschwanden. Zurück blieben nur die Arbeiter und der Gaisbacher.

»Dann lad ich euch zum Sonntag ein zum Kaffee. Schließlich musst ja meiner Tochter die Aufwartung machen.«

»Ja«, sagte Tobias tonlos.

Danach drehte er sich um und rannte dem Hochwald zu.

»Junges Blut«, sagte der Gaisbacher. »Es wird schon seine Ruhe finden.«

Die Kathi hielt die Aufsicht, und die Arbeiter vom Sägewerk ließen es sich nicht nehmen, alles wieder ins Haus zu tragen. Es waren noch keine drei Stunden vergangen, da war alles wieder an seinem rechten Platz.

Annelie ging wie benommen durch die Räume und konnte es noch immer nicht glauben, dass sie wohnen bleiben durfte. Alles war nur ein böser Traum gewesen.

Doch sie vergaß nicht, an ihren armen Sohn zu denken! Würde er sich vielleicht ein Leid antun?

11. Kapitel

Josi hatte von der Mutter alles erfahren. Zuerst hatte es so ausgesehen, als würde sie sich etwas antun. Aber dann hatte sie begriffen, dass der Tobias ja gar nicht hatte anders handeln können. Vielleicht hätte er eines Tags angefangen sie zu hassen, weil sie dazwischen gestanden hätte. Zwischen ihm und dem Hof.

»Ja«, sagte sie mit zuckendem Herzen, »ja, ich habe es verstanden, Mutter. Denn ich weiß jetzt, dass ich verzichten muss. Aber ich werde nicht bleiben, das kannst du nicht von mir verlangen. Ich darf den Tobias nie mehr wiedersehen, sonst zerbreche ich. Gleich morgen in der Früh geh ich fort. Er darf mich auch nicht mehr sehen. Wenn du ihn siehst, dann sag ihm, dass ich ihn verstanden habe und ihm wirklich nicht böse bin. Ich weiß, dass er das wissen muss, sonst plagt er sich vielleicht sein ganzes Leben damit.

Ich finde schon meinen Weg. Für mich gibt es überall Arbeit, Mutter. Die Janni ist ja jetzt auch alt genug. Sie wird dir jetzt zur Hand gehen. Und sie kann ja dann auch meine Stelle unten im Hotel antreten.«

Danach ging sie auf ihre Stube und packte ihre wenige Habe in einen kleinen Koffer. Am nächsten Morgen, es war noch so früh, dass niemand auf der Dorfstraße anzutreffen war, fuhr Josi fort.

Niemand im Dorf bekam davon etwas mit.

Sie hatte es geahnt. Denn gleich an diesem Morgen erschien der Tobias bei der Mutter und wollte Josi sprechen. Die ganze Nacht hatte er wachgelegen und sich gesagt, ich kann es nicht. Das ist eine Todsünde, ich hab ihr mein Wort gegeben. Der Gaisbacher muss das einsehen. Ich kann einfach nicht seine Tochter heiraten. Er hat jetzt den Hof. Er wird ihn so weiterführen und wenn ich ihn bitte, dann wird er auch die Alten bei sich behalten. Ich hab doch gesehen, dass er trotz seines Reichtums gute Augen behalten hat.

Seine Tochter wird ganz bestimmt jeden Burschen bekommen, der hier lebt. Denn sie ist doch eine reiche Partie. Sie werden sich die Füße abwetzen.

Ja, so wird es sein. Ich aber werde die Josi heiraten, und ich werde mit ihr fortgehen. Die Dörfler sollen nicht recht bekommen.

Nie und nimmer!

Und nun stand er vor dem Häuschen und erfuhr, dass Josi nicht mehr da war.

»Ich weiß auch nicht, wohin sie gegangen ist, Tobias. Sie wird dir nie das Jawort geben. Du kennst sie doch, die Josi.«

Da nickte er schwach.

»So muss ich denn diese Ehe eingehen.«

»Aber du behältst doch den Hof.«

»Wenn ich nur meinen Seelenfrieden wiedergewinne«, sagte er leise.

»Um die Josi brauchst dich nicht sorgen, Tobias, denk nicht mehr daran. Es hat nicht sein sollen.«

»Dank auch schön für die Auskunft.«

Sie sah ihn durch das Dorf gehen.

12. Kapitel

Der Sonntag kam, und Annelie begleitete ihren Sohn ins Nachbartal. Dort bewohnte der Gaisbacher ein sehr modernes Haus. Nach seinen Wünschen war es erbaut worden. Tobias hatte versucht, der Mutter zu erklären, dass er es doch nicht könne. Aber sie war so in ihren Schmerz versunken über das viele Unrecht, das man ausgerechnet ihrem Tobias angetan hatte, dass sie jetzt noch immer wie gelähmt das Leben an sich vorbeirauschen ließ. Kathi musste sich in ihrem hohen Alter noch um alles kümmern.

Tobias dachte, wenn ich erst mal das Mädchen sehe, dann werde ich auch wissen, dass alles vielleicht nur ein Spaß ist. Wir leben doch im zwanzigsten Jahrhundert. So viel Gewalt wird auch ein Gaisbacher mit all seinem Geld nicht besitzen, dass er einfach die Tochter zur Heirat zwingen kann.

Auf dem Weg zu ihr wurde er deswegen jetzt ganz ruhig und gelassen. Ja, sie würde den Vater schon zurechtweisen, und dann konnte er mit ihm vielleicht einen Vertrag aushandeln, dass er als Verwalter auf dem Hof würde leben dürfen.

Sie fuhren vor dem schönen modernen Haus vor und sofort öffnete sich die Tür, und eine Art Haushälterin führte sie in einen eleganten Raum. Tobias fühlte sich ein wenig linkisch. Er war das alte Haus und die niedrigen Decken gewöhnt. Aber dies war wie ein Stadthaushalt.

Dröhnend kam der Alte herein, klopfte ihm gönnerhaft auf die Schulter und meinte herzlich: »Du bist pünktlich, das liebe ich besonders. Ja, da setzt euch doch hin. Der Kaffee wird gleich gebracht.«

Dann ging die Tür auf, und ein junges Mädchen betrat leise den Raum. Sie war ganz anders als der Vater und auch als Josi. Sie hatte dunkles Haar und dunkle Augen. Schmal und sehr klein wirkte sie neben dem wuchtigen Vater wie eine Zwergin. Als sie die Gäste erblickte, hob sie frei den Kopf und lächelte Tobias an. Er starrte sie an. Bis zu diesem Augenblick hatte er gedacht, sie muss einen Fehler haben, anders kann ich mir diese Brautwerbung einfach nicht vorstellen.

Die Haushälterin brachte Kaffee und Kuchen und verzog sich dann wieder. Sie plauderten über das Wetter, über die Ernte und das Vieh. Tobias saß hölzern am Tisch und brachte fast keinen Bissen über die Lippen. Ruhig lagen die Augen des jungen Mädchens auf seinem Gesicht.

Irgendwann gingen sie in den herrlichen Garten. Und dann befanden sich die zwei jungen Leute in einer Art Laube. Tobias spürte sein Herz schon gar nicht mehr.

Gepresst sagte er: »Du wirst wohl den Grund unseres Besuchs wissen, nicht wahr?«

»Freilich weiß ich den«, erwiderte sie ruhig. »Der Vater kann sich vor Freude nimmer halten.«

Er blickte in die dunklen Augen des Mädchens.

»Und du?«, fragte er scheu.

»Ich bin einverstanden«, sagte sie ruhig.

Er konnte sie nur anschauen und sonst gar nichts.

Tobias fühlte, wie ihm das Herzblut verrann, wie zu einer Schlachtbank war er geführt worden und konnte nicht seine Rechte geltend machen. Vor dieser Frau würde er immer wie ein Bettler sein. Ihr gehörte ja jetzt sein schöner Hof. Alles gehörte diesem zierlichen Mädchen. Oh mein Gott, warum nur diesen schrecklichen Bittgang tun müssen?

»Dann wirst du ja wohl mit dem Vater alles weitere besprechen?«

»Ja«, sagte das Mädchen ruhig. »Vater meint, dass wir schon in vier Wochen heiraten sollen.

Es ist ihm ganz lieb, weil er ja wieder nach Texas muss. Du brauchst keine Angst vor ihm zu haben. Er wird uns nur immer kurz besuchen, obschon er den Hof über alles liebt. Aber so lange er noch gesund und munter ist, wird er sich persönlich um seine Geschäfte kümmern. Du wirst ihm auch nie Rechenschaft ablegen müssen. Und was mich betrifft, da wird deine Mutter mich wohl einweisen. Denn ich verstehe ja nix von der Landwirtschaft.«

Die Mutter und ihr Vater kamen, und Annelie sagte mit leiser Stimme: »Ich möchte jetzt heim.«

So verabschiedeten sie sich und versprachen, am nächsten Sonntag zu kommen. Dann wollten sie zusammen zum Pfarrer gehen, um das Aufgebot zu bestellen.

Wie betäubt fuhr er heim und dachte immerzu, ich kann es noch nicht glauben. Es geht einfach nicht. Mein Gott, sie war meine letzte Rettung, und jetzt habe ich auch noch versagt. Ich hätte ihr gleich sagen müssen, dass ich sie nicht heiraten kann. Das bringe ich nicht übers Herz.

Als er dann wieder auf dem Hof war, wanderte er viel umher und besah sich alles, und dann dachte er, ich befinde mich in einer schrecklichen Lage. Welche ist denn jetzt schlimmer? Das muss ich feststellen.

Wenn ich heimlich fortgehe, dann werde ich vor Heimweh wohl zugrunde gehen. Und wenn ich jetzt das Mädchen heirate, dann kann ich alles behalten. Sie ist ein gutes Mädchen. Josi hat mich verlassen. Ich weiß auch nicht ihre Adresse, also kann ich noch nicht mal zu ihr. Ich bin gebunden. Ich muss bleiben. Und dann ist da ja auch noch meine Mutter.

Verzweifelt saß er auf dem Stein am Feldweg und zergrübelte sich den Kopf. Apathisch ging er ins Haus und suchte seine Kammer auf.

Lachen und Frohsinn hatten den Hof schon lange verlassen.

13. Kapitel

Es ist doch ein merkwürdiges Ding mit den Ratschen und überhaupt mit so einer Dorfgemeinschaft. Vor gar nicht langer Zeit hatte man sich die Münder zerredet, weil die Josi, also keine Bauerntochter, auf dem Matternahof als Bäuerin einziehen sollte. Da hatte man von Unglück und mehr gesprochen. Und man hatte sich dagegen gewehrt. Als man nun erfuhr, dass doch wirklich die Hochzeit stattfinden sollte mit der reichen Märthe Gaisbacher, ja, man wusste sogar, dass sie in Texas geboren war und die meiste Zeit dort gelebt hatte, fand man nichts dabei. Sie verstand rein gar nichts von so einem schönen Berghof. Aber das alles spielte jetzt keine Rolle. Sie waren einverstanden, denn sie war ja ein sehr reiches Mädchen. Die anderen Bauernsöhne neideten dem Tobias sein Glück. Immer, wenn sie dachten, jetzt hat er Pech, sah alles auf einmal wieder viel schöner aus. Das begriffen sie nicht. Wieso hatte der Alte unbedingt ihm die Tochter geben müssen? Es gab ja auch noch andere Höfe hier in der Umgebung und die waren nicht minder stolz und groß.

Als sie das Aufgebot bestellten, musste Tobias daran denken, dass er es eigentlich mit der Josi hatte tun wollen. Ja, sie hatten sogar schon den Tag festgesetzt gehabt, aber dann war das mit dem Peter passiert. Und jetzt stand er mit einem ihm völlig fremden Mädchen vor dem Pfarrer.

Dieser mahnte ihn auch nicht, dass es eigentlich noch zu früh sei, das Trauerjahr war ja noch nicht vorbei. Auch hier hatte der Gaisbacher die Wege geebnet. Er hatte der Kirche eine Stiftung gemacht und dem Pfarrer erklärt, dass er ja wieder fort müsse und Texas sehr weit läge. Also wolle er sein Kind vorher verheiraten.

Der Pfarrer hatte verstanden. Es war nicht gut, sich mit einem Gaisbacher anzulegen.

»Ich werde mich um alles kümmern.«

»Es soll eine wirkliche Großbauernhochzeit sein. So wie es Sitte ist. Ich kann mich noch an frühere Zeiten recht gut erinnern. Damals durfte ich nur immer Zaungast sein. Wie sich doch die Zeiten wandeln.«

Der Pfarrer blickte ihn an und meinte ruhig: »Warum willst nicht selbst den Hof übernehmen?«

Der Gaisbacher antwortete langsam: »Dieses Recht steht mir nicht zu. Die Familie war immer gut zu mir. Nein, ich weiß, wo ich hingehöre. Und jetzt kann ich ja auch jederzeit auf diesem Hof einkehren.«

Mehr wurde dazu nicht mehr gesprochen.

Wenige Tage später erhielt Annelie die Nachricht, dass die Braut gerne in Tracht heiraten möchte. Der Gaisbacher fragte an, ob es noch immer Tradition sei, den Schmuck zu überreichen. Ansonsten würde der Vater ihr einen eigenen Schmuck schenken.

Sie gab also Bescheid, dass es immer noch so sei.

Tobias sah all die Vorbereitungen sehr wohl, und manchmal legte er auch Hand mit an. Alle im Sägewerk waren jetzt wieder froh und glücklich. Man stellte das Zelt auf und zimmerte Stühle. Im Ort übte die Kapelle, und man zerbrach sich den Kopf, welchen Blumenschmuck man in der Kirche verwenden wollte. Noch nie war das Dorf in solche Aufregung versetzt worden. Alle waren sie geladen worden, obschon es dem Tobias gar nicht recht war. Aber der Schwiegervater hatte das Geld und bezahlte auch die Hochzeit, also musste er schweigen und sich fügen. Annelie und er mussten sich auch neue Gewänder kaufen. Selbst die Kathi sollte ein neues Dirndl erhalten. Sie sträubte sich erst, denn sie meinte, für ihre alten Knochen lohne es sich nicht mehr. Sie würde ja doch bald ins Gras beißen. Doch das sagte sie nun schon seit zehn Jahren, und sie wartete nur darauf, dass man ihr stets das Gegenteil versicherte.

Der Tag rückte näher. Man hatte gebacken, gekocht, und auch die Gaststube im Ort musste viele Gerichte herstellen und zum Matternahof bringen.

Der Hochzeitsmorgen war besonders schön. Die Sonne tat wirklich ihr Bestes und schien vom wolkenlosen Himmel. Weil sich diese pompöse Bauernhochzeit herumgesprochen hatte, waren an diesem Tag viele Urlauber im Ort, und sie säumten die Straße, durch die der Hochzeitszug kommen musste.

Sämtliche Dorfbewohner hatten ihr bestes Schwarzes oder wenn sie eine teurere Tracht besaßen, diese aus der Mottenkiste gezogen und an die Luft gehängt. Sie waren alle sehr schick. Selbst die Kinder hatten schulfrei erhalten.

Am Morgen war der Gaisbacher mit seiner Märthe auf den Hof gekommen. Sie trug schon ihr Festgewand und sah sehr schön darin aus. Nun befand sie sich in der guten Stube, und Annelie legte ihr den uralten, sehr kostbaren Schmuck an. Die Augen des Vaters glänzten bei dieser Handlung. Er konnte es noch immer nicht so recht glauben, dass sie jetzt eine Matterna sein würde. Sein Fleisch und Blut.

Andächtig blickte Märthe im Spiegel auf den Schmuck, und dann sah sie, wie der Vater eine lange Schachtel aus der Rocktasche zog und damit zur Mutter ging.

»Ich hab gedacht, damit es dir ein wenig leichter fällt, da du ja jetzt den Schmuck nicht mehr tragen darfst, da hab ich dir einen kleinen Ersatz mitgebracht. Ich hoffe, Annelie, du nimmst ihn an.«

Sie öffnete die Schachtel und fand dort auch einen Trachtenschmuck. Er war ebenfalls sehr schön und wertvoll.

»Das hättest aber nicht müssen, Gaisbacher«, sagte sie mit leiser Stimme.

»Ich hab die alte Bäuerin immer bewundert, wenn sie in ihrem Schmuck bei den Festtagen zur Kirche schritt. Sie war für mich wie eine Königin.«

Annelie lächelte ihn an.

In diesem Augenblick begannen die Glocken der kleinen Kirche zu läuten.

»Jetzt müssen wir wohl gehen.«

Im Laubengang stand der Bräutigam. Er war nicht minder schön und stattlich, und der alte Gaisbacher war recht gerührt und stolz zugleich.

Dann schritten sie zur Kirche, und ein Raunen ging durch die Reihen. Die Kirche war in ihrem ganzen Leben noch nie so voll gewesen wie an diesem Tag. Der Pfarrer hielt auch eine besonders schöne Rede. Alle lauschten andächtig und wünschten sich von Herzen, dieser Tag möge recht langsam vorbeigehen. Nur einer war unter diesen vielen Menschen, der unglücklich war und sich in den Wald sehnte, weit fort von dem Trubel und der Hochzeit.

Das war der Bräutigam.

Die Braut antwortete mit einem klaren Ja! Da waren sie für alle Zeiten Mann und Frau!

Irgendwann fanden sie sich im Zelt wieder, und das große Schmausen und Trinken begann. Wie betäubt nahm Tobias alles wahr. Dass auch Märthe an seiner Seite saß und lächelte, das alles spürte er sehr wohl. Aber sein Herz war so tot und leer. Alle aus dem Dorf waren sie gekommen, nur eine Familie nicht, die Posthofers. Sie hatten in der Frühe schon das Tal verlassen. Zu einem Verwandtenbesuch, wie man sich erzählte. Aber man war ja richtig froh, dass man sie heute nicht sehen musste. Vielleicht hätte man dann doch noch sein schlechtes Gewissen gespürt.

Der Tag ging langsam zur Neige, und die Musiker tauchten auf. Bald würden die Hochzeitsgäste ausgelassen tanzen und trinken, bis in den Morgen hinein. Ganz früher hatte so eine große Bauernhochzeit an die vier Tage gedauert. Sie bedauerten sehr, dass diese Bräuche abgeschafft worden waren.

Der Gaisbacher zog seinen Schwiegersohn zur Seite.

»Ich muss dir noch etwas geben. Komm mit in die gute Stube. Dort sind wir allein.«

Schweigend verließ Tobias das Zelt und ging mit.

Wuchtig wirkte der Mann in diesem Gemäuer.

»Hier ist die Urkunde, damit alles seine Richtigkeit hat. Ich habe sie ausfertigen lassen. Der Hof ist also wieder völlig schuldenfrei. Das ist mein Hochzeitsgeschenk wie versprochen. Deswegen gebe ich sie dir auch erst jetzt, nicht, weil ich Misstrauen gegen dich hatte, Tobias, das darfst nicht denken. Ich weiß, du wirst meine Märthe glücklich machen. Sie ist das einzige Kind, und ich liebe sie sehr.«

Tobias hielt die Urkunde in der Hand und brachte keinen Ton über die Lippen.

»Gleich fahre ich fort. Von Märthe und deiner Mutter habe ich mich schon verabschiedet. Morgen geht mein Flugzeug. Märthe weiß, dass ich immer sehr viel unterwegs bin. Also lasse ich euch in eurem Glück allein.«

»Danke«, brachte Tobias mühsam über die Lippen.

»Zu Weihnachten werde ich mich dann wieder bei euch einladen«, rief der Vater dröhnend, schlug ihm noch einmal auf die Schulter und ging dann fort.

Tobias hörte, wie der Mercedes vorfuhr und der Gaisbacher einstieg. Dann fuhr er davon.

Tobias stand noch immer wie benommen in der Stube. Ich muss wohl die Urkunde einschließen, schließlich ist sie kostbar und gehört der Märthe, meiner Frau. Sie ist jetzt also Herrin auf Matterna.

Er rollte sie auseinander, und dann sah er zu seiner grenzenlosen Verblüffung, dass nicht der Name der Tochter auf dem Papier stand, sondern sein eigener Name. Er konnte auch noch so sehr suchen, nur sein Name und keine Klausel. Nichts! Er war wirklich wieder der Großbauer auf Matterna!

Ein Zittern ging durch seinen Körper!

Mein Gott, und er hatte sich noch nicht mal richtig bedankt. Er hatte nur einfach dagestanden. Der Gaisbacher war wirklich eine Seele von Mensch. Er verstand ihn immer noch nicht, warum er so großzügig war. Und wenn er sich jetzt einfach von Märthe scheiden ließ? Hatte der Gaisbacher nicht mit dieser Möglichkeit gerechnet?

Tobias musste sich hinsetzen. Nein, dachte er, er kennt unser Geschlecht. Wir sind stark und mutig, und wir stehen zu unserem Wort. Ich habe ihr vor Gott mein Wort gegeben, also werde ich es auch nicht brechen.

Er brachte die Urkunde in den Safe im Büro hinter der Treppe. Dann strafften sich seine Schultern. Er war also nicht der Bittsteller seiner Frau.

Er war Großbauer!

Auf dem Vorplatz des Hauses ging es turbulent zu. Er suchte mit den Augen seine Frau.

Dort hinten tanzte sie vergnügt mit dem Vorarbeiter der Sägerei. Er fand auch die Mutter. Sie hatte schon nicht mehr so traurige Augen. Auch sie wurde verhext. Sollte es doch vielleicht gar nicht so schrecklich sein, dass er Märthe geheiratet hatte?

Was hatte der Pfarrer heute gesagt: Vertrauen und gegenseitiges Achten und Verstehen ist die sicherste Grundlage für eine gute Ehe. Liebe kann verfliegen, aber diese Eigenschaften verbinden mehr und halten auch alles viel besser zusammen.

Er wusste ja um sein großes Leid. Also hatte er wohl bewusst diese Worte gewählt.

Achtung!

Ja, die hatte er vor Märthe. Aber da war noch etwas anderes in seinem Herzen!

Langsam schritt er über den Rasen.

Kathi sagte: »Da bist du ja. Komm, trinkst du etwas mit mir? Jetzt kommt sicher das Lachen ins Haus zurück, oder was meinst du?«

Er musste trinken, er war so wirr im Kopf, dass er einfach mal abschalten musste.

In dieser Nacht trank der Jungbauer so viel, dass er schon nicht mehr wusste, dass es seine eigene Hochzeit war.

Am nächsten Morgen erwachte er mit einem schweren Kopf. Die Aufräumarbeiten waren schon längst in vollem Gang. Tobias konnte sich nur langsam an das gestrige Geschehen erinnern. Aber als er dann endlich eine Tasse Kaffee getrunken hatte, da fiel ihm alles wieder ein.

Es war seine Hochzeit gewesen und seine Hochzeitsnacht, und er wusste jetzt am Morgen noch nicht mal, wo sich seine Frau befand. Bestimmt war sie sehr zornig und beschwerte sich wohl sofort beim Vater.

Er stöhnte leise auf und hielt sich den Kopf.

Die Mutter betrat die Stube.

»Na, bist du auch wieder unter den Lebenden anzutreffen?«, fragte sie und lächelte leicht.

»War es wirklich so schlimm?«

»Nun, wir wollen nicht mehr davon reden. Jetzt ist alles vorbei und morgen beginnt wieder der Alltag.«

Er starrte aus dem Fenster und blickte zum alten Apfelbaum. Er hätte jetzt auch ganz woanders sein können, durchfuhr es ihn plötzlich. Dann dachte er an die Urkunde. Dies alles war wieder sein! Er war der Herr!

»Hörst mir eigentlich gar nicht mehr zu, jetzt wo du ein verheirateter Mann bist?«

Er fuhr zusammen.

»Verzeih, was hast du mir gesagt?«

»Ich habe dich gefragt, ob du keine Lust hast, mit deiner Frau ein wenig zu verreisen, Tobias?«

Seine dunklen Augen lagen auf dem Gesicht der Mutter. Er fühlte einen tiefen Stich im Herzen. Es hatte Augenblicke in seinem Leben gegeben, da hatte er sich diese Reise in den schönsten Farben ausgemalt. Mit Josi!

Würde er sie nie vergessen können?

Er stand abrupt auf.

»Ich glaube, ich muss mich wohl mal draußen sehen lassen, sonst denken sie noch, ich sei hochmütig geworden. Außerdem ist Arbeiten immer gut.«

Annelie blickte ihm mit einem seltsamen Lächeln nach. Ahnte sie vielleicht die Zerrissenheit seines Herzens?

Die Arbeiter vom Sägewerk hatten zwar alle noch einen Brummschädel, aber sie ließen es sich nicht nehmen und räumten das Zelt wieder fort. Während Tobias zwischen ihnen ging, sah er auch eine helle Gestalt. Sie ging zwischen den Männern und schien etwas auszuschenken. Bis ihm endlich aufging, das ist ja Märthe.

Mit gerunzelter Stirn kam er näher.

Sie gab den Männern Bier, und das schien ihnen schon wieder zu munden. Außerdem freuten sie sich, dass die junge Hofbesitzerin nicht hochmütig war. Eigentlich hatten sie das von ihr erwartet. Kam sie doch nicht aus einem alten Dorfgeschlecht.

Tobias fühlte, wie ihm das Blut in den Ohren zu sausen begann!

Es war die erste Begegnung mit seiner Frau! Sicher würde sie jetzt ihren Zorn an ihm auslassen. Es würde nicht einfach sein, sie zu besänftigen. Zu seinem ganzen Übel kam noch hinzu, dass sie ja sogar recht hatte. Wenn er daran dachte, man hätte ihn so behandelt! Er hätte die Welt zerschlagen.

Märthe drehte sich in diesem Augenblick um und erkannte ihren Mann. Sie lächelte ihn an und fragte ihn freundlich, ob er auch einen Schluck möge.

»Nein, danke, vorläufig nicht.«

Sie blieb noch eine ganze Weile in seiner Nähe. Aber er tat so, als bemerke er sie gar nicht und war froh darüber, dass er mit anpacken konnte. Nein, eine Reise mit ihr zusammen, das wäre ja die Hölle gewesen. Es war gut, dass sie ständig von Menschen umgeben waren, da brauchte er sich nicht mit ihr zu befassen.

Märthe schien das alles für sehr natürlich zu halten. Auch am Mittagstisch war sie freundlich und gewillt, viel zu lernen. Annelie mochte sie gern, und sie spürten, dass sie gut miteinander auskommen würden.

Nur der Jungbauer saß wie ein Klotz in der Ecke und brachte keinen Ton über die Lippen. Ja, jetzt forderte er sie sogar heraus. Sie musste doch endlich aufmucken und ihm die Meinung sagen.

Wenn sie das tat, dann konnte er ihr so vieles an den Kopf werfen und dann würde ihm leichter ums Herz sein. Aber sie tat es nicht.

Den ganzen Tag über war sie nett zu ihm.

Hatte sie vielleicht nichts gemerkt? Hatte sie vielleicht am Ende auch so viel getrunken und wusste nichts mehr?

Das sollte er merken, als es wieder Abend wurde. Ihm stand der Schweiß auf der Stirn. Sie war jetzt seine Frau, sie hatten zusammen eine Kammer. Aber wenn er nur daran dachte, dann wurde ihm grün vor Augen. Er hatte sich für den Hof geopfert.

Er hatte alles getan, was der Gaisbacher von ihm verlangt hatte. Aber dieses Letzte, sich buchstäblich verkaufen, seine Liebe verraten, nein, das konnte er einfach nicht. Und wenn er den Hof darüber wieder verlieren würde. Er konnte es nicht.

Die Nacht senkte sich auf den Hof hernieder, und Märthe verzog sich nach geraumer Zeit. Tobias ging noch einmal über den Hof und sah nach dem Rechten. So hatte es der Peter getan und vor diesem sein Vater. Als er wieder das Haus betrat, waren die Stuben schon dunkel. Er schlich sich wie ein Dieb über die Treppe. Für Sekunden blieb er vor der Tür der Schlafkammer stehen, doch dann ging er weiter. Der Hof hatte viele Stuben, und so suchte er sich eine aus und legte sich zum Schlafen nieder.

14. Kapitel

Tobias wusste nicht, ob die Mutter die Wahrheit ahnte oder auch wusste. Einmal fühlte er sich so elend, dass er sich ihr anvertrauen wollte. Aber sie hatte ja noch ihren eigenen Schmerz, und so konnte er sie nicht mit seinen Sorgen belasten. Er war ja schon froh, dass sie nicht mehr so schrecklich um den Mann litt, der sich das Leben genommen hatte.

Märthe zeigte nicht mit einer Geste, wie tief sie doch verletzt sein musste. Nein, sie legte ein Wesen an den Tag, als sei es ganz natürlich, dass der Mann nicht bei ihr schlief. Er verstand die Welt einfach nicht mehr.

Da rannte er nun fast jeden zweiten Tag im Hochwald herum und suchte hier oben eine Antwort auf die vielen Fragen und fand sie doch nicht.

Stundenlang konnte er auf einem Baumstamm sitzen und vor sich hinstarren und denken und denken... Wie ein Mühlstein gingen ihm die Gedanken im Kopf herum, und sie wurden dadurch auch nicht besser.

Vielleicht ist sie ganz froh darüber, dass ich nicht zu ihr komme, dachte er ganz spontan. Vielleicht mag sie mich auch nicht. Vielleicht hat sie auch nur getan, was der Vater von ihr gewollt hat. Aber dann fiel ihm wieder ein, dass sie so selbstsicher und stark war. Nein, eine Märthe ließ sich auch von einem Vater, der so stark war wie der Gaisbacher, nicht bezwingen. Das konnte er einfach nicht glauben.

Da musste ein Geheimnis mitspielen. Ja, je länger er darüber nachdachte, um so sicherer fühlte er es. Man hatte ihn vielleicht doch auf irgendeine Art und Weise betrogen. Ja, so musste es wohl gewesen sein.

»Und ich Narr habe es nicht rechtzeitig bemerkt. Ich hab sie genommen, weil man mich mit dem Hof geködert hat. Ich habe gar nicht viel darüber nachgedacht. Einfach getan, was man von mir verlangt hat.«

Tobias merkte zu Anfang gar nicht, dass er pausenlos mit den Gedanken bei seiner Frau war. Er ertappte sich auch dabei, wie er sie mit den Augen verfolgte. Er konnte einfach gar nicht lange allein sein, dann suchte er sie. Wenn er sie dann bei der Arbeit entdeckte, dann schämte er sich ein wenig, dass er so tatenlos herumlief.

Sicher, er hatte wirklich viel zu tun, aber die Gedanken ließen sie nicht los, er musste das Rätsel lösen, sonst würde er nie Ruhe finden.

Vielleicht hat sie einen heimlichen Schatz? Vielleicht weiß er davon, und sie trifft sich mit ihm. Vielleicht ist das ein Mensch, den man nicht heiraten kann. Und wenn sie jetzt ein Kind von ihm bekommt, dann muss ich es sogar noch als mein eigenes ausgeben. Sie hat es gar raffiniert eingefädelt. Aber ich werde ihr auf die Schliche kommen, auch wenn ich dafür viele Nächte auf der Lauer liegen muss. Sie ist scheinheilig, jawohl. Jetzt spür ich es gar deutlich. Denn sonst würde sie dieses Leben nicht ertragen.

Als er erst einmal so gedacht hatte, ließ ihm das keine Ruhe mehr. So kam es, dass der Jungbauer jetzt fast jede Nacht auf der

Lauer lag. Aber es regte sich nichts. Sie verließ nicht einmal die Kammer. Alles blieb still. Auch wenn sie ins Dorf ging, dann ging er ihr nach. Er konnte nur sehen, wie sie mit Hochachtung behandelt wurde.

Aber dann kam die Zeit, wo der Vater ihr einen eigenen Wagen schenkte. Hatte sie vielleicht auf diesen Augenblick gewartet? Natürlich, wie dumm von ihm! Er lebte ja gar nicht in diesem Dorf. Sie hatte ja ganz woanders gewohnt, wenn sie mit dem Vater in der Heimat weilte.

Doch zu seiner größten Verblüffung fuhr sie fort und nahm jedes Mal Annelie, die Mutter mit. Diese freute sich, denn so wurde sie ein wenig abgelenkt.

So ging das Leben schon zwei Monate, und der Sommer stand in seiner Hochblüte. Tobias war ein grüblerischer Mensch geworden. Auch magerte er sichtlich ab, denn er hatte ja jetzt nur immer wenig Zeit zum Schlafen.

Er ließ sich von seiner fixen Idee einfach nicht abbringen. Auch die Mutter machte sich jetzt langsam Sorgen. Doch er schob sie zur Seite und brummte nur: »Ich hab zu tun, ich kann nicht hier stehen und ratschen.«

»Aber ich sehe doch, dass du Kummer hast!«

»Lass mich zufrieden!«

Wie schmerzvoll blickten da ihre Augen den Sohn an.

Er fühlte sich schlecht und schlich sich davon.

Dann kam die Zeit, wo er zu denken begann, vielleicht hat sie keinen Mann interessieren können und ihr Vater hat mich buchstäblich gekauft.

Ja, das wird es gewesen sein. Alle werden sie es wissen, nur ich nicht. Ich bin ein Trottel. Deswegen hat sie so schnell eingewilligt!

Tobias kam langsam zu einem Entschluss.

Wenn er die Wahrheit nicht erfuhr, würde er nicht mehr leben können.

»Wer kann sie mir verraten?«

Verzweifelt starrte er die Berge an, als würden sie ihm die Antwort geben.

Aber nur eine konnte ihm die Antwort geben: Märthe!

15. Kapitel

Es war Sonntagnachmittag!

Annelie war eingeladen worden. Tobias blieb auf dem Hof. Eine Sau kränkelte, und er wollte nach ihr sehen. Er saß in diesem Augenblick im Laubengang und las in der Landwirtschaftszeitung.

Nach langer Zeit war dies ein Augenblick, wo das Ehepaar allein war.

Märthe kam und fragte ihn freundlich: »Möchtest du jetzt deinen Kaffee? Soll ich ihn in der Stube oder hier draußen richten?«

Tobias hob seinen Kopf und blickte sie an. Freundlich wie immer waren ihre Augen, und es war auch kein Falsch darin zu erkennen. In dieser Sekunde wusste der Jungbauer, wenn ich sie jetzt nicht frage, dann werde ich es nie mehr tun.

»Märthe?«

»Ja?«

Sie fuhr ein wenig zusammen, denn es war das erste Mal, dass er sie direkt ansprach.

»Warum warst du einverstanden?«

Sie strich die Dirndlschürze glatt und lächelte leicht.

»Auf diese Frage warte ich schon so lange.«

»Wieso?«

Er war verdutzt.

»Weil ich dich kenne, du hast dich all die Zeit damit abgeplagt, nicht wahr.«

Er senkte den Kopf.

»Du hast sie mir noch nicht beantwortet.«

Sie setzte sich ihm gegenüber und lächelte weich.

»Ja', dann will ich dir auch die Antwort geben. Sie ist nicht einfach zu verstehen, oder vielleicht doch, wenn ich dir sage, dass ich meinen Vater wirklich lieb habe. Er ist gütig und der beste Mensch auf dieser Welt. Man kann ihm einfach nichts abschlagen, hörst du. Aber das soll noch lange nicht heißen, dass ich ihm zu Willen war und er mich dir geschenkt hat, nein, Tobias, so einfach ist das gar nicht.«

»Aber er hat es doch getan, er hat doch sogar den Hof mir überschrieben.«

»Ja, ich weiß. Ich hab ihn darum gebeten.«

Er war sprachlos.

»Aber wenn ich jetzt verlangt hätte, dass wir uns scheiden lassen, was dann?«

»Dann wäre ich gegangen!«

»Und der Hof?«

»Er ist dein! Für alle Zeiten! Nichts kann ihn dir streitig machen. Vielleicht möchtest du wirklich, dass wir uns scheiden lassen, Tobias. Denn ich möchte nicht, dass du unglücklich bist. Ich hab geglaubt...«

»Sag mir endlich den Grund! Ich bitte dich darum!«

Sie blickte vor sich auf die Hände.

»Nun, du weißt ja, dass der Vater von hier ist! Ein Waisenbub, sicher, aber er hat nie aufgehört, dieses Tal zu lieben. Als wir drüben waren, da hat er immer davon gesprochen. Immer! Ich hab dieses Tal mehr geliebt und gekannt als die Heimat da drüben, wo ich geboren bin.

Als wir dann hierherkamen, da spürte ich, ich liebe es auch. Ich kann nicht mehr zurück.

Eines Tags hat dann der Vater davon angefangen, wie ich mir die Zukunft dächte. Und ich hab ihm gesagt, wenn er nichts dagegen hätte, dann wäre ich gerne Bäuerin. Ich liebte dieses Leben wie er. Da haben seine Augen zu leuchten angefangen, und er hat zu mir gesagt: ›Das ist mein größter Wunsch, den ich noch hab. Wenn du hier Wurzeln fassen kannst, dann werde ich für mein Alter eine Bleibe haben.‹

Damals, als ich das nur so einfach sagte, da habe ich doch nicht gewusst, welches Feuer ich da in seinem Herzen entbrenne. Kurze Zeit später merkte ich dann, wie ernst ihm mein Wunsch war, und er ging herum und suchte den schönsten und größten Hof für mich aus und glaubte, mit Geld könne er auch den Hofsohn weich kriegen. Du kennst ja die Macht des Gelds. Du weißt gar nicht, wie viele sofort bereit waren, mich zu heiraten.«

»Wie ich«, sagte er bitter.

»Nein, bei dir war es etwas anderes, Tobias.«

Sie schwiegen eine Weile.

»Ich will zu Ende erzählen. Schau, mir war das so schrecklich peinlich, und das wollte ich ja nun wirklich nicht, mich verkaufen. Das hatte ich nicht nötig und hätte es auch nie getan. Ich konnte Vater nicht davon abbringen. Ja, und da ist mir eine kleine List eingefallen. Ich erzählte ihm, ich hätte diesen Hof gesehen und dich! Ich hab dich wirklich öfters gesehen, in der Stadt und auf der Landwirtschaftsausstellung. Er erzählte mir dann auch gleich, dass du es seist, dessen Hof er am meisten verehre und liebe.

Damals wusste jeder, wie schön und reich dieser Hof war. Und ich wusste auch, dass du verlobt warst und bald die Hochzeit stattfinden sollte.

Ich glaubte damals, das könne ich ruhig sagen, um ein wenig Ruhe vor dem Vater zu bekommen. Ich wollte mir dann selbst einen guten Mann suchen. Er brauchte doch gar keinen Hof zu besitzen. Den konnte ich mir doch selbst kaufen.

So habe ich gedacht. Und richtig, als Vater merkte, dass ich angeblich unglücklich verliebt war, da hatte er sehr viel Verständnis für mich und war sehr traurig, dass er mir nicht helfen konnte.

Ich hab doch einfach nicht wissen können, dass hier mal ein Unglück passiert! Niemand hat es ahnen können, Tobias. Du musst es mir glauben. Du hast es ja selbst nicht gewusst.

Kannst du dir da mein Erschrecken vorstellen, als der Vater zu mir kam und alles erzählte?

Dein Hof war zu kaufen!

Deine Braut hatte dich verlassen!

Vater glaubte, ich sei unglücklich in dich verliebt! Ich konnte ihm einfach nicht die Wahrheit sagen. Und dann ...«

Sie schwieg.

»Was dann?«

»Nun, ich will jetzt ehrlich sein. Du hast mir immer gefallen. Von Anfang an, Tobias. Aber du hast mich nicht mal mit einem Auge angesehen.«

Er saß reglos vor ihr und ließ alle Worte in sein Herz fallen.

So einfach war es also gewesen. So einfach!

Sie war nichts anderes als eine gute Tochter gewesen.

»Märthe!«

Sein Herz begann zu zittern!

»Ja!«

»Sieh mich an!«

Sie tat es.

»Du musst mich doch jetzt langsam hassen, nicht wahr? Ich war doch wirklich nicht gut zu dir!«

Zu seiner größten Verwunderung schüttelte sie sogar noch den Kopf und lächelte ihn an.

»Weißt«, sagte sie herzlich, »das ist ja eben das Schöne an dir. Man kann dich nicht kaufen. Davor hatte ich doch die ganze Zeit so schreckliche Angst. Ich hab gedacht, wenn er mich einfach nimmt, ohne zu werben, dann ist er wie alle anderen, und ich muss ihn hassen.

Als ich aber merkte, wie sehr du dich dagegen sträubtest, weil du dies für einen Kuhhandel hältst, da wurde mein Herz ganz hell und licht. Du warst also doch der, der immer in meinen Träumen geschwebt hatte. Tobias, ich danke dir, dass du mir so viel Zeit geschenkt hast.«

Er war sehr still geworden.

So hatte sie also die ganze Zeit von ihm gedacht.

Und wie viel böse Gedanken hatte er über sie im Kopf herumgewälzt.

»Oh mein Gott«, sagte er betroffen.

Ihre Augen wurden tief dunkel.

»Du hast vorhin von Scheidung gesprochen, Tobias. Wenn du es möchtest, werde ich es dem Vater schon irgendwie beibringen. Keine Sorge. Du musst mir nur versprechen, dass er dich jederzeit besuchen darf. Er liebt nun mal diesen alten herrlichen Hof.«

Daran, wie sie es aussprach, konnte er ersehen, dass sie ihn auch schon von ganzem Herzen liebte.

»Nein«, sagte er fast heftig.

Sie blickte ihn jetzt ein wenig scheu an.

»Nein, das möchte ich nicht, Märthe. Nein, wir sind Mann und Frau, und jetzt haben wir uns ausgesprochen. Es ist schade, dass wir es nicht gleich getan haben.«

»Hättest du mir dann geglaubt? Außerdem war dein Herz so zerrissen.«

»Herrgott, denke doch nicht immer an mich. Damit werde ich schon fertig. Du hast doch auch ein Recht auf das Leben, Märthe, verstehst du das denn nicht?«

»Aber sicher!«

»Du bist hier glücklich?«

»Deine Mutter und ich, wir verstehen uns sehr gut. Es macht so viel Freude, hier zu wirtschaften. Das kannst du wohl nicht verstehen, du hast immer hier gelebt. Weißt es wohl nicht, wie das ist, wenn man wurzellos ist.«

Seine Hände ballten sich.

Und ob er das wusste!

Hatte er doch vor gar nicht langer Zeit vor dieser Tatsache gestanden, es zu werden. Das Schicksal hatte es noch einmal gut mit ihm gemeint. Außerdem hatte er auch noch eine gute Frau bekommen. Es hätte auch alles viel schlimmer kommen können. Sie hätte ein zänkisches geldgieriges Weib sein können. Jetzt musste er erfahren, dass sie ihn schon die ganze Zeit liebte.

»Sollen wir den Kaffee hier draußen trinken?«

»Oh Gott, den hab ich ja ganz vergessen«, rief sie lachend und lief ins Haus.

16. Kapitel

Auf dem Matternahof begann jetzt wirklich eine ganz andere Zeit. Nach der Aussprache spürte Tobias, dass er anfing, seine Frau zu lieben. Das kam ganz langsam, zart und schön. Er fühlte, er musste erst einmal um sie werben. Das hatte sie verdient. Auch wenn er jetzt die Wahrheit von ihr wusste, so machte sie es ihm jetzt wirklich nicht leicht. Sie war da, und sie betrachtete ihn mit ihren großen dunklen Augen.

Wenn er sie anblickte, dann spürte er ein seltsames Klopfen in der Herzgegend. Die hellen blauen Augen, die ihn einmal so verzaubert hatten, kamen jetzt schon lange nicht mehr und schoben sich vor das Bild.

Zu seiner grenzenlosen Verwunderung musste er feststellen, dass er schon lange nicht mehr an Josi gedacht hatte. Die alte Wunde war geschlossen. Er musste mit der Wirklichkeit zu leben anfangen.

Und es war aufregend und herrlich!

Annelie freute sich von ganzem Herzen, als sie merkte, dass die zwei endlich anfingen, sich zu lieben. Sie waren fünf Monate verheiratet, da zog eines Tags der Tobias aus seiner Kammer ins Ehegemach.

Sie hatten sich endlich gefunden!

Wie glücklich und froh war der alte Gaisbacher, als er zu Weihnachten auf den Hof kam und man ihm eröffnete, er würde bald Großvater!

»Potztausend, das wär doch wirklich ein Grund, alles drüben zu verpachten und ganz hierher zu kommen, was?«

Märthe schmiegte sich an den Vater.

»Ich würd mich schon freuen.«

Er streckte sich fast bis an die Decke.

»Geh, ich gehör doch noch nicht zum alten Eisen, ich kann noch nicht nur hinter dem Ofen sitzen und nichts tun.«

Das konnte sich Tobias eigentlich auch nicht recht vorstellen. Dazu war der Schwiegervater noch viel zu kraftvoll, und das Arbeiten machte ihm einfach Spaß.

»Oder hältst du dich vielleicht schon für sehr alt?«, wandte er sich an Annelie.

Ihr feines Gesicht leuchtete hell, und sie lächelte zurück.

»Ach nein ...«

Tobias wusste, dass sie in diesem Augenblick daran denken musste, dass sie mal ganz andere Pläne für die Zukunft gehabt hatte. Sie hatte ja nicht auf dem Hof bleiben wollen.

In einer stillen Stunde nach Weihnachten saßen Gustav und sein Schwiegersohn in der guten Stube beisammen. Da erzählte der Tobias von der Mutter und ihren Zukunftsplänen und dass sie jetzt leider auf alles verzichten müsse. Sie sei ja auch noch nicht alt. Im Dorf würde man zwar anders darüber denken. Schon damals hätte man sich erregt, als sie nochmals geheiratet hatte.

Gustav zwirbelte seinen Bart.

»Meinst, sie klebt nicht an der Scholle? Sie würde noch gern etwas unternehmen?«

»Schon, aber allein, dazu hat sie keinen Mut mehr!«

»Nun, das bräuchte sie gar nicht!«

Der Jungbauer blickte ihn groß an.

»Auf meinen Reisen bin ich immer so allein, seit die Märthe bei dir ist. Langweilig ist es außerdem. Meinst, ob ich sie mal frag?«

»Mutter?«

»Nun, ich würd es mich was kosten lassen, wenn sie mir Gesellschaft leisten würde.«

Tobias lachte und lachte.

»Was meinst, soll ich sie mal fragen?«

»Du liebe Güte, das Dorf wird sich nicht wieder beruhigen. So etwas hat es bei uns noch nie gegeben. Ich weiß nicht, ehrlich.«

Der Alte grinste.

»Hast dich schon je mal nach dem Dorf gerichtet?«

Tobias dachte an Josi! Er spürte sein Herz nicht mehr wild werden. Ganz ruhig und gelassen konnte er jetzt an sie denken und das war gut so.

»Du hast recht, Schwiegervater, bis jetzt hab ich mich nie nach den Ratschen gerichtet.«

»Na also! Dann werde ich sie jetzt mal suchen gehen.«

Märthe lachte leise auf, als ihr Mann davon erzählte.

»Ich hab mir schon so etwas gedacht. Ich kenne doch meinen Vater.«

»Was willst damit sagen?«

»Du wirst schon sehen!«

Wer wirklich ein wenig erschrocken war, das war die Mutter selbst. Sie sollte mit in die Welt hinausziehen. So vieles sehen und mit dem Flugzeug sollte sie auch fliegen. Und in fremden Ländern leben?

Zuerst scheute sie wie ein junges Mädchen zurück. Doch sie kannte den Gaisbacher noch nicht richtig. Als der merkte, dass sie im Grunde ihres Herzens wohl wollte, da ließ er nicht mehr locker.

»Aber ich kann dich doch jetzt nicht im Stich lassen. Das geht doch nicht«, meinte sie zu Märthe.

»Geh, wir haben noch sechs Monate Zeit, bis das Kleine da ist«, erwiderte diese. »Kannst ja rechtzeitig wieder heimkommen. Der Vater wird die Geburt ganz bestimmt nicht versäumen wollen, wie ich ihn kenne.«

»Aber ist es dir denn auch wirklich recht?«, fragte Annelie.

»Ich hab mich schon eingelebt. Wenn ich Fragen habe, dann ist doch auch noch immer die Kathi zur Stelle. Oder wollt ihr sie auch mitnehmen?«

Die Alte hielt diesen Scherz für bare Münze und räsonierte nicht schlecht.

So wurde dann also beschlossen, dass Annelie den Vater begleitete.

17. Kapitel

Ja, da hatten die Klatschmäuler im Ort wieder Überstunden einzulegen. Sie wunderten sich nicht über das Gebaren der Annelie. War sie doch schon immer ein wenig anders gewesen. Erst hatte sie den alten Matterna geheiratet und ihm dann sogar noch einen Sohn geboren, dann den hübschen Peter Wittli zum Mann genommen, und nun würde sie wie eine große Dame herumreisen. Und das alles hatte sich einst Hofbäuerin geschimpft.

»Die modernen Zeiten, ich sage euch, die machen auch vor unserem Ort nicht halt. Das ist ja wirklich eine Sünde!«

»Wieso?«, wollte der Pfarrer nun wissen.

Da stoben sie wie eine aufgescheuchte Hühnermenge davon und ließen sich vorläufig nicht mehr auf dem Dorfplatz blicken.

Eigentlich fanden sie, ging die Sache ein wenig mit dem Teufel zu. Da hatte der Matternahof fast seinen eigenen Ruin erlebt. Und jetzt? Man sollte es einfach nicht glauben. Die gleichen Menschen, die noch vor einem guten Jahr niedergedrückt gelebt hatten, gingen jetzt schon wieder aufrecht einher. Ja, und es kam jetzt schon so weit, dass man sich beim jungen Matternabauern Rat holte. Denn wer einen so klugen Schwiegervater sein eigen nennen konnte, der wusste doch wirklich mit Gelddingen gut umzugehen.

Er hatte sogar versprochen, der Kirche eine neue Krippe zu Weihnachten zu schenken. Falls es ein Bub wurde! Nun also hoffte der Pfarrer inständig auf dieses kleine Wunder.

Ja, der Tobias war in der Tat ein ganz anderer Mensch geworden. dass er seine Märthe lieb hatte, das konnte man ihm ansehen. Auch die junge Hofbäuerin hatte sich vollkommen eingelebt. Bescheiden und freundlich blieb sie auch weiterhin. Kathi und die beiden alten Knechte hatten den lieben langen Tag nichts anderes zu tun, als ihr Lob zu preisen. Sie hatte den zwei Knechten sogar eine monatliche kleine persönliche Rente ausgesetzt. Jetzt war es ihnen endlich vergönnt, dass sie hin und wieder in den Krug gehen konnten. Dort hockten sie dann auf der Ofenbank und erzählten jedem, der es wissen wollte, wie prachtvoll sich jetzt der Matternahof machte.

»Sicher hat sie jetzt vieles verändert, wie?«

»Nein, das kann man wirklich nicht sagen. Es ist alles so verblieben. Nur die Kocherei, also, die kann das wirklich. Zwar weiß man manchmal nicht, wie es genannt wird, aber es ist wirklich gut.«

Tobias dachte nur an Josi, wenn er ihre Eltern im Dorf erblickte. Aber das kam auch ziemlich selten vor. Die Mutter machte immer einen Bogen um ihn. Einmal traf er eine Schwester von Josi und fragte diese nach der großen Schwester aus.

»Sie soll jetzt in Salzburg leben, aber so genau weiß ich es auch nicht. Die Eltern reden nicht gern über sie. Und heimkommen, nein, das will sie auch nicht.«

Manchmal dachte Tobias daran, sich doch noch nach Josi umzublicken, um zu erfahren, wie sie lebte. Schließlich konnte er sich jetzt schon wieder eine Menge leisten und hätte ihr gern geholfen, vielleicht auch um sein schlechtes Gewissen zu besänftigen.

Manchmal hatte er nämlich das Gefühl, dass er schon wieder zu glücklich sei! Einst hatte es auch schon mal so eine Zeit gegeben und dann ...

Er ballte die Hände!

»Diesmal nicht! Diesmal, Schicksal, kannst mir mein Glück nicht fortnehmen. Ich hab mir nix zuschulden kommen lassen. Ich bin für jede Stunde dankbar und will auch weiterhin bescheiden sein. Aber nimm mir nicht die Märthe, hörst du, dann könnt ich mit dir zu hadern anfangen.«

Ja, so lieb hatte er seine Frau gewonnen, dass es ihm oft angst und bange um sie wurde. Hörte man nicht mal, dass Frauen bei der Geburt starben? Nie und nimmer! Märthe war stark. Sie trug so leicht an dem Kind, und sie war doch auch so glücklich. Alles sah so einfach und herrlich aus. Es musste so bleiben.

Voller Erregung warteten sie alle auf den Hoferben!

Manchmal brachte er Blumen zu den Gräbern, dem Peter war er schon lange nicht mehr gram.

Drei Wochen vor der Zeit waren dann die Mutter und der alte Gaisbacher zur Stelle. Er ließ es sich nicht nehmen und holte selbst die Wiege vom Speicher. Man konnte nur staunen, die großen klobigen Hände schafften es doch tatsächlich und malten mit einem winzigen Pinsel die vielen Blumen nach. So war sie wieder strahlend schön.

Märthe hatte all die kleinen Kissen und Decken genäht. Alles stand bereit, um den neuen Erdenbürger zu empfangen. Die junge Frau hatte einen Dickkopf. Tobias wollte sie in die Klinik bringen, aber sie wollte daheim das Kind zur Welt bringen.

»Damit es gleich zu Anfang weiß, wo es hingehört«, sagte sie mit fester Stimme.

Ihm blieb also nichts anderes übrig, als abzuwarten und als dann ihre Stunde kam, den Doktor zu holen. Er kam auch sogleich und schob das Mannsvolk aus der Stube. Nur die alte Kathi und Annelie durften bleiben.

Diese Stunden des Bangens würde der junge Bauer nicht mehr so schnell vergessen. Das Kind kam und kam nicht, man hörte droben nur die Schreie der armen Frau. Der Gaisbacher war ganz weiß im Gesicht und konnte nicht mal einen Schnaps vertragen. Sie fühlten sich in diesen Stunden so hilflos und verzweifelt, weil sie nichts tun konnten als nur warten, warten und nochmals warten.

Dann endlich kam die Kathi die Treppe herunter! Sie war erschöpft.

»Was ist mit Märthe?«

»Sie wird es überstehen. Der Doktor kommt auch gleich.«

Da hörten sie auch schon die schweren Tritte des Arztes. Er betrat die Stube und ließ sich einen Enzian einschenken. Dann setzte er sich schwerfällig.

»Ja, da ist es nun vorbei. Das Kind ist da!«

»Was ist es denn?«, fragte der Großvater.

Der Doktor hob seinen Kopf. Er kannte den Gaisbacher und auch den Tobias. Hatte er ihm doch selbst einst auf diese Welt geholfen.

»Es ist ein Bub«, sagte der Arzt.

»Die Krippe«, sagte der Gaisbacher und lächelte.

Hart stellte der Doktor das Glas ab. »Ich will gleich die Wahrheit sagen. Es ist besser so. Glaubt mir, es fällt mir nicht leicht. Aber ich muss es tun.«

»Es ist etwas mit Märthe?«, Tobias war schneeweiß geworden.

»Nein, deiner Frau geht es sehr gut. Nur, sie wird nie mehr Kinder haben können.«

»Das spielt doch keine Rolle«, sagte Tobias, »wir haben ja jetzt einen Buben. Noch einmal diese Zeit durchstehen, ich glaub, das könnt ich nicht ertragen.«

Der Doktor blickte ihn ernst an. »Hast deine Frau recht lieb, nicht wahr?«

»Ja!«

»Das ist gut, so wirst ihr mit tragen helfen können. Denn es wird eine schwere Zeit für sie sein.«

»Was meinst damit? Was ist denn? Wieso sprichst du so seltsam?«

»Tobias, dein Sohn ist nicht ganz gesund!«

Der Gaisbacher erhob sich.

»Was hat er?«

»Die Nabelschnur hat sich während der Geburt um seinen Hals gelegt. Wir haben ihn zwar zum Atmen bringen können. Aber das Gehirn ist geschädigt. Es war zu lange ohne Sauerstoff, er wird nie so werden wie andere Kinder. Er wird geistig zurückbleiben. Und ich nehme dir gleich alle Hoffnung, damit du nicht an einem sinnlosen Glauben zerbrichst, der doch nichts bringt als die Wahrheit, die wir jetzt schon wissen.«

Es war totenstill in der Stube!

Der alte Gaisbacher fiel auf die Ofenbank zurück. Der große schwere Mann saß da, und dann hörte man ihn weinen!

Tobias taumelte aus der Stube, die Treppe hinauf. Seine blinden Augen sahen gar nicht die Mutter. Sie stand am Bett von seiner Frau. Sie wusste also auch schon die Wahrheit.

»Märthe!«

Sie hielten sich umschlungen und weinten bitterlich. Da konnte keiner trösten!

In der kleinen Kammer lag das Kind in der Wiege und schlief. Für Augenblicke schien man diesen Erdenbürger vollkommen vergessen zu haben.

Tobias presste die Lider zusammen!

Ein schrecklicher Groll wollte sich in seinem Herzen einnisten! Das Schicksal hatte mal wieder zugeschlagen. Vielleicht, weil er die Josi doch im Stich gelassen hatte! Vielleicht, vielleicht... Er hatte doch eine Abmachung gehabt mit dem Schicksal! Doch dann fiel ihm ein, dass er die ganze Zeit nur um das Leben der Frau gebangt hatte. Nur um Märthe, nicht um des Kindes willen hatte er gefleht!

Das Schicksal besaß ein sehr gutes Gedächtnis!

18. Kapitel

Drei Jahre vergingen.

Der kleine Markus entwickelte sich soweit ganz gut. Es war ein strammes Kerlchen, und er lief auf dem Hof herum. Sein bester Freund war der Hofhund! Kathi war vor einem Jahr gestorben. Wenig später waren die beiden alten Knechte ihr gefolgt. Es war also stiller auf dem Matternahof geworden.

Die Dörfler wagten nicht laut über das Unglück zu reden, aber jeder sah es mit eigenen Augen. Der Sohn von Tobias würde nie den Hof übernehmen können.

Die Eltern hatten es wirklich nicht leicht. Tapfer trugen sie ihr Schicksal. Obschon ihnen der alte Arzt abgeraten hatte, Ärzte aufzusuchen, hatten sie es doch getan. Aber alles war zwecklos gewesen. Markus würde nie eine Schule besuchen können. Er war gutmütig und still. Er würde nie einem Menschen etwas zuleide tun. Aber er brauchte auch immer Menschen, die sich um ihn kümmerten. So klein er jetzt auch noch war, so merkte er sich genau die Leute, die es gut mit ihm meinten.

Märthe konnte oft so verzweifelt sein und sagte dann ihrem Mann, er möge sich doch von ihr

scheiden lassen. Das wäre doch das Beste. Sie würde dann mit dem Kleinen fortgehen, und er könne noch einmal ganz von vorn beginnen.

Tobias wollte nichts davon hören, weil er einfach annahm, das Schicksal hatte ihn damit treffen wollen. Er wurde ein sehr stiller gedrückter Mensch.

Der alte Gaisbacher kam jetzt nur noch selten ins Dorf und die Mutter auch nicht. Sie mussten mit ihrem Los allein fertig werden.

Da konnte Tobias wirklich oft verzagen. Wenn er an die Zukunft des Hofs dachte, dann traten dem Bauern die Tränen in die Augen. Wie sehr hatte er sich auf den Augenblick gefreut, wo er seinen Sohn anleiten konnte. Mit ihm über die Wiesen gehen, ihm sein Wissen weitergeben. Er biss die Zähne zusammen. Oh, es tat weh, so schrecklich weh, ganz besonders die mitleidigen Blicke der Menschen um ihn herum.

Er ging kaum noch in den Dorfkrug. An dem gesellschaftlichen Leben im Dorf nahm er auch nicht teil. Er spürte doch ganz deutlich die Abwehr der Menschen gegen seinen Sohn. Auch wenn er nicht normal war, so war es doch sein Sohn, und auf irgendeine Art und Weise war er so rührend, und er liebte ihn doch. Es war sein Fleisch und Blut.

Oft flüchtete er sich in seiner Verzweiflung in den Hochwald. Manchmal blieb er auch tagelang oben auf der Alm. Dort sah man ihn gar nicht gerne, denn er machte dann immer so ein düsteres und kaltes Gesicht, dass man sogar ein wenig Angst vor ihm bekam.

Tobias war mal wieder vor dem Schicksal geflüchtet und hatte sich für ein paar Tage wie ein waidwundes Tier verkrochen gehabt, doch nun war er wieder auf dem Weg ins Dorf. Als er seinen Hof erreichte, erblickte er an der Hintertür eine Frau. Er erkannte sie nicht, da sie das Kopftuch ziemlich tief über die Augen gezogen hatte.

Märthe kam ihm entgegen.

»Da bist du ja endlich. Du wirst schon erwartet. Sie ist jeden Tag gekommen. Mit mir will sie nicht reden.«

Tobias ging auf die Frau zu. Erst als er dicht vor ihr stand, erkannte er die Posthoferin.

»Du bist es«, sagte er mit rauer Stimme und blickte sie groß an. »Möchtest nicht in die Stube kommen? Meine Frau wird dir einen Kaffee kochen.«

»Nein, danke, ich soll dir nur dies hier geben, dann gehe ich wieder.«

Er hatte plötzlich einen Brief in Händen. Ehe er sich versah, war sie verschwunden. Er ging in die Küche und setzte sich in den Herrgottswinkel. Dort öffnete er den Brief. Zu seiner grenzenlosen Verblüffung sah er, dass es ein Brief von Josi war. Nach so langer Zeit! Er dachte nach, bestimmt waren jetzt an die fünf Jahre vergangen, seit er sie das letzte Mal gesehen hatte.

Dann las er den Brief.

»Lieber Tobias, wenn Du diesen Brief in Händen hältst, weile ich nicht mehr unter den Lebenden. Mutter hat es mir schwören müssen, dass sie Dir nicht früher diesen Brief überreicht. Auch jetzt würde ich mich nicht an Dich wenden, wenn ich einen anderen Ausweg wüsste. Aber leider gibt es nur Dich, und ich hoffe, Du wirst ein wenig Barmherzigkeit üben. Ich war Dir nie böse, Tobias, es sollte nun mal so sein, und von der Mutter hab ich auch vernommen, dass Du eine gute Frau bekommen hast. So hat alles seine Richtigkeit. Ich war lange krank und wusste, ich würde es nicht überstehen. So möchte ich Dir mein Liebstes anvertrauen, denn ich möchte, dass Du hin und wieder ein Auge auf ihn wirfst. Denn sieh, ich habe einen Sohn! Erinnerst Du Dich? Der Sommer, der Spaziergang zur Alm! Du siehst, ich war die ganzen Jahre gar nicht so einsam und verzweifelt. Ich hatte ja Manuel. Er war mein Sonnenschein und mein Glück. Für ihn zu leben war einfach eine große Freude. Aber jetzt kann ich nicht mehr weiter für ihn sorgen, und die Eltern sind zu arm, und auch meine Geschwister können es nicht.

Wenn Du diesen Brief in Händen hältst, dann befindet sich Manuel in einem Waisenhaus. Vielleicht sorgst Du dafür, dass er mal eine gute Anstellung bekommt und es ein wenig leichter im Leben hat als die anderen Heimkinder. Darum bitte ich Dich nur. Niemand weiß von diesem Kind. Du brauchst es auch nicht anzuerkennen. Nur dass Du Dich hin und wieder nach ihm erkundigst, nur dann kann ich leichten Herzens sterben, wenn ich weiß, er ist nicht ganz allein.«

Tobias spürte Tränen in seinen Augen. Er war so fassungslos, dass er lange Zeit nichts sagen konnte. Märthe setzte sich zu ihm. Der Brief flatterte zu Boden. Sie hob ihn auf und las ihn.

Es war ganz still in der Küche.

»Mein Gott«, sagte Tobias tief bewegt. »Deswegen musste ich leiden. Ich sollte auch mein Packerl zu tragen bekommen. Also deswegen.«

Märthe blickte ihn an.

»Was wirst du tun?«

Er sah ihr in die Augen.

»Ich weiß es nicht.«

»Es ist dein Sohn, Tobias, und ich finde, er hat ein Recht darauf, dass er hier lebt.«

»Märthe!«

Sie lächelte gütig.

»Wir haben ein so großes Haus. Wenn wir den Buben zu uns nehmen, vielleicht können wir dann das Schicksal noch ein wenig gütig stimmen.«

»Du weißt nicht, was du da sagst!«

»Doch, Tobias, ich weiß es. Ich möchte auch, dass du ihn anerkennst.«

Er ging auf und ab.

Josis Sohn! Würde er nicht ständig an die Mutter gemahnen? Würde er nicht ewig an Gewissensbissen leiden? Aber Märthe hatte recht, wenn er sich nicht um ihn kümmerte, dann würde er sich auch Vorwürfe machen. So oder so würde er wohl leiden müssen.

»Reise hin!«

»Ja!«

19. Kapitel

Tobias hatte eine Woche gebraucht, um Kraft zu sammeln, dann war er nach Salzburg gefahren und war im Heim vorstellig geworden. Von den Posthofers hatte er sich sämtliche Papiere über den Buben besorgt und hatte auch Josis Brief bei sich. Sicher, die Behörden mussten auch noch ein Wörtlein mitreden.

Nun saß er hier bei der Vorsteherin. Sie hatte den Auftrag erteilt, den kleinen Manuel Posthofer zu holen. Tobias saß wie auf heißen Kohlen.

Dann endlich ging die Tür auf.

Ein Bub, etwas über vier Jahre, kam ins Zimmer. Da er noch nicht lange Heiminsasse war, war er auch noch nicht verschüchtert.

Tobias stand auf und starrte den kleinen Buben an. In diesem Augenblick begriff er erst den Brief von Josi. Er hatte sich so davor gefürchtet, wenn er das Kind ansehen müsse, würde Josi ihn anblicken. Aber das war es nicht. Dieser kleine Bub war ihm wie aus dem Gesicht geschnitten. Unter vielen tausend Kindern hätte er ihn finden können. Selbst die Vorsteherin war verblüfft.

Manuel war ein verständiges fröhliches Kerlchen. Als Tobias ihm jetzt sagte, er würde auf einem großen Hof leben, da leuchteten seine Augen auf.

»Hast du auch Pferde?«

Und Tobias hörte sich selbst sagen: »Nein, aber wenn du eins möchtest, dann werde ich dir eins kaufen.«

Da lachte Manuel und schob vertraulich seine kleine Hand in die des Mannes.

»Dann komm ganz geschwind!«

Tobias würde den Buben erst als Pflegesohn übernehmen, die Behörden würden dann alles Weitere regeln. Das würde sehr viel Zeit in Anspruch nehmen, hatte man ihm gesagt. Aber jetzt, wo er in die braunen Augen geblickt hatte, da wusste er, ich kann mich keine Minute mehr von ihm trennen.

»Na, dann komm«, sagte er mit rauer Stimme.

Der kleine Koffer wurde ins Auto geladen, und dann fuhr er mit ihm heim.

Ununterbrochen ging das kleine Mündchen. Was er nicht alles wissen wollte. Du meine Güte, sein Herz wurde richtig jung und fröhlich. Doch als sie dann endlich auf den Matternahof einbogen, da sah er Markus unter dem alten Apfelbaum mit seinen Klötzchen spielen. Ein Ruck ging durch sein Herz. Hatte er ihn nicht schon verraten?

Manuel sprang aus dem Auto und blieb ein wenig breitbeinig stehen. Er sah fachmännisch zum Haus hin und erklärte: »Hier mag ich gern bleiben. Die Mutter hatte so ein Bild in der Stube hängen.«

Dann erspähten seine flinken Augen den kleinen Knaben unter dem Baum, und flugs ging er zu ihm hin. Wenig später hörte man seine fröhliche Stimme über den Hof schallen. Er erkundigte sich beim Markus, ob er denn auch hier lebe.

Markus, der kleine kranke Knabe, der ja gar nicht an Kinder seines Alters gewöhnt war, war so sprachlos, dass er an diesem Tag nicht ein Wort über die Lippen brachte.

Dann erschien Märthe.

Sie sah den fremden gesunden Knaben neben ihrem Buben, und ihr Mutterherz blutete. Doch dann sah sie die glücklichen Augen ihres Mannes und schluckte tapfer. Sie hatte es ihm ja gesagt, also musste sie auch damit fertig werden.

Manuel hatte so eine herzige sonnige Art und ging sogleich auf die Frau zu, und dann musste er einfach alles sehen und anfassen.

Markus hatte sich langsam von seiner Verblüffung erholt und kam vorsichtig angetrottet. Wie ein kleiner Schatten ging er hinter dem unternehmungslustigen Manuel her und blieb doch dann, wenn dieser stehenblieb, in einiger Entfernung stehen.

Manuel war es auch, der mit Markus in einer Kammer schlafen wollte. Allein sein sei nicht schön, sagte er und schleppte seinen abgewetzten Teddy in die Kinderstube. Markus durfte ihn sogar im Arm halten, obschon er sonst sehr eigen mit ihm war.

Auf dem Hof schien man aus einem Dornröschenschlaf zu erwachen. Seit dieser Knabe bei ihnen lebte, war immer Wirbel und immer etwas los. Nirgends war man vor ihm sicher, und immer hatte er so viel zu fragen.

Märthe hatte wirklich alle Hände voll zu tun. Die erste Woche ging sie mit traurigen Augen herum und dachte immerzu, jetzt wird der Tobias nur noch den Manuel sehen. Das ist ein Sohn, so wie er sich ihn von Herzen gewünscht hat. Mein Gott, warum konnte ich ihn nicht zur Welt bringen? Warum nicht?

Als man im Dorf die Wahrheit erfuhr, war man sprachlos. Nur ein paar spitze Zungen behaupteten, wir haben ja schon immer gesagt, die Josi ist ein loses Mädchen gewesen.

Da schlug der Tobias mit einem Donnerwetter drein wie schon lange nicht mehr, und man verstummte für alle Zeiten.

Manuel eroberte sich alle Herzen.

Auch die von Annelie und dem alten Gaisbacher. Er war einfach entzückt über den Buben. Und er brachte ihm viele schöne Dinge mit von seiner Reise. Weil Manuel jetzt auf dem Hof lebte, blieb er auch immer länger in den Bergen und hatte seinen Spaß daran.

Wenn Märthe glaubte, ihr eigener Sohn würde mit der Zeit zu kurz kommen, so irrte sie sich gründlich. Manuel konnte ihn zwar nicht gesund machen, nein, aber weil er immer bei ihm war, ohne Markus ging er nirgends hin, lernte Markus doch noch so manches von ihm. Und er liebte Manuel. Mit Leib und Seele war er ihm verschrieben.

Märthe dachte, wenn er erst begreift, dass mein Sohn nicht normal ist, dann wird er sich von ihm abwenden. Aber für jede Stunde, die er ihm jetzt schenkt, muss ich dankbar sein. Mein Sohn war noch nie so glücklich wie zu dieser Zeit.

Als Manuel größer wurde, merkte er sehr wohl, dass etwas mit Markus nicht stimmte. Man klärte ihn auf, und er hörte schweigend zu. Dann sagte er: »Markus ist aber mein Bruder. Wenn ihm einer was tut, der kriegt ein blaues Auge.«

Ja, die blauen Augen blühten recht oft im Dorf. Denn Manuel beschützte Markus wacker und wehe, einer hänselte den Markus, der bekam Manuels Fäuste zu spüren. So sollte es auch bleiben. Auch später, als er schon erwachsen war und wie sein Vater die Landwirtschaftsschule besuchte, wenn er daheim war, war Markus glücklich.

Markus war zu einem kräftigen jungen Mann herangewachsen, und unter Anleitung seines Bruders konnte er sehr viele Arbeiten verrichten. Manuel hatte seinen Eltern versprochen, immer auf ihn aufzupassen. Markus würde es, so lange er lebte, gut haben. Dafür wollte er Sorge tragen, und er würde ihn auch nie vom Hof weisen.

Märthe liebte ihn längst und war ihm von Herzen dankbar. Ja, wenn sie an die Jahre zurückdachte, so war es eigentlich Manuel, der ihnen das Los leichter gemacht hatte.

Manchmal stand der Altbauer unter den Bäumen und blickte auf die Berge.

So bist du doch noch auf den Matternahof gekommen, Josi, dachte er zärtlich, wenn auch auf andere Art und Weise. Aber das Dorf weiß jetzt, dass auch dein Blut gut war.

So haben wir wohl endlich alle unseren Frieden gefunden.

ENDE

ISBN 978-3-7502-8781-5
00001
9 783750 287815
www.epubli.de

Printed in Poland
by Amazon Fulfillment
Poland Sp. z o.o., Wrocław

18210621R00324